EDITH SIEMON
Als es Nacht war in Dresden

DUNKLE ZEITEN Dies ist die Geschichte einer großen Sehnsucht, der Zerbrechlichkeit des Lebens und der Liebe. Sie beginnt mit einer großen Überraschung: Ein Mädchen wird von seiner 17 Jahre alten Mutter in einer Dachkammer zur Welt gebracht. Unehelich – im Jahre 1926 kaum vorstellbar. Die Zeiten sind geprägt von Mangel, aber das Leben muss weitergehen. Das Mädchen wird angetrieben vom Wunsch nach Glück, der Suche nach einem besseren Leben, einer eigenen Familie. So führt sein Weg mit knapp 15 Jahren nach Sachsen. Die junge Frau ist begeistert, besonders von Dresden, und beschließt zu bleiben. Irgendwann wird sie jedoch vom Strudel der Ereignisse des Zweiten Weltkrieges mitgerissen. Es dauert einige Zeit, bis sie ihr Leben wieder selbst in die Hand nehmen kann. Auf ihrem langen Weg trifft sie die verschiedensten Menschen, in die sie die unterschiedlichsten Hoffnungen setzt. Man erfährt von zahlreichen Begegnungen, die Neugier wecken und Mut machen auf das Leben …

Edith Siemon ist 1926 in Rheinfelden in Baden geboren. »Als es Nacht war in Dresden« ist ihr erstes Buch mit autobiografischem Hintergrund. Sie lebt seit 1978 im hessischen Bad Arolsen, inmitten einer wunderbaren Nachbarschaft, und hat drei Töchter.

EDITH SIEMON

Als es Nacht war in Dresden

Roman

GMEINER

Ausgewählt von
Claudia Senghaas

Die automatisierte Analyse des Werkes, um daraus Informationen insbesondere über Muster, Trends und Korrelationen gemäß § 44b UrhG (»Text und Data Mining«) zu gewinnen, ist untersagt.

Bei Fragen zur Produktsicherheit gemäß der Verordnung über die allgemeine Produktsicherheit (GPSR) wenden Sie sich bitte an den Verlag.

Gefällt mir!

Facebook: @Gmeiner.Verlag
Instagram: @gmeinerverlag
Twitter: @GmeinerVerlag

Besuchen Sie uns im Internet:
www.gmeiner-verlag.de

© 2013 – Gmeiner-Verlag GmbH
Im Ehnried 5, 88605 Meßkirch
Telefon 07575/2095-0
info@gmeiner-verlag.de
Alle Rechte vorbehalten

Lektorat: Claudia Senghaas, Kirchardt
Herstellung: Julia Franze
Umschlaggestaltung: U.O.R.G. Lutz Eberle, Stuttgart
unter Verwendung eines Fotos von: © mauritius images / ib / Rosseforp
Druck: Zeitfracht Medien GmbH, Industriestraße 23, 70565 Stuttgart
Printed in Germany
ISBN 978-3-8392-1342-1

Für meine Töchter

Vorwort von Gaby Hauptmann

Meine Familie mütterlicherseits fand ich schon immer sehr bemerkenswert. Sechs Töchter hat meine Großmutter in neun Jahren geboren: die älteste 1909, die jüngste, unsere Mutter Heidi*, 1918. Es war keine leichte Zeit, vor allem wirtschaftlich nicht, aber trotzdem war es für meine Großmutter selbstverständlich, das wenige, was sie für die eigene Familie hatte, mit anderen zu teilen. 's Marile, wie sie von den Geschwistern liebevoll genannt wurde, war die Erste, die das Haus der Eltern mit Nachwuchs überraschte. Der werdende Vater war, wusste meine Mutter, ein gut situierter, studierender Bauernsohn. Meine achtjährige Mutter hatte die nächtlichen Liebesbezeugungen zwar bemerkt, aber nicht verstanden ... und nach Ediths Geburt war sie dann eine recht junge Ersatzmutter, die sich um das Baby kümmerte, es wickelte und fütterte, während die wirkliche Mutter in Wiesbaden arbeitete. Damals entstand eine enge Bindung zwischen den beiden, die bis heute hält.

Interessant für unsere ganze Familie, vor allem für mich und meine Schwester Karin, sind die Eindrücke, die wir durch Ediths Aufzeichnungen in unsere eigene Familie bekommen. Und Ediths Lebensweg, der wirklich abenteuerlich ist und von Mut, Hilfsbereitschaft und dem Kampf ums Überleben erzählt. Wen wundert es, dass ich ihren ›Schein-Ehemann‹ Anton, der sie bei ihrer Flucht aus Dresden rettete, kürzlich in ihrer Wohnung traf? Viele Jahre später haben sie sich wieder gefunden, wobei ihre Lebenswege

---

* Im Buch »Ines« (Anmerkung der Redaktion)

völlig andere waren. Zu dem Zeitpunkt kannte ich die Tragweite dieser Begegnung aber noch nicht – dank ihres Buches wird nun auch mir einiges klar und ich wünsche Ediths Lebensaufzeichnungen ›Als es Nacht war in Dresden‹ allen Erfolg und viele, viele Leser, die sich vielleicht selbst wiederentdecken oder dadurch die Chance bekommen, die eigene Familiengeschichte anders zu hinterfragen.

Prolog

An einem Februarabend klingelte das Telefon und Tante Ines meldete sich. Sie wollte wissen, wie es mir geht, und meinte, es könne mich ein wenig ablenken, wenn sie mich zu ihrem 90. Geburtstag an den Bodensee einlade. All meine Cousinen hatten bereits zugesagt. Auch sie hatten teilweise lange Anfahrten. Geplant war ein Fest mit etwa 50 Gästen, doch der größte Wunsch der Jubilarin war, ihre Nichten alle noch einmal zu sehen.

Tante Ines ist die jüngste Schwester meiner verstorbenen Mutter, die das älteste von sechs Mädchen war. Ines ist die einzige noch Lebende von ihnen. Erst vor ein paar Monaten starb ihre Schwester Wilhelmine mit 97 Jahren, einige Jahre zuvor meine Mutter – kurz vor ihrem 95. Geburtstag. Beide waren zuletzt einfach vom Alter gezeichnet.

In den vergangenen zwei Jahren konnte ich meine Mutter nicht besuchen. Wir haben zwar zwei- bis dreimal wöchentlich telefoniert, aber das ›Wann kommst du mal wieder?‹ stand ständig im Raum. Der Grund dieses Versäumnisses war die schwere Erkrankung meines Mannes Richard. Er wurde ab dem Oberschenkel amputiert und lag 15 Wochen in einer Klinik. Während des langen Klinikaufenthalts wurde eine bereits mittelschwere Parkinsonerkrankung festgestellt, die ebenfalls intensiv behandelt werden musste. Auch die sechsstündige Bahnfahrt stellte ein Hindernis für Besuche dar. Einmal fuhr ich für eine Woche in meinen Geburtsort nach Südbaden, um meine Mutter zu besuchen. Währenddessen musste mein Mann vom Pflegedienst und der jüngsten Tochter Carolin betreut werden. Meine Mutter wurde von meiner Schwester zu Hause gepflegt und so konnte ich mich während meines Aufenthalts ein wenig um sie kümmern. Sie saß tagsüber im Rollstuhl und konnte gemeinsam mit uns am Tisch zu Mittag speisen. Dass meine Mutter mich nicht mehr erkannte, war eine traurige Erfahrung. Des Öfteren fragte sie, wer ich sei, wo ich wohne und ob ich dableiben wolle. Es war naiv zu glauben, dass sie mich eigentlich an der Stimme erkennen müsste. Ich fühlte mich fremd und allein.

Kurz vor meiner Abreise, drei Wochen vor ihrem 95. Geburtstag, saß ich an ihrem Bett. Es war ein später Nachmittag, die Sonne schien angenehm in das Zimmer und kleine Lichtreflexe tanzten hin und her und mir fiel auf, dass sie immer wieder zum Fenster sah. Plötzlich nahm Mutter meine Hand und zeigte mit dem Finger nach dem Fenster.

»Siehst du die große Treppe da? Sie ist ganz breit und am oberen Ende ist es ganz hell. Bitte geh mit mir nach oben.«

Um sie abzulenken, sagte ich, dass ich große Schwierigkeiten hätte, Treppen zu steigen und erst recht bei so einer großen Treppe.

»Dann muss ich eben alleine hinaufgehen«, war die Antwort.

Als ich abreiste, schlief meine Mutter friedlich, ich habe mich daher nicht von ihr verabschiedet. Das erleichterte mir die Trennung. Die Erkenntnis, dass Mutter nicht wusste, dass ich ihre erstgeborene Tochter bin, war für mich schmerzlich. Drei Wochen nach meiner Abreise starb sie. Zu ihrer Beerdigung konnte ich die lange Reise nicht noch einmal machen, Richard brauchte mich dringender. Die Pflege nahm mich rund um die Uhr in Anspruch, das Aufstehen schaffte er nicht mehr ohne Hilfe. Durch das lange Liegen hatten sich die Sehnen verkürzt und Stehen war nicht mehr möglich. Dass er zwei bis drei Stunden im Rollstuhl sitzen konnte, machte mich schon glücklich. Auf diese Weise konnten wir ab und zu spazieren gehen oder wir saßen hinter dem Haus auf unserer großen Terrasse mit dem geliebten Fernblick. Im Winter saß Richard meist am Küchenfenster und beobachtete die Vögel. Wir stellten immer ein Vogelhaus auf, um den kleinen Gesellen eine ruhige Futterstelle zu bieten. Es war eine wahre Freude, ihnen zuzusehen. Unser Leben beschränkte sich ganz auf unser Zuhause, ich tat alles, um es uns recht gemütlich zu machen. Wir beide haben eigentlich nichts vermisst, und Richard war so bemüht zu zeigen, wie dankbar er für alles war. Wir hatten ja uns. Wenn ich ihm über die Haare strich, leuchteten seine Augen und er lächelte mich an. Sein Lächeln war bezaubernd und ließ mich dann die Sorgen und Nöte vergessen. Das Sprechen fiel ihm oft schwer, trotzdem verstand ich ihn, seine Gesten ließen mich das Übrige erkennen. Er versuchte, mir verständlich zu machen, dass ich doch sehr viel Mühe mit ihm habe, aber ich verneinte und sagte ihm, dass er mich genausowenig im Stich ließe, wenn es umgekehrt wäre. Doch langsam verschlechterte sich sein Zustand, er konnte nicht mehr aufstehen und brauchte Tag und Nacht intensive Pflege. Oft musste ich in der Nacht mit nur vier Stunden Schlaf auskommen, tagsüber gab es auch nur wenige Pausen. Mitte November nahm er nur noch ganz wenig Nahrung auf, er nahm zusehends ab. Selbst das Trinken musste durch Infusionen ersetzt werden. Das Sprechen hatte er ganz eingestellt. Aber er hörte mir zu, wenn ich mit ihm sprach, und an seinen Augen konnte ich erkennen, dass er mich verstanden hatte. Nach einem sehr unruhigen

Wochenende versuchte ich es mit einer Suppe: Gemüse in Fleischbrühe gekocht, ganz fein passiert und in einer Schnabeltasse trinkfähig gereicht. Er trank die Suppe bis zum letzten Tropfen aus. Tränen traten mir in die Augen.

»Mein Gott, du hast gegessen, es geht wieder aufwärts!«

Ich war vom Glück getragen, die Müdigkeit war vergessen, der Himmel lachte. Eine halbe Stunde später begann er schwer zu atmen, rang nach Luft, und seine Augen … es war, als würden sie die Farbe wechseln. Der alarmierte Arzt kam umgehend. Er bat mich, unsere Tochter Esther zu benachrichtigen, sie zu bitten, sofort zu kommen, damit ich nicht mit meinem sterbenden Mann alleine sei. Esther und ich hielten ihm die Hände, streichelten ihn abwechselnd. Esther hatte ein Gebet auf den Lippen, die Bitte im Vordergrund, er möge nicht allzu lange leiden. Nach fast drei Stunden war der Kampf zu Ende. Die Fassungslosigkeit war groß, die Trauer saß tief. Es war kurz vor Weihnachten.

Alles erschien plötzlich so trostlos, ein großes Loch tat sich vor mir auf. Am liebsten wäre ich darin versunken. Vorrangig waren nun all die Formalitäten, das Begräbnis und anderes zu arrangieren, was mir die Töchter alles abnahmen. Sie hatten große Sorge, wie ich alles verkraften würde: den Gottesdienst, das Begräbnis, die vielen Besucher. Ich wusste es selbst nicht genau. Ich war so in meinen Schmerz vertieft, dass es beinahe keine Gegenwart gab. Noch waren die Mädchen bei mir, die jedoch bald wieder in ihren Alltag zurückkehren mussten, wie sollte es weitergehen, wenn alles erledigt war? Ja, aber da war noch Babsi, meine kleine Katze, die mit mir fühlte und ihren Freund jetzt schon vermisste. Babsi ist eine dreifarbige Katze: eine sogenannte

Glückskatze, die jeder auffallend schön findet. Und ein Glücksfall ist sie wirklich. Babsi kam zu uns, als Richard amputiert wurde. Eines Abends saß sie vor der Terrassentür, etwa sechs Monate alt. Ich gab ihr Milch und Futter, ließ sie ins Haus und stellte ihr den Katzenkorb bereit, den ich noch von unserem alten Kater Mumpi hatte. Sie legte sich ganz selbstverständlich hinein. Morgens, wenn ich ins Krankenhaus fuhr, ging sie nach draußen, abends wartete sie getreu auf mich. Sie tat mir gut und ich war nicht mehr alleine. Als Richard nach Hause kam, legte sie sich zu ihm aufs Bett. Sie wurde unser beider Freundin und treue Mitbewohnerin.

Für die Zeit meiner geplanten Reise an den Bodensee tauchte nun die Frage auf: wohin mit Babsi? Mir fiel die Tierärztin ein, die ich durch unsere vorherigen Haustiere kennengelernt hatte. Sie bot mir einmal an, als Richard und ich eine Reise vorhatten, dass wir sowohl unsere damalige Katze als auch das Häschen bei ihr in Pension geben könnten, was wir dann auch taten. Nun rief ich sie an, erwähnte mein Vorhaben, und sie sagte zu mir, dass es doch selbstverständlich sei, Babsi zu nehmen. Gleichzeitig würde sie sie auch impfen etc. Meine Reise konnte losgehen. Ich quartierte mich in der Nähe meiner Tante Ines in einem Hotel ein und buchte eine Woche Halbpension. Es war schon sehr warm für Februar. Die ganze Woche war der Himmel strahlend blau, in den Gärten blühten bereits die ersten Frühlingsblumen. All das Neue ließ mich auf andere Gedanken kommen und ich genoss plötzlich, dass ich ein wenig an mich denken konnte.

Meine Tante wohnte direkt am See. Ihr Wohnzimmer, eine einzige Fensterfront, bot einen herrlichen Blick auf das Wasser. Man konnte die Insel Reichenau erkennen. Es war das reinste Feuerwerk voller Lichtreflexe. Tagsüber hatten Enten, Schwäne und Vögel das Sagen. Die vielseitigen Beobachtungsmöglichkeiten ließen keinerlei trübe Gedanken zu. Ich genoss die schönen Tage. Am Montag war ich angekommen, am Samstag startete die Geburtstagsfeier auf Schloss Freudenthal. Meine Cousinen reisten erst am Samstag an und fuhren bereits am Sonntagmittag zurück, bedingt durch Beruf oder sonstige Verpflichtungen. Meine Schwester und ihr Mann kamen am Freitag. Sie wohnten im selben Hotel wie ich und blieben ebenfalls bis Sonntag. So vereinte uns alle ein gemeinsames Mittagessen, bevor sich unsere Wege wieder trennten. Es blieb nicht viel Zeit, um Geschehnisse zu erzählen, obwohl, es hätte vieles zu erwähnen gegeben und viele Fragen zu beantworten, beispielsweise haben zwei meiner Cousinen ebenfalls ihre Männer verloren. Beide Männer saßen einfach tot im Sessel, beide mittleren Alters. Was muss das für ein Schock gewesen sein! Die älteste Cousine hingegen wurde gerade von ihrem Mann verlassen. Ohne Angabe von Gründen. Zwei Tage zuvor hatte sie für die Teilnahme an der Feier noch ein Doppelzimmer bestellt, weil ihr Mann mitkommen wollte. Sie war deshalb nicht gerade in bester Verfassung, hielt aber tapfer durch. Trotz allem, wir konnten uns freuen, einander wieder einmal zu sehen. Zum Teil lagen Jahrzehnte dazwischen, seit ich die eine oder andere Cousine zuletzt getroffen hatte. Die Gründe könnten sein, dass die Entfernung zu groß oder ich zu sehr eingebunden war mit dem großen Haushalt oder dem Betrieb, den Richard aufgebaut hatte. Die Hauptursache war aber wohl, dass ich sehr früh von zu Hause weggegangen bin. Meine Cousinen trafen sich von Kindesbeinen an regelmäßig, verbrachten zusammen mit ihren Eltern die Sommerferien, kannten des anderen

Freuden und Sorgen. Sie sahen gemeinsam ihre Kinder groß werden und zum Teil sind auch schon Enkel da.

»Wo warst du denn in all den Jahren?« war ihre Frage an mich.

»Man hat dich selten zu Gesicht bekommen, meist nur zu einer Beerdigung. Wann haben wir uns überhaupt das letzte Mal gesehen?«, fragte mich die jüngste Cousine Gabriela, die sich neben mich setzte, während wir auf Getränke warteten. »Erzähl mal.«

Das ließ sich natürlich nicht in ein paar Sätzen abhandeln. Die Zeit würde nicht ausreichen, um auch nur das Wesentliche zu berichten.

»Warst du nicht schon sehr früh in Dresden?«, fuhr sie fort, »und als du nach dem Krieg zurückkamst, warst du, soviel ich weiß, im Schwarzwald.«

So erzählte ich ihr in groben Umrissen, was ich seit meinem 14. Lebensjahr alles gemacht und erlebt habe. Wie lange ich berichtete, weiß ich nicht. Gabriela hörte einfach nur zu.

»Sag mal, warum schreibst du darüber nicht ein Buch?« Ich erzählte ihr, dass ich vor vielen Jahren an einem Fernkurs für Schriftsteller teilgenommen habe und eigentlich vorgehabt hatte, ein Kinderbuch zu schreiben. Mein Onkel wollte dafür die Grafiken machen. Der alte Traum kam mir inzwischen zu verwegen vor. Ich bin aus allem raus, habe begriffen, wie einem das Leben entgleiten kann, wie die Zeit vergeht und vieles mitreißt: Hoffnung, Träume und manchmal auch den Mut.

»Warum versuchst du es nicht einfach? Unsere Cousine hat es doch auch geschafft.« Das stimmt, aber als Journalistin hat sie natürlich bessere Voraussetzungen und in meinem Alter …

»Es geht um den Versuch«, sagte Gabriela, »du schaffst das.« So entschloss ich mich, den Versuch zu wagen und all das Erlebte zu Papier zu bringen. Immerhin eine Art Versprechen an Gabriela.

I

Ende November 1926, genauer am 28., wurde ich an einem Sonntag geboren, nach Angaben der Hebamme wog ich keine drei Kilo, war sehr klein und zeigte scheinbar keine Lust auf das Leben. Verständlich, denn meine Mutter war gerade 17 Jahre jung, ihre Schwangerschaft war nicht bemerkt worden. Sie gebar mich alleine in ihrer Dachkammer. Ihre älteste Cousine Martha bewohnte nebenan das Dachstübchen und hörte das Klagen und Stöhnen meiner Mutter. Sie alarmierte zunächst ihre Eltern im ersten Stock. Diese wiederum alarmierten meine Großeltern im Parterre. Welch eine Aufregung! Wie war so etwas überhaupt möglich? Zum Glück wohnte unser Hausarzt in der Nähe, der auch sofort kam. Er sah nach, ob auch alles an mir dran sei, wie er sagte, hielt mich, wie meine Großeltern mir später erzählten, mit einer Hand unter die Lampe.

»Na, die Kleine wird das Leben schon meistern, hat sie es doch ganz gut gemacht, indem sie sich bis zuletzt ganz im Verborgenen hielt.«

Die kommenden Jahre lebte ich zusammen mit zwei weiteren Schwestern meiner Mutter, Martha und Ines, bei meinen Großeltern. Großvater gab keine Einwilligung zur Heirat, so war ich also ein uneheliches Kind, dies war in jenen Jahren für eine streng katholische Familie unverzeihlich. Großvater war der Meinung, dass meine Mutter mich nicht alleine erziehen könne. Mein leiblicher Vater war noch in der Ausbildung und durfte mich nur sehen, wenn Großvater, der ihm nicht zutraute, eine Familie zu ernähren, es erlaubte. Erst viel später wurde mir klar, dass es bei Großvater fast schon um Antipathie meinem Vater gegenüber ging. Nur so konnte ich mir im Nachhinein sein Verhalten erklären.

Einige Wochen nach meiner Geburt ging meine Mutter zu Freunden meiner Großeltern nach Wiesbaden. Diese betrieben in einem Kurhotel eine Praxis für unterschiedliche Bäder, Massagen etc. Ich selbst blieb wohlbehütet bei meinen Großeltern und meinen Tanten. Meine Mutter sah ich nicht oft. Die Bahnfahrt war kostspielig und lang bis zu unserem Städtchen direkt an der Schweizer Grenze. In diesen Jahren habe ich meine Mutter nicht vermisst, dies kam erst später und dafür umso schmerzlicher. Ihre Schwestern waren auch meine Schwestern, sie haben sich rührend um mich gekümmert, ich war eben die kleine Schwester für sie.

Meine Cousine Lotte wurde geboren, ich war gerade drei Jahre alt. Wir waren als Kinder viel zusammen, ihre Mutter, Tante Wilhelmine, sorgte dafür, dass ich in ihrer Familie wie zu Hause war. Nur Onkel Arthur war nicht sehr begeistert von mir, er tadelte mich immer beim Essen, und wenn ich den Schokoladenpudding stehen ließ, warnte er mich, dass ich noch lernen würde, alles aufzuessen.

2

Durch die Geburt von Lottis Bruder Theo und meine Einschulung lockerte sich die Beziehung etwas und wir waren nicht mehr so oft zusammen. Mit fünf Jahren konnte ich schon ein bisschen lesen, als ich etwas fortgeschritten war, lehrte mich Tante Ines, das Gelesene zu verstehen. Solange sie bei den Großeltern lebte, kümmerte sie sich um mich und beschäftigte sich viel mit mir. Morgens, wenn Großvater seine Zeitung gelesen hatte, versuchte ich in einer Ecke – meist saß ich auf der Küchenbank am großen Tisch -, die Zeitung zu studieren. Immer wenn ich Buchstaben fand, die ich lesen konnte, versuchte ich, die Sätze zusammenzustellen, damit konnte ich mich stundenlang beschäftigen.

Großvater war streng. Er stammte aus einer Handwerkerfamilie mit mehreren Beschäftigten. Ich weiß wenig von meinen Vorfahren. Hörte von Großmutter, dass Großvater Kaufmann gelernt hatte, sein älterer Bruder sollte die Produktion, Großvater den kaufmännischen Teil des Betriebes übernehmen. Urgroßvater war begehrt als Stuckateur, er restaurierte auch in Schlössern die Stuckdecken und war viel unterwegs. Doch starb er schon mit 56 Jahren an Kehlkopfkrebs. Der Betrieb wurde verkauft, die beiden Brüder wurden ausbezahlt. Großvater eröffnete danach ein Feinkostgeschäft und handelte mit edlen Weinen, was damals sehr gefragt war. Seine Mutter lebte nach dem Tod von Urgroßvater zwar im Haushalt meiner Großeltern, unterstützte jedoch Großvaters Bruder finanziell beim Bau eines großen Kaffeehauses und Restaurants. Deshalb zog sie das

Geld aus dem Geschäft meiner Großeltern. Es kam, wie es kommen musste, die Großeltern gerieten in Schwierigkeiten und kämpften ums Überleben des Betriebes. Großmutter steckte nun ihr Erbteil in das Geschäft, damit ein Konkurs vermieden werden konnte. Aber Uroma blieb meinen Großeltern noch lange erhalten. Sie war es gewohnt, Befehle zu erteilen, hatte sie ja in ihrem Betrieb das Sagen gehabt. Stets hatte sie ihre Lorgnette an einer Kette hängen und trug nur schwarze Kleider aus schwerer Seide.

Großvater bekam nach Aufgabe des Geschäftes eine Anstellung bei der Stadtverwaltung und blieb dort bis zur Pensionierung. Großmutter stammte aus einer Bauernfamilie. Sie besaßen den größten Hof in der Gegend und gehörten zu den wichtigsten Steuerzahlern. Großmutter hatte noch einen älteren Bruder, Fritz, und eine jüngere Schwester, Mina. Als junges Mädchen verliebte sich Oma in einen Landschaftsmaler, sie wollten heiraten und zusammen in das kleine Malerhäuschen ziehen. Um das zu verhindern, wurde Oma in der Nähe in ein Kloster geschickt. Die streng katholische Einstellung hat sie sozusagen von dort übernommen. Während ihres Aufenthaltes im Kloster lernte sie, Altardecken und Gewänder zu sticken, sie entwarf Motive und stickte sie aus, ebenso lernte sie perfekt nähen, was ihr später bei der Erziehung von sieben Mädchen zugute kam. Zu meinem zehnten Geburtstag bekam ich ein selbst genähtes weißes Kleid. Am unteren Saum hatte Oma selbst entworfene Mohnblumen mit Blättern aufgestickt. Es war ein Traum und es wurde sehr bewundert, und ich war unendlich stolz.

Als Omas Vater starb, entließ man sie aus dem Kloster, sie war bereits Ende 20. Kurz danach muss sie wohl Opa kennengelernt haben. War es ein Wink des Schicksals? Oma hieß mit Vornamen Maria und Opa schlicht Josef. Genau ein Jahr nach dem Tod von Omas Vater heiratete ihre Mutter wieder. Der neue Mann war ebenfalls Bauer und brachte nochmals einen großen Hof mit ein, den sie aber verpachteten. Aus der Ehe stammt ein Sohn, er hieß Leo, aber ich glaube, es bestand keine geschwisterliche Nähe. Die drei Kinder aus erster Ehe wurden abgefunden. Omas Schwester Mina und ihr Bruder Fritz bekamen ein Häuschen, Ackerland, Wald und einen kleinen Viehbestand, so konnten sie zusammen Landwirtschaft betreiben. Die beiden Geschwister lebten zusammen und blieben auch unverheiratet. Bruder Fritz jedoch starb sehr bald an einem Krebsleiden. So blieb Tante Mina viele Jahre allein, bis sie im hohen Alter schwer dement wurde und von meiner Mutter aufgenommen wurde. Oft besuchte ich mit meiner Großmutter Tante Mina auf dem Land. Es war für mich immer ein riesiger Spaß. Angefangen bei der Bahnfahrt. Natürlich versuchte ich, überall zu helfen, es war ja genug Arbeit da, man ließ mich gewähren, und ich steckte viel Lob von Tante Mina und Oma ein, wenngleich ich viel durcheinanderbrachte. Auf das Geleistete war ich stolz und rundherum zufrieden. Am Wochenende gab es frischgebackenes Brot und Apfel- oder Zwetschgenkuchen.

Mein Appetit war groß, und es schmeckte immer so gut. Das Einzige, was mir Angst machte, waren die Pferde, ich machte immer einen großen Bogen um sie, da half kein Zureden, auch nicht das Argument, dass meine beiden Cousinen gerne reiten. Dagegen aber war ich sehr stolz, zwei Kühe vor dem Heuwagen führen zu dürfen.

Noch schöner war der Aufenthalt bei Tante Mina, wenn

Cousine Lotti mit dabei war. Wir entdeckten täglich Neues, sahen, wie Küken schlüpften und neugeborene Kälbchen mit einer Flasche gefüttert wurden. Alles wurde ausprobiert, und am Ende glaubten Lotti und ich sogar, dass wir inzwischen alles besser konnten als die Erwachsenen.

Ich war eine große Katzenfreundin, solange ich denken kann, waren Katzen meine liebsten Spielgefährten. Wir wohnten damals an der Hauptstraße in einem Doppelhaus. Ein Vorgarten grenzte an den Bürgersteig, ein Stück davon war überdacht und abgeteilt, so dass eine schöne Sitzecke mit Tisch vorhanden und kein Einblick von außen möglich war. Rundherum war die Laube mit wilden Kletterrosen bewachsen, ein sehr schöner Fleck, besonders für uns Kinder. Autos fuhren damals kaum, wir konnten auf dem Bürgersteig seilspringen, Ball werfen und einiges mehr, ohne dass Gefahr bestand.

Unsere Wohnung lag gegenüber der katholischen Kirche. Großmutter war sehr darauf bedacht, dass ich sonntags mit ihr in die Kirche ging, auch einmal wochentags in die Morgenandacht, ehe ich zur Schule musste. Das Aufstehen fiel mir immer sehr schwer und oft wünschte ich mir dann, Oma wäre nicht so fromm. Sie achtete streng darauf, dass ich morgens und abends betete. Wenn sie einmal nicht dabei war, kam bestimmt die Frage an mich, ob ich gebetet hatte. Verneinte ich, so wurde es nachgeholt oder ich wurde damit bestraft, dass ich das versprochene Stück Schokolade nicht bekam.

Oft lief ich mit Oma über die Rheinbrücke in die Schweiz zum Einkaufen. Man konnte damals täglich 100 g Bohnenkaffee ohne Zoll einkaufen, den trank Oma immer sehr gerne. Mir nähte sie für diese Einkäufe einen Pompadour-

Beutel, den ich wie eine Handtasche tragen konnte. Beim Einkauf bat ich Oma immer um mein geliebtes Schokoladenstängeli, schön verpackt in farbiges Stanniolpapier, so groß wie eine Zigarre, was sie auch immer gewährte. Es kam dann in meinen Beutel, den ich am Zoll stolz öffnete. Doch einmal, als ich auf die Frage des Zöllners, ob ich etwas in dem schönen Beutel hätte, mit »Ja« antwortete, forderte er mich auf, den Beutel zu öffnen, damit er es überprüfen konnte.

»Aber da ist ja gar nichts!« Mit Tränen in den Augen sah ich Oma an und fragte sie, ob sie wisse, wo mein Stängeli geblieben sei. Sie meinte ungerührt:

»Das ist bestimmt abhanden gekommen, sicher hast du das Beten vergessen.« Ich schwieg den ganzen langen Weg und bemühte mich, meine Tränen zu unterdrücken. Zu Hause angekommen, meinte Oma, während sie ihre kleinen Einkäufe auspackte:

»Weißt du, wir sehen morgen früh einmal nach, ob dein Schutzengel über Nacht etwas in den Küchenschrank gelegt hat. Du musst nur vor dem Schlafengehen fest beten, dann finden wir es bestimmt.« Was hab ich innig mein Nachtgebet gesprochen, kaum geschlafen und am Morgen den Herrgott gebeten, er möchte doch einen Engel schicken – mit meinem Stängeli. Ich wagte nicht, nach dem Küchenschrank zu sehen, wo Oma das Fach mit dem Kaffeegeschirr öffnete.

Sie meinte so leichthin, dass sie mich habe beten hören, nun wollten wir nachsehen, ob im Schrank auch etwas für mich sei. Ich konnte es nicht fassen, meine Gebete waren erhört worden: mein Stängeli strahlte mich an. Ich war selig, trotz des Bewusstseins, dass nichts umsonst ist. Für alles im Leben musste man etwas tun und in diesem Fall: beten und gehorsam sein. Mein Glaube wurde neu gestärkt, meine täglichen Gebete nicht mehr vernachlässigt. Meinen Puppen erzählte ich das Erlebte und versprach ihnen, bestimmt nicht so streng zu ihnen zu sein wie Oma zu mir.

Meinen leiblichen Vater bekam ich in all den Jahren kaum zu sehen. Wenn er einmal kurz aufkreuzte, wurde er ebenso schnell wieder verabschiedet. Er war für mich ein Fremder, dem ich mit Abstand begegnete. Wenn ich einmal wagte zu widersprechen, wurde mir gedroht, dass mein Vater käme und mich mitnehmen würde, dann gäbe es bestimmt härtere Strafen. Inzwischen hatte mein Vater wohl geheiratet, ich hatte einen Halbbruder und eine Halbschwester. So wurde ich ängstlich und befürchtete, dass man mich eines Tages weggeben würde. Ich wagte oft nicht, allein zum Bäcker zu gehen, der ganz in der Nähe seine Backstube hatte und wo ich mir gelegentlich ein Milchbrötchen holen durfte oder ein süßes Teilchen. Hinter jedem Strauch, hinter jeder Haustür sah ich meinen Vater lauern mit der Absicht, mich nach Hamburg mitzunehmen, wo er mit seiner Familie lebte. Ich gab mir alle Mühe, ein braves Kind zu sein, nicht zu fluchen oder Streiche auszuhecken, wie ich es gerne mit anderen Kindern getan hätte.

Wenn abends um 18:00 Uhr die Kirchenglocken läuteten, ließ ich alles stehen und liegen, um der Anweisung meines Großvaters nachzukommen, dass es Zeit für Kinder sei, ins Haus zu kommen. Großvater konnte mich auch sehr verunsichern. Wenn ich auf seine Frage nach den Schulaufgaben stotternd antwortete, sah er mich an und sagte ernst: »Hansli«, so nannte mich Großvater immer, weil er gerne selbst noch einen Sohn gehabt hätte, »du schwindelst ja!«

»Nein, Großvater, bestimmt nicht, ich sage die Wahrheit.«

»Hansli, auf deiner Stirn steht aber geschrieben, dass du schwindelst.« Heimlich ging ich zu einem Spiegel, um zu sehen, ob er wirklich von meiner Stirn, manchmal auch von der Nasenspitze, ablesen konnte, dass ich (aber nur ein bisschen) geschwindelt hatte. Trotz aller Anstrengung konnte ich nie so etwas feststellen. Davon abgesehen war Großvater mein bester Freund. Ich habe es, solange er lebte, immer gespürt, wenn er es auch nicht deutlich zeigen konnte. Wenn es aber passierte, dass mir Unrecht geschah, setzte er sich für mich ein. Dafür half ich ihm auch bei der Arbeit. Mit einem Leiterwagen fuhr er immer zur Kohlenhandlung, um Briketts, Kohlen und Feuerholz zu kaufen. Stets war ich mit dabei. Auf dem Heimweg sagte ich ihm, dass ich nun alleine die Kohlen nach Hause ziehen wolle. Sah ich doch genau, wie sehr er sich abmühte beim Einsacken und Aufladen. Ernst versicherte er mir, dass er mir nur die kleine Anhöhe von dem Lager bis zur Straße helfen würde, dann aber den Griff festhalte, um den Leiterwagen zu steuern, denn beides könne ich nicht, dazu sei ich noch zu klein. Außerdem wolle er auch eine Kleinigkeit beitragen. Zu Hause erzählte er Großmutter, dass ich ganz alleine die Kohlen gezogen hätte, er sei nur der Steuermann gewesen. Was war ich stolz und froh darüber, Großvater diese schwere Arbeit abgenommen zu haben!

Im Garten hatte ich mein eigenes kleines Beet, immer gab Opa mir von seinen Salatpflanzen und anderen Setzlingen ab. Eine kleine Gießkanne und kleine Gartengeräte gehörten auch zu meiner Ausstattung. Das Beet und meine Geräte musste ich selbst pflegen, Opa nahm sie nach der Gartenarbeit unter Kontrolle und lehrte mich so, die Dinge in Ordnung zu halten. Für alles hatte er einen Spruch, in diesem Fall sagte er mir:

»Hansli, Ordnung ist das halbe Leben!«

3

Meine Kindheit verlief behütet, ich fühlte mich geliebt von der großen Familie. Obwohl ich von zartem Wuchs und sehr feingliedrig war, war ich doch gesund und ging gerne zur Schule. Mein roter Kater Mumpi begleitete mich oft bis zum Eingang, und meine Freude war groß, wenn mein vierbeiniger Freund nach Schulschluss an der Straßenecke auf mich wartete. Dann ging ich in die Hocke, mein Kater kletterte auf meinen schönen Schulranzen, legte sich der Länge nach darauf, sodass sein Kopf links mit meinem Gesicht Kontakt hatte, der Schwanz hing rechts über meine Schulter, und ein riesiges Schnurrkonzert begann. Oma nahm uns oft an der Straßenkreuzung in Empfang. Wir hatten von der Schule nach Hause einen Weg von etwa sechs Minuten, sie war jedoch besorgt, dass das Gewicht des Ranzens mit dem Kater für mich zu viel sein könnte, was natürlich nicht stimmte.

Schon Anfang des neuen Jahres belauschte ich manchmal Gespräche der Erwachsenen, die besorgt über die Zukunft sprachen. Obwohl man bedacht war, dass ich von allem nichts mitbekommen sollte, spürte ich doch ihre Unruhe. Aber ich hatte ja Seppel, er war mein bester Freund. Soweit ich es im Nachhinein abschätzen kann, muss er etwa 22 Jahre alt gewesen sein. Er war der Cousin meiner Mutter und meiner Tanten. Seine Mutter war die jüngste Schwester meines Großvaters, verheiratet mit einem Handwerker. Die Familie betrieb eine Bau- und Möbelschreinerei, und sie hatten zwei Söhne: Friedhelm, der ältere, und Seppel, der jüngere von beiden. Er hieß eigentlich Joseph, genannt nach Großvater, der sein Patenonkel war. Seppel nannten wir ihn. Immer, wenn er zu uns kam, trug er seine Traditionskleidung: schwarze Cordhose, Weste, weißes Hemd und einen großen, schwarzen Hut. Soweit ich mich erinnern kann, hatte er auch im linken Ohr einen Ohrring. Meine Großeltern und seine Cousinen mochten ihn alle sehr gerne. Wenn er bei uns war, nahm er oft ein Blatt Papier und zeichnete mich, meist sitzend.

Er war immer auf dem Laufenden, was mich und die Schule betraf. Einmal hörte ich ihn zu Großmutter sagen, dass er gehört habe, ich sei die Zweitbeste in meiner Klasse. Ich war gerade im zweiten Schuljahr.

Er konnte so herrlich singen und ging heimlich auf die Musikakademie in Basel. Nur meine Großeltern wussten davon, aber irgendwann kamen seine Eltern dahinter, verboten es und kürzten ihm den Lohn derart, dass er das Studium nicht mehr finanzieren konnte. Das Drama nahm seinen Lauf: Seppel erhängte sich am Rheinufer an einem Baum, seine eigene Mutter entdeckte ihn. Von nun an war für uns die Welt nicht mehr in Ordnung. Es war wie ein Beben, das auch unser Leben aus der Bahn warf. Zunächst begriff ich das Ganze nicht, wie konnte Seppel mir das antun? Und warum überhaupt? Er hatte doch uns, wir waren eine Familie. Eine tiefe Traurigkeit befiel mich, nichts konnte mich aufheitern, nicht einmal meine Mutter, die zur Beerdigung kam. Ich glaube, ich habe nur wenig Notiz von ihr genommen. Selbst das neue Kleid, das sie mir mitbrachte, konnte mich nicht begeistern, zumal Oma mir viel schönere Kleider nähte. Tante Ines meinte bei näherer Betrachtung, dass sie wenigstens den Preis hätte abnehmen können. Was ich brauchte, war Trost. Das Beisammensein mit meiner Mutter war von Unsicherheit und Verlegenheit geprägt, dabei verbarg sich aber in mir eine Sehnsucht nach ihr, nach Zärtlichkeit, die unerfüllt blieb. Es gibt kein Wort, dass das Gefühl ausdrücken kann, das ein Kind empfindet ohne Mutterliebe. Nach ihrer Abreise entstand eine Leere in mir, die nicht zu beschreiben ist. Der plötzliche Tod, das Kommen und Gehen, mir war so, als wäre ein Teil des Himmels eingestürzt. Von nun an sollte sich vieles in unserem Leben ändern.

Wir schrieben das Jahr 1933. Zu dieser Zeit gab es sehr viele Arbeitslose. Die Menschen lebten in Angst, Hunger war an der Tagesordnung. Sehr oft kamen Bettler an die Haustür, Oma kochte ihnen meist eine Suppe und gab ihnen, wenn möglich, noch Wegzehrung mit. Großvater meinte oft, dass Großmutter womöglich nicht mehr genug zu essen für uns im Hause hatte. Solche Tage gab es wirklich, dies wurde mir erst später bewusst, da Großmutter fast ängstlich das Brot abschätzte, ob es für unsere Mahlzeit noch reichte.

Im Grunde lebten wir bescheiden, wir waren zwar immer satt, hatten im Garten alles an Gemüse und viel Obst. Nur Fleisch, fand ich, hätte es öfter geben können. Kartoffeln für den Winter, Äpfel, oft Speck, Geschlachtetes, auch Mehl, das alles bekam Großmutter vom Hof ihrer Eltern. Großvater fuhr im Herbst aufs Land, um auf dem Hof seiner Schwiegereltern zu helfen. Er verschickte von dort Körbe per Bahn, gefüllt mit allem Möglichen, schön bedeckt mit Sackleinen und mit Bindfaden vernäht. Geschlachtetes, Schmalz und Mehl brachte er im großen Rucksack mit. Es gab damals Abteile für Reisende mit Traglasten. Sobald die Körbe mit der Bahn angekommen waren, fuhr Opa mit dem Leiterwagen zum Güterbahnhof und holte sie ab. Natürlich half ich Opa auch hierbei. Auf einmal wurden diese Aktionen gefährlich. Es kam vor, dass wir aufgehalten wurden auf dem Heimweg oder auch schon am Bahnhof beim Abholen. Die Körbe wurden kontrolliert, Großvater musste genau angeben, woher die Körbe stammten und wie er in deren Besitz gekommen war. Die Versandpapiere wurden genauestens überprüft, und schließlich durften wir mit unserer Ladung nach Hause fahren.

Es war an einem Sonntagvormittag, Tante Miriam und ich sollten Tante Wilhelmine, Cousine Lotti und Vetter Theo zum Mittagessen abholen. Unsere Wohnung lag in einem Quadrat von Straßen. Tante Wilhelmine schob Theo im Kinderwagen, Lotti hielt sich am Kinderwagen fest und ich lief nebenher, war ich doch schon sieben Jahre alt. Als wir an die Kreuzung Friedrichstraße kamen, zwei Häuser von der Wohnung entfernt, wurden wir von uniformierten SA-Männern aufgehalten.

Wir hörten schon von Weitem die Schlachtrufe der Kommunisten, die von der SA niedergeschlagen wurden. Blumentöpfe flogen durch die Gegend, es gab Verletzte. Zwei der SA-Männer riefen plötzlich:

»Aufhören! Hier sind Frauen mit Kindern!« Nachdem ihnen von den Tanten erklärt wurde, dass wir nicht anders unsere Wohnung erreichen konnten, nahmen sie Lotti und mich bei der Hand, meine Tanten mit Theo liefen hinterher, und so brachten sie uns unbeschadet ins Haus. Was war das nur? Wir Kinder begriffen überhaupt nichts mehr, dafür aber zitterten wir am ganzen Körper. Großmutter atmete zunächst auf, als wir da waren, aber wo war Großvater? Keiner wusste es. Die Sorge um ihn war groß. Plötzlich offenbarte Großmutter ihre Sorge meinen Tanten.

»Sie werden ihn doch hoffentlich nicht eingesperrt haben. Ich habe Angst um euren Vater, sie haben ja nun auch die SPD im Visier. Er wird doch nicht in einer Versammlung gewesen sein?« Nun, ich konnte mir auf all das keinen Reim machen. Was war die SPD, was waren das für Versammlungen, warum wurde man deshalb eingesperrt? Als Großvater spät nach Hause kam und Oma ihn unter Tränen in den Arm nahm, konnte ich mir vorstellen, dass es doch etwas ganz Schlimmes sein musste. Großmutter und Tante Martha sprachen dann später mit mir darüber, soweit es für mich verständlich war, und baten mich gleichzeitig eindringlich, es niemandem gegenüber zu erwähnen. Es könnte sonst für uns alle gefährlich werden. Lottis Vater war auch in der SPD, er war aktiv, inwieweit, weiß ich nicht. Opa war einfach von der SPD überzeugt.

Diese Unruhen hielten längere Zeit an. Es kam zu vereinzelten Schlägereien und Auseinandersetzungen auf der Straße. Meist waren es kleine Machtkämpfe, wenn der eine vom anderen wusste, dass er z. B. Kommunist war oder einer anderen Partei angehörte. So auch eines Abends, es mochte gegen 21:00 Uhr gewesen sein, als ich mit Oma in ihrem Nähzimmerchen saß. Sie machte sich wieder Sorgen um Großvater, und ich wollte einfach mit ihr warten, als es plötzlich an der Haustüre klingelte. Der Schreck im Moment war groß. Als Großmutter die Haustüre öffnete, stand ein Bekannter von Opa davor und bat eindringlich um Hilfe. Er blutete am Kopf. Oma zog ihn in das Nähzimmer, räumte blitzschnell im Wäscheschrank das unterste Fach nach oben und steckte den Verletzten hinein. Es war keine Sekunde zu früh, schon klingelte es abermals an der Tür. Als Großmutter öffnete, hörte ich zwei Männerstimmen besorgt nachfragen, ob bei uns denn alles in Ordnung sei. Sie hätten einen Verbrecher in diese Richtung flüchten sehen. Großmutter sagte gefasst: »Bitte, kommen Sie doch herein, ich bin mit meiner Enkelin alleine, aber es ist alles in Ordnung.« Ich saß ganz still auf meinem Stuhl und betete in Gedanken, es möge alles gut werden. Als die beiden Männer sich davon überzeugt hatten, gaben sie Großmutter noch den guten Rat, gleich nach ihnen die Haustüre zu verschließen, sodass niemand herein konnte. Sie wollten aber sicherheitshalber noch den Garten hinter dem Haus und das Gartenhaus kontrollieren. Oma bedankte sich höflich und verschloss lautstark hinter den Männern die Tür. Nachdem wir die beiden weggehen hörten, holte Großmutter den Verletzten aus dem Versteck, verband ihn und gab ihm eine Mütze von Opa, damit der Verband nicht auffiel. Sie war dann doch sehr aufgeregt.

Als der Fremde sich bedankt hatte, sagte er noch zu Großmutter:

»Ihr Mann gab mir den Auftrag, wenn es mir möglich sei, soll ich Ihnen ausrichten, dass es ihm gut geht und er bald nach Hause kommt. Auf dem Weg hierher wurde ich zusammengeschlagen.« Großmutter weinte. Ich habe sie nie so weinen sehen, sie fand kaum die Worte, um diesem späten Gast zu danken. Aber es war auch keine Zeit zu versäumen. Als Oma sich davon überzeugt hatte, dass die Luft, wie sie sagte, rein war, ließ sie ihn wieder aus dem Haus. Was mit Opa damals war und wer dieser Bote war, habe ich nie erfahren. Großmutter nahm mich nach dem Weggang des Fremden in den Arm und streichelte mich mit den Worten:

»Hoffentlich musst du nicht allzu oft solche Angst ausstehen. Aber ich muss dir jetzt ein großes Versprechen abnehmen. Erzähle niemandem von diesem Vorfall. Weißt du, man bringt mich sonst ins Gefängnis.« Ich versprach es hoch und heilig und hielt dieses Versprechen bis nach ihrem Tod. Ihre Sorge, es könnten mir noch mehr solche Aufregungen Angst machen, hat sich während des Krieges bestätigt. Sie sagte zu mir auch immer wieder: »Du hattest mal wieder einen Schutzengel bei dir. Ich bete darum, dass er dich ein Leben lang begleiten möge.« Dies sollte sich in vielen, oft fast aussichtslosen Situationen bestätigen, wenn sie sich auch erst Jahre später ereignen sollten.

Auch Wohnungen waren in diesen Jahren knapp, besonders bezahlbare. Es gab jedoch in manchen Fällen Hilfe bei der Beschaffung. So wurde in unserem Städtchen Baugelände günstig an Großfamilien vergeben und dazu günstige Kredite. Jedoch wurde die Bauweise vorgegeben, alle Häuser waren gleich. Im hinteren Teil des Bauabschnitts wurden zwölf Doppelhäuser gebaut für Familien mit mindestens fünf Kindern. Im vorderen Teil entstanden zwölf Doppelhäuser für Familien mit weniger Kindern, diese hatten aber dafür ein Zimmer weniger. Im vorderen Abschnitt bekamen drei Familien mit einer Sondergenehmigung die Möglichkeit, eine Haushälfte zu bauen und zu erwerben. Großvater, der inzwischen pensioniert war, hatte wohl auch bei der Stadt einen Fürsprecher, der ihm zu einer solchen Sondergenehmigung verhalf. Drei meiner Tanten, Miriam, Hilda und Nina, waren in festen Beziehungen. Tante Hilda, meine besondere Gönnerin, war schon verheiratet, Nina und Miriams Hochzeiten waren bereits geplant. Die drei Männer, Hans, Stephan und Roland, besaßen Motorräder und waren, wie es damals hieß, bei der motorisierten SA. Es kann auch gut sein, dass meine Großeltern dadurch zu den

Begünstigten gehörten, die bauen konnten. Onkel Hans, Tante Hildas Mann, war nicht so ein überzeugtes SA-Mitglied. Er hatte einen Beiwagen an seinem Motorrad. Tante Hilda machte den Führerschein und fuhr oft mit mir durch unser Städtchen oder an den Bergsee, der etwa 15 km weit entfernt war, zum Baden.

Das war dann immer ein Staunen, wenn wir unterwegs waren, besonders dann, wenn festgestellt wurde, dass der Fahrer eine junge Frau war. Es machte unheimlich viel Spaß. Tante Miriams Mann war Schneidermeister und ein hundertprozentiger SA-Anhänger, was auf Miriam abgefärbt hatte. Sie versuchte, nachdem sie bei Opa keinen Erfolg gehabt hatte, mir das Buch ›Mein Kampf‹ verständlich zu machen. Und war fest davon überzeugt, dass es uns allen bald besser gehen würde. ›Mein Kampf‹ war ihre Heilige Schrift.

Onkel Stephan, Ninas Mann, der Dritte im Bunde, war sehr verschwiegen, äußerte sich zu dem Geschehen nie, aber er war immer dabei, Großvater beim Ausschachten des Kellers oder bei anderen Arbeiten zu helfen. Es gab Vorgaben, was an Eigenleistung beim Hausbau erbracht werden musste. Im Sommer 1935 waren die Siedlungshäuser beziehbar. Es gab eine riesige Einweihungsfeier mit der SA, der Hitlerjugend und Prominenten, mit langen Ansprachen und einem dreifachen Hoch auf den Führer. Die Anlage wurde Adolf- Hitler-Siedlung getauft. Großvater war wohl von allem nicht sehr begeistert, schwieg aber und flüchtete sich lieber in die Arbeit. Es gab immer noch genug zu tun, es war ein großer Garten anzulegen, nicht vergessen werden durfte ein kleines Gartenhaus mit wild wachsenden Rosen. Auf all den Grundstücken war ein kleiner Stall vorgesehen für Kleintierhaltung. Großmutter züchtete weiter ihre Kaninchen. Diese hatten wunderschönes Fell, aber essen konnten wir alle nichts davon. Oma ging es um die schönen Felle. Die Hauptsache aber war die Freude an den Tieren. Mein roter Kater war inzwischen gestorben, was für mich ein sehr schmerzliches Erlebnis war. Aber Großmutter brachte eines Tages eine kleine weiße Angorakatze mit nach Hause. Sie hatte ganz blaue Augen, war ziemlich unnahbar und ließ sich auch nicht so ohne Weiteres auf den Arm nehmen, aber wenn sie wollte, war sie ein toller Spielkamerad. Ich nannte sie Muschi.

Zur Schule hatten wir Kinder es nicht weit. Nur war die Straße noch nicht befestigt, was auch noch länger dauern sollte. Wenn es geregnet hatte, war sie aufgeweicht. Wir mussten uns daher bei schlechtem Wetter ein Paar Ersatzschuhe mitnehmen. Diese hingen bei mir am Schulterriemen an der Seite, die Gummistiefel wurden an der Garderobe vor dem Klassenzimmer ausgezogen und gegen die sauberen Schuhe ausgetauscht.

In der Nähe der Siedlung wurde auch ein großer Sportplatz angelegt mit Terrassentreppen; er war gedacht für sportliche Aktivitäten der SA: Fußball, Speerwerfen, Hochsprung, Kugelstoßen. Die Hitlerjugend übte Wettkämpfe und bereitete sich so für das Sportcamp vor. Aber es war ein langer Fußmarsch, um in das Städtchen zu kommen. Fahrgelegenheiten gab es nicht, es sei denn, man nahm das Fahrrad. Für Großmutter war es also nicht möglich, die Einkäufe für die große Familie zu tätigen. Das Tragen der Taschen war zu schwer für sie. So fuhr eben Tante Miriam, mit einem großen Korb versehen, mit dem Fahrrad in den Ort. Großvater besorgte oft samstags den Braten für Sonntag. Für diesen Einkauf bekam er von Tante Hilda ein Einkaufsnetz gehäkelt, auf das er sehr stolz war. So geschah es an einem heißen Samstag im August; wenn ich heute daran denke, muss ich immer schmunzeln und stelle mir das bildlich genau vor.

Onkel Stephan war damit beschäftigt, ein Zimmer zu tapezieren. Die Hochzeit mit Tante Nina sollte im kommenden Monat stattfinden, sie wollten vorübergehend bei den Großeltern wohnen, bis ihre eigene Wohnung beziehbar war. Großmutters Anspannung war zu spüren, als einer der neuen Nachbarn zu uns kam und lächelnd fragte:

»Ach, Frau Roth, warten Sie nicht auf Ihren Mann? Der liegt auf der Terrassentreppe auf dem Sportplatz und schläft, eine Katze war auch bei ihm und hat etwas gefressen.« Onkel Stephan ging mit Tante Miriam los und sie holten Opa nach Hause. Der erzählte uns freudestrahlend, dass er einen Schulkameraden nach vielen, vielen Jahren getroffen habe und dieser habe ihn zu einem Glas Wein eingeladen. Auf dem Heimweg aber wurde er furchtbar müde und wollte nur etwas ausruhen, dabei sei er vermutlich eingeschlafen. Viel Fleisch hatte er nicht mehr in seinem Einkaufsnetz. Die Katze hatte es wohl ziemlich leicht, mit ihren Krallen stückweise das Fleisch aus dem Netz zu angeln. Das aber wurde Großvater erst am Sonntag bewusst, denn es gab keinen Sonntagsbraten. Aber Großvater dachte sicher, das sei ein kleiner Racheakt von Großmutter, weil er verspätet nach Hause gekommen war.

Der Tag rückte nun immer näher, an dem die Hochzeit stattfinden sollte. Nicht kirchlich, so wie Großmutter es sich gewünscht hatte, nur standesamtlich mit Trauzeugen in SA-Uniform. Wie das Paar zum Standesamt gefahren wurde, weiß ich nicht, aber als sie zurückkamen, warteten Oma, Opa und ich an der Haustüre auf das Brautpaar. Tante

Wilhelmine und Cousine Lotti waren auch schon anwesend, als der Motorradsturm angefahren kam. Das frischgebackene Ehepaar entstieg einem Auto, das von unserem Hausarzt gesteuert wurde. Dieser betreute schon seit Jahren die Familie. Er wurde ein überzeugter SA-ler. So stand nun die SA Spalier vom Gartentor bis zur Haustüre, die rechte Hand an ihren Mützen. Das Brautpaar wurde von zwei Uniformierten zur Haustüre begleitet. Es gab für alle einen Umtrunk, ein bisschen Plauderei und viele gute Wünsche, dann war der Spuk zu Ende. Meine Großeltern litten sehr, sie konnten es kaum verbergen. Die folgende kleine Feier im Familienkreis verlief deshalb mit viel Schweigen, aber auch zahlreichen Ratschlägen von Seiten der Schwestern. Meine Mutter war nicht anwesend, auch Tante Ines nicht. Aber Tante Hilda und Miriam waren zumindest mit den Gebräuchen etwas vertraut. Miriams Hochzeit sollte folgen, sobald das frisch vermählte Paar wieder bei den Großeltern auszog. Seit der Onkel mit in der Familie lebte, hatte sich vieles geändert. Mir war so, als gehörte ich plötzlich nicht mehr dazu. In der Zwischenzeit war meine Mutter aus Wiesbaden zurückgekehrt, wo sie in aller Stille, ohne Familienangehörige, standesamtlich geheiratet hatte.

Für ihre Heirat brauchte Mutter nun keine väterliche Erlaubnis mehr, wenngleich die Großeltern schmerzhaft enttäuscht waren. Dagegen brauchten die SA-Bräute einen ›rein arischen Nachweis‹, und zwar 200 Jahre zurückliegend. Großvater ließ nachforschen in Kirchenbüchern, Standesämtern, sonstigen Behörden. Ich weiß nicht, was dazu alles benötigt wurde. Opa stöhnte oft darüber, ich hörte ihn einmal, als Großmutter die Betten bezog, im Schlafzimmer schimpfen und sagen:

»Hätten wir nicht so eine braune Suppe in der Familie, bliebe uns dies erspart.«

»Um Gottes willen, Joseph, leise, leise. Ich habe Angst um dich, wenn du deinen Mund nicht zügelst, dann holen sie dich eines Tages noch ab.« Man erzählte sich, dass Kinder, die von der Hitlerjugend überzeugt waren, sogar ihre eigenen Eltern angezeigt haben, in dem Glauben, das Richtige zu tun. Ich saß in der Küche und hörte das Gespräch der Großeltern mit an.

»Sag mir, Oma«, fragte ich sie etwas unsicher, weil ich das Gespräch sicher nicht hören sollte, »was ist eine braune Suppe?« Ich sah sie ängstlich an, weil sie, wie mir schien, sehr lang auf meine Frage schwieg. Ich war mir nicht ganz sicher, ob Großmutter mich nicht anlügen würde, wenn sie mir meine Frage beantwortete.

»Ach, weißt du«, fing Großmutter an, »es geht um die Heiratspapiere. Diese muss jeder, der heiratet, vorlegen auf dem Standesamt. Aber das ist auch viel Schreiberei und Opa meinte, diese hasst er so sehr wie die braune Suppe. Du magst sie doch auch nicht. Du weißt doch: braun geröstetes Mehl, dann mit Wasser löschen, sehr lange kochen lassen, bis sie schön sämig ist. Das Ganze wird abgeschmeckt, wenn möglich, mit gebratenen Speckwürfeln und etwas Butter. Diese Suppe wird bei den Landwirten sogar zum Frühstück gegessen, damit sich auf dem Feld bei der Arbeit nicht gleich wieder der Hunger breitmacht.« Ja, das war begreiflich, wusste ich doch, dass Großvater diese Suppe nicht mochte, ich mochte sie doch auch nicht!

Von nun an war ich hin- und hergerissen. Mutter konnte am Ende unseres Städtchens ein großes Zimmer mit Küchenbenutzung mieten. Viele Hauseigentümer waren darauf angewiesen zu vermieten, um finanziell entlastet zu werden. Außerdem musste oder sollte ich mich daran gewöhnen, einen Stiefvater zu haben und ihn zu akzeptieren, was mir sehr schwerfiel. Ich nannte ihn Kurt, so hieß er mit Vornamen. Ganz aus dem Weg gehen konnte ich ihm leider nicht. Großmutter versuchte immer, mir klarzumachen, dass Mariechen meine Mutter ist, aber ich trotzdem noch ihr Kind sei.

Mutter war hübsch, sehr zierlich, hatte dunkles Haar und ganz dunkle Augen. Beides hatte ich von ihr, ebenso die Sommersprossen auf der Nase. Sie kleidete sich sehr chic und es schien so, als wäre sie rundum zufrieden.

Kurt war in Freiburg in der Schweiz geboren. Er hatte einen Bruder, der später im 2. Weltkrieg fiel, und eine Schwester, die nach ihrer Heirat in der Schweiz lebte.

Seine Eltern betrieben in der Schweiz eine Großschlachterei. Als die Mutter starb, verkaufte sein Vater das Geschäft und ging, nachdem die Kinder in einem Heim untergebracht waren, nach New York. Von dort kaufte er weltweit Fleisch für Supermärkte ein. Zu seinen Quellen zählten Länder wie z. B. Russland, Frankreich und die Schweiz. Er kam 1918 aus Amerika zurück.

Kurt war ein gutaussehender Mann, im Gegensatz zu meiner Mutter war er groß, blond und hatte graue Augen. Mutter reichte ihm gerade bis zur Schulter. Sie waren eigentlich ein sehr schönes Paar. Aber er blieb für mich stets ein Fremder. Wer auch negativ zu unserem Verhältnis beitrug, war sein Vater. Wenn er gelegentlich zu seinem Sohn zu Besuch kam, ließ er keine Gelegenheit aus, mich zu kritisieren. Kurts Schwester, die in der Schweiz verheiratet war, stellte mich an Weihnachten bei den Verwandten ihres Mannes einmal so vor:

»Ja, und das ist die Tochter von meines Bruders Frau, sie lebt aber bei ihren Großeltern.« Nur dann, wenn sie Urlaub machten und jemand in ihrer Wohnung nach dem Rechten sehen musste, Blumen gießen etc., da war ich diejenige, die das ganz prima machte – nach Aussage der Schwester meines Stiefvaters. Es wurde nicht einmal gefragt, was ich für die Bahn- und Tramfahrerei bezahlen musste. Einen Kontakt vermied ich also, so gut es ging. Aber dies sollte ich erst Jahre später erleben. Wenn ich allerdings heute über meinen Stiefvater nachdenke, kommen mir auch diese unangenehmen Episoden von Zeit zu Zeit in den Sinn.

Zurück zu unserer Schule: dort wurde auch vieles umgekrempelt. Die Lehrer kamen meist in ihren Uniformen mit Parteiabzeichen und grüßten uns mit ›Heil Hitler‹. Dazu mussten wir aufstehen und ebenfalls mit erhobener Hand laut und deutlich ›Heil Hitler‹ sagen. Es fiel uns Kindern auf, dass einige der Lehrer nicht mehr anwesend waren. Genaues wussten wir aber nicht. Nur unser Lehrer Herr Schäfer, den wir alle sehr mochten, war nach Angaben seines vorläufigen Vertreters sehr, sehr krank.

Die Jungs aus der Parallelklasse wussten jedoch einiges mehr. Wir hatten zwar getrennte Klassenzimmer, doch kam es auch vor, dass wir zusammen unterrichtet wurden, wenn einer der Lehrer krank war oder aus einem anderen Grund ausfiel. Erst war es ein gegenseitiges Testen, ein schüchternes Lächeln, dann gab es in der Schulpause immer öfter Austausch von brisanten Neuigkeiten. Aber immer war Vorsicht geboten, denn wir hatten auch Klassenkameradinnen, deren Väter große Parteibonzen, wie wir sie heimlich nannten, waren.

So wussten Stephan und Christian einmal zu berichten,

dass unser geliebter Lehrer, Herr Schäfer, nicht mehr unterrichten würde. Die Familien der Jungs waren Nachbarn der Lehrerfamilie. Seine Frau, so erzählten sie, habe eine Frühgeburt gehabt. Frau Schäfer war der Belastung und der Trauer nicht gewachsen, sie wurde depressiv und krank und musste behandelt werden. Eines Morgens, so erzählten sie weiter, kam ein grauer Kleinbus zu Schäfers. Die Scheiben waren verhangen, man brachte Frau Schäfer fort. Zwei Wochen später sollte Herr Schäfer ein Schreiben von einer bestimmten Klinik bekommen haben, mit der Benachrichtigung, dass seine Frau an den Folgen ihrer Krankheit verstorben sei. Nach und nach sickerte durch, dass alte und schwer kranke Menschen, Kinder mit Behinderungen oder geistig zurückgebliebene Personen an bestimmte geheime Orte gebracht und getötet wurden. Die legale Grundlage für diese Morde bot das Gesetz zur Verhütung erbkranken Nachwuchses. Ballast-Existenzen nannten die Nazis das.

Inzwischen waren wir etwa 12 oder 13 Jahre alt. Ich war die Jüngste und Kleinste! Beim Turnen, besser gesagt beim Antreten, stand ich als Letzte in der Reihe. Auch war ich nicht so stark belastbar wie meine übrigen Schulkameradinnen, aber ich kam klar. Schwimmen konnte ich gut, wenn auch nicht sehr ausdauernd, ich sprang sogar vom Acht-Meter-Brett, was keine meiner Klassenkameradinnen wagte. Das machte mich ein bisschen stolz.

Außerhalb der Schule waren wir oft zu sechst zusammen, was wir in der Schulpause absprachen. Außerdem machten wir auch abwechselnd die Schulaufgaben bei der einen oder anderen zu Hause. Am meisten gefiel es uns Mädchen, wenn wir bei meinen Großeltern im Gartenhaus sitzen konnten. Großmutter hatte fast immer eine Überraschung für uns. Mal einen selbstgebackenen Gugelhupf oder eine große Schüssel mit verschiedenem Obst. Zum Kuchen gab es Kakao. Dafür bekam ich zum Geburtstag von Tante Hilda ein eigenes Kinderservice geschenkt: kleine Tassen und Teller und eine Kanne.

Am liebsten und besonders oft war ich jedoch mit Gertrud Ganter zusammen. Wir wohnten etwa ein Jahr in der Siedlung, als Gertruds Eltern in der Parallelstraße ein Haus bauten. Es entstanden in der Hauptsache Einfamilienhäuser. Die Bauart war nicht vorgeschrieben, die Häuser konnten ganz nach Gefallen, Geldbeutel und Bedarf erstellt werden. Gertruds Vater war Maurer, ihre Mutter stammte aus einer angesehenen Familie. Der Bruder von Frau Ganter war in Bern Bankdirektor und finanzierte das Haus seiner Schwester. Der Großvater, ein netter alter Herr mit weißem Haar, zog mit in das Haus ein und sollte von Gertruds Mutter im Bedarfsfall gepflegt werden. Ich hatte es nicht weit bis zur Baustelle und konnte mich deshalb fast täglich mit Gertrud dort treffen. Zwischen den Siedlungen und den Neubauten in der Kaminfegerstraße, diesen Namen erhielt sie gleich zu Beginn der Bauphase, wurden Gärten angelegt. Entlang der Gärten lag eine große Wiese mit einem Weg, wodurch ich ganz schnell die Siedlung und das Haus meiner Großeltern vom hinteren Teil aus erreichen konnte. Das Pendeln zwischen unseren Elternhäusern gehörte von Anfang an zur Tagesordnung.

Kurz bevor das Haus von Ganters bezugsfertig war, bekam ich mit, dass im ersten Stock eine kleine Wohnung vermietet werden sollte. Die Wohnung bestand aus einer kleinen Wohnküche, einem Schlafzimmer und einem kleineren Zimmer am oberen Treppenabsatz, davor war ein kleiner Flur mit Toilette und Waschgelegenheit. Bäder waren zu dieser Zeit noch Luxus. Auch in den Neubauten wurden in der Waschküche Badewannen aufgestellt, das Wasser wurde im Waschkessel heiß gemacht und dann mit Eimern in die Wanne geschüttet. Als ich meiner Mutter von der kleinen Wohnung erzählte, bat sie mich, einmal nachzufragen, ob wir die Wohnung mieten könnten. Frau Ganter und Gertruds Brüder Markus und Michael kannten mich ja schon länger, ihren Vater Alfons hatte ich des Öfteren auf der Baustelle gesehen. Frau Ganter meinte auf meine Anfrage bezüglich der Wohnung:

»Wenn deine Mutter so ist wie deine Großmutter (sie kannten sich wohl) und dein Vater kein Trinker ist, sollen sie vorbeikommen und es mit uns besprechen.« Die Familie Ganter überzeugte sich dann selbst davon, dass ersteres zutraf und das zweite ausgeschlossen war. Meine Eltern bekamen also die Wohnung, und ich blieb in der Nähe meiner geliebten Großeltern. Als ich den Großeltern die gute Nachricht überbrachte, hatte ich das Gefühl, dass sich beide darüber freuten. War es doch gar nicht so einfach, eine Wohnung zu finden. Onkel Stephan und Tante Nina wohnten noch in der Siedlung, und Miriams Hochzeit sollte bald stattfinden, aber der Neubau für Stephans und Ninas Wohnung hatte sich etwas verzögert. Die Nachricht, dass Mutter eine Wohnung bekommen hatte, war für Stephan Grund, mich noch mehr zu demütigen.

Eines Morgens beim Frühstück mit meinen Großeltern meinte er:

»Na, du Bastard, ich denke, ihr habt eine Wohnung? Was suchst du eigentlich dann noch hier?« Oma hielt Opa am Arm fest, damit er nicht aufbrauste. Ich fing an zu weinen.

Nach der Schule fragte ich Großmutter dann, was eigentlich ein Bastard sei.

»Ist es denn etwas Schlimmes?« Ich dachte schon, es könnte mit den grauen Bussen zusammenhängen. Großmutter konnte mich zum Glück beruhigen. Großvater ging Stephan aus dem Weg, und ich wollte ihm auch nicht begegnen. Offiziell schlief ich ja nun bei meiner Mutter, tagsüber nach der Schule war ich viel bei Gertrud oder verbrachte die Nachmittage bei meinen Großeltern. Großvater überwachte noch immer meine Schulaufgaben. Manchmal hatte er auch eine kleine Arbeit für mich, wie etwa Beeren pflücken oder bei den Kaninchen helfen, was ich immer gerne tat. An das neue Zuhause konnte ich mich noch nicht gewöhnen. Oft tat ich abends so, als ginge ich früh zu Bett oder wollte noch, wie ich versicherte, etwas lesen. Doch wenn ich sicher war, dass meine Eltern schliefen, ging ich leise zur Garderobe, wo immer ein Mantel oder Ähnliches von mir hing. Mein Schulranzen stand in der Ecke griffbereit. So schlich ich mich die Treppe hinunter (einen eigenen Schlüssel hatte ich ja) und lief querfeldein zu den Großeltern, in der festen Annahme, dass Mutter es nicht bemerken würde. Meine Großeltern schliefen im Parterre, unter dem Schlafzimmerfenster war ein kleines Kellerfenster, erhöht durch einen niedrigen Sockel. Die Fensterläden waren nachts immer geschlossen. Wenn ich mich auf den Sockel stellte, konnte ich die Fensterläden berühren und fest daran klopfen. Ich sprang herunter, wenn ich merkte, dass das Fenster von innen geöffnet wurde.

»Na, Hansli, gefällt es dir mal wieder nicht bei deiner Mutter?«, fragte Opa. Er zog mich durch das Fenster ins Schlafzimmer, ein Nachthemd hatte ich unter dem Mantel an, und kroch zwischen meine Großeltern in die Mitte des

Bettes. Da fühlte ich mich immer gut aufgehoben. Keine Angst quälte mich und keine Fragen musste ich beantworten. Doch manchmal neckte Opa mich: »Hansli, schläfst du?«

»Nein, Opa, ich schlafe nicht.«

»Dann borg mir eine Mark!«

Worauf ich antwortete: »Doch, bei Gott, Opa, ich schlafe!«

Großmutter fing nun an zu kränkeln. Sie hatte ein offenes Bein, dazu stellte man hohe Blutzuckerwerte bei ihr fest. Medikamente gab es damals noch nicht gegen die sogenannte Zuckerkrankheit. Für das offene Bein stellte Großmutter selbst eine Salbe mit Kräutern aus ihrem Garten her. Diese wurde dann in leere Cremedosen gefüllt und weitergegeben. Unser Hausarzt holte regelmäßig Salben für seine Patienten ab, die mit Erfolg behandelt wurden, wie er sagte. Großmutter hatte mit einer blinden Homöopathin in Basel Kontakt, die auch gerne ihre Salbe verwendete. Diese hatte eine Praxis mitten in der Stadt, war sehr gefragt, und entsprechend lang waren die Wartezeiten. In einem eigenen Labor wurden nach ihren Rezepten Medikamente erstellt. So kam Oma zu einem Tonic, das tatsächlich ihren Blutzuckerspiegel normalisierte. Selbst für ihre Herzprobleme, weswegen Großmutter lange in Freiburg in einer Klinik lag, hatte die Naturheilerin ein Mittel.

Immer, wenn Großmutter krank war, leistete ich ihr Gesellschaft, las ihr vor oder war der Aufpasser, wenn sie heimlich stickte. Wenn dann jemand in das Zimmer kam, verschwand die Stickerei schnell unter der Bettdecke. Trotzdem war sie immer auf dem Laufenden, auch was meine Schule betraf. Ich erzählte ihr, dass von unseren beiden Klassen drei Schüler im Alter zwischen 12 und 14 Jahren ausgesucht worden waren, die nach Karlsruhe auf ein Lehrerseminar geschickt werden sollten: Robert, Erna und ich. Wobei Robert uns Mädchen sicher noch eine Nasenlänge voraus war, was seine schulischen Leistungen anging.

Erst war ich begeistert darüber, dass ich es in die Auswahl geschafft hatte, und meinte leichthin, dass es mir bestimmt Freude machen werde. Doch kurze Zeit später bekam ich Angst vor der eigenen Courage und hätte am liebsten einen Rückzieher gemacht, was man allerdings in der politischen Lage damals besser vermeiden sollte. Meine Mutter war ebenfalls ganz angetan und meinte dazu:

»Dann wird bestimmt noch etwas aus dir!« Kurt enthielt sich einer Meinung. Er schien mir eher abraten zu wollen. Schon einige Male hatte ich mitbekommen, dass Mutter Kurt abends beim Weggehen ermahnte, er solle aufpassen, dass sie bei ihren Treffen nicht erwischt würden. Was ihnen dann blühe, sei nicht auszudenken.

Von der Schulleitung kam ein Schreiben nach Hause, in dem ein Treffen in der Kreisstadt festgelegt war, wo alle ausgewählten Schüler sich vorstellen sollten. Es sollte an einem Samstag stattfinden. Es kamen Schüler aus dem ganzen Kreis zu diesem Treffen. Beordert waren wir an einen großen öffentlichen Platz. Erst wurde angetreten, dann die Hakenkreuzfahne gehisst, anschließend gesungen, gemeinsam mit dem Jungvolk, das von überallher angetreten war, mit Trommeln und Flöten, um den Gauleiter zu begrüßen. Ich bekam auf einmal große Bedenken, dass es im Lehrerseminar sehr streng zugehen könnte, vor allem erzieherisch. In mir sträubte sich alles. Dass es erst ein Bekanntmachen sei, tröstete mich unheimlich. Die Entscheidung sollte ja erst später fallen. Wir standen nun in Reih und Glied und jeder Schüler wurde einzeln an einen riesengroßen Tisch aufgerufen. Der Kreisleiter, flankiert von zwei SA-Männern, hatte von jedem Schüler eine Akte, die ihm jedes Mal von einem SA-Mann nach dem Aufruf übergeben wurde. Ich war ganz ruhig. Diese für mich ungewohnte innere Gelassenheit hat mir in diesem Fall geholfen. Ich wurde aufgerufen. Nachdem ich beobachtet hatte, dass die anderen Schüler den Gauleiter mit ›Heil Hitler‹ begrüßten, tat ich es ihnen nach und betete im Stillen.

Sag mir deinen Namen!

Edith Ursula Roth, geboren am 28. November 1926. Wohnort: Rheinfelden

Name deiner Mutter?

Maria Magdalene Schweiger.

Name des Vaters?

Kurt Schweiger.

Wieso denn Schweiger, hier steht doch etwas ganz anderes?

Das ist mein Stiefvater, den leiblichen Vater kenne ich nicht.

Ein Staunen war im Gesicht des Kreisleiters zu erkennen. Während ich in der Reihe stand und diese Ablehnung spürte, ging mir durch den Kopf, dass Kurt ja Kommunist war. Mein leiblicher Vater mit dem Namen Herrmann Brombach hingegen war Parteigenosse.

Man ließ mich wegtreten ohne weitere Fragen, aber ich spürte, dass ich gewonnen hatte. Nach zwei Wochen kam die amtliche Absage und ich musste nicht nach Karlsruhe gehen, was mir in dem Moment schlicht zu fern der Heimat gewesen wäre. Bisher hatte meine Großmutter für mich die

Anmeldungen in der Schule und überall dort, wo die Personalien angegeben werden mussten, erledigt. Sie wollte mir sicher damit ersparen, antworten zu müssen, wenn es um meinen Vater ging. Was wusste ich überhaupt von ihm? Wo war er eigentlich? Vor einiger Zeit hörte ich zufällig Oma zu Großvater sagen, dass er per Überweisung aus Hamburg Geld für mich geschickt hatte. Mir persönlich schrieb er nie. Aber meine Großeltern waren scheinbar über alles im Bilde.

Gertrud hatte auch große Sorgen mit ihrem Vater: Alfons war ein Trinker. Freitags, wenn Zahltag war (die Firmen zahlten immer bar, das Geld war zusammen mit der Abrechnung in einer sogenannten Lohntüte), fand er nie den Heimweg. Nicht allzu weit von Ganters Haus gab es das Wirtshaus ›Der Wasserturm‹. Gertruds Bruder Bruno wurde dann immer beauftragt, das Fahrrad ihres Vaters dort abzuholen, damit er zu Fuß nach Hause gehen musste. Es gab oft fürchterliche Szenen, wenn er betrunken heimkam. Oft ließ ihn Frau Ganter nicht ins Haus, dann musste er im Holzschuppen seinen Rausch ausschlafen. Es war ja genug Heu für die Kaninchen und die eine Ziege vorhanden, so dass er passabel darauf schlafen konnte. Da er meist noch in den höchsten Tönen sang, ehe er endlich Ruhe gab, blieb es auch den Nachbarn nicht verborgen.

Das Haus konnte man von zwei Seiten erreichen, Kaminfegerstraße war die eigentliche Adresse. Zu befahren mit Autos und Verkaufswagen, die Milch, Brot und vieles mehr anboten. Von der Rückseite führte von jedem Haus eine eigene kleine Brücke über den Dürrenbach zu dem ›Schwarzen Weg‹. Dieser hatte seinen Namen von dem schwarzen Schlackebelag und war genau einen Kilometer lang. Er führte in eine Richtung in unser Städtchen, der längere Teil führte vorbei an der Siedlung bis zur Landstraße in Richtung Säckingen. Der Weg war auf der Häuserseite mit Kirschbäumen bepflanzt, auf der anderen Seite in der gesamten Länge mit Kastanienbäumen. Die Kronen der Bäume vereinten sich mit den Jahren, so konnte man wie unter einem wunderschönen Dach laufen. Wenn die Kastanienbäume blühten und sich mit den Kirschbäumen ablösten, war es immer ein wundervoller Anblick. Oftmals führte der Dürrenbach Wasser, besonders bei starkem Regen. Alle 200 Meter stand eine Bank für die Spaziergänger, die gerne den schönen Anblick genossen. Wir Kinder hatten großen Spaß. Manchmal holten wir uns mit einer Harke von dem Kastanienbaum über dem Bach einen großen Ast und ließen uns damit über den Bach schleudern, mit viel Gelächter und ganz ohne Bedenken. Oft kam ich mit aufgeschlagenen Knien nach Hause, meist aber verbarg ich solche kleinen Blessuren. Einmal konnte selbst Großmutters Salbe nicht helfen und ich musste zum Arzt. Mutter meinte oft, ich sei gar kein Mädchen, schlimmer könnte kein Junge sein, außerdem sei ich immer genauso schmutzig wie diese. Andere Mädchen seien dagegen immer sauber und adrett. Das war mir egal, ich war einfach – trotz allem – ein glückliches Kind. Mit meinen vier Puppen spielte ich gerne. Ich hatte eine große Puppe mit einem Kopf aus Porzellan und echtem, hellem Haar, die beim Hinlegen die Augen schließen konnte. Auf diese musste ich ganz besonders aufpassen, sie durfte auf keinen Fall hinfallen, sonst konnte der Porzellankopf in die Brüche gehen. Also blieb sie meist auf dem Sofa sitzen. Mein kleinstes Püppchen lag viel in einem Holzbettchen, das Seppels Vater mir schreinerte und einmal zu Weihnachten geschenkt hatte. Großmutter nähte dafür ein Kopfkissen und eine Decke. Am liebsten spielte ich mit den Zwillingen, zwei identischen Puppen aus Zelluloid. Die Haare waren in rötlichen Wellen angedeutet, sie hatten grüne Augen, machten einfach alles mit, und wie ich glaubte, machte ihnen sogar das Baden Spaß. Mit zehn Jahren konnte ich schon gut stricken. Meinen Zwillingen, Martin und Manuela genannt, strickte ich Kleider. Manuela bekam ein Kleidchen in Rosa, Martin in Blau eine kurze Hose und einen weißen Pullover. Tante Hilda half mir immer mit guten Ratschlägen. Sie selbst strickte am laufenden Band für Onkel Hans, sich selbst und uns Kinder.

Oft verreiste ich mit meinen Zwillingen. Für die Puppen hatte ich einen kleinen Puppenkoffer, von Großmutter nahm ich eine Einkaufstasche mit Reiseproviant für mich mit. Der schwarze Weg war oft meine Anlaufstelle. Dort setzte ich mich auf eine Bank, meine Zwillinge daneben. So saßen wir dann gemütlich in einem Zug und fuhren los. Oft entschied ich mich für das Umsteigen, wenn sich jemand zu uns setzte, dann wurde die Reise auf Großmutters Sofa fortgesetzt, ich musste dann aber eine Fahrkarte erster Klasse nachlösen.

Sehr schön war es im Rosengartenhaus, da störte uns niemand. Ich las den Zwillingen aus einem Märchenbuch vor oder wir planten eine neue Reise an den Bodensee und irgendwann einmal nach Berlin.

Aber fast täglich gab es in unser aller Leben dunkle Wolken. Es war an einem Sonntagmorgen gegen acht Uhr, als eine schwarze Limousine in der Kaminfegerstraße 14 vorfuhr. Zwei Männer, bekleidet mit Ledermänteln und Schlapphüten, stiegen aus und klingelten bei Familie Ganter Sturm. Wir hörten, wie die Haustüre geöffnet und nach Alfons Ganter gefragt wurde. »Mein Mann schläft noch«, sagte Frau Ganter. Wir wussten, dass er wieder getrunken hatte. Wir wussten aber auch, was die schwarze Limousine zu bedeuten hatte. Alles ging sehr schnell, die beiden Männer weckten Alfons, während Frau Ganter das Nötigste einpackte. Dann hörten wir nur noch, wie das Auto wieder wegfuhr.

Meine Mutter erkundigte sich im Laufe des Tages bei Frau Ganter, ob alles in Ordnung sei. Frau Ganter konnte ja die Abwesenheit ihres Mannes nicht lange verheimlichen. Sie erklärte meiner Mutter, dass sie für ihren Mann eine Unterbringung gefunden hätte, wo er einen Entzug machen konnte. Es sei so das Beste für ihn, denn sie befürchtete sowieso, dass er Anti-Nazi Reden hielt, so wüsste sie ihn wenigstens für eine Weile gut aufgehoben. Alles war so glaubhaft, und Frau Ganter versicherte uns, dass es ihm gut gehe. Nach etwa sechs Monaten Abwesenheit konnte Frau Ganter ihren Mann das erste Mal besuchen, er sei sehr krank, hieß es. Meine Eltern fanden das allerdings merkwürdig. Besuche waren doch in solchen Fällen nicht an der Tagesordnung. Durch die dünnen Wände hörte ich Frau Ganter kurz nach ihrer Rückkehr in ihrer Küche laut weinen, meine Mutter war bereits bei ihr, um zu erfahren, wie es Alfons ginge. Da erzählte Frau Ganter meiner Mutter, dass sie ihren Mann zwangssterilisiert hatten. Dies ging wohl nicht spurlos an ihm vorbei.

Zwar begriff ich erst viel später, was mit Alfons passiert war, spürte jedoch bereits damals, wie dramatisch alles gewesen sein musste. Nach einem Jahr kam er wieder nach Hause, die Familie war überglücklich. Frau Ganter zählte schon lange vorher die Tage.

Diese Tragödie wiederholte sich noch zwei Mal, wir bekamen immer nur mit, dass Alfons wieder zur Entziehungskur abgeholt wurde. In Wirklichkeit, so erzählte mir Gertrud viele Jahre nach Kriegsende, wurde ihr Vater damals in ein Arbeitslager gebracht, weil er einfach den Mund nicht halten konnte. Dass er überhaupt wieder nach Hause kam, grenzte an ein Wunder. Den Krieg hatte er zwar überlebt, aber dafür hat ihn seine Alkoholsucht wieder heimgesucht und viel später das Leben gekostet.

Nach den Sommerferien 1940 sollte ich auf das Mädchenlyzeum wechseln. Mein Vater, der plötzlich wieder einmal in mein Leben trat, hatte dies mit meiner Mutter besprochen. Aber bis dahin war noch viel Zeit. Die Schulleitung der Grundschule hatte dazu geraten, erst das Pflichtjahr zu absolvieren, was ab dem 14. Lebensjahr ein Muss war. Es ging darum, ein Jahr in der Landwirtschaft zu helfen oder in einer kinderreichen Familie die Hausfrau zu unterstützen.

Kinderreiche Mütter bekamen damals eine Auszeichnung: für vier oder fünf Kinder gab es das Mutterkreuz in Bronze, für sechs oder sieben in Silber und für acht oder mehr in Gold. Diese Mutterkreuze wurden an einem breiten Band um den Hals getragen und sehr großer Wert darauf gelegt, dass sie in der Öffentlichkeit deutlich sichtbar waren.

Zum Abschluss des Schuljahres sollten wir alle noch einmal viel Spaß in einem Ferienlager im Schwarzwald haben. Trotz der etwas strengen Regeln gefiel es uns. Wir hatten zusammen mit noch drei weiteren Schulklassen viel Vergnügen und trotz fixem Stundenplan genügend Zeit für uns. Diese nutzten wir, um mit anderen Mädchen Kontakte zu knüpfen und unsere Adressen auszutauschen. Wir saßen an diesen Tagen oft in einem großen Kreis hinter dem Lager auf einer Wiese, erzählten uns Geschichten, sangen gemeinsam und machten fröhliche Spiele. In einer solchen Gemeinschaft fühlte ich mich immer wohl, besonders, wenn wir nicht antreten mussten. Man akzeptierte sich, wie man war, und keiner fragte danach, wieso ich den Namen meiner Großeltern trug. Ich hieß einfach so und das war in Ordnung. Der Aufenthalt sollte noch eine Woche fortgesetzt werden. Doch dann überschattete eine düstere Wolke unsere unbeschwerte Runde, und gleichzeitig kam es mir vor, als ginge unsere Kindheit zu Ende mit der Nachricht, die ein Lehrer in unserer Mitte verbreitete:

»Wir haben soeben die Nachricht bekommen, dass unsere Soldaten in Polen einmarschiert sind. Wir folgen unserem Führer und unterstützen unsere Soldaten mit dem Deutschen Gruß.« Wir mussten aufstehen, die Hand zum Hitlergruß heben und ›Deutschland, Deutschland über alles‹ singen.

Es war der 1. September 1939. Unser Aufenthalt wurde sofort abgebrochen, die Sachen gepackt und noch am selben Abend wurden wir mit Bussen nach Hause gefahren. Großvater war nicht gerade gesprächig, als ich mich zurückmeldete. Die einzige Erinnerung an diesen Moment ist die an meine maßlose Angst. Großvater musste mich trösten, und ich stellte ihm panische Fragen:

»Meinst du, Opa, der Krieg ist bald wieder vorbei?«
»Aber, Hansli, er hat doch gerade erst angefangen.«
»Musst du denn auch in den Krieg ziehen?«
»Nein, dafür bin ich zu alt.«
»Gott sei Dank, Großvater!«

Ab nun begann unser Unterricht täglich mit dem Austausch der neuesten Nachrichten. Viele von uns waren genauestens unterrichtet. Ich las regelmäßig schnell die Zeitung durch, um im Wesentlichen Bescheid zu wissen. Jeden Morgen mussten wir nun auf dem Schulhof vor Schulbeginn antreten, die Flagge hissen und singen. Egal, ob es regnete oder schneite oder die Sonne schien. Es gab von Anbeginn an Lebensmittelkarten. Wir Jugendlichen bekamen Sonderrationen, ebenso werdende Mütter. Meine Großeltern waren froh, dass sie mit dem Obst und Gemüse aus ihrem Garten die ganze Familie versorgen konnten. Die Landwirte durften nur mit Genehmigung schlachten, ein Teil davon musste abgeliefert werden. Wer dennoch schlachtete, wurde wegen Schwarzschlachten bestraft. Einige Lebensmittel waren knapp zugeteilt, besonders Zucker, Butter und Fleisch. Bohnenkaffee gab es nur (über Beziehungen) schwarz, der fehlte meiner Großmutter sehr. In der Schweiz einzukaufen, war natürlich nicht mehr möglich, die Grenzen waren dicht. Auf der Rheinbrücke lagen dicke Rollen mit Stacheldraht, und Militär stand dies- und jenseits der Grenze.

Gertruds Großvater verlor allen Lebensmut. Er sagte nicht viel, aber man konnte erahnen, dass er verstanden hatte, was dies alles bedeutete. Er konnte seinen Sohn und die Enkel in Bern nicht mehr besuchen, und diese konnten nicht mehr nach Deutschland kommen. Auch Kurt fiel es schwer, seinen Vater, der etwa 70 Jahre alt sein musste, und seine Schwester plötzlich nicht mehr sehen zu können. Wir mussten uns darauf einstellen, dass unser Leben eine ganz andere Richtung einschlug als die, die wir für uns gewählt hatten. Es gab keine Arbeitslosigkeit mehr, jeder wurde an seinen Platz beordert. Das Jungvolk musste in der Landwirtschaft helfen, andere beim Straßenbau. Wer straffällig war, wurde, wenn er Glück hatte, zu Schwerstarbeit herangezogen, wenn er Pech hatte, verschwand er auf Nimmerwiedersehen.

Jeder bespitzelte jeden. Man lebte in Angst. Gertruds Großvater starb ganz plötzlich. Frau Ganter litt sehr darunter, war er ihr doch immer wie ein Fels in der Brandung gewesen und auch eine finanzielle Hilfe, die sie mit drei Kindern gut gebrauchen konnte. Jetzt hatte sie oft nur die Miete, die sie von meinen Eltern bekam. Alfons brauchte sein verdientes Geld meist für sich. Er ließ das Trinken einfach nicht. Die Familie hatte große Sorgen. Neuerdings klagte Frau Ganter auch über starke Leibschmerzen. Sie bekam um die Augen helle Flecken, die wie kleine Muttermale aussahen. Ihr Bauch wurde auffallend dick, so hörte ich sie eines Tages zur Mutter sagen, als sie im Flur ihr Schwätzchen abhielten:

»Wenn ich nicht genau wüsste, dass es nicht sein kann, dann könnte man doch glauben, ich bekäme ein Kind.« Sie ermüdete schnell und wirkte oft teilnahmslos. Die Kinder mussten nun den Einkauf erledigen, die große Wäsche am Waschbrett und einen Großteil der Hausarbeit übernahm Frau Ganters Cousine Martha.

Martha war Schneiderin und konnte damit auch für die Kleidung sorgen. Nebenbei verdiente sie sich mit Nähen für fremde Leute zusätzliches Geld. Gertrud schlief nun bei mir, die Jungs hatten inzwischen das Zimmer ihres Großvaters übernommen, so hatte Cousine Martha ein Zimmer für sich, das sie auch als Nähstube benutzte. Sie war unverheiratet, mittleren Alters, ein wenig schrullig und, wie wir fanden, ganz lustig. Sie war auch sehr um das Wohl von Alfons besorgt, dem aber scheinbar ihre Bemühungen nicht gefielen.

Ganz überraschend wies man Gertruds Mutter in das

Kreiskrankenhaus ein. Wir fuhren sie oft mit dem Fahrrad besuchen, aber scheinbar waren unsere Besuche sehr anstrengend für sie. Sie bat uns Kinder immer, schnell wieder nach Hause zu fahren mit der Begründung, dass man sich sonst um uns Sorgen machen würde. Wir versorgten sie mit frischer Wäsche, buken ihr einen Kuchen. Die Zutaten hatten wir zusammengebettelt. Blumen klauten wir auch schon mal auf der Hinfahrt in einsamen Gärten. Die Hauptsache war, dass wir ihr eine Freude machen konnten.

Das Jahr neigte sich dem Ende zu, die erste Kriegsweihnacht stand bevor. Wir Kinder versuchten schon sehr früh, ein paar Geschenke aufzutreiben. Frau Ganter kam kurz vor den Feiertagen nach Hause, sehr mager und müde. Sie lag fast nur noch im Bett. Wir bemühten uns, sehr leise im Haus zu sein und ihr auf jedwede Art so oft wie möglich eine Freude zu machen. Wir erzählten ihr, was wir so am Tage erlebt und gehört hatten, so auch die Riesen-Neuigkeit von dem Flakgeschütz.

Onkel Stephan, der mit Tante Nina die neue Wohnung bezogen hatte, wurde zum Militär eingezogen. Direkt neben seiner neuen Wohnung, nur eine Straßenbreite entfernt, war ein sehr großes Feld, das nach der Ernte enteignet wurde, um ein Flakgeschütz darauf aufzustellen, mitten im Wohngebiet. Dies wurde als ganz dringend deklariert, weil direkt an der Grenze zum Rhein kriegswichtige Fabriken angesiedelt waren. Onkel Stephan, der 1,87 m groß war, sollte der SS beitreten, da aber seine Ehe bisher kinderlos geblieben war, hatte man Abstand genommen. So wurde er zum Flakdienst direkt vor dem Haus eingeteilt. Schlafen mussten die Soldaten in einer Baracke neben der Flak, um immer einsatzbereit zu sein. Tante Miriam und Onkel Ernst waren inzwischen, nach einer kleinen Hochzeitsfeier, bei den Großeltern eingezogen. Sie sollten später einmal das Häuschen übernehmen. Kinderlose Ehefrauen oder solche, die noch jung waren, aber bereits größere Kinder hatten, wurden dienstverpflichtet. Sie mussten in Rüstungsbetrieben oder in der Landwirtschaft arbeiten, oder, wie meine Mutter, Medikamente verpacken und Tabletten in Gläser füllen. Eine frühere Seidenweberei wurde eigens dafür eingerichtet. Diese Medikamente waren hauptsächlich für die Front gedacht. Für den Winter wurden für die Soldaten Strümpfe gestrickt, es gab dafür extra eine Sammelstelle, wo über die Ablieferungen Protokoll geführt wurde. Die Frauen wurden aufgerufen, ihre Pelze zur Verfügung zu stellen, was ebenfalls der Front zugute käme. Es trug daher niemand mehr einen Pelzmantel.

Auch für uns Jugendliche wurde die Sache ernst. Wir mussten uns für das Frühjahr 1940 für das Pflichtjahr eintragen und zur Verfügung stehen. Vier Mädchen aus meiner Klasse entschieden sich mit mir für ein Jahr Landarbeit. Das hieß für uns: morgens um sechs Uhr aufstehen, melken, misten, füttern, nach dem Frühstück ging es dann an die Feldarbeit. Hühner und Schweine mussten von uns versorgt werden. Wir machten einfach alles, was an Arbeit anfiel.

Ich wurde dem Hof eines kinderlosen jüngeren Ehepaares zugeteilt, streng katholisch, der Hausherr war nebenbei Organist und spielte sonntags die Orgel. In die Kirche brauchte ich nicht zu gehen, hatte ich doch meine Arbeit von der Hausherrin zugeteilt bekommen, die ich während dieser Zeit zu verrichten hatte. Regelmäßig musste ich am Morgen, nachdem ich Feuer im Küchenherd gemacht hatte, in einem großen Topf Mehl brennen (bräunen) und nach Angaben der Hausfrau braune Suppe kochen. Dies wurde gleich für drei bis vier Tage erledigt, sie wurde dann morgens aufgewärmt und mit einem Stück Brot zum Frühstück gegessen. Meine Zähne hatten davon sehr schnell eine bräunliche Farbe angenommen. Mangels einer guten Zahnpasta versuchte ich, sie mit Salz zu reinigen. Als Waschgelegenheit hatte ich eine Blechschüssel mit einem Krug im Zimmer, das Wasser musste ich mir im Hof an der Wasserpumpe holen. Der Hausherr stellte sich zum Waschen einfach unter die Pumpe. Dieser Wassertrog diente gleichzeitig als Tränke für die Kühe.

Frei gab es an jedem zweiten Wochenende. Wir Mädchen fuhren dann gemeinsam nach Hause, dabei erfolgte immer ein Austausch unserer Erlebnisse, tröstende Worte waren da oft vonnöten. Wenn ich es richtig beurteilte, war ich zwar die Kleinste, hatte aber den längsten Arbeitstag von allen. An den Wochentagen konnte ich die Freundinnen wegen der ganzen Arbeit nie treffen, nicht einmal kurz sehen. Da überfiel mich schon an manchen Abenden das Heimweh, wenn ich todmüde auf meinem Bett saß und mit niemandem reden konnte.

Mein Aufenthalt sollte nach sechs Wochen durch einen Unfall beendet werden. Es war an einem freien Sonntag im Mai, dem Muttertag. Ich durfte einen Kuchen backen zum Mitnehmen und freute mich sehr auf zu Hause. Aber vorher ging es noch in den Wald, um Baumstämme zu holen. Mit dem großen Heuwagen, vor den zwei Kühe gespannt waren, luden wir im Wald die Stämme auf. Zwei ältere alleinstehende Schwestern, die im Haus eine kleine Wohnung gemietet hatten, halfen mit. Auf der Rückfahrt stellte ich mich hinten auf das Gefährt, die Füße zwischen den Sprossen. Die ganze Zeit dachte ich daran, dass wir nicht zu spät zurückkommen durften, ich wollte doch unbedingt den Zug erreichen. Wir

Mädchen hatten einen langen Fußmarsch bis zum nächsten Bahnhof, eine Stunde Bahnfahrt, dann noch einmal einen längeren Fußmarsch nach Hause. Am Bahnhof wurden wir dann aber meist abgeholt. Kurt, das muss ich ihm zugutehalten, holte mich immer mit dem Fahrrad ab. Oft saß ich auf der Stange, es war ein Herrenfahrrad, aber das war ein hartes Sitzen. Wenn es nicht viel Gepäck gab, saß ich auf dem Gepäckträger. Auto, Telefon? Wer hatte das schon?

Der Hof war in Sicht, noch etwa zehn Minuten bis dahin. Die Nähe zum Stall ließ auch die Kühe schneller laufen.

Wir wollten das Holz in die Scheune fahren, notfalls konnte es über Sonntag auf dem Wagen bleiben. Die Bäuerin lief ein Stück voraus, um das Scheunentor zu öffnen, damit die Kühe die kleine Anhöhe von der Straße in die Scheune ohne Anhalten überwinden konnten. Was ich nicht beachtet hatte, war die große Axt, die rechts neben mir an den Streben hing. Die Klinge war ca. 20-25 cm breit. Kurz vor der Anhöhe trieb der Bauer die Kühe an, es gab einen Ruck, die Axt kam ins Schwingen und streifte mich nur kurz am rechten Bein, oberhalb des Knöchels. Ich bemerkte es erst, als ich vom Wagen herunter hüpfen wollte und das Blut sah.

»Oh Gott, mein Bein!«, wimmerte ich. Keiner reagierte, erst, als ich auf einem Bein in das Haus hüpfte, wurden die anderen darauf aufmerksam. Blut konnte ich noch nie sehen, schon gar keine Wunden. Auf einem Stuhl sitzend, fand man mich in der Küche. Aus der Traum vom Nachhausefahren und Muttertag feiern. Eine der älteren Frauen wurde beauftragt, zum nächsten Hof zu gehen, um Irmgard zu bitten, meinen Großeltern die Nachricht zu überbringen. Sie wohnte ebenfalls in der Siedlung, und so wurde schließlich meine ganz Familie über mein Missgeschick informiert.

Die Bäuerin versorgte nun meine Wunde: es war ein neun Zentimeter langer Schnitt und sehr tief, so stellte unser Arzt eine Woche später fest. Sie hätte an Ort und Stelle genäht werden müssen. Stattdessen durfte ich nur Feierabend machen. An dem Sonntag wurde ich geschont, neu verbunden und mein Bein wurde hochgelagert, weil es anschwoll. Montag früh stellte die Hausfrau einen Schemel neben den Kochherd, damit ich mit meinem Bein darauf knien konnte, und ließ mich braune Suppe kochen. Die Schmerzen waren zwar erträglich, aber am Verband merkte ich, dass die Wunde nicht in Ordnung war. Verschont blieb ich von Stall- und Feldarbeiten, das Schweinemisten hätte ja Zeit, bis das Bein besser sei. Dafür aber war Hausarbeit angesagt. So schleppte ich mich eine ganze Woche über die Runden. Irmgard kam mich besuchen und brachte mir von meinen Eltern Post mit. Beim Anblick des durchgebluteten Verbandes war sie sehr erschrocken und außerdem war sie entsetzt darüber, dass man mich dauernd zur Arbeit einsetzte. Am darauffolgenden Montag gegen Mittag, also eine Woche nach dem Unfall, standen Kurt und Gertruds Vater vor der Tür. Es gab keine lange Diskussion, Kurt packte meine Sachen, Alfons nahm sie auf seinen Gepäckträger und mich verfrachteten sie auf Kurts Gepäckträger. So brachten sie mich zur Bahnstation, Kurt löste meine Fahrkarte und setzte mich in den Zug. Unterdessen war Alfons schon eine Weile mit seinem Fahrrad auf dem Rückweg und konnte mich zu Hause am Bahnhof in Empfang nehmen.

Meine Großmutter ging am anderen Morgen mit mir zu unserem Hausarzt. Dieser ärgerte sich über die Nachlässigkeit, dass mein Bein nicht von einem Arzt behandelt worden war. Nähen, so sagte er, könne man nicht mehr, es werde eine breite Narbe bleiben, aber wir müssten aufpassen, dass es nicht schlimmer würde. Das Bein musste ich hochlegen, nur das Nötigste sollte ich stehend erledigen. Täglich musste es neu verbunden werden, und dazu kam der Arzt ins Haus. Dieser Spaß dauerte sechs Wochen. In diesen Wochen kämpfte Frau Ganter um ihr Leben. Sie aß kaum noch, lag meist mit geschlossenen Augen im Bett. Gertrud und Cousine Martha pflegten sie abwechselnd rund um die Uhr. Eine Gemeindeschwester kam zum Waschen und Bettenmachen und unterstützte die Familie auch moralisch. Alfons war allerdings wenig zu Hause, er konnte, wie er meiner Mutter versicherte, die aufdringliche Fürsorge von Martha nicht ertragen. Was bereits alle befürchtet hatten, trat nun ein: Frau Ganter starb. Für die Geschwister war es sehr tragisch. Es gab keine Worte für all die Trauer. Was in Alfons vor sich ging, war nicht zu erkennen. Er zog sich zurück, verbrachte oft die Nächte im Holzschuppen und sang sich in den Schlaf. Oftmals kam er tagelang nicht nach Hause. Wo er blieb, wusste keiner.

Inzwischen gab es auch andere traurige Nachrichten. Viele junge Männer hatten sich zu Kriegsbeginn in der anfänglichen Begeisterung freiwillig gemeldet. Viele waren schon in den ersten Monaten gefallen oder kamen verwundet nach Hause. Am Rathaus hing in einem großen Aushängekasten eine Liste mit den Namen der Gefallenen. Viele Mütter sah man lesen, hoffend, dass der Sohn nicht aufgelistet sein möge. Aber man sah auch junge Frauen mit Kleinkindern weinend zusammenbrechen. Wir selbst merkten vom Krieg noch relativ wenig. Es gab von Anfang an Lebensmittelkarten, die jeden Monat im Rathaus abgeholt werden mussten. In einem Quittungsbuch wurde für jede neue Ausgabe ein Stempel mit Datum gesetzt. Wir Jugendlichen bekamen mehr Butter und mehr Brot. Einschränkungen gab es auch bei Textilien. Wenn es etwas auf die Punkte gab, dann wurden vielleicht Blusen in allen Größen, aber in einer einzigen Farbe und mit einheitlichem Schnitt angeboten. Ein anderes Mal gab es Röcke, zum Winter wurden schon mal Mäntel angekündigt, aber Glück gehörte dazu, wenn man etwas ergattern wollte. Berichte konnten wir über unseren Volksempfänger erhalten oder der Zeitung entnehmen. Schlechte Nachrichten gab es nicht, unsere Soldaten siegten, und wir sollten ja das glauben, was wir hörten. Wenn Soldaten Fronturlaub hatten, dann sickerte schon einiges durch, was uns vorenthalten wurde. Diese Nachrichten wurden mit äußerster Vorsicht und Wachsamkeit weitergegeben. Man galt als Volksfeind, wenn man schlechte Nachrichten verbreitete, und die Folgen waren abzusehen. Seine Meinung durfte man nicht äußern, dies konnte zum Verhängnis werden, denn oftmals wurde diese völlig anders über mehrere Personen weitergegeben, dann nahm das Unglück seinen Lauf. Großmutter lebte ständig in Angst um Großvater, er war viel unterwegs, und, wie ich vermutete und auch hörte, brachte er oft schlechte Nachrichten nach Hause.

Wir hatten zwei Kinos in unserem Städtchen. Es gab für uns Jugendliche Filme von der Front, wie die Soldaten mit Künstlern unterhalten wurden, wie die Verwundeten von Rot-Kreuz-Schwestern im Rollstuhl zu der Veranstaltung begleitet wurden. Viele namhafte Schauspieler und Sänger waren zu sehen, für uns Heranwachsende war es eine willkommene Abwechslung.

Vor jedem Hauptfilm lief die Wochenschau, unsere Soldaten waren Helden, sie wurden gezeigt beim Essenfassen oder wie sie die Abende gemeinsam in der Runde verbrachten, Mundharmonika spielend, singend oder ein Buch in der Hand haltend. Scheinbar brauchten die Angehörigen sich keine Sorgen zu machen.

Unser Polizeiwachtmeister Herr Schott hatte in unserem Städtchen dafür zu sorgen, dass die Jugendlichen sich abends nicht herumtrieben. Er hatte auch die Aufgabe, das Kino zu überwachen. Gab es einen Film, der für Jugendliche verboten oder erst ab 16 Jahren zugelassen war, lief der Hauptfilm erst, wenn Herr Schott die Reihen kontrolliert hatte.

Wir nannten ihn den ›Jugendschreck‹. Er kannte die meisten von uns. Saß einmal ein Jugendlicher dazwischen, der eigentlich nicht dort sein sollte, winkte er mit dem Zeigefinger, man stand auf, folgte ihm, dann erst hieß es: Film ab.

Der Jugendschreck Herr Schott wurde Vormund von Gertrud und ihren Brüdern Markus und Michael. Zunächst blieb alles so, wie es war. Cousine Martha führte den Haushalt, Alfons ging nach wie vor in seinen Wasserturm und trank. Martha ließ ihn dann immer im Holzschuppen übernachten.

Herr Schott vermittelte auch Jugendliche auf Bauernhöfe, die ihr Pflichtjahr für fünf Reichsmark im Monat überstehen mussten. Es gab für die Mädchen auch noch eine andere Möglichkeit, nämlich die einer zweijährigen Haushaltslehre. Hier lernten sie, einen Haushalt zu führen und zu kochen (auch Feinküche, soweit dies bei der Rationalisierung möglich war). Weitere Themen waren das Tischdecken, Reinigen der Wohnung sowie Diätküche und Krankenpflege.

Frau Weiler war ausgebildet und berechtigt, Haushaltslehrlinge auszubilden. Seit Jahren unterrichtete sie die damals sogenannten höheren Töchter, vor dem Krieg waren es Töchter von Adel, meist aus Ostpreußen.

Ihr Mann war Ingenieur bei einem Chemiekonzern in unserem Städtchen. Die Ehe war viele Jahre kinderlos, erst mit fast 40 Jahren bekam Frau Weiler noch ihren Sohn Helmut. Ein blonder Junge, sehr lebhaft, der seine Mutter Else oft überforderte.

Herr Weiler wurde zu Anfang des Krieges nach Niederau versetzt, dort war er in den Rütgers Werken tätig. Was er dort machte? Es durfte scheinbar nicht darüber gesprochen werden. Seine Frau Else und Sohn Helmut, der gerade drei Jahre alt war, sollten zum Jahresende 1940 folgen. Bis dahin konnten sie über die für sie vorgesehene Wohnung am Werksgelände verfügen. Die jetzige Auszubildende stammte aus Chemnitz, ihre Eltern hatten dort eine Schuhfabrik und waren auch bekannt mit den Eltern von Herrn Weiler, die ebenfalls in Chemnitz einen Schuhladen betrieben.

Erna war gerade 21 Jahre alt und hatte ihre zwei Jahre Ausbildung bei Frau Weiler beendet. Nun wurde nach einer neuen Anwärterin gesucht. Die Übersiedlung nach Sachsen stand dabei im Vordergrund. Frau Weiler war sich dessen schon bewusst, dass sie ohne Lehrling beim Umziehen keine Hilfe hatte, und auch das Abwaschen und Putzen kämen auf sie zu.

So geschah es, dass Herr Schott Gertrud bei Familie Weiler unterbrachte und Gertrud die Haushaltslehre absolvieren sollte. Ihre Brüder Markus und Michael kamen in ein Heim. Gertruds Vater Alfons meldete sich für die Rüstungsindustrie nach Ludwigshafen, damit wurde er vom Militärdienst befreit. Cousine Martha musste sich eine andere Bleibe suchen, denn Herr Schott vermietete die Wohnung von Gertruds Eltern. Es war wohl auch so gedacht, das Alfons keine Ansprüche an das Haus stellen konnte. Die Wohnung wurde an eine junge Frau vermietet, deren Mann schon zu Anfang des Krieges gefallen war. Sie hatte einen Jungen von drei Jahren, er hieß Markus. Frau Graß war sehr umgänglich und offen und freundete sich schnell mit meiner Mutter an.

Seit Gertrud nicht mehr im Haus lebte, fühlte ich mich recht verlassen. Sie war schon die sechste Woche bei Frau Weiler, und ich hatte bisher noch keine Gelegenheit gehabt, sie zu treffen oder zu sprechen. Die rasche Veränderung ließ mich ahnen, dass ein ganzer Lebensabschnitt beendet war. Jedenfalls fehlte Gertrud mir sehr. Meine Mutter hatte sich dem kleinen Markus verschrieben. Sie nahm ihn zu den Einkäufen mit, passte auf ihn auf, wenn Frau Graß etwas zu erledigen hatte, auch sonst war er viel bei uns in der Wohnung. Mutter machte mit ihm all das, was ich als Kind vermissen musste. Oft war ich sehr traurig und weinte heimlich, auch dann, wenn sie Kurt in den Arm nahm und ihn mal küsste. Sicher spürte sie meine Eifersucht oder war es einfach nur Traurigkeit? Traurigkeit, weil ich von meiner Mutter einfach auch ein bisschen geliebt werden wollte. Als ich wieder einmal weinte und es nicht verbergen konnte, fragte sie mich nach dem Grund. Da sie der Meinung war, ich hatte auf keinen Fall einen, war sie doch sehr erstaunt, als ich ihr vorwarf, dass sie mich nie in den Arm nahm und drückte. Ganz empört antwortete sie:

»Aber, hör mal, wir sind doch nicht schwul.« Lange studierte ich an dem Wort herum, was konnte sie damit gemeint haben? Bei passender Gelegenheit fragte ich Tante Hilda, die regelmäßig die Großeltern besuchte, ganz leise, als wir einen Moment alleine waren.

»Tante Hilda, sag' mir bitte, was ist schwul?«

»Um Gottes willen«, erschrak sie, »wo hast du dieses Wort aufgeschnappt?« Ich sagte ihr, dass ich es in der Schulpause gehört hätte, als sich die Jungs unterhielten. Sie bat mich dringend, das nicht weiterzusagen. Solche Menschen würden abgeholt und in ein KZ gebracht. Ich blieb mit einem Kloß im Hals und einer Kehle, wie zugeschnürt vor Angst, zurück, ohne zu wissen, was dieses Wort für eine Bedeutung hatte. Nur eines wusste ich, meine Mutter konnte mich nicht lieb haben. So sehr ich es auch versuchte, ihr eine Freude zu machen, es misslang fast immer.

4

Mein Taschengeld sparte ich oft, so kaufte ich ihr beispielsweise einmal ein Kaffeeservice für zwei Personen, buk einen Kuchen dazu und wartete voller Ungeduld, bis sie vom Tablettenverpacken nach Hause kam. Von Freude war nicht sehr viel zu spüren, sie trank ihren Kaffee und meinte so beiläufig: »Im Stillen hatte ich ja gehofft, du hättest wenigstens die Treppe sauber gemacht.« Konnte eine Enttäuschung noch größer sein? Jedenfalls hatte ich schwer damit zu kämpfen. Eines Nachmittags erschien Herr Schott bei uns zu Hause, er war, wie er Mutter sagte, schon bei den Großeltern gewesen, die er gut kannte und sehr schätzte. Er wusste ja auch, dass ich bei meinen Großeltern aufgewachsen war und wollte daher die Angelegenheit auch mit ihnen besprechen. Meine Mutter hatte sogar erst angenommen, dass ich irgendetwas angestellt hätte und Herr Schott sie nun davon in Kenntnis setzen wollte. Ich war mir keiner Schuld bewusst, aber erschrocken war ich schon. Da wir wussten, dass Herr Schott die Vormundschaft für Ganters Kinder übertragen bekommen hatte, überkam mich plötzlich der Gedanke, dass mit Gertrud etwas nicht stimmte. Herr Schott ließ uns nicht lange rätseln. Er erzählte uns, dass Gertruds jüngerer Bruder Michael, er war, soweit wir wussten, etwa acht Jahre alt, aus dem Heim verschwunden war und bei Gertrud in deren Zimmer genächtigt hatte. Frau Weiler war an diesem Abend von einer bekannten Familie eingeladen gewesen, sie bekam das Ganze erst am anderen Morgen mit, als Gertrud ihr alles beichtete. Natürlich musste Herr Schott sofort informiert werden. Er brachte

Michael wieder in das Heim zurück. Schlimm an der ganzen Geschichte war, dass Frau Weiler angab, es fehle ihr ein wertvoller Ring, der von ihrer Mutter stammte. Sie war als junges Mädchen durch einen tödlichen Unfall ihrer Eltern zur Vollwaise geworden und wuchs damals in der Familie eines Onkels auf. Der praktizierte als Arzt in Hamburg und übernahm die Vormundschaft. Daher war ihr dieser Ring als Andenken an die Mutter besonders wertvoll. Unter diesen Voraussetzungen könnte Gertrud, so meinte Frau Weiler, nicht mehr im Haus bleiben. Herr Schott wurde gebeten, sich um eine andere Auszubildende zu kümmern, und gleichzeitig darauf aufmerksam gemacht, dass die Zeit auch dränge. Er trat nun mit der Frage an meine Mutter heran, ob sie mich Frau Weiler anvertrauen würde und die Einwilligung dazu gebe, mich mit nach Niederau übersiedeln zu lassen. Er bürge dafür, dass ich in guten Händen sei, das wäre er auch meinen Großeltern schuldig. Spontan fragte ich Herrn Schott, wo genau denn Niederau liege.

»Ganz in der Nähe von Dresden«, gab er zur Antwort. Mein Herz tat einen riesigen Sprung, ich musste meine Begeisterung etwas bremsen. Mutter sollte nicht denken, dass ich froh sei, von hier wegzukommen.

Für mich gab es keinen Grund, das Angebot nicht anzunehmen, es war für mich wie geschaffen. Mein Pflichtjahr musste ich ohnehin absolvieren, und ich hatte absolut keine Lust, danach auf das Lyzeum zu wechseln, nur sagen sollte ich das besser nicht. Für mich war es auf einmal so, als begänne nun mein wirkliches Leben, und ich hoffte nur inständig, dass dieser Traum sich nicht zerschlagen würde. Hatte ich dafür Gertrud im Stillen beneidet, tat sie mir nun sehr leid. Meine Mutter erbat sich Bedenkzeit, sie wollte dies alles noch mit den Großeltern besprechen, ebenso mit Kurt, auch müsste sie zumindest versuchen, meinen leiblichen Vater darüber zu informieren. In Anwesenheit von Herrn Schott bettelte ich bei meiner Mutter um die Genehmigung, diese Lehre machen zu dürfen und mit der Familie Weiler nach Niederau umziehen zu dürfen. Ich gab Mutter zu verstehen, dass sie doch wüsste, wie gerne ich backen und kochen würde, und es mir bestimmt viel Freude machte. Herr Schott versprach, sich die Antwort in ein paar Tagen zu holen, wenn wir alles überdacht hätten. Frau Weiler kam nach zwei Tagen selbst zu uns und stellte sich vor. Sie wollte damit meinen Angehörigen jeden Zweifel nehmen und beteuerte, dass ich bestimmt bei ihr in guten Händen sei. Gewiss sei es für ein noch nicht 15-jähriges Mädchen nicht so leicht, so weit weg von zu Hause zu sein, aber sie verspreche, alles zu tun, damit ich mich in ihrer Familie heimisch fühlte. Schnellstmöglich rannte ich zu meinen Großeltern und fragte sie ganz aufgeregt, was sie davon hielten, ob sie mich dabei unterstützten, meine Mutter zu überzeugen. Großmutter meinte etwas traurig, dass ich dann nicht mal eben vorbeikommen könnte, um mich trösten zu lassen oder um meine Kleidung in Ordnung zu bringen und, wenn nötig, flicken zu lassen.

»Weißt du, Oma«, erwiderte ich daraufhin, »ich muss langsam erwachsen werden, aufhören, mich mal wie ein Junge zu benehmen oder dann wieder mit den Puppen zu spielen. Du weißt doch, wie gerne ich lese, das werde ich in meiner Freizeit machen und dir viele Briefe schreiben. In den zwei Jahren werde ich euch sicher zwei bis drei Mal besuchen können, wie schnell wird die Zeit vergehen, und dann sehen wir weiter.« Großvater schwieg, was dachte er wohl? In seinen Augen las ich Zustimmung, hatte er doch neulich erst mit dem zweiten Schwiegersohn eine Debatte, als dieser mich tadelte und fragte, was ich schon wieder hier zu suchen hätte. Großvater folgte ihm in den Garten, ich hörte ihn lautstark sagen:

»Noch bin ich der Herr im Hause und das bleibe ich, solange ich lebe. Diese meine Enkelin hat hier ihr Zuhause und kann ein- und ausgehen, wann immer sie will.« Mein Großvater, er war mein bester Freund, er und Großmutter wollten stets nur das Beste für mich, ich fühlte immer, dass sie mich liebten. Sie würden mir fehlen, gar keine Frage, und ich würde auch Heimweh bekommen, vielleicht müsste ich oft weinen, weil sie für mich nicht mehr so schnell erreichbar waren.

Aber es würde mich sicher auch keiner mehr ›Bastard‹ nennen. Es würde keiner der Onkel in brauner Uniform neben mir stehen und, wenn ich einmal nicht alles essen wollte, zu mir sagen:

»Na, du Nichtsnutz wirst schon nicht an dem Essen ersticken.« All dies, dachte ich, bliebe mir erspart, wenn ich erst einmal weit weg wäre. Vielleicht war meine Mutter gar nicht abgeneigt, mich gehen zu lassen, ich fühlte mich in ihrer Nähe jedenfalls nie geborgen. Das Loslassen fiel meinen Großeltern schon schwerer. Es war wohl für beide Seiten ein schwieriger Prozess, das völlige Abnabeln würde bestimmt nicht möglich sein, aber man musste damit leben. Ich konnte mich nicht ewig in die Obhut der Eltern oder, in meinem Fall, der Großeltern flüchten. Sie hatten für mich immer nur das Beste gewollt und taten es im Rahmen ihrer Möglichkeiten immer noch. Was immer kommen mochte, meine Großeltern waren für mich die wichtigsten Menschen auf der Welt, solange sie lebten. Ich bin ihnen auch heute noch, und solange ich lebe, dankbar für ihre Liebe. Dankbar dafür, dass ich eine glückliche Kindheit hatte. Selbst in der Fremde spürte ich immer ihre Nähe und oft hatte ich beim Einschlafen das Gefühl, dass Oma oder Opa neben meinem Bett standen und mich zudeckten.

Der Tag kam, an dem Herr Schott nun die Antwort haben wollte. Er kam am letzten Wochenende im Oktober 1940, zusammen mit Frau Weiler und ihrem kleinen Helmut. Dieser sollte mich vorab schon einmal gesehen und begutachtet haben, schließlich, so meinte Frau Weiler, würde der Kleine mir ja zeitweise anvertraut werden. Mutter hatte mich bisher noch nicht wissen lassen, wie sie sich entschieden hatte, deshalb war ich in der Angelegenheit unsicher und ängstlich, ob es überhaupt klappte. Als Erstes musste Klein Helmut mir Guten Tag sagen. Er sah mich erst etwas unsicher und ohne Interesse an. An seine Mutter gerichtet, fragte er dann, wie ich heiße. Frau Weiler antwortete:

»Dann frag doch einfach einmal selbst.« Prompt kam die Frage an mich: »Wie heißt du eigentlich?« Ich nannte meinen Vornamen.

»Ulla gefällt mir«, sagte Klein Helmut, »spielst du auch mit mir?«

»Bestimmt werde ich das, wenn du es willst.« Er nahm meine Hand und bestand darauf, dass ich ihm mein Zimmer zeigte. Er war wohl enttäuscht, weil es bei mir nur Puppen gab und keine Bauklötze oder eine Eisenbahn. »Das hast du doch bestimmt selbst«, sagte ich zu ihm. »Dann spielen wir eben mit deinen Spielsachen.« Das schien für ihn in Ordnung zu sein und er gab sich damit zufrieden. Wir gingen zurück zu den anderen, da sah mich meine Mutter an und erklärte, sie habe soeben ihre Zustimmung gegeben. »Deine Großeltern sind der Meinung, wenn du es möchtest und mit Familie Weiler nach Niederau umziehen willst, dann sollten wir es akzeptieren.«

Im ersten Moment konnte ich nicht antworten. Alle sahen mich erstaunt an, und prompt kam die Frage meiner Mutter:

»Hast du es dir inzwischen anders überlegt?«

»Nein«, sagte ich, »auf keinen Fall. Ich möchte gerne die Lehre bei Frau Weiler machen, verbunden mit dem Ortswechsel nach Niederau. Ich hatte nur Bedenken, ob es sich verwirklichen lässt.« Tränen traten in meine Augen, ich gab mir einen heftigen Ruck, sie hinunterzuschlucken, auf keinen Fall wollte ich den Eindruck erwecken, als hätte ich doch keine Lust dazu. In Wahrheit waren es Tränen der Freude. Bei meiner Mutter bedankte ich mich und sagte ihr, dass ich ihr bestimmt keine Sorgen bereiten würde. Ich bedankte mich auch bei Herrn Schott, dass er an mich gedacht hatte und sein Vertrauen in mich setzte. Frau Weiler nahm mich in die Arme.

»So, Kindchen, ab nun gehörst du auch zu unserer Familie.« Was mit Gertrud geschah oder schon geschehen war, wagte ich nicht zu fragen. Ich dachte viel an sie und alles tat mir unendlich leid. Immerhin, sie hatte noch Verwandte in unserem Städtchen, diese hatten sich auch um die Kinder gekümmert, besonders auch um Gertrud. Ich wollte ihr so gerne schreiben, aber wohin sollte die Post gehen? Sie sollte wissen, dass es reiner Zufall war, wenn ich jetzt ihren Platz einnahm, dass ich ihn ihr aber nie streitig machen wollte. Aber ich wollte ihr auch mitteilen, dass es für mich keine Rolle mehr spielte, wohin es mich verschlug. Seitdem sie nicht mehr in ihrem Haus mit uns zusammenlebte, war alles trostlos und leer. Ob der Ring von Gertruds kleinem Bruder gestohlen worden war, wie Frau Weiler meinte, blieb ungeklärt. Er tauchte jedenfalls nicht mehr bei der Eigentümerin auf.

Schon am kommenden Wochenende zog ich in die kleine Dachkammer ein und trat meine Haushaltslehre bei Frau Weiler an.

An den Nachmittagen konnte ich ab und zu meine Großeltern besuchen. Dies war möglich bis zur bevorstehenden Übersiedlung. Meist nahm ich Klein Helmut im Sportwagen mit, damit er sich schon ein wenig an mich gewöhnen konnte. Wir hatten einen Fußmarsch von ca. 15 Minuten, vorbei ging es an unserer Grundschule, am Sportplatz und dann durch den Garten von der hinteren Seite zu Oma und Opa. Klein Helmut gefielen unsere Ausflüge sehr gut und Frau Weiler konnte in unserer Abwesenheit die Umzugskisten packen. Meine Aufgabe war es, beim Kochen zu helfen und auch schon mal nach Anleitung selbstständig zu arbeiten, was mir nicht schwerfiel. Helmutchen stand meist als Zuschauer daneben, stellte mir Fragen oder bedrängte mich mit der Bitte:

»Helmut auch machen.« Es schien ihm einfach großen Spaß zu machen. Wenn wir einmal keinen Ausflug unternahmen, weil ich Rezepte in ein eigens dafür angelegtes Heft schreiben oder Wäsche sorgsam bügeln musste, wurde er sehr unruhig. Er wollte unbedingt mit seinem Sportwagen ›in die Ferne schweifen‹, das war der Name unserer gemeinsamen Ausflüge. Manchmal stellten wir uns vor, mit der Eisenbahn unterwegs zu sein, dann mit einem großen Bus oder mit einem großen Dampfer rheinabwärts. Sein Sportwagen war das jeweilige Transportmittel, mit dem wir unsere Reisen unternahmen. Er war der Lokführer, er war der Busfahrer oder gar der Kapitän. Oft bettelte er inständig, er wolle doch auch in der Dachkammer bei mir schlafen. Frau Weiler wies ihn dann energisch darauf hin, dass sie alleine bestimme, was er durfte und was nicht, schließlich sei sie die Mutter und er hätte ihr zu gehorchen. Das saß.

Im Weilerschen Haushalt wurde es bald recht ungemütlich. Vieles war schon in Kisten verpackt, nur in den Schränken war noch das Nötigste vorzufinden. Kommende Woche wollte uns Herr Weiler abholen und sich mit seiner Frau auch von den Bekannten und Freunden verabschieden. Bis dahin besuchte ich abwechselnd täglich meine Großeltern oder meine Eltern. Helmut war immer dabei, er freute sich riesig über jeden Apfel oder jede Birne, die er bekam, er fühlte sich einfach wie zu Hause bei meiner Familie. Großmutter hatte einen Kartoffelkorb mit Äpfeln aus ihrem Garten gefüllt, schön zugenäht zum Mitnehmen. Aber ich musste erst einmal fragen, ob es möglich sei, diesen Korb im Möbelwagen unterzubringen. Doch Frau Weiler gab ihre Zustimmung, so musste Helmut an diesem Tag auf dem Heimweg neben seinem Sportwagen herlaufen, was er auch sehr gerne tat und tapfer durchhielt. Er freute sich ebenso über die schönen Äpfel, wusste er doch, dass sie auch für ihn gedacht waren. Die letzten zwei Nächte schlief ich zu Hause. Familie Weiler war bei Freunden untergebracht, wir hatten ja keine Betten mehr, diese befanden sich bereits im Transporter. Meine Sachen, die ich nach Niederau mitnehmen wollte, waren ebenfalls schon verladen worden. Einen Koffer hatte ich gepackt für die Reise, die zunächst einmal bis Chemnitz geplant war. Dort blieben wir bei den Eltern von Herrn Weiler und dessen älterer Schwester, die gemeinsam das Schuhgeschäft betrieben. Mit der Spedition war ein Termin vereinbart worden, wann die Möbel in Niederau eintreffen sollten. Dann wollten Herr und Frau Weiler die Reise fortsetzen, Helmut und mich wollten sie abholen, wenn die Betten aufgeschlagen waren und das meiste eingeräumt war.

So reisten wir in der zweiten Novemberhälfte in Richtung Chemnitz. Es war für ein Wochenende geplant, damit die Familie von Herrn Weiler etwas mehr Zeit für uns hatte. Am Abend davor hatte ich meinen Großeltern Lebewohl gesagt. Der Abschied fiel mir sehr schwer. Schon der Gedanke, dass ich die liebsten Menschen eine längere Zeit nicht mehr sehen würde, war schmerzlich. Großvater sah mich an, seine Augen kamen mir besonders groß vor in dem Moment, als er zu mir sagte:

»Ich wünsche dir alles Glück dieser Welt, bleibe so ehrlich wie bisher.« Großmutter segnete mich, und ich versprach ihr, täglich zu beten.

»Dein Schutzengel möge dich überallhin begleiten«, sagte sie zuletzt mit Tränen in den Augen unter der Haustür. Großvater stand daneben und gab mir das Schönste mit auf den Weg:

»Hansli, du bist immer willkommen, hier ist und bleibt immer dein Zuhause.« Kurt brachte mich am frühen Morgen mit meinem Koffer zum Bahnhof, wir wurden bereits von der Familie Weiler erwartet. Helmut beruhigte sich, als er mich sah, und klammerte sich fest an mich. Es hieß ja heute Morgen früh aufstehen, und die Nacht musste er in einer fremden Umgebung in einem fremden Bett verbringen, das machte eben keine gute Laune. Es war mir schon klar, dass diese Reise für mich anstrengend würde. Laut Plan sollten wir zehn Stunden bis Chemnitz unterwegs sein, in Kassel musste umgestiegen werden, und Helmut wollte auch ausschließlich von mir betreut werden.

Bei der Bahn gab es für den Personenverkehr drei Klassen. Die dritte Klasse war nur mit Holzbänken ausgestattet, die zweite Klasse war gepolstert mit durchgehenden Sitzen, die erste Klasse war für sechs Personen je Abteil, mit abgeteilten Sitzen und Kopfstützen. Aber schon die zweite Klasse war für diese lange Reise sehr angenehm. Wir konnten auch abwechselnd etwas schlafen. Allerdings war Helmut sehr aufgeregt, er schaute aus dem Fenster während der Fahrt und kam aus dem Staunen nicht heraus. Fragen über Fragen wollte er beantwortet haben. So gab es für mich dann nur eine Pause, wenn der Kleine schlief, den Kopf auf meinem Schoß, die Füße bei seiner Mutter. Das Umsteigen verlief auch nicht ohne Schwierigkeiten. Erst hieß es, dass nur wenige Minuten zum Umsteigen blieben, dann kam die Durchsage, dass der Zug sich um etwa 30 Minuten verspäten würde, aus den 30 Minuten wurde eine Stunde. Wie nun in Chemnitz die Angehörigen verständigen? Wir mussten uns einfach damit abfinden. Das lange Stehen auf dem Bahnsteig und das Gedränge hatten uns sehr angestrengt, zumal auch Helmut von einem auf den anderen Arm wanderte. Was waren wir froh, als wir wieder in einem Abteil saßen und endlich gegen 22 Uhr in Chemnitz ankamen. Wie viel der Zug insgesamt Verspätung hatte, spielte bei der Ankunft keine Rolle mehr.

Am Bahnhof in Chemnitz wurden wir abgeholt, heilfroh, die Fahrt hinter uns zu haben. Die Familie Weiler senior hieß uns herzlich willkommen, sie hatten von der Verspätung gehört und sich darauf eingestellt. Für uns war bei der Ankunft alles nett arrangiert: Essen und Trinken standen bereit, die Betten waren bezogen. Unser einziger Wunsch jedoch war schlafen und nochmals schlafen. Besonders Helmut war nicht mehr zu halten. Über das Wochenende schlief der Kleine mit seinen Eltern im Gästezimmer, ich verbrachte die Nächte auf dem Sofa; aber das war ganz in Ordnung.

Frau Weiler hatte meiner Vorgängerin noch vor der Abreise geschrieben und sie gebeten, sie möge sich doch in der Woche unseres Aufenthaltes ein wenig um Helmut und mich kümmern. Bei unserer Ankunft lag von ihr bereits ein Antwortschreiben vor, mit der Bemerkung, dass dies doch selbstverständlich sei. So kam sie gleich am ersten Tag zu uns und holte mich und den Jungen ab. Helmut freute sich riesig, als er Erna wiedersah, gleichzeitig wurde ich dadurch auch etwas von meiner Aufsichtspflicht entbunden. Helmuts Großeltern waren ebenso darüber erfreut, sie hatten ja tagsüber im Schuhgeschäft zu tun, so konnten sie, wie gewohnt, ihren Pflichten nachkommen. Meist hatte Erna bereits einen Vorschlag für die Nachmittagsgestaltung, an manchen Tagen verschlief Helmut den Nachmittag, dann setzten wir uns zusammen und erzählten einander aus unserem Leben. Erna kannte ich ja nur vom Hörensagen, aber wir hatten uns auf Anhieb verstanden, obwohl ich sechs Jahre jünger war als sie. Mir jedenfalls kam es vor, als würden wir uns schon eine Ewigkeit kennen. Auch ihre Eltern hatten Helmut und mich nach Hause eingeladen. Sie bewohnten ein schönes, großes, gediegen eingerichtetes Haus. In dieser Umgebung wurde mein Vorsatz geboren, immer ein schönes Zuhause haben zu wollen, egal, auf was ich dafür verzichten müsste, dies sollte für mich immer Vorrang haben. Das Wochenende, an dem Frau Weiler uns abholen wollte, stand nun bevor. Voller Wehmut dachte ich an den Abschied von Erna. Wir hatten uns fest versprochen, einander zu schreiben und uns, wenn es die Umstände zuließen, auch zu besuchen. Dies geschah aber nur einmal in den kommenden Jahren. Erna heiratete einen Offizier, der bald nach der Hochzeit an die Front geschickt wurde.

Für den Rest der Reise hatten wir wenig Gepäck, ich kümmerte mich um das meine, und Helmutchen, so wurde er immer von seiner Mutter gerufen, wurde im Sportwagen mit dem Rest bepackt. Ein Abteil für Reisende mit Traglasten, auch Kinderwagen, nahmen wir für den Rest der Reise in Anspruch. Am Hauptbahnhof in Dresden empfing uns Herr Weiler, dann hieß es auf zum Endspurt, noch ca. 30 Minuten bis zum Bahnhof Niederau. Auf das neue Zuhause war ich sehr gespannt, wir wussten ja schon im Vorfeld, dass das Haus gegenüber vom Bahnhof stand, zu erreichen war es nach Überquerung des Bahnüberganges. Ein großes Tor direkt an der Straße war der Eingang, ein Weg entlang an den Gleisen, die mit einem hohen Zaun versehen und abgesichert waren, führte zum Haus. Es hatte zwei Stockwerke mit hohen Fenstern.

Es gab eigentlich zwei Eingänge: der erste, von der Straße kommend, war für die Familie des Direktors der Rütgers Werke bestimmt. Der zweite, am anderen Ende des Hauses, führte die Familie Weiler in ihr neues Heim. Dieses Zuhause konnte nur über den beschriebenen Weg erreicht werden. Das hohe Tor an der Straße musste immer verschlossen bleiben. Wer zu Besuch kam, musste sich am Tor über eine Sprechanlage anmelden und wurde dort in Empfang genommen und in das Haus begleitet. Ebenso mussten die Besucher wieder zurückgebracht werden. Hinter dem Haus war ein schöner Garten mit einem kleinen Teich, leider befand sich auf dem Gelände auch ein einstöckiger Bau mit Büros und der Verwaltung. Herr Weiler konnte vom Haus aus durch den Garten direkt den Betrieb erreichen.

Das Werk selbst konnten die Mitarbeiter und Lieferanten nur am Dorfeingang über mehrere Kontrollen erreichen. In der ganzen Länge, von unserem Eingangstor bis hin zum Eingang der Rütgers Werke, führte eine hohe Mauer entlang. Die Mauer gestattete keinen Einblick in das Werk, die Mitarbeiter waren zur Geheimhaltung verpflichtet. Bestand Gefahr oder gab es den gefürchteten Fliegeralarm, musste Herr Weiler sofort in den Betrieb, selbst in der Nacht. Er wurde dann über ein Haustelefon, das nur für ihn gedacht war, verständigt.

Das Werk hatte einen eigenen Bahnanschluss für Güterwagen, diese wurden meistens nachts rangiert und abgefertigt, das war für uns nicht zu überhören. Die neue Wohnung war groß und sehr hell, schöne Kachelöfen gab es in meinem Zimmer und dem Esszimmer zusätzlich zur Zentralheizung. Ein langer Flur führte durch die ganze Wohnung, sodass jedes Zimmer einzeln erreicht werden konnte. Rechts vom Eingang kam man in das Herrenzimmer, ein Bogendurchgang führte in das Esszimmer, wo auch das Klavier von Herrn Weiler stand. Es gab vom Flur aus eine zweite Tür, durch die man in das Esszimmer gelangte und von da in mein Zimmer, mein Reich. Von der Haustür nach links kam als Erstes das Schlafzimmer von Weilers mit einer Verbindungstür in ein kleines Zimmer für Helmut, das aber auch vom Flur aus betreten werden konnte. Die nächste Tür führte in ein sehr geräumiges Bad mit zwei Waschbecken. Gegenüber vom Esszimmer war nun die Küche, wie ich fand, viel zu groß, mit einer Speise- und einer Besenkammer. Was da an Arbeit anfiel, dessen war ich mir bewusst, war bestimmt jede Menge. In den folgenden Tagen gab es noch einiges anzupacken, wobei ich nicht helfen konnte, aber das Essen wurde so gut wie möglich von mir zubereitet, und Helmut beanspruchte auch einiges an Zeit. Herr Weiler ging bereits wieder seiner Arbeit nach, am Abend räumte er seine Bücher in den Bücherschrank und ordnete einiges in seinem Herrenzimmer.

An die neue Umgebung gewöhnten wir uns sehr schnell. Als die Kisten ausgepackt waren, stand ein Termin in Meißen an. Frau Weiler musste mich in der Berufsschule anmelden, die ich einmal wöchentlich besuchen sollte. Versprochen wurde mir auch, dass wir bald einmal nach Dresden fahren würden. Bei der Gelegenheit wollte Frau Weiler eine Tante besuchen, die schon ihr Leben lang in Dresden lebte, eine betagte Dame. Alleine der Gedanke, nach Dresden zu fahren, das ja mit dem Zug in einer halben Stunde erreichbar war, ließ mich kaum an etwas anderes denken. An Großstädten kannte ich nur Basel, ich hatte dort zwei Mal meine Schulferien bei einer Schwester von Großvater verbracht. Dabei denke ich noch heute an das köstliche Weißbrot, die selbst gekochte Aprikosenmarmelade und an die Haushaltshilfe, die so herrlich Frühstücks-Zöpfli backen konnte. Aber Dresden, das ich ja noch nicht kannte, das klang wie Musik. ›In mir erklingt ein Lied, diese Melodie, dieses Lied‹, sang ich als Mädchen oft mit Kurt. Er liebte die Musik, genau wie ich. Was auch immer im Radio zu hören war, ob Oper oder Operette, er kannte sie allesamt, und viele Male sangen wir zusammen. Die Liebe zur klassischen Musik begleitete mich mein ganzes Leben. Wenn Beethoven zu hören war, vergaß ich die Welt um mich herum. Besonders liebte ich seine Klavierkonzerte oder das Violinkonzert in D-Dur. Vielleicht war es für mich möglich, hier auch Klavierunterricht zu bekommen. Aber vorerst musste dieses Vorhaben zurückgestellt werden. Hier standen mir viele

Möglichkeiten offen, ich wollte versuchen, sie zu nutzen und die Augen für alles offenzuhalten. Was ich aber auf keinen Fall wollte, war, wie mein leiblicher Vater es gewünscht hatte, einmal Kinderärztin werden. Dieses Ziel gab mir keinerlei Ansporn: Blut sehen, Wunden nähen, kranke Menschen, in diesem Fall kranke Kinder, behandeln, sie trösten und um ihre Gesundheit bangen – das würde meine Kräfte bei Weitem übersteigen.

Frau Weiler sorgte nun dafür, dass ich voll ausgelastet war: kochen, backen, das ganze Programm. Die Anmeldung an der Berufsschule ergab noch eine weitere Möglichkeit für mich. Inzwischen hatte ich bemerkt, dass Herr Weiler oft über Magenschmerzen klagte. Wir kochten ihm Hafersuppe, Möhrengemüse, Kartoffelbrei usw. Man bot mir in Meißen an, wenn ich Interesse an einer Diätausbildung hätte und zweimal die Woche die Schule besuchte, dann wäre einmal speziell die Diätküche auf dem Lehrplan. Frau Weiler überlegte kurz und war dann damit einverstanden, dass ich ihr einen weiteren Tag nicht zur Verfügung stand.

Wahrscheinlich hatte sie dabei in erster Linie an ihren Mann gedacht. Diese Kurse mussten aber selbst finanziert werden, was ja natürlich mit den fünf Reichsmark, die ich im Monat bekam, nicht bezahlt werden konnte. Meiner Mutter schrieb ich per Eilpost einen ausführlichen Bericht und bat sie, die Kosten für diese Seminare zu übernehmen. Ihre Zusage kam prompt mit der Mitteilung, dass sie die finanzielle Angelegenheit mit Frau Weiler monatlich regeln wollte. Das Antwortschreiben meiner Mutter gab mir Frau Weiler schon geöffnet. Immer nahm sie als Erste die Post in Empfang und so blieb es auch, egal woher und von wem ich Post bekam, sie wurde geöffnet, gelesen und erst dann wurde sie mir übergeben. Auf alle Fälle wollte ich aufpassen, wenn der Briefträger kam, dass auch ich die Post in Empfang nehmen konnte. Oft gelang es mir nicht, aber einmal hatte sie doch mitbekommen, dass ich einen Brief an mich nahm. Sie stellte sofort die Frage, woher die Post sei, ich sagte ihr, dass ich den Brief schon zerrissen hätte, was auch der Wahrheit entsprach. Sie ließ sich die Schnipsel geben und puzzelte den Brief zusammen. Meiner Mutter schrieb ich nun heimlich, sie solle auf keinen Fall, wenn ich einmal etwas Außergewöhnliches schriebe, in ihrer Post darauf eingehen, es hätte bestimmt Nachteile für mich. Ich klagte daher nie, wenn ich einmal traurig war, dann musste einfach das Heimweh herhalten, das dann eben noch stärker war als ich. Besonders überkam es mich, wenn ich an meine Großeltern dachte, die ich sehr vermisste. Gewiss hatte ich mir alles leichter vorgestellt, aber nun musste ich das durchstehen.

Die Sonne zeigte sich am Himmel, als Frau Weiler mir offenbarte, dass wir am nächsten Tag nach Dresden fahren würden. Sie wollte sich bei der Gelegenheit umschauen, ob es schon Angebote für Weihnachten gäbe. Helmut war natürlich mit von der Partie, ich wünschte mir allerdings, dass er einigermaßen Geduld aufbringen würde, damit ich den Stadtbummel auch genießen konnte. Wir liefen vom Hauptbahnhof die Prager Straße in Richtung Altmarkt. Frau Weiler nahm mir das Schieben des Sportwagens ab, damit ich mich voller Staunen in das Menschengewühl einordnen konnte. Wie oft ich stehen blieb vor lauter Begeisterung und dabei vergaß, den Mund zu schließen, weiß ich nicht. Einmal sagte ich zu Frau Weiler ziemlich laut, sie möchte doch einmal die Dame vor uns ansehen, die hätte ja rosarote Haare. Natürlich wies sie mich zurecht und ermahnte mich, mich bei meinen Äußerungen in der Lautstärke zu mäßigen. Ich versprach es und war in der Folge eisern bemüht, meine Beobachtungen für mich zu behalten. Unser Ausflug wurde am Elbufer beendet. Nachdem ich diesen herrlichen Anblick ganz aufgenommen hatte, versprach ich mir selbst ganz fest, dass ich noch öfter nach Dresden fahren wollte. Wir stiegen in eine Straßenbahn und fuhren etwas nach außerhalb, um Frau Weilers alter Tante einen Besuch abzustatten. Dabei hielten wir uns viel länger auf, als es eigentlich geplant war. An einem nett gedeckten Tisch tranken wir Malzkaffee, und es gab Kuchen, der nach einem Sparrezept mit Gries statt Mehl gebacken war. Aber er schmeckte sehr gut. Tante Amelie, so sollte ich Frau Weilers Tante nennen, schrieb mir das Rezept auf, damit ich den Kuchen nachbacken konnte. Wir versprachen, bald einmal wiederzukommen, und fuhren zurück nach Niederau. Helmut wurde sehr unleidlich und musste laufend daran erinnert werden, dass er sich anständig benehmen sollte. Es war für ihn sicher sehr anstrengend, für mich aber ein wundervoller Nachmittag, der mir wieder die Welt in einem viel schöneren Glanz zeigte. Den Weg vom Bahnhof zur Elbe hatte ich mir genau eingeprägt. So könnte ich doch an einem freien Nachmittag auch mal alleine in die Stadt fahren, meinte ich eines Tages zu Frau Weiler. Aber da bekam ich keine Unterstützung. Es hieß, einfach auf eine andere Gelegenheit zu warten.

Mein Schulbeginn in Meißen verlief erfreulich, mit gemischten Gefühlen wurde ich das erste Mal begleitet. Frau Weiler übergab mich der zuständigen Lehrerin und fuhr mit dem Bus wieder zurück. Von den neuen Klassenkameradinnen wurde ich gleich akzeptiert und in den Pausen mit Fragen bombardiert. Sie boten an, mir Meißen zu zeigen, sie wussten, wo es auf Märkten guten Kuchen gab. Ich bekam sogar angeboten, mit nach Hause zu kommen, um gemeinsam Schulaufgaben zu machen. Es beeindruckte sie alle sehr, dass ich den Mut hatte, so weit weg von zu Hause zu gehen, ohne Angehörige in der Nähe, und das in Kriegszeiten.

Die Aufmerksamkeit mir gegenüber gab mir viel Ansporn, sicher aber auch, dass ich unter gleichaltrigen Mädchen sein konnte. Unter den Schülerinnen war auch eine 18-Jährige, sie war gut einen Kopf größer als ich und wirkte sehr erwachsen. Es stellte sich heraus, dass sie auch in Niederau wohnte, sogar in der Nähe des Bahnhofes. So fuhren wir dann gemeinsam mit dem Bus zur Schule und wieder zurück. Plötzlich fühlte ich mich nicht mehr so verlassen und ich freundete mich schnell mit der 18-jährigen Helga an. Sie wollte auch ab und an nach Dresden fahren, meinte sie, einen schönen Film ansehen oder in den Zirkus Sarasani gehen. Aber ich machte ihr klar, dass ich nur Filme besuchen durfte, die für Jugendliche zugelassen waren. Helga meinte, das würde doch keiner kontrollieren, aber ich gab ihr zu verstehen, dass, wenn doch, ich bestimmt Schwierigkeiten bekäme. Für solch einen Ausflug musste ich alles mit Frau Weiler besprechen und ihr Einverständnis haben, aber ich sah doch die Möglichkeit, so ab und zu in die Stadt zu kommen. Zunächst gab ich nur Auskunft über die Schule, dass sie alle sehr nett seien und ich von der einen oder anderen Mitschülerin eingeladen wurde. Frau Weiler meinte, dass sie die Schulaufgaben überwachen müsse, das gehöre schließlich zu ihrer Aufgabe, sie betonte auch, dass sie Wert darauf lege, dass ich nach Schulschluss den nächsten Bus zu nehmen hätte, um nach Hause zu kommen. Es gebe ja noch einiges zu tun, und Helmut müsse auch noch versorgt werden. Sie selbst hätte dafür zu sorgen, dass genug Essen im Hause sei, und das nehme viel Zeit in Anspruch.

Hamstern und Tauschgeschäfte waren an der Tagesordnung. Frau Weiler hatte dafür ein besonderes Talent. Als Erstes studierte sie am Morgen die Dresdner Zeitung, vor allem die Anzeigen in der Rubrik ›Tausche‹, dann machte sie sich Notizen, was für sie infrage kam, packte eine große Tasche mit Artikeln, die gesucht wurden und dafür das boten, was unser Haushalt benötigte. Zweimal die Woche fuhr sie zum Tauschen. Die Adressen standen sogar in den Anzeigen, Telefon hatte kaum jemand. Helmut wurde morgens in den Kindergarten gebracht. Der Weg dorthin war ca. zwei Kilometer und ging zuerst an der langen Mauer der Rütgers Werke entlang, dann an der Kreuzung nach rechts, und von dort führte die Straße in das Dorf. Der Kindergarten lag etwas abseits, am Rande einer bepflanzten ehemaligen Wiese. Jedes Fleckchen Erde wurde genutzt, um genügend Nahrung zu produzieren.

Frau Weiler brachte den Jungen am Morgen selbst in das Dorf. So konnte sie auf dem Rückweg mit ihrer mitleiderregenden Miene bei den Bauern anklopfen und klagen, dass sie einen sehr kranken Mann habe und einen kleinen Jungen, dazu hier noch ganz fremd sei, ohne Angehörige. Ihr Mann sei wegen kriegswichtiger Produktion nach Niederau versetzt worden und arbeite nun in den Rütgers Werken als Ingenieur. Was sie dringend benötigte, seien Milch, Butter, wenn möglich Eier und mal ein Huhn für Brühe. Das bekomme ihrem Mann immer wieder gut. Sie hatte fast jedes Mal Erfolg, aber sie achtete peinlich genau darauf, was verbraucht wurde. Selbst von meiner doppelten Portion Butter, die wir Jugendlichen zugeteilt bekamen, behielt sie die

Hälfte davon für Helmut. Ihre Touren nach Dresden und Umgebung nahmen zu, an meinen schulfreien Tagen war sie den ganzen Tag unterwegs. Es war nun mir überlassen, das Mittagessen zu kochen, den Haushalt in Ordnung zu halten und ebenso die Betreuung von Helmut zu übernehmen. Immer öfter kam Herr Weiler mit Magenbeschwerden nach Hause. Gegen 13 Uhr musste auch Helmut wieder vom Kindergarten abgeholt werden, der Rückweg war für mich sehr beschwerlich, die Straße stieg an der langen Mauer entlang leicht an, und so wurde das Schieben ab der Hälfte des Weges recht mühsam.

Am Dorfeingang, direkt an der Straße nach Meißen, lag ein großes Obstgrundstück. Es erstreckte sich eingezäunt die Dorfstraße entlang bis an das Wohnhaus, das durch ein großes Gartentor zu erreichen war. Vor dem Haus, eingebaut in ein kleineres Gartenhaus, bewachsen mit Efeu, stand eine Wasserpumpe, eine Wasserversorgung, wie man sie häufig hier vorfand. Der ganze Wasserverbrauch, selbst für das Baden in einer Zinkwanne, wurde hier abgepumpt. Es war das erste Haus, bevor man das Dorf erreichte. Das Ehepaar Hedy und Max Descher wohnte hier. Max Descher hatte aus erster Ehe einen Sohn, er hieß Erich. Max wurde schon sehr früh Witwer, lebte nun in zweiter Ehe mit Hedy, aus dieser Ehe gab es keine Kinder. Hedys Vater hatte das Anwesen seiner einzigen Tochter übergeben. Er lebte mit im Haus, bewohnte zwei Zimmer und versorgte sich noch selbst, bis er starb.

Ein kleiner Heuschober stand auf dem Grundstück. Es gab Hühner, Enten und eine Ziege. Max fütterte die Kaninchen, die er wie kleine Kinder hegte. Hinter dem Haus war ein großer Gemüse- und Kräutergarten angelegt, es gab auch viele Sträucher mit Beeren. Die Obstbäume, Äpfel und saftige Birnen, trugen reiche Ernten, die zum Teil für Zucker, Mehl oder sogar Schweinefleisch eingetauscht wurden. Der köstliche Apfelsaft konnte gegen frisches Obst gehandelt werden. ›Selbstversorger‹ nannte man das damals. Frau Weiler hatte alles in ganz kurzer Zeit ausfindig gemacht und hatte ihre festen Anlaufstellen. Bei Hedy und Max Descher hatte sie auch schon des Öfteren angeklopft, brachte von dort ab und zu ein Huhn mit sowie Eier und Obst. Eines Nachmittags, als ich Helmut vom Kindergarten abgeholt hatte, stand Frau Descher am Gartentor und sprach mich an. Sie meinte, dass sie mich fast täglich sehen würde, wenn ich den Jungen abholte. Der Kleine kannte Hedy und strahlte, als er sie sah. Sie lud uns ein, in ihr Haus zu kommen, sie habe ein Huhn gekocht und daraus eine gute Nudelsuppe zubereitet. Im ersten Moment wollte ich ablehnen, dann fiel mir aber ein, dass Frau Weiler erst gegen Abend zurückkam, und ich nahm dankend an. War doch dieses Angebot zu verlockend. Hedy erzählte mir, dass Frau Weiler schon öfter mit Helmut bei ihnen gewesen war und gerne etwas mitnahm. Auch Kuchen, den Hedy auf einem großen Blech buk, mit Obst und dicker Schmandcreme darauf, nahm sie des Öfteren mit. Hedy stellte die Frage, ob ich denn auch etwas davon bekommen würde. Ich bejahte eifrig, obwohl ich noch nie etwas davon gesehen hatte. Hedy meinte beiläufig, dass Herr Weiler doch sehr krank und untergewichtig sei und man Frau Weiler dringend geraten habe, auf eine gute Ernährung zu achten, was nun doch sehr schwierig wäre. Untergewichtig war eher Frau Weiler, sie wog gerade einmal 48 kg, war aber immerhin 165 cm groß. Bei Herrn Weiler konnte man von Untergewicht nichts erkennen, das behielt ich aber lieber für mich.

Hedy traute wohl den Schilderungen von Frau Weiler

nicht und versuchte durch vorsichtige Fragen, sich ein Bild von der tatsächlichen Situation zu machen. Ich verhielt mich neutral, freute mich aber immer, wenn sie am Gartentor stand und etwas für Helmut und mich bereitgestellt hatte. Helmut wurde angewiesen, nichts darüber zu erzählen, wenn wir bei Deschers eine Pause machten. Wie lange das verborgen bleiben konnte, war nicht absehbar. Als wir, Helmut und ich, einmal mit Verspätung heimkamen, wollte Frau Weiler sofort wissen, wo wir uns aufgehalten hatten. Dummerweise hatte ich, wie sie meinte, noch einen Fettrand um den Mund, und Helmut sah man auch an, dass er etwas gegessen hatte. Es war nicht zu umgehen, ich sagte Frau Weiler, dass Frau Descher am Gartentor gestanden hätte, als wir kamen, und uns einlud, eine Tasse Hühnerbrühe zu trinken. Ziemlich barsch reagierte Frau Weiler und meinte, es sei ihr nun klar, weshalb sie bei Deschers keinen Erfolg mehr hätte, aber ich glaube, es gab da noch einen anderen Grund.

Am vorherigen Sonntag war ich mit Helga nach Dresden gefahren, wir wollten bummeln und eventuell in ein Kino gehen. Zuvor aber hatte Frau Weiler mit Helgas Mutter gesprochen, ehe sie ihre Einwilligung gab. Sie wollte die Familie Brühl kennenlernen, um abzuschätzen, ob es der richtige Umgang für mich sei.

Für mich bedeutete es Hektik, wenn wir den 14.00 Uhr Zug nehmen wollten. Der große Abwasch, es gab ja keine Spülmaschinen, und das späte Mittagessen trugen dazu bei. Hilfe bekam ich nie.

Große Sorgen machten mir meine Hände, sie wurden rissig und sahen aus, als würde ich mit Kohlen handeln. Kosmetik gab es kaum, Geld dafür hätte ich eh nicht gehabt.

Mutter schickte mir in einem Päckchen Handcreme und riet mir, nachts Baumwollhandschuhe überzuziehen, damit die Creme einwirken konnte. Es half aber alles nichts. So fing ich an, überall, wo es möglich war, meine Hände zu verstecken. Mein Vater, er war inzwischen einverstanden, dass ich in Niederau gelandet war, schickte mir oft in einem Brief etwas Geld, auch Mutter unterstützte mich finanziell im Rahmen ihrer Möglichkeiten. So konnte ich die Bahnfahrten nach Dresden, mal ein Kino oder einen Kaffee finanzieren. Die Familie half mir in mancherlei Beziehung:

Oma schickte Äpfel und nähte mir nach wie vor mal ein Kleid oder einen Mantel. Frau Weiler nahm Maß, das ich weitergab. Tante Hilda strickte mir aus Wollresten eine warme Jacke, schickte sie mit einem lieben Gruß im Päckchen und mit der Mitteilung, wenn sie Onkel Heiner, der nach Berlin versetzt worden war, besuchen werde, dann wolle sie auf alle Fälle die Fahrt unterbrechen und mich besuchen. Ich berichtete meinen Großeltern und Tanten immer, dass es mir gut ginge, erzählte, was ich alles erlebte und wie toll Dresden sei.

Nicht ganz so toll hingegen war der Ausflug an besagtem Sonntag mit Helga. Unterwegs verkündete sie mir, dass sie mit mir zum Tanz gehen wolle. Dieser fand immer sonntags statt, wenn die Soldaten ihren Freigang aus dem Lazarett hatten. Nun war uns in der Schule auch nahegelegt worden, dass wir den Frontsoldaten öfters eine Freude machen sollten, indem wir ihnen schrieben oder ab und zu auch ein Feldpostpäckchen schickten. Wir bekamen Namen und Feldpostnummern und wurden oft befragt, ob wir uns dankbar zeigten dafür, dass sie auch für uns in den Krieg zogen.

Aber dieser Sonntagnachmittag konnte mich nicht besonders begeistern. Helga wurde zu jedem Tanz aufgefordert, und wie ich feststellte, war es fast immer derselbe Tänzer. Ich konnte nicht tanzen, war nur Zuschauerin, die ihre Hände beschämt unter dem Tisch versteckte, als zwei Soldaten an unserem Tisch vorbeikamen.

Der eine blieb plötzlich stehen, sah mich von der Seite an.

»Na, Kleine, bist du nicht zu früh hier? Komm doch einfach in ein paar Jahren wieder.« Ich begriff nicht, was er damit sagen wollte, konnte ich nicht einfach hier sitzen und zuschauen? Ich fühlte mich so unsicher und fehl am Platze. Ich wusste, dass ich eigentlich nicht hier sein sollte.

Es waren bestimmt zwei Stunden vergangen, als die Musik Pause machte. Helga kam mit ihrem Tänzer an unseren Tisch zurück.

»Na«, meinte ihr Begleiter, »findet sich kein Tänzer für dich?«

»Tanzen kann ich nicht«, war meine Antwort, »ich bin auch nur wegen Helga hierhergekommen.« Nun gab sie mir zu meinem Entsetzen zu verstehen, dass die Soldaten erst um 22.00 Uhr im Lazarett sein müssten, sie aber wolle so lange hierbleiben. Ich jedoch musste um diese Zeit schon längst zu Hause sein. Wir einigten uns darauf, dass ich alleine zurückfahren würde, ich nahm mir aber vor, nie mehr mit Helga in ein Tanzlokal zu gehen.

Ich lief die Prager Straße in Richtung Hauptbahnhof an einem Kino vorbei und sah mir die Reklame und die Bilder an, ›Träumerei‹ hieß der Film, mit Mathias Wiemann als Robert Schumann, Hilde Kral als Klara Schumann. Nächste Vorstellung, so stand da, um 18.00 Uhr. Schnell kaufte ich mir eine Karte, rechnete mir aber vorher aus, dass ich spätestens um 21.30 Uhr zu Hause sein würde. Mein Sonntag war nun doch gerettet, ich sah mir diesen wunderbaren Film an und war tief gerührt über dessen Inhalt. Wichtig war außerdem für mich, die Kinokarte im Notfall vorzeigen zu können.

Herr Weiler klagte immer öfter über seine Magenbeschwerden, er blieb einige Tage zu Hause, doch es wurde immer schlimmer. Ich hatte den Eindruck, dass er an Gewicht verloren hatte. Der Betriebsarzt hielt es schließlich für notwendig, dass er stationär behandelt wurde. Frau Weiler fuhr mit ihm in das Krankenhaus, das sich außerhalb von Dresden befand. Dort besuchte sie ihren Mann zweimal wöchentlich, versorgte ihn mit frischer Wäsche und allem, was er sonst noch benötigte. An diesen Tagen war sie von morgens bis abends unterwegs, dazu kamen noch zwei Tage in der Woche, die sie für ihre Tauschgeschäfte und die Organisation von Lebensmitteln benötigte. Das hieß für mich, dass ich für Helmut die halbe Woche allein die Verantwortung trug. Ich musste für ihn kochen, ihn in den Kindergarten bringen und wieder abholen. Oft musste ich mich bei Helmut auf das Sofa legen, bis er einschlief, das konnte dauern. Singen oder Vorlesen trugen nie viel zum Einschlafen bei. Abends spät machte ich meine Schulaufgaben und beantwortete Briefe, oft musste ich in der Nacht nach dem Kleinen schauen, weil er von seiner Mutter nicht getröstet werden wollte. Dann hatte aber Helmuts Vater den Wunsch geäußert, seinen Sohn zu sehen. Für mich war ein Wochentag günstiger, so konnte ich mir den Weg zum Kindergarten ersparen. Also fuhren Helmut und ich mit Frau Weiler ins Krankenhaus. Es war offensichtlich, dass Frau Weiler überfordert gewesen wäre, wenn sie ihren Sohn allein, ohne mich, mitgenommen hätte, schon das Schleppen von Wäsche und anderem Benötigtem war mehr als genug. Wenn sie alleine fuhr, hatte sie mehr Zeit für ihren Mann und keine Probleme mit einem übermüdeten Kind. Die Besuchszeit war großzügig, ab dem Mittagessen konnte sie bis zum späten Nachmittag bei ihm bleiben, mit ihm in Ruhe alles besprechen und berichten.

Durch die neue Situation gelang es mir endlich, auch die Post in Empfang zu nehmen. Seit einiger Zeit gab es einen regen Briefwechsel zwischen mir und einem Frontsoldaten. Er war 23 Jahre alt und hatte die Feldpostnummer mit einem anderen Kameraden getauscht, der lieber mit einem etwas älteren Mädchen in Briefwechsel treten wollte. Er schrieb sehr nett, bald kannte ich seinen Lebenslauf, seine Pläne, wenn erst mal der Krieg zu Ende sei. Er schickte mir ein Bild in Uniform, scheinbar von der Front, so konnte ich mir doch meinen Briefpartner in etwa vorstellen, was das Briefeschreiben einfacher machte. Er schien groß zu sein, war sehr schlank und dunkelhaarig. Eigentlich, so fand ich, sah er sehr gut aus. Sein Name war Florian Schröder. Seine Briefe wurden länger und es kam öfter Post von ihm. Es fiel mir oft schwer, Schritt zu halten, denn es waren ja auch schon heimatliche Briefe zu beantworten.

An einem Tag, als ich mit Helmut alleine war, schrieb ich Florian einen langen Brief und bat als Erstes um Verständnis, wenn ich nicht immer auf Anhieb antworten konnte. Ich schilderte ihm meinen Tagesablauf und berichtete, dass ich nach Abschluss der Haushaltslehre wieder auf eine Schule gehen sollte. Gewiss, das war auch mir klar, wurde es immer schwerer mit Schulbesuchen. Man sollte als Mädchen einen Beruf wählen, der nach dem Krieg wichtig sein könnte. Alternativen ohne Schule waren Arbeitsdienst, das Arbeiten in einer Rüstungsfabrik oder als Luftwaffenhelferin. Ich erzählte ihm außerdem, dass ich sehr gerne koche und backe und am liebsten einen großen Haushalt hätte. Er wiederum schrieb mir, dass seine Eltern in Thüringen einen metallverarbeitenden Betrieb hatten, den er nach Beendigung seines Studiums übernehmen wolle. Seine Schwester sei bereits mit einem Berufsoffizier verheiratet und lebte in Berlin. Briefe schrieb ich immer gerne, aber dieser Briefwechsel machte besonders viel Spaß.

An den Wochentagen, an denen Frau Weiler unterwegs war, nutzten wir, Helmut und ich, die Möglichkeit, uns auf dem Heimweg vom Kindergarten bei Max und Hedy Descher länger aufzuhalten. Hedy hatte immer für uns etwas bereitgestellt, somit waren wir für den Rest des Tages mit Essen versorgt. Wir fühlten uns wie zu Hause, Hedy und Max mochten uns beide. Am Sonntag fuhren Helmut und ich mit in die Klinik, der Sportwagen diente dabei als Lastenträger. Helmut jammerte sehr darüber, aber es half nichts. Es war ein anstrengender Fußmarsch von der Bahn in die an einem Waldrand gelegene Klinik. Eine sehr ruhige Anlage war genau das Richtige für die Patienten, die aufstehen konnten oder in einem Rollstuhl saßen. Sie konnten das parkähnliche Gelände und diese Ruhe besonders genießen. Rot-Kreuz-Schwestern pflegten die Kranken, waren sehr aufmerksam und immer zur Stelle, wenn nötig. Helmut nahm von seinem Vater nicht viel Notiz, viel mehr reizte ihn die neue Umgebung. Dass sein Vater krank im Bett lag, konnte er noch nicht begreifen. Seine Fragen wurden Frau Weiler lästig, und sie schickte uns in den Park.

In der kurzen Zeit, die ich im Krankenzimmer verbrachte, fiel mir auf, dass die Krankenschwester, die für dieses Zimmer verantwortlich war, sehr oft hereinkam und Frau Weiler und mich sichtlich in Augenschein nahm. Zu oft, so fand ich, stellte sie an Helmuts Vater die Frage, ob er etwas benötige. Herr Weiler lächelte sie sehr freundlich an und meinte, dass sich Schwester Irma später noch genug um ihn kümmern müsste. Auf dem Heimweg klagte Frau Weiler, dass sie Vatilein (gemeint war ihr Mann) sehr vermisse. Sie seien doch so glücklich miteinander gewesen, es sei für sie sehr schwer, getrennt von ihm zu sein. Als ich ihr zu verstehen gab, dass in diesen Zeiten viele Familien getrennt seien, viele junge Mütter schon den Vater ihrer Kinder verloren hatten, viele Frontsoldaten, schwer verwundet und fern der Heimat in einem Lazarett liegend, nicht einmal Besuch von ihren Angehörigen erwarten konnten, glaubte ich, sie getröstet zu haben. Sie sagte spontan:

»Du hast ja recht, Kindchen. Ich will versuchen, dies alles zu verstehen.« Den ganzen Heimweg war Frau Weiler, Else – so werde ich sie nun nennen-, sehr schweigsam und, wie mir schien, nach wie vor traurig. Dabei wurde mir zu meinem Schrecken bewusst, dass ich nun auch noch auf sie aufpassen musste.

Ausflüge nach Dresden mussten zunächst für mich ausfallen, solange Herr Weiler – ich nenne ihn ab jetzt Bruno - im Krankenhaus lag. Helga meinte so leichthin, dass sie eben allein fahren werde, sie wolle sich auf alle Fälle mit ihrem Tanzpartner treffen, solange er noch in Dresden sei. Allerdings konnte sie mich nicht mehr vorschieben, ihre Mutter brauchte nur aus dem Fenster zu schauen, um den Bahnsteig zu überblicken. In ein Kino konnte ich auch, wenn es wieder möglich sein sollte, alleine gehen. Die Programme standen in der Zeitung mit dem Vermerk, ob sie für Jugendliche zugelassen waren oder der Eintritt erst ab 16 Jahren gestattet war. An einem Dienstagnachmittag, Else war zu Besuch in der Klinik, klingelte das Telefon am Gartentor. Als ich mich meldete, sagte die Stimme am anderen Ende: »Ja, hier ist dein Vater.« Mein Herz stockte, ich war so unsicher, dass ich die dümmste Frage stellte, die es gab:

»Vater, wo kommst du denn her?« Ich holte ihn am Gartentor ab. Nach einer herzlichen Umarmung ging ich mit ihm ins Haus. Zunächst musste ich ihm erklären, weshalb Helmut und ich alleine waren, bei einem Kaffee versuchte ich vorsichtig, meine Bedenken zu äußern und ihm zu erklären, dass ich ihm keinen längeren Aufenthalt ohne Absprache mit Else gewähren könne. Für Vater war das vollkommen verständlich. Er sagte mir, dass er die ganze Nacht unterwegs gewesen sei, aber sich auf alle Fälle davon überzeugen wollte, ob es mir auch gut gehe in der Fremde. Er müsse sich nun aber informieren, wie er von hier wieder nach Hamburg komme, da er die Fahrt meinetwegen unterbrochen habe. In meinem Kopf war ein einziges Chaos. Wie sollte ich das nur wieder auf die Reihe bringen?

Mein Vorschlag war, da es noch früh am Nachmittag war, dass wir zu Hedy und Max Descher gehen sollten, vielleicht könnte Vater sogar bei ihnen schlafen. Übernachtungsmöglichkeiten in Pensionen und dergleichen gab es nicht so kurzfristig. Es klappte auf Anhieb. Die beiden freuten sich sehr, meinen Vater kennenzulernen, und boten ihm sofort an, bei ihnen zu nächtigen. Sie hatten für diese Situation volles Verständnis. Max wollte mit dem Fahrrad zum Bahnhof fahren, um zu erkunden, wie und wann mein Vater weiterreisen konnte. Dringend bat ich meinen Vater noch einmal, er möge sich auf alle Fälle das nächste Mal vorher anmelden, damit ich mich um eine Schlafgelegenheit kümmern und mit Else Zeit für uns absprechen konnte. Hedy und Max meinten, dass die Schlafgelegenheit im Voraus gesichert sei bei ihnen, wenn Vater damit einverstanden sei. Das Übrige musste ich mit Else klären. In der kurzen Zeit, die wir füreinander hatten, gestand ich Vater noch, dass ich mich riesig freute über seinen Besuch und in mir der Wunsch gewachsen sei, in Dresden zu bleiben, auch nachdem die Lehre bei Else abgeschlossen sein würde. Sicher würde sich für mich eine Stelle finden. Wenn ich dann noch bei Hedy und Max wohnen könnte, wäre alles für mich perfekt. Vater meinte, dass er gerne mit der Familie Descher einiges besprechen wolle, nachdem er festgestellt hatte, dass ich mich bei ihnen zu Hause fühlte und die beiden sich rührend um mich kümmerten. Alles Besprochene könnte ich im Nachhinein von Max und Hedy erfahren, wenn ich Helmut im Dorf abholte. Vater versorgte mich noch mit Geld, als wir uns verabschiedeten, und ich sagte ihm nochmals, dass ich mich sehr gefreut hätte, ihn zu sehen. Es tat mir fast leid, dass ich zurückmusste. Auf alle Fälle wollte ich mit Helmut vor Else zu Hause sein. Ich musste mich darauf vorbereiten, Else die ganze Geschichte zu erzählen. Es sollte nicht der Eindruck entstehen, mein Vater sei genau dann aufgetaucht, wenn Helmut und ich alleine waren. Es klappte aber alles ganz gut. Else kam gegen 20 Uhr nach Hause, Helmut war sehr müde und schlief problemlos ein, so hatte ich wenigstens die Gewissheit, dass er nicht so viel Schwerverständliches ausplauderte. Bis zum anderen Morgen würde einiges vergessen sein. Else aß eine Kleinigkeit mit mir in der Küche, dabei gestand sie ein, dass sie sehr müde sei, was ihr durchaus auch anzusehen war. In wenigen Sätzen erzählte ich ihr, dass mein Vater etwa zwei Stunden hier war und dann in Richtung Hamburg weiterfahren musste. Sie bedauerte es sehr, so sagte sie, dass sie ihn nicht begrüßen konnte, und meinte, sicher gebe es wieder eine Gelegenheit, dies nachzuholen. Das nächste Mal sei er hier herzlich willkommen. Wann Vater genau abgereist war und was noch alles besprochen wurde, würde ich erfahren, wenn ich mit Helmut am anderen Tag bei Deschers vorbeiginge. Jedenfalls war ich sehr froh, meinen Vater gesehen zu haben. Ich hoffte auch, dass er mit meinem Wunsch, in Dresden zu bleiben, einverstanden sein würde. Neugierig war ich schon, was Vater, Max und Hedy sich alles überlegt hatten, wie es mit mir einmal weitergehen könnte. Sogar Mutter hatte ihren Besuch angekündigt, sie wollte in den Sommerferien kommen, da sei ich lange von der Schule entbunden und wir hätten etwas mehr Zeit, um einiges miteinander zu unternehmen. Ich konnte mir also erst einmal Vaters Vorschlag anhören und diesen bald mit Mutter besprechen.

Die Deschers erwarteten Helmut und mich am anderen Tag. Den Aufenthalt bei ihnen durften wir nicht zu sehr ausdehnen, sonst könnte Else Verdacht schöpfen. Vater war einverstanden damit, dass ich hierbliebe, aber er wollte, dass ich anschließend eine Schule besuchte. Hedy wollte sich umhören, die Zeitungen studieren, eventuell selbst die infrage kommende Schule aussuchen und alles mit Vater besprechen. Vater wollte monatlich an ihre Adresse Geld überweisen, das gedacht war für Hedys Auslagen, ein Taschengeld für mich und eine kleine Reserve für Unvorhergesehenes. So stand nun eine weitere Ausbildung für mich an. Mit dieser Entscheidung war ich gerne einverstanden. Ich würde zunächst bei Max und Hedy wohnen. Unsicher war sowieso, wie sich um uns herum alles entwickeln würde, doch einen Beruf zu haben, gerade als Mädchen, war bestimmt nicht von Nachteil. Wichtig war für mich nur, dass ich von meinen Onkels in brauner Uniform nicht mehr ›Bastard‹ genannt wurde und nicht mehr mit ansehen musste, wie meine Großeltern dabei litten. Auch wenn sie sich nicht dazu äußerten, so fühlte ich es dennoch.

Nach wie vor konnte ich nicht mit der Zuneigung meiner Mutter rechnen. Egal was ich tat oder wie ich mich anstrengte, ich wurde das Gefühl nicht los, dass ich ihr nur ein Klotz am Bein war. Um meine Zukunft machte sie sich keine Gedanken:

»Es wird sich alles finden. Ein Mädchen ist da, um zu heiraten.« Vaters Besuch hatte mir auch bewusst gemacht, dass er meine Mutter nicht vergessen konnte. In seinen Briefen war es auch zwischen den Zeilen zu lesen. Er hatte doch nun seine eigene Familie, meine Halbschwester Helga war zehn Jahre, mein Halbbruder Walther sieben Jahre alt. In den kommenden Sommerferien sollte ich auf alle Fälle nach Hamburg kommen, um Vaters Familie kennenzulernen. Neugierig war ich schon auf die Halbgeschwister, und die Aussicht, Hamburg kennenzulernen, war ebenfalls verlockend, aber nicht ohne Risiko. Man las von unseren Nachtjägern und der Flak, die funkgesteuert schoss und der viele Menschen und Maschinen zum Opfer fielen. Für unsere Nachtjäger gab es hohe Auszeichnungen.

Was ich unbedingt in Erfahrung bringen wollte, war, was mein Vater beruflich machte. Vor Jahren erfuhr ich lediglich, dass er in einem Labor arbeitete und Pyrotechniker sei. Was war das?

»Leuchtraketen werden jetzt wohl nicht hergestellt«, meinte Mutter, aber gerüstet wurde ja überall. Vaters eigene Schilderung hatte nicht dazu beigetragen, dass ich begriffen hätte, was das alles bedeutete. Gerne hätte ich es genauer in Erfahrung gebracht. Nun hatte ich einen Vater und wusste gar nichts von ihm, wenn man mich nach ihm fragte. Als ich die Reise nach Hamburg endlich antrat, dachte ich, ich würde es schon mitbekommen, was das hieß: Pyrotechniker. Aber das war ein Irrtum.

Es war eine lange Reise, oft hielt der Zug auf offener Strecke, niemand wusste, warum. Dann fuhr er langsam an, hielt wieder, es gab keine Durchsagen. Mit wie viel Verspätung ich ankommen würde, war nicht zu erfahren. Meine Sorge war groß: ob Vater mich abholte, ob er von der Verspätung wusste? Es klappte, und ich atmete erleichtert auf, als er mich mit drei Stunden Verspätung in Hamburg in den Arm nahm. Er hatte ein Auto, so konnten wir direkt nach Fischbek zu seiner Familie fahren. Gegen neun Uhr kamen wir dort an, ich war schon sehr aufgeregt, als meine Stiefmutter mich, wie ich meinte, mit einem recht kühlen Lächeln begrüßte. Helga, meine Halbschwester, zeigte sich erfreut, nahm den Koffer und ging mit mir in ein Zimmer, das, wie sie erklärte, ihres war. Wenn Besuch kam, musste sie es teilen oder im Wohnzimmer auf dem Sofa schlafen. Es stand ein Klavier darin, zwei Betten, ein runder Tisch, drei Stühle und ein großer Schrank. Es wirkte auf mich ganz gemütlich.

Auf meine Frage, wer außer Vater noch Klavier spiele, sagte sie:

»Ich natürlich.« Eine heimliche Freude stieg in mir auf: etwas gemeinsam mit Helga zu haben, fand ich toll. Aber meine Freude verflog auch rasch wieder. Wir gingen zurück in die Küche, wo Marie, Vaters Frau, ein Frühstück bereitgestellt hatte. Es gab Brot, Margarine, Marmelade und schwarzen Malzkaffee. Den Kaffee schwarz zu trinken, war und blieb für mich ein Gräuel. Ich dachte aber, dass eben keine Milch vorhanden war, es gab sie ja auf Marken oder eben schwarz. Doch Helga bekam, während ich frühstückte, den Auftrag, einen Pudding zu kochen, damit die Milch nicht sauer würde, es sei noch reichlich davon da. So hatte ich immer mehr den Eindruck, dass Marie bestimmt nicht über meinen Besuch erfreut war. Eigentlich wollte ich zwei Wochen bleiben, nun aber überlegte ich bereits, wie ich den Aufenthalt verkürzen konnte, ohne Vater misstrauisch zu machen. Am ersten Tag ließ man mich schlafen, bis auch Vater zum Mittagessen kam. Die Fahrt hatte 14 Stunden gedauert, ich fühlte mich zerschlagen und nicht willkommen. Tagsüber sah ich Vater kaum und des Nachts hörte ich ihn auch einige Male weggehen, nachdem das Telefon geklingelt hatte. Gemeinsam mit dem Firmeninhaber bewohnte Vaters Familie ein Doppelhaus, dies war nur einstöckig, es gab keine Keller.

Wenn es Alarm gab, mussten beide Familien einen großen Luftschutzkeller aufsuchen, der auch von der Belegschaft genutzt wurde. Die Firma war auf mehrere kleine Gebäude verteilt, alle in einem Wald gelegen, von außen völlig abgeschirmt. Aus dem Gelände kam niemand ohne Kontrolle heraus und genauso wenig hinein. Mein Traum von Hamburg hatte sich schnell relativiert. Diese Kontrollen waren für mich beinahe traumatisch. Vater erklärte mir auf meine Frage, weshalb die Gebäude so verteilt seien, dass dies nötig sei für den Fall eines Brandes oder einer Explosion, damit eben nur ein Teil der Anlage davon betroffen wäre.

Vor dem Haus war alles grün: ein schön angelegter Garten mit einem Enten- und Putenhaus. Die Tiere liefen tagsüber frei herum. Einer der Truthähne hatte es auf mich abgesehen: jedes Mal, wenn er mich sah, verfolgte er mich.

Wenn er mich erwischte, pickte er mich in die Beine, und ich hatte alle Hände voll zu tun, ihn abzuwimmeln. Es waren Vaters Tiere. Er fütterte sie selbst und hielt für sie alles in Ordnung. Meinen Halbbruder Walther bekam ich erst kurz vor meiner Abreise zu sehen. Er war bei seiner Patenttante Lisa in Harburg gewesen, die auch gleichzeitig die Sekretärin meines Vaters war. Wir, Vater und ich, besuchten sie an einem Nachmittag, damit ich Walther kennenlernen konnte. Vater nahm meine Bitte, meinen Aufenthalt auf eine Woche zu verkürzen, zur Kenntnis. Er stellte keine Fragen, es war auch schwer, seine Reaktion zu erkennen. An diesem Abend kam er gegen 20 Uhr nach Hause. Helga und ich spielten gemeinsam Klavier, als er in unser Zimmer trat. Er setzte sich einen Moment lang hin, hörte uns zu und meinte, dass es schade sei, uns nicht öfter zusammen zu sehen. Er gab jeder von uns ein kleines Päckchen, außen in Zeitungspapier verpackt, danach in Pergamentpapier. Der Inhalt war eine geräucherte Flunder. Er legte den Zeigefinger an den Mund:

»Schweigen ist Gold.« Nachdem Vater mit einem verschmitzten Lächeln gegangen war, machten Helga und ich uns über die Flundern her und genossen den herrlichen Fisch. Schnell lüfteten wir danach das Zimmer, Helga verpackte die Überreste sorgfältig und brachte sie in die Mülltonne. Ohne Helga wäre der Aufenthalt bei Vater kaum erträglich gewesen. Wir beide hatten zusammen viel Spaß und sehr viel zu erzählen. Was sie einmal beruflich machen wollte, wusste sie noch nicht. Sie meinte, es würde sich rechtzeitig zeigen. Zumindest Fremdsprachen machten ihr Freude.

Meine Rückreise wurde für kommenden Mittwoch festgelegt. Am Wochenende davor stand noch einmal ein Besuch bei Lisa auf dem Programm, damit ich mich von

Walther verabschieden konnte. Helga wollte mitfahren, aber Marie hatte, wie sie sagte, einiges nachzuholen. Dafür sei der Sonntag geeignet und sie könne so in Ruhe alles erledigen. So fuhren wir mit dem Auto zu dritt zu Lisa und deren Ehemann Martin Steiner.

Ihr Mann war etwas zurückhaltend, aber freundlich und erkundigte sich, wie die Bahnfahrt gewesen sei, wünschte mir eine bessere Rückreise und lud mich herzlich ein, das nächste Mal, wenn ich wieder zu Besuch käme, vorbeizuschauen, da ich ihnen willkommen sei. Lisa war, wie ich meinte, befangen oder verlegen, was war es wohl? Es gab erst viel später eine Erklärung dafür. Vater besprach mit Lisa, dass sie mich an dem kommenden Mittwoch nach Hamburg bringen und in den Zug setzen sollte. Er bat sie, für mich eine Rückfahrtkarte erster Klasse zu lösen, damit ich hoffentlich einen Sitzplatz bekäme und auch von den Militärs nicht belästigt würde. Schließlich nahm Lisa noch Maß von mir, denn Vater wollte für den kommenden Winter einen Mantel für mich nähen lassen. Einen Stoff, so meinte er, könne ich aber nicht aussuchen. Er müsse nehmen, was er gerade organisieren könne, aber er würde sicher etwas Passendes für mich finden. Als wir uns verabschiedeten, meinte der kleine Walther, dass er mich bestimmt auch einmal besuchen würde, wenn er erst einmal größer wäre. Auf Lisas Frage, warum ich schon wieder abreiste, sagte ich ihr, dass meine Mutter mich kommende Woche besuchen wolle. Ich wollte mein Zimmer noch zurechtmachen, weil sie darin schlief, während ich bei Helmut auf dem Sofa schlafen würde. So hätte ich noch einiges vorzubereiten, damit auch alles in Ordnung wäre. Mir fiel auf, dass Lisa meinen Vater beobachtete, der nach meiner Erklärung sehr schweigsam wurde. Für mich war es einfach wichtig, dass meine verfrühte Abreise durch diese Argumente glaubhaft wurde. Warum ließ Vater von Lisa meine Maße nehmen? Dies und Maries Verhalten machten mir wieder einmal klar, dass ich eigentlich nirgends mehr zu Hause war. Hier eine Stiefmutter, eine Halbschwester und einen Halbbruder, die ich so gern öfter gesehen hätte. Am anderen Ende, weit weg, meine Mutter mit Stiefvater Kurt und meine Großeltern, die mich liebten. Mein Zuhause dort ging mir verloren durch die angeheirateten Schwiegersöhne in Uniform. Um das zu verstehen, brauchte ich nicht ganz erwachsen oder volljährig zu sein. Sie waren der Meinung, dass ich nun zu meiner Mutter gehörte, die ja verheiratet war, sie hätte jetzt für mich zu sorgen, kurzum: mein Zuhause sei bei ihr. Aber ich liebte meine Großeltern über alles, nur da war ich zu Hause. Aber es gab für mich auch in Dresden ein Zuhause, ich spürte es, auch wenn es bei Familie Weiler nicht von großer Dauer war. Eines war zumindest sicher: ich durfte danach mit Vaters Hilfe hierbleiben. Dann könnte ich meine Großeltern auch aus der Ferne lieben, ich würde versuchen zu verstehen, zu vergessen, und vielleicht fände auch meine Seele Frieden.

Auf der Rückreise ließ ich noch einmal den Aufenthalt bei Vater Revue passieren. Sein plötzliches Verstummen, immer dann, wenn ich von meiner Mutter sprach, gab mir zu denken. Er litt sichtbar, und vielleicht war dies auch der Grund für Maries ablehnendes Verhalten. Besonders abweisend reagierte sie, als Vater einmal beim Abendessen bemerkte, dass ich meiner Mutter sehr ähnlich sei. Am Abend vor der Abreise, wir waren alleine in der Küche, nahm er mich besonders heftig in den Arm und erklärte mir, es wäre schon früh am nächsten Morgen nötig, dass er das Beladen zweier

Lastwagen überwachte, die gegen Mittag mit einer wichtigen Ladung in Neumünster sein müssten. Lisa würde mich rechtzeitig mit dem Auto abholen und nach Hamburg zum Bahnhof bringen. In einem Umschlag übergab er mir Geld, genug für die nächsten Wochen, und eine extra Zugabe, damit Mutter und ich uns ein paar schöne Tage machen konnten. Mit der großen Bitte, den Umschlag zu verstecken und Mutter ganz lieb zu grüßen, nahm er mich nochmals in den Arm, verabschiedete sich von mir und ließ mich dann alleine. Helga las noch in ihrem Zimmer und Marie war in der ersten Haushälfte bei der Dame des Hauses, mit der sie gut befreundet war. Scheinbar ging sie mir an diesem Abend besonders aus dem Weg. Helga und ich plauderten noch lange, bis wir Vater und Marie nach Hause kommen hörten. Wir beide bedauerten es, dass wir uns nicht so oft sehen konnten, dafür war die Entfernung zu groß. Hinzu kam das, was wir beide nicht aussprachen, aber fühlten: Helgas Mutter war von mir oder meiner Anwesenheit verständlicherweise nicht gerade begeistert. Auch das wurde mir während meines Aufenthaltes klar. Aber hatte ich nicht auch ein Anrecht auf meinen Vater? Am wenigsten konnte ich etwas dafür, dass Mutter und Vater nicht geheiratet hatten oder es damals nicht durften. Wie auch immer: er war nun mal mein Vater und ich hatte mich daran gewöhnt, dass es ihn gab. Es vermittelte mir eine gewisse Sicherheit, sagen zu können, ich habe auch einen Vater, er ist für mich da. Er liebte mich auf seine Art und versicherte mir, dass er mir zur Seite stehen würde, wenn ich etwas brauchte, was immer es auch sei. Solche Gedanken beschäftigten mich auf der Rückreise.

Lisa stieg mit in den Zug ein und besorgte mir sogar einen Fensterplatz, so konnte ich während der Fahrt meine

Gedanken kreisen lassen und mich gespannt darauf einstellen, was mich in Niederau bei meiner Ankunft erwartete. Als wir uns verabschiedeten, sagte Lisa zu mir, dass sie bei meinem nächsten Besuch alles vorher organisieren würde. Wenn ich es wollte, könnte ich bei ihr wohnen, so hätte ich Vater für mich alleine, sie würde sich um alles kümmern. Ihre Ehe war kinderlos, sie verwöhnte Walther, meinen Halbbruder, sehr. Und wie ich bald feststellen konnte, waren auch meine Wünsche und Bedürfnisse bei ihr in guten Händen. Außerdem sagte sie, wenn Vater nicht so häufig die Gelegenheit hätte zu schreiben oder sich um das Finanzielle selbst zu kümmern, würde sie es an seiner Stelle übernehmen.

War es das, was ich wollte? All die Gründe konnte ich noch nicht so erkennen. Dass Vater mehr in der Firma war als bei der Familie, oder gar unterwegs war, um einen Transport zu begleiten, war mir nicht entgangen. Dass er mit Lisa beruflich mehr zusammen war als mit Frau und Kindern daheim, war wohl bedingt dadurch, dass die Rüstung auf Hochtouren lief. Alle und jeder wurden eingesetzt, jeder musste seinen Teil dazu beitragen, getreu dem Motto: ›Räder müssen rollen für den Sieg.‹ Diese und ähnliche Parolen waren überall zu lesen. Klagte man bei Freunden oder äußerte man einen Wunsch (zum Beispiel, was man gerne mal wieder essen würde), dann wurde lächelnd geantwortet:

»Nimm es hin und sei zufrieden, wir haben Krieg und keinen Frieden.«

Marie war nicht berufstätig, sie hatte auch keinen Beruf erlernt und war einfach Hausfrau und Mutter, wie sich das in dieser Zeit für eine Frau gehörte. Aber sie schien auch wenig Ahnung davon oder Interesse daran zu haben, wie sich die Firma, in der Vater tätig war, seit Kriegsbeginn entwickelt hatte und was sie produzierte. Sie zeigte sich auch nicht sonderlich besorgt um Vater. Viel zu viele Gedanken begleiteten mich auf der Rückreise nach Niederau. Fast schon schien es mir, als würde ich mich darauf freuen, Helmut wiederzusehen, Hedy und Max, mit denen ich über alles reden konnte, zu treffen, denn sie verstanden mich.

Nur einmal musste ich umsteigen, dann hieß es für mich Niederau / Meißen. Es war schon dunkel, als ich das Haus erreichte, meinen Haustürschlüssel konnte ich deshalb nicht gleich in meiner Umhängetasche finden und so klingelte ich. Ich war nicht wenig erstaunt, als Bruno die Haustüre öffnete.

»Na, da bist du ja wieder«, sagte er, als er mich an sich drückte, und ergänzte sofort, dass sie mich erst in ein paar Tagen erwartet hätten. Ich suchte erst gar nicht nach einer Ausrede sondern nahm Helmut in den Arm, der uns sprechen hörte und herbeieilte, um das ›Edithlein‹ zu begrüßen. Else war scheinbar auch froh, dass ich zurück war, dachte sie wahrscheinlich gleich daran, dass ich ihr nun wieder einen Teil der Arbeit abnehmen konnte.

Nach einem gemeinsamen Abendessen bestand Helmut darauf, dass ich ihn zu Bett bringe, er stellte Fragen über Fragen, die ich zum Teil nicht verstand und zum Teil nicht beantworten konnte, so viel wollte er wissen. Aber eine Frage, die ihm ganz wichtig schien, konnte ich beantworten:

»Nein, ich werde nicht mehr, zumindest vorerst nicht, mit dem Zug so weit wegfahren.« Er schlief ruhig und fest ein.

Else übergab mir drei Briefe, einer war von Mutter, so

selbstverständlich geöffnet, als sei sie die Empfängerin. So könne sie gleich alles festlegen und den Ablauf überlegen, wenn meine Mutter zu Besuch da sei, meinte sie als Erklärung. Zu dem Brief von meinem Frontsoldaten Florian erklärte sie mit einem schiefen Lächeln, dass er es scheinbar ernst meine, wenn der Krieg vorbei sei. Darauf antwortete ich ihr, dass er mich ja gar nicht kennen würde. Und wenn es zu einem Kennenlernen käme, würde er sicher schnell das Interesse verlieren.

»Oh«, meinte Bruno, »das glaube ich nicht. Übrigens wirst du bald 16 Jahre alt, und da steht doch einer Verbindung nichts im Wege!« Er machte noch einige Bemerkungen, die ich absolut nicht verstand und die mir fast Angst machten, bis Else ihm erklärte, es sei nun genug.

Bruno sah nicht mehr so blass aus, er hatte scheinbar auch zugenommen, sollte sich aber auf alle Fälle weiterhin an die Diät halten. Dies war wieder meine Aufgabe, und inzwischen kannte ich mich damit schon ganz gut aus. Er schien mir allerdings Else gegenüber etwas unsicher zu sein. Es fiel mir auch auf, dass er Else ermahnte, es sei doch wohl an der Zeit, mich meine Briefe selbst öffnen zu lassen. Darauf gab ich zur Antwort, zwar hätte ich nichts zu verbergen, aber gewiss würden sie beide es erfahren, wenn es von Wichtigkeit wäre. So schien dieses Eingreifen in persönliche Dinge geklärt.

Hedy und Max waren ebenso überrascht, als ich am andern Tag mit Helmut vor ihrer Türe stand. Nur in groben Zügen erzählte ich von meiner Reise, um mit Helmut einigermaßen pünktlich nach Hause zu kommen. Als wir uns nach einer Nudelsuppe verabschiedeten, meinte Hedy:

»Sicher war es für deinen Vater und dich nicht ganz einfach, so zwischen den Stühlen zu sitzen, aber eines sollst du wissen: du bist auch bei uns zu Hause!« Hedy bedauerte, dass sie von Max' Sohn Erich schon länger nichts gehört hatten, sie machten sich Sorgen um ihn. Max schien von dieser Sorge sehr belastet zu sein. Ich glaube, in seinen Augen sogar Tränen zu sehen, als wir darüber sprachen. Die Ehe von Max und Hedy war kinderlos geblieben, würde nun Erich etwas zustoßen, dann hätten die beiden keine Balance und keinen Auftrieb mehr. Ich betete, dass dies nicht geschehen würde, ich hätte nicht gewusst, wie ich die beiden trösten könnte. Meinte Hedy doch sogar einmal, als wir von Erich sprachen, dass ich für sie eine liebe Schwiegertochter werden könnte. Sie hatte schon vor dem Krieg eine Aussteuer zusammengetragen. Schön bestickte Bettwäsche, Daunendecken, Meißner Tafelgeschirr und einiges mehr. Ein alter zweitüriger Schrank war gefüllt, nur das Silberbesteck, so meinte Hedy, könne auch noch nach dem Krieg gesammelt werden, dies gehöre schließlich in einen gepflegten Haushalt. Das Thema Erich und ich schien Hedy neuerdings viel zu beschäftigen. Allerdings gab ich ihr zu bedenken, dass ich für eine Verbindung noch nicht bereit sei. Erst stehe für mich eine Ausbildung im Vordergrund, die ich auf alle Fälle zu Ende bringen wollte, dann stünde Geldverdienen an, um selbst für eine Aussteuer zu sorgen. Doch sie meinte dazu konsequent, dass Max und sie genug gespart hätten, damit Erich auch ein Mädchen ohne Aussteuer heiraten könnte. Da war es wieder, dieses Aufbäumen in mir. Wieso wollte man immer über meinen Kopf hinweg für mich entscheiden? Warum glaubte man, ich könne keine eigenen Wünsche und Vorstellungen haben, wie ich mein Leben gestaltete, wenn die Zeit dafür gekommen war? Ich musste an Großvater denken, wenn ich ein Problem hatte, das für mich zunächst nicht lösbar erschien, denn dann sagte er:

»Hansli, deine Sorgen möchte ich haben. Aber warte es ab, manche Dinge lösen sich von selber. Je mehr du grübelst, desto komplizierter wird alles. Lass es an dich herankommen, dann merkst du auf einmal, es ist kein Problem, es hat sich wie von selbst aufgelöst.«

Gewiss, es löste sich später vieles von selbst, aber das Thema ›Erich‹ sollte ein eher tragisches Ende finden. Er kam nicht aus dem Krieg zurück.

In drei Tagen wollte Mutter anreisen. Ich hatte ihr geschrieben, dass ich zum Hauptbahnhof in Dresden kommen würde, um sie abzuholen. Das Zimmer hatte ich mit einem Alpenveilchen auf dem Tisch geschmückt und Hedy hatte mir selbstgebackenes Gebäck in einer schönen Porzellanschale mitgegeben.

5

Ich muss zugeben, dass ich mich auf den Besuch von Mutter freute. Es war über ein Jahr her, dass ich mich von meinen Angehörigen verabschiedet hatte. Sicher hatte Mutter, genau wie ich, vieles zu erzählen. Vor allem war es mir wichtig zu hören, wie es den Großeltern ging. Mit dem Schreiben haperte es bei ihnen ein bisschen. Großvater hatte ganz dicke Brillengläser, ständig putzte er sie, in der Hoffnung, der Schmutz darauf sei der Grund, dass er nicht mehr gut sehen konnte. Aber dem war nicht so. Großmutter kränkelte des Öfteren, aber immer wieder rappelte sie sich auf. Wenn sie in ihren geliebten Garten konnte und ihre Blumen sah, ging es ihr wieder besser. Sie hatte immer noch ein Pärchen ihrer geliebten Kaninchen, nur essen konnte sie niemand. Tante Miriam sorgte rührend für die beiden alten Leute. Als begabte Schneiderin hatte sie viele Kundinnen, die offenbar gute Beziehungen zu Stofflieferanten hatten. Auf Geld legte sie wenig Wert. Vielmehr ließ sie sich als Gegenleistung für ihre Näharbeiten Lebensmittel geben, Bohnenkaffee war ihr dabei wichtig, weil Großmutter den so liebte. Auf ihre Weise konnte sie einiges zum Lebensunterhalt beitragen. Onkel Roland war Schneidermeister in einem Atelier für Maßanzüge. Diese wurden inoffiziell in Sonderschichten genäht. Der kleine Betrieb musste Maßuniformen für Offiziere herstellen, dadurch blieben die Angestellten teilweise vorerst vom Militärdienst verschont. Auch für seine SA-Organisation musste Onkel Roland mit den übrigen Mitarbeitern zusätzliche Uniformen einplanen.

Der Zug aus Kassel, dort musste Mutter umsteigen, kam

mit einer Stunde Verspätung an. Vom Bahnsteigende aus konnte ich sie am besten aus der Menge erkennen, sie wirkte klein und zerbrechlich zwischen all den Menschen. Ich ging ihr entgegen, fast ängstlich wirkte sie, und als ich sie umarmte, hatte ich das Gefühl, dass ich sie beschützen müsse. Wir sprachen kein Wort, hielten uns einfach fest und plötzlich standen mir Tränen in den Augen. Den Koffer nahm ich ihr ab, sie trug ihre Reisetasche, wir wechselten schweigend den Bahnsteig und setzten uns auf eine Bank, um in einer Stunde von diesem Bahnsteig weiter nach Niederau zu fahren. Sie war froh, aber auch recht müde, als sie sagte, dass sie sich darauf freue, bald etwas schlafen zu können, die Reise sei sehr anstrengend gewesen. Die Züge waren maßlos überfüllt, einen Sitzplatz zu bekommen, war Glückssache. Sie hatte einen Platz bis Kassel bekommen, da ihr Zug in Basel eingesetzt wurde. Für die Wehrmacht waren separate Abteile reserviert, wodurch es beim Einsteigen noch freie Plätze gab. Ich bedrängte sie nicht mit Fragen, wir hatten ja noch Zeit genug. Dafür sollte sie sich nun erst einmal auf die neue Umgebung einstellen, alles andere würde sich von selbst finden. Ich betrachtete sie von der Seite, ohne dass sie es merkte. Ihre dunklen Haare hatte sie schön frisiert, sie war leicht gebräunt im Gesicht, was sich apart von dem hellen Kostüm abhob. In diesem Moment fand ich meine Mutter richtig hübsch, sogar Stolz machte sich in mir breit. Langsam griff sie nach meiner Hand.

»Ich freue mich, dich zu sehen. Du hast mir gefehlt.«
Ich umarmte sie und stammelte strahlend:
»Schön, dass du mir das sagst.«

In Niederau angekommen, wurde Mutter von Weilers herzlich begrüßt. Else hatte für uns den Tisch gedeckt und für Mutter eine warme Mahlzeit zubereitet. Nachdem sie sich im Bad frisch gemacht hatte, setzten wir uns zu Tisch, und allmählich kam auch ein Gespräch zustande. Fragen wurden ihr gestellt nach dem Reiseverlauf und nach den Neuigkeiten aus der alten Heimat. Helmut wollte wissen, ob das meine Mama sei, scheinbar konnte er sich nicht mehr an sie erinnern, aber sonst hielt er manierlich Abstand und war scheinbar froh, dass ich wieder da war. Er bestand aber darauf, dass ich ihn zu Bett brachte mit dem festen Versprechen, dass ich auch bei ihm schlafen würde, solange meine Mama zu Besuch sei. Trotz großer Müdigkeit erzählte mir Mutter später in meinem Zimmer von zu Hause. Es war ganz wichtig für mich zu hören, wie es den Großeltern ergangen war. Von Großmutter brachte sie mir als Geschenk einen bestickten Taschentuchbehälter mit einer selbst aufgezeichneten roten Rose. Meine Freude war unbeschreiblich, ich musste die Tränen unterdrücken, was ich bisher immer meisterlich geschafft hatte. Für Mutter hatte ich einen Brief von Vater, der an sie adressiert war. Als ich ihn überreichte, war sie sehr verlegen und, wie es mir schien, nicht gerade glücklich darüber. Während sie ihn las, erwähnte sie entsetzt, dass Vater versuchen wollte, für einen Tag anzureisen, um Mutter und mich zu sehen. Ich konnte sie beruhigen, indem ich ihr erklärte, dass wir Vater in diesem Fall bei Hedy und Max unterbringen und wir dann Deschers offiziell einen Besuch abstatten würden. Dies schien ein akzeptabler und einleuchtender Plan zu sein, den wir aber nicht umzusetzen brauchten. Vater konnte nicht kommen, es war ihm etwas Dringendes dazwischengekommen, was er sehr bedauerte.

Wir nahmen uns einiges vor, Mutter und ich.
Ob sich alles umsetzen ließ, blieb offen, doch als Erstes wollten wir nach Dresden fahren. Else bot an, uns zu beglei-

ten, doch Bruno, der inzwischen wieder seinen Aufgaben in der Fabrik nachging, riet davon ab. Wir hätten Helmut mitnehmen müssen, so wäre seine Betreuung wieder mir überlassen worden, und Else hätte die meiste Zeit für ihre Angelegenheiten genutzt. So blieb uns dies erspart, und Mutter und ich verbrachten einen schönen Tag in der Stadt. Meiner Mutter musste ich während ihres Besuches in Ruhe erklären, dass ich, wenn meine Zeit hier beendet wäre, gerne bleiben würde und auf Vaters Wunsch hin eine weitere Ausbildung beginnen wolle. Hedy hatte schon einiges in Erfahrung gebracht, was eventuell als Nächstes für mich infrage käme. Eine gute Ausbildung, so fand sie, könne ich beispielsweise in der privaten Schule für Sekretärinnen in der Prager Straße bekommen. Der Unterricht fand täglich von 8.00 Uhr morgens bis 15.00 Uhr am Nachmittag statt. Es wäre kein Problem, die Schule zu erreichen: von Niederau bis Dresden Hauptbahnhof mit der Bahn und den Rest zu Fuß wäre bestimmt zu bewältigen. Dies wollten wir alles mit Vater besprechen, wenn er Ende des Sommers käme.

Im Frühjahr und Herbst begann die Schule mit ihren Seminaren, die Anmeldung musste jedoch rechtzeitig erfolgen. Es war also keine Zeit zu verlieren. Angeboten wurden doppelte und einfache Buchführung, Scheck- und Wechsellehre, Steno- und Schreibmaschinenkurse; alles, was eben von einer Bürokraft erwartet wurde. Zusätzlich konnte man am späten Nachmittag an Sprachkursen teilnehmen. Ich interessierte mich für Englisch. Meine Diätausbildung konnte später sicher auch von Nutzen sein, so hätte ich eine solide Grundlage mit verschiedenen beruflichen Möglichkeiten. Schon damals war es nicht einfach, überhaupt eine Arbeit zu finden.

Else hatte mal wieder ihren Tauschtag in Dresden. Mutter und ich brachten Helmut in den Kindergarten, so hatten wir einen Teil des Tages für uns. Am Morgen hatten wir uns bei Hedy und Max für den Nachmittag angemeldet. Sie würden mit uns Kaffee trinken, worauf ich mich freute, besonders auf den Kuchen, den Hedy backen wollte. Wir holten Helmut früher vom Kindergarten ab, um nicht in Zeitdruck zu kommen. Mutter schien noch immer nicht ganz angekommen zu sein und so wollte ich sie nicht direkt mit meinen Gedankenspielen bezüglich meiner beruflichen Zukunft belasten, es gab bestimmt noch den richtigen Moment.

Für mich wurde es ein bisschen viel, allen Anforderungen, die Else an mich stellte, gerecht zu werden, während meine Mutter bei mir zu Besuch war: Helmut beanspruchte mich, und Bruno kam täglich zum Mittagessen nach Hause und brauchte seine Diät. Mutter sollte etwas zu sehen bekommen, wenn sie schon die lange Reise auf sich genommen hatte.

Im Vergleich zu heute war zu jener Zeit eine solche Reise fast mörderisch. Man reiste in überfüllten Zügen und wusste nie, wann es plötzlich hieß: »Alles aussteigen! Ein neu eingesetzter Zug wird in ca. einer Stunde weiterfahren.« Oft waren die Gleise durch Luftangriffe blockiert oder defekt, es kam auch vor, dass man mit Gepäck ein gutes Stück laufen und dann völlig erschöpft in einen wartenden Zug auf freier Strecke einsteigen musste. Das Einsteigen war unglaublich anstrengend. Das Gedränge war so groß, dass man gerade als Frau kaum eine Chance hatte, einen Sitzplatz zu ergattern. Dann blieben nur Stehplätze inmitten der dichtgedrängten Menschenmenge in den Gängen. Für die relativ kurze Zeit ihres Besuches gab ich mir alle Mühe, meiner Mutter die Tage so schön wie möglich zu gestalten.

Sie sollte gerne an die Zeit zurückdenken und meinen Entschluss verstehen, hierbleiben zu wollen.

An diesem Nachmittag ergab sich bei Deschers das Gespräch über meine weitere Ausbildung von selbst. Hedy hatte mir das abgenommen, ohne dass ich es wollte. Sie erzählte Mutter mit Begeisterung, dass ich hier weiter eine Schule besuchen wolle, wohnen würde ich dann bei ihnen. Hedy und Max wollten mir alles abnehmen, was möglich sei, damit ich mich ganz auf die Ausbildung konzentrieren könne. Alles andere würden sie – wie abgesprochen – mit Vater regeln. Mutter wusste oder ahnte, dass sie mich nicht würde davon abhalten können, hierzubleiben. Sie war während des Gespräches aber sehr zurückhaltend. Mir schien es, dass sie sich überrollt vorkam, und es tat mir leid, dass ich nicht vorher mit ihr darüber gesprochen hatte.

Wahrscheinlich hatte sie es nicht wie ein Blitz aus heiterem Himmel getroffen, doch sie musste sich doch irgendwie ausgeschlossen und übergangen fühlen. Auf dem Nachhauseweg bat ich sie um Verständnis und entschuldigte mich dafür, dass Hedy mir bei der Darlegung meiner Zukunftspläne zuvorgekommen sei. Dies sei auf keinen Fall meine Absicht gewesen. Ich bat sie darum (da Weilers bisher nichts von alledem wussten), mir zuliebe auch nichts ihnen gegenüber zu erwähnen. Schließlich war schon genug schiefgelaufen, und letztlich war ich Weilers auch keine Rechenschaft schuldig. Mutter war derselben Meinung, und ich hoffte, dass sie mir nichts nachtrug.

Es gab nun einige Dinge zu erledigen, die Hedy übernehmen wollte und es auch gut organisierte. Das sah meine Mutter ein, denn wer sollte es sonst für mich machen? Der

Übergang von einer Ausbildung zur anderen sollte schließlich möglichst reibungslos sein.

Else war der festen Meinung, dass ich Kunstgewerblerin werden sollte, dazu müsste ich dann auf eine Kunstakademie. Dies wollte sie mit Vater und Mutter besprechen. Sie glaubte fest, dass ich talentiert sei, weil ich, wie sie meinte, aus jedem Läppchen Stoff, aus Wollresten oder auch aus Fellen von Omas Kaninchen kleine Kunstwerke zauberte. Sie wollte mich dabei unterstützen und nach dem Krieg in Dresden ein Geschäft eröffnen. Sie vergaß allerdings, oder aber es war ihr nicht klar, dass ich überhaupt nicht zeichnen konnte. Nicht das Geringste vermochte ich zu Papier zu bringen. Wie sollte ich da entwerfen können? Wenn bei Weilers das Thema darauf kam, wie es mit mir weitergehen sollte, sagte ich immer:

»Es wird sich zeigen. Während des Krieges kann ich sowieso nicht auf eine Kunstschule gehen.«

Bei dem abendlichen Gespräch mit Mutter in meinem Zimmer bat ich sie nochmals um Verständnis und sagte ihr, dass ich mir ganz sicher sei, den richtigen Weg einzuschlagen. Auch wenn sie alles für mich tun würde, so war sie sicher froh darüber, dass ich hier jemanden wie Hedy und Max hatte, die sich um mich kümmern und mir so etwas wie ein Zuhause geben konnten. Wenn ich nicht in einer Schule unterkäme, müsste ich zum Arbeitsdienst oder als Luftwaffenhelferin oder Ähnliches arbeiten. Dann könnte ich nicht mehr entscheiden, wohin ich wollte, dann gäbe es nur einen Weg. Und so konnte ich Mutter doch einigermaßen überzeugen. Für Sonntag hatten Weilers eine gemeinsame Dampferfahrt vorgesehen. Wir fuhren von Radebeul mit dem Raddampfer bis nach Meißen. Dort wollten wir das Mittagessen einnehmen, mit Mutter Meißen besichtigen und nach dem Kaffee zurückfahren. Das Wetter spielte mit, nur Helmut war arg anstrengend und ständig am Nörgeln oder Weinen. Er wollte unbedingt neben dem Kinderwagen laufen, aber der Fußmarsch nach Weinböhla war zu lang, schließlich mussten wir pünktlich an der Anlegestelle sein. Helmut ließ sich nicht einmal von mir beruhigen, und Else wies mich obendrein zurecht, ich solle dies lassen. Als er immer noch nicht aufgab, schrie sie Bruno an:

»Dies ist deine Erziehung, in unseren Kreisen lernt man, sich zu benehmen, du scheinst allerdings davon nichts mitbekommen zu haben.«

Für Mutter und mich war es äußerst peinlich, der Tag warf nun einen langen Schatten, es wollte keine fröhliche Stimmung mehr aufkommen. Es war schon zu spüren, dass Bruno Else gegenüber nicht mehr so aufmerksam war wie früher.

6

Vor Mutters Besuch kam der Briefträger einmal gegen 8.00 Uhr früh. Else lag noch im Bett, ich machte gerade das Frühstück für Bruno, Helmut und mich und hatte den Tisch im Esszimmer gedeckt, als es an der Haustüre klingelte. Der Briefträger kam immer direkt vom Werksgelände und gab für uns die Post ab. Diesmal brachte er ein Einschreiben für Bruno, er musste an der Haustüre, die direkt neben der Schlafzimmertür lag, unterschreiben. Ganz aufgeregt ging er in das Herrenzimmer, um den Brief zu lesen. Kurz darauf kam er, sehr blass, zu mir mit der Bitte, seiner Frau nichts von diesem Brief zu erzählen. Aber was sollte ich nun Else sagen, wenn sie mich danach fragte? Dies überließ Bruno einfach mir und ging aus dem Haus, wahrscheinlich in sein Büro. Elses Rufen ließ auch nicht lange auf sich warten. Sie wollte wissen, wer so früh an der Tür geklingelt hatte. Ich konnte noch gar nicht richtig darüber nachdenken, doch dem Himmel sei Dank, spontan sagte ich zu Else, dass jemand aus dem Betrieb ihren Mann gebeten hätte, er möge doch sofort kommen, was er auch tat. Neugierig war ich auch, was für ein Brief Bruno so aus der Fassung gebracht hatte. So hatte ich ihn noch nie gesehen.

Beim Mittagessen nutzte ich die Gelegenheit, als ich in der Küche den Kaffee holte, schnell in Brunos Jackett zu greifen, das im Flur an der Garderobe hing. Wie konnte ich nur, was hatte ich mir dabei gedacht? Es war nichts zu finden, aber so viel war mir auch klar, es musste schon etwas ganz Persönliches und Wichtiges sein. Doch dies sollte ich erst lange nach Kriegsende erfahren.

An diesen Vorfall erinnerte ich mich plötzlich, als Else so heftig wegen Helmut mit Bruno stritt. Trotz der peinlichen Szene und der darauffolgenden Gedanken an jenen Brief konnten Mutter und ich im Laufe des Tages den Ausflug noch genießen. Mutter versprach ich fest, dass uns solche Szenen bei ihrem nächsten Besuch, wo immer ich dann auch sein würde, nicht mehr das Beisammensein verderben sollten. Bis dahin wäre ich auch schon wieder etwas älter, würde mich mit allem besser auskennen und wir könnten dann selbst disponieren. Diese Gedanken machten mich erwachsener, und ich freute mich schon auf den Zeitpunkt, ab dem ich selbst für mich entscheiden durfte.

Noch einmal unternahmen wir mit Weilers einen Ausflug, diesmal nach Moritzburg. Wir waren den ganzen Tag unterwegs, aber er war trotz allem erholsam und machte uns viel Freude.

Mutters Abschied rückte immer näher. Noch einmal waren wir bei Hedy und Max und tranken mit ihnen Kaffee. Für Mutter und mich war von Vater aus Hamburg ein Brief angekommen. Er bedauerte noch einmal, dass er nicht kommen konnte. War es so oder täuschte ich mich: in Mutters Augen glaubte ich, ein Leuchten gesehen zu haben, das dann aber einer Traurigkeit wich, die nicht zu übersehen war. Sie sagte mir zwar auf dem Heimweg, als ich sie drauf ansprach, dass sie immer daran denke, in wenigen Tagen von mir Abschied nehmen zu müssen. Aber sie könnte inzwischen verstehen, dass ich gerne hierbleiben wollte.

Es war zu spüren, dass ihr der Abschied tatsächlich schwerfiel, und auch mir tat das Herz weh. Else brachte Mutter nach Dresden an den Zug. Von Niederau fuhren sie mit dem Personenzug zum Hauptbahnhof, dort stieg Mutter um, und Else brachte es sogar fertig, einen Sitzplatz für Mutter zu organisieren. In Niederau konnte ich noch von meinem Fenster aus winken, danach setzte ich mich auf die Fensterbank und weinte. Helmut versuchte, mich zu trösten, was ihm nach einer Weile auch gelang. Dann kam mir der Gedanke, dass ich ihn auch nicht mehr allzu lange um mich haben würde. Der Kleine war mir inzwischen doch sehr ans Herz gewachsen. Er war wie ein kleiner Bruder, um den ich mich mehr gekümmert hatte als seine Mutter, aber es hatte sich einfach so ergeben.

Am Nachmittag ging ich zu Hedy und Max, um mich abzulenken. Sie meinten in dem Zusammenhang, dass ich langsam anfangen solle, immer ein paar Sachen zu ihnen herüberzubringen, für den Fall, dass es einmal schnell gehen müsse, dann sei schon einiges im Trockenen. War es eine Vorahnung?

Von nun an ging es Schlag auf Schlag. Die Luftangriffe nahmen zu. Aus vielen Städten wurde über Bombardierungen berichtet. So geschah es auch in der Nacht vom 24. auf den 25. Juli 1943 in Hamburg. Innerhalb weniger Minuten wurde die Stadt zur Hölle. Es heulten schwere und mittlere Spreng- und Brandbomben vom Himmel. Besonders schwer getroffen wurde die Innenstadt, es brannte, wo immer man hinschaute. In der Bibel, 1. Buch Moses, heißt es: ›Da ließ der Herr Schwefel und Feuer regnen vom Himmel, auf Sodom und Gomorrha und vernichtete die Städte und die ganze Gegend und alle Einwohner der Städte und alles, was auf dem Lande gewachsen war.‹ Da die britischen Bomber Ähnliches planten, bekam bei ihnen der Angriff auf Hamburg den Decknamen ›Gomorrha‹. Es war verständlich, dass Else in großer Sorge um ihren Onkel und ihre Tante war. Beide kränkelten und waren nicht mehr die Jüngsten. Einige Tage später war auf der Titelseite der Dresdener Zeitung das zerstörte Hamburg zu sehen und inmitten von Verletzten und Ausgebombten: ihr Onkel! Ein großer Artikel beschrieb den unermüdlichen Einsatz eines Arztes und dessen Frau nach dem Angriff. Else brach abwechselnd in Tränen und Jubel aus, nun wusste sie, dass ihre einzigen Angehörigen noch lebten. Stolz machte sich neben der Freude breit, dass ausgerechnet ihr Onkel als Held beschrieben wurde. Wie sie es fertigbrachte, nach endlosen Versuchen eine Verbindung mit ihm zu bekommen, das weiß der Himmel.

Ich wartete und wartete auf ein Lebenszeichen von Vater. Das kam eine Woche später, nur eine Kurzmeldung, aber wenigstens ein Lebenszeichen, dass alles in Ordnung sei. Er würde bald wieder von sich hören lassen.

Nun hatte Else mit sich zu tun und zu organisieren. Sie wollte nach Hamburg zu ihren Angehörigen reisen. Helmutchen sei ja in guten Händen. »Kindchen«, so meinte sie zu mir, »du kommst ja mit allem zurecht.« Vatichen sei ja auch noch da, und so brauchte sie sich keine Sorgen zu machen. Schon am nächsten Mittwoch wollte sie abreisen und auf alle Fälle eine Woche lang dort bleiben. Den Sonntag vor ihrer Abreise nahm ich mir frei. Ich wollte einfach nach Dresden fahren und Kraft tanken für alles, was mir bevorstand. Ende August hatte ich eine Prüfung in der Schule, es gab noch einiges zu üben, was noch nicht so richtig saß. Nur, woher für alles die Zeit nehmen, wenn nicht stehlen?

Am Tag ihrer Abreise kam Else früh um sechs Uhr in mein Zimmer, um sich zu verabschieden. Sie war schon mit einem schwarzen Mantel und Hut fertig gekleidet. Ihre Sorge galt hauptsächlich Bruno, der an der Zimmertür auf sie wartete, um sie nach Dresden zum Zug zu bringen. Sie küsste mich, wie üblich, links und rechts auf die Wangen und meinte, wenn ich jetzt aufstehen würde, könnte Bruno noch frühstücken, und dann hätte ich danach genügend Zeit für Helmutchen. War die Nacht schon sehr kurz, weil ich bis nach Mitternacht gelernt hatte, so hegte ich jetzt die Hoffnung, dass die nächsten Tage ruhiger werden würden. Dies gab mir ein bisschen Aufschwung. Die Adresse von Hamburg hatte Bruno, um Else notfalls eine Nachricht zukommen zu lassen, allerdings nur in wirklich dringenden Fällen.

Am Abend, als Bruno viel später als üblich nach Hause kam, war er gesprächiger als sonst. Während er sein Abendbrot buchstäblich verschlang, verkündete er, dass er am kommenden Wochenende, und das bereits am Freitagabend, zu seinen Angehörigen nach Chemnitz reisen wolle. Er käme sonst nicht dazu und wer wusste schon, wann er sie sonst wieder einmal sehen würde. Die Sache hatte aber einen Haken: seine Frau sollte davon nichts erfahren, sie wäre sicher nicht von seiner Absicht begeistert, gerade jetzt, wo sie auch nicht zu Hause sei. Darauf sagte ich ihm, von mir werde sie nichts erfahren, aber sollte sie es herausbekommen, würde ich für ihn bestimmt nicht lügen. Dann müsste er schon selbst sehen, wie er es seiner Frau klarmachte. Er versprach es, so war ich der Sache entbunden, wenngleich ich von seiner Reise nach Chemnitz nicht überzeugt war. Warum, weiß ich selbst nicht. Mir fiel dabei plötzlich wieder das Einschreiben ein.

Mein Zimmer konnte ich nicht abschließen, bisher hatte ich mir keine Gedanken darüber gemacht, aber jetzt, seit Elses Abwesenheit, kam Bruno morgens an mein Bett, um mich zu wecken. Mal kam er früher, mal später, er meinte, ich solle einfach so lange schlafen, bis er mich wecken würde, ich könne mich darauf verlassen. Dies gefiel mir gar nicht, so versuchte ich, wenn möglich, vor ihm aufzustehen, um als Erste im Bad zu sein. Wenn er mich hörte, stand er einfach unter der Tür und wollte sich rasieren. In dieser Situation fragte ich mich: wo ist eigentlich der Schlüssel?

Während Elses Abwesenheit brachte ich Helmut nicht in den Kindergarten. Ich nutzte nun die Gelegenheit, den Ausflug am Nachmittag zu Hedy und Max etwas auszudehnen. Es mussten Elses Aufträge ausgeführt werden: da gab es einiges zu bügeln, auch sollten nacheinander die Teppiche geklopft werden, nicht zuletzt wollten Bruno und Helmut versorgt sein. Ich hatte also genügend Aufgaben, die mich voll auslasteten.

Am Donnerstagabend bat mich Bruno, ich solle für ihn Badewasser einlassen. Er wolle morgen, am Freitag, nach dem Mittagessen, wie besprochen, losfahren, damit sich die Fahrt auch lohne. Seine Sachen habe er gepackt. Das wunderte mich, bisher hatte er sein Wasser immer selbst einlaufen lassen. Lediglich für Else war es meine Aufgabe. Auch die Haare musste ich ihr jeden Morgen kämmen und aufstecken, klappte es mal nicht so, wie sie es wollte, wurde neu probiert, gekämmt und aufgesteckt, bis sie sich schließlich meckernd zufriedengab.

Ich war so in Gedanken, dass ich nicht merkte, wie Bruno im Bademantel hereinkam, ihn auszog und sich neben mich stellte, als ich gerade mit einer Hand die Wassertemperatur prüfte. Als ich ihn bemerkte, riss ich meinen Mund vor Schreck weit auf.

»Na«, meinte er, »warum erschreckst du dich denn so? Du bist doch erwachsen.« Nun, so erwachsen war ich dann doch nicht. In Panik rannte ich aus dem Badezimmer und suchte Schutz bei Helmut.

In dieser Nacht konnte ich kaum schlafen. Bei dem kleinsten Geräusch schreckte ich auf und bekam Angst, weil ich glaubte, es sei jemand in meinem Zimmer. Was war ich froh, als Bruno am Freitagmorgen mit dem Koffer in der Hand aus dem Haus ging. Beim Weggehen erklärte er mir noch, er würde nach Weinböhla fahren, von dort mit der Straßenbahn weiter bis zum Hauptbahnhof und dann mit dem Zug direkt nach Chemnitz. Helmut schlief an diesem Morgen sehr lange. Ich ließ ihn gewähren, bügelte eifrig Wäsche und beschloss dabei, für uns beide einen Zwiebackbrei mit Kompott zu machen, den Helmut sehr gerne aß. So gewann ich Zeit und bereitete nun Helmut darauf vor, dass wir am Nachmittag zu Tante Hedy und Onkel Max gehen würden. Dort bekämen wir bestimmt, bevor wir wieder nach Hause gingen, etwas Gutes zu essen. Bei der Gelegenheit konnte ich einen kleinen Koffer, den ich schon gepackt hatte, mitnehmen. Es waren Kleinigkeiten, die ich nicht mehr brauchte. Helmut wollte den Koffer auf seinem Schoß festhalten. Falls er wissen wollte, was in dem Köfferchen sei, konnte ich ihm erklären, dass Tante Hedy mir ein Kleid umändern wollte.

Meine Psyche war aus dem Gleichgewicht, seit Mutter zu Besuch hier gewesen war. Sie fehlte mir auf einmal, dazu kam die Erkenntnis, dass Vater trotz seiner neuen Familie nicht besonders glücklich war. All das hatte bei mir schmerzhafte Spuren hinterlassen, obwohl ich als Kind gut behütet und geliebt worden war. Ich erlebte nie, dass meine Großeltern sich stritten, sie gingen so liebevoll miteinander um. Wir sieben Mädchen standen im Mittelpunkt.

Dafür lebten meine Großeltern. Sicherlich aber wäre innerhalb einer eigenen kleinen Familie manches anders gelaufen. Vielleicht hätte ich mehr Strenge erfahren, vielleicht wäre ich mit Geschwistern groß geworden, hätte erlebt, wie es ist, statt Großvater ›Vater‹ zu sagen, wäre nicht dazu aufgefordert worden, meine Mutter Mariechen zu nennen wie jemanden, der eben gerade mal so zur Familie gehörte.

Im Grunde wusste ich von meinem Vater sehr wenig. Wenn meine Klassenkameradinnen nach ihm fragten, so schilderte ich ihn, wie ich ihn mir heimlich als Kind gewünscht hatte. Ich erzählte, dass er in einem Rüstungsbetrieb in Hamburg als Betriebsleiter tätig sei, was ja auch der Wahrheit entsprach. Die wirkliche Familiengeschichte erzählte ich Außenstehenden nie. Je älter ich wurde, desto mehr litt ich unter der erzwungenen Geheimniskrämerei.

Wenn ich über meine Kindheit nachdenke, stelle ich mir immer wieder vor, wie ich die Ferien auf dem Hof von Großmutters Eltern verbringe, der vom Halbbruder Leo und Sohn Heinrich geführt wurde. Wie schön doch das Leben auf so einem großen Hof war, für mich jedenfalls. Es gab viele Kühe, Schweine, Enten und Gänse, Pferde für die Feldarbeit, zwei Reitpferde für Onkel Leo und Sohn Heiner. Da waren vier Katzen und der Schäferhund Braxas, doch diesem war ich nicht gewachsen. Wenn er mich begrüßte, stellte er sich auf seine Hinterbeine, die Vorderpfoten auf meinen schmalen Schultern und ließ dabei seine Zunge über mein Gesicht gleiten. Sicher muss er gespürt haben, dass bei mir der Angstschweiß ausgebrochen ist, aber er mochte mich trotzdem. In der Wohnstube stand ein riesengroßer Kachelofen mit Sitzbank, eine wohlige Ecke, die ich im Herbst besonders liebte. Ich saß dort eingekuschelt in der Ecke, meist eine Katze schnurrend auf meinem

Schoß. Heinrich mochte mich, er nahm mich mit, wenn er auf den Feldern die Runde machte und neue Anweisungen gab. Meist fuhren wir mit einem kleinen Wagen, ein Pferd davor gespannt, Heiner erklärte mir immer alles genau, und ich war eine gute Zuhörerin. Auch Heiners Mutter, Tante Melanie, war sehr lieb und aufmerksam.

Während einer dieser Aufenthalte auf dem Hof von Großmutters Eltern muss in mir die Vorstellung gewachsen sein, dass ich, wenn ich erwachsen war, auf solch einem großen Hof leben wollte. Kochen für die Landarbeiter, Brot und schöne Blechkuchen backen, das Essen auf das Feld bringen, mit den Landarbeitern während der Mittagszeit Gespräche führen und ihnen, wenn nötig, Hilfe anbieten. Selbstverständlich wünschte ich mir vier bis fünf Kinder, für sie einen lieben, verständnisvollen Vater, für mich einen lieben Ehemann. Wieder einmal waren Heiner und ich unterwegs, als ich ihm nach einem harten inneren Kampf spontan die Frage stellte:

»Heiner, würdest du mich später einmal heiraten?« Etwas überrascht schaute er mich an, dann antwortete er mit einem Grinsen im Gesicht:

»Du bist ein ganz hübsches und liebes Mädchen, sicher wärst du eine gute Bäuerin, aber die Sache hat einen Haken: Bis zu deiner Volljährigkeit dauert es noch ein paar Jährchen. Ob du dann noch den Wunsch hast, eine Bäuerin zu sein, bleibt abzuwarten. Aber, weißt du was, jetzt musst du erst mal erwachsen werden. Wenn du dann noch Lust hast, als Bäuerin auf dem Land zu leben, dann reden wir noch mal über alles.«

Damit war ich einverstanden, und Heiner blieb mir bestimmt bis dahin ein guter Freund. All diese Erinnerungen ließen manchmal Zweifel in mir aufkommen, ob es richtig war, von allem so weit entfernt zu sein. Der Besuch bei Hedy und Max munterte mich jedoch wieder auf.

Hedy hatte mit der Schulleitung gesprochen. Sollte ich Ende September nicht von dem Vertrag mit Else entbunden werden, könnte ich ab April des nächsten Jahres mit dem Unterricht in Dresden beginnen. Bis dahin war ich auf alle Fälle freigestellt und es stand der Sache nichts mehr im Wege.

Hedy zeigte mir den Schrank in meinem künftigen Kämmerlein, wo ich schon einiges abstellen konnte. Sie luden Helmut und mich für das kommende Wochenende ein und meinten, wir könnten auch bei ihnen schlafen. Aber das wollte ich nicht. Helmut sollte in seinem Bettchen schlafen, und die Wohnung wollte ich nicht über Nacht ohne Aufsicht lassen. Gerne würden wir am Nachmittag kommen, am Vormittag wollte ich noch etwas für die Schule tun. Das Wochenende verging wie im Fluge.

Am späten Sonntagabend kam Bruno zurück, er machte einen etwas müden oder bedrückten Eindruck, für mich war das schwer einzuschätzen. Nachdem er etwas gegessen hatte, meinte er, dass er noch in den Betrieb müsse, ich solle nicht auf ihn warten. Allerdings hörte ich ihn auch nicht nach Hause kommen.

Bis spätestens Donnerstag erwarteten wir Else zurück. Einerseits war ich froh darüber, andererseits konnte ich während ihrer Abwesenheit alles selbst einteilen und musste nicht nach ihrer Pfeife tanzen. Zwei Tage vor Elses Heimkehr klingelte es gegen 14.00 Uhr am Haustor, Helga meldete sich. Schon vor den Schulferien hatte ich sie nicht mehr gesehen, deshalb war meine Überraschung besonders groß. Ich holte sie am Gartentor ab, nahm sie mit ins Haus, wo wir uns erst einmal schweigend ansahen. Dann aber sprudelte es aus uns heraus. Ich sagte ihr, dass ich mich sehr freue, sie zu sehen. Seit Tagen stand mir das Weinen näher als das Lachen, es war eine willkommene Abwechslung. Sie hatte mich einmal mit Mutter auf dem Bahnsteig gesehen, als wir nach Dresden fuhren. Sie fragte:

»Wolltest du nicht lieber mit deiner Mutter zurück zu deinen Angehörigen fahren?« Mein Herz sagte Ja, es wünschte sich in die Nähe der Großeltern und Freunde. Aber das Leben ist nicht nur Balsam, es fordert oft Entscheidungen, die sich erfahrungsgemäß erst viel später als richtig oder falsch erweisen. Die Antwort blieb ich Helga schuldig. Nun überfiel ich sie mit Fragen, weshalb sie die ganzen Wochen nicht mehr in der Schule gewesen war.

»Hast du keine Bedenken, dass du in einen Rüstungsbetrieb musst?«

»Aber nein«, winkte sie lächelnd ab, »ich werde nächsten Monat heiraten.« Zunächst glaubte ich, es sei ein Scherz, aber es war ihr voller Ernst.

»Dann erzähl doch mal, was sich so alles ereignet hat«, forderte ich sie auf. Dann kam ihr Geständnis, dass sie sich heimlich mit ihrem Soldaten von jenem Sonntag in Dresden getroffen hatte. Zwei Monate seines Aufenthaltes genügten für die beiden, um eine Entscheidung zu treffen. Dann nahm er seinen Heimaturlaub, und sie fuhren zu seinen Eltern nach Nauenburg. Er stellte sie als seine Braut vor und verkündete gleichzeitig, dass sie ein Kind erwarteten und deshalb so schnell wie möglich heiraten wollten. Deswegen sei sie jetzt nach Niederau gekommen, um die Papiere zu besorgen. Heiraten wollten sie bei seinen Eltern. Er bekäme dafür einen Sonderurlaub.

»Dann bist auch du nicht mehr für mich erreichbar«,

meinte ich ein bisschen traurig und schlang die Arme um sie.

»Ja, so ist es wohl«, bejahte Helga und nahm mich bei der Hand. »Wohin gehst du, wenn deine Zeit bei Weilers zu Ende ist?«, fragte sie mich.

»Es ist alles schon besprochen«, teilte ich ihr mit. »Ich werde in Dresden auf eine private Handelsschule gehen und vorerst bei Familie Descher wohnen. Es muss sich eben erst alles einspielen. Vielleicht gibt es auch eine Möglichkeit, in Dresden zu wohnen, und, je nach Abschluss, kann ich vielleicht auch hier arbeiten.« Helga versprach, mich auf dem Laufenden zu halten und mich bestimmt, solange ich in dieser Gegend sei, auch zu besuchen. Aber ich sei auch bei ihnen herzlich willkommen, wenn sie erst eingerichtet waren. Auf alle Fälle wollten wir uns nicht mehr aus den Augen verlieren. Wir gaben uns ein gegenseitiges Versprechen und glaubten auch daran, es irgendwann einlösen zu können. Auf dem Weg zum Gartentor wurde es mir dann doch etwas bang: immer hieß es nur Abschied nehmen und nie wusste man, ob es irgendwann einmal ein Wiedersehen geben würde. Wir verabschiedeten uns wie Schwestern, einander alles Gute wünschend; viel Glück für ihr Kind gab ich mit auf den Weg.

Wir haben uns nie mehr gesehen.

Wie besprochen, kam Else am Donnerstag zurück. Helmut und ich kamen von unserem Nachmittagsbesuch von Deschers, als Else uns an der Haustür empfing. Sie musste gehört haben, dass ich Helmuts Sportwagen die fünf Stufen herauf balancierte und Helmut plappernd hinterherkam. Der Kleine begrüßte seine Mutter freudig und vergaß ganz, dass ich noch anwesend war. Irgendwie fühlte ich mich matt und lustlos, am liebsten hätte ich mich jetzt in mein Zimmer verkrochen und die ganze Welt vergessen. Aber Else hatte so vieles zu erzählen. Ich hörte ihr gespannt zu. Was sie selbst zu sehen und zu hören bekommen hatte, musste ziemlich schrecklich gewesen sein. Ihr Onkel bekam für seinen selbstlosen Einsatz nach den Bombenangriffen eine hohe Auszeichnung, aber meine Gedanken gingen plötzlich andere Wege. Was passierte hier, wenn plötzlich die Rütgers Werke angegriffen wurden? Wir wohnten mittendrin. Lieber nicht daran denken, einfach abwarten, es war gerade schon genug passiert.

Else brachte am Abend Helmut selbst zu Bett, worüber ich sehr froh war. Ich deckte gerade den Abendbrottisch, als Bruno nach Hause kam, und ich nutzte die Gelegenheit zu erklären, dass ich mich nicht sehr wohlfühlte und lieber gleich zu Bett ginge. Dies kam den beiden sicher gelegen, so konnten sie sich ungestört unterhalten. Vielleicht hatte Bruno auch einiges zu berichten?

Am Freitagmorgen brachte Else Helmut in den Kindergarten, das Abholen sollte ich übernehmen. Else hatte anschließend eine Visite bei der Gattin des Direktors in der anderen Haushälfte. Punkt elf Uhr ging sie aus dem Haus, gekleidet mit einem kleinen Sommerfuchscape, das sie kürzlich, so hatte ich mitbekommen, gegen was-weiß-ich eingetauscht hatte. Ihre Haare hatte ich, zum Glück ihren Ansprüchen gerecht werdend, aufgesteckt. So ging sie also voll zufrieden ihren Besuch abstatten. Mir blieb, wie immer, den täglichen Ablauf zu bewältigen. Dabei gestand ich mir ein, dass ich mich wieder auf die Schule freute. Wenn ich bis zum Herbst hier meine Lehre beenden könnte, dann wäre ich in der neuen Schule täglich wieder mit anderen jungen Menschen zusammen, könnte mich über vieles unterhalten und sicher auch mal verabreden, einen Bummel machen und einiges mehr. Hier hatte ich außer zweimal wöchentlich in der Schule keine Verbindung mit Gleichaltrigen. Die Tage waren immer voll ausgefüllt mit Hausarbeiten, Lernen und Handarbeiten, die ich als Ausgleich empfand. Für Helmut strickte ich aus Wollresten Pullover, häkelte ihm aus dicker Wolle, die Else aufgetrieben hatte, einen Wintermantel mit Mütze, stickte ihm in seine Hemdchen ein Monogramm, worauf er sehr stolz war. Für mich selbst blieb wenig Zeit.

Schon freute ich mich auf den Weg am Nachmittag, um Helmut abzuholen. Lange konnte ich mich nicht bei Hedy und Max aufhalten, aber vielleicht gab es etwas Neues, vielleicht war auch Post von Vater angekommen. Und so war es tatsächlich. Allerdings war die Nachricht nicht für mich, sondern für Hedy und Max, eine sehr traurige Botschaft.

Als ich an Deschers Haus vorbeilief, war alles sehr ruhig. Mein Weg führte erst zum Kindergarten und auf dem Rückweg durch das Gartentor in den Hof. Meist warteten Hedy oder Max schon auf uns, aber heute? Ich hatte ein Gefühl, als würde mir jemand eine Faust in den Magen bohren. Keiner wartete auf uns, aber das Gartentor stand auf und die Haustür ebenfalls. Ich bat Helmut, ruhig sitzen zu bleiben, als ich lautes Weinen und Klagen vernahm, das herzzerreißend klang. Ich versprach Helmut, gleich wiederzukommen, ich wolle nur einmal nach Tante Hedy schauen, die so sehr weinte.

»Dann fahren wir auch gleich nach Hause.«

Das Weinen kam vom ersten Stock. An der Treppe sah ich Max, wie er Hedy im Arm hielt, sie wiegte wie ein kleines Kind und ganz leise auf sie einsprach. Sie standen vor Erichs

Schlafzimmertür. Bei dem Anblick wurden meine Knie ganz weich. Ich ging einfach zu ihnen, schlang meine Arme um sie, weinte mit ihnen, obwohl ich nur erahnen konnte, was der Grund für diese grenzenlose Trauer sein könnte. Max sah mich tränenüberströmt an, streichelte meine Wange und sagte einfach nur:

»Er ist gefallen.« Noch eine Weile blieben wir so stehen und weinten zusammen. Helmut rief nach mir und ich erklärte Max, dass ich Helmut schnell nach Hause bringen und dann wiederkommen würde. Wie ich den Weg zurück fand, so aufgelöst, wie ich war, weiß ich nicht. Ich versuchte, Helmuts Fragen zu beantworten. Am meisten beschäftigte ihn Hedys erschütterndes Weinen. Als er gar keine Ruhe gab, sagte ich zu ihm:

»Wenn wir zu Hause sind, erzählen wir das deiner Mama. Sie kann dir das bestimmt besser erklären als ich.« So war er zufrieden, und ich konnte den Rest des Weges einfach schweigen. Kaum angekommen, rannte Helmut los, rief nach seiner Mutter und erzählte ihr aufgeregt, dass Tante Hedy weinte.

»Was ist los, Kindchen?«, fragte Else und sah mich durchdringend an.

Mit wenigen Worten teilte ich ihr mit, was geschehen war. Es war alles wie blockiert bei mir. Das Bild, wie die beiden umschlungen und weinend beisammen standen, lähmte mich buchstäblich. Else nahm Helmut und bat ihn, mal ganz lieb zu sein und in seinem Zimmer zu warten, sie käme gleich zu ihm, um zu erklären, warum Tante Hedy so geweint hatte. Mich nahm sie bei der Hand, setzte mich auf einen Stuhl.

»Sicher können Deschers jetzt ein bisschen Unterstützung gebrauchen. Wie wäre es, wenn du dir Nachtzeug einpackst und zu ihnen gehst? Du kannst dir Zeit lassen. Du kommst morgen mal vorbei, wir bereiten das Essen vor, dann gehst du wieder zu ihnen und bleibst, wenn sie es möchten, bis Sonntagabend. Am Montag früh, wenn ich Helmut in den Kindergarten bringe, werde ich Deschers einen Besuch abstatten.« Ihr Angebot überraschte mich zwar, aber ich war ihr sehr dankbar dafür. Für alles, was Deschers bisher für mich getan hatten, fühlte ich mich ihnen verbunden, und vielleicht könnte ihnen meine Anwesenheit tatsächlich ein bisschen helfen. Ich wünschte es mir so sehr, obwohl es für mich nicht leicht war, den Weg in das Trauerhaus zurückzugehen. Im Grunde wusste ich gar nicht, wie ich mit den beiden umgehen und wie ich mich verhalten sollte. Ich musste es einfach darauf ankommen lassen.

Als ich zurückkam, saßen die beiden in Hedys Nähzimmer, einem kleinen Raum, der im Winter aus Spargründen als Wohnzimmer genutzt wurde. Hedy saß auf dem Sofa, die Hände gefaltet, Max hatte den kleinen Tisch gedeckt und Tee gekocht. Außer Tee wurde nichts angerührt, wir schwiegen einfach. Nach einer langen Weile fragte Hedy, wann ich wieder zurück müsse, Max solle mich dann begleiten. Etwas unsicher sagte ich:

»Wenn du möchtest, bleibe ich heute Nacht bei euch, am Sonntag könnte ich den ganzen Tag bei euch sein, wenn ihr es wollt.«

»Das ist gut, mein Mädel«, sagte Hedy, »es ist gut, dass du hier bist.« Max gab mir Bettwäsche, ich bezog das Bett in einer kleinen Kammer, die hin und wieder als Gästezimmer diente. Das Bett in Erichs Zimmer sollte nicht benutzt werden, das hätte ich ohnehin nicht gewollt.

Hedy hatte einen riesigen Strauß Blumen aus ihrem Garten auf Erichs Bett gelegt, sie zündete eine dicke Kerze an, wir stellten uns mit gefalteten Händen davor und Hedy sprach:

»Siehe, ich habe einen guten Kampf gekämpft, ich habe den Lauf vollendet, ich habe Glauben gehalten. Eine größere Liebe kann niemand geben denn die, dass er sein Leben lässt für seinen Bruder.«

Hedy war auf einmal gefasst, sie verzog keine Miene, ihre Augen, so schien es mir, waren einfach in die Ferne gerichtet, als spiele sich alles Weitere dort ab. Sie sprach kein Wort mit uns, sie schien völlig abwesend. Es bedrückte mich alles ungemein. Was für einen inneren Kampf führten die beiden! Jeder für sich. Max sah mich hilflos mit verschleierten Augen an. Er war um Jahre gealtert, aber bemüht, Hedy eine Stütze zu sein, dabei hätte er genauso Trost gebraucht. Hedy hantierte mechanisch, sie sprach kein Wort dabei. Ich wurde das Gefühl nicht los, dass sie nun alles und alle für ihre Trauer verantwortlich machte. Weder Max noch mich ließ sie an sich heran, man fand einfach keine Worte des Trostes. Mich beschlich eine Beklemmung, die mir die Kehle zuschnürte. Angst, ein Wort zu sagen, das nicht tröstete, sondern noch mehr kränkte. Der Verlust des eigenen Kindes ist sicher der schwierigste Prozess auf der Welt. Ein völliges Abnabeln ist nur selten möglich, ob tot oder lebendig. Kann man sich überhaupt jemals mit einem solchen Verlust abfinden? Allein, um das Geschehene zu begreifen, ist unendlich viel Kraft nötig. Aber da war auch Max – es war sein Sohn, den er verloren hatte, den er sehr liebte und auf den er stolz war. Er hatte fest gehofft, dass er nach Kriegsende gesund wieder zurückkäme. Er hatte mir erzählt, wenn Erich wieder da wäre und sein Großvater vielleicht nicht mehr im Hause lebte, dann wolle er mit Erich das erste Stockwerk ausbauen. Der Junge hatte es sich so gewünscht und gehofft, eine Familie zu haben. Hedy musste scheinbar erst begreifen, dass Max der Vater war, der seinen Sohn verloren hatte, dass er es war, der Trost und Halt brauchte und suchte. Sie baute eine dicke Mauer um sich, ließ keinen drüber schauen und niemanden hindurch. Diese Wand einreißen konnte nur sie selbst, helfen würden Max und ich dabei gerne.

Der Sonntag war für uns alle sehr anstrengend. Für Max und Hedy musste die Grenze der Belastbarkeit längst erreicht sein. Es hatte sich sehr schnell herumgesprochen, dass Erich gefallen war. Viele der Dorfbewohner kamen im Laufe des Tages, um zu kondolieren. Ich hatte große Angst um die beiden, vor allem um Max. Er wirkte so verloren. Meist sprachen die Besucher mit Hedy, sie brachten kleine Geschenke mit und einige Lebensmittel. Max und ich saßen auf dem Sofa und hörten stumm den Gesprächen zu. Er hielt meine Hand, sein Zittern war zu spüren. Beim Verabschieden kam von einigen Besuchern die Bemerkung:
»Ach, zum Glück habt ihr wenigstens das Mädchen, das so oft bei euch ist. Dann seid ihr nicht so alleine.« Als ob ich ein Ersatz wäre für den eigenen Sohn! Gewiss, ich würde alles versuchen, um ihre Schmerzen zu lindern und ihnen ein wenig Freude zu bereiten. Ob es gelang, würde sich erst später zeigen.

Immer gab es neue Nachrichten, man kämpfte um jeden Tag. Angst war nun unser täglicher Begleiter. Wohin nur führte unser Weg? Max stand wieder am Gartentor, wenn auch nicht strahlend, so war ihm doch anzusehen, dass er sich freute, wenn er Helmut und mich kommen sah. Unsere

Besuche konnten wir nicht mehr lang ausdehnen, denn es dunkelte schon sehr früh. Ich war einfach zu ängstlich, den Weg mit Helmut bei Dunkelheit zu gehen. Else schien es ähnlich zu gehen, sie bat mich dringend, früher loszugehen und zuerst bei Deschers vorbeizuschauen und erst dann Helmut abzuholen, dadurch kamen wir früher nach Hause.

Auf den Straßen war es Nacht. Alles war dunkel, keine Lampen brannten. Ehe in den Häusern das Licht eingeschaltet wurde, mussten dunkle Rollos heruntergezogen werden. Es galt die strikte Verdunkelung.

Hedy packte mir ab und zu Obst oder Gemüse ein, einmal sogar ein Hühnchen. Sie wollte sich auf diese Weise dafür bedanken, dass ich täglich bei ihnen vorbeischauen durfte. Nun schien es als sei Hedy die stärkere von beiden, jedenfalls nach außen. Sie reagierte wieder bewusst und nahm an allem teil. Max dagegen sah müde und krank aus, er schlief wenig und war sehr unruhig. Die Sonntagnachmittage verbrachte ich bei Max und Hedy, machte Schulaufgaben oder beriet Hedy beim Pulloverstricken. Sie hatte in Meißen auf die Kleiderkarte Wolle ergattert und wollte Max einen Pullover stricken. Ich versprach, ihr dabei zu helfen. In einigen Wochen ging auch das Schuljahr dem Ende entgegen. Ich machte mir Sorgen darum, ob Else mich drei Monate früher aus meinem Vertrag entlassen würde. Aber wie so oft, löste sich dieses Problem von selbst, wenn auch anders als gewünscht.

Else gab mir ab Samstagmittag frei. Sie meinte, ich könnte auch über Nacht bei Deschers bleiben, also bis Sonntagfrüh. Dies war eine gute Gelegenheit für mich, wieder einiges einzupacken und mitzunehmen. Schon nach dem Mittagessen machte ich mich auf den Weg, darauf achtgebend, dass ich nicht mit der großen Tasche gesehen wurde.

Der weite Fußmarsch, die schwere Tasche: diesmal war es mir schwergefallen, obwohl es sonst immer unproblematisch war. Bei Deschers angekommen, stand mir der Schweiß auf der Stirn.

»Mein Gott«, sagte Hedy, »Mädel, sag, hast du dir soeben die Haare gewaschen?« Ich musste mich einfach hinsetzen. Die beiden kümmerten sich um mich, ihre erste Vermutung war, die Schwäche könnte vom Hunger kommen. Nein, ich wollte eigentlich nur ein bisschen verschnaufen. Max kochte Tee, Hedy machte mir das Bett in dem kleinen Wohnzimmer zurecht.

»So haben wir dich in der Nähe und können uns um dich kümmern«, meinten sie. Wenig später stellte sich Fieber ein, ich war völlig apathisch. Die Umgebung nahm ich nicht mehr wahr, sichtlich froh, liegen zu können und alles um mich her zu vergessen.

Max brachte es fertig, einen Arzt zu holen, der unterhalb des Dorfes eine Praxis hatte. Mir wurden Fragen gestellt, so viel begriff ich, aber antworten konnte ich nicht. Ich konnte spüren, wie ich abgetastet wurde, etwas Kaltes auf meiner Brust störte mich. Das kleine Licht, das in meine Augen drang, machte mir Angst. Ich wollte aufspringen.

»Schön liegen bleiben«, hörte ich eine fremde Stimme, »es ist alles gut. Es gibt jetzt nur noch einen kleinen Piks.« Von dem Gespräch bekam ich wenig mit, nur so viel, dass der Arzt sagte, er käme am nächsten Tag wieder, man solle mich auf keinen Fall aufstehen lassen. »Alles andere sehen wir morgen. Wenn sich ihr Zustand nicht bessert, müssen wir sie in das Krankenhaus einweisen.« Gegen das Fieber ließ er Medikamente da und verordnete viel Flüssigkeit. Was mache ich nur für Umstände, dachte ich. Was, wenn ich in ein Krankenhaus muss, wer kümmert sich um mich? Ich konnte das doch Hedy und Max nicht zumuten. Die beiden lösten sich in der Nacht an meinem Bett ab. Sie sorgten dafür, dass ich viel trank. Hedy kontrollierte öfter das Fieber. Gegen Morgen, Max saß mir gegenüber in einem Sessel, fing ich in meiner Not an zu weinen.

»Max, was soll das werden, ich weiß nicht, ob ich es noch einmal schaffe bei Weilers. Ich bin den Aufgaben nicht mehr gewachsen!«, fasste ich meine Situation zusammen. Max nahm meinen Kopf in beide Hände und küsste mich auf die Stirn.:

»Du solltest dir keine Sorgen machen. Jetzt musst du erst einmal Kräfte sammeln und gesund werden. So lange bleibst du hier. In der Zwischenzeit regeln wir alles andere. Hedy hat deinem Vater bereits ein Telegramm geschickt, er wird sicher die richtigen Maßnahmen treffen.« Wie angekündigt, kam der Arzt am Sonntagvormittag, er stellte die Diagnose ›totale Erschöpfung‹.

Auf keinen Fall sollte ich zu früh aufstehen, an Hausarbeit war fürs Erste nicht zu denken. In einem ausführlichen Attest legte er seine Diagnose dar. Mit Max und Hedy redete er darüber, wie es nun weitergehen sollte. Hedy entschärfte seine Bedenken, indem sie erklärte, dass ich selbstverständlich bei ihnen bleiben könne. Es sei vorgesehen, dass ich die Schule in Dresden besuchen solle, und in der Zeit würde ich bei ihnen wohnen. Bei Weilers sei für mich in der momentanen Situation nicht die nötige Betreuung garantiert. Außerdem sei mein Vater telegrafisch informiert.

»Wir werden zusammen mit ihm alles regeln«, versprach Hedy.

Nun blieb nur noch eines zu erledigen: Else musste informiert werden, schließlich hätte ich längst zurück sein müssen. Hedy übernahm die Aufgabe, und der Arzt gab ihr den Rat, das Attest zwar vorzulegen, aber dann wieder an sich zu nehmen. Es könnte sein, dass es für andere Zwecke noch gebraucht würde. Meine Bedenken waren groß, als Hedy sich alleine auf den Weg machte und sich sozusagen in die Höhle des Löwen begab. Allein schon der Fußmarsch und dann – wer wusste, wie Else reagierte. Doch Hedy sah mich von der Seite an und lächelte, als sie meine Bedenken beiseite wischte.

»Mädel, du kennst mich noch nicht. Ich habe schon größere Geschosse abgefeuert. Diesen Kampf gewinnen wir. Warte es ab, und lass mich einfach nur machen!« Was täte ich nur ohne die beiden, dies wurde mir erst jetzt so richtig bewusst. Dabei fühlte ich mich entsetzlich elend. Wie viel Einsamkeit und Verlassenheit konnte man ertragen?

Max war unterdessen sehr aktiv. Er kümmerte sich um warmes Wasser, damit ich mich waschen konnte, in der Zwischenzeit fütterte er die Hühner und Enten, bis er wieder ins Haus kam, war ich mit meiner Toilette fertig. Dann sorgte er für Feuer im Küchenherd und schälte Kartoffeln für das Mittagessen. Hedy hatte alles andere schon vorbereitet.

Max und ich stellten uns vor, dass Hedy inzwischen bei Weilers angekommen war und vielleicht schon ein ›Geschoss‹ abgefeuert hatte. Max meinte, sie wisse schon, wie sie es anpacken müsse.

»Sie war immer die Stärkere von uns, bisher hat sie die meisten Hürden erfolgreich genommen, sie schafft auch diese.« Ich konnte mir gut vorstellen, dass Hedy diese Herausforderung brauchte. Gerade jetzt lenkte es sie sicher von den traurigen Ereignissen der jüngsten Vergangenheit ein wenig ab. Auch das Gefühl, gebraucht zu werden, schien ihr den Rücken zu stärken. Max hatte mich wirklich getröstet und etwas aufgerichtet, es ging mir schon besser, seine Gedanken hatten mir Mut gemacht. Hoffnung machte mir auch das Telegramm, das während Hedys Besuch bei Else bei uns eintraf. Sein Wortlaut war: ›Komme im Laufe der Woche, spätestens aber Freitag, Gruß Vater‹.

»Na, siehst du, Mädchen, alle sind um dich besorgt. Egal, was Hedy bei Weilers ausrichten wird, wir schaffen es schon.« Seine Worte rauschten an mir vorbei, ich war viel zu erschöpft, um klar darüber nachdenken zu können, was im Laufe der Woche noch alles auf mich einstürmen könnte. Ich gab mir alle Mühe, mir selbst ein Bild davon zu machen unter dem Titel: was wäre, wenn? Großvater fiel mir plötzlich ein. Wie eine Vision sah ich ihn vor mir, und er sagte: ›Hansli, lass alles an dich herankommen, nie wird es so heiß gegessen, wie gekocht. Entscheide dann, wenn du wieder bei Kräften bist.‹

Ja, genauso machen wir es, Opa, genauso. Mich überkam plötzlich eine Ruhe, die ich nur so beschreiben kann: meine Glieder entspannten sich, ich spürte eine Müdigkeit, es war, als würde sich alles von mir lösen, keine trüben Gedanken quälten mich, als ich die Augen schloss, und es war trotzdem alles so hell um mich. So schlief ich fest ein, schlief ohne Unterbrechung bis gegen Abend.

Danach befand ich mich in einem Dämmerzustand. Ich hörte, wie Hedy sich mit Max unterhielt, verstand aber kein Wort davon. Wahrscheinlich wollte ich es auch nicht. So viele Erinnerungen kamen in mir auf, die sich wie ein Film vor meinen inneren Augen abspulten. Als etwa vierjähriges Mädchen bekam ich einen wunderschönen Ball geschenkt. Er kam mir sehr groß vor, war bunt und von leuchtenden Farben. Wochenlang ging ich nicht ohne ihn schlafen. Damals wohnten wir noch an der Hauptstraße, ich spielte auf dem Bürgersteig voller Begeisterung, Autos fuhren zu dieser Zeit ganz selten und wenn, dann mit maximal 30 km/h. Beim Spielen war ich nie besonders vorsichtig. Mein Ball rollte auf die Straße, ich lief ihm nach, direkt vor ein Auto, das im letzten Moment zum Stehen kam. Ins Spiel vertieft hatte ich das Auto gar nicht bemerkt. Als ich mich bückte, wurde mein Ball von einem Fuß gehalten, und nachdem ich aufsah, blickte ich in das Gesicht eines älteren Herrn, der den Ball aufhob und ihn mir lächelnd übergab.

»Na, mein Kind, du musst deinen Ball aber gerne haben. Aber du darfst nicht so unvorsichtig sein! Du hattest eben einen Schutzengel, sonst wäre bestimmt etwas passiert.« Den netten Herrn lächelte ich an, bedankte mich mit einem Knicks, gab ihm das Versprechen, besser aufzupassen, und drückte den Ball ganz fest an mich. Großmutter hatte das Geschehen vom Fenster aus beobachtet, kam ganz aufgeregt auf uns zu, legte ihre Arme um mich, sodass ich mich mit dem Rücken bei ihr anlehnen konnte. Sie stieß ganz aufgeregt eine Entschuldigung aus und bedankte sich außer Atem bei dem älteren Herrn. Er streichelte mir über die Wange und verabschiedete sich mit den Worten:

»Gott möge dich behüten, mein Kind.« Beim Wegfahren bemerkten wir erst, dass eine ältere Dame auf dem Beifahrersitz saß. Beide winkten uns nochmals zu. Großmutter ging mit mir ins Haus. Großvater, der hinter dem Haus im Garten war, wurde gerufen und von Oma mit Tränen in den Augen über das Vorgefallene informiert.

»Aber, Hansli«, sagte er, »was machst du nur für Sachen. Du darfst nicht auf die Straße, das weißt du doch. Sonst machst du uns noch große Sorgen.« »Aber das will ich doch nicht. Ich wollte doch nur meinen Ball retten«, versicherte ich ihm.

Ein andermal wollte ich meinen roten Kater davon abhalten, über die Straße in das gegenüberliegende Feld zu laufen. Mein pelziger Freund ließ sich nicht beirren und lief davon. Ich folgte ihm, stolperte aber und fiel. Mein rechtes Knie war aufgeschlagen und blutete sehr. Heulend ging ich ins Haus zurück und erschreckte Großmutter mit meinem Gejammer.

»Mein Gott, was ist denn da wieder passiert, was hast du denn gemacht?« Tante Miriam, die zu Hause war, legte einen Verband an. Sie konnte das gut, sie wurde als Rot-Kreuz-Schwester ausgebildet, um im Notfall überall helfen zu können. Es hatte Wochen gedauert, bis mein Knie geheilt war, die Narben blieben ein Leben lang sichtbar.

Noch mehr Erinnerungen rief die Musik von Beethoven in mir wach, die ich jetzt zu hören meinte. Es klang wie die Romanze für Violine und Orchester Op. 40. Dabei sah ich meine Großmutter vor mir, wir hatten ein Grammophon und einige Schallplatten. Ein Vertreter von einer Plattenfirma kam häufiger und wollte uns Platten verkaufen, was ihm aber nicht sehr oft gelang. An jenem Tag präsentierte er eine Platte von Hermann Löns, Miriam hat sie sich später gekauft. Dann legte er Beethoven auf den Plattenteller, und Oma meinte:

»Ach, wir wollen es für heute genug sein lassen.« Ich bettelte förmlich darum, die Platte anhören zu dürfen.

»Na gut, aber ich glaube, das ist nicht so das Richtige für dich«, meinte der Verkäufer. Genüsslich setzte ich mich auf das Sofa und hörte die Musik. Es klang so wunderschön, wie aus einer anderen Welt. Ich war dermaßen vertieft, dass ich nicht bemerkte, wie das Grammophon abgeschaltet wurde. Die Musik klang in mir weiter, ich wünschte, sie nähme kein Ende mehr. Ich war wie benommen, als Großmutter mich in die Realität zurückholte. Stürmisch bettelte ich sie an, doch diese Platte zu kaufen. Verständnislos sahen mich die Erwachsenen an, bis Großmutter, sichtlich berührt, sagte: »Nun gut, du bekommst diese Platte, bald hast du ja Geburtstag. So sei dies dein Geschenk.« Fast täglich hörte ich mir diese Musik an, ich kannte sie bereits auswendig.

Aus diesem Dämmerzustand erwachte ich, weil ich glaubte, Else sprechen zu hören. Ganz vorsichtig öffnete ich die Augen, schloss sie aber gleich wieder in der Hoffnung, ich hätte mich getäuscht. Doch es war kein Irrtum, es war tatsächlich Elses Stimme, die ich hörte. Hedy erwähnte gerade, dass der Arzt am Vormittag da gewesen war, und meinte, es brauche seine Zeit, bis ich mich erholt hätte. Als ich merkte, dass Else neben meinem Sofabett stand, öffnete ich die Augen und sah sie an.

»Na, Kindchen, was ist bloß passiert? Geht es denn wieder besser?« Ich nickte nur und schloss erneut die Augen, doch meine Kraft reichte, um nach Helmut zu fragen. »Es geht ihm gut«, meinte Else, »er lässt schön grüßen und fragen, wann du wieder zu uns zurückkommst.« Das Lächeln, das ich aufsetzte, musste nicht gerade Hoffnung bei ihr geweckt haben, denn Else räumte ein, dass ich doch erst richtig gesund werden solle. Sie sei fest davon überzeugt, dass ich sehr gut versorgt werde. Ein Tätscheln meiner Hand war das Zeichen ihres Aufbruchs, danach konnte ich plötzlich wieder durchatmen. Es musste Else wohl ein großer Stein vom Herzen gefallen sein, als sie die Gewissheit bekam, dass ich weiterhin von Hedy und Max versorgt würde. In diesem Dämmerzustand wurde mir plötzlich auch bewusst, dass meine Großeltern nicht ewig für mich da sein würden. Gewiss, Hedy und Max sorgten für mich, als sei ich ihre Tochter, aber es fehlte mir etwas, vor allem Großvater. Jetzt musste ich anfangen, mein Leben selbst zu meistern. Schließlich war ich diejenige gewesen, die so weit von zu Hause weg wollte, um selbstständig zu werden und auf eigenen Füßen zu stehen. Gewiss, Krankheit und andere Sorgen würden oft meine Begleiter sein, aber es kam dann eben auf mich alleine an, wie ich die Sache anpackte, um den richtigen Weg zu finden. Dazu gehörte für mich, einen Schulabschluss zu machen, damit ich es, wenn es sein musste, auch alleine schaffen konnte.

Am Mittwoch, es war schon später Nachmittag, traf Vater ein. Er kam mit dem Auto, da er Geschäftliches mit Privatem verbinden wollte, so erklärte er mir. Aber es gab auch für mich einiges zu regeln, und so war man nicht auf die zeitraubenden öffentlichen Verkehrsmittel angewiesen. Noch war ich sehr schlapp. Ich lag weiterhin auf meinem Bettsofa und meine Versuche, etwas länger aufzustehen, scheiterten an meiner Kraftlosigkeit. Aber das Gefühl, dass es doch wieder aufwärtsging, regte sich stark in mir. Außerdem bestand Hoffnung auf Sondermarken. Diese wurden in der zweiten Wochenhälfte eingelöst. Hedy hatte mir bisher noch nicht erzählt, was sie mit Else besprochen hatte. Sie brachte jedoch einiges an Nachthemden und Unterwäsche von dort mit. Meiner Einschätzung nach konnte nicht mehr allzu viel in meinem Schrank bei Weilers sein.

Vater packte sehr umständlich etwas aus dem Koffer. Ohne Worte legte er mir den neuangefertigten Mantel über das Bett, sodass ich ihn greifen konnte. Er war königsblau, eine Farbe, die mich schon immer begeistert hatte und die ich mir in Form eines Kleidungsstückes heimlich gewünscht hatte. Mir fehlten einfach die Worte. Ich murmelte etwas vor mich hin. Vater merkte meine Unsicherheit, nahm beruhigend meine Hand.

»Lass es gut sein, mein Mädchen, lass es gut sein.« Es gab auch sonst noch gute Nachrichten für mich und, wie es mir schien, betraf es auch Vater, Hedy und Max. Hedy und Vater fuhren am nächsten Tag nach Meißen, um mit der Schulleitung und den Behörden alles zu besprechen. Es musste geklärt werden, ob die Möglichkeit bestand, anhand des ärztlichen Attestes drei Monate vor Abschluss der Haushaltslehre von dem Vertrag entbunden zu werden. Diese Lehre stand für das abzuleistende Pflichtjahr, das unbedingt eingehalten werden musste, um nicht zu einem kriegsnahen Dienst zwangsverpflichtet zu werden.

Max und ich blieben zu Hause. Damit wir nicht Hunger leiden müssten, hatte Hedy einen großen Topf Hühnersuppe mit reichlich Gemüse und Nudeln gekocht. Max und ich sollten mit dem Essen nicht warten, je nachdem, wann sie die richtigen Gesprächspartner antrafen, konnte es sehr lange dauern.

Sie hatten mit ihrer Vermutung Recht behalten. Sie wurden von einem zuständigen Beamten zum nächsten gereicht, der eine meinte dies, der andere jenes, bis Vater endlich nach langem Warten den Schuldirektor Böhmer zu sprechen bekam. Diesem erläuterte er anhand des Attestes, dass ich wohl den Anforderungen der Haushaltslehre nicht mehr gewachsen sei. Vater erhielt das Versprechen von Herrn Böhmer, dass er die Angelegenheit auf den richtigen Weg bringen werde. Damit die abgebrochene, aber fast beendete Lehre als Pflichtjahr akzeptiert würde, sollte die Anmeldung für den 1. Oktober 1943 an der Privatschule in Dresden vorverlegt werden, um zu vermeiden, dass ich dienstverpflichtet würde. So hatten Vater und Hedy doch vieles erreicht, und in etwa zwei Wochen sollte der Bescheid aus Meißen vorliegen. So lange sollte ich bei Max und Hedy bleiben.

Es war schön, Vater zwei Tage für mich zu haben. Mein Gefühl sagte mir, dass ich mich an ihn gewöhnen könnte. Aber es war ja auch nicht Hamburg, sondern meine eigene gewohnte Umgebung. Dort war er mir fremd, trotz all seiner Anstrengungen. Es blieb eine Spannung, vielleicht auch deshalb, weil Marie genau beobachtete, wie wir miteinander umgingen und ob Vater mich anders behandelte als seine anderen Kinder. Nun, ich war ja nicht ihre Tochter, eher ein Eindringling, der einiges durcheinanderbrachte. Aber sein Besuch hier hatte etwas Besonderes an sich. Wir besprachen alles in Ruhe. Als er jedoch meinte, ich solle bis zum Schulanfang nach Hamburg kommen, wenn ich wiederhergestellt sei, versetzte es mir einen regelrechten Stich in die Brust. Mein Schweigen deutete er richtig, als er sagte:

»Du möchtest doch lieber zu deiner Mutter, den Großeltern und all den anderen fahren, habe ich recht?«

Ich machte eine Pause, ehe ich vorsichtig, aber erleichtert, antwortete:

»Ja, ich würde sehr gerne die Großeltern, meine Mutter und meine Tanten wiedersehen.«

»Das verstehe ich gut«, sagte Vater, »aber ein bisschen denkst du auch an mich?«

»Ganz bestimmt, ganz bestimmt, Vater.«

Er drückte mich vorsichtig an sich und strich mir über das Haar.

Am Freitagvormittag fuhr Vater wieder zurück. Er ließ ein glückliches Mädchen zurück, das nun hoffte, bald wieder gesund zu sein und nach Hause fahren zu können. Wenn alles seinen Gang ging, erfüllte sich eine große Hoffnung, nämlich, dass der Weg frei war für einen neuen Lebensabschnitt.

Es ist der erste Advent 2008, gestern war mein Geburtstag. Die Jahre zähle ich seit einem runden Geburtstag rückwärts. Nicht, dass ich mit meinem Alter Probleme hätte, denn außer den üblichen Wehwehchen kann ich nicht klagen. Viel ist passiert in den vergangenen Jahren. Viele Tiefs haben uns begleitet, Richard und mich. Und gerade die Adventszeit versetzt einen in die Stimmung, das Leben rückblickend vorbeiziehen zu lassen. Mein erster Geburtstag ohne Richard, und in wenigen Tagen ist sein erster Todestag, ein schwerer, dunkler Tag für mich. Wann immer es möglich ist, fahre ich zum Friedhof, zünde eine Kerze an und erzähle ihm alles, was mich bedrückt, was mich erfreut oder mir Sorgen bereitet. Danach geht es mir meist wieder besser. Was meinen Schmerz lindert, ist die Einsicht, dass der Tod für Richard eine Erlösung war. Seine Schmerzen müssen schrecklich gewesen sein, aber er klagte nicht, lächelte uns immer an, in seinem Blick waren stets nur Dankbarkeit und Liebe. Die Sonne ging für ihn auf, wenn seine Mädchen ihn besuchten oder bei der schweren Pflege halfen. Ohne sie hätte ich das alles nicht bewältigt. Sie konnten mir Mut machen und versicherten mir immer wieder, dass ich alles tat, was man für ihren Vater tun konnte. Einen Vorwurf mache ich mir jedoch: dass ich, als es ihm besonders schlecht ging und ich nachts an seinem Bett saß, ihn unter Tränen bat, mich nicht alleine zu lassen. Er spürte, dass ich noch nicht bereit war, ihn gehen zu lassen, bis sein Tod eine Erlösung war. Ich wollte aber niemals, dass er so leiden musste.

*

Danach erschien mir alles so sinnlos, wozu auch weiterleben? Lebte meine Großmutter noch, sie hätte mich gut verstanden, sie hätte mich getröstet, wie es nur eine Mutter kann. Sie hätte die richtigen Worte gefunden, nicht ohne mich zu ermahnen, dass Richards Mädchen auch Trost brauchten, weil sie ihren Vater verloren hatten, dass sie auf ihre Weise trauerten und ich jetzt für sie da sein musste. Es war aber eher so, dass die Mädchen mich stützten, sie ließen mich trauern, nahmen mich einfach in den Arm und ließen mich haltlos weinen. Dies gab mir die Kraft und die Einsicht, dass ich mich damit abfinden muss, es bleibt keine andere Wahl. Der Mensch ist nicht einfach ein Besitztum, auf das man auf Dauer Anspruch erheben kann.

So also waren meine Gedanken an diesem ersten Advent. Sie ließen mich aber auch wieder zurückkehren nach Niederau zu Hedy und Max. Ich sehe ihre Freude vor mir, als aus Meißen die Nachricht kam, dass nun die Haushaltslehre als Pflichtjahr angerechnet würde, vorausgesetzt, dass ich die Schule in Dresden besuchte.

*

Es sollte eine Gegenüberstellung stattfinden. Else wurde aufgefordert, sich darüber zu äußern, wieso es zu der eklatanten Erschöpfung ihrer Schutzbefohlenen kommen konnte. Ein Treffen mit Else blieb mir erspart. Hedy übernahm diesen Termin mit der Begründung, dass ich vor dem neuen Schulantritt meine Eltern noch besuchen wollte. Während meiner Krankheit und in der Erholungsphase merkte ich, dass ich unabhängiger geworden war. Ich fühlte mich erwachsen und nahm mir fest vor, meine Angelegenheiten selbst zu regeln, soweit es bis zur Volljährigkeit möglich war.

Kurz bevor ich meine Reise nach Hause antreten wollte, bekam ich Post von Florian Schröder, meinem Frontsoldaten. Er stellte in Aussicht, dass er einen Monat Fronturlaub bekomme, und schlug ein Treffen vor. Wenn ich es auch wünschte, sollte ich ihm umgehend mitteilen, wann und wo wir uns im Monat September 1943 treffen könnten. Dies wäre sein Herzenswunsch. Meine Antwort bekam er, nachdem ich mit Erna brieflich vereinbart hatte, dass wir uns in der zweiten Septemberhälfte in Chemnitz treffen könnten. Der Ort lag für uns beide etwa auf halbem Weg. Außerdem bot Erna mir an, ein paar Tage bei ihr zu bleiben, ehe ich wieder nach Niederau führe. Ich sollte ruhig ihre Adresse in Chemnitz angeben, damit wir uns nicht verfehlten.

So geschah es, auf dem Rückweg nach Dresden wollten wir uns am 20. September in Ernas Wohnung treffen. Auf der Fahrt zu meinen Angehörigen wollte ich ab Leipzig den Zug bis Kassel, dann via Basel nehmen. In dem Zug wurden Kontrollen durchgeführt und der Zug wurde verplombt, damit niemand an der Grenze abspringen konnte. Dies gab oft Verzögerungen im Fahrplan, was sich auf der Rückfahrt nicht so stark auswirkte. Die Schnellzüge hielten dann erst in Freiburg, und bis dahin waren die Kontrollen durch, die Züge entplombt.

Es gab nun zu planen, zu überlegen. Meine Vorfreude war riesengroß. Wenn die Fahrt auch sehr anstrengend sein würde, erholen konnte ich mich bei meinen Angehörigen. Ich malte mir aber auch aus, wie das Treffen mit Florian in Chemnitz ausfallen würde, und vor allem würde ich Erna wiedersehen. Vater könnte ich ja auch noch das kommende

Jahr besuchen. Dann wollte ich aber bei Lisa und ihrem Mann in Neugraben wohnen.

Sehr enttäuscht war ich von Else. Sie hatte Hedy, als diese meine restlichen Sachen von Weilers abholte, zu verstehen gegeben, dass sie über die Entscheidung aus Meißen sehr verärgert, mein Verhalten unmöglich und sicher alles ein abgekartetes Spiel gewesen sei. Sie, Else, hätte sich alle Mühe mit mir gegeben, mich wie eine eigene Tochter behandelt. Das sei nun der Dank! Zum Glück sei die Möglichkeit gegeben, dass wir uns aus dem Weg gehen und nicht mehr sehen müssten. Das war bitter für mich. Anfangs war ich noch überzeugt, die Schuldige zu sein, weil ich der Familie Unannehmlichkeiten bereitet hatte. Aber Hedy und Max sahen das anders, auch der Arzt zeigte kein Verständnis und meinte, diese Reaktion zeigten nur Menschen, die wirklich die Grenzen überschritten hätten. Erna tröstete mich, als ich sie im September besuchte.

»Nur wer Else kennt, weiß, was sie von ihren Schützlingen fordert.« Erna war zu ihrer Zeit bei Weilers 22 Jahre alt, viel kräftiger als ich und sie konnte sich, wie sie sagte, wehren, indem sie Else klarmachte, dass sie eine Haushaltslehre bei ihr mache, erwachsen sei und auf keinen Fall ihr Dienstmädchen. Sie sähe sonst keine Notwendigkeit zu bleiben. Dies beruhigte mich doch sehr und machte mir klar, dass es auch bei mir hätte Grenzen geben müssen. Mein Alter von 15 Jahren bei Beginn der Lehre hätte berücksichtigt werden müssen und schließlich waren fünf Reichsmark im Monat kein hinreichender Grund für Ausnutzung. So war nun das Kapitel Else und Bruno Weiler abgeschlossen. Helmut tat mir leid. Er hatte an mir gehangen und, wenn er mal krank war oder einen schlechten Tag hatte, nach Edithlein statt nach seiner Mutter gerufen. Doch Else hatte sich dagegen gewehrt. Sie hatte sogar einmal gemeint, dass nicht sein Edithlein, sondern sie, seine Mutter, für ihn zuständig wäre und er hätte ihr einfach zu gehorchen.

Oft, wenn ich auf dem Bahnsteig in Niederau stand, um in die Schule zu fahren, und auf das Haus gegenüber starrte, hoffte ich im Stillen, den kleinen Jungen zu sehen. Ihm vielleicht heimlich winken zu können. Aber ich bekam Helmut nie mehr zu Gesicht.

Erst viele Jahre nach dem Krieg, als Hedy uns im Westen besuchte, erfuhr ich von ihr, dass sich Bruno vor Kriegsende nach Ludwigshafen versetzen ließ. Er hatte mit der Krankenschwester von seinem Aufenthalt in der Klinik ein Kind und wurde von Else geschieden. Aber Helmut war der wirklich Leidtragende. Else war ihm nicht mehr gewachsen. So kam er in eine Erziehungsanstalt. Das Rätsel des Einschreibebriefes war wohl damit gelöst.

Mein Koffer war gepackt. Es war ein sehr leichter aus buntem Segeltuch, den Hedy mir borgte. Er hatte Erich gehört. Erst sträubte ich mich dagegen, doch Hedy meinte mit Recht, dass alles so leichter für mich zu tragen wäre. Max brachte mich dann gegen 18 Uhr zum Bahnhof Niederau. Von da fuhr ich bis Leipzig. Dort musste ich umsteigen in einen Zug nach Kassel, ab Kassel bis Basel. Es war die beste Zugverbindung, die ich bekam. Allerdings war es eine Nachtfahrt. Aber ich freute mich darauf, meine Angehörigen zu sehen und dann zu wissen, wie es meinen Großeltern ging.

Dass die Bahnfahrt für mich einen schweren, nicht wieder gut zu machenden Verlust bringen sollte, war nicht vorauszusehen. In Leipzig angekommen, fiel mir auf, dass die Bahnsteige auffallend leer waren. Laut Plan hatte ich 45 Minuten Zeit bis zur Weiterreise. Den geborgten Koffer stellte ich rechts neben mich und verglich meine Armbanduhr mit der Bahnhofsuhr. In meiner Umhängetasche verwahrte ich das Geld, meine Fahrkarte, den Schulausweis (galt dieser doch auch als Personalausweis) und sonstige Kleinigkeiten wie Taschentuch, Kamm etc. Meine Lebensmittelkarten hatte ich zwischen den Kleidungsstücken im Koffer verborgen. Eine ganze Weile stand ich so fast alleine, nur wenige Menschen waren zu sehen. Ein Mann stand rauchend auf demselben Bahnsteig und schaute des Öfteren auf seine Uhr, ohne sich sonst zu bewegen. Er sah nicht einmal in meine Richtung. Eine Durchsage, die sehr undeutlich klang, ließ mich gespannt den Kopf nach links drehen, um alles zu verstehen. Dabei bemerkte ich nichts, erst, als ich den Kopf umwandte und nach meinem Koffer sah, war er weg. Ich rannte die Treppen hinunter, um vielleicht jemanden mit meinem Koffer zu erblicken. Die diversen Aufgänge zu den vielen Bahnsteigen machten mir deutlich, dass ich keine Chance hatte. Der Schreck saß tief. Ich dachte als Erstes an Erichs Koffer. Die Enttäuschung bei Hedy konnte ich in ihrem Gesicht deutlich sehen, den Schmerz, der in ihr wieder hochkommen musste. Dies nahm derart von mir Besitz, dass mir erst, als ich schon im Zug saß, bewusst wurde, dass ich, wenn ich nach Hause kam, überhaupt nichts mehr anzuziehen hatte. Keine Wäsche, kein Kleid, die kleinen Geschenke für die Großeltern und für meine Mutter. Alles war weg, unwiederbringlich weg – gestohlen. In einem vollen Abteil, ich stand im Durchgang, mich am Fenstergriff festhaltend, saß ein etwas älterer Mann. Er schob die Abteiltür zurück und lud mich freundlich ein, in das Abteil zu kommen. Er meinte, dass ein solcher ›Schmalhans‹ wie ich noch gut dazwischen Platz hätte. So saß ich zwischen zwei Männern. Eine Frau mit einem Kleinkind auf dem Schoß saß am Fenster. Sie alle rückten etwas zusammen. Wie dankbar ich dafür war, mussten die Mitreisenden wohl gemerkt haben, ebenso, wie erschöpft ich war. Der ältere Herr fragte mich, wohin ich reisen wollte. Ich erzählte, dass ich an der Schweizer Grenze in Richtung Säckingen zu Hause sei und nun nach fast zwei Jahren endlich meine Angehörigen besuchen wolle.

»Aber Mädchen, sag mal, hast du kein Gepäck?« Ich hatte Gepäck gehabt, oh ja, ich hatte! Tränen stiegen mir in die Augen, und dann erzählte ich von dem Geschehen.

»Hast du deine Fahrkarte, Ausweis, usw.?«

»Ja«, sagte ich, öffnete meine Tasche, zog meinen Ausweis heraus und zeigte ihn. Der ältere Herr studierte ihn und meinte schließlich:

»Na, da hast du aber noch eine Reise vor dir. Hast du wenigstens noch Lebensmittelkarten?«

»Nein«, war meine Antwort, diese waren ja in meinem Koffer. Es war unbeschreiblich rührend, wie nach und nach alle sechs Mitreisenden versuchten, mich zu trösten. Drei der Fahrgäste hatten Brotmarken dabei und gaben sie mir. Es war sogar eine Fleischmarke für 100g Fleisch oder Wurst dabei. Widerspruch wurde nicht geduldet. Etwas später gab mir jeder von seinem Reiseproviant ab. Brot, einen Apfel, die junge Mutter am Fenster gab mir sogar eine Banane. Für Kleinkinder gab es ab und zu solche Sonderzuteilungen, aber dies war selten. Bei all der Aufmerksamkeit und den tröstenden Worten vergaß ich jedenfalls nach und nach meinen Kummer. Obwohl die ganze Aufregung mir auf den Magen geschlagen war. Die Reise wollte kein Ende nehmen. Oft hielt der Zug auf freier Strecke, dann ging es mal wieder weiter.

Am anderen Tag, so gegen 23 Uhr, stand ich mit leeren Händen in der Kaminfegerstraße 14 und rief zum Schlafzimmerfenster meiner Mutter lauthals hinauf:

»Mariechen!« Als mich Mutter auf mein Rufen hin an der Haustüre in Empfang nahm, war die erste Frage nach meinem Gepäck. Erst glaubte sie, mich falsch verstanden zu haben, doch meine große Ermüdung hielt sie davon ab, weiterzufragen.

»Komm«, sagte sie, »ich habe Suppe für dich, die schnell warm gemacht ist und dir bestimmt guttut. Großmutter hat für dich etwas Weißbrot gebracht. Dann legst du dich in dein Bett. Es ist alles hergerichtet und morgen schläfst du dich aus.« Mutter musste um sechs Uhr früh in der Fabrik sein, hatte also um 14 Uhr Feierabend. So hätten wir am Nachmittag füreinander Zeit.

Es tat gut, verwöhnt zu werden und die vergangenen Wochen einfach abzuschütteln. Aber neue Sorgen tauchten auf. Wie bekam ich etwas zum Anziehen? Hatte ich mir doch extra mein schönstes Kleid eingepackt, für das Treffen mit Florian. Dies hatte ich in Weinböhla erstanden, für sehr viele Punkte von der Kleiderkarte. Es war dunkelblau, hatte einen lachsfarbenen Bubikragen und an den langen Ärmeln ebensolche Manschetten. Nur für besondere Anlässe wollte ich es anziehen. Ich war so stolz darauf. Dies alles schwirrte in meinem Kopf herum und verzögerte, trotz Müdigkeit, das Einschlafen. Ob Großmutter einen Rat wusste?

Als ich am späten Vormittag an den vertrauten Gärten

entlanglief, um vom Garten der Großeltern zur Haustüre zu kommen, hatte Großvater mich schon kommen sehen. Er rief mir zu:

»Na, Hansli, da bist du ja wieder. Wir haben dich vermisst, Großmutter und ich. Vor allem habe ich es vermisst, deine Schuhe zu kontrollieren, ob die Nägel noch alle in der Sohle stecken und ob deine Schuhspitzen schon wieder fast durchstoßen sind. Ach, einfach alles, ganz besonders, wenn du mir heimlich mein Weißbrot weggenommen hast und meintest, du wolltest doch nur mal eben reinbeißen. Ach, war das doch schön!«

Großmutter stand mit Schürze unter der Haustüre, nahm mich in den Arm, ohne Worte. Miriam war auch da. Sie musste sich immer dienstbereit halten für örtliche Einsätze. Um als Krankenschwester an der Front eingesetzt zu werden, war sie nicht mehr genügend belastbar. Sie hatte sich in der Zeit beim Arbeitsdienst Gelenkrheuma zugezogen. Daher war sie frontuntauglich. Nun kam das Erzählen an die Reihe und als Erstes mein abhanden gekommener Koffer. Oh Gott, was war da nur zu tun? Es gab kein langes Überlegen. Oma hatte immer Stoffreste gesammelt. Miriam ebenso von ihren Kunden. Aus drei mach eins – so ungefähr hieß das Motto. Meine Tanten waren sämtlich benachrichtigt, dass ich in etwa dann und dann zu Besuch käme. Tante Nina kam sowieso täglich bei den Großeltern vorbei. So traf ich sie schon am ersten Nachmittag in der Siedlung an. Ihr Mann, Onkel Stephan, war an der Front. Tante Nina wurde von Onkel Stephan sehr verwöhnt. Sie spielte gerne krank. Wir hatten alle so die Vermutung, wenn sie von einer Krankheit hörte, die sie noch nicht hatte, dann bekam sie diese umgehend und wusste auch viel darüber zu erzählen. Sofort legte sie sich nieder und ließ sich von ihrem Mann das Frühstück ans Bett servieren. Später wurde sie von Onkel Stephan liebevoll in einen Sessel gesetzt und schön mit einer Decke zugedeckt. Er las ihr jeden Wunsch von den Augen ab. Nun war sie alleine. Sie erkrankte nicht mehr so oft, weil Großmutter ihr mal zu verstehen gegeben hatte, dass sie sich versündigen würde damit, immer die Kranke zu spielen.

Sie bot mir gleich an, dass ich bei ihr schlafen könnte. Wir könnten uns doch vieles erzählen wie früher und dabei lachen. Aber nach Lachen war es mir noch nicht so recht zumute. Musste ich mir doch erst einmal etwas zum Anziehen organisieren. Nina nahm mich später mit zu sich nach Hause und kramte in ihrer Wäscheschublade, versorgte mich fürs Erste mit Unterwäsche und zwei Nachthemden. Ich versprach ihr fest, dass ich jede zweite Nacht bei ihr schlafen würde, solange ich hier war.

Die Tage vergingen, ausgefüllt mit Erzählen, gemeinsamen Essen und Anproben. Miriam und Großmutter nähten für mich um die Wette. So bekam ich vier neue Kleider mit auf meine Rückreise. Tante Wilhelmine hatte eine wunderschöne Tuchhose, die sie zum Skilaufen trug. Sie schenkte sie mir, sie musste nur etwas enger gemacht werden. Tante Hilde hatte eine in der Farbe dazu passende kurze Jacke, so entstand für mich ein Anzug, den ich auf der Heimreise bzw. bis Chemnitz trug. Voller Stolz und sicher, darin gut auszusehen.

Es kam doch ein Wehmutsgefühl auf, wenn ich daran dachte, dass die Tage hier gezählt waren. Alle waren sie sehr aufmerksam. Mutter nahm sich, so oft es ging, Zeit für mich.

Auch Kurt, der noch in der Rüstung arbeitete und daher noch nicht eingezogen worden war, gab sich viel Mühe, mir den Aufenthalt zu verschönern. Ich erzählte ihm sogar, dass ich auf der Rückreise über Chemnitz fahren würde, zu Erna, und an einem Tag den Frontsoldaten treffen wollte, mit dem ich schon über ein Jahr in Briefverbindung stand. Sein Bild, ich hatte es in meiner Umhängetasche gehabt, dadurch blieb es mir erhalten, zeigte ich ihm und er fand den jungen angehenden Leutnant auch sehr sympathisch.

Kurt wollte nach einer Pause wissen, ob ich über das männliche Geschlecht aufgeklärt sei. Ein bisschen verlegen meinte ich:

»Ja, als ich kürzlich in Meißen bei dem Schularzt mit Hedy war.« Wir saßen in einem Wartezimmer, als der Arzt uns in sein Zimmer rief, in das wir über einen Flur gehen mussten; dort stand ein Wachsoldat mit angelegtem Gewehr. Ein Kriegsgefangener stand völlig nackt daneben mit gesenktem Kopf. Ich war so entsetzt, dass ich wieder rückwärts in das Wartezimmer wollte. Hedy schnappte mich am Arm und sagte streng:

»Komm, mein Mädchen, weiter!«

Wie mag es diesem armen Menschen zumute gewesen sein? Ich musste dauernd daran denken. Kurt sah mich etwas ungläubig an, als er mir erklärte:

»Das meinte ich damit nicht, ob du schon einmal ein männliches Wesen nackt gesehen hast. Diese Aufklärung genügt nicht.« Dann musste ich verneinen. Es war mir einfach unangenehm, gerade mit meinem Stiefvater so ein Gespräch zu führen. Kurt meinte: »Das Sträuben nützt nichts. Das Wissen ist wichtiger, und damit fangen wir jetzt an, ehe du ahnungslos mit den Dingen konfrontiert wirst.«

Er erklärte mir zunächst das Allerwichtigste mit viel Sorgfalt und Rücksicht. So empfand ich es nicht mehr so peinlich und stellte sogar Fragen. Nach einer ganzen Weile meinte er: »Na, du glühst ja förmlich. Ich denke, es war für heute mehr als genug. Überlege alles einmal in Ruhe, und wenn du die eine oder andere Frage hast, dann komm zu mir. Das ist besser, als wenn du darüber grübelst und falschliegst. Es hängt zu viel von diesem Wissen ab. Du kennst das Ergebnis, und ich denke mir, dass du nun alt genug bist, darüber nachzudenken, vor allem, dass du nicht in Ahnungslosigkeit unglücklich wirst.«

Das Erwachsenwerden war schon kompliziert. So viel Unwissenheit musste beseitigt werden, so viele Fragen waren zu stellen. Auch Eigenverantwortung war nun gefragt. Alles ein bisschen viel auf einmal.

Im Schnellzug nach Chemnitz hatte ich viel Zeit, über meinen Aufenthalt zu Hause nachzudenken. Es war schön gewesen, alle wiederzusehen. Meine Onkel waren an der Front. Nur Miriams Mann, Onkel Roland, war tagsüber im Atelier und nähte Uniformen. Er war mir gegenüber viel zugänglicher, behandelte mich wie eine Erwachsene und gab mir auch nicht mehr das Gefühl, ein Eindringling zu sein. Meine Großeltern hätten so gerne gesehen, wenn ich in ihrer Nähe geblieben wäre. Sie meinten, dass ich doch auch hier eine weitere Ausbildung machen könnte. Aber mich zog es trotz aller Fürsorge wieder zurück in die Nähe von Dresden. In dieser Stadt fühlte ich mich vom ersten Augenblick an zu Hause und meine Freunde waren mir wie eine Familie ans Herz gewachsen.

Am späten Abend holte Erna mich am Bahnhof ab. Obwohl der Zug von Kassel mit Verspätung abfuhr, kam ich mit nur einer Stunde Verzug in Chemnitz an. Es war eine herzliche Umarmung, die Freude war groß über das Wiedersehen. Mit der Straßenbahn fuhren wir zu Ernas Wohnung. Es wirkte alles sehr gemütlich bei ihr. Ein runder Tisch war liebevoll gedeckt. Ich fühlte mich sofort zu Hause. Ein Bild von ihrem Mann in Uniform stand auf der Anrichte. Geschmückt mit frischen Blumen. Ich blieb einen langen Augenblick davor stehen und dachte darüber nach, wie es einmal sein würde für alle, die ihre Väter, Ehemänner und Söhne, ihre Brüder und ihre Bräutigame endlich wieder in die Arme nehmen konnten. Gesund oder verwundet, aber zumindest am Leben, einander liebevoll festhaltend und sich zuflüsternd: ›Alles ist gut, nun ist alles gut!‹

Erna bemerkte meine geistige Abwesenheit.

»Du hast wohl ein bisschen Angst davor, den Soldaten zu treffen?« Ich bejahte, meinte aber, dass die Freude überwog, ihn kennenzulernen, gleichzeitig aber befürchtete, dass es bei dem einzigen Treffen bleiben müsste, da Florian nach dem Urlaub an die Front müsse. Erna verstand mich, lenkte mich ab und tröstete mich.

»Schau, du bist sehr jung, hast das Leben vor dir. Was uns die Zukunft bringt, wissen wir alle nicht. Freue dich darüber, dass ihr euch sehen könnt. Schreibt euch, so oft es geht, und genießt einfach das Heute. Du hast vielleicht dann schöne Erinnerungen, die du dein Leben lang in dir trägst. Das kann dir niemand nehmen.« Erna nahm mich in den Arm. Ich weinte einfach still vor mich hin, bis ich spürte, dass die Anspannung von mir wich und Erna mich sanft auf einen Stuhl setzte. Ihr Verständnis tat mir gut. Sie stellte keine Fragen, hielt einfach meine Hand. Ich fühlte, dass ich nicht alleine war.

Nach einem gemütlichen kleinen Abendessen übergab ich Erna den von Großmutter mit Stiefmütterchen bestickten Taschentuchbehälter, den sie mir extra für Erna mitgegeben hatte. Sie freute sich sehr darüber und bewunderte die kunstvolle Stickerei. In Ehren wollte sie das Geschenk halten und dabei auch an mich denken, meinte sie.

Es war eine kurze Nacht. Wir hatten uns vieles zu erzählen, fanden einfach kein Ende. Auch Else und Bruno wurden zu einem großen Teil Inhalt unserer Gespräche. Natürlich erzählte ich Erna von dem Einschreibebrief, der Bruno so aus der Fassung gebracht hatte, wofür sie ein vielsagendes Lächeln zeigte. Aber als ich ihr schilderte, wie Bruno in das Bad kam und vor mir seinen Bademantel auszog, konnte sie vor lauter Lachen kein Wort herausbringen. Erst als sie sich beruhigt hatte und sich die Tränen abwischte, die Folge ihres Gelächters waren, meinte sie trocken:

»Es hätte mich schon gewundert, wenn er es bei dir unterlassen hätte, seine Männlichkeit zu demonstrieren. Bei sämtlichen meiner Vorgängerinnen hatte er es gemacht. Es hat sich immer von der Vorgängerin auf die Nachfolgerin übertragen, nur waren wir alle schon älter als du.« Natürlich erzählte ich ihr von dem verlorenen Koffer. Meine Gedanken ließen mich oft nicht zur Ruhe kommen. Wenn ich an Hedy dachte, wie würde sie es aufnehmen, würde sie mir deshalb böse sein?

»Sicher«, meinte Erna, »wird es ihr leidtun, dass der Koffer von Erich verloren ging. Es trifft dich keine Schuld, schließlich sind ja auch deine Sachen weg. Sicher auch einiges, was dir lieb und teuer war. Aber überlege mal, wie viele Menschen haben bei einem Angriff alles verloren? Was ist da schon ein Koffer?« Sie hatte ja so recht. Das machte alles leichter, wenn ich zurück war und Hedy gestehen musste, dass ich ohne Erichs Koffer ankäme. Erna konnte für mich bei ihren Eltern zwei Paar Schuhe auftreiben. Auch Strümpfe bekam ich und von Erna noch Unterwäsche. Ich muss gestehen, mein Koffer, den ich von Mutter bekommen hatte, war voller als der auf der Hinreise. Jeder schenkte mir etwas, was mir passte und noch völlig in Ordnung war. So war ich gerüstet für den Neuanfang auf der Schule in Dresden.

Die Nacht verlief für mich sehr unruhig. Ich wagte nicht, mich dauernd umzudrehen, um Erna nicht zu stören. Wir schliefen zusammen in ihrem Schlafzimmer. Früh am Morgen stand Erna auf und machte sich im Bad fertig. Danach das Frühstück. Als ich Bedenken hatte, ihr Frühaufstehen sei meine Schuld, versicherte sie:

»Nein, ich bin immer schon ein Frühaufsteher gewesen.« Was auch daran lag, dass sie ihren Eltern im Betrieb half. Dadurch blieb ihr eine Zwangsverpflichtung erspart. »Aber solange du bei mir bist, bleibe ich hier. Wir wollen das Beisammensein genießen.« Meine Anspannung war groß. Florian wollte mich um elf Uhr abholen, irgendwo mit mir Mittag essen, dann wollten wir überlegen, wie wir den Tag weiter gestalten könnten.

Erna wollte sich gerade die Fotografie von Florian ansehen, als es an der Haustüre klingelte. Wir hatten viel Zeit am Morgen vertrödelt, mit dem Problem, was ich anziehen sollte. Die Entscheidung wurde durch das Klingeln stark beschleunigt. Florian stand vor der Tür mit einem Blumenstrauß in der Hand, als Erna öffnete. Ich hörte ihn seinen Namen nennen, als Erna sich vorstellte:

»Ich bin Erna von Oheim, bitte, kommen Sie herein.« Als er im Flur stand, stellte Florian die Frage, ob er zu früh sei.

»Nein«, meinte Erna. »Sie werden schon erwartet, sogar mit klopfendem Herzen.« Das war mir peinlich, machte mich aber gleichzeitig sicherer. Ich ging Florian entgegen, als wäre es das Natürlichste von der Welt, streckte ihm die Hand hin und versicherte ihm, wie sehr ich mich freute, ihn nach unserem langen Briefwechsel endlich persönlich kennenzulernen.

»Eigentlich sind wir ja schon Freunde«, meinte Florian, überreichte Erna die Blumen und dankte ihr für die Einladung und dass sie unser Treffen hier ermöglichte, dadurch sei alles viel unkomplizierter. Erna entgegnete freundlich, dass sie ihrer Freundin diesen Freundschaftsdienst gerne erwiesen hätte. Zumal wir uns sowieso treffen wollten. Die Zeit sei nicht gerade günstig für Reisen. Besonders nicht für solche Entfernungen. Da sei es nur angebracht, dass man günstige Gelegenheiten, die sich anboten, in Anspruch nahm, besonders, wenn man befreundet war. Florian sah mich an, nahm mich dann einfach in den Arm und gemeinsam schwiegen wir. Unmöglich kann ich das Gefühl, das in mir aufstieg, beschreiben. An erster Stelle war es Freude, große Freude, den Brieffreund kennenzulernen. Die Erwartung an ihn war groß gewesen. Im Geiste hatte ich ihn schon des Öfteren vor mir gesehen. Groß, schlank, schwarzhaarig. Seine dunklen Augen wurden erst bei unserer persönlichen Begegnung erkennbar. Aber sein leises Lächeln hatte so etwas Bezauberndes, Bezwingendes, dass ich ihn länger, als höflich war, ansah, bis er schließlich wissen wollte, ob ich nun enttäuscht sei.

»Nein, nein. Das bestimmt nicht«, sagte ich leise. Schließlich konnte ich ihm nicht sagen, wie sympathisch ich ihn fand. Also äußerte ich einfach, dass ich es fast noch nicht glauben konnte, ihn endlich zu treffen.

Darauf antwortete Florian: »Ich wünsche mir, dass wir es noch oft wiederholen können! Lass uns hoffen, dass der Krieg unseren bzw. meinen Wunsch nicht zunichtemacht.«

Wir saßen in Ernas Wohnzimmer und unterhielten uns wie alte Freunde. Meine Unsicherheit war verflogen, ich fühlte mich einfach erwachsen. Dass Erna das ermöglicht hatte! Dass sie mit anwesend war, ließ mich erkennen, dass dies nun auch zu meinem Leben gehörte, dass andere Menschen in mein Leben traten. Sicher, nicht alle würden es gut und ehrlich meinen, aber dies zu ergründen und zu erkennen, musste ich lernen und die Entscheidungen selbst treffen. Erna half mir diesmal dabei, aber das nächste Mal? Wenn es ein solches nächstes Mal gab, würde ich sicher weder Erna noch jemand anderen neben mir haben. Aber diesmal, so nahm ich mir vor, würde ich das Treffen mit Florian genießen und Ernas Hilfe dankbar akzeptieren. Florian schlug vor, mit mir ins Offizierskasino zum Mittagessen zu gehen. Es sei wie in einem Restaurant, so meinte er. Hätte allerdings den Vorteil, dass es da verhältnismäßig gutes Essen gab, auch Getränke gäbe es in reichlicher Auswahl. Nach dem Spaziergang und Kaffeetrinken, ebenfalls im Kasino, würde er mich zurückbringen.

Es war so viel Schönes, was ich erleben durfte auf meiner Reise. Es gab mir wieder neue Kraft für den Neubeginn bei Hedy und Max, für die Ausbildung in der Schule in Dresden. Die vorausgegangenen Ereignisse hatten mir ganz schön zugesetzt und beinahe den Mut genommen, der bis dahin immer vorhanden gewesen war und mich gestärkt hatte. Ob ich Hedy und Max von dem Treffen mit Florian erzählen würde, war ich mir noch nicht ganz sicher. Erst wollte ich noch einmal alles durchdenken, alleine für mich. Mit Erna konnte ich alles bereden, sie war eine tolle Freundin. Sie beurteilte alles so, wie ich es selbst für mich sah und dachte, es richtig gemacht zu haben. So lobte sie mich auch, als ich ihr erzählte, dass ich Florian vor Abfahrt des Zuges ein Versprechen gegeben hatte: das Versprechen, auf seine Rückkehr zu warten.

Das Treffen mit ihm war etwas Besonderes. Mein erstes in meinem noch jungen Leben. Knapp 17 Jahre alt und unerfahren, wusste ich noch nicht, wie ich mit diesem Gefühl umgehen sollte. Von meinen Klassenkameradinnen hörte ich immer nur, dass es ein Kribbeln im Bauch gab, wenn es der Richtige sei. Nein, Bauchkribbeln war das nicht, eher starkes Herzklopfen. Aber das hatte man schließlich auch bei anderen Begebenheiten. Jedoch ich verspürte Stolz. Florian sah sehr gut aus, als wir im Kasino saßen, meinte ich, dass öfters Blicke von Anwesenden auf uns gerichtet waren. Erna hatte mich sehr schön frisiert, mir einen Lippenstift geborgt, aber mir geraten, diesen nur ganz wenig aufzutragen. Florian meinte sogar, dass ich hübsch anzusehen sei. Verlegen schaute ich auf meinen Teller und spürte, wie Röte mein Gesicht überzog. Er lächelte und nahm einfach meine Hand. Zum Bahnhof brachte ich ihn ohne Erna. Sie meinte, das sei alleine unsere Sache, Abschied voneinander zu nehmen. So standen wir beide auf dem Bahnsteig und warteten auf das Einlaufen des Zuges. Florian versprach mir, gleich zu schreiben, solange er noch zu Hause war. Wohin er nach dem Urlaub abkommandiert würde, wusste er noch nicht. Aber er würde mir dann gleich seinen Aufenthalt und seine Feldpostnummer mitteilen. Auf dem Bahnsteig wurde über den Lautsprecher das Einfahren des Zuges angekündigt.

In diesem Moment fasste Florian mich an den Schultern, beugte sich vor, sodass er mir in die Augen sehen konnte, und fragte mich:

»Mein kleines Mädchen, willst du auf mich warten?« Diese Frage kam so überraschend, ich wusste nicht gleich zu antworten. Florian sah mich so lieb und bittend an, dass ich wie von selbst einfach »Ja« sagte. »Dann weiß ich, wofür ich jetzt wieder in den Krieg ziehe«, flüsterte Florian, nahm mich fest in den Arm und küsste mich so heftig, dass mir fast die Luft wegblieb.

»Bitte, Herr Leutnant, Sie müssen einsteigen«, mahnte ein Begleitsoldat, der dafür verantwortlich war, dass Wehrmachtsangehörige in das richtige Abteil einstiegen. Ein Winken, ein Luftkuss, und alles war vorbei.

Noch eine ganze Weile stand ich auf dem Bahnsteig und dachte über mein so spontan gegebenes Versprechen nach. Wusste ich denn, ob ich dies jemals einlösen konnte oder wollte? Wir kannten uns doch nur durch unsere Briefe. Gewiss, in der kurzen gemeinsamen Zeit hatten wir vieles über den anderen erfahren. Florian erzählte von seinen Eltern, von den übrigen Familienmitgliedern. Aber was konnte ich erzählen? Von meinen Großeltern, meinen Tanten, auch von Mutter, die alle in Südbaden lebten. Aber dass mein Vater in Hamburg wohnte, dass ich ein uneheliches Kind war, hatte ich bewusst verschwiegen. Nie hätte ich gedacht, dass Florian mir diese Frage stellen würde. Ob das wirklich ein Antrag war? Völlig durcheinander, kam ich bei Erna an. Ihre erste Frage war:

»Sag, was ist passiert?« Erst nach einer langen Pause konnte ich Erna antworten. Ganz ernst sah sie mich an, setzte sich mit mir auf das Sofa und nahm meine Hand.

»Das hast du ganz richtig gemacht. Stell dir vor, Florian geht nun mit einer Hoffnung im Herzen an die Front. Weißt du, das bedeutet ihm viel. Wir aber wissen nicht, was uns noch alles bevorsteht, wohin uns der Krieg noch treibt. Wir wissen auch nicht, ob unsere Soldaten den Krieg überleben, vielleicht sogar irgendwo begraben werden und wir nicht einmal wissen, wo. So hast du Florian sicher glücklich gemacht mit deinem Versprechen. Und das ist doch sehr, sehr viel, was du ihm mitgeben konntest. Wenn es wirklich einmal darum gehen sollte, das Versprechen einzulösen und du oder Florian es aus irgendeinem Grund nicht könnt oder wollt, dann gibt es auch dafür eine Lösung, aber jetzt, für diesen Augenblick, hast du das Richtige getan.«
Es bedeutete mir viel, mit Erna über alles sprechen zu können. So viel Neues trat in mein Leben. Wie hätte ich alleine damit fertig werden können? Durch Erna sah ich alles klar, und wenn ich heute zurückdenke, dann war all das Neue wunderschön!

Nun hatte ich ja ein großes Problem, wenn ich in Niederau ankäme. Wie würde Hedy den Verlust von Erichs Koffer aufnehmen? Würde sie sehr traurig sein? Vielleicht sogar böse? Diese Gedanken ließen die vergangenen 14 Tage wieder in den Schatten treten. Aber da musste ich einfach durch. Es war ja nicht nur für sie ein Verlust. Auch ich hatte meine Sachen verloren, aber Hedy würde das bestimmt anders sehen.

In einer Woche würde ich in Dresden zur Schule gehen, neue Gesichter sehen. Vielleicht auch neue Freundschaften schließen. Würde sich mein ganzes Leben verändern? Ich fühlte mich richtig erwachsen.

Es war gut, auch wichtig, jemanden wie Hedy und Max

zu haben, zu wissen, ich konnte mit ihrer Hilfe und Unterstützung rechnen, wenn ich sie brauchte. Aber ich nahm mir auch fest vor, mein Leben selbst in die Hand zu nehmen, eigene Entscheidungen zu treffen und dafür geradezustehen, ohne die Absicht, Hedy und Max zu verletzen oder ihnen das Gefühl zu geben, dass ich sie beiseiteschieben wolle.

Wie viele Familien waren seit Kriegsbeginn zerstört, bei Luftangriffen ums Leben gekommen. Wer von ihnen überlebt hatte, sei es alt oder jung, musste sehen, wie er damit fertig wurde, und nur wenige hatten Hilfe durch andere Menschen. Es ging einfach um das nackte Überleben, jeder musste es auf irgendeine Weise meistern und weiter vorausschauen, wohin der Weg führte.

Abends, ehe es ganz dunkel wurde, kam ich in Niederau an. Hedy und Max wussten den Tag meiner Rückkehr, aber nicht die Uhrzeit. Darauf konnte man sich nicht mehr verlassen. Die Züge fuhren nie pünktlich ab und kamen auch nie fahrplanmäßig an. Was war das für eine Erleichterung, als ein Mitarbeiter der Rütgers Werke am Bahnhof ein Expressgut abholte, mich erkannte und mir sofort anbot, meinen Koffer auf seinem Fahrrad zu transportieren! Er wohnte mitten im Dorf und kannte Max gut. Ich sagte ihm, da er auf dem Heimweg bei Deschers vorbeifuhr, könnte er den Koffer einfach abgeben. Aber das wollte er nicht. Da es schon dunkelte, wollte er mich lieber begleiten. Er war sehr neugierig, zumal er wusste, dass ich eine Zeit lang bei Familie Weiler in Dienst war. Von meinen Großeltern erzählte ich ihm, von meiner langen, umständlichen Reise und auch, dass ich Anfang Oktober nach Dresden zur Schule gehen würde. Es war ziemlich sicher, dass Bruno von diesem zufälligen Treffen erfahren würde und

Weilers dadurch informiert waren, dass ich täglich gegenüber auf dem Bahnsteig stehen und auf den Zug warten würde. Aber das hatte ich bereits schon alles hinter mir gelassen. Jetzt begann ein neuer Abschnitt. Ich freute mich darauf. Das Vergangene wollte ich vergessen. Sicher würde ich mich später wieder an vieles erinnern, dann würde auch alles anders von mir beurteilt, weil ich es mit den Augen einer Erwachsenen sah.

Hedy und Max sahen uns am Gartentor stehen. Max kam sofort, begrüßte uns und nahm den Koffer vom Gepäckträger. Er bat seinen Bekannten ins Haus, doch der lehnte ab und meinte, er würde bestimmt schon daheim erwartet. Wir bedankten uns gerade noch einmal für die Hilfe, als auch Hedy uns entgegenkam:

»Na, mein Mädel, da bist du ja wieder. Sicher hungrig und sehr müde.«

»Letzteres schon, aber ich möchte euch trotzdem noch das Wichtigste erzählen, den Rest sparen wir uns für einen anderen Tag.« Hedy musterte den Koffer, sagte aber nichts, noch nicht. Max stellte ihn in das kleine Wohnzimmer, damit ich ihn, wie er meinte, bequemer auf dem Sofa auspacken könnte.

»Aber erst essen wir etwas zusammen, dann kannst du immer noch, wenn du Lust hast, mit Auspacken anfangen.«

Irgendwie war die Stimmung gedrückt. Sollte ich erst mit meiner Beichte beginnen? Oder erst essen und dann beim Auspacken von dem Missgeschick erzählen? Mein Gedanke war noch nicht so richtig fertig gedacht, als ich schon losplapperte:

»Hedy, ich hatte großes Pech. Auf der Hinreise hat man

mir den Koffer in Leipzig auf dem Bahnsteig gestohlen. Ich hatte nichts mehr, als ich zu Hause ankam. Es tut mir ehrlich leid um Erichs Koffer.« Max fragte sofort, wie ich denn so ohne meine Sachen zurechtgekommen sei.

»Nun«, sagte ich, »es hat jeder geholfen. Was passte, zog ich an, was mir nicht passte, wurde eben passend gemacht.« Das Thema Erna kam dadurch gut in das Gespräch, indem ich von den erstandenen Schuhen erzählte, auch berichtete, wie sehr Erna sich über mein Kommen gefreut hatte. Hedy schwieg immer noch. Max meinte nur, in einer solchen schweren Zeit könne man auch ohne Koffer auskommen, wenn nötig, genüge ein Rucksack.

Hedy erwiderte darauf, während sie die Teller abräumte:

»Ich habe so etwas geahnt, dass ich den Koffer nicht wiedersehen würde.« Max blinzelte mir zu, was für mich bedeutete, dass ich einfach nicht mehr darüber reden sollte.

Ich beteuerte trotzdem noch einmal: »Es tut mir so leid wegen des Koffers.«

»Schon gut«, gab Hedy zur Antwort und ging in die Küche. Um schlafen zu gehen, war es noch zu früh. So fing ich noch mit dem Auspacken an, legte den Inhalt auf das Sofa, um am anderen Tag alles in meinen kleinen Schrank einzuräumen. Großmutter hatte mir für Hedy ein gesticktes Nadelkissen mitgegeben. Sie war sichtlich gerührt darüber und bewunderte die schöne Stickerei. Das Kissen war in Herzform angefertigt. Für Max hatte ich eine Tafel Zartbitterschokolade. Mutter bekam nämlich einmal im Jahr aus der Schweiz ein Paket. Da durften die Schweizer den Angehörigen eine bestimmte Menge an Lebensmitteln schicken. Meist waren es Kaffee, Schokolade, Nudeln, Zucker. Alles, was vor allem nicht verderben konnte. So konnte mir Mutter eine Tafel Schokolade mitgeben, damit ich sie Max schenken konnte. Er sprach so oft davon, dass er gerne mal wieder eine schöne Zartbitterschokolade essen würde. Es war eine Freude zu sehen, wie seine Augen leuchteten. Ganz vorsichtig brach er sich ein kleines Stückchen ab, schob es in den Mund und genoss mit geschlossenen Augen diese lang vermisste Köstlichkeit.

Die ersten Tage nach meiner Rückkehr waren oft von Heimweh überschattet. Ich stellte mir immer wieder die Frage, ob es richtig gewesen war, wieder zurückzukommen. Sicher wäre zu Hause manches einfacher gewesen für mich. Aber wollte ich das überhaupt? Als ich Hedy meine Sachen zeigte, die von Oma und Miriam für mich nach dem Motto: ›Aus alt mach neu‹ während meines Aufenthalts zu Hause genäht worden waren, war sie voll des Lobes. Großmutter hatte mir ein dunkelblaues Kleid, das für kalte Tage gedacht war, aus einem leichten Mantel von sich genäht. Dies war für mich ein Objekt, an dem ich mal wieder Fantasie walten lassen konnte. Gleich beschrieb ich Hedy, dass ich das Kleid etwas beleben werde.

»Wie willst du das machen?«

Ich erklärte Hedy alle Details, die ich mir überlegt hatte.

Noch vor Schulbeginn war das Kleid fertig. Ich war stolz, und auch Max fand das Ergebnis gut. Neben all den Vorbereitungen musste ich nun auch die Erlebnisse meiner Reise erzählen. Die erste Nacht meiner Rückkehr hatte ich lange überlegt, ob ich Max und Hedy das Treffen mit Florian gestehen sollte. Aber es ging ja nicht anders. Von dem Briefwechsel wussten sie sowieso, und weshalb sollte ich ihnen nicht davon erzählen. Schließlich wurde ich in zwei Monaten 17 Jahre alt. Außerdem kam nun die Post an diese Adresse: bei Descher, Dorfstraße 14 in Niederau. Sicher, so wünschte ich mir jedenfalls, würde Florian bald schreiben.

Am ersten Schultag wollte Hedy mich begleiten, aber ich lehnte freundlich ab. Sie meinte, sie könnte dann auch einiges in der Stadt besorgen. Mitfahren schon, ansonsten sollte sie ihre Angelegenheiten erledigen. Falls der Unterricht kürzer ausfiel am ersten Tag, könnten wir zusammen um 14.30 Uhr ab Hauptbahnhof zurück nach Niederau fahren. Sicher hätte sie zu tragen, dabei könnte ich ihr behilflich sein. So jedenfalls besprachen wir es und es klappte auch.

Wir wurden in erster Linie unserem Schulleiter, Dr. Rakow, vorgestellt. Er trug ein goldenes Parteiabzeichen und begrüßte allgemein mit »Heil Hitler«. Danach stellten wir uns einzeln namentlich vor und gaben unseren Wohnort bekannt. Dr. Rakow hakte die Namen auf seiner Liste ab. Die Plätze konnten wir uns aussuchen. Ebenso konnten wir sie täglich wechseln. Heute hatten wir einen Raum mit Bänken für jeweils nur zwei Schüler. Es gab aber auch Räume mit durchgehenden Sitzplätzen, wie an einer Universität, im Halbkreis. Es war ein Abtasten unter den Schülern, alles nur Mädchen. Viele in meinem Alter. Einige mochten aber auch schon den Anspruch auf die Bezeichnung ›junge Damen‹ haben. Zum Teil elegant gekleidet, im Kostüm und mit lackierten Nägeln. Zunächst stand ich noch unentschlossen da und wartete ab, bis die meisten saßen.

Da fasste mich ein gleichaltriges Mädchen am Arm und sagte spontan: »Komm, setzen wir uns zusammen, ich heiße Erika, wie heißt du? Ich darf doch ›du‹ sagen?«

»Natürlich«, war meine Antwort und ich nannte meinen Namen. Erika hatte haselnussbraunes Haar und trug einen langen Zopf, im Nacken geflochten. Sie war so aufgeschlossen und natürlich, dass sie mir auf Anhieb sympathisch war.

»Wollen wir uns täglich zusammensetzen?«, fragte sie.

»Gerne«, antwortete ich, froh darüber, das Sitzproblem gelöst zu haben. Alles andere folgte so nach und nach. Stundenpläne wurden verteilt. Ebenso Vordrucke für Sprachunterricht und Schwerpunkte für Banken oder Sekretariat. Erika und ich entschieden uns für das Sekretariat. Vorwiegend Stenographie, Schreibmaschine, Buchhaltung, Geldverkehr.

In der ersten Pause erzählte mir Erika, dass sie in Oberau lebe. Leider wohnten wir in entgegengesetzten Richtungen und konnten daher nicht gemeinsam nach Hause fahren. Ich fand das sehr schade. Wir füllten unsere Vordrucke aus und hatten damit einen festen Stundenplan. Wir belegten alle Fächer, die uns wichtig erschienen. Zweimal pro Woche trug ich mich im Anschluss an den normalen Unterricht zu einem Englischkurs ein. Für die Zukunft wurde uns eingeschärft, dass wir, wenn wir einmal dem Unterricht fernbleiben sollten, ein ärztliches Attest vorzuweisen hätten. In besonderen Ausnahmefällen genügte wohl auch eine plausible Erklärung. Dr. Rakow machte uns deutlich klar, dass er ansonsten Meldung über die Schulschwänzerin machen müsste.

»Wie Sie wissen, meine Damen, wird in der Rüstung und auch an der Front jede Kraft gebraucht.«

Erika meinte belustigt: »Wenn ich mal keine Lust habe, dann werde ich eben zu Hause in der Landwirtschaft gebraucht.« Sie lachte dabei so fröhlich, dass sie mich mit ihrer guten Laune ansteckte, auch wenn ich mit solchen Ausreden nicht aufwarten konnte. Jedenfalls ging ich mit der guten Absicht, möglichst viel zu lernen, in die Schule. Kein Tag würde wie der andere sein, wie später im Berufsleben eben auch. So stellte ich mir das zumindest vor.

Schon am dritten Tag waren wir zu viert im Bunde: Dorothe, die Tochter eines Anwalts, Isabell, deren Vater gefallen war und deren Mutter im Lazarett in Dresden als Ärztin arbeitete, Erika und ich. Dorothe war elegant, mit manieriertem Gehabe. Für Erika Grund genug, sie ständig zu kritisieren. Isabell, sehr schüchtern und zurückhaltend, etwa so groß wie ich, war mir sofort sympathisch. Ich fühlte, dass sie einfach dringend eine Freundin brauchte.

Isabell kannte alle Lebensmittelgeschäfte in der Stadt. Da wir alle erst gegen Abend nach Hause kamen, bot sie uns an, auf dem Weg zur Schule nach Möglichkeit etwas Essbares aufzutreiben.

»Habt ihr Brotmarken?«, war dann oft ihre Frage. »Beim Bäcker in unserer Nähe gibt es morgen Bienenstich. Ich könnte was mitbringen.« Nun ja, oft konnte man sich diesen Luxus nicht leisten, denn schließlich ging damit ein Teil der Brotration verloren. Aber ab und zu besorgte sie den köstlichen Kuchen, den wir dann genüsslich, oft am Ufer der Elbe lagernd, verspeisten. Dorothe war nicht so begeistert davon. Es ginge an die Hüften, damit machte sie uns wieder einmal deutlich bewusst, dass sie keine Not litt. Aber wir mochten sie trotzdem. Obgleich sie meist nicht verstehen konnte, worüber Erika und ich so herzhaft lachten. Als ich einmal eine Grimasse zog, Dr. Rakow nachahmend, meinte Dora, so nannten wir drei sie, mich streng ansehend:

»Eins habe ich inzwischen begriffen: Aus dir kann mal alles werden, nur keine Dame.« Erika und Isabell schauten mich gespannt an und warteten auf meine Reaktion.

Ich sagte ganz ruhig: »Mein Vater sagte mir einmal, ich hätte es nicht nötig, mich zu schminken, als ich es versuchte. Es sähe an mir auch nicht gut aus. Ebenso sollte ich auch bescheiden mit der Kleidung sein. Daraus schließe ich, dass er derselben Ansicht ist wie du, also brauche ich mir darum, ob ich eine Dame werde oder nicht, gar keine Gedanken zu machen.« Es schien gewirkt zu haben. Dorothe erwähnte nie mehr so etwas.

Am schönsten war die Zeit mit Erika. Wenn mal die Schule früher als geplant aus war oder eine Stunde ausfiel, war es unsere größte Freude, die Zeit bis zur Abfahrt unseres Zuges auf dem Zwingerteich zu verbringen. Ein altes Ruderboot war dort fest verankert. Wir setzten uns einfach rein und genossen das lustige Schaukeln. Dabei lasen wir, aßen unser mitgebrachtes Brot oder ein Stück geschnorrten Kuchen. Es war einfach herrlich.

Isabell fuhr immer gleich nach der Schule nach Hause. Sie wusste nie genau, wann ihre Mutter Freizeit hatte und vielleicht zwischendurch nach Hause kam. Auch Nachtdienst hatte sie häufig. Dresden war ja Lazarettstadt. Man sah verletzte Soldaten, soweit es ihnen möglich war, an Krücken oder im Rollstuhl in der Stadt. Viele sogar in Begleitung einer Rot-Kreuz-Schwester. Nach Amputationen an Armen oder Beinen waren viele frontuntauglich und in Dresden auf Genesungsurlaub, bis sie wieder, ihrer Behinderung entsprechend, eingesetzt werden konnten. Es gab viel Elend, trotzdem war von dem ›totalen Krieg‹ in Dresden noch nicht allzu viel zu spüren. Natürlich war das Essen knapp. Wer nur von den zugeteilten Rationen leben musste, hatte bestimmt oft ein Knurren im Bauch. Auch an Kleidung fehlte es. Glück hatten die mit Beziehungen, um an Schuhe und sonstige Kleidung heranzukommen. Aber ich war gerade mit Kleidungsstücken von meiner Mutter und Hedy ganz gut versorgt und machte mir deshalb keine allzu großen Gedanken darüber.

Isabell tat mir furchtbar leid. Sie litt sehr unter der Trauer der ganzen Familie um ihren Vater. Tagsüber war sie viel alleine. So genoss sie, wie sie sagte, unsere Freundschaft noch mehr. Eines Tages, in einer Schulpause, erzählte sie mir ihre Geschichte: Der Vater war schon Anfang des Krieges in Polen gefallen, und im Mai 1943 wurden sie und ihre Mutter in Dortmund ausgebombt. Nach dem Angriff standen sie mit leeren Händen da und ihre Großeltern väterlicherseits nahmen sie in Dresden auf. Es sei ein beengtes Wohnen, meinte Isabell. Die Großeltern legten außerdem großen Wert darauf, dass das Zusammenleben geregelt verlief. Es sei schon so viel passiert, was die Familie betraf. Aber sie seien der Ansicht, dass der Krieg doch bald ein Ende hätte. Dann konnte wieder fast alles seinen gewohnten Gang gehen. Isabell meinte, ihre Großeltern könnten sich gar nicht vorstellen, wie es in anderen Städten aussäh. Sie trauerten um ihren Sohn und nahmen einfach nicht zur Kenntnis, dass schon unzählige Männer gefallen waren, deren Familien jetzt wie sie in Schmerz versanken. Sie verließen das Haus nur, wenn es sich nicht vermeiden ließ, um Dinge zu erledigen, die sie anderen nicht überlassen konnten. Soviel ich verstand, wohnten sie in der Neustadt. Isabell hoffte ganz fest, das hätte ihr die Mutter versprochen, dass sie nach Dortmund zurückgehen würden, sobald der

Krieg vorbei war. Dort hätte sie viele liebe Freunde, und auch für ihre Mutter sei es viel besser, wieder in ihrer Heimatstadt zu leben. Mich schüchtern von der Seite betrachtend, meinte Isabell, sie sei froh, dass ich ihre Freundin geworden sei. Hedy erzählte ich oft von Isabell. Während eines Gesprächs mit ihr gestand ich fast traurig, dass ich jetzt schon oft daran dachte, ob ich sie, wenn die Schule in einem Jahr beendet war, wiedersehen würde. Sie war für mich wie eine Schwester, es kam mir vor, als würde ich Isabell schon immer kennen. Sie war mir in vielem so ähnlich. Dadurch vielleicht auch so nah. Es schien mir, als ginge es ihr genauso. Hedy gab mir öfters Äpfel und Birnen für Isabell mit, die die Gaben gerne und dankbar annahm. Unsere Freundschaft war ein Geschenk. Erika mit ihrer Leichtigkeit und dem fröhlichen Wesen. Dora, die gemäßigte, uns zurechtweisend, wenn wir mal zu ausgelassen waren. Isabell wurde einfach in unsere Mitte genommen und es gelang mir immer öfter, sie aufzuheitern. Aber nichts bleibt, wie es ist. Im Dezember kam ein junger Mann in unsere Gruppe. Höchstens mittelgroß, hellblond, blauäugig, Brillenträger, etwas untersetzt. Er war 23 Jahre alt und hieß Franz Stern. Die erste Woche hielt er sich sehr zurück, sprach kaum mit anderen und setzte sich alleine in eine Bank. Dora war die Erste von uns, die den neuen Mitschüler genau in Augenschein nahm.

»Hab ich richtig gehört? Er heißt Franz Stern.«

»Na und«, meinte Erika, »warum sollte er nicht Stern heißen?«

»Hast du keine Ahnung, was das für ein Name sein kann, oder stellst du dich nur so naiv?«

»Aber was soll daran so aufregend sein?«

»Das ist ein Judenname«, zischte Dora, »ich half oft meinem Vater, Nachlässe zu ordnen. Der Name Stern ist nicht arisch.«

»Sag mal«, meinte Erika, »hast du ein Problem? Glaubst du wirklich, der Schüler Stern wäre in dieser Schule aufgenommen worden, wenn da nicht alles in Ordnung wäre? Was heißt denn überhaupt arisch? Vielleicht sind wir auch nicht arisch. Ich habe keine Ahnung, was das soll, und mache mir darüber keine Gedanken. Ich verstehe aber auch nicht, was dich daran so stört, wenn er eben Jude wäre?«

»Hör mal«, erregte sich Dora, »lass das bloß niemanden hören, was du da eben gesagt hast. Ich jedenfalls werde aufpassen, und erzähl du in meiner Anwesenheit nie mehr so etwas!«

Wir beruhigten Dora. Auch Isabell meinte, es könne nicht sein, dass der junge Mann ohne die üblichen Formulare und Überprüfungen hier anwesend sein könne.

»Na, wir werden sehen.« Damit ließ Dora uns stehen und setzte sich auf ihren Platz. Wir ließen sie gewähren. Aber ihr Verhalten gab uns schon zu denken. Wussten wir doch, dass in der Stadt Menschen nichtarischer Abstammung mit einem aufgenähten Stern, auf dem in der Mitte groß ›Jude‹ stand, zu sehen waren. Diese Menschen durften keine Straßenbahn benutzen, hatten bestimmte Geschäfte, wo es für sie noch weniger Lebensmittel gab, als für uns ›normale Bürger‹. Sie wurden oft von Jugendlichen beschimpft, doch niemand wagte es, ihnen zu Hilfe zu kommen. Isabell, Erika und ich bezweifelten Doras Bedenken, aber irgendetwas hatte sich seitdem zwischen uns verändert. Dora zog sich zurück. Wir sollten es nicht so direkt merken. Die Pausen verbrachte sie noch meistens mit uns, aber am Nachmittag, wenn wir mal gemeinsam etwas unternehmen wollten, hatte sie immer eine Entschuldigung parat. Zuletzt schlossen wir sie von unseren kleinen Ausflügen völlig aus. Es war doch meistens so, dass Erika und ich alleine etwas unternahmen.

Die Tage wurden kühler. So gingen wir mal in ein Kino oder schnorrten Stollen und eine Tasse Malzkaffee in einem kleinen Café. Die Schaufenster in der Prager Straße waren sehr sparsam dekoriert. Wenn man nach einem Teil fragte, das in der Auslage zu sehen war, bekam man die Auskunft, dass dies nur ein Dekorationsstück sei. Aber es machte uns einfach Spaß, in den Geschäften zu stöbern, obwohl die Ausbeute eher gering war.

Manchmal saßen wir auch im Hauptbahnhof, studierten die Ankommenden und Zusteigenden, hatten viel Spaß dabei, doch schließlich mussten wir uns entscheiden, nun selbst in den Zug zu steigen, um nach Hause zu fahren. An einem solchen Nachmittag, als wir dabei waren, die Fahrgäste zu studieren, erzählte ich Erika von Florian. Er hatte mir seit unserem Treffen schon dreimal geschrieben. Im letzten Brief, den ich am Vortag erhalten hatte, teilte er mir mit, dass er nach Frankreich abkommandiert würde. Er wollte mir sobald als möglich Näheres schreiben. Er war der Meinung, dass sie alle doch bald nach Hause kämen. Dann würden wir uns wiedersehen. Er freue sich sehr darauf, ich solle nur gut auf mich aufpassen. Er war optimistisch und wusste mich ja gut in Niederau aufgehoben. Zum Schluss schrieb er noch, dass seine Gedanken an mich ihm die Kraft und den Mut gäben durchzuhalten. Ich erzählte Erika, wie ich Florian kennengelernt hatte, aber nichts über den Inhalt seines letzten Briefes. Sie gestand mir, dass auch sie gerne mal jemanden kennenlernen wollte, aber zum Briefeschreiben hätte sie kein Talent. Sie musste zu lange an einem Satz studieren, und das mache doch keinen Spaß.

»Ach, weißt du, das ergibt sich oft von selbst. Vielleicht lernst du jemanden kennen, an den du nicht schreiben musst. Wo du alles mündlich machen kannst«, meinte ich.

Erika lachte herzlich.

»Mündlich? Dann brauch ich auch nicht reden!«

»Na, da bist du endlich«, meinte Hedy, als ich am Abend zurückkam. »Wo warst du denn so lange?«

»Ich war noch mit Erika zusammen. Wir haben in einem Café Hausaufgaben gemacht, aber alles schafften wir nicht.«

Hedy war sehr wortkarg an diesem Abend. Sie interessierte sich auch nicht für die Aufgaben, was sie sonst immer tat. Ich verhielt mich ebenso still. Wer wusste, was der Grund für diese Schweigsamkeit war? Sicher würde sie es mir sagen. Zunächst zog ich mich um. Dazu ging ich in meine kleine Kammer. Auf einmal störte mich, dass ich immer durch Hedys und Max' Schlafzimmer gehen musste, um in mein kleines Reich zu kommen. Ich öffnete den Kleiderschrank und hatte so das Gefühl, dass an den Fächern für die Wäsche etwas anders war als sonst. Diese kleinen Fächer hatten an jedem Fach gehäkelte Volants, die etwas herunterhingen. Im mittleren Fach hatte ich unter dem Volant den Brief von Florian aufbewahrt, den Hedy mir gestern übergeben hatte. Er lag anders. Hedy hätte ihn ohne Weiteres lesen dürfen, aber ich war gestern der Meinung, als sie mir den Brief übergab, dass es eigentlich keinen Grund gab, weshalb ich immer mein Innerstes vor anderen ausbreiten sollte wie ein offenes Buch. Ich fand einfach, dass ich auch ein Recht darauf hatte, etwas als meine ganz private Angelegenheit zu betrachten. Etwas, das alleine mir gehörte und nicht kaputtdiskutiert wurde.

Als ich wieder in das Wohnzimmer kam, sah mich Hedy fragend an. Sie stellte die Frage so:

»Na, willst du mir nicht etwas sagen?«

»Was möchtest du denn hören?«, war meine Antwort.

»Wenn du wissen willst, was in dem Brief steht, so bin ich der Meinung, du hast den Brief doch ohnehin gelesen.«

»Ja, das habe ich«, gab Hedy zu, »und ich frage mich, was wird, wenn du nun ein Kind bekommst?«

»Ach«, brachte ich in meiner Sprachlosigkeit nur heraus, »wovon soll ich denn ein Kind bekommen?«

»Das musst du doch wissen«, meinte Hedy völlig aufgelöst. Ich holte erst einmal tief Luft, dann sah ich Hedy an und überlegte ganz sorgfältig, wie ich diese Situation meistern sollte. Aber ohne Erklärungen ging es nicht! »Hedy«, sagte ich ganz ruhig, »du hättest doch bestimmt nicht Erichs Post gelesen, ohne zu fragen, oder? Wenn ja, meinst du, du hättest ihm damit eine Freude gemacht? Meinst du, er hätte es gestattet?«

»Lass Erich aus dem Spiel«, kam drohend über ihre Lippen.

»Ich will dich nicht verletzen, Hedy, aber meinst du nicht, dass du ein bisschen zu weit gegangen bist? Ihr seid mir ans Herz gewachsen. Ich bin euch für vieles Dank schuldig, aber ist es denn so unverständlich, dass ich auch Dinge für mich behalten will? Warum glaubt ihr Erwachsenen, dass alles, was ihr für richtig oder in Ordnung findet, es auch wirklich ist. Jeder Mensch kann doch über sich entscheiden und das tun, was für ihn gut sein könnte. Zum Beispiel, um deine Frage zu beantworten, falls ich nun ein Kind bekäme? Ich wüsste nicht, wovon! Ich selbst bin als uneheliches Kind auf die Welt gekommen, und es war für alle Beteiligten, auch für mich, eine schwierige Situation. Die Leidtragenden, so sagt man, sind die Kinder. Ich hatte das Glück, von meinen Großeltern aufgezogen zu werden. Nicht alle haben es so gut getroffen. Aber war es denn auch richtig, dass Großvater die Einwilligung verweigerte, sodass meine Mutter nicht heiraten konnte, nicht durfte? Hätte man ihr und meinem Vater nicht die Chance geben müssen, es miteinander zu versuchen, zumal sie es ja wollten? Meine Großeltern hätten mich trotzdem zu sich nehmen können, bis meine Eltern so weit waren, mich zu versorgen. Ich habe bis heute mit niemandem über meine uneheliche Geburt gesprochen. Selbst Florian weiß es nicht, und sollte ich mein Versprechen einlösen, dann ist es an ihm, mich zu heiraten oder nicht. Aber vorerst bleibt es bei dem Versprechen, das ich ihm gab, als wir uns verabschiedeten. Sollte Florian schreiben, so liegt mir vor allem daran zu wissen, wie es ihm geht. Wahrscheinlich ist er jetzt auf dem Marsch nach Frankreich. Ab nun bitte ich dich, meine Post mir ganz alleine zu überlassen. Du wirst bestimmt von mir erfahren, was dich interessiert, aber in erster Linie sind es Nachrichten für mich, und ich allein entscheide, was davon ich euch weitererzähle.«

Max hielt den Atem an, aber ich merkte, dass er mir recht gab. Dabei meinte er, sich an Hedy wendend, dass sie kein Recht hätte, meine Post zu lesen. Ich versicherte Hedy wieder, dass ich ihr nicht böse war, aber sie solle auch mich verstehen, meinen Wunsch akzeptieren und mich als erwachsen ansehen. Meine Entschuldigung galt meiner Wortwahl. Bestimmt wollte ich sie nicht kränken oder ihr wehtun, aber sie musste einsehen, dass ich kein kleines Mädchen mehr war. Und ohne Vertrauen sei doch eine so enge Bindung wie die unsere nicht möglich. Hedy weinte, nahm mich in den Arm und bat mich, diesen Vorfall zu vergessen.

Die Schulaufgaben nahmen viel Zeit in Anspruch, sodass es mit den Stadtbummel oder Kinobesuchen weniger wurde.

Ich übte Steno und schaffte es beim Schulabschluss auf 180 Silben, Schreibmaschine 210 Anschläge. Was mich dagegen langweilte, waren Scheck- und Wechsellehre. Diesen Fachgebieten konnte ich nicht viel abgewinnen.

Langsam erregte unser Mädchenkleeblatt Franz Sterns Aufmerksamkeit. Er versuchte immer, mit uns ins Gespräch zu kommen. Bei Dora kam er dabei nicht an. Sie wich ihm aus, wo sie nur konnte. Als es ihm dann nach einiger Zeit gelang, mit uns engere Kontakte zu knüpfen, hatte Dora plötzlich gar keine Zeit mehr für uns. Zuletzt zog sie sich ganz zurück und grüßte uns nur noch kurz angebunden. Erika meinte in ihrer Leichtigkeit, dass sie einfach auf sie zugehen wolle und sie fragen, was sie so plötzlich gegen uns habe. Isabell meinte begütigend, sie solle es lassen, die richtige Antwort würde Dora uns nicht geben. Warum also sie damit konfrontieren? Wahrscheinlich sei Franz der Grund für ihre ablehnende Haltung. Ihr Vater sei eben ein total überzeugter Nazi. Sie könne nicht anders.

»Woher weißt du das, Isabell?«, fragte Erika sie.

»Ach«, meinte Isabell, »sie hat kürzlich so etwas angedeutet. Genaues weiß ich nicht, aber Doras Vater achtet sehr auf den Umgang, den seine Tochter hat. Das Übrige denkt euch bitte, lasst es Franzl nicht merken. Er kann ja nichts dafür.«

Da tauchte bei mir wieder die Frage auf: Was können Kinder für die Fehler der Erwachsenen? Wenn es überhaupt Fehler waren. Sie wurden in das Leben hineingeboren. Teils gewollt, teils ungewollt. Wenn die Erwachsenen nicht mehr weiterwussten, mussten die Kinder oft dafür bezahlen. Aber es lag auch nicht nur bei den Eltern. Erwachsene, die das Leben zu hart angreift, stehen oft hilflos den Ereignissen gegenüber. Dann verlieren sie die Hoffnung, die Kraft reicht am Ende auch nicht mehr. Was dann, wenn sie keine Hilfe bekommen, niemand ihnen zur Seite steht? Sie kapitulieren! Jeder auf seine Weise. Erst kürzlich hatten wir erlebt, dass ein älteres Ehepaar sich an einer Straßenbahn-Haltestelle vergiftete. Als morgens die erste Straßenbahn fuhr, saß das Ehepaar, sich an den Händen haltend, in dem Wartehäuschen. Sie waren tot. Ihre Gesichter waren entspannt, als wollten sie sagen: Verzeiht uns, aber wir haben es geschafft. Nun müsst ihr den Rest für uns erledigen!

Die Lebensmittelversorgung wurde immer schlechter. Es gab viele Flüchtlinge bzw. Ausgebombte, die kein richtiges Zuhause mehr hatten. Sie wurden eingewiesen in Wohnungen und Häuser, die konfisziert wurden, und dementsprechend wurden sie auch von den Eigentümern und Mitbewohnern behandelt. Auf dem Land mussten diese Menschen meist in unwürdigen Behausungen leben, frierend und hungernd. Viele Säuglinge starben, weil es nicht genug Lebensmittel gab, um sie richtig zu ernähren. Das Elend war unendlich groß. Jeder Tag, den man ohne zu frieren und ohne zu hungern überstand, war ein guter Tag.

7

Im Winter 1943 kamen viele Flüchtlinge aus dem Osten, oft mit Pferdewagen, die bis zur Grenze der Belastbarkeit mit dem Notwendigsten beladen waren. Sie wurden in Auffanglagern versorgt, um dann wieder weiterzuziehen, wohin auch immer. Die Hoffnungslosigkeit war in ihren Gesichtern zu lesen. Die Bevölkerung hatte anfänglich, wenn Platz vorhanden war, z.B. eine Scheune oder den Stall zur Verfügung gestellt, bis die Flüchtlinge weiterziehen konnten. Es gab Kranke unter ihnen, völlig erschöpfte Kinder, alte Menschen, die einfach nicht mehr konnten. Aber sie bekamen die Richtung vorgegeben und mussten dann wieder los. Es kamen ja noch sehr viele nach. Genaues erfuhr man nicht. Alle hatten Angst, diese Nachrichten weiterzugeben. Die Feldpolizei war meist aktiv, wenn ein größerer Flüchtlingsstrom eintraf. Aber es drangen doch immer mal Informationen durch. Diese waren nicht gerade hoffnungsvoll, selbst vor Gräueltaten wurde gewarnt.

Scheinbar wussten wir in Dresden gar nicht, wie relativ gut wir noch mit allem versorgt waren. Von meinen Angehörigen bekam ich regelmäßig Post. Mutter schickte mir oftmals in einem Brief ein paar Lebensmittelmarken. Auch das Geld, das sie durch das Pillenverpacken verdiente, legte sie in einem Briefumschlag bei. Es lief so weit noch alles gut zu Hause. Obwohl wir große Fabriken hatten, wurde der Ort nie angegriffen. Der nahe Rhein war die Grenze zur Schweiz und bedeutete daher wohl auch für die Bewohner eine gewisse Schutzzone.

Der Winter war nicht gerade angenehm. Zwar froren wir nicht in der Schule, aber das Hin- und Zurückfahren war beschwerlich. Die Züge waren kalt, unpünktlich und oft überfüllt. Es kam schon mal vor, wenn der Zug zu voll war, dass auf den nächsten gewartet werden musste. Dann waren Erika und ich immer froh, wenn wir zusammen sein konnten. Franzl, so nannte er sich, hatte es inzwischen geschafft, von uns drei Mädels, Isabell, Erika und mir, in unseren Kreis aufgenommen zu werden. Dora hatte sich von uns getrennt. Aber wir hatten ja Ersatz. Unser vierblättriges Kleeblatt war wieder vollständig. Franzl erzählte nicht viel über sich. Wir stellten auch keine Fragen, aber er war uns oft behilflich in Sachen Schulaufgaben. Die Nachmittage verbrachten wir in unterschiedlichen Kombinationen und mit wechselnder Besetzung, sodass keines von uns Mädeln zu kurz kam. Wenn ich mal wieder Marken hatte, gingen Erika und ich in unser kleines Café in der Prager Straße oder auch mal in ein Kino. Isabell schlenderte an einem Nachmittag mit mir durch die Kaufhäuser. Das war besonders lustig, wenn wir ganz naiv nach Dingen suchten und danach fragten, obwohl wir wussten, dass sie bestimmt nicht zu haben waren. Dann war Franzl an der Reihe, der auch gerne mal mit durch die Stadt spazierte. Er wohnte mit seiner Mutter in Bad Weißerhirsch. Mehr wussten wir nicht. Erika meinte irgendwann, dass ich mal alleine mit Franzl etwas unternehmen sollte. Das könnte ich doch an den Tagen, an denen wir sowieso nichts vorhatten.

Wenn wir in dem großen Raum mit den durchgehenden Bänken Unterricht hatten, setzte sich Franzl neben mich. Bald setzten sich Erika und Isabell zusammen, da Dora anders disponiert hatte. So war das auch für die Zweierbänke perfekt geregelt. Er passte immer auf, dass ich während des Unterrichts aufmerksam zuhörte, erklärte mir auch, was ich nicht verstand. Aber in den Pausen waren wir drei Mädels ständig zusammen. Isabell brachte mir ab und zu ein Buch mit, das sie sich bei den Großeltern borgte, mit der großen Bitte, gut darauf aufzupassen, damit sie keinen Ärger bekäme. Das versprach ich hoch und heilig. Eines Tages brachte sie mir das Buch ›Die Feuerzangenbowle‹ von Heinrich Spoerl mit. Das Lesen begann schon auf der Heimfahrt im Zug. Fast immer hatte ich ein Buch in meiner Schultasche, aber dieses Buch las sich sogar im Stehen. Da lachte es sich auch am besten.

Die Stunde begann heute mit Scheck- und Wechsellehre, wie langweilig! Franzl und ich saßen auf der runden Bank. Keiner daneben und niemand dahinter. Franzl hielt etwas Distanz, so konnte ich meine Langeweile mit Lesen bekämpfen. Ich verhielt mich unauffällig, so meinte ich jedenfalls, das Buch auf dem Schoß, die Augen immer mal auf Dr. Rakow gerichtet. Als der Oberprimaner Pfeiffer seinen Professor Crey darauf aufmerksam macht, dass Pfeiffer mit drei f geschrieben wird, vergaß ich Zeit und Raum. Durch meine kräftige Lachsalve merke ich plötzlich, was ich angerichtet hatte. Es war ganz still im Raum. Alle Augen richteten sich auf mich, als Dr. Rakow auf mich zukam, stehen blieb und mich bat, ihm die Ursache meines Heiterkeitsausbruchs zu geben. Ich überreichte ihm das Buch und sah ihm in die Augen. Konnte er eine Antwort daraus lesen?
»Sie wissen ja, dass unser Institut keine Schüler ausbildet, die sich nur die Zeit vertreiben wollen. Wir müssen dafür sorgen, dass in der Nachkriegszeit über genügend ausgebildete Kräfte verfügt werden kann. Bisher waren Sie eine aufmerksame Schülerin mit einem erstaunlichen Wissen.

Aber wenn Sie nur hierherkommen, um vom Arbeitseinsatz verschont zu bleiben, muss ich Sie enttäuschen. Ich gehe davon aus, dass es ein einmaliger Ausrutscher war. Deshalb will ich mir das Ganze noch einmal überlegen, ehe ich Meldung mache. Nach dem Unterricht möchte ich Sie in meinem Büro sehen.«

Ja, das hatte ich davon! Was nun, wenn Dr. Rakow Meldung machte? Was, wenn ich in einen Rüstungsbetrieb musste oder gar an die Front? Nicht auszudenken. Es war gespenstisch still im Raum. Franzl sah mich von der Seite an. Er konnte mich ja nicht aufmuntern. Ich ließ meine Augen versuchsweise in Richtung Dora wandern. Sie drehte sich gerade nach mir um. Ich glaubte, ein schadenfrohes Lächeln zu erkennen. Franzl schrieb mir unauffällig auf einen Zettel, dass er nach der Schule am Altmarkt auf mich warten werde. Hoffentlich mit einer guten Nachricht.

Nun, konzentrieren auf den weiteren Unterricht konnte ich mich nicht. Auch wenn ich mir noch so viel Mühe gab. Ich dachte an Vater, wie enttäuscht er sein würde. Hedy und Max, ja, was würden sie sagen? ›Was nun, Mädel‹, hörte ich Hedy, ›wie können wir dir da heraushelfen?‹ Oder so ähnlich. ›Du bist doch davon in Kenntnis gesetzt worden, dass es kein Spaziergang sein wird.‹

›Ganz ruhig‹, sagte ich mir plötzlich, ›noch ist nicht alles verloren. Wer weiß, vielleicht lenkt Dr. Rakow ein!‹ Auf dem Weg in sein Büro dachte ich an gar nichts. Ich legte mir auch keine nutzlose Entschuldigung zurecht. Leise klopfte ich an. Das ›Herein‹ war kaum hörbar. Dr. Rakow saß am Schreibtisch. Es dauerte, bis er seinen Füllhalter zuschraubte und mich ansah, den Füller in beiden Händen haltend. Auf einmal quoll es aus mir heraus, ohne abzuwarten, dass Dr. Rakow mich zuerst ansprach. Die Spannung in mir war einfach zu groß, und ich sagte leise, ihm dabei in die Augen schauend:

»Bitte, Herr Dr. Rakow, entschuldigen Sie mein inkorrektes Verhalten. Ganz bestimmt wollte ich den Unterricht nicht stören. Noch viel weniger, Sie in diese Lage zu bringen zu entscheiden, wie es mit mir weitergehen soll. Der Tag fing bei mir mit Heimweh an. Ich weinte auch im Zug hierher, es überkam mich so stark, dass ich nicht dagegen ankam. Bisher ist es mir fast immer gelungen, es zu verdrängen. Durch Ablenkungen oder ein schönes Buch. Ich lese so gerne. Als ich dann mit Franz Stern alleine in der großen Bank saß, kam ich mir so verlassen vor. Mit dem Aufschlagen des Buches wollte ich mich einfach ein bisschen ablenken. Aber da las ich die Stelle, an der dem Professor erklärt wird, Pfeiffer schreibt sich mit drei f, da war es geschehen.«

Dr. Rakow schwieg eine Weile. Ich beobachtete ihn stehend, meine Knie wurden langsam weich und ich wünschte, es wäre alles vorbei. Langsam legte er den Füller beiseite.

»Setzen Sie sich. Sie sprachen von Heimweh? Wo kommen Sie her?«

In groben Zügen erzählte ich, wie ich mit Frau Weiler nach Niederau kam, um eine Haushaltslehre zu machen.

»Mein Vater wollte mich mit 14 Jahren auf ein Lyzeum schicken. Ich sollte, wenn es nach ihm ginge, Kinderärztin werden.«

»Wollten Sie das nicht?«, fragte Dr. Rakow.

»Nein«, sagte ich, »ich kann kein Blut, keine Wunden sehen. Es wäre kein Beruf für mich.«

»Was wollen Sie denn überhaupt mal beruflich machen?« Dr. Rakow sah mich erstaunt an, als ich seine Frage so beantwortete:

»Am liebsten würde ich auf einem großen Bauernhof leben, mit vielen Tieren und vielen Kindern. Ich würde den wirtschaftlichen Teil erledigen und die Mitarbeiter mit Essen versorgen. Diese Schulausbildung wäre doch eine gute Voraussetzung«, redete ich weiter. »Das Haushalten und das Kochen habe ich ja auch gelernt.«

»Sie sind ein unglaubliches Mädchen«, meinte Dr. Rakow, »glauben Sie denn, dass Sie solch großen Anforderungen gewachsen wären? Sie nehmen sich sehr viel vor.«

»Ich glaube, dass ich da hineinwachsen würde. Da bin ich mir ganz sicher, einfach deshalb, weil es mir bestimmt Freude machen würde.«

»Kennen Sie eigentlich Herrn Stern von früher?«, kam plötzlich die Frage von Dr. Rakow.

»Nein«, antwortete ich, »an seinem ersten Schultag sah ich ihn auch zum ersten Mal. Dass er sich neben mich setzte, hat sich so ergeben. Dorothe König, Erika Finke und Isabell Siebert, wir hatten uns angefreundet, bevor Herr Stern in unsere Klasse kam. Dann hat sich Fräulein König zurückgezogen. So kam es, dass Fräulein Siebert und Erika Finke sich zusammensetzten. Für mich blieb dann Franz Stern. Aber Näheres weiß ich nicht. Mir gegenüber hat er mal erwähnt, dass er bei seiner Mutter wohnt.« »Gut«, sagte nun Dr. Rakow. »Sie haben mich überzeugt. Dies aber nur mit Rücksicht auf Ihre momentane Stimmung. Ich muss Ihnen aber nicht mit auf den Weg geben, dass ich eine solche Störung nicht noch einmal dulden kann. Ich habe Auflagen zu erfüllen und darf auf keinen Fall Nachlässigkeit unterstützen.«

Fest versprach ich Dr. Rakow, dass so etwas bestimmt nicht mehr passieren würde.

»Wenn ich auch keine Wechsellehre mag«, sagte ich,

»Mühe werde ich mir trotzdem geben, um auch auf diesem Gebiet bestehen zu können.« Er gab mir das Buch zurück. Beim Hinausgehen drehte ich mich an der Türe noch einmal um und verabschiedete mich: »Danke, Herr Dr. Rakow.« Ehe ich die Türe schloss, meinte er so leichthin:

»Schön, dass Sie sich Franz Sterns so annehmen!«

Erika hatte sich Franzl angeschlossen. Sie warteten beide am Altmarkt auf mich.

»Fein, dass ihr gewartet habt«, meinte ich, noch gar nicht in der Lage, mich freuen zu können.

»Hast du Lust auf einen Kaffee?«, fragte Franzl. »Erika will mit dir bis Weinböhla zurückfahren. Dort kann sie ja umsteigen.«

»Das ist lieb von dir, Erika. Deine Begleitung wird mir gut tun.« Erst als wir unseren Malzkaffee hatten und ein Stück Bienenstich – Franzl spendierte auch die Marken, er wolle Gastgeber sein, wie er meinte –, fragte er so ganz sachte:

»Bist du in der Lage, uns zu erzählen?«

»Na, es geht schon wieder«, lachte ich. Erst ganz langsam wich die Spannung von mir und ging in Freude über. Das Gespräch mit Dr. Rakow war beinahe so verlaufen, als hätte ich mich mit Vater unterhalten. Er hatte mich einfach reden lassen, zugehört und das tat mir gut. Trotz der Angst, die mir im Nacken saß. Ich hätte ja auch verlieren können, egal, was ich sagte.

Den ganzen Inhalt des Gesprächs verriet ich den beiden nicht. Nur so viel, dass ich gestanden hatte, einen großen Fehler begangen zu haben und ich mich dafür entschuldigte. Das Versprechen, dass so etwas nicht mehr passieren würde, hatte er mir abgenommen. Das gab ich ihm auch gerne. Franzl meinte, und Erika schloss sich ihm an, dass sie jetzt auf mich aufpassen würden, und vor dem Unterricht wollte Franzl mir das Buch, das ich eventuell in der Tasche hatte, abnehmen. Mit allem war ich einverstanden, froh darüber, dass alles so gut für mich verlaufen war und dankbar dafür, dass ich so gute Freunde hatte.

Es war schon eigenartig, wenn einen mehrere schöne Dinge an einem Tag erfreuen. So kann es aber geschehen, dass es Tage gibt, an denen schlechte Nachrichten sich überschlagen und man nicht weiß, wie man damit fertig werden soll.

Seit dem Gespräch mit Dr. Rakow waren mehrere Wochen vergangen, in der Schule lief alles recht gut. Dora hat sich ganz von uns zurückgezogen. Sie beobachtete mich aber immer. Vielleicht konnte sie es gar nicht verstehen, dass ich immer noch in der Schule anwesend war. Franzl ignorierte sie ganz und gar. Hatte sie für die Mädchen, vor allem für Isabell, ab und zu ein ›Guten Tag‹ übrig, so übersah sie mich gerne.

Auch von den übrigen Mitschülerinnen wurde Franzl weitgehend ignoriert. In mir machte sich die Vermutung breit, dass er das schon gewohnt war. Er machte sich scheinbar nichts daraus. Auch Erika und Isabell störten sich nicht an dem Verhalten der anderen.

»Wir haben doch genug an uns«, meinte Erika mit einem leichten Grinsen.

Aber dieser Tag gehörte zu den schwarzen Tagen voller Schrecken und Trauer. Isabell war schwer erkrankt. Näheres konnten wir nicht erfahren. Sie hatte uns nie ihre genaue Adresse gesagt. So konnten wir auch nicht nachfragen gehen, wie es ihr ging. Bei der täglichen Anwesenheitsabfrage erfuhren wir nur, dass sie krank war, aber sonst auch nichts. Erika wollte an diesem Tag früh nach Hause fahren. Sie sollte daheim helfen. Es ging stark auf Weihnachten zu. Franzl hatte auch keine Zeit, wie er erklärte. So verabschiedete er sich noch beim Einpacken der Schulutensilien in der Schulbank. Ich lief langsam durch die Prager Straße, überlegend, ob ich gleich nach Niederau fahren oder vielleicht noch in ein Kino gehen sollte. Nein, dachte ich, es würde zu spät werden. Ich wollte noch Briefe schreiben. Vor allem auch Erna für ihren Brief danken. Schulaufgaben waren auch zu erledigen.

Im Sommer würde alles wieder angenehmer sein. Sogar im Herbst saß ich noch hinter dem Haus im Garten, arbeitete für die Schule, schrieb Briefe oder las. Nun wurde es schon früh dunkel. Alles musste jetzt im Haus, meist in dem kleinen Wohnzimmer, erledigt werden. Brennmaterial war streng eingeteilt. Das Essen war oft mehr als bescheiden, aber wir hatten immer noch ein bisschen mehr als andere. Die Schlafzimmer waren schon sehr kalt. Ohne Wärmflasche hätte ich nicht einschlafen können. Ich hatte von der Kälte und dem unzulänglichen Schuhwerk bereits Frostbeulen. Hedy machte mir abends immer Wechselbäder. Großmutter hatte mir ein Töpfchen mit ihrer Salbe geschickt. Aber dafür war die Erfrierung schon zu weit fortgeschritten. Diese trüben Gedanken überfielen mich auf dem Heimweg. Es überkam mich unversehens so eine Trostlosigkeit, dass ich am liebsten geweint hätte.

Ich musste plötzlich an Florian denken. Wo mochte er sein? Die Soldaten litten sicher auch unter der Kälte. Viele verwundet, fern der Heimat. Dazu kam noch das Bangen um ihre Lieben zu Hause. Sicher hörten sie von den schrecklichen Angriffen in der Heimat. Wie viel Leid es überall gab. Ich hatte wenig Grund zu verzagen. Bisher wurde ich noch immer satt. Ich hatte liebe Menschen, die für mich und sich um mich sorgten. Jetzt waren es Hedy und Max, die mir zur Seite standen. Ich hatte gute Freunde. Und es gab da noch Florian, der mit einem Versprechen von mir wieder an die Front gegangen und voller Hoffnung war. Warum ließ ich auf einmal den Kopf hängen? Nein, ich durfte nicht die Zuversicht verlieren.

So lief ich mit den besten Vorsätzen vom Bahnhof Niederau zu Hedy und Max. Beide meinten, dass ich heute mal ausgesprochen zeitig zu Hause sei. So früh hatten sie mich nicht erwartet, meinte Hedy. Aber das Essen sei schnell warm.

»Was gibt es denn?«, fragte ich hungrig.

»Oh«, sagte Hedy, »du kannst ruhig einen großen Hunger haben. Wir haben ›Himmel und Erde‹ mit gebratener Blutwurst.«

»Hört sich gut an«, versicherte ich und schaute mich nach Post um. Scheinbar war keine da. »Na, dann lass ich es mir schmecken«, setzte ich hinzu und erzählte, dass heute alle früh nach Hause gefahren waren. Aber Isabell sei sehr krank, mehr darüber wusste ich nicht. Hoffentlich war es nichts Schlimmes.

»Na, musst nicht gleich schwarzmalen«, tröstete Max. Dabei hatte ich so das Gefühl, dass er Hedy ein Zeichen gab. War es so? Nach dem Essen erzählten die beiden mir, dass die Besitzer des Lebensmittelgeschäftes im Ort die Nachricht bekommen hatten, dass ihr Jüngster gefallen sei. Er war erst ein paar Wochen an der Front. »Ja«, meinte Max nachdenklich, »wie viele müssen wohl noch geopfert werden, bis der Spuk vorüber ist.« Hedy übergab mir während dieses Gespräches einen Brief. Die Handschrift kannte ich nicht, aber der Absender war Florians Mutter.

Ahnungslos wollte ich wissen: »Wieso das denn?«

»Na, mach schon auf«, drängte Hedy. Ich öffnete den Brief und las:

›Liebe Edith, so darf ich Sie doch nennen? Es fällt mir sehr schwer, Ihnen diese Zeilen zu schreiben, um damit den Wunsch unseres Sohnes Florian zu erfüllen. Ehe er wieder an die Front musste, bat er mich darum, sollte ihm etwas zustoßen, dass ich Sie, liebes Kind, davon in Kenntnis setze. Er ist in Frankreich gefallen. Wo genau, haben wir nicht erfahren können. Tatsache aber ist, dass es kein Grab gibt, wo wir ihn besuchen können. Tatsache ist, dass er, wie noch so viele andere junge Menschen, irgendwo begraben ist und wir, die Angehörigen weit weg, trauern um unsere Söhne. Er sprach so nett von Ihnen und meinte, dass Sie beide uns zusammen mal besuchen würden. Es wäre schön gewesen für mich und meinen Mann. Bewahren Sie sein Andenken. Er hatte Sie sehr lieb. Vielleicht meint es das Schicksal gut mit uns und wir könnten uns einmal kennenlernen. Aber wie es scheint, trägt mein Mann sehr schwer an diesem Verlust. Ich kann nur hoffen, dass er die Kraft aufbringt, den Schmerz irgendwann zu besiegen. Ihnen alles Gute wünschend, in der Hoffnung, vielleicht ein paar Zeilen von Ihnen zu bekommen, grüßt Sie Martha Schröder‹

Das war einer von diesen Tagen, wo die schlechten Nachrichten überwiegen und man nicht weiß, wie man damit fertig werden soll.

Es gibt nicht nur eine Möglichkeit, einem Menschen die Zuneigung zu zeigen. Heute weiß ich, dass ich, als Florian sich von mir verabschiedete und ich ihm mein Versprechen gab, dies aus ehrlicher Zuneigung tat. Heute gestehe ich mir dies ein, wo ich mich damit abfinden muss, dass es ein Abschied für immer war. Es war so endgültig. In die Trauer drängte sich ein dankbares Gefühl, das mir bestätigte, es war richtig, Florian das Versprechen zu geben, auf ihn zu warten. Erna hatte recht, als sie meinte, es habe Florian viel bedeutet, als er wieder an die Front musste. Seinen Eltern würde ich, sobald ich in der Lage war, kondolieren. Ich würde ihnen schreiben, dass ich nicht wüsste, wie ich sie trösten kann, da ich selbst Trost gebrauchen könnte. Ich würde ihnen einfach ganz still in Gedanken die Hände drücken, mit ihnen weinen und beten, ihnen versichern, dass Florian auch in meinem Herzen für immer einen Platz habe. Erna würde es auch treffen. Sie war von Florian sehr angetan. Ihr kann ich nur immer sehr dankbar dafür sein, dass sie es ermöglicht hat, unser Treffen in schöner und dankbarer Erinnerung zu behalten.

Es tat gut, Erika und Franzl in der Schule wiederzusehen. Beide merkten meine Bedrücktheit. Sie verstanden es, mich zu trösten. Franzl kam sogar am anderen Tag mit einem kleinen Primeltöpfchen, das er mir, als er mich zum Bahnhof brachte, übergab. Er meinte, es sei eine Geste des Verstehens, und gab mir einen Kuss auf die Stirn. Dies war das einzige Mal, solange wir uns kannten, dass er dies tat.

So hatte sich in kürzester Zeit manches verändert. Isabell kam nicht mehr zur Schule. Wir erfuhren nur, dass sie ernstlich erkrankt sei. Nun waren wir noch zu dritt. Erika musste für Weihnachten kräftig zu Hause helfen, und Franzl war nicht gerade jemand, mit dem man in Kaufhäusern alles auf den Kopf stellen konnte. So fuhr ich meist pünktlich nach Niederau zurück und übte fleißig Steno und Schreiben auf einer klapprigen Schreibmaschine, die mir Vater bei seinem letzten Besuch mitgebracht hatte. Dies machte wenig

Spaß. Ich wollte zwar keine Musterschülerin sein, aber ich gab mir Mühe und bewältigte diese langweiligen Aufgaben. Ich musste es schaffen. Dafür hatte ich mich entschieden. Mit dem Verlust Florians und Isabells Erkrankung war ich an der Grenze des Erträglichen angekommen. Ich hatte oft große Mühe, die Tränen zu verbergen. Aber es half doch nichts. Sicher würde die Zukunft noch schwerere Prüfungen für mich bereithaben, ganz sicher.

Kurz vor Weihnachten lud Franzl mich im Namen seiner Mutter zum Kaffee bei sich zu Hause ein. Ein wenig war ich schon überrascht. Er wollte mich erst am nächsten Tag mit nach Hause nehmen, damit ich Hedy und Max noch vorher Bescheid sagen konnte. Ich dankte Franzl und sagte ihm, dass ich gerne mitkommen würde. Ganz ehrlich war es nicht, als ich von ›gerne‹ sprach. Eigentlich wusste ich ja nichts von ihm. Dann wohnte er auch noch auf dem Weißen Hirsch. Ich hatte davon gehört, dass es ein ganz elegantes Viertel sein sollte. Was würden Hedy und Max dazu sagen? Es beschäftigte mich während der gesamten Heimfahrt, und ich überlegte, wie ich es vorbringen sollte. Auch hatte ich Florians Tod noch nicht ganz verkraftet. Aber gerade deshalb meinte Hedy, ich sollte die Einladung annehmen: »Sicher ist Frau Stern dir dankbar, dass du mit Franzl Freundschaft geschlossen hast.«

»Nun«, meinte ich, »wenn du es so siehst, dann werde ich die Einladung annehmen.«

»Was willst du anziehen?«, sorgte sich Hedy.

Es war kalt und so viel Auswahl hatte ich nicht. »Weißt du was, Hedy, ich ziehe mein dunkelblaues Kleid mit den selbstgestrickten Borten an. Für diese Jahreszeit ist es das Richtige.«

»Das stimmt, ich habe noch dickere dunkelblaue Strümpfe, die du anziehen kannst. Dann bist du ausgerüstet«, meinte Hedy. Warme Strümpfe waren wichtig mit meinen empfindlichen Füßen. Immerhin war ich bis abends spät unterwegs.

»Aber ich habe kein Geschenk für Frau Stern«, überlegte ich.

»Na, wir finden schon etwas«, beruhigte mich Hedy und schmunzelte. »Mach deine Aufgaben, gehe früh zu Bett, damit du morgen auf Draht bist. Dann wirst du sicher einen schönen Tag haben.«

»Ich verstehe nur nicht«, überlegte ich weiter, »dass Franzl sich ausgerechnet Erika und mich als Freundinnen ausgesucht hat. Die anderen weichen ihm aus. Warum nur?«

»Nun, vielleicht wirst du es herausfinden, wenn du dich mit seiner Mutter unterhältst.«

Ausgerüstet mit einem Gebinde aus Zweigen und Schneerosen, das Hedy gebastelt hatte, startete ich am anderen Morgen. Hedy hatte das Präsent gut verpackt, so konnte man nicht auf Anhieb erkennen, was es war. Schließlich musste ich es ja mit in die Schule nehmen. Franzl nahm es mir in der Schule gleich ab, somit war die Aufmerksamkeit der anderen zunächst von mir abgelenkt. In der Pause erzählte ich Erika von meinem Vorhaben. Sie meinte dazu lächelnd:

»Dann benimm dich anständig, auch wenn du mal keine Dame werden solltest.« Ich stupste sie freundlich und versprach, ihr genau zu berichten.

Frau Stern empfing mich sehr freundlich. Sie entsprach so gar nicht der Vorstellung, die ich mir von ihr gemacht hatte. Sehr groß war sie, nicht gerade schlank, hatte hellblondes

Haar und blaue Augen, sie wirkte bieder und herb. Unwillkürlich musste ich an die großen Plakate denken, die an Fabrikhallen, in Bahnhöfen und auf Anschlagwänden zu sehen waren: die deutsche Frau arischer Abstammung, pflichtbewusst als Mutter und treu dem Vaterland dienend. Blond, blauäugig, schlank und sportlich.

Scheinbar hatte Frau Stern mein Erstaunen bemerkt und stellte mir ganz direkt die Frage, ob ich von ihr enttäuscht sei.

»Nein, nein«, gab ich ganz verlegen zur Antwort, »in meiner Familie ist niemand blond, wir sind alle dunkelhaarig und die meisten meiner Angehörigen sind nicht sehr groß. Deshalb mein Erstaunen, bitte entschuldigen Sie, wenn ich mich nicht ganz korrekt verhalten habe.«

»Dies ist doch kein Grund, sich zu entschuldigen. Ich sah nur Erstaunen in Ihrem Gesicht.« Meine Gedanken schweiften zurück. Als Dora die Vermutung aussprach, Stern sei ein Judenname, da vermutete ich dunkelhaarige Menschen von kleiner bis mittlerer Körpergröße. Aber wieso sollten Sterns Juden sein? Franzl war genauso groß und ganz hellblond, also der vielgepriesene nordische Typus. Nun ja, jetzt galt es erst einmal abzuwarten. Egal, ob dunkelhaarig und groß, ob blond und klein. Oder auch ganz anders.

Franzl war ein lieber Freund, nie aufdringlich, stellte kaum Fragen, was meine Familie betraf. Er war nur erstaunt, dass ich bei fremden Menschen wohnte, wie er es ausdrückte. Gab sich dann aber mit der Erklärung zufrieden, wie ich nach Niederau gekommen war. Worauf er überlegte, dass dies doch ein gewagtes Unternehmen sei in einer so unsicheren Zeit.

Frau Stern bat zum Kaffee, nachdem wir uns ein bisschen unterhalten hatten. Sie meinte, dass es im Frühjahr sehr schön hier oben sei. Da könnte man im Garten Kaffee trinken. Es war ein großes Gelände um das Haus. Sehr gepflegt, ganz sicher auch viel Arbeit. Sie zeigte mir ein Badezimmer, wo ich mich ein wenig frisch machen konnte vor dem Kaffee. Es gab auch einen Spaniel, Poldi mit Namen. Sehr lieb und gut erzogen. Er war Franzls Freund. Als ich auf dem mir angebotenen Stuhl Platz nahm, kam nach einer Weile Poldi, setzte sich neben mich und beobachtete mich intensiv. Erst wusste ich nicht so richtig damit umzugehen, aber dann sprach ich ihn einfach an und er legte seinen Kopf auf meinen Schoß. Franzl lachte daraufhin:

»Er mag dich, du hast gewonnen!«

Nach dem Kaffee bat uns Frau Stern in das Wohnzimmer. Es war gemütlich warm. Sie bot mir einen Sessel an, während sie mir gegenüber Platz nahm. Ich blieb stehen, bis Frau Stern saß und mich dann nochmals aufforderte, mich zu setzen. Franzl, der sich auf das Sofa lümmelte, stand nach einer Weile auf, um sich kurz zu entschuldigen. Er wolle nur nach seinen Fischen sehen und käme gleich wieder. Heute bin ich sicher, dass es so zwischen Mutter und Sohn abgesprochen war.

Frau Stern richtete sofort die Frage an mich, ob ich wisse, dass Franzl Halbjude sei. Ich verneinte, aber, ob es denn so wichtig sei, dies zu wissen, war meine Frage.

»Es ist jedenfalls gut, wenn Sie darüber informiert sind. Franzls Vater ist nach Amerika emigriert mit ganz wenig Geld in der Tasche. Unser Anwalt hat unsere Fabrik verkauft und verwaltet alles. Wo mein Mann untergekommen ist, wissen wir nicht. Schreiben kann er uns nicht. Wir können nur hoffen, dass es ihm gut geht. Er hat Freunde in Amerika. Wir, Franzl und ich, sind fest davon überzeugt, dass Vati uns eines Tages nachholen wird. Hier hat Franzl keine Zukunft, er darf ja auch nicht studieren. Deshalb nutzt er die Zeit, um in der Privatschule etwas dazuzulernen. Er hat mir erzählt, dass Sie mit ihm in einer Bank sitzen. Dass er Sie sehr mag, weil Sie so unkompliziert sind und auch den Verunglimpfungen von Mitschülern keine Beachtung schenken.«

»Wissen Sie, Frau Stern«, sagte ich daraufhin, »man hat mich als Kind gelehrt, niemanden zu missachten, egal was er ist, woher er kommt oder wohin er geht. Ich habe als kleines Mädchen oft sehr gelitten, wenn mich jemand nach meinem Vater gefragt hat. Mein Großvater gab mir einmal zu verstehen, jeder Mensch habe sein eigenes Schicksal, wofür er selbst nicht verantwortlich sei. Daran denke ich häufig.«

»Was meinten Sie damit, als Sie von Ihrem Vater sprachen?«, fragte Franzls Mutter.

»Das ist eine längere Geschichte, Frau Stern. Aber wenn es geht, werde ich Ihnen das ein anderes Mal erzählen. Ich danke Ihnen, Frau Stern, dass Sie so offen mit mir gesprochen haben. Aber dies wird nichts an meiner Freundschaft zu Franzl ändern. Ich freue mich, dass es Ihren Sohn gibt und wir uns oft ohne Worte verstehen.«

Frau Stern stand auf, nahm mich in den Arm.

»Ich danke Ihnen.«

Franzl brachte mich zur Seilbahn, die von der Villensiedlung hinunter ins Elbtal führte, und erklärte mir das Umsteigen in die Straßenbahn nochmals genau.

Als wir uns verabschiedeten, sah er mich fragend an. »Bist du erschrocken über den Inhalt des Gesprächs mit meiner Mutter?«

»Weshalb sollte ich? Zufällig weiß ich aus Erzählungen

meiner Familie, dass mein Großvater die Abstammung 200 Jahre zurück nachweisen musste, als drei Schwestern meiner Mutter je einen SA-Angehörigen heirateten. Hätten meine Tanten diesen Nachweis nicht erbringen müssen, wer von uns hätte gewusst, von wo die Familie ursprünglich stammte? Ich denke, darüber hätte sich auch niemand Gedanken gemacht. Und deine Herkunft hat einen großen Vorteil für mich: du musstest das Studium verschieben. So habe ich einen Freund an meiner Seite, zumindest, solange wir gemeinsam diese Schule besuchen. Darüber bin ich sehr froh.«

Franzl äußerte, als er mir zum Abschied die Hand drückte: »Es ist schön, dass es dich gibt.«

Es war stockdunkel, als ich in Niederau ankam. Eigentlich bin ich bei Dunkelheit sehr ängstlich, aber an diesem Abend störte es mich nicht. Hedy machte sich schon Sorgen. Sie atmete förmlich auf, als ich zur Tür hereinkam. Mein Schnuppern, als ich die Küche betrat, ließ Hedys Augen leuchten.

»Gell, mein Mädel, du hast Hunger!«

»Oh ja, mächtig, ich schätze, du hast eine tolle Gemüsesuppe gekocht!«, freute ich mich und hob den Deckel vom Topf. »Hm, die riecht gut.«

»Die schmeckt auch bestimmt«, versicherte Hedy und bat mich, drei Suppenteller in die kleine Stube zu bringen.

»Habt ihr denn nicht Mittag gegessen?«

»Nein«, erwiderte Hedy, »wir wollten mit dir essen. Du hast sicher viel zu erzählen, und jetzt haben wir auch Zeit, dir zuzuhören.« Wie schön, dachte ich, was kann man mehr verlangen, als ein warmes Stübchen, eine gute Suppe und liebe Menschen, die an meinem Leben teilnahmen. Den Eintopf aß ich mit Heißhunger.

Hedy freute sich darüber.

»Iss, mein Mädel, du musst schon noch kräftiger werden. Nun erzähl«, forderte sie dann, »wie war es?«

»Och, ganz nett. Frau Stern ist recht freundlich. Sie lud mich zum Wiederkommen ein und meinte, es sei schön, dass ich mich mit Franzl gut verstehe. Sie haben einen Spaniel mit Namen Poldi und einen schwatzhaften Papagei. Er heißt Cora.«

»Na und? Weiter.« Max bat seine Frau, mich doch zu Ende essen zu lassen.

»Also, Franzls Vater lebt in Amerika. Er ist emigriert, Frau Stern und Franzl wollen ihm später über den großen Teich folgen. Bisher haben sie noch kein Lebenszeichen von ihm. Frau Stern aber ist sich ganz sicher, dass es einmal klappen wird. Frau Stern ist Deutsche, groß, blond, kräftig. Soviel ich mitbekommen habe, regelt ein Anwalt die Finanzen.«

»Wie willst du dich jetzt verhalten?«, stellte Max besorgt die Frage.

»Wie, was, wo? Ich verhalte mich so wie bisher. Franzl ist ein lieber Freund und wird es sein, solange wir uns täglich in der Schule begegnen. Was danach ist, wird sich zeigen. Ich würde mich freuen, wenn wir auch dann noch gute Freunde bleiben. An Franzl schätze ich sein korrektes Verhalten. Er ist fröhlich und hilfsbereit. Kann man von einem Schulkameraden mehr erwarten? Ohne ihn wäre ich mir manchmal sehr verloren vorgekommen. Über die Familienverhältnisse hat Frau Stern mich aufgeklärt. So hätte ich nun Gewissheit. Die Entscheidung, mich weiter mit Franzl zu treffen, läge ganz bei mir.«

»Was hast du geantwortet?«, erkundigte sich Max.

»Was sollte ich antworten? Ich habe mit dem Familienalbum der Sterns keine Probleme.«

»Gut so, mein Mädel«, freute sich Hedy. Max pflichtete ihr bei und damit war das Thema abgeschlossen. Franzl blieb mein Schulfreund. Aber Erika war ja auch neugierig darauf, was ich für Neuigkeiten von Frau Stern mitbrachte. Viel wusste ich nicht zu erzählen: vom Spaniel Poldi und dem lautstarken Papagei, vom köstlichen Streuselkuchen, vom tollen Garten und dem schönen Haus mit den vielen Zimmern. Aber sonst – den Vater von Franzl hätte ich nicht gesehen. Wahrscheinlich lebe er nicht mehr, er sei auch nicht erwähnt worden.

Damit gab sich Erika zufrieden. Sie hat während der ganzen gemeinsamen Schulzeit keine diesbezüglichen Fragen mehr gestellt.

Kurz vor Weihnachten kam Vater zu Besuch. Er brachte mir eine Armbanduhr mit, Hedy einen warmen Schal, Max bekam Zigaretten. Es war eine sehr kurze Visite. Ehe er zurückfuhr, schlug er vor, dass ich im Frühjahr nach Hamburg kommen sollte. Vorsichtig fragte er nach Mutter. Ich konnte ihm nur sagen, dass bisher zu Hause, außer Mangel an Heizmaterial und knappem Essen, soweit alles noch in Ordnung war. Mutter musste nach wie vor Pillen verpacken und Kurt schuftete in Schichten in der Rüstungsindustrie. Die Post funktionierte noch. Ich bekam regelmäßig Briefe von Mutter, Großmutter und Miriam.

Vater brachte uns für das Fest eine halbe Pute mit. Er übergab sie freudestrahlend Hedy. Aber wie bis Weihnachten aufbewahren? Hedy bereitete den Vogel fertig zu, portionierte ihn und weckte ihn in Einmachgläsern ein. So hatten wir auch länger etwas davon. Äpfel gab es im Herbst reichlich, auch Birnen. Das Obst wurde auf dem Dachboden einzeln ausgelegt, damit es lange haltbar blieb. Auch Beeren weckte Hedy ein. Allerdings alles ohne Zucker. Wenn ein Glas geöffnet wurde und es war Zucker da, wurde etwas darüber gestreut. Wir hatten sicher noch keinen Grund zur Klage. Vielen Menschen ging es viel, viel schlechter: ausgebombt, der Winter schon kalt, keine warme Kleidung mehr, knapp zu essen, fast kein Heizmaterial. Alte Menschen konnten all diesen Entbehrungen nicht mehr standhalten, kleine Kinder ebenso wenig. Wenn ich wieder einmal so richtig satt war, musste ich jedes Mal daran denken, wie viele Menschen hungerten. Doch es wurde immer schlimmer.

Die Feiertage verliefen ruhig. Es war ein großer Reichtum, wenn man satt wurde und es ein wenig warm in einem Zimmer hatte. Hedy hatte einen herrlichen Apfelkuchen gebacken. Der alte Küchenherd funktionierte gut, wenn es mal selbstgebackenes Brot gab, schmeckte es köstlich. Hedy organisierte schon mal beim Tauschen ein bisschen Schweinefett mit Grieben. Und das auf ein Stück frisch gebackenes Brot gestrichen, schmeckte bereits wie Weihnachten. Zwar vermisste ich die Schule über die ganzen Feiertage, aber zur Abwechslung ging ich ein paarmal Schlittschuhlaufen. Im Dorf war ein Fischteich. Wenn er zugefroren war, wurde er für diesen Zweck freigegeben. Allerdings machte es mir allein nicht so viel Spaß. Von der Dorfjugend kannte ich niemanden. Da Hedy und Max am Eingang des Ortes wohnten, kam ich überhaupt nicht mehr in die Dorfmitte. Der Teich war mir deshalb bekannt, weil ich, wenn ich Helmut vom Kindergarten abholte, an ihm entlang musste. Zwischen Weihnachten und Neujahr wollte ich also nochmals laufen. Gerade hatte ich meine Schlittschuhe angelegt, als ein größerer Junge (genau einen Kopf größer als ich) auf mich zukam.

»Was willst du denn hier?«, pöbelte er mich an.

»Was geht dich das an? Aber offensichtlich Schlittschuh laufen!«, gab ich zurück. Ich überblickte rasch den Teich und stellte fest, dass kein anderes Mädchen anwesend war.

»Ich sage dir, verschwinde bloß«, sprudelte es aus ihm heraus. Er kam auf mich zu, schubste mich, dass ich Mühe hatte, mich auf den Schlittschuhen zu halten.

»Lass die Finger von mir!«, drohte ich ihm.

»Was willst du Zwerg, mit dir werde ich noch fertig!«

Wie es dazu kam, weiß ich nicht. Meine Hand rutschte mir einfach aus und klatsch, landete sie auf seiner linken Wange. Ehe er reagieren konnte, sagte ich ganz ruhig:

»So, das kommt davon, wenn man ein Mädchen verjagen will.« Das Gelächter der übrigen Jungs war groß, als er sich wieder auf den Teich zu bewegte. Ich schnallte meine Schlittschuhe ab und machte mich auf den Heimweg. Beim Weggehen bemerkte ich, dass der Dorfpolizist, neben seinem Fahrrad stehend, die Szene beobachtet hatte.

Hedy staunte, als ich so schnell wieder auftauchte: »Na, meine Gute, hast du doch keine Lust?«

»Nein«, erwiderte ich, »es waren ja keine Mädchen da.« Gleich am Montag erfuhr Hedy von dem Polizisten, was vorgefallen war.

»Alle Achtung, das Mädchen kann sich wehren!«, meinte der anerkennend.

Wie gut, dass die Feiertage vorüber waren. Erika freute sich genauso. Sie schlug vor: »Wir haben ein wenig aufzuholen. Wie wäre es mit einem Stadtbummel?«

»Einverstanden«, gab ich zurück.

An diesem Tag kam eine neue Schülerin zu uns. Sie wolle ihre Kenntnisse auffrischen, meinte sie und setzte sich zu Erika. Sie stellte sich uns vor: »Nadine Neumann, 20 Jahre alt.« Sie war ein Stadtkind, kannte sich in Dresden gut aus und wohnte in Coswig. Auf mich machte sie einen soliden Eindruck, etwas burschikos, aber sonst sehr lieb.

Mir fehlte Isabell. Ich musste oft daran denken, wie es ihr wohl erging. Zu gerne hätte ich sie wiedergesehen. Sie war doch so schutzbedürftig.

Franzl war nicht sehr gesprächig. Auf unsere Frage, ob er mitmache, wenn wir Kaufhäuser stürmten, winkte er nur ab, das sei etwas für Mädchen, und was wir überhaupt da wollten. Es würde ja doch nichts geben.

»Vielleicht doch«, hoffte Nadine, die sich gleich begeistert anschloss. »Manchmal holen sie etwas unter dem Ladentisch hervor. Es fragt sich dann nur, ob man es auch will!« Scheinbar kannte Nadine sich gut aus. So verlief unser Nachmittag mit Lachen, Erzählen, Pläne schmieden. Nadine brachte frischen Wind in unsere Mädchengruppe. Allerdings hatte sie nicht immer Zeit für einen längeren Bummel. Sie sei sehr angehalten, ihrer Mutter zu helfen, die ebenfalls arbeiten musste, erzählte sie uns. Dann sei noch ihr Bruder da, der demnächst zehn Jahre alt wurde und ebenfalls von ihr versorgt werden musste. Ihre Mutter war auch zur Nachtschicht eingeteilt, da konnte sie ihren Bruder nicht alleine lassen. Man wusste ja nie, was passierte.

Franzl lud mich erneut ein, mit ihm nach Hause zu kommen.

»Meine Mutter würde sich freuen. Sie hat ja kaum Besuch und das fehlt ihr einfach«, so lautete seine Begründung. Trotz der fragwürdigen Erklärung nahm ich die Einladung gerne an. Was mich betraf, so war auch mein Kontakt begrenzt. Ich freute mich auf die Schule, um mit den Schulfreundinnen Gedanken und Erlebtes austauschen zu können. Mit Hedy und Max konnte ich doch nicht so über alles reden. Sie hatten ihren einzigen Sohn verloren, und mit Eltern von anderen Jugendlichen hatten sie keine Verbindungen. Es drehte sich oft im Kreis bei unseren Unterhaltungen. So war ich immer froh, wenn wir Mädchen diskutierten, Ideen offenlegten, die nach dem Krieg verwirklicht werden sollten. Manches übertrieben wir maßlos, um dann so richtig darüber lachen zu können. So konnte ich auch Frau Stern verstehen, wenn sie das Bedürfnis hatte, außer Franzl auch andere Gesprächspartner zu haben. Sie war ja nicht dienstverpflichtet. Sie arbeitete überhaupt nicht, wahrscheinlich hatte sie es auch noch nie getan. So hatte sie sicher oft das Gefühl, nicht mehr gebraucht zu werden. Ihr Mann weit weg, Franzl erwachsen. Was musste doch die Hoffnung, ihren Mann wiederzusehen, diese Frau stärken und sie aufrecht halten.

Solange ich diese Freundschaft genoss, habe ich sie nie klagen gehört. Sie glaubte einfach fest daran, dass eines Tages alles gut würde. Sie zeigte mir einmal die Kleider in ihrem Kleiderschrank, der eine ganze Zimmerwand einnahm. Es war ihr Ankleidezimmer mit einem großen, wunderschönen Spiegel an der Wand, einem Schminktisch, einem Sessel und einer Couch. Alles war farblich aufeinander abgestimmt, sogar die Gardinen und der Teppich. Als sie den Schrank öffnete, holte sie einzelne Kleider heraus. »Diese spare ich auf für den Tag, an dem Vati zurückkommt.« Drei Pelzmäntel in Kleidersäcken, nicht gleich erkennbar, hingen dazwischen. Frau Stern meinte, sie brachte es nicht fertig, diese Mäntel abzugeben, als alle Besitzerinnen von Pelzen aufgefordert wurden, ihre Pelzsachen für Frontsoldaten abzuliefern. Nun, man konnte sich schon die Frage stellen, was Damenmäntel den Soldaten an der Front nützten.

Mein nächster Besuch bei Frau Stern war für Freitag vorgesehen. Franzl schlug vor, ich sollte es so einrichten, dass ich bis zum Abend bei ihnen bleiben könnte. Freitags hatten wir um zwölf Uhr Schulschluss. Dann würde es sich auch lohnen, den Nachmittag zu gestalten. Am Wochenende war noch genügend Zeit für die aufgetragenen Hausaufgaben. Meistens waren sie spielend zu bewältigen. Hedy wunderte sich, dass ich diesen schulfreien Nachmittag wieder bei Frau Stern genießen wollte, bisher hatte ich fast meine gesamte Freizeit mit Hedy und Max verbracht.

Oftmals machten wir Ausflüge, wenn die Verbindungen günstig waren. Moritzburg lernte ich so kennen. An einem Sonntag fuhren wir zur Besichtigung zum Schloss Pillnitz, und im Stadtteil Hosterwitz interessierte ich mich für das Sommerhaus von Carl Maria von Weber. Den zauberhaften Rosengarten besuchten wir zur schönsten Blütezeit. Nicht genug konnte ich kriegen von all den herrlichen Rosen.

Meine Gedanken gingen eigene Wege. Was würde das herrlich sein, wenn der Krieg erst vorbei wäre! Wenn Normalität wieder regierte. In Gedanken malte ich mir aus, einen netten Mann zu heiraten und liebe Kinder zu bekommen. Ich stellte es mir schön vor, hier in Dresden oder Umgebung zu leben. Nach einem solchen Tag voller Gefühle, voller Begeisterung, schwor ich mir, für immer hierzubleiben. Dazu gehörten auch all meine Freunde, die ich hier gewonnen hatte. Ich fühlte mich in ihrer Gesellschaft wohl und vermisste dadurch auch nicht mehr so schmerzlich meine alte Heimat. Dies war nun meine neue Heimat geworden.

Das Erwachsenwerden war fast vollendet und dazu war es auch notwendig, dass ich meinen eigenen Weg ging.

Poldi umhüpfte mich bei der Ankunft voll Begeisterung. Ich hatte Mühe, Frau Stern zu begrüßen. Sie meinte daraufhin, das sei ein gutes Zeichen. Sonst wäre er nicht so zugänglich. Der Kaffeetisch war bereits gedeckt. Ich erspähte tatsächlich Windbeutel! Frau Stern erzählte, dass sie am Morgen mit viel Glück ein bisschen Sahne ergattert hatte. Meine Augen strahlten. Wir unterhielten uns ganz ungezwungen, als Frau Stern mich beiläufig fragte, ob sie mich duzen dürfe. Es spreche sich doch viel besser miteinander. Man komme sich dabei auch näher.

Selbstverständlich willigte ich ein, als sie mir ihre Hand bot.

»Ich heiße Friedel. Wie soll ich dich nennen? Edith klingt ein bisschen antik.«

»Nun«, sagte ich, »mein zweiter Name ist Ursula. Meine Tanten und Großmutter nennen mich meist Ulla.«

»Und dein Großvater? Oder gibt es ihn nicht mehr?«

»Doch, doch«, warf ich schnell ein, »er war der beste Lehrmeister, den es gibt. Er nennt mich Hansli.«

»Wie das denn?«, staunte Friedel, »du bist doch kein Junge.«

»Vielleicht sollte ich einer werden, aber ich hätte es gar nicht gewollt, dass Großvater mich irgendwann anders ruft.«

»Na, so will ich dich aber nicht mit diesem Namen ansprechen, der ist für deinen Großvater reserviert. Wie wäre es mit Didi?«

Ein bisschen schockiert antwortete ich: »Na gut, so heiße ich eben bei euch Didi.«

Franzl lachte verschmitzt: »Bei meiner Mutter ist man vor Überraschungen und Einfällen nie sicher.«

Einen schönen Nachmittag wie schon lange nicht mehr habe ich an diesem Tag verlebt. Franzl spielte Gitarre. Nach einer Weile wollte Friedel wissen, ob ich Klavier spielte.

»Ach, weißt du«, musste ich gestehen, »spielen kann man das nicht nennen. Ich bin außer Übung. Die letzten Jahre hatte ich keine Gelegenheit zu spielen.«

»Na, versuch es mal«, forderte mich Friedel auf. Ich tat, wie geheißen, aber es war – na, besser kein Kommentar!

Friedel setzte sich an das Klavier und spielte eine Sonate von Franz Schubert. Ich klatschte Beifall.

»Ich werde wieder regelmäßig üben. Ich merke schon, dass ich das Klavier spielen vernachlässigt habe. Vati würde sich bestimmt auch sehr freuen, wenn ich wieder besser spielen könnte.« Immer wieder stand ihr Mann im Mittelpunkt. Vati liebte dieses, Vati mochte jenes. Dabei zeigte sie immer ein verträumtes Lächeln, während ihre Blicke in weite Ferne wanderten. Kein Gespräch verlief, ohne dass ihr Mann erwähnt wurde und immer so, als stünde er demnächst vor der Haustüre.

Abends beim Verabschieden meinte Friedel, ich könnte doch an den Wochenenden bis Sonntagabend bei ihnen bleiben. Sie wollte mir ein Gästezimmer richten. Es sei doch immer eine Strapaze für mich, am gleichen Tag nach Hause zu fahren. Aber das wollte ich doch erst mal mit Hedy und Max besprechen.

Bei einer günstigen Gelegenheit erwähnte ich es. Hedy lächelte vielsagend und sang, statt ihre Meinung zu äußern »Ich weiß eine Bank, am großen Stern, die hab ich lieb, die hab ich gern. Na, na, mein Mädel. Ist es nicht etwas verfrüht?«

»Was meinst du, Hedy?« Ich war verlegen.

»Nun, so schnell schon lädt dich Frau Stern ein? Du scheinst Eindruck auf sie gemacht zu haben!«

»Ich weiß ja nicht, wohin dich deine Gedanken führen, aber sicher nicht auf den richtigen Weg, Hedy. Franzl und ich sind lediglich Freunde, und ich wünschte mir, dass diese Freundschaft erhalten bleibt. Ich mag Franzl, er mag mich, glaube ich wenigstens, sonst hätte er mich bestimmt nicht seiner Mutter vorgestellt. Einiges haben wir gemeinsam, aber deshalb muss man doch nicht, wie heißt es gleich, ›intim‹ sein.«

Meiner Meinung nach hatte Franzl einfach wenig Kontakt zu anderen Menschen. Scheinbar wollte er es aber auch gar nicht. Bei meinem letzten Besuch äußerte er nach dem Kaffeetrinken:

»Na, meine Damen, sicher könnt ihr euch ohne mich gut unterhalten. Ich gehe ein bisschen nach oben und lese.«

Danach erzählte mir Friedel, dass er gerne auf seinem Zimmer sei und Fachliteratur studiere. Dann kam sie auf ein Thema, das mich eindeutig überforderte. Franzl, so erzählte mir Friedel, hätte eine Freundin.

»Sie heißt Erika. Du wirst sie sicher kennenlernen. Sie ist acht Jahre älter als Franzl und hat einen Sohn von vier Jahren.« Wer der Vater ist, werde verschwiegen, so meinte Friedel. Erika sei drei Jahre lang nicht bei Sterns gewesen, um keine Unannehmlichkeiten zu bekommen. Was für Unannehmlichkeiten das sein könnten, erwähnte Friedel nicht. Aber Gedanken machte ich mir schon ein bisschen und führte es auf die geforderten Formalitäten zurück. Jedenfalls konnte ich nun Hedy diese große Neuigkeit erzählen. So hatte sie wenigstens, was mich betraf, Klarheit.

Nun war meine Neugierde groß. Erika wollte ich unbedingt kennenlernen. Also sagte ich für das kommende Wochenende bei Sterns zu. Am Freitag nach der Schule fuhren Franzl und ich gemeinsam zu ihm nach Hause. Hedy und Max waren ja informiert, dass ich am Sonntag erst zurückkäme. In einer Tasche hatte ich ein Nachthemd, meine Zahnbürste, Waschtücher und natürlich ein Buch verstaut. Friedel hatte im Bad für mich Handtücher bereitgelegt und, ich staunte, ein gutes Stück Seife – es roch herrlich! Seife war absolute Mangelware, an solche Dinge kam nur, wer tauschen konnte oder Beziehungen hatte. Auf Marken gab es grüne Seife. Man hatte das Gefühl, wenn man sich einseifte, dass man sich mit Sand wusch. Seifenpulver musste meist auch zum Haarewaschen herhalten. Glücklich schätzte ich mich, wenn Mutter mir ihre Seife abtrat, die sie von ihrer Schwägerin aus Basel bekam. Aber all diese Entbehrungen waren erträglich. Das Schlimmste stand uns noch bevor.

Zunächst aber genoss ich das Wochenende bei Sterns. Friedel hatte Mittagessen vorbereitet. Es gab Reis mit Paprika, ein richtiges Festtagsessen. Zum Kaffeetrinken kam wie besprochen Erika. Ich war sehr neugierig auf sie. Meine Befürchtung war groß, sie könnte annehmen, ich würde mich zwischen sie und Franzl drängen wollen. Aber die Angst war unbegründet, sie nahm mich mit den Worten in den Arm:

»Also du bist die kleine Freundin von Franzl. Er hat mir schon viel von dir erzählt.« Erika war etwas größer als ich und hatte braunes naturgelocktes Haar. Sie war schlank und gut gekleidet. Im ersten Moment glaubte ich, meiner Mutter gegenüberzustehen. Ich verhielt mich daher etwas zurückhaltend und, wie ich fürchtete, sehr steif. Doch hatte ich nicht lange Gelegenheit, darüber nachzudenken, denn Erika nahm mich so in Anspruch mit ihren Fragen und Erzählungen über alle möglichen Themen, dass sich meine Verkrampfung schnell verflüchtigte. »Weißt du was«, schlug sie plötzlich vor, »wir sagen auch ›du‹ zueinander. Es wäre doch komisch, wenn wir beide es nicht täten. Sonst kommen wir bestimmt durcheinander.« Sie steckte uns mit ihrem herzhaften Lachen an.

Franzl und ich hatten bis zum Kaffeetrinken unsere Aufgaben fertig. Steno und Schreibmaschine standen nicht in seinem Lehrplan. Diese Übungen würde ich am Sonntag erledigen. Gegen Nachmittag nämlich wollte ich zurückfahren, um nicht bei Dunkelheit vom Bahnhof bis in das Dorf gehen zu müssen. Am Samstag half ich Friedel beim Kochen, machte das Bad sauber und übernahm das Abwaschen. Ich konnte einfach nicht so untätig herumsitzen. Franzl und Erika waren meist in seinem Zimmer. Er spielte Gitarre und Erika sang dazu. Friedel wusste immer so vieles zu erzählen, ich hörte ihr gerne zu. Sie probierte einige Kleider an, die sie tragen wollte, wenn sie wieder mit ihrem Mann zusammen wäre. Um ihren festen Glauben, bald wieder mit ihrem geliebten Gatten vereint zu sein, beneidete ich sie fast. Die Liebe zu ihrem Mann gab ihr die Kraft, das Leben zu meistern. Ob sie nie Angst hatte? Glaubte sie wirklich so fest daran, dass alles gut würde? Als hätte sie meine Gedanken erraten, überfiel sie mich mit der Frage:

»Sag mal, Didi, hast du das Gefühl, dass dich jemand beobachtet, wenn du zu uns kommst?«

»Nein, wieso meinst du?«

»Ach, nur so«, wiegelte Friedel ab. »Aber du sagst mir bitte, wenn du etwas bemerkst.«

War doch etwas ungewöhnlich gewesen, als ich das letzte Mal alleine zur Schwebebahn ging? Ein Mann mit einem dunklen Hut stand etwa 30 Meter vom Haus entfernt. Seine Zigarette löschend, folgte er mir und bestieg nach mir die Schwebebahn. Aber das konnte ein Zufall gewesen sein. Das nächste Mal würde ich genau darauf achten. Aber warum sollte ich es Friedel erzählen? Wer sollte denn an mir ein Interesse haben?

Vor den Osterferien waren Hedy und ich an der Chemie- und Bakteriologieschule in Radebeul vorstellig. Bis spätestens zu den Sommerferien musste die Anmeldung unter Dach und Fach sein. Hedy hatte diese Schule ausfindig gemacht, sich erkundigt, was für Berufsmöglichkeiten man nach erfolgreichem Abschluss hatte. Ausbildungsdauer war zwei Jahre. Danach war es möglich, in einem Labor, einer Apotheke oder Arztpraxis zu arbeiten. Die Schule in Dresden hatte ich bis zu den Sommerferien abgeschlossen. Es musste noch eine weitere Bildungseinrichtung folgen, um nicht irgendwo in der Industrie oder an der Front im Lazarettdienst eingesetzt zu werden. Vater konnte es rechtzeitig schaffen, uns in Niederau zu besuchen, um sein Einverständnis zu geben und bei der Anmeldung und anderen Formalitäten zu helfen.

Mit Wehmut dachte ich an den Abschied von Erika und Franzl.

»Nun, wir sind nicht aus der Welt. Du kannst mich immer besuchen und wenn du mal weißt, ob du in Niederau wohnen bleibst, dann sind wir fast Nachbarn. Wir können uns verabreden und mal etwas zusammen unternehmen«, tröstete Erika. Sie würde auf alle Fälle mit der Mutter die Landwirtschaft führen. Außer drei Fremdarbeitern sei ja kein Mann zur Unterstützung mehr verfügbar. Ihrer Mutter fiel die Arbeit allein schwer. Sie sei völlig überfordert, so erzählte sie mir. Und sie, Erika selbst, mache sich um den Betrieb große Sorgen.

Franzl meinte, ihm bliebe nur abzuwarten. Aber Langeweile hätte er bestimmt nicht. Er wolle sich auf ein Studium vorbereiten. Irgendwann würde es für ihn auch möglich sein.

»Aber, wenn du nach Radebeul zur Schule gehst, dann ist dein Weg zu uns doch nicht mehr so weit. Du weißt ja jetzt, wo wir wohnen, und wir freuen uns immer über deinen Besuch.«

»Ja, schon«, wandte ich ein, »aber ich möchte ja auch nicht stören.«

»Was bist du denn für ein Dummchen! Du weißt doch, dass mir sehr viel an deiner Freundschaft liegt. Oder möchtest du diese beenden?«, fragte Franzl. »Nein«, rief ich, »auf keinen Fall! Auch mir bedeuten deine Freundschaft und das Gefühl, dass auch deine Mutter mich mag, sehr viel.«

»Siehst du, schon ist alles geklärt. Aber noch sehen wir uns ja täglich«, legte Franzl fest.

Über Ostern wollten Max und Hedy verreisen, nach Bischofswerda. Hedy wollte ihre Cousine besuchen, die sie schon länger nicht mehr gesehen hatte. Meinetwegen war sie unentschlossen. Alleine wollten sie mir nicht das Haus überlassen, allzu leicht konnte etwas passieren. Andererseits freute sie sich auf die Reise. Ohne mir etwas dabei zu denken, erzählte ich in der Schule Franzl von diesem Problem. Gelassen fragte er, warum ich mir eigentlich darüber Gedanken machen würde.

»Du kommst natürlich solange zu uns.«

»Ich möchte nicht eure Pläne durchkreuzen an den Feiertagen.«

»Aber, hör mal, was denn für Pläne, sind wir nun Freunde oder nicht? Morgen bringe ich dir eine Bestätigung von meiner Mutter, dann sind deine Bedenken hoffentlich zerstreut.«

Hedy wollte ich den Vorschlag aber erst unterbreiten, wenn Franzl mir die Zusage seiner Mutter in die Schule gebracht hatte. Diese kam am anderen Tag. Ich war darüber sehr erleichtert. Max schlachtete ein Kaninchen, das er einige Tage abhängen ließ, und Hedy backte Brot, das ich frisch und duftend einpackte. So waren die Ostertage für uns alle gerettet und ich hatte auch ein bisschen Abwechslung. An diesen freien Tagen würde ich Briefe schreiben in dem mir zugedachten Gästezimmer. Poldi würde mir Gesellschaft leisten, und Friedel und ich könnten uns gemütlich unterhalten. Franzl würde zwischendurch Besuch von Erika haben. Vom Spazierengehen riet mir Friedel ab. Sie meinte, wir könnten es uns hinter dem Haus im Garten gemütlich machen, wenn das Wetter mitspielte. Und das Wetter spielte mit! Wir konnten sogar draußen Mittag essen. Unendlich lang, mit Erzählen, mit Gelächter, Spielen mit Poldi und dem Geplapper von Cora war alles perfekt. Das Geschirr stellten wir einfach in der Küche ab. Dies könne warten, meinte Friedel, wollten wir doch das herrliche Wetter auskosten. Erika kam am späten Nachmittag. Gegen Abend genossen die beiden ihre Zweisamkeit.

Friedel und ich schmiedeten Pläne. Jeder schlug eine andere Richtung ein. Friedel träumte von Amerika, ich vom Ende des Krieges und davon, dass ich Florians Eltern einmal besuchen würde und gleichzeitig Erna wiedersehen könnte.

Franzl begleitete mich am Ostermontagnachmittag zur Schwebebahn. Von Friedel hatte ich mich herzlich verabschiedet und für die schönen Tage bedankt.

»Hoffentlich dauert es noch eine Weile, ehe ihr auswandert. Ich würde euch wirklich vermissen.« Die Frage, ob Erika auch mitginge, hatte ich nicht gewagt zu stellen. Aber dies erschien mir auf einmal nicht mehr so wichtig. Franzl verabschiedete sich mit einem kräftigen Handschlag und erinnerte mich, dass ich auf keinen Fall vergessen sollte, dass in einer Woche die Schule wieder begann.

Es war genügend Platz in der Bahn. In der letzten Minute stieg noch ein Fahrgast ein, blieb aber stehen und hielt sich an der Deckenhalterung fest. Kurz vor dem Aussteigen drehte er sich um und sah mir ins Gesicht. Einen Augenblick lang überlegte ich, dann fiel mir ein, dass es dieser Mann mit demselben Hut war, der neulich schon einmal nicht weit von Sterns Haus stand und mir zur Bahn gefolgt war. Wieder ein Zufall? Wahrscheinlich. Mit der Straßenbahn fuhr ich zum Hauptbahnhof, dann mit dem Zug nach Niederau. Kurz vor Abfahrt des Zuges sah ich diese Gestalt auf dem Bahnsteig stehen, an dem mein Zug abfuhr. Mir wurde kalt. Von meinen Beobachtungen erzählte ich niemandem.

Die Zeit bis zu den Sommerferien verging wie im Fluge. Wir Mädchen, Erika, Nadine und ich, nutzten jede Gelegenheit, um nach der Schule etwas zu unternehmen. Mal gingen wir in ein Kino oder wir tranken im Café unseren Malzkaffee und schnorrten hin und wieder ein Stück Streusel- oder Schmandkuchen. Ob der Schmand echt war, sei dahingestellt. Aber es schmeckte uns und plaudernd aßen wir ihn. Manchmal schäkerten wir mit Soldaten, die versuchten, an unserem Tisch Platz zu nehmen. Gelang es ihnen, dann versuchte Nadine oft herauszubekommen, von welcher Front die Soldaten kamen. Mehr zu erfahren, gelang selten. Die jungen Männer wollten das alles einfach für einige Zeit hinter sich lassen. Jeden Freitag, wenn wir um zwölf Uhr Schulschluss hatten, fuhr ich mit zu Franzl nach Hause. Meist kehrte ich am frühen Abend wieder zurück nach Niederau. Es war nun schon länger Tag, die Verbindung mit dem Zug war gut. So klappte alles ganz ohne Probleme. Wenn ich aber glaubte, dass der Mann mit dem dunklen Hut auftauchte, hatte ich mich geirrt. Ich war völlig darauf eingestellt, dass es der dunkle Hut war, an dem ich ihn erkennen würde. Erst nach einiger Zeit fiel mir auf, dass ein etwas älterer Mann mit einer grauen Mütze, ähnlich denen, wie die Soldaten sie trugen, schon ein paar Mal mit zur Seilbahn gegangen war. Einmal saß er neben mir und sprach mich an. Er wollte wissen, wo ich wohne, ob ich auf dem Heimweg sei und meinte schließlich zu erkennen, dass ich nicht aus Sachsen käme.

»Nein«, sagte ich, »aber ich werde hier bleiben.« Darauf stand ich auf und blieb bis zur Endstation stehen. Auch dies behielt ich ganz für mich. Warum sollte ich die Pferde scheu machen? Vielleicht, so jedenfalls hoffte ich, war auch diese Begegnung nur ein Zufall.

8

Wir lebten in einer schweren Zeit. Oft gab es kein Brot, weil das Mehl knapp war, alle anderen Lebensmittel wurden ebenfalls immer rarer.

»Wie werden wir satt, woher nehmen wir nur das Nötigste?« Hedy konnte oftmals tauschen. Sie nähte oder kochte, wenn mal auf dem Lande eine Kriegstrauung war oder ein großes Familienfest. Dafür nahm sie Mehl, Schmalz, in seltenen Fällen Fleisch als Entlohnung. Wegen des Winters machten sich alle Sorgen. Heizmaterial war knapp. Von Briketts konnte man nur träumen, Kohlen waren rationiert. Bei der Ausgabe, deren Termin bekanntgegeben wurde, kämpften die verzweifelten Menschen um einzelne Kohlen, wenn sie glaubten, dass es mit dem Wiegen nicht genau genommen wurde. Wie mochten die Menschen erst in den zerbombten Städten zurechtkommen? In den Ruinen keine Fenster, keine Türen, oft eine Haushälfte zertrümmert, die andere Hälfte drohte einzustürzen. Trotzdem wurden sie bewohnt. Viele Menschen hausten in Kellern, wo zum Teil das Wasser stand und sich Ratten und anderes Ungeziefer tummelten. Die meisten Väter und Söhne waren im Krieg, nur Greise ließ man nicht an die Front. Die Mütter waren mit allem überfordert. Die heranwachsenden Kinder waren verängstigt. Gefühle zu zeigen, konnten viele nicht lernen, in einer Zeit, wo es täglich nur um das eigene Überleben ging. Diese Frauen erlitten und leisteten Unvorstellbares, um mit der Familie zu überleben. Dennoch klagten sie nie. Mit einem bangen Hoffen im Herzen, dass es ein Wiedersehen geben würde. Vergessen wäre dann alles, vor Freude darüber, von ihren Männern in die Arme genommen zu werden. Die Mutter könnte ihren Sohn umarmen und weinen vor Freude. Nur die Freude zählte dann, alles andere wäre vergessen. Doch vorerst war die Seele taub und gefühllos geworden, dennoch musste alles irgendwie weitergehen – und der nächste Schritt wurde wieder getan.

Vor den Ferien besuchte ich noch einmal Friedel und Franzl Stern. Das tägliche gemeinsame Schulbankdrücken hatte sein Ende gefunden, aber ich versprach den beiden, dass ich sie so oft wie möglich besuchen würde. Und schreiben wollte ich ihnen auch von zu Hause.

Eigentlich hatte ich mir so viel vorgenommen. Zuerst wollte ich nach Hause. Mutter, Großeltern und die Tanten besuchen. Zwei Wochen wollte ich bleiben. Nicht gerade viel Zeit, wenn man sich vielleicht für längere Zeit nicht mehr sehen konnte. Anschließend wollte ich Vater besuchen. Für eine Woche. Diese eine Woche würde ich bei Lisa und Martin in Neugraben verbringen. Vater und Helga wollten mich da besuchen. Viel Zeit würde Vater für mich sowieso nicht haben. Dies hatte er schon angedeutet in seinem Brief. Aber ich wäre wenigstens in seiner Nähe. Wir hätten uns mal wieder gesehen und die Vorgehensweise, meine Zukunft betreffend, besprochen. Was er wohl Maria sagen würde, warum ich nicht nach Fischbek kam? Er würde schon eine Erklärung dafür finden. In Marias Nähe fühlte ich mich sehr bedrückt. Ich fand nicht den richtigen Draht zu ihr. Außerdem glaube ich ganz fest, dass es ihr auch lieber war, mich nicht in ihrer Nähe zu haben. Es sollte das letzte Mal sein, dass ich Vater in Fischbek oder Neugraben besuchte, was zu diesem Zeitpunkt ja noch niemand ahnte. Nach Chemnitz würde ich auch nicht fahren. Es wäre alles ein bisschen viel auf einmal. Wer weiß, ob, wenn ich, wie eigentlich vorgesehen, Florians Eltern besuchte, das für die Mutter und den Vater nicht zu schmerzlich war, wieder die Wunden aufreißen würde, die vielleicht schon langsam zu heilen begannen? Schlimmer würde es für sie werden, wenn der Krieg zu Ende war und ihr Sohn auch dann nicht mehr heimkehrte.

Es war alles andere als eine schöne Fahrt nach Hause. Kaum hatte ich mich ein wenig erholt, ging es schon in Richtung Hamburg. Nach Neugraben, zu Lisa und Martin. Lisa holte mich in Hamburg ab. Der Zug hatte sieben Stunden Verspätung. Bombenangriff war die Ursache, aber wo? Der Zug wurde umgeleitet, blieb zwei Stunden auf freier Strecke stehen, fuhr weiter und blieb abermals stehen. Schreckliche Gedanken nahmen von mir Besitz. Ich war auf einmal so niedergeschlagen. Zum ersten Mal hatte ich Zweifel an meinen Unternehmungen. Hatte Großmutter doch recht, als sie meinte: »Bleib bei uns, ich mache mir große Sorgen um dich. Du bist doch mein Mädchen. Der Krieg muss bald mal ein Ende haben, dann kannst du immer noch etwas Neues unternehmen.«

»Ach, Oma, weißt du, ich bin doch schon angemeldet in Radebeul. Nach den Ferien beginnt der Unterricht. Die Schule dauert zwei Jahre, wenn diese vorbei sind, werde ich wiederkommen. Dann werde ich sicher auch bleiben und mir hier eine Arbeit suchen, und wir werden uns oft sehen können. Lass mich dies noch zu Ende bringen. Dann sehen wir weiter, versprochen, Großmutter!« Sie streichelte mich so lieb und hatte dabei nasse Augen, dass auch ich mit den Tränen kämpfte.

Großvater sprach nicht viel über alles, meinte aber: »Hansli, du wirst es schon richtig machen. Du bist ein tapferes Mädchen. Um dich braucht einem nicht bange zu sein. Weiter so.«

Was sagte meine Mutter? Ihre Zurückhaltung schmerzte sehr. Ich hätte mir so sehr gewünscht, dass sie mir eingestand, sie würde sich Gedanken um mich machen. Ich sollte gut auf mich aufpassen oder irgendetwas, aber sie sagte nur zum Abschied: »Bereite mir keine Sorgen, wir haben schon genug davon.« Zum Abschied überreichte sie mir einen Umschlag mit Lebensmittelmarken und Geld, ich schien ihr doch nicht gleichgültig zu sein. Freudig umarmte ich sie, nicht wegen des Umschlags, nein, einfach, weil sie mir zum Schluss das Gefühl gab, dass sie mich liebte.

All diese Gedanken waren auf der langen Fahrt meine Begleiter. Froh war ich darüber, dass ich zuerst zu meinen Angehörigen gefahren war. Wäre ich nach Hamburg nicht zurechtgekommen, hätte es keine Möglichkeit zur Weiterreise gegeben. Dann hätte ich versucht, in Richtung Dresden zurückzufahren. Aber es klappte doch, dass ich Vater sehen konnte und wir besprechen konnten, was würde werden, wenn …? Diese Gelegenheit hatte ich, als Vater mir am Samstagvormittag den Vorschlag machte, ich solle ihn doch begleiten. Er habe einen Transport nach Neumünster zu übernehmen. Mir kam dieser Ausflug sehr gelegen. Selbst, wenn Lisa, seine Sekretärin, über alles Bescheid wusste, so besprach ich mit Vater doch lieber alles alleine, was mich betraf. Auf der Fahrt nach Neumünster musste ich Vater über alles berichten. Er wollte sogar wissen, wie es meinen Großeltern ging. Er hatte Großvater noch nicht ganz verziehen, dass er damals meine Mutter nicht heiraten durfte. Scheinbar konnte er sie nicht vergessen. Ganz vorsichtig stellte er seine Fragen. Er war sichtlich aufgeblüht, als wir von Mutter sprachen. Ob sie ihm immer noch wichtig war?

Fast wollte ich es glauben. Auf der Strecke nach Neumünster wurden wir einige Male angehalten und von der Feldpolizei kontrolliert. Vater zeigte immer nur seinen Ausweis und ein Dokument, wohin und wofür die Ladung bestimmt war. Es wurden keine weiteren Fragen gestellt. Vielmehr hob man die Hand an den Helm und wünschte gute Fahrt.

Plötzlich gerieten wir in starken Nebel. Vater konnte kaum noch etwas sehen und fuhr ganz langsam. Er blieb auf einmal auf einer Pannenspur stehen.

»So kann ich nicht mehr weiterfahren.«

»Was machen wir jetzt?«, fragte ich.

»Das weiß ich selbst nicht. Dieses Fahren ist mit der Ladung zu gefährlich.« Was geladen war, konnte ich nur vermuten. (Es waren Teile für die V-Waffe, wie ich später erfuhr.) Das Rauchen musste Vater auf dieser Fahrt ganz unterlassen. Seine Nervosität war sichtbar, doch das Warten war zum Glück von kurzer Dauer. Eine Kontrollstreife hielt an. Vater besprach sich mit ihnen und ein Aufatmen war zu hören.

»Auf diesen Transport«, erklärte Vater den beiden Militärs, »wird dringend gewartet.« Der Militär-Jeep fuhr als Begleitung bis an unser Ziel vor uns her. Dort angekommen, bedankte sich Vater und wir wurden, nachdem wir etwas gegessen hatten, zum Bahnhof gefahren. Mit dem Zug fuhren wir zurück nach Neugraben. Es ging auf Mitternacht, als wir dort ankamen. Vater schlief auch bei Lisa. Am Sonntagmorgen fuhr er nach Fischbek zurück. Lisa sollte mich am Montag zum Bahnhof bringen und die Fahrkarte lösen. Vater hatte sich am Sonntagmorgen von mir verabschiedet. Er musste nun klären, wer den Lastwagen in Neumünster abholte und einiges mehr. Zwar wollte er mich selbst zum

Bahnhof begleiten, wenn ich einen Tag später fuhr, aber ich hatte mit Hedy besprochen, dass ich, wenn es klappte, ohne Schwierigkeiten am Montagabend zurück war. Max würde sich informieren, wann ein Zug aus dieser Richtung käme. Er wollte mich mit seinem Fahrrad abholen und den Koffer auf dem Gepäckträger befestigen. So wäre es für mich nicht so anstrengend.

Als Vater mich beim Verabschieden umarmte, gab er mir traurig mit auf den Weg: »Grüße deine Mutter vielmals, wenn du ihr schreibst. Richte ihr aus, dass ich viel an sie denke. Sag' es ihr aber alleine. Ich befürchte«, fügte er, nachdem er sich wieder gefasst hatte, an, »dass wir uns vielleicht länger nicht sehen können. Die Kriegsereignisse stehen für uns nicht zum Besten. Wie alles enden wird, ist noch nicht einzuschätzen. Fast wäre es mir lieber gewesen, dich bei deinen Angehörigen zu wissen. Aber was ist wichtiger? Entscheide du, ob du in Dresden bleiben oder lieber zurück zu deiner Mutter fahren willst. Auf jeden Fall bekommst du von mir weiter Unterstützung, egal, wofür du dich entschließt. Für alle Fälle habe ich hier ein Sparkassenbuch, auf deinen Namen bei der Dresdner Bank angelegt. Deren Filialen gibt es fast überall. Dies soll aber ein Notgroschen sein, wenn wir längere Zeit nichts voneinander hören. Bei Deschers ist ja auch noch ein Konto, das sie verwalten, für alle Fälle bist du damit eine Weile abgesichert. Verwahre das Buch gut, trage es am besten in einem Beutel am Körper, wenn du unterwegs bist.«

»Du machst mir Angst«, meinte ich zu Vater. Ich war sichtlich schockiert.

»Nein«, beschwichtigte er mich, »das darfst du nicht so sehen. Wir müssen jetzt und hier noch über alles reden. Ganz schnell kann sich alles ändern, dann geht es nicht mehr. Wir können nichts mehr schönreden. Versprich mir, mich wissen zu lassen, wenn du entschieden hast, wohin du gehst, ob zu deinen Angehörigen oder ob du bei Deschers bleibst. Dann sehen wir weiter. Wollen wir noch nicht das Schlimmste befürchten. Lass uns hoffen, dass wir uns gesund wiedersehen.«

Vater sollte mit seinen Befürchtungen recht behalten. Wenn es auch noch Monate dauerte, dann aber passierte plötzlich so viel gleichzeitig, dass man kaum mehr den Überblick behalten konnte.

Zunächst war der Schulbeginn in Radebeul ein Neubeginn, das lenkte ab. Wir bekamen einen Schulausweis mit Foto. Er galt auch als Personalausweis. Chemie- und Bakteriologie-Schule Radebeul, Berufsfachschule. Ausbildungsdauer vom 01.10.44 – 31.03.46.

Es ließ die Ängste vergessen, die sich in mir breitmachten. Man hoffte, dass vielleicht alles nicht so schlimm würde, wie viele hinter vorgehaltener Hand munkelten. Viele Flüchtlinge, die von Osten kamen und mit ihren Trecks weiterzogen, erzählten von Gräueltaten, setzten uns in Angst und Schrecken. Die meisten von ihnen reagierten apathisch und stumpfsinnig. Was konnte denn noch alles kommen? Alleine diese Unsicherheit genügte, uns unfähig zu machen zu disponieren und Entscheidungen zu treffen. Anfang Juni landeten die Alliierten in der Normandie. Dieses Geschehen war zwar noch weit weg, aber bedrohlich. Was, wenn sie bis an den Rhein vorstießen? In erster Linie dachte ich an meine Angehörigen, Großmutter in ihrer Zerbrechlichkeit. Würde das gut gehen? Zum Glück hatte sie Großvater an ihrer Seite. Tante Miriam lebte im Haus mit Onkel Stephan. Tante Nina wohnte in der Nähe, zusammen mit Tante Hilda, beider Männer waren an der Front. Ich hatte Hedy und Max. Hedy pflegte zu sagen, ›schau nach vorn, nie zurück.‹ Ja, aber wo war das Vorne? Gab es das für uns noch?

Der Schulbeginn lenkte von den Ereignissen etwas ab und brachte viele neue Eindrücke.

Wir waren 20 Schülerinnen. Alle wohnten in Radebeul, entweder bei Angehörigen in der Nähe oder in einem gemieteten Zimmer. Sogar aus Ostpreußen waren zwei Teilnehmerinnen aufgenommen worden. Die Schulbank teilte ich mit Gisela Weber. Sie kam aus Bergen auf der Insel Rügen. Sie war mit ihren Eltern in Rostock ausgebombt worden. Danach wurden ihre Eltern auf die Insel evakuiert. Beim Bombenangriff hatten sie alles verloren. Nur einen kleinen Koffer konnte jeder von ihnen retten.

Als Gisela merkte, dass ich nach der Schule zur Straßenbahn ging, fragte sie mich am anderen Tag, wo ich wohne. Ob bei den Eltern und wie weit ich zu fahren hätte? Die Fahrt war nicht das Schlimmste, aber der weite Fußmarsch bis in das Dorf, erklärte ich ihr. Bald stand der Winter vor der Tür, dann würde es besonders hart. Keine warmen Schuhe, keine warmen Strümpfe. Es mangelte an allem. Wer vor dem Krieg genügend besessen hatte, kam vielleicht noch einigermaßen über die Runden. Mir fehlte es hauptsächlich an Schuhwerk. Schon als kleines Mädchen, so erzählte man mir, mussten jeden Monat ein Paar neue Schuhe her. Sie waren innerhalb kurzer Zeit völlig ramponiert und verbraucht. Für den Winter kannten wir Kinder damals nur Gummistiefel. Großmutter strickte mir warme Strümpfe, und Großvater verpackte meine kleinen Füße, die immer kalt waren, gut in Zeitungspapier. Dann kamen sie in die Gummistiefel, die immer größer gekauft wurden.

So waren aber meine Füße doch einigermaßen warm und die Kälte war erträglicher.

So kam es, dass ich auf Giselas Vorschlag einging, mit ihr zusammenzuwohnen. Sie war zwei Jahre älter als ich. Ein kleines Häuschen, das im Garten einer Villa stand, konnte Gisela anmieten. Für sie alleine nicht ganz das Richtige. Ein einzelnes Zimmer zu bekommen, war nicht so leicht, auch sehr teuer. Deshalb entschied sie sich dafür, dieses kleine Haus zu mieten. Die Besitzerin wohnte in ihrer separaten Villa im Parterre. Die erste Etage war beschlagnahmt worden und eine Apothekerin mit ihrer Mutter und ihrer Tochter wurden einquartiert. Sie kamen aus Litauen, sprachen polnisch und russisch. Die Hausbesitzerin selbst war unverheiratet, ihr rechtes Bein war steif von Geburt an, wie sie mir später erzählte. Ihre Eltern hatten in Ostpreußen ein großes Gut. Als ihr Bruder alles übernahm, bekam sie eine sehr großzügige Abfindung und konnte seither von ihrem privaten Vermögen leben.

Das Gartenhaus war sehr sparsam möbliert. Es gab einen Flur mit einem Gaskocher auf einem Tischchen. Fließendes Wasser und Waschgelegenheit mit einer Spüle in der Ecke, das war unsere Küche. Zwei Töpfe standen auf der kleinen Tischplatte. Vom Flur kam man in ein kleines Wohnzimmer mit einem Holzofen, einem Esstisch, vier Stühlen, einem kleinen Geschirrschrank mit Tellern, Tassen und Besteck. Vom Fenster sah man in den Garten und direkt auf einen Apfelbaum. Im Sommer wäre darunter bestimmt ein schönes Plätzchen zum Lesen, Träumen oder einfach zum Abschalten. Eine steile Treppe führte nach oben in den Schlafraum. Zwei Eisenbetten standen dort. Das eine rechts, das andere links an der Wand. Dazwischen ein Schränkchen für den Wecker und eine Nachttischlampe. Ein kleines vergittertes

Fenster ließ Licht und Sonne herein. Der Kleiderschrank reichte gerade für unsere Habseligkeiten aus. Zur Besichtigung nahm Gisela mich nach der Schule mit. Keine 15 Minuten dauerte der Weg bis dahin. Erst klingelten wir bei der Besitzerin, Frau Rudolph, und baten sie um den Schlüssel. Sie ging mit uns, verhandelte dabei den Mietpreis und erklärte uns ihre Bedingungen. Sie wünschte einfach nur, dass wir keinen Lärm machten und alles ein bisschen in Ordnung hielten. Ein kleines Paradies, so fand ich diesen Ort ganz im Stillen. Ein Zuhause, Selbstständigkeit, Unabhängigkeit, für mich ein Traum! Wir versprachen Frau Rudolph, am anderen Tag nach der Schule vorbeizukommen, um alles fixzumachen. Gisela hatte ein Zimmer auf Abruf gemietet. Keine Kündigungsfrist, keine weiteren Verpflichtungen. Aber ich musste es Hedy und Max erklären. Vater, dessen war ich mir sicher, war damit einverstanden. Hauptsache war die Schule und dass er sich auf mich verlassen konnte. Das hatte ich ihm bereits vor meiner Abreise fest versprochen. Wie sollte ich es nur Hedy und Max beibringen? Sie sollten auf keinen Fall das Gefühl bekommen, ich sei nicht glücklich bei ihnen. Sie taten alles für mich.

›Mädel, du sollst dich zu Hause fühlen. Du bist wie eine Tochter für uns. Wenn wir etwas ändern sollen, sag es bitte. Es lässt sich bestimmt irgendwie machen‹, meinte Hedy oft. Aber es gab nichts zu ändern. Alles war gut. Ich mochte die beiden sehr. Nie könnte ich sie verletzen oder ihnen auf irgendeine Weise wehtun. Aber ich wurde eben erwachsen. In wenigen Wochen hatte ich meinen 18. Geburtstag. Oft träumte ich von einem eigenständigen Leben. Wenn auch nicht die Zeit dafür günstig war, so war da doch immer der Wunsch nach ein bisschen Eigenleben. Nicht immer erklären müssen, weshalb ich eine Stunde später nach Hause kam. Gerne würde ich auch einmal in ein Kino gehen, ohne den langen Marsch vom Bahnhof ins Dorf bewältigen zu müssen.

Genau dieses Häuschen war der ideale Standort. Kein weiter Weg zur Schule, zur Straßenbahnhaltestelle ein paar Minuten, um in ca. 15-20 Minuten in Dresden zu sein. Viele Möglichkeiten, mal ins Kino zu gehen oder vielleicht in ein Konzert. Regelrecht fieberte ich auf dem Heimweg. Meine Gedanken drehten sich im Kreis, fanden keine Ruhe. Erst als ich vor dem Gartentor stand, rief ich mich zur Ordnung und sagte zu mir selbst:

»Mache keinen Fehler. Platze jetzt nicht vor Begeisterung mit der Tür ins Haus. Erzähle es so beiläufig beim Abendbrot. Stöhne erst ein bisschen, dass es doch von Radebeul sehr umständlich ist mit dem Fahren.« Denn ich musste entweder ab Hauptbahnhof mit dem Zug, der leichtere Weg, oder bis Weinböhla mit der Straßenbahn. Dies war aber eine noch längere Strecke zu Fuß. Ich drückte mir selbst ganz fest die Daumen für eine gute Erklärung.

Das Gespräch entwickelte sich ganz von selbst.

»Du siehst müde aus, ist es so anstrengend in der Schule?«, meinte Max.

»Nein«, erwiderte ich, »aber es kommt viel Neues auf mich zu. Das Hin- und Herfahren ist auch belastend. Erst die Straßenbahn, dann das Zugfahren, zuletzt der Fußmarsch. Dabei sind die Züge überfüllt, meist ist kein Sitzplatz frei.«

»Wie machen es denn die anderen Schüler?«

»Wie ich so mitbekommen habe, wohnen viele bei Angehörigen in Radebeul. Es sind auch ein paar verheiratete Frauen bei uns. Sie haben ihr eigenes Haus. Einige, etwa ein Drittel, haben ein möbliertes Zimmer gemietet«, erklärte ich den beiden. »Gisela von der Insel Rügen hat sich ein kleines Häuschen angesehen, mit zwei Zimmern und einer Kochgelegenheit. Sie meinte, dass es genauso teuer sei wie ein möbliertes Zimmer. Heute hat sie mich mitgenommen. Ich sollte es mir einmal ansehen. So beiläufig äußerte sie den Gedanken, ob ich nicht mit ihr zusammenwohnen wolle. Mir würde es da schon gefallen. Wir hätten es nicht weit zur Schule. Das wäre ja besonders wichtig.« Eifrig erklärte ich den beiden die Situation. »Es ist allerdings so«, sprudelte ich weiter, »dass wir morgen Bescheid sagen müssten. Sicher sind noch mehr Interessenten da. Die Vermieterin ist sehr nett. Frau Rudolph heißt sie. Über die Miete ließe sich verhandeln, versprach sie uns heute. Ihr sei einzig und allein wichtig, dass das Häuschen nicht leer steht und ruhige Mieter es bewohnen.«

Zunächst herrschte langes Schweigen. Ich merkte, wie Hedy und Max Blicke tauschten. Bis Max das Schweigen brach.

»Was würde dein Vater dazu sagen?«

»Ach, Max. Vater kann nicht alle Entscheidungen für mich treffen. Ich bin doch erwachsen und werde irgendwann meine eigenen Wege gehen und selbst entscheiden müssen. Schließlich musste ich all die Jahre ohne ihn zurechtkommen und muss auch später ohne seine Hilfe klarkommen. Es ist schön, sagen zu können, dass Vater sich um mich sorgt. Aber wie will er das meistern, bei diesen Entfernungen? Hier und jetzt, heute muss ich eine Entscheidung treffen. Diese ist für mich wichtig. Auch wichtig deshalb, weil ich auf eigenen Füßen stehen will. Eine Entscheidung habe ich bereits ohne Vater getroffen, als ich ihm mitteilte, dass ich hierbleibe und in Radebeul die Schule besuche. Nun möchte ich auch diese Entscheidung treffen und hoffe inständig, dass ihr mir nicht böse seid. Nämlich, dass ich in Radebeul mit Gisela zusammenwohnen möchte.«

Meine Entscheidung wurde von Hedy und Max akzeptiert. Hedy schlug vor, dass sie am anderen Tag um 13 Uhr vor der Schule auf mich wartete und mit uns beiden zu Frau Rudolph ginge. Es war vielleicht ganz gut, wenn die Besitzerin merkte, dass noch jemand hinter mir stand, notfalls hinter Gisela und mir. Ich bat Hedy, mir doch ein Nachthemd, den Toilettenbeutel und ein Handtuch mitzubringen. Für den Fall, dass Gisela schon im Häuschen übernachten wollte, würde ich gerne bei ihr bleiben, damit sie nicht alleine war. Ich packte mir für alle Fälle meine gesamten Unterlagen für die Schule ein, auch meine Briefe, die ich in einer kleinen Kassette aufbewahrte, und all meine Fotografien. Gisela war bereits in der Schule, saß auf der Kante der Schulbank und wartete voller Ungeduld auf mich. Kaum, dass sie Luft holte, fragte sie:

»Gehst du heute mit zu Frau Rudolph?«

Ein bisschen ließ ich sie noch zappeln, dann sagte ich: »Weißt du, Gisela, ich habe alles gut überlegt.«

»Sag schon, oder machst du nicht mit?«

»Willst du das denn immer noch?«, fragte ich scheinheilig.

»Was denkst du, hätte ich dich sonst gefragt? Sonst bleibe ich eben in dem Zimmer, das ich mieten kann, solange ich hier bin.«

»Warum gibst du so schnell auf, Gisela? Würdest du denn nicht gerne in dem Häuschen wohnen?«

»Aber natürlich, das wäre doch schön, wir beide zusammen? Vieles könnten wir gemeinsam machen, vor allem lernen. Wir können Dresden näher kennenlernen. Ach, was weiß ich noch alles«, stöhnte Gisela ganz aufgewühlt. »Du weißt ja, Frau Rudolph will heute eine Antwort.«

»Und diese bekommt sie auch«, sagte ich lächelnd.

»Wie denn, nehmen wir das Häuschen?«

»Na klar nehmen wir es. Hedy kommt uns abholen von der Schule. Dann gehen wir zu Frau Rudolph und machen Nägel mit Köpfen. Hedy meinte, es sei vielleicht besser, wenn wir der Vermieterin das Gefühl vermitteln, dass wir nicht ohne Unterstützung sind.«

»Das ist gut«, freute sich Gisela, »da lerne ich auch gleich deine zweite Mutter kennen und sie weiß, mit wem ihr Küken in Zukunft zusammenlebt!«

9

Frau Rudolph erwartete uns bereits. Anscheinend war sie nicht auf Begleitung eingestellt. Aber ihre Verwunderung wechselte zu Freundlichkeit, als Hedy sich vorstellte und Frau Rudolph die Zusammenhänge erklärte. Sie machte auch klar, dass sie im Auftrage meines Vaters für mich Entscheidungen treffen dürfe, wenn es mal Probleme geben sollte. So wären sie und Max befugt, alles in Vaters Sinn zu regeln. Dies betreffe auch das Finanzielle. Und was ihren Schützling betraf, so sähe sie keine Probleme. Ich sei ein selbstständiges Mädchen, das nun anfangen wolle, die Verantwortung für sich selbst zu übernehmen.

Frau Rudolph sah mich an, blinzelte mir mit einem Auge zu und meinte ganz gelassen: »Ich werde mit den jungen Damen schon zurechtkommen.«

Das Wohnzimmer im Häuschen war geheizt, als wir eintraten. Es wirkte sehr gemütlich und heimelig. Hedy ging mit Frau Rudolph nach oben, um die Schlafkammer anzusehen. Frau Rudolph hatte Bettwäsche bereitgelegt, meinte aber, es wäre ihr lieber, wenn wir unsere eigene hätten. Sie habe schon ihren Mitbewohnern Bettwäsche überlassen müssen, und leider wären solche Textilien kaum mehr zu ergattern. Hedy bot mir die Aussteuer von Erich an, was ich jedoch ablehnte.

»Sicher hast du noch ältere Bettwäsche, die du mir geben kannst, wenigstens zum Wechseln.« Gisela bekam sie von Frau Rudolph. Woher sollte sie auch sonst welche haben. Hedy verhandelte noch den Mietpreis mit der Vermieterin.

»Kohlen fürs Heizen müssen Sie sich selbst besorgen«, wurde uns mitgeteilt.

Auf dem Einwohnermeldeamt bekamen wir anderntags bei der Anmeldung den Bezugsschein für Heizmaterial, ebenso die neuen Lebensmittelkarten, die an jedem Ersten eines Monats ausgehändigt wurden, nachdem in den Ausweis eine Seite Papier eingeklebt und mit einem runden Stempel versehen worden war. Das Datum in der Mitte des Stempels wurde mit Tinte eingetragen. Wenn das Blatt voll war, kam ein neues hinzu.

Alles war geklärt, das Häuschen warm, sehr gemütlich, wir waren glücklich. Hedy hatte, wie besprochen, alles Benötigte mitgebracht. Daraufhin schlug Gisela vor, dass wir anschließend ihre Habseligkeiten abholten und wir schon ab sofort unser eigenes Reich bewohnten. Eines muss ich Hedy lassen, sie hatte an alles gedacht. Sie hatte Brot in der Tasche, etwas Margarine, ein Stückchen Wurst und sogar eine Flasche Milch. Für alle Fälle, meinte sie. Frau Rudolph lud Hedy zu einer Tasse Kaffee ein. Wir Mädels holten Giselas Gepäck. Nachdem auch das geregelt war, besorgten wir uns gleich ein paar Lebensmittel. Der Laden war nicht allzu weit von unserem neuen Heim entfernt. Allerdings hatten die Geschäfte neuerdings nur stundenweise geöffnet. Der Bäcker meist nur am Vormittag, weil das Mehl zugeteilt wurde. Am Nachmittag war das Brot schon alle. Wer Schlange stand, hatte oft das Pech, dass, kurz bevor er an der Reihe war, die Ladentüre mit den Worten geschlossen wurde:

›Kommen Sie morgen wieder, wir sind ausverkauft.‹

All dies hatte im Moment wenig Bedeutung für uns. Wir waren selbstständig, erwachsen, hatten ein kleines Reich für uns. Was wollten wir mehr? Bald wussten wir, wo wir einkaufen konnten. Ein kleines Kino war ebenfalls in der Nähe. An der Ecke Hauptstraße gab es ein Lokal, wo man Mittag essen konnte, natürlich nur etwas Einheitliches gegen Marken. Und sonntags war Tanz von 16 bis 22 Uhr. Den hier stationierten Soldaten sollte Abwechslung geboten werden und da für sie um 22 Uhr der Zapfenstreich war, richteten sich auch die Lokale danach.

Rasch fanden wir unseren Rhythmus. Wir teilten uns die Hausarbeit. Beim Einkaufen, sprich Schlange stehen, wechselten wir uns ab. Nach drei Wochen fand ich, dass es wieder einmal an der Zeit war, Friedel und Franzl zu besuchen. Gisela wollte in dieser Zeit einen Stadtbummel machen. Denn am Wochenende, Samstag oder Sonntag, wollte ich zu Hedy und Max fahren. Gisela war auch eingeladen. Seit unserem Einzug am Augustusweg hatte ich es ständig vor mir hergeschoben. Wir genossen erst einmal unser kleines Reich.

Gisela bekam von ihren Eltern ein großes Lebensmittelpaket. Ihre Mutter arbeitete in einem Lebensmittelgeschäft in Bergen. Scheinbar konnte sie etwas für uns abzweigen. Ihre Eltern schrieben uns gemeinsam einen sehr netten Brief, worin sie erwähnten, dass sie sehr froh darüber waren, dass Gisela eine nette Freundin und Mitbewohnerin gefunden hatte. Sie bestellten Grüße an mich und meinten, dass sie mich sicher einmal kennenlernen würden.

Friedel und Franzl freuten sich sehr über mein Kommen. Auch Erika war anwesend. Aber die Stimmung war gedrückt, so jedenfalls schien es mir. Franzl fragte so beiläufig, ob ich denn regelmäßig Post von zu Hause bekäme. Da fiel mir plötzlich auf, dass ich vor etwa vier Wochen den letzten Brief erhalten hatte, seitdem nichts mehr. Dem Brief waren einige Lebensmittelmarken beigefügt gewesen. Es waren besondere Lebensmittelkarten, die nur für werdende Mütter ausgegeben wurden! Mutter schrieb, dass sich alle sehr um mich sorgten. Es sei doch eine zu große Entfernung, zumal wir nicht wussten, was die Zukunft brachte. Mir kam alles ein wenig kryptisch vor. Wussten meine Angehörigen mehr über all die Ereignisse? Wir hörten ja kaum etwas Neues. Wir hatten auch leider kein Radio. In der Schule hielten sich alle bedeckt. Die, die heimlich ausländische Nachrichten hörten, behielten es für sich, um nicht aufzufallen. Wer erwischt wurde, galt als Volksfeind und verschwand in einem Lager. Frau Rudolph, so bekamen wir aber bald mit, hörte mit den litauischen Flüchtlingen die Sender ab und war so auf dem Laufenden. Dadurch bekamen wir immer ganz vorsichtig ihre Vermutungen mitgeteilt. Wir machten uns aber weiterhin nicht allzu viele Gedanken.

Gisela kam an diesem Abend von ihrem Stadtbummel heiter und strahlend zurück. Ich war noch damit beschäftigt, darüber nachzudenken, was bei Friedel und Franzl los gewesen war. Was mochte sie wohl so bedrückt haben? Ob ich es irgendwann erfahren würde? Fast hatte ich das Gefühl, dass es um Erika ging. Ab der Straßenbahnhaltestelle in Radebeul, auf dem Weg zu unserem Häuschen, hatte ich den Eindruck, dass mir jemand folgte. Ich ging schnell, es war inzwischen sehr dunkel, dadurch konnte ich nur an der Gestalt erkennen, dass es ein Mann war. Er behielt immer einen bestimmten Abstand. Was war ich froh, als ich den Weg durch den Garten ging und endlich im Häuschen war. Schnell schloss ich die Haustüre hinter mir ab, zog die Gardinen zu und holte tief Luft. Aber was redete ich mir da ein? Schon als kleines Mädchen war ich sehr ängstlich und bat immer darum, das Licht bis zum

Einschlafen brennen zu lassen. Als Gisela stürmisch an die Türe klopfte und fragte:

»Warum schließt du denn ab?«, erwiderte ich ihr nur, dass ich dies so in Gedanken getan hätte.

»Wie war dein Nachmittag?«, fragte ich, um ja nicht in Versuchung zu kommen, ihr von meiner Angst zu erzählen.

»Sag du erst«, hielt sie mich hin, »bei mir ist es eine längere Geschichte.« Dabei leuchteten ihre Augen.

»Viel kann ich dir nicht erzählen, zwar haben die Sterns sich gefreut, dass ich kam, aber Franzl löcherte mich mit Fragen, was wir so alles durchnehmen in der Schule.« Obwohl wir uns angeregt unterhielten, spürte ich deutlich, dass irgendetwas nicht stimmte. Am meisten fiel mir auf, dass Erika sehr einsilbig war und sich bald verabschiedete. Aber dafür konnte es ja viele Gründe geben. Franzl wollte außerdem wissen, wie viele Schüler in unserer Klasse waren. Ob es auch männliche Teilnehmer gäbe. Ich sagte ihm, dass es seit Anfang der Woche einen neuen Schüler gab, den einzigen Mann in unserer Gruppe. Meines Erachtens war er bestimmt schon Anfang 30. Wenn ich seinen Namen richtig verstanden hatte, so hieß er Grabowsky. Nicht gerade sympathisch. Sein Blick machte mir Angst. Die Augen so stechend dunkel, beschreiben konnte ich ihn nicht näher, weil er auf mich abstoßend wirkte. Ich sah ihn deshalb gar nicht näher an.

»Doch die Mädels haben mich umgetauft«, erzählte ich eifrig.

»Wieso das?«, fragte Friedel erstaunt.

Nachdem sie meinen Vornamen gehört hatten, meinten einige der Mädels, Edith höre man aber nicht oft. Darauf erzählte ich, dass ich als Sechsjährige oft im Schlafzimmer vor einem großen Spiegel stand und lautstark verkündete:

›Ich möchte nicht Edith heißen.‹ ›Wie wolltest du denn heißen?‹, hatte mich Sofia, die Tochter einer Apothekerfamilie gefragt.

›Am liebsten ›Petra‹‹, antwortete ich. ›Mein Großvater rief mich immer Hansli, weil er sagte, an mir sei ein Junge verloren gegangen.‹

›Wisst ihr was‹, sprach Sofia alle an, ›wenn sie eigentlich ein Junge sein sollte, dann akzeptieren wir es auch und taufen dieses Mädchen auf den Namen ›Peter‹.‹ Und so kam es, dass ich ab sofort Petra=Peter hieß. ›Also‹, beschlossen die Sterns, ›so heißt du auch bei uns ab heute Peterli‹. Nun habe ich aber eine Menge erzählt. Es war ein netter Nachmittag bei Sterns. Jetzt bist du dran, Gisela.«

Wir kochten uns Tee und genossen das Stück Streuselkuchen, das die Freundin mitgebracht hatte und das wir uns teilten.

»Stell dir vor«, war nun Gisela an der Reihe, »ich habe jemanden kennengelernt. Einen Leutnant, 24 Jahre alt, blond, er ist seit Wochen in Dresden im Lazarett. Ich wollte einfach nur eine Tasse Kaffee trinken, Kuchenmarken hatte ich keine, als er an mein Tischchen kam und mich fragte, ob er sich zu mir setzen dürfte. Natürlich bejahte ich, der Platz sei frei. Er stellte sich vor und sah dabei auf meine Kaffeetasse. Schließlich meinte er, ob der Kaffee so ohne alles schmecken würde. Er meinte, so ohne Kuchen.« Gisela erklärte ihm, dass sie nicht die Absicht gehabt hatte einzukehren und daher auch keine Kuchenmarken bei sich hätte. Laurenz, so hieß er mit Vornamen, schlug vor: ›Das lässt sich ändern, wenn ich Sie auf ein Stück Kuchen einladen darf. Wir bekommen im Lazarett Sonderzuteilungen, alleine schmeckt der beste Kuchen nicht, und in diesem Café ist der Kuchen sehr gut.‹

»Ich nahm die Einladung an«, gestand Gisela, »und dieses

Mitbringsel an Kuchen ist auch von Laurenz. Für übermorgen habe ich mich wieder mit ihm verabredet. Wir wollen uns am Altmarkt treffen und dann zusammen etwas unternehmen. Hoffentlich bist du mir nicht böse, aber ich möchte ihn schon gerne wiedersehen. Doch zuerst machen wir noch gemeinsam die Schulaufgaben. Gegen 16 Uhr wollte ich am Altmarkt sein.«

»Mach dir keine Gedanken um mich. Ich freue mich für dich, wenn du jemanden gefunden hast«, ermunterte ich Gisela.

Es sollte sich für mich auch einiges ändern. Wenn ich so im Nachhinein die folgende Zeit in Gedanken Revue passieren lasse, überschlugen sich in den folgenden Monaten die Ereignisse. Man könnte der Meinung sein, dass all diese Geschehnisse für ein ganzes Leben ausreichten. Wie viel Kraft man oft aufbringen musste, um die Dinge zu verarbeiten. Wie viel es einem bedeutete, liebe Menschen um sich zu haben, sie zu trösten, schweigend in den Arm zu nehmen, über das Haar zu streicheln. Obwohl man selbst oft eine kranke Seele hatte. Die Seele war die Kraft, die alle Vorgänge verknüpfte und zusammenhielt.

Zunächst aber bescherten mir die kommenden Wochen und Monate alles, was man nur als junger Mensch mit dem ganzen Herzen empfinden kann: Liebe, Geborgenheit, eine Heimat im Herzen des liebsten Menschen, den es für mich gab.

Fast war ich etwas traurig darüber, dass Gisela womöglich nun öfter ohne mich unterwegs sein würde, doch beschloss ich auch gleichzeitig, mich an solchen Tagen mit Stella Henninger zu treffen. Sie hatte sich uns in der Schule gleich angeschlossen. Sie wohnte bei ihren Eltern in Radebeul, war sehr zurückhaltend und wohlerzogen. Sie sprach nie viel über ihr Zuhause, doch wenn sie einmal etwas erzählte, so spürte man deutlich, dass sie ein sehr gepflegtes, wohlhabendes und behütetes Elternhaus hatte. Sie bot mir gleich ihre Freundschaft an, die ich freudig annahm. Glücklich darüber, eine Freundin zu haben, die mich mochte, einfach so, wie ich war. Ihr erzählte ich als einzige aus der Klasse von meiner unehelichen Geburt und wie sehr ich darunter litt. Sie brachte Verständnis dafür auf, dass ich vor den anderen nicht über meine Eltern sprechen wollte.

»Ich kann es verstehen«, meinte Stella, »wenn es dir so schwerfällt, darüber zu sprechen, behalte es für dich. Du hast keinen Grund, dich deshalb von den anderen zurückzuziehen. Du lebst dein Leben und gehst deinen eigenen Weg. Wie ich dich einschätze, wirst du deinen Eltern sogar beweisen, dass sie auf dich stolz sein können und du für sie noch ein ›Kind der Liebe‹ wirst!« Mir kamen die Tränen. Noch nie hat mit mir jemand so darüber gesprochen. Ich umarmte Stella und weinte an ihrer Schulter. Dabei hatte ich das Gefühl, als würde ich plötzlich wachsen, ich wurde stark und schwor mir gleichzeitig, dass niemand mich deshalb mehr beleidigen oder gar ›Bastard‹ nennen durfte.

Als Gisela am Abend von ihrem Treffen mit Laurenz zurückkam, redete sie davon, gemeinsam am kommenden Sonntagnachmittag in dem Lokal an der Ecke Hauptstraße tanzen zu gehen.

»Wie denn – tanzen, Gisela?«, hatte ich Bedenken, »du weißt doch, dass ich nicht gut tanzen kann. Woher auch, außerdem möchte ich mich nicht zwischen dich und Laurenz drängen. Auf mich brauchst du keine Rücksicht zu nehmen. Genieße du den Sonntag, ich fahre zu Hedy und Max.«

»Aber nein, ich wollte dir doch gerade erzählen, dass Laurenz im Lazarett einen Freund hat. Sie lagen schon seit Wochen zusammen in einem Zimmer und haben meist gemeinsam etwas unternommen. Sein Freund ist auch Leutnant und studiert im vierten Semester Medizin. Sie wollen dann, wenn normale Zeiten einkehren, auch zusammen weiterstudieren. Laurenz hat mich nun gefragt, ob sein Freund mitkommen könnte, damit er den Sonntag nicht alleine verbringen müsste. Wir hätten zusammen bestimmt einen netten Nachmittag. Wegen ›nicht tanzen können‹ wäre das auch geregelt. Karl hat eine Verletzung am Bein und geht am Stock. Wie denkst du darüber?«

»Nun, wenn Laurenz ihn mitbringen will, warum nicht. Vielleicht wird es trotz ›nicht tanzen‹ ganz nett.«

Nun gut, ich würde Hedy und Max einen Brief schreiben, dass ich mit Gisela am Sonntag etwas unternehmen wollte. Mein Besuch bei den beiden musste auch nicht immer sonntags stattfinden. Ich konnte ja auch an einem Wochentag nach der Schule nach Niederau fahren.

Jener Sonntag, Mitte Oktober 1944, ließ mich erahnen, dass es auch noch anderes im Leben eines jungen Mädchens gab als nur Schule und Gedanken darüber, ob man den Menschen, die man liebte, die einem viel bedeuteten und die so viel für einen getan hatten, alles recht machte. Ich sollte in den kommenden dreieinhalb Monaten begreifen, dass es ein Leben, ein Denken und vor allen ein Fühlen für mich gab, das alles nichts mehr mit dem Bisherigen zu tun hatte. Alles, was von mir Besitz nahm, war neu. Ich war zum ersten Mal glücklich, zum ersten Mal trat ein Mann in mein Leben, den ich in meinem ganzen Leben nicht vergessen würde.

Es gab schon ein bisschen Herzklopfen, als der Sonntag nahte. Laurenz und Karl wollten schon gegen 15 Uhr vor dem Lokal auf uns warten. Gedacht war dabei daran, einen Tisch für vier Personen zu bekommen. Und vor allem, vor Beginn der lauten Musik wollten wir uns erst einmal kennenlernen und unterhalten. Immerhin wäre es dann auch möglich, noch rechtzeitig umzudisponieren und in Dresden etwas zu unternehmen. Aber es blieb dabei. Wir blieben in Radebeul und eroberten vor dem Ansturm einen runden Tisch in der richtigen Größe. Erst stellte Gisela ihren Laurenz vor, nicht sehr groß, hellblond, etwas gedrungen, aber sehr sympathisch und aufgeschlossen. Er meinte bei der Begrüßung, dass Gisela schon Bedenken hatte, wenn sie mich des Öfteren alleine lassen würde.

»Oh«, winkte ich ab, »wir sind doch erwachsen und brauchen bestimmt keine Aufsicht. Es ist schön, wie es ist, wenn einer den anderen braucht, sind wir füreinander da.«

»Schön, wie Sie das sagen«, meinte der Freund. »Ich heiße Karl Schauffler«, und er bot mir seine linke Hand. Mit der rechten stützte er sich auf einen Stock. Nun war ich an der Reihe, meinen Namen zu nennen.

»Gisela und meine übrigen Klassenkameraden haben mich Petra getauft, als ich ihnen erzählte, dass ich gerne so heißen würde. Aber mein richtiger Name ist Edith.«

»Gut«, schmunzelte Laurenz, »wir akzeptieren den Namen Petra, aber es wäre schöner und einfacher, wenn wir uns duzen würden. Außerdem lässt es sich so auch viel besser plaudern.«

Wir erklärten uns einverstanden und schüttelten uns die Hände, dazu meinte Laurenz: »Wollen wir hoffen, dass wir auf ein ›Du‹ wenigstens mit einer Limonade oder Ähnlichem anstoßen können.« Beim Betreten des Lokals konnte ich feststellen, dass ich Karl gerade bis zur Schulter reichte. Er war dunkelhaarig, eigentlich war sein Haar schwarz. Seine Augen waren blau. Sein schmales Gesicht wirkte vertraut und anziehend. Scheinbar betrachtete ich ihn lange und intensiv. Dies wurde mir erst bewusst, als er mir lächelnd in die Augen sah. Ganz fest hatte ich mir vorgenommen, mich wie eine Erwachsene zu benehmen. Aber eine gewisse Unsicherheit machte sich doch bemerkbar. So war ich froh, als Gisela und Laurenz ununterbrochen erzählten, sich gegenseitig Fragen stellten und Karl und ich stille Zuhörer sein konnten.

Erst als der Tanz begann und Karl und ich alleine am Tisch saßen, kamen wir miteinander ins Gespräch, und Karl erzählte mir, dass er aus Weilheim komme, in der Nähe von Tübingen, wo er auch studiert habe, ehe er eingezogen wurde. Falls er als Folge seiner Verletzung nicht mehr an die Front müsste, würde er gerne sein Studium fortsetzen. Karl war sehr interessiert an meinem Lebenslauf. Er meinte danach, dass sich alles sehr abenteuerlich anhörte, und wollte wissen, wieso meine Mutter in Südbaden lebte und Vater in Hamburg. So gab ich ihm zu verstehen, dass meine Eltern sich getrennt hätten, ich einen Stiefvater hätte und mein Vater, wie erwähnt, in Hamburg wieder verheiratet sei.

Karl sah mich lange an. »Kommst du damit zurecht?«

»Wie du siehst, kann ich damit leben. Mal besuche ich meinen Vater, mal besuche ich meine Mutter. Am meisten aber zieht es mich in Mutters Richtung. Meine Großeltern leben auch da. Sie bedeuten mir sehr viel, ebenso die Schwestern meiner Mutter. Ich bin trotz aller Widrigkeiten, wie du heute erkennen kannst, groß und stark geworden.«

»Na, ein bisschen übertreibst du aber, kleines Mädchen. Stark lass ich gelten und sehr tapfer, aber groß …?«

Ich spürte sofort, dass ich zu Karl Vertrauen haben konnte. Ich fühlte mich sogar angezogen von der Art, wie er mit mir sprach. Es war kein Drängen in unserer Unterhaltung. Karl stellte mir Fragen, die ich ohne Scheu beantwortete, so als gehörten sie einfach hierher, um beantwortet zu werden. Auch unsere Ausbildung interessierte ihn. Er fragte, was unser Lehrplan beinhaltete. Ob wir genügend Lehrmaterial hätten. Darauf erzählte ich ihm, dass wir mit unserem Schulausweis in bestimmten Fachbuchhandlungen das Material, wenn auch zum Teil schlecht gebunden, erstehen konnten. Gisela und Laurenz waren bereits wieder auf der Tanzfläche. Karl und ich waren so in das Gespräch vertieft, dass wir es gar nicht bemerkten. Erst als sie wieder zurückkamen, fiel es uns auf. Karl entschuldigte sich, dass er nicht tanzen könnte wegen der Verletzung an seinem rechten Bein. Ich zerstreute seine Bedenken und gestand, überhaupt nicht tanzen zu können.

»Das lässt sich alles irgendwann nachholen«, meinte er schließlich. Die Musik wurde sehr laut, das Gedränge war groß. Viele Paare kamen und gingen sofort wieder, weil sie sicher fürchteten, den ganzen Abend keinen Platz zu bekommen.

Plötzlich wurde Karl sehr still. Er fasste an seine Stirn und meinte, ich solle entschuldigen, er hätte Kopfschmerzen. Ein bisschen frische Luft würde ihm bestimmt gut tun. Wir warteten, bis der Tanz zu Ende war und Gisela mit Laurenz zurückkam, um die Plätze zu besetzen. Dann ging ich mit Karl nach draußen, hakte mich links bei ihm ein und wir liefen ein Stück. Als wir das Lokal wieder betraten, machte

Gisela den Vorschlag, noch ein wenig in unserem Häuschen zusammenzusitzen und zu plaudern. Es wäre vor allem nicht so laut. Und warm sei es auch. Tee wäre noch vorrätig, den hätten wir schnell gekocht. Einzig wäre der Weg um zehn Minuten länger zur Straßenbahn, wenn die beiden später zurückfuhren. Begeistert stimmte Laurenz zu. Karl sah mich an und als ich sagte, dass ich den Vorschlag gut fände, stimmte er ihm auch zu. Laurenz hatte noch irgendein Getränk beim Wirt erstanden und so zogen wir gegen 19.00 Uhr los. Es blieben den beiden Soldaten noch drei Stunden bis zum Zapfenstreich. Eine Stunde mussten sie für die Fahrt rechnen. Besorgt gab Karl zu bedenken, als wir den Gartenweg zu unserem Häuschen entlangliefen, was wohl Frau Rudolph sagen würde, wenn sie bemerkte, dass wir Besuch hätten.

»Mach dir keine Sorgen«, beruhigte ihn Gisela, »das klären wir morgen.« Wir tranken Tee. Brot hatten wir auch und Käse. Aber unsere Gäste lehnten das Essen dankend ab. Karl meinte, die Schwestern würden ihnen sicher etwas in ihr Zimmer stellen, sie würden nicht hungrig den Tag beenden.

Rechtzeitig brachten wir die beiden zur Straßenbahn und warteten, bis sie abfuhren. Dabei bemerkte ich an Karls Stirn, rechts am Haaransatz, eine breite Narbe. Scheinbar war diese auch der Grund für seine starken Kopfschmerzen. Es blieb noch genügend Zeit, bis die Straßenbahn kam, um ein neues Treffen zu vereinbaren. Laurenz fragte Gisela, wann er sie wiedersehen könne.

»Wie wäre es, wenn wir uns treffen für ein gemeinsames Abendessen im ›Italienischen Dörfchen‹?«, schlug Karl vor. Allgemeine Begeisterung. Karl wusste, dass es dienstags für Wehrmachtsangehörige immer ein bisschen was extra gab.

Also wollten wir uns um 17.30 Uhr am Theaterplatz treffen. Für uns beide war es günstig zu fahren und verlaufen konnten wir uns dort auch nicht.

In der Nacht sah ich Karl vor mir. Ich sah, wie er mir freundlich zulächelte, wie er meine Hand berührte, beim Verabschieden an der Straßenbahn mich mit dem linken Arm umschlang. Er berührte meine Seele. Aber ich hatte auch Angst. Was war, wenn es nur eine flüchtige Sache war? War ich dafür stark genug? Ist es aber nicht so, dass die Flüchtigkeit gerade jeden Augenblick so kostbar macht?

Wenn Liebe echt ist, geht sie nicht verloren. Man stellt sie in den Mittelpunkt des Lebens. So geschah es. Karl wurde der Mittelpunkt meines Lebens, all meiner Hoffnungen. Er war es, der mich auffangen konnte und mich hielt.

Es regnete stark, als wir am Theaterplatz ankamen. Gisela hatte sich besonders viel Mühe mit dem Herrichten ihrer Haare gemacht. Aber ihre natürlichen Locken nahmen keine Rücksicht darauf. Sie quollen durch die feuchte Luft auf. Laurenz stieg als Erster aus, blieb stehen und war Karl behilflich beim Aussteigen. Sie kamen gemeinsam auf uns zu und begrüßten uns. Laurenz nahm Gisela in den Arm, griff ihr in die feuchten Haare.

»Du hast dich aber hübsch gemacht, mein Mädchen.«

»Ich hatte ein Problem mit meinem Haar, aber dieses Problem hast du ja nun gelöst«, erwiderte sie. Ich glaube nicht, dass Laurenz ahnen konnte, worum es ging, aber wir lachten alle und es wurde ein sehr schöner Abend. Karl sah mich bei der Begrüßung innig an. Fast hätte ich dem Blick nicht standhalten können. Doch ich vermochte es und sah ihm fest in die Augen.

Er drückte meine Hand.

»Ich freue mich so, dich wiederzusehen.«

Zum ersten Mal war ich im ›Italienischen Dörfchen‹. Die Bedienung nahm unsere Mäntel und hängte sie auf. Ebenso übernahm sie die Schildmützen der Leutnants, die sie heute trugen. Zunächst bewunderte ich die wunderbare Decke in dem Restaurant. Wir saßen an der Elbseite und konnten auf das Wasser sehen. Karl saß neben mir, Gisela und Laurenz uns gegenüber. Ich trug einen schwarzen Rock. Aus schwarzen Pailletten hatte ich mir zwei Taschen gebastelt, die ich oberhalb von zwei aufspringenden Falten angebracht hatte. Dazu trug ich eine hellgrüne Bluse aus reiner Seide. Diese Bluse entstand aus einem Sommerkleid meiner Großmutter aus ihren Jugendjahren. Ich war sehr stolz darauf. Das Essen war gut. Auf Sondermarken für Verwundete bekamen wir Schweinebraten. Es gab Rotkraut, Klöße und dünnes Bier. Für mich war dieser Abend einfach unbeschreiblich schön. Zum ersten Mal fühlte ich mich so richtig gelöst. Es gab kein Auf-die-Uhr-Sehen, um nicht zu spät nach Hause zu kommen. Es gab hinterher keine Fragen: ›Wo warst du, hast du dieses oder jenes bedacht?‹ Einfach spontan den Moment leben, in dem ich mich gerade befand. Dabei wünschte ich mir mehr als alles andere, dieser Abend möge niemals enden. Mögen noch viele solcher Momente für mich bestimmt sein. Ich würde selbst alles dazu beitragen, um auch zu zeigen, wie viel mir solche Augenblicke bedeuteten. Wir unterhielten uns sehr angeregt, sprachen aber auch sehr leise darüber, dass die Situation für uns noch schlechter würde, und die Männer überlegten, wo man sie nach ihrer Genesung wohl einsetzen würde.

Karl meinte, dass seine Heilung noch Zeit brauche. Unsere Gespräche darüber endeten, als für die beiden Soldaten ein neues Bier serviert wurde. Karl stellte mir ohne Übergang die Frage, ob ich Musik mochte.

»Ja«, erwiderte ich, »besonders Klassik.«

»Was im Besonderen?«

»Beethoven, auch Schubert und Schumann. Aber vorwiegend Ludwig van Beethoven. Seine Musik lässt mich von dieser Welt einfach abheben.«

»Ich mag Beethoven auch sehr. Spielst du ein Instrument?«

»Ja, aber leider habe ich nun keine Gelegenheit mehr. ›Für Elise‹ habe ich mal ganz gut gespielt. Träumerei von Schumann hat es mir auch angetan, aber das Klavier lässt sich leider nicht überall mitnehmen. Vielleicht kommt mal wieder eine Zeit, wo ich alles nachholen kann.«

»Wie mir scheint, haben wir einiges gemeinsam«, meinte Karl.

»Vielleicht sind wir seelenverwandt«, erwiderte ich etwas hastig und spürte, wie ich verlegen wurde.

»Das sind wir ganz bestimmt«, betonte Karl und sah mich an. Seine Augen wurden dabei ganz dunkel. Es kam mir fast so vor, als sei er für einen kurzen Moment in einer anderen Welt. »Wie wollen wir nun verbleiben, wann wollen wir uns wiedersehen?«

Gisela beantwortete die Frage von Laurenz einfach auch für mich und schlug vor: »Wie wäre es, wenn ihr einfach zu uns nach Radebeul kommt? Allerdings erst gegen 16.00 Uhr, damit wir unsere Aufgaben vorher machen können.«

»Die Idee ist gut«, freute sich Laurenz. »Wie ist es mit dir, Karl?« »Ab 14.00 Uhr bin ich immer mit der Behandlung fertig, das ginge schon. Aber habt ihr mit Frau Rudolph gesprochen?«

»Natürlich ist das geklärt. Frau Rudolph meint, was sollte

denn dagegen sprechen, wenn wir am Tage Besuch hätten«, versicherte Gisela unseren Freunden. Und so endete dieser schöne Abend, doch gleichzeitig gab es die Hoffnung, dass wir uns am anderen Tag schon wiedersehen würden.

Das Aufstehen fiel mir an diesem Morgen leicht. Die Vorfreude auf den Nachmittag beflügelte mich.

»Na, du singst schon am frühen Morgen, hoffentlich bringt der Tag, was er dir verspricht!« Gisela lachte mich an.

»Ach, weißt du, Gisela, mir ist ganz einfach danach. Wenn du es nicht bemerkt hättest, mir selbst fiel das gar nicht auf. Wie heißt es doch? Die Vorfreude ist die schönste Freude.«

»Na ja, hoffen wir, du hast recht.«

Als wir auf den Bürgersteig traten mit unseren Schultaschen, kam Grabowsky auf uns zu mit einem »Guten Morgen«. Sein Lächeln war wie eine Maske, seine Augen ohne Glanz und Leben. »Na«, meinte er mit seiner unsympathischen Stimme, »wir haben ja den gleichen Weg.«

Ich hakte mich bei Gisela ein, als könnte sie mich beschützen. Grabowsky ging einfach an meiner Seite und redete auf mich ein. Er stellte ungeniert die Frage, ob wir einen schönen gestrigen Abend gehabt hätten. Gisela fuhr ihn barsch an.

»Was geht Sie das an?«

»Oh«, triumphierte der unerwünschte Begleiter, »ich sehe und bekomme manches mit, was für viele oft bedeutungslos erscheint.« Ununterbrochen versuchte er, ein Gespräch in Gang zu bringen. Gisela und ich schwiegen weiter, bis Grabowsky spontan äußerte, er wolle mich für heute Abend einladen. In ein Kino oder wir könnten zusammen essen gehen.

»Können Sie uns nicht einfach in Ruhe lassen? Merken Sie denn nicht, dass wir nichts von Ihnen wollen?« Gisela war empört.

»Wer redet denn von wir«, meinte Grabowsky, »ich spreche mit Ihrer Freundin.«

»Und ich spreche für meine Freundin. Im Übrigen sind wir mit unseren Freunden verabredet!«

»So, so, Sie haben Freunde. Wer hätte das gedacht«, versetzte Grabowsky, blieb aber hartnäckig an unserer Seite bis zur Schule. Selbst in der Mittagspause zeigte er sich hartnäckig. Er packte ungeniert Obst und gut belegte Brote aus, damit wir es sehen mussten. Gisela und ich gingen mit Sofia und Stella ein Stück spazieren. Wir glaubten, dadurch das Anhängsel loszuwerden. Doch Fehlanzeige! Er hängte sich an uns und führte in der Unterhaltung Regie.

Stella meinte nach der Pause: »Das machen wir das nächste Mal anders. Wir werden schon herausfinden, wie wir dieses Brechmittel loswerden.«

Wie gut, dass die Mädchen mir dabei behilflich waren. In mir stieg Angst auf, wenn dieser Mann mich ansprach. Es war mir, als täte sich die Hölle auf. Schon wenn er mich ansah oder ich seinem Blick begegnete, lief es mir kalt den Rücken hinunter. Plötzlich war ich mir sicher, dass ich Grabowsky schon gesehen hatte. In der Seilbahn, nach einem Besuch auf dem ›Weißen Hirsch‹. Nun wohnte er angeblich in unserer Nähe und hatte denselben Weg und besuchte dieselbe Schule. Ein Zufall? Von allem erzählte ich niemandem etwas, auch Gisela nicht. Sie würden sich Gedanken machen um Dinge, die vielleicht doch nichts zu bedeuten hatten oder ganz alleine mich betrafen. Erst kürzlich hatte ich Sterns besucht, Friedel nahm mich zur Seite und stellte mir wieder die Frage, ob mir jemand aufgefallen sei.

»Nein«, beruhigte ich sie, »eigentlich nicht.«

Friedel erzählte mir darauf, dass Erika nicht mehr zu Besuch käme. Es sei für sie zu gefährlich, zumal ihr Vater ein Nazi war. Daher rührte auch die drückende Stimmung, die mir beim letzten Besuch aufgefallen war, Erikas überstürzter Aufbruch, was mich wiederum belastete, weil ich befürchtete, eventuell der Grund dafür zu sein.

Friedel erzählte ich nichts davon, dass ich nun einen Freund hatte, den ich, solange er noch in Dresden war, so oft als möglich sehen wollte. Aber ich bat sie und Franzl um Verständnis dafür, dass die Schulaufgaben vorrangig seien, und hin und wieder müsste ich auch nach Niederau fahren. Die Tage seien auch schon kürzer geworden und ich sei einfach, wenn es dunkel wurde, furchtsam. Gisela würde mich meistens nach Niederau begleiten. Dadurch seien auch Hedy und Max nicht so ängstlich. Es konnte ja immer mal etwas passieren.

Gisela begleitete mich gerne nach Niederau. Hedy hatte immer etwas zu essen. Sie hatte auch meist etwas, das sie uns mitgeben konnte, worüber wir sehr froh waren. Aber manchmal hatte ich den Eindruck, dass die beiden sich das vom Munde absparten, was Gisela und ich mit Heißhunger verschlangen. Die allgemeine Verknappung der Lebensmittel machte sich mehr und mehr bemerkbar.

Mit meiner Darstellung wollte ich eigentlich Friedel und Franzl zu verstehen geben, dass einzig und alleine die Zeit knapp geworden war, seit ich in Radebeul wohnte. Ich schlug ihnen sogar vor, uns einfach einmal in unserem kleinen Häuschen zu besuchen. Allerdings könnten wir nur eine bescheidene Mahlzeit anbieten. Aus Mangel sowohl an Zutaten als auch an einer ausreichenden Kochgelegenheit. Was ich ohnehin schon im Voraus wusste, dass Friedel ablehnen würde, bestätigte sich.

»Weißt du«, meinte sie, »ich mag nicht mehr so unter die Menschen gehen. Es fällt mir schon schwer, die Einkäufe zu erledigen. Oft komme ich hier in den Lebensmittelladen, und obwohl ich die Lebensmittelkarten vorlege, sagt man mir, das haben wir nicht, bekommen wir diese Woche auch nicht mehr. Was soll ich machen? Wenn es so weitergeht, muss ich versuchen, in der Stadt einzukaufen. Aber das wird ein Spießrutenlaufen.«

Wie konnte ich den beiden helfen? Wenn ich den Einkauf für sie erledigen würde, hätte man auch dies sicher schnell herausgefunden. Gisela und ich legten uns einen Plan zurecht. An einem Nachmittag fuhr ich schon gegen zwölf Uhr zu Sterns, eine sehr ungewöhnliche Zeit. Ich bat den Schulleiter, früher die Schule verlassen zu dürfen, eine dringende Angelegenheit müsse termingerecht erledigt werden. Ohne Aufsehen machte ich mich in der Pause davon. Friedel war überrascht, als ich unangemeldet bei ihnen auftauchte und ich ihr aber statt einer Begrüßung sagte, dass ich sofort zurückfahren müsste.

»Ist etwas passiert?«, fragte sie ängstlich.

»Nein, nein, wir wollen versuchen, für euch einzukaufen. Gib mir deine gültigen Marken für diese Woche, alles, was du hast«, bat ich sie hastig, »wir werden sehen, wie wir es hierherschaffen, meine Freundin und ich.«

»Nein«, wehrte Friedel ängstlich ab, »ihr sollt keine Schwierigkeiten unsretwegen bekommen.«

Ich ignorierte ihren Einwand. »Kannst du uns die Marken nicht immer im Umschlag schicken?«, fragte ich.

»Das ist zu unsicher«, mischte sich Franzl nun ein, »es ist so lieb von euch gemeint, aber sehr schwer umzusetzen.«

»Wollen wir es wenigstens mal versuchen?«, insistierte ich.

»Na gut«, gab sich Friedel vorerst geschlagen, »aber auf Dauer wird es nicht gehen.« Es war wirklich nicht zu schaffen, so wie Gisela und ich es uns vorgestellt hatten. Zuerst gingen wir in unser Lebensmittelgeschäft, legten die Lebensmittelabschnitte hin und baten die Inhaberin darum, uns die Lebensmittel beiseitezulegen. Wir wollten sie anderntags bei ihr nach der Schule abholen. Wir hatten ja unseren festen Unterrichtsplan, nach dem wir uns zu richten hatten.

»Gewiss, kein Problem«, nickte Frau Bolazek, »aber woher habt ihr denn die Lebensmittelmarken? Ihr habt für diese Woche doch schon eingekauft?«

»Ja«, erklärte Gisela, »meine Eltern haben mir wieder einige Abschnitte geschickt, und meine Freundin bekommt von allen ihren Angehörigen aus Süddeutschland ebenso Unterstützung. Unsere Familien sind der Meinung, dass Sattessen sehr wichtig ist, solange man noch wächst. Außerdem sind meine Eltern zurzeit Selbstversorger (was überhaupt nicht stimmte), so können sie schon mal etwas auch für mich abgeben.«

»Na gut«, sagte Frau Bolazek, »ich richte es für morgen, und falls Frau Rudolph vorbeikommt, soll sie es dann mitnehmen?«

»Oh nein, bitte nicht!«, platzte ich heraus, fast ein wenig zu hastig. »Sie kann doch mit ihrem wehen Bein so schlecht tragen. Das holen wir schon selbst ab.« Aber zunächst genossen wir einen gemeinsamen Abend mit unseren Freunden. Sie brachten ein großes Stück Fleischwurst mit, die wir uns heiß machten. Frau Rudolph gab uns selbst getrockneten Pfefferminztee, den wir kochten. Sogar etwas Zucker hatten wir noch. Gisela und ich waren uns darin einig, dass wir den beiden Soldaten nichts von unserem Einkauf erzählen durften. Sie sollten auf keinen Fall Mitwisser sein. Wir selbst wollten diesen Abend nur genießen. Jeder Augenblick war ein Geschenk. So sollte es doch bleiben.

Für den Donnerstag hatte ich vorgesehen, die Lebensmittel nach dem ›Weißen Hirsch‹ zu bringen, gleich nach der Schule wollte ich losfahren. Die Tasche war ganz schön schwer. Wenn auch bei näherer Betrachtung alles sehr bescheiden war, so hatte ich Mühe, das Ganze an den Bestimmungsort zu bringen. Gisela gab mir ihren Rucksack. Wir legten ihn mit Papier aus, damit er nicht schmutzig wurde. Ganz unten kamen 1,5 kg Kartoffeln, ein Weißkrautkopf, etwas Zucker, den wir in ein Stoffsäckchen verpackten. Ebenso das Mehl, etwas Reis war auch dabei, Brot, und für die Fleisch- und Wurstmarken nahmen wir Suppenfleisch. Damit konnte Friedel bestimmt am meisten anfangen. Gisela fuhr mit mir in die Stadt, sie wollte sich in der Altstadt mit Laurenz treffen. Wenn ich mich recht erinnere, fuhr ich bis Neustadt, von da in Richtung ›Weißer Hirsch‹. Um diese Tageszeit war ich noch nie in diese Richtung gefahren. So redete ich mir ein, dass mich bestimmt niemand beobachten würde. Auf dem Rücken den Rucksack tragend, ging ich, ohne nach links oder rechts zu schauen, den Weg zu Sterns. Friedel war nach einmaligem Klingeln an der Tür und zog mich schnell ins Haus. Sie sah sich rasch nach allen Seiten um, doch sie konnte in der Nähe nichts Auffälliges entdecken. In der Küche nahm sie mir den Rucksack ab, drehte mich um, damit ich ihr in das Gesicht schauen konnte, streichelte meine Wangen und flüsterte:

»Ich habe Angst um dich, auf keinen Fall sollst du Schwierigkeiten bekommen. Du hast gezeigt, dass du alles für uns tun würdest, aber du bist noch so jung, hast das Leben vor dir. Du darfst es nicht aufs Spiel setzen. Hab Dank für den Mut und die Mühen, die du auf dich genommen hast, aber wir wollen es bei dem einen Mal belassen. Für dich ist das viel zu anstrengend und Zeit raubend. Und sicher auch gefährlich. Wir werden schon einen Weg finden, wie wir, Franzl und ich, das Einkaufsproblem lösen können.«

Wir unterhielten uns noch über dies und jenes, bis ich Friedel sagte, dass ich nun zurückfahren wolle. Es war noch früh am Nachmittag, so meinte ich, könnte ich noch meine Schulaufgaben machen, bis Gisela auch zurückkam. Dann wollten wir uns noch Pellkartoffeln kochen und diese mit Quark essen. Friedel rechnete mit mir ab und gab mir noch zehn Reichsmark für die Mühe und für die Straßenbahn. So fuhr ich zurück nach Radebeul, froh darüber, die Lebensmittel heil abgeliefert zu haben. Aber, ehrlich gesagt, auch froh darüber, dass Friedel darauf bestand, eine solche Aktion nicht zu wiederholen. Auf dem Heimweg spürte ich, dass das Tragen doch viel Kraft gekostet hatte. Aber ich hatte es gerne getan und hätte es auch weiterhin versucht, wenn Friedel dem nicht selbst einen Riegel vorgeschoben hätte.

Gisela atmete sichtlich auf, als sie nach Hause kam.

»Was bin ich froh«, redete sie drauflos, »dass du zurück bist.« Sie holte kaum Luft, als sie mir die Frage stellte, ob es nicht doch zu schwer für mich gewesen sei. »Es ging so halbwegs«, räumte ich ein, »aber Frau Stern meinte, wir sollten es nicht noch einmal riskieren. Man weiß nie, was alles passieren kann.«

»Da bin ich aber wirklich froh. Es ist doch schon alleine auffallend, wenn eine halbe Portion wie du einen solchen Rucksack schleppt. Da könnte man vermuten, du wärst auf Hamstertour. Aber ich habe für dich etwas mitgebracht.

Karl hat Laurenz gebeten, dieses Briefchen an dich weiterzuleiten«, sagte Gisela mit einem verschmitzten Lächeln.

Meine Augen strahlten, als ich die wenigen Zeilen las: ›Für kommenden Samstag habe ich zwei Karten bekommen für ein Konzert ›Romanze für Violine und Orchester N 2‹. Rate mal, von wem? Es spielt das Dresdner Symphonie-Orchester in der Semperoper. Beginn 20 Uhr, bitte sei pünktlich am Theaterplatz! Mach dich hübsch, meine kleine Petra, ich freu mich auf dich! Alles Liebe, bis dahin.‹

Fast hätte ich meine Tränen nicht unterdrücken können. Wie oft hatte ich mir schon gewünscht, ein Konzert zu besuchen. Aber woher die Karten bekommen? Das war ein sehr schwieriges Unterfangen.

Nun ging dieser Wunsch in Erfüllung. Das Schönste aber war, dass Karl bei mir sein würde. Wir konnten es gemeinsam erleben. Karl würde neben mir sitzen und meine Hand halten und mein Herz würde sich weit öffnen. Seine Nähe würde mich alles rund um uns herum vergessen lassen, es würde dann nur uns beide geben.

Trotzdem widmete ich dem Konzert zunächst meine ganze Aufmerksamkeit. Die Musik von Ludwig van Beethoven, Karl und ich zusammen, wir drei waren völlig ineinander verschmolzen. Gerade spürte ich, wie der Druck seiner Hand nachließ, Karl ganz leise aufstand und, den Zeigefinger auf den Mund legend, zum Nebenausgang eilte. Ein kurzer Fingerzeig, so schien es mir, genügte und die Tür wurde ganz leise geöffnet. Karl ging nach draußen. Ich war einen Moment so verloren, so klein, dass das Gefühl in mir aufstieg, ich träumte einen schlimmen Traum. Wir saßen ganz außen am Durchgang, so wurde auch niemand gestört. Aber selbst die Musik konnte mich nicht mehr in die Anfangsstimmung zurückversetzen. Ständig sah ich nach der Tür, sie blieb verschlossen bis zur Pause. Schon überlegte ich mir, ob ich hinausgehen sollte, um nach Karl Ausschau zu halten. Dann stand er auf einmal wieder neben mir, blass, wie es mir schien, mit einem gequälten Lächeln und der Entschuldigung, er habe plötzlich sehr starke Kopfschmerzen bekommen. Er musste etwas frische Luft haben und eine Tablette nehmen. Aber nun ginge es wieder.

»Es tut mir leid«, sagte er leise, »ich wollte dir den Abend nicht verderben.«

»Das hast du nicht«, versicherte ich ihm, »wenn du möchtest, verzichten wir auf den zweiten Teil des Konzerts, damit du zurück in das Lazarett fahren kannst.«

»Nein, nein«, wehrte Karl ab, »es ist alles geregelt, auch mit einer Verlängerung der Ausgehzeit. Wenn ich zurück bin, kümmert sich die diensthabende Schwester um mich. Für den Fall, dass ich noch etwas brauche an Medikamenten.« Bis zum Ende des Konzerts hielt Karl durch, doch ich hatte nur mehr Augen für ihn. Von der Seite beobachtete ich ihn immer wieder. Er drückte einmal besonders fest meine Hand und zwinkerte mir zu, als wollte er mir zu verstehen geben: ›Alles ist gut.‹

Zur Haltestelle war es für uns beide nicht sehr weit. Ich bat Karl, sofort zurückzufahren. Ich wollte ihn nur noch zur Straßenbahn begleiten. Erst lehnte er ab und meinte, er wolle doch warten, bis ich in meiner Bahn saß und nach Hause fuhr. Aber ich bestand darauf, dass wir es eben umgekehrt machten. Beim Einsteigen warf mir Karl einen langen, fast traurigen Blick zu und winkte zum Abschied. Ich blieb stehen und sah der Bahn nach, bis sie aus meinem Blickwinkel verschwand. Meine Gedanken aber begleiteten ihn. Ich machte mir Sorgen um Karl. Konnte es doch sein, dass seine Verwundung nicht ohne Folgen geblieben war? Er selbst war zwar optimistisch, machte Pläne für eine Zeit nach dem Krieg für uns beide. Ganz selbstverständlich sehnten wir uns nach einer dauerhaften Bindung. Doch schob ich diese düsteren Gedanken weg, es gab bestimmt Möglichkeiten herauszufinden, was ihm half und wie die Schmerzen eingedämmt werden konnten.

Wir hatten zwar keinen genauen Termin für ein Wiedersehen verabredet, aber ich war mir ganz sicher, dass die beiden Männer einfach demnächst gemeinsam wieder bei uns auftauchen würden. Sie kannten doch den Weg zu unserem Häuschen.

Als ich heimkam, brannte noch Licht. Gisela wartete auf mich. Laurenz sei pünktlich zurückgefahren, meinte sie. Sie wollte natürlich auch wissen, wie unser Konzert gewesen war. Zögernd erzählte ich Gisela von Karls Kopfschmerzen. Sie mussten schon höllisch gewesen sein, wenn er mitten in einem so wunderbaren Konzert einen Aufenthalt im Freien vorzog. Gisela versuchte, mich zu beruhigen:

»Nun, ich denke, dass sie Karl bestimmt helfen können im Lazarett und der Ursache auf den Grund gehen werden.«

Laurenz hatte Gisela schon vorgeschlagen, dass sie am morgigen Sonntag nach dem Mittagessen beide zu uns kommen wollten. Ihre Küchenration, die sie an den Sonntagen bekamen, wollten sie mitbringen, dann könnten wir uns einen gemütlichen Nachmittag machen.

»Eine schöne Idee«, lächelte ich und schon gab es wieder etwas, worauf man sich freuen konnte.

Die Novemberwochen vergingen wie im Fluge. Oft traf ich mich mit Karl alleine in Dresden. Wir gingen dann meist in das Café in der Prager Straße. Wenn ich mich richtig erinnere, so hieß es ›Café Kreutzer‹ oder so ähnlich. Es gab ab

Mitte November schon Dresdner Stollen. Natürlich rationiert. Aber man saß gemütlich, und es war vor allem warm in dem Raum. Wenn wir die Prager Straße in Richtung Altmarkt gingen, hakte ich mich immer an der linken Seite bei Karl ein. In der rechten Hand hielt er seinen Stock, um sich zu stützen. Für Karl war das umständlich. Er musste entgegenkommenden Soldaten den Gruß erwidern, war es ein höherer Offizier, so hatte Karl zuerst zu grüßen. So brachte ich ihn einmal fast in eine Notsituation, als wir einen hohen Offizier mit seinem Burschen trafen. Gerade sprach ich Karl an, sah von der Seite zu ihm auf, als er versuchte, sich von mir zu befreien. Karl blieb einfach stehen. So wurde ich aufmerksam und ließ ihn los. Es war ein älterer Offizier, der uns lächelnd beobachtete und Karls Gruß erwiderte.

Beim Vorbeigehen sah er mich an, nickte mir freundlich zu und versicherte:

»Das war schon in Ordnung.«

Mein 18. Geburtstag stand vor der Tür. Die Post kam schon länger nicht mehr regelmäßig. Doch ein kleines Päckchen erreichte mich rechtzeitig von zu Hause. Mutter hatte ein Stückchen Seife aus der Schweiz, eine Tafel Schokolade und ein Päckchen Nudeln geschickt. Und 50 g Bohnenkaffee! Wir machten Pläne für diesen Tag. Am zeitigen Abend wollten unsere beiden Freunde kommen. Hedy tauchte am frühen Nachmittag auf und brachte einen Apfelkuchen, ein paar Eier und ein Stückchen Butter. Was war das für ein reiches Beschenken! Über Hedys Besuch freute ich mich besonders. Auch Frau Rudolph kam zum Gratulieren. Schon vorher hatte sie uns die Kostbarkeit Kaffee gemahlen, den wir dann zu viert mit Hochgenuss zum Apfelkuchen genossen.

Sehr schön wurde dann der Abend. Karl und Laurenz

kamen gegen 18 Uhr. So aufgeregt war ich schon lange nicht mehr. Ich freute mich unendlich auf Karl. Es war schön warm in unserem Stübchen. Gisela hatte bereits den Tisch für unsere Freunde neu gedeckt. Sogar ein paar Blumen standen da. Wir wollten gemeinsam essen. Geplant waren Rühr- oder Spiegeleier. Das Weißbrot, das nicht mehr ganz frisch war, wollten wir toasten. Für Getränke sollte Laurenz sorgen. Dann wollten wir einfach beisammen sein, erzählen, uns in die Augen sehen. Als Erster kam Laurenz zur Tür herein, ließ dann aber Karl den Vortritt, damit er mir zuerst gratulieren konnte. Er legte ein Päckchen auf den Tisch, daneben kam ein Briefumschlag, adressiert an ›Petra – von Deinem Karl‹. Gisela und Laurenz blieben im Flur und unterhielten sich. Es war wohl Absicht, damit Karl und ich einen Moment allein sein konnten. Karl nahm mich einfach in die Arme, sah mich fest an und küsste mich.

»Mein kleines Mädchen, ich wünsche dir alles Gute, mögen deine Wünsche in Erfüllung gehen. Wenn du es wissen möchtest, was ich mir wünsche, obwohl ich keinen Geburtstag habe, dann sage ich es dir.«

»Sag es, sag es!«, bat ich hastig und schaute Karl an. Er hielt mich noch immer in seinen Armen, als er sprach und mich dabei fest an sich drückte: »Ich wünsche mir für uns alle, dass der Krieg bald zu Ende geht und wir dann zusammen hier wohnen könnten. Ich nehme mein Studium auf, du beendest deine Schule, wir sind täglich beieinander, machen alles gemeinsam. Und stehen in jeder Lebenslage fest zueinander.«

»Das wäre schön.« Ich war den Tränen nahe. »Meinst du, Karl, unsere Wünsche könnten Wirklichkeit werden?«

»Wenn der Herrgott uns weiterhin beschützt, dann schaffen wir es!«

Ich drückte mich fest an ihn. Trotzdem war noch so viel Raum zwischen uns, wo wir doch gerade nur das eine wünschten: einmal einander ganz nah zu sein. Als Gisela und Laurenz hereinkamen, bat mich Karl, den Brief erst zu lesen, wenn ich alleine war. Das Päckchen brachte drei Bücher zum Vorschein. Das größere Buch von Rolf Roeingh ›Die Töchter des Windes‹ und zwei kleinere Bücher mit Gedichten von Conrad Ferdinand Meyer. Alle drei Bücher waren auf der Innenseite mit dem Vermerk versehen: ›Zum ewigen Andenken anlässlich Deines 18. Geburtstages an Deinen Karl‹. Ein wundervolles Geschenk in diesen schwierigen Zeiten. Am schönsten aber war die Widmung. Ich fühlte mich so geborgen und getragen. Den ganzen Abend konnte ich nicht viel sprechen, so voll war mein Herz, vor Freude und vor Glück, ich wurde geliebt, so wie ich war.

An diesem Abend haben Karl und ich entschieden, dass wir, wenn alles vorbei war, ein gemeinsames Leben führen wollten.

Das Schönste aber hatte ich noch vor mir. Das Lesen des Geburtstagsbriefes. Gisela wollte am anderen Tag nach Dresden fahren und mit Laurenz versuchen, in einem Modegeschäft etwas auf die Kleiderkarte zu bekommen. Diese Gelegenheit nutzte ich aus, um in Ruhe den Brief zu lesen und um Karl ganz nahe zu sein.

Dresden im Nov. 1944

Meine Petra!
Nur einige Worte für Dich. Kann unsere Liebe anders bestehen als durch Aufopferung, durch nicht alles Verlangen? Kannst Du es ändern, dass Du nicht ganz mein, ich

nicht ganz Dein bin? Ach Gott, blick in die schöne Natur und beruhige Dein Gemüt über das Missende. Die Liebe fordert alles und ganz mit Recht. So ist es mir mit Dir und Dir mit mir. Nur vergisst Du vielleicht, dass ich für mich und Dich leben muss. Wären wir ganz vereinigt, Du würdest dieses Schmerzliche ebenso wenig empfinden wie ich. Ich leide wie Du, wo ich bin, bist Du mit mir, und mit Dir rede und scherze ich. Wie sehr Du mich auch liebst, stärker liebe ich jedoch Dich! Doch nie verberge Dich vor mir. Ist es nicht ein wahres Himmelsgeschenk, unsere Liebe? Aber auch so fest, wie die Feste des Himmels. Erheitere Dich und bleibe mein einziger, treuer Schatz, wie ich Deiner. Das Übrige müssen uns die Götter schicken, vergiss mich nie!

Immer Dein Karl

Ich kann die Liebe nicht beschreiben. Ich weiß aber eins, sie erfüllt jeden anders. Die Liebe kann einen auffangen, wenn man fällt. Mich hat diese Liebe aufgefangen. Sie erfüllte mich mit Gegenliebe, mit Glück und Hoffnung. Ich wollte Karls große, unkomplizierte Liebe seiner Jugend sein und alles mit ihm teilen. Was solche Hoffnung, solche Liebe doch Kraft verleihen kann. Wie sonst könnte man all die Geschehnisse noch verkraften?

Die Lebensmittelversorgung wurde immer schlechter. Immer mehr Flüchtlinge kamen vom Osten, wurden notdürftig versorgt und mussten weiterziehen. Die Trostlosigkeit und Erschöpfung war ihnen anzumerken. Kinder wurden unterwegs geboren und starben. Das Elend war unbeschreiblich. Die Bevölkerung versuchte mit Unterkunft, Decken und ähnlichen Dingen des täglichen Bedarfs zu helfen, wo es ging. Nahrungsmittel waren knapp, was es noch gab, war gerade genug, um selbst zu überleben. Wenn ich daran denke, dass ich maßlos glücklich war, weil Karl mich liebte, weil er mir mit seinem Brief das schönste Geschenk gemacht hatte, dann kam es mir wie Verrat vor an den Menschen, die heimat- und hoffnungslos weiterziehen mussten, hungrig und frierend, und nichts konnte ich für sie tun. Von unserer Schule wurden wir angewiesen, in Notfällen bei der Essensausgabe mitzuhelfen. Es gab Wunden zu verbinden, die Kinder wurden, um die Mütter etwas zu entlasten, von Helfern betreut. Ich traf auf ein Mädchen von etwa acht oder neun Jahren. Es weinte still vor sich hin. Zusammengekauert saß es auf einem Karren, während seine Mutter versuchte, für sich und die drei Kinder Essen zu ergattern.

»Tut dir etwas weh?«, fragte ich das Mädchen. Es gab mir keine Antwort und schaute einfach auf seine Füße, die in Lappen gewickelt waren. Mein Gott, dachte ich, die Kleine hat, genau wie ich immer hatte, kalte Füße.

Mir ging plötzlich eine Szene durch den Kopf, als ich, 13-Jährig, beim Religionsunterricht in der ungeheizten Krypta meine Schuhe auszog, um meine Füße warm zu reiben. Der Pfarrer, der das beobachtete, ließ mich aufstehen, weil ich in diesen heiligen Hallen nicht andächtig genug war und den Unterricht störte. Ich erklärte ihm, dass meine kalten Füße mich schmerzten. Es gab dafür keine Entschuldigung, der Befehl lautete: Die Schuhe anziehen und draußen in der Kälte (es war Dezember) warten, bis der Unterricht zu Ende war. Den Schulranzen musste ich liegen lassen. Gertrud brachte ihn mir nach Hause. Aber die Kälte war Sieger. Ich überlegte nicht sehr lange und ging einfach nach Hause. Der Heimweg dauerte etwa 15 Minuten. Ich konnte gut nachempfinden, was dieses Mädchen litt. Wie konnte ich ihr helfen? Da fielen mir meine Entenfinken ein. Finken, so heißen die Hausschuhe bei uns an der Schweizer Grenze. Diese Finken waren aus Filzstreifen geflochten und zusammengenäht. Ihre Form war wie ein Schiffchen, vorne und hinten spitz. Gefüttert hatte mir Großmutter diese Finken mit Kaninchenfell, sehr warm und bequem. Nur auf die Straße gehen konnte man damit nicht. Aber wäre das nicht genau das Richtige für dieses Kind? Schnell machte ich Gisela klar, dass ich für kurze Zeit verschwinde, um etwas zu holen.

»Geht klar«, sagte Gisela, »aber vergiss das Wiederkommen nicht.«

»Keine Sorge, ich komme schon wieder!« Wie schnell ich doch laufen konnte. Außer den warmen Finken nahm ich noch einen dicken Pullover mit und da hatte ich noch selbst gestrickte warme Socken. Alles zusammengepackt, eilte ich zurück, so schnell ich konnte, um der Kleinen wenigstens zu warmen Füßen verhelfen zu können. Von Weitem sah ich Sofia, die Apothekerin, wie sie sich an den Füßen des Mädchens zu schaffen machte. Sie hatte sogar eine Schüssel mit warmem Wasser und ließ das Kind seine Füße darin baden.

Als ich kam, sah mich Sofia lächelnd an.

»Wo kommst du denn jetzt her?« Ich ließ sie in die Tasche blicken, da rief sie freudig: »Oh, da haben wir ja das Richtige.« Sofia rieb dem Kind die Füße ein und wir zogen ihr gemeinsam ein Paar Socken an, steckten die Füße in die Entenfinken und warteten auf die Reaktion. Erst kamen Tränen, die schnell mit einem Ärmel abgewischt wurden. Dann kam ein Hinabschauen auf die Füße, die vorsichtig bewegt wurden. Dann kam für Sofia und mich das Schönste. Ein Lächeln, das keine Traurigkeit zurückließ, und ein Umarmen.

»Danke, nochmals danke«, sagte die Kleine überglücklich, und wir waren es auch, dass wir wenigstens ein bisschen helfen konnten.

Der ganze Treck wurde, oder sollte, im Laufe des Tages untergebracht werden. In Turnhallen, bei Landwirten, in Scheunen. Die Feldpolizei organisierte die Einquartierung. Es galten strenge Regeln und die Durchziehenden sollten am anderen Tag wieder weiter. Zumindest diejenigen, die dazu in der Lage waren. Viele waren schwer erkältet, hatten zum Teil Fieber, waren entkräftet. Es kamen immer neue Trecks, und die Bevölkerung war allmählich damit überfordert. Daher hießen sie die Flüchtigen nicht gerade freudig willkommen. Die Feldpolizei, von der Bevölkerung auch Kettenhunde genannt, weil sie um den Hals über der Uniform eine große Kette trugen, vorne am Hals ein halbrundes Schild, darauf stand ›Feldpolizei‹, durfte auch Verhaftungen vornehmen. Überall tauchten diese Feldpolizisten auf und führten Kontrollen durch. Sie waren gefürchtet. Eine Gruppe der Flüchtlinge erhielt gerade die Anweisung, sich bereitzuhalten, um in eine Unterkunft gebracht zu werden. Gisela und ich standen bei ihnen, um ihnen alles Gute zu wünschen und ein bisschen Mut zu machen. Doch dies ging daneben. Ganz abrupt, denn in mir bäumte sich alles auf, als ich diese Elendsgestalten sah, diese Bedürftigkeit, diese Hilflosigkeit.

Mein Gott, wo bist Du?

Wie in Trance sprach ich, mehr zu mir selbst, aber ich spürte, dass sie mich alle ansahen, entsetzt oder hilflos. Ängstlich?

»Wohin soll das alles noch führen? Irgendwann ist alles aus, dann stehen wir auf einem Platz und warten darauf, dass sie uns erschießen wie die Juden!«, stammelte ich. Eine tödliche Stille trat ein. Ich merkte es erst, als einer der gefürchteten Kettenhunde vor mir stand und mich mit eisigem Blick leise aufforderte, sofort den Platz zu verlassen, ehe er es sich anders überlegte und mich verhaftete. Ohne ein weiteres Wort zu sagen, drehte ich mich um, rannte zur Straßenbahnhaltestelle, stieg in eine Bahn Richtung Weinböhla und lief, so schnell meine Füße mich trugen, nach Niederau in die Arme von Hedy und Max.

Nun konnte ich haltlos weinen. Ohne viel zu reden, beruhigten mich die beiden erst mal.

Hedy kochte mir einen Tee und setzte sich neben mich auf das Sofa. »Möchtest du reden?«

Erst erzählte ich von den Flüchtlingen, dass wir den ganzen Morgen eingesetzt gewesen waren und so viel Elend gesehen hatten. In welchem trostlosen Zustand die Menschen waren und wie verzweifelt. Statt ihnen Mut zu machen, hatte ich nur die eigene Hilflosigkeit gespürt. Wie konnte man diesen Menschen nur helfen? Dies alles machte mich so fassungslos, dass ich vergaß, jedes Wort auf die Goldwaage zu legen. So sprach ich eben aus, was vielleicht viele nur dachten. Ich erzählte den Wortlaut und wurde dabei schon etwas ruhiger.

»Mädel, weißt du, dass du mehr Glück hattest als Verstand? Du darfst nicht so leichtsinnig mit Worten umgehen, du rennst noch ins Verderben.«

»Du, Hedy, hättest bestimmt noch heftiger reagiert als ich, wenn du dieses Elend gesehen hättest.«

»Mag sein«, räumte Hedy ein, »ich bin eine alte Frau, aber du fängst doch gerade erst an. Du weißt doch noch gar nicht, wie schön das Leben sein kann.«

»Vielleicht weiß ich ein bisschen davon.« Ich erzählte von Karls Brief und dass wir auch für die Zeit nach dem Krieg Pläne machten.

»Na siehst du, mein Mädel, dafür lohnt es sich doch. Aber du darfst keine derartigen Äußerungen mehr machen. Du schadest dir nur, ohne dabei jemandem helfen zu können. Versprich uns das.« Dieses Versprechen gab ich den beiden, und vor allem wollte ich Karl auch nicht enttäuschen. Hedy meinte, ich solle die Nacht über bei ihnen bleiben, aber das ginge nicht, erklärte ich den beiden. Gisela wusste nicht, wo ich war, und machte sich sicher große Sorgen. Wie sollte ich sie benachrichtigen? Außerdem wollte ich der Schule nicht fernbleiben.

»Alles klar«, entschied Max, »wir machen Folgendes: Wir schieben jetzt mein Fahrrad bis zum Bahnhof Niederau. Dort setzt sich das kleine große Mädchen auf den Gepäckträger und wir fahren mit dem Fahrrad bis Weinböhla. Danach steigen wir in die Straßenbahn bis Radebeul. An der Haustüre, das heißt, wenn da alles in Ordnung ist, liefere ich dich ab und fahre auf demselben Weg wieder zurück.«

»Aber wo bleibt dein Fahrrad, Max«, fragte ich ihn, »und wird es dir nicht zu anstrengend?«

»Mein Fahrrad gebe ich am Gepäckschalter in Aufbewahrung. Allerdings muss es bis spätestens 20 Uhr abgeholt werden. Aber das schaffen wir allemal. Um deine Frage zu beantworten, ob es mir zu viel wird, muss ich gestehen, ich weiß eher nicht, wie ich das alles hinter mich gebracht hätte, was *du* am heutigen Tag erlebt hast. Aber mach dir um mich keine Sorgen. Das schaffe ich ganz bestimmt.« Hedy packte mir noch ein paar Eier, Äpfel und ein Viertel von ihrem frisch gebackenen Brot ein. Es tat gut, so umsorgt zu werden. Gebe es der Himmel, dass ich an den beiden einmal wenigstens einen Teil gutmachen könnte, was sie alles bisher für mich getan hatten!

Es dunkelte schon sehr früh. Max und ich machten uns auf den Weg nach Radebeul. Wir sprachen nicht viel. Wir hingen, jeder für sich, unseren eigenen Gedanken nach. Hoffentlich gab es keine böse Überraschung für mich, wenn wir in Radebeul ankamen. Von meiner Angst erzählte ich Max nichts. In der Straßenbahn saßen wir nebeneinander. Oft sah er mich von der Seite an und forschte in meinem Gesicht. Es war schwer, seine Gedanken zu erraten. In Radebeul angekommen, war es bereits dunkel. Wir ließen uns Zeit, um den Augustusweg 22, und damit unser Häuschen, zu erreichen. Ich drehte mich nicht um, auch wenn ich Schritte hinter uns vernahm. Ich muss gestehen, ich hatte große Angst, plötzlich gepackt und mitgenommen zu werden. Das Haus von Frau Rudolph war in Sicht. Nun war nur noch der kurze Gartenweg bis zu unserem Häuschen zu bewältigen. Mein Herz klopfte bis zum Hals, als Gisela die Haustür öffnete, uns erst erschrocken ansah und schließlich erleichtert aufatmete, als ich ihr Max vorstellte. Bisher hatte Gisela keine Gelegenheit gehabt, Max kennenzulernen, da er bei ihren Besuchen immer irgendwo beschäftigt oder unterwegs war.

»Kommt schnell herein. Wir haben Besuch«, erklärte sie. Ich schob ihn durch die Haustür.

»Komm, Max, du musst dir unbedingt unser Hexenhäuschen ansehen.«

Beim Eintreten in das kleine Wohnzimmer war die Überraschung groß. Karl und Laurenz saßen da, obwohl ich erst für den nächsten Tag mit Karl verabredet war. Ich stellte Max als meinen Ersatzvater vor, lobte ihn, dass er den Weg auf sich genommen und nun noch einmal die Strapazen des Heimweges vor sich habe.

Dann ging ich zu Karl, fasste ihn am linken Arm und stellte vor:

»Max, das ist Karl, mein Freund.«

Karl ging auf Max zu, gab ihm die linke Hand, hielt sie lange fest und meinte: »Es ist deutlich zu erkennen, dass dieses Mädchen gut behütet wird. Sie will es nur nicht wahrhaben, dass man dauernd ein Auge auf sie werfen muss, damit sie keine Dummheiten macht!«

Was war das, fragte ich mich, hatte Gisela den Vorfall erzählt? Sie jedoch hatte allen erklärt, dass ich mich ganz spontan nach getaner Arbeit entschlossen hatte, nach Niederau zu fahren. Somit war alles gesagt. Aber ich vermutete, dass Karl die Wahrheit wusste. Max wollte nun gleich zurückfahren. Ihn zur Bahn zu begleiten, so meinte er, sollte ich mal schön bleiben lassen. Sollten wir doch froh darüber sein, dass alles noch einmal gut gegangen war.

Ich umarmte ihn. »Danke, Max«, flüsterte ich und drückte ihn noch einmal. »Grüße Hedy, und sobald ich kann, komme ich wieder, vielleicht auch mit Gisela. Komm gut nach Hause und nochmals tausend Dank.«

Die Sorgen um Max ließen mich noch eine ganze Weile nicht los. So richtig konnte ich mich gar nicht freuen über unseren Besuch. Karl und Laurenz versuchten, mich zu beruhigen. Jedenfalls, so hoffte ich, kannten sie die Gründe nicht, die mir dafür Anlass gaben. Immerhin hatte ich Hedy und Max zu Mitwissern gemacht. Das war wahrlich Grund genug zur Sorge.

Weihnachten war auch nicht mehr weit. Gebe der Himmel, dass nicht noch mehr Unheil geschah. Unsere Freunde bereiteten uns schon darauf vor, dass sie Weihnachten beurlaubt würden. Wohin sie der Krieg danach verschlug, darüber wollten sie für diese kurze Zeit, die uns noch blieb, weder nachdenken noch darüber reden. Für den übernächsten

Tag hatte ich mich mit Karl verabredet. Er wollte abends mit mir essen gehen und, wie er mir schnell zuflüsterte, ein wenig mit mir alleine sein. Er gab mir genaue Anweisung, wie ich fahren sollte. Über die Carola Brücke, Haltestelle Rathenauplatz. Dort wollte Karl auf mich warten. Ganz in der Nähe würden wir einkehren. Karl kannte sich in Dresden gut aus. Ich dagegen war in solchen Dingen sehr ängstlich, besonders, wenn ich verabredet und mir nicht ganz sicher war, in der richtigen Bahn zu sitzen und hoffentlich auch in die richtige Richtung zu fahren. Aber es klappte, pünktlich stieg ich aus und meine Augen suchten Karl. Es war schon dunkel. Ich hatte Mühe, ihn unter den Wartenden zu erkennen. Dabei achtete ich auf die graue Uniform und den gewohnten Stock. Doch grau war fast alles. Die Beleuchtung war spärlich. Auf die Einhaltung der Verdunklung wurde streng geachtet. Die nächste Bahn kam aus der anderen Richtung. Da nutzte ich den schwachen Lichtschein aus und lief ein Stück seitwärts, um die Aussteigenden nicht zu behindern. Ich sah in die andere Richtung, da bemerkte ich einen Soldaten, der mich offensichtlich beobachtete. Also marschierte ich einfach mal forsch drauflos. Da ich den Blick gesenkt gehalten hatte, bemerkte ich Karl erst, als ich ihm direkt in die Arme lief.

»Wo wolltest du eigentlich hingehen?«, kam seine Frage.

»Dich suchen, ich konnte dich nicht erkennen. Wo hast du denn deinen Stock?«, stotterte ich.

»Freust du dich nicht, mich zu sehen und das ohne Stock?«

»Doch, und wie ich mich freue«, schluchzte ich, »und wie ich mich freue! Ist mit deinem Bein alles wieder gut?«, fragte ich ganz aufgeregt.

»Nun, sagen wir mal, es ist besser als vorher. Die Ärzte meinten deshalb, ich solle langsam damit anfangen, ohne Stock zu gehen«, erklärte Karl. »Wollen wir noch ein Stück laufen? Ich habe im Lokal Bescheid gesagt, dass wir zum Essen kommen.«

Karl zeigte mit einem Finger in eine Richtung, aber das war mir alles gar nicht so wichtig. Der Stock hatte einfach zu ihm gehört, Karl ohne seine Gehhilfe zu sehen, war noch ein ganz ungewohnter Anblick. Aber die Freude, dass eine Besserung eingetreten war, war groß. Trotzdem hakte ich mich wie gewohnt links ein und bekam gleich zu spüren, dass er mit seiner rechten Hand nach meiner Hand griff.

Es war ein schöner Abend. Ich konnte Gisela im Nachhinein nicht einmal erzählen, was wir gegessen hatten, so war ich erfüllt und glücklich in Karls Nähe. Doch es lag auch schon ein Hauch von Abschiednehmen in der Luft und Karls Worte unterstrichen das noch. »Wir halten fest daran, unseren gemeinsamen Plan zu verwirklichen. Wenn wir vielleicht auch für eine ganze Weile getrennt sein müssen, wollen wir fest aneinander denken und das halten, was wir uns versprochen haben. Nämlich: Bleib du mein einziger treuer Schatz, wie ich deiner.«

Auf dem Nachhauseweg konnte ich nur an den bevorstehenden Abschied denken. Wenn es auch noch fast zwei Wochen waren bis dahin. Aber dann würde es leer sein in unserem Häuschen. Dann gab es kein fröhliches Lachen mehr. Kein gemeinsames Essen, das aus zusammengetragenen und erstandenen Lebensmitteln zubereitet wurde. Weihnachten würde für Gisela und mich nicht gerade ein Fest der Freude werden. Die Freundin litt genau wie ich. Sie und Laurenz hatten ebenso Pläne für später gemacht. Gemeinsam malten wir uns ein Wiedersehen in unserem

Häuschen zu viert aus, das dann gebührend gefeiert werden sollte.

Wir nahmen uns nun fest vor, für diese kurze Zeit nicht dauernd an den Abschied zu denken. Es fiel uns zwar schwer, aber dennoch gelang es uns immer wieder. Zu unserem Ärger wartete fast täglich Grabowsky auf uns, um den Schulweg gemeinsam mit uns zu gehen. Meist schwieg er. Wenn er sprach, stellte er Fragen und ließ nicht locker, mich zu irgendetwas einzuladen. Wenn ich ihm sagte, dass ich mit meinem Freund verabredet sei, zeichnete sich auf seinem nicht gerade hübschen Gesicht ein scheußliches Grinsen ab. Es war beinahe abstoßend. Das Einzige, was uns blieb, war die Hoffnung, dass er irgendwann einmal aufgeben würde.

Eine vorweihnachtliche Stimmung kam nirgends auf. Viele Familien hatten Gefallene zu beklagen oder Angehörige, die bei Bombenangriffen ums Leben gekommen waren. Hunger war unser ständiger Begleiter, ebenso die Angst. Immer mehr Flüchtlinge trieb es in eine ungewisse Zukunft. Dabei war die Gegenwart schon schlimm genug. Hunger und Krankheiten vereint waren unsere starken Gegner. Viele Menschen unterlagen ihnen.

Unser täglich Brot gib uns heute!

Diese dringende Bitte zum Himmel – wie viele Menschen mögen sie täglich nach oben geschickt haben? Wie viele Menschen hatten aufgegeben zu beten, weil ihre Gebete offenbar nie erhört wurden? Aufgegeben, weil die Kraft fehlte und sie einfach nicht mehr konnten. Wie viele sahen keinen Sinn mehr darin, weiterzukämpfen, weil sie alles verloren hatten, das Leben ein Trümmerhaufen war. Es war so kein Leben mehr, bestimmt nicht lebenswert. Wozu überhaupt noch leben? Man konnte glauben, diese Welt sei die Schöpfung eines dunklen Gottes, dessen lange Schatten wir verlängern.

Kurz bevor der endgültige Abschied kam, nutzte Karl eine Gelegenheit, als wir für kurze Zeit alleine waren, um mich zu umarmen.

»Am liebsten würde ich dich mit zu mir nach Hause nehmen. Es ist alles so ungewiss. Wer weiß, was alles auf uns zukommt. Pack doch einfach deine Sachen und komm mit mir nach Weilheim.«

Überrascht sah ich Karl an und wandte ein: »Was würden denn deine Eltern dazu sagen? Sie kennen mich doch gar nicht?«

»Das ließe sich ändern, außerdem hätten sie für meine Entscheidung volles Verständnis.«

»Es geht nicht, Karl. Dein Vorschlag ist ehrlich und lieb, aber ich kann Gisela jetzt doch nicht alleine lassen. Das wäre unrecht, sie muss sich auch von Laurenz verabschieden. Wir brauchen uns danach gegenseitig. Hab bitte dafür Verständnis. Vielleicht kann ich irgendwann nachkommen!«

»Ich verstehe dich. Eigentlich hatte ich keine andere Antwort erwartet, aber wenn es hart auf hart geht, hier ist meine genaue Heimatadresse und die Telefonnummer. Wann immer du dich entscheidest, hier wegzugehen, du bist bei uns willkommen, ich warte auf dich.«

»Danke, Karl, es ist gut zu wissen, dass du für mich da bist.«

Es war heute nur ein kurzer Besuch von Karl und Laurenz. Das Schwerste stand uns noch bevor. Karl hatte scheinbar noch keine Schwierigkeiten nach Weilheim/Tübingen durchzukommen, aber Laurenz? Seine Heimat war im Elsass. Er wurde zwei Tage vor Karl aus dem Lazarett entlassen. Karl gestand mir, dass Laurenz den Marschbefehl schon erhalten hatte. Mit dem Bestimmungsort, wo er sich melden musste. Aber Gisela sollte es jetzt noch nicht wissen, er wollte es ihr dann in einem Brief mitteilen. Gisela fuhr mit Laurenz nach Dresden, um noch einige schöne Momente mit ihm zu verbringen und um dann Abschied zu nehmen. Ein schweres Wort, es gehörte schon zum täglichen Leben.

Die Seelen leiden und werden verletzt. Die Narben, die dabei entstehen, sitzen tief und schmerzen.

Als Gisela zurückkam, war es an mir, sie zu trösten. Sie war ganz in sich gekehrt, wollte eigentlich nur alleine sein. Ich ließ sie gewähren und machte Frau Rudolph einen Besuch, um ihr zu berichten, dass Giselas Freund am nächsten Tag abkommandiert würde und auch Karl sich morgen von mir verabschieden müsse, um seinen Heimaturlaub anzutreten. Was dann wurde, konnte man nur abwarten.

Als ich zurück in unser Häuschen kam, war Gisela schon gefasster. Sie schlug sogar vor, dass wir mit Karl morgen noch zusammen zu Abend essen könnten.

»Warten wir mal ab, Gisela. Wir können später immer noch darüber reden.« Die Entscheidung wurde uns abgenommen. Karl hatte wenig Zeit. Es gab noch Formalitäten für ihn zu erledigen. Berichte, die er über seine Verwundung mitnehmen sollte, um notfalls an den Feiertagen in dem nahegelegenen Reservisten-Lazarett Tübingen Hilfe zu bekommen. Zwar meinte Karl, dass es nicht so weit kommen würde, aber wusste man es so genau? Jedenfalls freute er sich sehr auf den Heimaturlaub und hoffte sogar, seinen Bruder auch zu Hause anzutreffen.

Gisela umarmte Karl, als er sich von ihr verabschiedete. Dann war ich an der Reihe. Ich brachte ihn bis zur Straßenbahnhaltestelle. Wortlos lief ich neben ihm, mein Herz wog schwer. Eine düstere Wolke umnebelte es. Plötzlich blieb Karl stehen. Inzwischen war es schon dunkel. Er nahm mich spontan in seine Arme, drückte mich an sich und streichelte mir über das Haar.

Er nahm meinen Kopf in seine Hände, sah mir in die Augen und flüsterte:

»Bleib so, wie du bist, das wünsche ich mir.« Dann küsste er mich zärtlich, schlang einen Arm um mich und so gingen wir weiter.

»Wir werden uns nicht mehr lange verabschieden können. Es würde für uns auch umso schwerer sein.« Er flüsterte diese Worte.

Wie recht Karl mit seiner Vermutung hatte, merkten wir, als die Bahn schon im Ankommen war. Nochmals ein rascher Händedruck und Karl stieg ein. Er winkte flüchtig, langsam, mit einem Ausdruck in den Augen, als wolle er mir sagen, dass ich mich mit der Trennung nun abfinden müsse.

10

Das Leben ging weiter. Gisela und ich besuchten täglich unsere Schule, waren fleißig, trugen unser Leid gemeinsam. Aber wir redeten nicht über Karl und Laurenz, wir wollten den Schmerz nicht täglich neu bekämpfen müssen. Wir ließen einfach die Erinnerung in unser Herz und klammerten uns daran fest, so fest, dass die Hoffnung wuchs, alles würde gut, wir würden uns wiedersehen.

Einmal wöchentlich fuhr ich zu Sterns. Friedels Hoffnung, ihren Mann, Franzls Vater, bald wiederzusehen, war bei jedem Besuch deutlicher zu spüren. Sie war so voller Zuversicht, dass sie strahlte und, wie es mir schien, jünger wirkte, als sie in Wirklichkeit war, obwohl das Grau in ihren Haaren, das bisher überfärbt wurde, inzwischen deutlich erkennbar war.

Sie trug ihr Haar zu einem Knoten im Nacken zusammengesteckt. Woher nahm sie nur die Kraft? All die Jahre erhielt sie kein Lebenszeichen von ihrem Mann, aber sie glaubte fest daran, dass sie bald wieder zusammen sein würden. Ihre Stärke wuchs in diesem Glauben.

Auch in Niederau, bei Hedy und Max, machten sich die Sorgen breit. Sie hörten von Flüchtlingen, die aus dem Osten kamen, von Erlebtem, woran man nicht zu denken wagte. All das konnte auch hier passieren. Viele der Flüchtlinge wurden auch in Niederau einquartiert und nicht gerade willkommen geheißen. Das Ausmaß der Tragödien, das unendliche Leid, in einer Zeit, wo Rache und Vergeltung die Oberhand hatten, das können nur die Beteiligten ermessen. Dazu der harte Winter, der gnadenlos regierte, vereint mit dem Hunger.

Die Heimat war verloren. Nun war man in der Fremde bestenfalls geduldet. Trotzdem wurde gerungen und gekämpft, um einen neuen Tag zu erleben. Aber nicht bei allen Menschen starb die Hoffnung, und gerade diese Menschen waren in der Lage, anderen Mut zu machen, auch wenn es so aussah, als sei doch alles hoffnungslos. Diese Kraftspender gab es überall. Es waren meist Menschen, die selbst in ihrem unsagbaren Leid Trost und Hilfe erfahren hatten. Aber diese Hilfe war es, die es ihnen ermöglicht hatte weiterzuleben. Viele Menschen verloren nach all dem Erlebten und den erlittenen Verlusten, auch der menschlichen Würde, den Glauben an eine lenkende Schöpfung. Wer konnte es ihnen verdenken?

Es war Weihnachten im Jahr 1944. Gisela und ich waren an beiden Feiertagen bei Hedy und Max. Von Giselas Eltern kamen mit einem lieben Weihnachtsbrief Abschnitte von der Lebensmittelkarte. Diese lösten wir ein und nahmen alles zur Verschönerung unserer gemeinsamen Feiertage mit. Mit etwas mehr Essen als bisher. In meiner ehemaligen Schlafkammer schliefen Gisela und ich in einem Bett. So spürten wir auch nicht so sehr die Kälte. Das kleine Fenster war völlig vereist. Man konnte nicht nach draußen sehen. Trotzdem waren wir froh, hier zu sein. Alleine in unserem Häuschen zu sein, das wäre für uns bedrückend gewesen. Auch Max und Hedy waren sehr nachdenklich. Zwar wurde nicht über Krieg und Frieden diskutiert, doch fühlten wir alle, dass es die längste Zeit gedauert hatte.

Spürten Max und Hedy auch, dass es unser letztes gemeinsames Weihnachten war? Bei einer Gelegenheit nahmen mich die beiden zur Seite und übergaben mir das Sparkassenbuch, das mein Vater für Unvorhergesehenes hinterlegt hatte. Sie meinten, ich sollte es gut verwahren für alle

Fälle. Was auch geschah, so sei ich doch für eine gute Weile versorgt. Es könnte ja sein, dass es schwierig würde, sich gegenseitig zu besuchen und zu helfen.

Nach den Feiertagen fuhren Gisela und ich zurück nach Radebeul. Für mich war ein Brief von Karl angekommen. Er war datiert mit 23.12.1944. Er schrieb mir, dass er gut zu Hause angekommen sei. Sein Bruder hätte auch Urlaub und die Freude sei groß, dass die Familie mal wieder zusammen war.

Max steckte mir an Weihnachten eine Schachtel Zigaretten zu und meinte, falls ich ein Päckchen für Karl packen würde, sollte ich ihn grüßen. Dies wollte ich umgehend nachholen. Ich wollte erst einmal abwarten, bis ich von ihm Post bekam. Nach dem Erhalt seines Briefes verpackte ich nun die Zigaretten zusammen mit den Plätzchen, die Frau Rudolph für Gisela und mich, schön verpackt, auf unseren Wohnzimmertisch gestellt hatte. Nur von meinen Angehörigen hatte ich noch nichts gehört. Es klappte eben alles nicht mehr so richtig. Oft ging auch Post verloren. Wen wunderte das? So vieles lief schief, wurde aber auch gar nicht mehr wahrgenommen. Der tägliche Kampf ums Überleben stumpfte die Menschen langsam ab. Zwischen Weihnachten und Neujahr wurden wir häufig eingesetzt, um den Flüchtlingen zu helfen. Es gab schon bald nichts mehr, womit man diese Menschen unterstützen konnte. Es war für uns auch eine Qual, mit so viel Elend konfrontiert zu werden. Aber der Krieg dauerte weiter an.

Mitte Januar bekam ich dann eine Postkarte von Karl:
›Meine liebe Petra!

Du wirst dich wundern, von Tübingen Grüße von mir zu erhalten. Seit fast zwei Wochen liege ich hier infolge meiner Kopfverletzung. Und erst heute kann ich die Feder in die Hand nehmen.

Wie geht es dir? Viele liebe Grüße sendet Dein Karl.‹

In meiner großen Freude habe ich den Inhalt nicht so genau realisiert. Karl hatte geschrieben, nur das zählte. Das alleine war wichtig, für mich jedenfalls. Aber nach Tagen machte sich doch Sorge breit. Ich las immer wieder die Postkarte und stellte dann plötzlich fest, dass die Anschrift und der Absender eine andere Handschrift trugen. Sollte es doch schlimmer sein, als ich bisher angenommen hatte? Hatte Karl mit seiner Vermutung recht, dass er wahrscheinlich nicht mehr zum Fronteinsatz abkommandiert würde? Drei- bis viermal wöchentlich schrieb ich ihm in das Lazarett. Am 22.01.1945 schrieb ich unter anderem, dass ich immer noch keine Nachricht von meinen Angehörigen hätte und ich mir Sorgen um sie machte. Ach, wenn doch bloß alles vorüber wäre und er wieder nach Dresden kommen könnte! Am 26.01.1945 schrieb ich ihm, dass der Schulleiter mir etwas Blut aus dem Finger gepikst hatte, das ich anschließend untersuchen musste. Eine Stunde zuvor kam eine Frau in unser Labor und wollte ihren Harn auf Zucker geprüft haben. Das hatte ich auch übernommen. Das Resultat war nicht erfreulich. Ich errechnete durch Polarisieren 4% Zucker.

So hielt ich Karl auf dem Laufenden, aber Post kam keine mehr von ihm. Giselas Eltern waren auch besorgt. Sie schrieben in einem Brief, dass sie es für ratsam hielten, dass Gisela zurück nach Bergen käme. Die Ostfront rückte immer näher. Man konnte noch nicht einschätzen, noch weniger hörte man etwas darüber, wie weit die Alliierten vorgestoßen waren. Doch Gisela zögerte mit einer Entscheidung. Sie erwähnte, dass ich ja auch ihretwegen in

Radebeul geblieben sei und deshalb das Angebot von Karl, mit ihm nach Hause zu fahren, nicht angenommen hätte. Ja, was war richtig, was falsch? Wohin man auch flüchtete, überall tobte der Krieg, überall waren Elend und Bombenangriffe. Nun kamen auch zu uns die Bomber, die in wenigen Stunden unser Dresden in Schutt und Asche legten.

13. Februar 1945, gegen 22 Uhr begannen die Sirenen zu heulen. Gisela und ich standen an der Haltestelle Augustusbrücke und warteten auf die Straßenbahn. Nie flogen die Bomber das Ziel direkt an, es gab oft falschen Alarm. Das Frühwarnsystem konnte die Flugbewegungen nicht mehr feststellen. Vorboten warfen Ketten von Störsendern ab, so kam die Warnung oft zu spät. Ich wurde unruhig, hatte Angst, große Angst, und ich ahnte, dass es dieses Mal kein blinder Alarm war. Gisela drängte aufgeregt: »Komm, lass uns an die Elbe gehen, da können wir uns notfalls flach auf die Erde legen.«

»Nein«, wehrte ich ab, einer inneren Stimme folgend, »lass uns so schnell wie möglich die Stadt verlassen. Wir laufen die Straßenbahnschienen entlang, wenn nötig, können wir immer noch einen Luftschutzkeller aufsuchen.«

Ich lief einfach drauflos, Gisela hinter mir her. Häuser mit einem Luftschutzraum waren groß und deutlich mit LSR gekennzeichnet. Bunker gab es in Dresden keine. Wir hatten gerade 20 Minuten Zeit, als das fürchterliche Dröhnen der anfliegenden Bomber zu vernehmen war. Das Dröhnen wurde immer stärker. Wir rannten, rangen nach Atem, rannten weiter. Wie weit wir gekommen waren, konnten wir nicht genau erkennen, als wir von einem Luftschutzwart gestoppt und energisch in einen Keller geschickt wurden.

Die Beleuchter hatten bereits begonnen, das Elbtal und

die Altstadt mit ›Christbäumen‹* auszuleuchten. Kein Scheinwerfer blitzte. Es gab keine Flak-Abwehr. Beim Hinabsteigen in den Luftschutzraum bekam ich kaum Luft. Eine spärliche Beleuchtung zeigte die Richtung an. Hinter uns kam der Luftschutzwart und schloss die Kellertüre. Auf Bänken an den Wänden saß die Hausgemeinschaft mit ihrem sogenannten Luftschutzgepäck. Vorwiegend Frauen mit ihren Kindern, alte Menschen und einige, die, wie Gisela und ich, einen fremden Luftschutzkeller aufsuchen mussten. Die Geräusche, die in den Keller eindrangen, sind nicht zu beschreiben. Dabei hatten wir ein Ziel erreicht, das nicht mehr direkt zur Altstadt gehörte. Wir beteten alle gemeinsam. Sogar die Kinder beteten mit und mir fiel es plötzlich ganz leicht, andächtig Gott anzuflehen:

»Herr, verschone uns!«

Die vier anwesenden Kinder im Alter zwischen etwa drei und sechs Jahren fingen an zu weinen, klammerten sich an ihre Mütter und jammerten: »Mama, ich habe Angst!«

Man roch bereits die Angst, die sich in diesem Keller ausbreitete. Ein älteres Ehepaar saß mir gegenüber. Der Mann hielt seine Frau fest an sich gedrückt und streichelte ihr über das Haar, küsste ihre Wangen und sagte immer wieder ganz leise zu ihr: »Bleib ruhig, mein Schatz, bleib ruhig. Ich bin bei dir, ich bin doch bei dir.«

Wäre nicht alles so tragisch gewesen, beinahe hätte ich dieses alte Ehepaar beneidet. Wie lange mochten sie schon gemeinsam durchs Leben gegangen sein? Hatten sie Kinder, Söhne, die ebenfalls an der Front ums nackte Überleben kämpften? Ob wir hier lebend herauskommen würden? Die Zeit dehnte sich schier endlos, Minuten kamen einem wie

---

* Leuchtmarkierungen (genannt ›Christbäume‹) wurden aus Flugzeugen abgeworfen, um das zu bombardierende Gebiet zu markieren.

Stunden vor. Es konnten etwa eineinhalb Stunden vergangen sein, als der Luftschutzwart für uns Kellerinsassen Entwarnung gab. Die Sirenen funktionierten nur noch in den Vororten. Mit solchen Defekten wurde von den Angreifern gerechnet. Dadurch steigerten sich die Menschenverluste.

Als wir den Keller verließen, stockte uns der Atem. Ich glaubte, mein Herz bliebe stehen. Es nahm mir die Luft zum Atmen. Ein Feuersturm jagte eine kilometerhohe Rauchwolke gen Himmel. Es war fast taghell. Aber ringsum bot sich der Anblick einer anderen Welt. Gespenstisch, die Hölle auf Erden. Das Feuer tobte in Dreiviertel der Altstadt.

Kurz nur dachten wir an das Grauen und Elend der Altstadtbewohner. Dann gab es nur noch einen Gedanken: Nichts wie weg hier, ehe die Hölle uns erreicht.

Gisela und ich machten uns auf den Weg, immer den Bahnschienen entlang, in Richtung Albertplatz. Wir liefen und liefen, ohne etwas zu sagen. Tränen rannen uns die Wangen hinunter, wir zitterten am ganzen Körper. Wie weit wir gekommen sind auf unserem Fußmarsch, weiß ich nicht. Gisela kannte jede Station der Straßenbahn. Ich verließ mich einfach auf sie. Nach 90 Minuten heulten erneut in den Vororten die Sirenen, etwa gegen 1.15 Uhr. Die Dresdener hatten gerade genug Zeit gehabt, um durchzuatmen, und wollten einfach nur dieser Flammenhölle entfliehen. Sie schleppten sich zum Teil auf die Elbwiesen und in den Großen Garten. So kamen beim zweiten Angriff noch um ein Vielfaches mehr Menschen ums Leben. Dies war offenbar genau einkalkuliert. Die meisten, die sich ins Freie flüchteten, rannten in den sicheren Tod.

»Komm, wir müssen sehen, dass wir einen Luftschutzkeller aufsuchen«, versetzte Gisela, mich am linken Arm packend, um mich am Weitergehen zu hindern.

»Nein Gisela, nein, nein, ich gehe in keinen Keller mehr.«

»Wir werden dazu aber bestimmt wieder aufgefordert!«

»Wenn du gehen willst, geh, ich setze mich in das nächste Wartehäuschen der Straßenbahn. Inzwischen sind wir von dem Geschehen so weit entfernt, dass ich glaube, es trifft uns hier nicht. Aber einen Keller aufsuchen, das bringt mich um«, erklärte ich ihr.

»Gut, ich komme mit, aber schnell, wir sind gleich an einer Haltestelle.« Dort ließen wir uns auf der Bank nieder und drückten uns, aneinandergelehnt, in die Ecke. Diesmal war das Ziel der Angriffe der Hauptbahnhof, voll mit Soldaten, die an die Front geschickt wurden, und Flüchtlingen, die, aus dem Osten kommend, vor den Russen flüchteten.

Der Große Garten mit Altstadtflüchtlingen und die Elbwiesen, auf die sich etwa 10.000 Menschen geflüchtet hatten, waren das nächste Ziel der Bomber. Die durch die Bomben bereits entstandenen Flächenbrände quetschten die Menschen immer weiter zusammen. Diese Menschentrauben wurden dann das Ziel von weiteren Bombardements und Tieffliegergeschossen. Die Bomber hatten ihr Ziel erreicht, die Menschen hatten keine Chance.

Nach Ende der zweiten Attacke herrschte nur noch gespenstisches Schweigen. Gisela und ich setzten unseren Fußmarsch fort, um vielleicht am Ende doch noch unversehrt in unserem Häuschen anzukommen. Am frühen Morgen hatten wir es geschafft. Frau Rudolph, die wusste, dass wir am Tag zuvor in die Stadt gefahren waren, empfing uns überschwänglich:

»Gott sei Dank, da sind Sie ja!«

In einer Thermoskanne hatte sie Tee für uns vorbereitet, den wir gierig tranken. Aber außer ›danke‹ war von uns nichts mehr zu erwarten. Ohne ein weiteres Wort gingen wir in unser Schlafkämmerchen und legten uns auf die Betten. An Schlaf war nicht zu denken, doch wir konnten ungehemmt weinen.

Um uns herum brach einfach alles zusammen. Wie sollte man das Erlebte verarbeiten? Wie wurden all die vielen Betroffenen mit diesem Geschehen fertig? Die Hölle konnte nicht schlimmer sein.

Am späten Vormittag heulten erneut die Vorortsirenen. Viele Altstadtflüchtlinge waren nun unterwegs zu Freunden, Verwandten oder in ein zugewiesenes Quartier. Meist nur Frauen, Kinder, auch Soldaten, die verwundet waren und Hilfe brauchten. Die Decken geschultert, die Rucksäcke gefüllt mit den wenigen noch verbliebenen Habseligkeiten, schleppten sie sich durch die Straßen. Manche zogen eine Karre oder ein Wägelchen, besetzt mit kleinen, verängstigten und hungernden Kindern, hinter sich her. Auf den Gesichtern der Frauen waren nur noch Niedergeschlagenheit und Hoffnungslosigkeit zu lesen. Blass die Haut, fast wie Pergament. Die müden, leblosen Augen von rötlichen Ringen umgeben. Zuerst gingen Gisela und ich in den Garten, doch dann entschieden wir uns, einfach auf die Straße zu gehen. Frau Rudolph kam aus ihrem Haus und gesellte sich zu uns. Ich legte mich einfach bäuchlings mitten auf den Bürgersteig. Gisela tat es mir gleich, und Frau Rudolph setzte sich am Zaun auf die Mauerkante. So beobachteten wir zusammen mit den Ausgebombten, wie die Geschwader erneut ihre Sprengladungen abwarfen, hinein in die ohnehin schon brennenden Häuser.

Mitte 1943 hatten die Alliierten sich den Himmel aufgeteilt. Die Briten flogen in der Nacht mit ihren Stabbrandbomben. Die Amerikaner flogen tagsüber mit ihren Sprengladungen. So blieb kein Stein auf dem anderen.« »...denn sie wissen nicht, was sie tun!« Wussten sie es wirklich nicht?

Nach drei Tagen gingen wir in Radebeul in unser Institut. Wir wollten erst einmal sehen, ob es überhaupt weiterging und ob unsere Mitschüler alle anwesend waren oder einige nun aufgaben.

Stella wusste von unserem Ausflug in die Stadt. Ich hatte es ihr beim letzten Schulbesuch erzählt. Als die Mitschülerinnen Gisela und mich sahen, herrschte erst einmal Totenstille. Dann kam eine nach der anderen auf uns zu. Wir wurden beinahe erdrückt.

Stella umarmte mich und weinte. Sie stammelte immer dasselbe: »Mein Gott, ihr lebt!«

Es tat gut, die Zuneigung zu erleben. Man spürte förmlich diese Gemeinsamkeit, dieses Aufatmen. Ein schönes Gefühl.

»So, meine Damen«, ließ der Schulleiter sich vernehmen, »wir haben festgestellt, dass alle Damen anwesend sind. Aber weiß jemand von Ihnen, was mit unserem Mitschüler Hans Grabowsky ist?«

»Nein«, war die allgemeine Antwort. Es wusste niemand etwas von ihm.

»Dieser Herr heißt in Wahrheit anders. Der hier angegebene Name ist ein Deckname. Nun, ich denke, wir werden nichts mehr von ihm hören. Ich habe bereits nachgeforscht. Die Adresse hier in Radebeul, die er angab, ist falsch. Wo er wirklich gewohnt hat, ist nicht bekannt.« Der Schulleiter schaute kritisch.

Ich hatte augenblicklich einen schalen Geschmack im Mund. Warum, weiß ich nicht, aber ich hatte plötzlich das

Gefühl, es könnte etwas mit mir zu tun haben. Die Bestätigung bekam ich kurz vor Schulschluss. Der Schulleiter nämlich bat mich, kurz in sein Büro zu kommen. Er hätte einige Fragen an mich. Was konnten das für Fragen sein? Was die Schule betraf, war doch alles geregelt.

»Nehmen Sie Platz«, forderte Dr. Schmidt mich auf. Er sah mich streng an, so empfand ich es jedenfalls. »Nun«, fuhr Dr. Schmidt fort, »Aufregungen hatten Sie ja gerade zu Genüge. Mit meinen Fragen möchte ich eigentlich versuchen, Ihnen weitere zu ersparen. Meine direkte Frage ist: Wussten Sie, dass Sie beobachtet wurden und warum?«

»Sprechen Sie etwa von Herrn Grabowsky?«, vermutete ich.

»Unter anderem.«

»Mir fiel die Hartnäckigkeit auf, mit der er versuchte, mich einzuladen. Immer wieder, dabei machte er mir richtiggehend Angst. Seine Augen waren so farblos und sein Blick war so stechend. Es lief mir bei jeder Begegnung kalt den Rücken hinunter. Aber weshalb sollte er mich beobachten?«

»Das wollte ich eigentlich von Ihnen wissen, es muss dafür doch einen Grund geben.«

»Wahrscheinlich gibt es heutzutage immer Gründe, Menschen zu beschatten. Sie für schuldig zu befinden für Dinge, die für die Beschuldigten eigentlich kein Vergehen sind, sondern selbstverständlich. Ein Bedürfnis, was auch immer. Der Grund, weshalb man mich beobachtete, könnte sein, dass ich Freunde habe, die auf dem Weißen Hirsch leben und die ich des Öfteren besuche. Ihre Abstammung ist nicht rein arisch. So sagt man doch?«

Nun erzählte ich Dr. Schmidt von der Freundschaft mit Franzl und dessen Mutter, Frieda Stern, dass ich mich bei ihnen zu Hause fühlen konnte und durfte und Franz für mich wie ein Bruder war.

»Stets zurückhaltend und korrekt hatte er sich mir gegenüber verhalten. Ganz sicher bin ich mir auch, dass die Sterns mich nicht in Schwierigkeiten bringen wollten. Für mich selbst sah ich bisher darin kein Problem. Frau Stern freute sich immer sehr über meinen Besuch. Sie erzählte mir viel von ihrem Mann, der schon Anfang des Krieges nach Amerika emigrierte, nur mit zehn Reichsmark in der Tasche. Frau Stern ist Deutsche, somit ist mein Freund Franz Stern Halbjude. Ob man mir nun aus dieser Freundschaft einen Strick drehen konnte, ist mir gleichgültig, sie bedeutete mir einfach sehr viel.«

Und ich berichtete weiter.

»Ich besuchte in Dresden die Privatschule von Dr. Rakow in der Prager Straße. Dort lernte ich Franz Stern kennen. Er war der einzige männliche Teilnehmer. Er bekam keine Gelegenheit, nach dem Abitur ein Studium zu beginnen. So nutzte er die Zeit, um sich kaufmännische Kenntnisse anzueignen. Für mich waren die Sterns eine Oase, wohin ich immer mal flüchten konnte. Nun aber wird es mir nicht mehr möglich sein, sie zu besuchen.«

»Was meinen Sie damit, ›nicht mehr möglich sein‹?«, fragte Dr. Schmidt gespannt.

»Nach der Bombardierung von Dresden haben Gisela Weber und ich uns vorgenommen, die Stadt zu meiden. Es ist einfach unerträglich, all die Zerstörungen mit anzusehen.«

»Vielleicht ist es auch besser, wenn Sie die Besuche bei Sterns einstellen. Wir haben leider noch nicht alles überstanden«, meinte der Schulleiter nachdenklich. Meine Antwort schreckte ihn wohl auf, als ich ihm versicherte, dass einzig und alleine die Zerstörung Dresdens der Grund sei, weshalb ich nicht mehr in diese Richtung fahren könnte. Somit konnte ich meine Freunde auch nicht mehr besuchen.

»Wollen Sie nicht lieber zu Ihren Angehörigen zurück, damit Sie nicht so ohne Anhang und Hilfe hier ausharren müssen?«

»Meine Angehörigen leben an der Schweizer Grenze, ca. 7 km entfernt von Basel. Seit Mitte Dezember 1944 habe ich kein Lebenszeichen mehr von ihnen bekommen. Wenn man den Nachrichten glauben kann, dann wäre für mich ein Durchkommen sicher nicht mehr möglich. Mein Vater lebt in Hamburg-Fischbek. Er schrieb mir das letzte Mal zu Weihnachten. Nun wohnen Gisela Weber und ich zusammen im Augustusweg 22. Gisela ist ebenfalls alleine hier. Ihre Eltern wurden in Rostock ausgebombt. Sie leben nun in Bergen auf Rügen. Vor vier Wochen schon haben sie Gisela nahegelegt, nach Bergen zurückzukommen. Vielleicht wird sie sich dazu entschließen. Bisher aber dachten wir beide, wir könnten hier zusammen unsere Ausbildung beenden.«

»Ich befürchte nur«, meinte Dr. Schmidt, »dass für ein zaghaftes Überlegen nicht mehr allzu viel Zeit bleibt. Jedenfalls wünsche ich Ihnen alles Gute. Wenn ich etwas für Sie tun kann, lassen Sie es mich wissen. Ihre Entscheidung, Dresden zu meiden, ist jedenfalls ein guter erster Schritt in die richtige Richtung.«

Wohin der Weg uns führen sollte, entschied sich sehr schnell. Giselas Bruder lebte in Berlin-Moabit im Untergrund, wie sie mir kürzlich nach Erhalt eines Briefes von ihm gestand. Er schrieb ihr, sie solle sich unverzüglich auf den Weg zu den Eltern machen. Dabei solle sie auch in Berlin Station machen. Er gab eine Adresse an, wo sie weitere

Informationen erhalte. Es sei ein Freund von ihm, bei dem auch ein Übernachten möglich sei. Alles Weitere erfahre sie an Ort und Stelle. Theo, so hieß ihr Bruder, bat um Nachricht an die genannte Adresse, damit er von seinem Freund über ihre Ankunft informiert werde. Gleichzeitig schrieben Giselas Eltern eindringlich, noch bestehe die Möglichkeit, nach Hause zu kommen. Auf alle Fälle sollte sie mich mitbringen. Die Zeit sei kostbar, diese Entscheidung durften wir nicht mehr länger hinausschieben.

Es war schon rührend, wie Giselas Eltern auch um mich besorgt waren, obwohl wir uns gar nicht kannten. Meine Gedanken drehten sich im Kreis. Was sollte ich hier ohne Gisela machen? Warum bekam ich keine Post, weder von Karl noch von zu Hause? Alles brach zusammen.

Gisela drängte nun auf meine Entscheidung. Sie machte mir deutlich, dass ich bei Hedy und Max zwar selbstverständlich herzlich aufgenommen würde, aber was war, wenn den beiden etwas zustieße? Außerdem war sie der Meinung, dass ich mich bei Entscheidungen, die mich betreffen, zu sehr beeinflussen ließ und mich zu abhängig machte von den beiden zwar sehr lieben, doch alten Menschen.

»Wenn sie dich dann eines Tages brauchen, bin ich mir ganz sicher, dass auch du für sie da sein wirst.« Morgen wäre nun die Bedenkzeit, die mir Gisela eingeräumt hatte, verstrichen. Meine größte Überlegung galt aber Karl. Was war, wenn er nicht mehr an die Front musste und mir plötzlich schrieb, ich solle kommen? Zwar hatte ich ihm mitgeteilt, dass Giselas Eltern auf ihre Heimkehr drängten, aber er antwortete nicht. Nun kam der Morgen der Entscheidung. Wozu sollte ich mich entschließen?

Gerade kam Gisela von Frau Rudolph zurück, mit der sie beraten wollte, was sie dazu meinte, wenn Gisela mich mitnähme. Verstört, so schien es mir, und mit Post in der Hand, kam sie zurück und sah mich an. Sie hatte Tränen in den Augen.

»Was ist, Gisela, was ist passiert?«

Sie übergab mir einen gelben Briefumschlag. Ich erkannte meine Handschrift auf dem Brief, adressiert an Karl in das Res. Lazarett Tübingen, abgestempelt am 26.01.1945 in Radebeul. Der Brief war umadressiert nach Weilheim Teck. Vermutlich war er wieder in das Lazarett geschickt oder mitgenommen worden. Es waren von mir zwei Briefe vom 25.01.1945 und dem 26.01.1945 in dem Umschlag, der sich scheinbar gut öffnen ließ und wieder zugeklebt worden war. Auf der Rückseite stand mit Schreibmaschine geschrieben: ›Ist am 30.01.1945 an den Folgen einer schweren Hirnoperation aufgrund seiner Verwundung gestorben.‹ Darunter ein Dienststempel mit Reichsadler und Hakenkreuz. Die Unterschrift war nicht zu entziffern. Dieses Siegel, diese Unterschrift, es nahm mir die Luft zum Atmen. Konnte ich es überhaupt glauben? Sicher musste ich es, begreifen musste ich es auch. Aber was sollte ich begreifen? Karl war tot. Das eine: Karl kommt nicht mehr – nie mehr; das andere: Unser Wiedersehen im Häuschen, unsere Pläne, sie haben keinen Bestand mehr. Um mich schien alles zusammenzubrechen. Nach der Sprachlosigkeit übermannte mich die Verzweiflung. Mit zitternden Händen hielt ich den Umschlag fest an meine Brust gepresst. Bilder zogen an mir vorbei. Ich sah Karl vor mir, wie er mir zulächelte, dann hatte ich jenen Abend vor Augen, als ich ihn zum letzten Mal zur Straßenbahn brachte. Er, winkend, mit einem müden Ausdruck und Trauer in den Augen, entschwand in der Bahn meinem Blickfeld. Spürte Karl die Angst, die ich um ihn hatte? Spürten wir beide, dass es ein Abschied für immer war? Hatten wir an diesem Abend schon Abschied genommen? Wissend, dass wir uns nicht mehr sehen würden? Wie wenig Zeit uns Gott gab, um unsere Liebe zu finden. Zu erkennen, dass wir zusammengehören. Seine Liebe traf mein Herz, berührte die Tiefe meiner Seele. Eine kurze Strecke nur, die wir gemeinsam gingen. Ein schmaler Weg, den uns das Schicksal vorbestimmt hatte. Für Karl führte der Weg zurück nach Hause. Wohin aber führte er mich? Was blieb mir nun? Könnte ich doch wenigstens Blumen auf sein Grab legen und weinen! Sein Vermächtnis, das Schönste für mich, war sein Brief zu meinem 18. Geburtstag. Dieses Vermächtnis würde ich überallhin mitnehmen, egal, wohin ich ginge, egal, wie alt ich würde. Der letzte Satz hatte sich in meinem Herzen eingebrannt: Vergiss mich nie! Dein Karl.

Das ist mein Versprechen, das ich Karl gab:
Nie werde ich Dich vergessen.

Frau Rudolph kam nach einer Weile zu uns ins Häuschen. Noch immer saß ich auf dem Stuhl, den Brief an mich gedrückt. Die Augen vom Weinen verschwollen. Gisela unterhielt sich mit ihr, dann setzte sich Frau Rudolph mir gegenüber, nahm meine Hände in die ihren und schwieg. Nach einer langen Weile vernahm ich ihre Stimme. Sie sagte, dass Gisela in das Institut gegangen sei, um Bescheid zu sagen, dass wir heute nicht am Unterricht teilnahmen. Sie meinte außerdem, dass es eine gute Entscheidung sei, wenn ich mit Gisela nach Bergen ginge. Es sei allerdings Eile geboten. Die Russen drangen immer weiter vor. Jetzt sei ein Ankommen noch möglich. Ferner sei für mich in ihrem Haus die Türe immer offen, jederzeit und gerne. Falls ich einmal wieder zurückkommen wolle. Was ich nicht unbedingt mitnehmen könne, solle ich getrost bei ihr lassen.

Auf Wunsch könnte es die Familie Descher immer bei ihr abholen. Wie aus weiter Ferne vernahm ich ihre Stimme. So genau wusste ich gar nicht, was sie alles sagte. So viel habe ich allerdings verstanden, dass ich mit Gisela nach Bergen gehe, zu ihren Eltern. Habe ich wirklich zugesagt? Scheinbar ist es der Fall. Im Grunde war es ja auch egal, wohin ich nun ging. Von meinen Angehörigen wusste ich nichts Genaues, bald käme ich wahrscheinlich nicht mehr bis zu Deschers. Ja, und wie sollte ich da Trost bekommen? Sie hatten doch selbst diesen Schmerz erfahren. Zusammen würden wir uns in Trauer vergraben, es gäbe kein Aufstehen mehr für uns. Mit Gisela zusammen fände ich sicher einen Neuanfang. Aber erst einmal musste der ganze Spuk vorbei sein. Im Moment bestand wenig Hoffnung, es gab keine Perspektiven, keine Sicherheit.

Als Gisela vom Institut zurückkam, empfing Frau Rudolph sie mit der Botschaft, dass ich mit ihr nach Bergen ginge.

»Ist das wahr, Peterle, ist das wirklich wahr?« Ich nickte nur, winkte mit einer Hand, als wolle ich alles einfach verwischen, was um mich herum war.

»Sicher haben Sie nun einiges zu regeln, zu organisieren, ehe Sie beide abreisen können«, meinte Frau Rudolph zu Recht. »Für heute werde ich das Mittagessenkochen für Sie übernehmen, dann gehen wir alles nach einem Plan durch. Ich werde Sie dabei unterstützen, so gut ich kann.«

Zunächst musste der Tag für den Aufenthalt in Berlin festgelegt werden. Ob es mit der Bahn so klappte, war mehr als fraglich. Kein Zug fuhr mehr planmäßig. Die Ankunft war ungewiss, so viel stand fest. Aber Gisela hatte immerhin die Adresse, dann würden wir weitersehen. Unsere Abreise war für Mitte März geplant. Am Ersten eines jeden Monats gab es auf dem Einwohnermeldeamt die neuen Lebensmittelkarten. So verbanden wir diese Gelegenheit und meldeten uns gleichzeitig für den 15. März nach Bergen auf Rügen ab. Meinen Freunden, Friedel und Franzl, schrieb ich einen Brief und teilte ihnen unser Vorhaben mit. Außerdem gestand ich ihnen, dass ich nicht mehr in Richtung Dresden fahren wollte. Die Zerstörung hatte mir das Herz gebrochen. Hinzu kam, dass wir von Altstadtevakuierten hörten, dass die mehr als 10.000 Toten von Bergungskommandos auf Scheiterhaufen verbrannt wurden. Die Überlebenden waren nicht mehr in der Lage, ihre Toten zu beerdigen. Die Kräfte reichten auch nicht mehr aus. Den Geruch konnte man weit über die Stadtgrenze wahrnehmen. All dies gab ich als Grund an, weshalb ich mich brieflich von ihnen verabschiedete. Bestimmt würde ich mich wieder bei ihnen melden.

Nun stand mir noch das Schwerste bevor, nämlich Max und Hedy Lebewohl zu sagen. Gisela fuhr mit mir nach Niederau. Sie wusste zu genau, wie schwer mir das fiel. Am meisten hatte ich Angst davor, diese beiden so lieben Menschen zu verletzen, sie enttäuschen zu müssen, ihnen Schmerz zuzufügen. Aber nun ging es eben einmal nur um mich. Seit der Zerstörung der Stadt, der Nachricht von Karls Tod und den allgemeinen schlechten Nachrichten wurde ich zusehends unsicherer. Nichts von alledem, was mir unendlich viel bedeutet hatte, war geblieben. Gisela aber war immer noch da, sie war so feinfühlig, verstand es, mich zu stützen und zu halten. Sie dachte für mich. Ich ließ es nur einfach geschehen. So wurde das Verabschieden von meinen Ersatzeltern ein stilles Drama. Auch Gisela ging es sehr nahe. Die beiden nahmen uns einfach abwechselnd in die Arme. Sie beruhigten mich und meinten, es sei für mich sicher das Beste, wenn ich von Giselas Eltern aufgenommen würde.

»Wie es auch kommt, es wird uns überall treffen«, meinte Max, »es ist auf jeden Fall besser, wenn ihr jungen Menschen euch selbst durchbeißen könnt.«

»Du, mein Mädel, bleib stark. Bleib so, wie du bist, und vergiss uns nicht«, sagte Hedy unter Tränen.

»Das werde ich ganz bestimmt nicht, ich bin euch so viel Dank schuldig. Ich hoffe ganz fest, dass ich es eines Tages gutmachen kann.« Max, der eine Weile aus dem Zimmer gegangen war, übergab mir einen größeren verschlossenen Umschlag und legte mir nahe, gut darauf aufzupassen. Es solle nur, wenn ich in Not käme, helfen. Unter Schluchzen und Danke sagen bat ich Hedy noch, sie solle für mich an Vater schreiben, was Gisela und ich vorhätten. »Es fällt mir schwer, Hedy, Vater zu informieren. Sein letzter Brief war sehr traurig. Ich glaube, er denkt viel an meine Mutter. Schreib ihm auch, dass der Entschluss plötzlich kam, dass Dresden zerstört ist und dass ich seit zwei Monaten nichts mehr von meinen Angehörigen gehört habe. Ich verspreche ihm, dass ich auf mich aufpassen werde und sehr froh darüber bin, dass es ihn gibt.«

»Mach ich, mein Mädel, passt gut auf euch auf und bitte, meldet euch, sobald ihr angekommen seid«, sagte Hedy.

So nahm unser aller Leben eine andere Richtung, so ganz anders, als wir es geplant, ganz anders, als wir es uns gewünscht hatten. Die Richtung führte mich fürs Erste noch viel weiter von meiner Familie weg. Für Gisela führte der Weg zurück zu ihren Eltern, die sich ungewollt auch in der Fremde zurechtfinden mussten. Aber die Familie war beisammen, bis auf Giselas Bruder. Da er kein Soldat war, würde es ihm sicher gelingen, über kurz oder lang bei den Eltern aufzutauchen.

Von unseren Freunden in der Schule in Radebeul wurden wir herzlich verabschiedet. Sie wünschten uns alles Gute. Vielleicht ein Wiedersehen? Wohl kaum, dachte ich, warum, war mir nicht klar. Meine Gedanken waren bei Karl. Hätte ich diese Schule beendet, er sein Studium fortgesetzt, wir hätten später zusammen arbeiten können. Wir wären zusammen gewesen. Stella unterbrach meine Gedanken. Sie nahm meine Hand.

»Es tut mir weh, wenn ich daran denke, dass du nun fort gehst. Wirst du mir schreiben?«

»Bestimmt, Stella, werde ich das. Wenn die Verhältnisse es wieder erlauben, komme ich als Erstes nach Radebeul zurück. Frau Rudolph hat mir angeboten, dann wieder bei ihr zu wohnen. Sollte sich die Möglichkeit bieten, die Schule hier weiter zu besuchen, werde ich die Ausbildung fortsetzen. Vielleicht kommt Gisela mit zurück, darüber werden wir zeitgerecht nachdenken. Es hängt sicher von ihren Eltern ab. Für mich wäre hier ein Neuanfang sicher nicht so schwer. Meine Pflegeeltern würden mir dabei helfen.«

»Das wäre toll«, meinte Stella, »ich würde mich so freuen.«

So packten Gisela und ich unser bisheriges Leben, jede für sich, in einen kleinen Koffer und einen Rucksack. Gisela konnte alles mitnehmen, außer ihren Schulbüchern. Diese verpackte Frau Rudolph mit den meinen in eine Kiste. Die restlichen Sachen von mir kamen in eine Truhe. Sollte für uns Post kommen, wollte sie Frau Rudolph uns nachsenden. Von Erna hatte ich noch eine Nachricht erwartet. Doch nach dem schweren Angriff am 5. März 1945 auf Chemnitz hatte sie bestimmt ganz andere Sorgen. So mussten wir uns von Freunden, von Gewohntem und stillen Hoffnungen verabschieden. Jeder Tag war ein geschenkter Tag.

Dies wurde uns gerade jetzt, wo wir uns auf den Weg in die Ungewissheit machten, so richtig bewusst. Mitte März, am späten Vormittag, fuhren Gisela und ich von Radebeul in Richtung Leipzig, wo wir die möglichen Verbindungen nach Berlin erkunden wollten. Fahrkarten gab es keine, der Schaffner vom Dienst sollte während der Fahrt einkassieren. Es herrschte überall Chaos. In meinem Rucksack hatte ich sorgfältig die kleinen Bücher von Karl, die er mir geschenkt hatte, zusammen mit den Briefen verpackt. Ebenso die zwei Sparkassenbücher und sonstige Papiere. Ein kleines Album mit zwei Fotografien von Karl und einem Bild von Laurenz. Einige Bildchen von Mutter zusammen mit mir vor dem Zwinger, meine Großeltern. Darauf wollte ich besonders gut aufpassen. Ich wünschte mir so sehr, dass mir diese Kostbarkeiten nicht verloren gingen. Es war eine hübsche Summe Bargeld, die Max mir beim Abschied zugesteckt hatte. Er sagte mir einmal nach Erichs Tod, dass er ein Sparbuch für ihn angelegt hätte.

»Nun braucht er es nicht mehr, wer weiß, vielleicht hilft es dir eines Tages«, erklärte er mir. Dieses Geld verbarg ich direkt am Körper, damit es nicht verloren ging. Für die Fahrt verstaute ich in einem Brustbeutel gerade so viel Geld, dass ich nie den Rucksack öffnen musste. Gisela gab ich auch etwas zur Aufbewahrung, mit der Bitte, sie möge ihre Fahrt davon bezahlen.

In Leipzig kamen wir allerdings erst gegen 22 Uhr an. Der Zug war brechend voll. Es war ein fürchterliches Gedränge. Wir hatten einen einzigen Sitzplatz bekommen, dadurch konnten wir uns abwechselnd setzen und ein Auge auf die Koffer haben. Meinen Rucksack nahm ich nicht herunter, obwohl mein Rücken müde war, ich hielt durch. In Leipzig angekommen, wusste niemand, wie es weiterging. Wir verbrachten die ganze Nacht auf dem Bahnhof. Die Bahnsteige waren voll Menschen, die teils im Sitzen schliefen, teils unruhig hin und her gingen. Blass die Gesichter, Mütter total erschöpft, kaum in der Lage, die Kinder zu beruhigen. Verwundete Soldaten mit durchgebluteten Verbänden. Dunkle Schwaden von Verzweiflung, Niedergeschlagenheit und Hoffnungslosigkeit lagen über uns. Manche Menschen unterhielten sich, erzählten von Verlorengegangenem, Verschüttungen, Verstümmelungen. Aus jeder Erzählung sprach Tod, Vernichtung, Verzweiflung. Auch ich war im Sitzen ein paarmal eingeschlafen. Jedes Mal, wenn ich aufschreckte, stand oder saß Gisela neben mir, die Koffer im Auge behaltend, und beruhigte mich.

»Schlaf ruhig ein bisschen, ich passe gut auf.« Bei Tagesanbruch kam Bewegung in alles und ein Zug fuhr ein, der sogar in Richtung Berlin fuhr, wenn nichts dazwischenkam. Plötzlich gab es ein fürchterliches Geschiebe. Alle wollten einsteigen. Gisela hatte beide Koffer und ließ sich nicht verdrängen. Sie war bei den Ersten, die einstiegen. Ich wurde plötzlich zurückgedrängt, von den Nachrückenden aber wieder nach vorne geschoben. Mit aller Kraft musste ich mich dagegen wehren, um nicht beim Einsteigen auf die Gleise zu fallen. So sehr die Wartenden aufeinander zugingen, so rücksichtslos waren sie beim Einsteigen. Jeder war sich selbst der Nächste. Zum Teil fielen böse Worte. Was war nur aus uns Menschen geworden?

Wir hatten Glück. Gisela hatte zwei Plätze besetzt und verstand es, sie zu verteidigen, bis ich bei ihr war. Alles war schon besetzt, auf den Gängen zusammengepresst. Eine abgemagerte junge Mutter mit zwei Kindern von vier und eineinhalb Jahren hielt sich mit dem kleineren auf dem Arm am Abteilgriff der Tür fest. Gisela stand auf, ließ die Mutter mit dem Kind auf ihren Platz und setzte mir das größere auf den Schoß. So wechselten wir uns im Sitzen und Aufpassen ab. Den ganzen Tag saßen oder standen wir, gedrängt, geschubst, im engen Abteil. Jeder Mitreisende hatte sein eigenes schlimmes Schicksal, aus allen Berichten sprachen Krieg, Sterben, Vernichtung, Verzweiflung. Der Geruch in den Waggons wurde schier unerträglich. Die Fahrt wurde oft unterbrochen, und dann nützte man die Gelegenheit, um frische Luft zu atmen. Die Menschen waren an der Grenze der Belastbarkeit. Oft kamen Zweifel in mir auf, ob wir es dennoch schafften, am heutigen Tag in Berlin anzukommen. Wie oft wir auf freier Strecke hielten, wurde gar nicht mehr registriert. Wir konnten sowieso nichts daran ändern. Aber gegen 21 Uhr waren wir doch am Ziel.

Berlin ... Wie sollte es jetzt weitergehen? Gab es noch eine funktionierende Bahnverbindung? Dies musste ich nun alles Gisela überlassen. Dabei konnte ich sie wenig unterstützen. Nur – einfach mitmachen. Da, es heulten die Sirenen, Fliegeralarm! Wir wurden in einen U-Bahn-Schacht gedrängt, der sich rasend schnell mit Menschen füllte. Voll besetzt, Körper an Körper, sich zu bewegen war nicht möglich. Durch den Stahlbeton drang Angriffslärm. Die Angst war groß. Was, wenn ...? Aber wir hatten Glück und es entstand kein Schaden. Wir drängten vor den Bahnhof und setzten uns auf unsere Koffer. Wie sollte es jetzt weitergehen?

»Lass uns noch ein wenig warten«, bat ich, »meine Beine fühlen sich an, als wären es Kartoffelsäcke, im Moment wollen sie einfach nicht mehr.« Hoffentlich müssen wir nicht mehr viel laufen, war meine Sorge. Sagen wollte ich es nicht. Ich konnte einfach nicht mehr, langsam bekam ich Angst. Doch aus dem Dunkel kam plötzlich ein Mann geradewegs auf uns zu und fragte nach Gisela. Er stellte sich ganz leise vor: »Ich bin Gerhard, ein Freund deines Bruders.« Er nahm unsere Koffer. Wir folgten ihm einfach wortlos. Nach etwa zehn Minuten führte er uns in einem Mehrfamilienhaus eine Treppe hoch. Bevor wir das Haus betraten, machte er uns deutlich, dass wir am besten nicht sprechen und somit keine Neugierde erwecken sollten. Als Gerhard die Wohnungstüre aufschloss, zog Giselas Bruder uns rasch in den Flur. Licht gab es nicht.

»Leise!«, zischte Gerhard, als Gisela stürmisch von ihrem Bruder Theo begrüßt wurde.

»Nun«, meinte dieser, »hat deine kleine Freundin es sich doch überlegt mitzukommen? Das war klug, gut so. Macht euch mal ein bisschen frisch nach diesen Strapazen. Dann essen wir, anschließend ist Besprechung.«

So geschah alles der Reihe nach und so leise wie möglich. Gerhard hatte bereits für den nächsten Tag die genauen Zeiten unserer Weiterreise auf einem Zettel. Wenn wir Glück hatten, konnten wir bis Stralsund durchfahren. Ab da mussten wir uns um die Weiterfahrt selbst kümmern. Aber das war ja dann keine Weltreise mehr. Gisela meinte, dass wir sicher ganz gut zurechtkämen. Gerhard erzählte uns an diesem Abend, dass er sich schon des Öfteren nach ankommenden Zügen erkundigt habe. So jedenfalls klappte es auch, dass er uns vor dem Bahnhof einsammeln konnte. Das Essen war köstlich, ausreichend Brot, sogar Wurst und Käse, vorab eine Grießsuppe. Ich hatte schon lange nicht mehr so viel und so gut gegessen. Ich spürte meine Kräfte wieder erwachen und wie mein ganzer Körper richtig warm und entspannt wurde. Aber jetzt überfiel mich eine bleierne Müdigkeit. Im Sitzen schlief ich auf dem Sofa ein. Als ich geweckt wurde, um mit Gisela das Schlafzimmer zu beziehen, wusste ich gar nicht, was um mich herum geschehen war. Giselas Bruder Theo meinte verständnisvoll:

»Ihr habt ja in den letzten Wochen genügend Aufregungen gehabt. Erholt euch nun auf Rügen ein bisschen, es wird noch einiges auf uns alle zukommen. Sobald es für mich hier nichts mehr zu tun gibt, komme ich auch auf die Insel.«

Mir fiel auf, dass Theo das rechte Bein nachzog. Es musste steif sein. Dies zu hinterfragen, hatte ich ja noch Zeit genug, wenn wir angekommen waren. Theo übergab Gisela einen großen gelben Umschlag mit dem Kommentar: »Diesen Umschlag, Gisela, verstau ihn gut. Er darf auf keinen Fall in fremde Hände gelangen, sonst sind du und unsere Eltern in Gefahr, denk daran. Er wird bei unseren Eltern abgeholt. Gib Vater diesen zweiten Brief. Es steht darin, was es mit der Abholung auf sich hat. Passt ihr beide gut darauf auf, sonst wird es gefährlich.« Das musste wohl auch der Grund sein, weshalb wir hier die Reise unterbrechen sollten. Theo verabschiedete sich.

»Grüßt die Eltern von mir, passt gut auf euch auf. Ich denke, dass wir uns bald wiedersehen. Aber erst einmal schlaft recht gut. Gerhard wird euch morgen zum Bahnhof bringen. Ach ja, beinahe hätte ich es vergessen. Hier, Gisela, für dich einen Notgroschen. Vielleicht bekommst du etwas dafür.« Theo gab Gisela eine dicke Rolle Geldscheine, die sie erstaunt in Empfang nahm. Todmüde fielen wir in unsere Betten, gegen acht Uhr wollten wir am nächsten Morgen zum Bahnhof.

»Es ist durchaus möglich, dass ein Zug ankommt, der in Richtung Stralsund fährt«, meinte Gerhard. Es kam ein Zug gegen 10.30 Uhr mit genau drei Personenwaggons im Anschluss. Natürlich waren die Wagen total besetzt und auch die Viehwaggons waren mit Reisenden übervoll. Gerhard kannte scheinbar das Dilemma. Er riss Gisela den Rucksack vom Rücken.

»Schnell, mach hin, häng ihn an die Brust.« Dasselbe befahl er mir. »So wird dir auch so schnell niemand den Rucksack öffnen. Die Koffer quetscht euch zwischen die Füße.« Es musste noch mehr gedrängt werden, um die noch Einsteigenden aufzunehmen. Luft war Mangelware. Ein Schaffner schloss die schweren Schiebetüren bis auf einen Spalt. Dabei versuchte ich, mich mit Gisela etwas von der Tür zur Seite zu drängeln, um die kalte Luft nicht so massiv abzukriegen.

Vor der Abfahrt wurden die Reisenden in den Waggons mit lauten Durchsagen darüber aufgeklärt, dass der Zug, wenn alles gut ging, erst in Neustrelitz hielt. Wer vorher aussteigen wollte, musste den nächsten Zug abwarten. Man hoffte, dass das Gedränge nachlassen würde, aber niemand stieg aus. Endlich kam der Zug ins Rollen. Es dauerte, bis er etwas Geschwindigkeit bekam. Hinfallen konnte niemand. Es war grauenhaft. Einige Male hielt der Menschentransport auf freier Strecke. Männer im Waggon versuchten, die schwere Türe solange etwas mehr zu öffnen, um frische Luft hereinzulassen. Das Stehen war kaum zu ertragen, die schlechte Luft, der schwere Rucksack. Die Füße konnte man nicht bewegen, um nicht den Nebenmann zu treten. Ich bekam Angst, dieser Strapaze nicht gewachsen zu sein. Aber ich hielt durch. Nach mehrfachem Halten, Rangieren, Abhängen von Waggons, neu Ankoppeln kamen wir in der Nacht in Stralsund an. Wir ahnten schon, dass wir die Nacht im Bahnhof verbringen müssten.

Aber am Morgen gegen acht Uhr fuhren wir endlich in Richtung Bergen. Unser Ziel war erreicht. Die herzliche Begrüßung von Herrn Weber, die Freude, dass ich mitgekommen war, ließen mich fürs Erste die Zweifel vergessen, die während der Fahrt doch aufgekommen waren.

Frau Weber arbeitete in einem Lebensmittelgeschäft, nicht weit von der Wohnung. Herr Weber alarmierte seine Frau, die zur Begrüßung schnell nach Hause kam und Gisela recht stürmisch, dann mich sehr herzlich begrüßte und willkommen hieß. Es gab warmen Malzkaffee, sogar mit Milch, dunkles, knuspriges Brot, sogar Butter und Marmelade. Frau Weber, die wieder an die Arbeit musste, meinte, dass Gisela und ich erst einmal ausschlafen sollten. Sie zeigte uns das Schlafzimmer, das Gisela ja kannte, und meinte, ich sollte mich rechts in das Bett legen und Gisela links, damit wir so richtig schlafen könnten. Wenn sie am späten Nachmittag nach Hause käme, würde sie uns Essen kochen.

Wie schon erwähnt, waren die Webers amtlich in diesem Haus einquartiert worden. Es war ein kleines Einfamilienhaus. Die Küche war im Parterre und Familie Weber musste sich an den Plan der Hausfrau halten, sie kochte mittags, abends durften dann Webers die Küche benutzen. Ein größeres Zimmer im Anschluss an die Küche war das Schlaf- und Wohnzimmer von Giselas Eltern. Darin standen zwei Betten. Das eine an der rechten Wand, in dem ich an diesem Morgen schlief, das andere an der linken Wand. In der Mitte befand sich ein Tisch mit vier Stühlen und neben dem Fenster links ein Kleiderschrank. Am Fußende des rechten Bettes stand eine Kommode. Neben jedem Bett fand sich ein Hocker, bestückt mit einer kleinen Nachttischlampe, die aber wegen der Verdunklung nicht benutzt wurden. Gisela erklärte, dass wir beide zusammen im rechten Bett schlafen müssten. Ihre Eltern schliefen zusammen auf der linken Seite. Mich beschlich das Gefühl, dass es für die Eltern bestimmt nicht so angenehm war, wenn wir alle in einem

Zimmer nächtigen mussten. Aber das hatten sie sicher auch bedacht, als sie mich einluden. Millionen von Menschen erging es genauso, trotzdem war ich doch für diese Familie eine völlig Fremde. Auf alle Fälle wollte ich versuchen, mich nützlich zu machen. Vielleicht gab es für mich eine Arbeit, wo ich eventuell auch schlafen konnte. Aber wer hatte noch Arbeit, Brot und Unterkunft – noch dazu für eine Fremde? Bereits in der ersten Nacht fing ich an zu grübeln, wie es wohl weitergehen sollte. Bei der Ankunft in Stralsund hatte ich geglaubt, so ein fernes, leises Donnern zu hören, das von Geschützen herrühren konnte. Zu Gisela sagte ich aber nichts. Vielleicht täuschte ich mich auch.

Was mich aber jetzt erschreckte, war die Rückseite eines Friedhofes, die von dem Schlafzimmerfenster aus zu sehen war. Man erblickte nur die Grabsteine in Reih und Glied, keine Beschriftung, keine Bepflanzung. Eine etwa ein Meter hohe Hecke war die Abgrenzung. Das Schlafzimmerfenster hatte zwei schmale Schals als Gardine. Ein Zuziehen war nicht möglich. Wir gingen daher immer im Dunkeln zu Bett. Herr und Frau Weber hielten sich abends meist noch länger in der Küche auf. Das Fenster war mit einem Verdunklungsrollo versehen. Genau nach Vorschrift. So nutzten Gisela und ich die Gelegenheit des Alleinseins im Schlafzimmer für ein Plauderstündchen vor dem Einschlafen. Oft weinten wir auch. Bestimmt hatte auch Gisela Heimweh nach unserem Häuschen, Sehnsucht nach Laurenz. Wenn das Thema auch gemieden wurde, so wusste die eine von der anderen immer, was sie bedrückte. Zwar war Gisela eindeutig die Stärkere, sie konnte ihren Kummer viel besser verbergen als ich, aber sie litt auch unsagbar. Von Laurenz kam bisher keine Post. Herr Weber erzählte mir eines Morgens, dass die Franzosen am 6. März 1945 den Oberrhein und ganz Baden besetzt hatten, somit war meine Heimat nun in der Hand der Fremden. Herr Weber hörte täglich den Londoner Sender und war dadurch auf dem Laufenden. Die dort in Gefangenschaft geratenen Soldaten kamen in Lager und wurden nicht gerade menschlich behandelt. Waren unter den Gefangenen Elsässer, so wurden diese zum Teil von den Franzosen in die Fremdenlegion verpflichtet. Dies konnte Laurenz auch passiert sein, was Gisela bereits befürchtete, aber sie schwieg. Sicher war sie in Gedanken viel bei ihm. Still auf unserem Bett sitzend, sah sie oft ins Leere, ihre Haltung sprach Bände. Oft konnte ich sie erheitern, wenn ich ihr von meinem Großvater erzählte. Besonders seine Sprüche, wenn er mich bei irgendetwas erwischt hatte. Heute versuchte ich es mit Singen, das hatten Großmutter und ich immer gemeinsam gemacht. So summte ich vor mich hin.

»Suse, liebe Suse, was raschelt im Stroh, es sind die lieben Gänslein und ha'm keine Schuh. Schuster hat Leder, kein Leisten dazu, drum geh'n die lieben Gänslein und ha'm keine Schuh.«

»Hör auf, Peterle, mit deinen Gänschen. Du brauchst mich nicht daran zu erinnern, dass ich manchmal eine Gans bin.«

»Das sagst du, Gisela, ich wollte dir eigentlich klarmachen, entweder Leder oder Leisten. Haben wir die Wahl? Wir tragen beide denselben Schmerz in uns, Gisela, aber nicht alleine. Viele Menschen müssen mit noch größeren Opfern fertig werden. Vergessen werden wir nicht. Der Schmerz wird uns noch oft überwältigen, aber wir haben die Pflicht weiterzuleben. Es wird sicher in unserem Leben noch Menschen geben, die uns brauchen und vielleicht dafür dankbar sind, dass es uns beide gibt. Was meinst du? Weißt du, Gisela, gerade in diesen Tagen muss ich so oft an Oma denken. Wenn sie mich zu Bett brachte, haben wir erst gebetet, dann gesungen: ›Der Mond ist aufgegangen‹ oder ›Guten Abend, gute Nacht‹ oder ›Weißt du, wie viel Sternlein stehen‹. Oft und gern sang ich mit Großmutter das Lied aus Hänsel und Gretel: ›Abends, wenn ich schlafen geh, 14 Engel um mich steh'n. Zwei zu meinen Häuptern, zwei zu meinen Füßen …‹. Ich zählte mit meinen kleinen Fingern mit, ob wir nicht etwa zwei vergessen hatten. Aber wir hatten am Ende des Liedes immer alle 14 Engel um uns, so schlief ich ein, bewacht von allen Engeln und meiner Großmutter. Was denkst du, Gisela, hatten wir nicht 14 Schutzengel um uns am 15. Februar? Hast du mal darüber nachgedacht, wenn wir noch am Altmarkt gewesen wären, ob wir den Feuersturm überlebt hätten?«

»Ja«, gab Gisela zu, »das habe ich. Aber auch darüber habe ich gegrübelt, dass es Laurenz und Karl hätte treffen können, wären sie noch in Dresden gewesen.«

Frau Weber sprach ich nun an, wie und womit ich mich nützlich machen könnte.

»Du kannst einiges tun, Kleines. Von unseren Lebensmittelkarten gebe ich dir Abschnitte. Komm heute am späten Nachmittag in unser Geschäft. Du musst aber unbedingt darauf achten, dass ich dich bedienen kann. Heute Vormittag bekommen wir Ware geliefert. Ich kann nach dem Auspacken schon etwas reservieren für uns. Dich kennen die Leute hier nicht. Also kann ich mehr abwiegen. Wichtig, ganz wichtig ist, dass ich dich bedienen kann, sonst klappt es nicht.« – Und wie es klappte!

Ich stellte mich hinten an, ließ Frau Weber unauffällig erkennen, dass ich da war und mich am besten auf der rechten Seite anstellte. Eine junge Frau schob sich gerade vor mich, als Frau Weber mich bedienen wollte. In der Mitte bediente die Chefin. Ich war an der Reihe. Schnell räumte ich den Platz, rutschte nach rechts, als die Frau hinter mir vorsprang und an meine Stelle trat. So fiel alles gar nicht auf. Drängeln war an der Tagesordnung. Es ging alles nur noch ums Überleben. Rücksichtnahme konnte ein tödlicher Luxus sein.

Ich hatte einen Einkaufskorb dabei und ließ mir die Lebensmittel gleich einpacken.

Frau Weber rechnete zusammen, ich bezahlte, dann gab ich ihr meine Karte und meinte so nebenbei:

»Ach, könnten Sie mir die Lebensmittel von dieser Karte mit Abrechnung in diese Tasche packen? Ich muss sie für eine kranke Dame, die auf Besuch ist, besorgen.«

Frau Weber stutzte, sagte aber schnell: »Natürlich mach ich das, ist doch selbstverständlich. Aber kannst du das alles tragen?«

»Ja, bei einer großen Familie ist man das gewohnt!«

Herr Weber machte große Augen, als ich mit gefülltem Korb und der Tasche ankam.

»Mein Gott, Kind«, staunte er, »wie hast du das nur geschafft?«

»Ach, wissen Sie, Herr Weber, wir haben einfach gelernt zu überleben, ob es immer klappen wird, das liegt nicht in unserer Hand!«

Nach einem warmen Abendessen gingen Gisela und ich in unser Bett, um Plauderstündchen zu halten. Sie hatte heute beim Auspacken der Ware geholfen und außer Bezahlung ein Päckchen Roggenkekse bekommen. Die wollten wir nun verzehren. Meine Absicht war, Gisela ein bisschen abzulenken. So fragte ich sie ab diesem Abend nur mehr, um nicht wieder in Trauer zu versinken, nach ihrem

Bruder Theo. Wovon er das steife Bein hätte. Eine Weile schwieg Gisela, doch ehe sie mir die Frage beantwortete, bat sie mich ganz dringend, auf keinen Fall das Thema bei ihren Eltern anzusprechen.

»Entschuldige, Gisela, ich wollte mit der Frage keine Wunden aufreißen. Du musst es auf keinen Fall erzählen, wenn du es nicht möchtest. Es fiel mir nur gerade ein, vielleicht deshalb, weil ich eben an Frau Rudolph dachte, wie es ihr wohl so ergeht.«

Nach einer Weile begann Gisela: »Du weißt doch, ich habe dir erzählt, dass Theo im Untergrund lebt. Wie man es so nennt. Er ist Kommunist. Beim Verteilen von Flugblättern wurde er mit noch vier anderen verhaftet. Nach Monaten ließ man ihn frei, weil ihm nichts nachgewiesen werden konnte und in der Wohnung auch nichts gefunden wurde. Aber was blieb, war ein steifes Bein von den Misshandlungen.«

»Entschuldige bitte, Gisela, es tut mir leid, wenn ich dich dazu gebracht habe, darüber zu reden. Es war bestimmt keine Neugierde, vielmehr hätte es ja ein Unfall oder, wie bei unserer Frau Rudolph, angeboren gewesen sein können. Gerade habe ich so an sie gedacht, da fiel mir dein Bruder ein.«

»Ist schon gut, Peterle. Nur die Eltern sollen nach Möglichkeit nicht damit konfrontiert werden. Sie reden nie darüber.«

»Das ist doch verständlich, Gisela!«

Noch zweimal wagte ich die Hamstertour mit Lebensmittelmarken. Aber ich nahm keine Abschnitte mehr mit, sondern von jedem von uns die ganze Lebensmittelkarte. So musste Frau Weber die gültigen Marken herausschneiden und so tun, als rechnete sie die Menge zusammen. Gisela half stundenweise beim Auspacken, Regale säubern etc. Meinen Einkauf richtete ich dann so ein, wenn Gisela zu Hause war. Dann machte ich mich auf den Weg. Tagsüber war ich meist mit Herrn Weber alleine. Er las mir aus der Bibel vor, wenn ich mich nicht gerade ein wenig um das Abwaschen kümmerte, die Küche in Ordnung brachte oder mich mit sonstigen Haushaltsdingen beschäftigte. Darüber hinaus konnte ich ja nicht viel für meinen Aufenthalt beitragen.

Herr Weber freute sich, wenn er mit mir über die Bibel diskutieren konnte. Es kostete mich schon ein bisschen Mühe, all seinen Darstellungen zu folgen. Gisela ging immer geschickt der Bibelstunde aus dem Weg. So blieb mir nichts anderes übrig, als alleine seinen Vorlesungen zuzuhören.

Das Donnern und Grummeln war seit zwei Tagen nicht mehr zu überhören. Die Front rückte immer näher. Was machte ich eigentlich hier auf der Insel? War es die Strapazen wert, vor einem Elend zu fliehen, um nicht zu wissen, ob nicht ein viel größeres bevorstand? Wie hatte Max gesagt?

›Erreichen wird uns das dicke Ende überall!‹ Das Ende war nahe, aber das Donnern von schweren Geschützen, das immer mehr zu hören war, machte mich nachdenklich. Es war mir klar geworden, dass es kein Entrinnen mehr gab. Aber, gab es danach überhaupt eine Möglichkeit, von der Insel wegzukommen? Auf diese Frage wusste bestimmt niemand eine Antwort. Doch, es gab für mich einen Fingerzeig. Sicher, er mag einem Außenstehenden unglaublich erscheinen, aber ich wusste danach, dass meine Schutzengel mich begleiteten.

Wir gingen früh in unser Bett, Gisela und ich. Herr Weber wollte ja ungestört den Sender abhören. Wir waren auch stets bemüht, das Elternpaar abends noch ein bisschen alleine zu lassen, damit sie sich in Ruhe unterhalten konnten. An diesem Abend kamen sie viel später als sonst in das Schlafzimmer. Gisela war bereits eingeschlafen, da setzte ich mich im Bett auf, weil ich glaubte, vom Friedhof her meinen Namen rufen zu hören. Ich sah einen Grabstein, dahinter kam Karl zum Vorschein. Sein Gesicht war schneeweiß. Er hatte seine Feldmütze auf, ich sah nur seinen Oberkörper und hörte ihn eindringlich rufen:

»Hau ab! Schnell, hau ab!« Dann war er verschwunden. Mein Gott, ich hatte ihn mit offenen Augen gesehen. Das war eine Botschaft, ein Zeichen. Dem musste ich folgen. An Schlafen war nicht mehr zu denken.

Gisela ging mit Frau Weber am Morgen zur Arbeit, so war ich mit Herrn Weber allein. Meine Nachdenklichkeit fiel ihm auf. Er fragte direkt, was mich denn bedrückte oder mir Sorgen bereitete.

Dann erzählte ich ihm von meiner Vision. »Sicher werden Sie mich am besten verstehen. Glauben Sie mir, ich habe nicht geträumt, mit offenen Augen sah ich Karl und hörte seine Worte.«

»Ich glaube dir ja«, sagte Herr Weber, »es passieren oft Dinge in unserem Leben, wofür wir keine Erklärung haben, die uns aber Zeichen setzen, uns den Weg vorzeichnen.«

»Ich möchte morgen zurückfahren«, beschwor ich ihn aufgeregt, »nachher werde ich mich erkundigen, wie und wann ich nach Stralsund fahren kann.«

»Willst du wirklich zurück?«, sorgte sich Herr Weber. »Du wirst sicher nicht mehr bis Dresden kommen.«

»Lassen Sie es mich probieren. Wenn es nicht klappt, habe ich es wenigstens versucht. Dann weiß ich, es sollte eben nicht sein.«

»Versprich mir fest, dass du sofort umkehrst, sobald es Schwierigkeiten gibt!«, nahm Herr Weber mir das Versprechen ab.

»Ganz bestimmt werde ich zurückkommen. Ich weiß, dass ich hier gut aufgehoben bin. Vor allem bin ich Ihnen und Ihrer Frau viel Dank schuldig. Sie haben mich, ohne mich zu kennen, bei sich aufgenommen. Es ist schon gut, dass es Menschen gibt wie Sie beide, die hilfsbereit sind und mit anderen teilen. Die Not und das Elend wären sonst noch viel größer. Ich kann Ihnen nur tausend Dank sagen für alles.«

Was mich sehr schmerzte, war der Abschied von Gisela. Es war eine kurze Zeit, die wir zusammen waren, aber so innig, als wären wir zusammen groß geworden. Ich hoffte, dass uns ein Wiedersehen in anderen, besseren Zeiten vergönnt sein würde. Am Morgen gegen acht Uhr fuhr ich mit dem Zug von Bergen nach Stralsund. Herr Weber brachte mich zum Bahnhof. Gisela verweigerte ihre Begleitung. Wir hatten kaum geschlafen, in Tränen aufgelöst, versuchte ich, Gisela zu trösten. Dabei hätte ich selbst Trost gebraucht. Aber mich zum Bahnhof zu begleiten, sei ihr nicht möglich, schluchzte sie. Der Gedanke, dass wir uns trennen und vielleicht lange oder gar nicht mehr wiedersehen würden, sei schwer genug. Stumm verabschiedete ich mich von Frau Weber. Sie sprach kein Wort, drückte mich heftig und verließ eilends mit ihrer Tochter die Wohnung.

»Auf Wiedersehen, alles Gute, und wenn es nicht klappt mit der Weiterreise, komm bitte heute noch zurück«, so verabschiedete mich Herr Weber und winkte mir nochmals zu.

Nun war ich für mich alleine verantwortlich. Wie würde es weitergehen? Schaffte ich es? Düstere Gedanken befielen mich. Mal tiefe Trauer – so ohne Gisela –, mal kam ein bisschen Hoffnung auf, wenn ich an Hedy und Max dachte und Frau Rudolph vor Augen hatte. So ganz ohne ein Zuhause war ich ja nicht, sollte nur die Rückkehr gelingen. Was noch kommen mochte, traf uns alle. Bisher hatte ich so viel Gutes erfahren, hatte immer einen Schutzengel. Vielleicht war ich nun an der Reihe, anderen zu helfen! Diese und andere Gedanken nahmen derart von mir Besitz, dass ich es gar nicht merkte, dass wir in Stralsund angekommen waren. Möglicherweise auch, weil ich Angst hatte auszusteigen. Auf den Bahnsteigen wimmelte es von Flüchtlingen, Militärs und Aufsicht. Zunächst blieb ich einfach auf dem Bahnsteig, auf dem ich angekommen war. Wie viel Zeit mochte schon vergangen sein seit meiner Ankunft? Ich wusste es nicht. Soldaten, die für Auskunft und Ordnung zuständig waren, gaben den Flüchtlingen Ratschläge, soweit es ihnen möglich war.

Bei einem jüngeren Soldaten versuchte ich mich zu informieren. Er sah mich groß an und meinte, es gäbe keine direkten Zugverbindungen mehr. Ich solle einfach abwarten, wenn ein Zug für Zivilisten einfuhr, mitfahren und dann weitersehen. Ja, damit war alles gesagt. Es kamen mehrere Züge an. Die Durchsage aber lautete:

»Achtung, Achtung! Auf Gleis so und so fährt ein Militärzug ein. Zivilisten dürfen nicht einsteigen, bitte zurücktreten!« Die Soldaten hatten ihre Richtung vorgeschrieben. Ob der ankommende Zug für sie infrage kam, konnten sie von der Aufsicht erfahren. Es war schon Nachmittag. Ich saß auf meinem kleinen Koffer, fast ohne Hoffnung, in Gedanken die Nacht auf dem Bahnhof verbringend, alleine, und morgen wieder zurückfahrend. »Achtung, Achtung! Es fährt ein Militärzug ein. Er hält etwa eine halbe Stunde. Zivilisten bitte nicht einsteigen und Abstand halten!«

Während der Zug einrollte, sah ich an einem Abteilfenster ein großes Schild: ›Dieses Abteil ist reserviert‹. Militärangehörige liefen hin und her, erkundend, ob es für sie der richtige Zug war, als drei Männer in Zivil an mir vorbeiliefen und der erste von ihnen auf das Abteil zeigte. Fast am Einstieg drehte sich der letzte von den Zivilisten um und sah mich an. Er kam auf mich zu und fragte: »Sag, Mädchen, wo willst du denn hin?«

»Nach Dresden möchte ich.«

»Wie, nach Dresden«, war die Frage des korpulenten Herrn im braunen Anzug, »weißt du eigentlich, was in Dresden los ist?«

»Ja, ich habe den 13. Februar dort erlebt, nun möchte ich gerne wieder zurück«, antwortete ich.

»Na, dann komm mal schnell mit«, er nahm meinen Koffer und eilte voraus, auf das reservierte Abteil zu. Die beiden anderen Herren saßen bereits am Fenster. Etwas erstaunt sahen sie uns an, als der nette Herr meinte: »Die junge Dame möchte nach Dresden. Wie heißt du eigentlich?«

Ich nannte meinen Namen und bedankte mich bei den Herren, dass sie mich mitnahmen. Mein Retter nahm an der Abteiltüre Platz, ich neben ihm. So war ich zwischen zwei Herren platziert. Den Rucksack nahm man mir ab und legte ihn in das Gepäcknetz. Scheinbar bemerkte man meine Sorge um den kleinen Rucksack.

»Wir passen zusammen auf ihn auf«, versicherte einer.

Die drei Herren unterhielten sich. Aus dem Gespräch konnte ich entnehmen, dass sie einen Auftrag hatten und nun darüber diskutierten, ob sie auch zum rechten Zeitpunkt ankämen. Aber warum in Zivil? Was mir ebenso auffiel, war, dass sie gar kein Gepäck hatten. Jeder eine Aktentasche, der Jüngere noch eine Umhängetasche. Merkwürdig.

Der Zug kam in Bewegung, so kam ich schon mal meinem Ziel ein Stück näher. Plötzlich wurde es auf dem Durchgang unruhig. Man hörte Abteiltüren auf- und zuschieben, laute Stimmen, es klang wie Befehle. Nun standen zwei Uniformierte vor unserem Abteil.

Die Türe wurde aufgerissen: »Heil Hitler, Feldpolizei! Die Ausweise und Papiere bitte!«

Der Schreck war groß. Mein Retter holte aus dem Jackett seine Papiere, zeigte sie und der Kontrollierende ging weiter zu den beiden Herren am Fenster, während der zweite Feldjäger an der Türe stehen blieb.

Ich zeigte auf meinen Rucksack und murmelte kaum hörbar: »Hab nur einen Schulausweis.« Den Finger auf den Lippen und den Kopf schüttelnd, gab mir mein Retter wortlos zu verstehen, mich ruhig zu verhalten.

»So, meine Herren, und was ist mit dieser jungen Dame?«, stellte der Feldjäger energisch seine Frage.

»Sie gehört zu uns«, antwortete mein Nebenmann, »das geht schon in Ordnung.« Die Feldjäger grüßten mit der Hand an dem Helm und gingen weiter. Meine Glieder waren steif vor Schreck. Die Erinnerung an Radebeul war mir deutlich vor Augen. Meine Angst muss mir wohl im Gesicht zu lesen gewesen sein, als mein Retter mich beruhigte.

»Sei unbesorgt, bei uns bist du sicher!« Aber so richtig sicher war für uns alle diese Fahrt nicht. Es gab plötzlich Alarm: Tiefflieger im Anflug.

Wir mussten alle den abrupt anhaltenden Zug verlassen. Es hieß: In Deckung gehen und alles hinlegen! In Fahrtrichtung links war ein Hang, der in einer Wiese endete. Mein Schutzengel, so nannte ich jetzt meinen Retter, zog mich am Arm den Hang hinunter, warf mich zu Boden und beugte sich über mich. Mit seinen Armen bedeckte er meinen Kopf. Alles geschah so schnell, dass ich gar nicht mitbekam, was eigentlich geschah. Nur das Gewicht über mir war spürbar.

»Rä-tätätä, Rä-tätätä«, machte es über uns. Die Tiefflieger überflogen etwa dreimal den Militärzug, ehe sie abbogen. Dann gaben Trillerpfeifen das Signal zum Einsteigen. Viele der Soldaten hatten sich unter den Zug gelegt. So ging alles langsam voran. Das Einsteigen, Zurechtfinden, von dem Schreck erholen. Ehe wir wieder in den Zug einstiegen, fragte ich meinen Schutzengel, warum er sich über mich gelegt hätte. So hätte er doch eher getroffen werden können.

»Ach, weißt du, ob hier oder woanders. Wir drei werden wahrscheinlich ohnehin nicht mehr nach Hause kommen.« Ich spürte einen schmerzhaften Stich in der Herzgegend. Was war da los?

Während der ganzen Fahrt konnte ich nicht mehr viel sprechen. Ich bemerkte, dass mein Begleiter mich öfters von der Seite betrachtete. Schließlich nahm er meine Hand in die seine und so schwiegen wir gemeinsam. Es muss gegen 23 Uhr gewesen sein, als wir in Leipzig ankamen. Der Zug endete hier. Die drei Herren schauten sich nach ihrem Informanten um, von dem sie weitere Anweisungen bekommen sollten. Rundum standen Häuser in Flammen. Wir waren offenbar einem Angriff knapp entkommen. Doch hier musste mich mein Engel verlassen. Er kam auf mich zu.

»Nun, Mädchen, musst du sehen, wie du allein weiterkommst. Jetzt kann ich nichts mehr für dich tun. Unser Weg führt in eine ganz andere Richtung. Pass gut auf dich auf!«

Ich stellte mich auf die Zehenspitzen, schlang meine Arme um ihn und stammelte mit tränenerstickter Stimme immer wieder:

»Danke, danke.«
Es herrschte ein großes Durcheinander hier um den Bahnhof. Militärs gaben Ausgebombten Auskünfte, wo sie fürs Erste versorgt wurden. Sanitäter halfen alten Menschen, sich zurechtzufinden, und kümmerten sich um sie.

Die Herren waren bereits dabei, ihre Richtung einzuschlagen, als der jüngere der drei nochmals zurückkam und eilig meinte:

»Beinahe hätte ich es vergessen, geh zum Hauptbahnhof. Ab dort fahren in verschiedene Richtungen Züge für Zivilisten. Mach dich auf den Weg, unser Informant gab mir diese Auskunft, die ist verlässlich.« Er drückte meine Hand und wünschte mir noch recht viel Glück.

»Alles Gute auch Ihnen, ohne Ihre gemeinsame Hilfe hätte ich es nicht hierher geschafft. Den Rest werde ich sicher noch bewältigen, Ihnen nochmals ein ganz großes Danke.«

Er lief davon, ich sah ihm nach, meine Gedanken rebellierten. Er war auch noch jung, hatte bestimmt eine Frau, vielleicht sogar Kinder. Ich wünschte diesen Männern von ganzem Herzen, dass sie am Ende zu ihren Angehörigen zurückkehren könnten.

In welche Richtung musste ich eigentlich gehen? Durch die brennenden Häuser war es sehr hell, so würde ich vielleicht den Weg finden.

Aber erst einmal musste ich die richtige Richtung einschlagen, so befragte ich Soldaten, die gerade dabei waren, aufgeregte Zivilisten zu beruhigen. Der Befragte sah mich an, musterte mich kurz und sagte, scheinbar voraussetzend, dass ich es verstand:

»Hier geht es lang.« Mein fragender Blick ließ ihn mir mit der Hand die Richtung zeigen. Ich hob meinen kleinen Koffer auf und lief die Straße entlang. Ich war noch nicht sehr weit gekommen, wohl keine 100 Schritte, als mich jemand von der Seite ansprach. Ich blieb erstaunt stehen und sah in das Gesicht einer Rot-Kreuz-Schwester. Sie trug die Schwesterntracht, darüber einen Lodenmantel, als Gepäck hatte sie nur eine Umhängetasche. Sie nahm mir wie selbstverständlich im Gehen den Koffer ab und fragte beiläufig: »Du willst auch nach Dresden?«

»Ja«, bestätigte ich, nach Radebeul, »wenn es diese Möglichkeit gibt.«

»Komm«, rief sie, schon im Weiterlaufen, »wir müssen uns sehr beeilen, es fährt schon bald ein Zug, der hält auch in Radebeul, aber wir müssen tapfer laufen.«

Kaum konnte ich Schritt halten, dabei trug die Schwester meinen Koffer, ich hatte nur den kleinen Rucksack auf dem Rücken. Die Aussicht, es könnte ein Zug nach Dresden fahren, sogar in Radebeul halten, ließ mich meine Erschöpfung vergessen. Wenn ich auch immer ein paar Schritte hinter der Schwester herlief, so schaffte ich es doch einigermaßen mitzukommen.

Ein Zug stand bereits da, die meisten der Wartenden waren schon eingestiegen, zwei Schaffner gingen auf dem Bahnsteig auf und ab, der eine sah ständig auf die große Uhr über den Geleisen. Es ging auf Mitternacht, der Zug war voll besetzt. Die Schwester stieg vor mir ein. Es war ein durchgehender Waggon, in der zweiten Reihe stellte sie am Durchgang auf einem freien Platz meinen Koffer ab.

»Setz dich, nimm deinen Koffer zwischen deine Füße und passe gut auf ihn auf, ich wünsche dir alles Gute und eine gute Heimkehr.« Ehe ich etwas erwidern und mich für die große Hilfe bedanken konnte, war die Schwester verschwunden, alle Bemühungen, sie noch einmal irgendwo zu entdecken, waren vergebens, sie war und blieb verschwunden.

Nach mehrmaligem Halten auf freier Strecke kamen wir am Morgen gegen acht Uhr in Radebeul an. Es war ein schmerzliches Gefühl ohne Gisela, ich fühlte mich plötzlich so verlassen, dass ich erst einmal stehen bleiben musste, weil ich für eine ganze Weile mit den Tränen kämpfte. Was wohl Frau Rudolph sagen würde zu meiner Rückkehr? Ich sprach mir selbst Mut zu. Wenn in unserem Institut noch unterrichtet wurde, konnte ich weiter an den Vorlesungen teilnehmen, sollte ich nicht mehr im Häuschen wohnen können, würde ich bei Hedy und Max bleiben. Was man unterwegs so erfahren konnte, war erschreckend, allgemein war man ganz sicher, dass es nur noch kurze Zeit dauern würde, bis alles zusammenbrach. Also hieß es, erst mal abwarten, ehe man Pläne schmiedete die vielleicht doch nicht umgesetzt werden konnten. Meine Überlegungen halfen mir, den Weg in den Augustusweg fortzusetzen, mit einem wehen Gefühl im Herzen, aber auch erleichtert, hier wieder heil angekommen zu sein.

An der Haustüre von Frau Rudolph klingelte ich. Ich war mir ganz sicher gewesen, dass Frau Rudolph die Türe öffnen würde, doch statt ihrer stand ein großer Mann mit weißem Haar, einer Brille, Ende 40 in der Haustüre und fragte mich mit deutlich holländischem Akzent, zu wem ich wolle.

»Eigentlich wollte ich zu Frau Rudolph und um den Schlüssel bitten für das kleine Häuschen, ich habe mit meiner Freundin dort gewohnt und wollte mir die Erlaubnis holen, auch weiterhin dort unterkommen zu dürfen«, erklärte ich.

»Ach, Sie sind eine der jungen Damen, die nach Rügen gefahren sind?«

»Ja, ich bin die Edith, meine Freundin Gisela ist auf der Insel bei ihren Eltern geblieben.«

»Mein Name ist Jan van Enders, meine Frau Margret und ich wurden vorige Woche hier einquartiert, wir wurden in Dresden ausgebombt, kommen aber ursprünglich aus Holland.«

»Darf ich nun hereinkommen? Oder wollen Sie Frau Rudolph bitten, an die Türe zu kommen?«

»Entschuldigung, bitte kommen Sie doch herein«, bat er mich höflich. Er nahm mir den Koffer ab, stellte ihn in den Flur, während ich in das Wohnzimmer lief. Frau Rudolph drehte mir gerade den Rücken zu, als ich sie beim Namen rief. Langsam wandte sie sich um und sah mich erst ganz ungläubig an, dann kam die Reaktion. »Mein Gott, Edith, sind Sie es wirklich? Und alleine?«

Ich nickte und ging auf sie zu, wir umarmten uns schweigend, die Freude war ihr deutlich ins Gesicht geschrieben. »Wollten Sie nicht auf der Insel bleiben?«, war ihre etwas besorgte Frage.

»Nein, Frau Rudolph, ich musste einfach weg, obwohl die Eltern von Gisela dagegen waren und mein Weggehen bedauerten, aber mein Gefühl sagte mir, dass ich zurückkehren sollte, um hier die weitere Entwicklung abzuwarten.«

»Wie lange waren Sie unterwegs?«

»Seit gestern Morgen um acht Uhr, ich hatte viel Glück und Hilfe, sonst hätte ich es wahrscheinlich nicht geschafft. Kann ich denn weiter in dem Häuschen wohnen? Ich werde mich erkundigen, vielleicht schon morgen, ob die Schule weiter unterrichtet, sonst müsste ich nach Niederau zurück zu Familie Descher.«

»Natürlich können Sie hierbleiben, aber in dem Häuschen möchte ich Sie nicht alleine wohnen lassen, das ist nun doch zu unsicher. Ich mache ihnen folgenden Vorschlag: Wir beziehen mein Bett neu, dann schlafen Sie sich erst mal, nachdem Sie etwas gegessen haben, so richtig aus. Mein Bett werde ich mir im Wohnzimmer herrichten, so kann es vorerst einmal bleiben. Alles Weitere warten wir einfach mal ab.«

Wie froh ich über den Vorschlag von Frau Rudolph war, wurde mir erst so richtig bewusst, als ich am späten Abend aufwachte.

Am Morgen stellte Frau Rudolph mir Frau Margret van Enders vor, Herr van Enders war, wie er mir ja am Vorabend schon erzählt hatte, Holländer, seine Frau Margret war Deutsche. Herr van Enders war nun der einzige Mann im Haus und, wie mir schien, nicht gerade aus hartem Holz. Das Ehepaar sprach darüber, dass sie nach Holland zurück wollten, sobald dies möglich sei. Sein Bruder würde den Stoffgroßhandel aufrechterhalten, bis sie, Herr und Frau van Enders, zurückkämen. Bis zur Bombardierung hatten sie einen Stoffladen in Dresden besessen. Da waren aber noch mehr Mitbewohner:

Die beiden Damen, Mutter und Tochter, aus Riga waren mir ja schon bekannt, dann war da noch eine junge Polin, Ludmila, viel erfuhr ich nicht über sie, so oft trafen wir uns auch nicht im Haus. Eines allerdings habe ich mitbekommen, dass die beiden Damen aus Riga Russisch sprachen und sich daher mit Ludmila gut unterhalten konnten. Dies sollte uns allen zugutekommen, als die Russen am 8. Mai 1945 in Dresden einmarschierten.

Ich hatte nicht zu hoffen gewagt, einige Freunde in der

Bakteriologie-Schule wieder anzutreffen. Der Schulleiter, dessen Wohnung sich in demselben Haus ein Stockwerk höher befand, war gerade anwesend. Er wollte es kaum glauben, dass ich zurückgekommen war, aber er zeigte auch Verständnis dafür, als ich ihm meine Überlegungen darlegte. Den Unterricht fortzusetzen, meinte Dr. Schmitt, hätte keinen Sinn, es waren ja nur noch wenige Teilnehmer, außerdem wollte er einiges an Chemikalien und Geräten verpacken, noch war es doch sehr ungewiss, wer von den Alliierten uns in Besitz nehmen würde.

Es blieb mir also nichts anderes übrig, als mich noch einmal von Dr. Schmitt zu verabschieden.

Nun, da ich schon einmal hier war, so dachte ich, könnte ich versuchen, Stella zu treffen. Auf dem kurzen Weg zu ihrem Elternhaus überlegte ich noch, ob die Zeit günstig sei, so kurz vor Mittag, doch da klingelte ich auch schon. An einem der Fenster wurde die Gardine etwas zurückgeschoben, plötzlich war das Geräusch einer Türe zu hören und ein lautes »Petra, bist du es?« erscholl. Stella kam, den Gartenweg in großen Sprüngen nehmend, auf mich zu, schloss das Gartentor auf und umarmte mich. »Ich freue mich ja so, dich zu sehen!«, rief sie begeistert aus. Und wie ich mich erst über das Wiedersehen freute!

»Wie kommt es, dass du hier bist?« Ihre Stimme überschlug sich förmlich. In wenigen Sätzen erzählte ich ihr von meiner Vision und dass es danach für mich keine andere Entscheidung mehr gegeben hatte.

Ich berichtete Stella, dass ich eben bei Dr. Schmitt gewesen war und erfahren hatte, dass er keinen Unterricht mehr abhielte, dass ich wieder bei Frau Rudolph, allerdings in ihrem Haus, wohnte und fragte in einem Atemzug:

»Kommst du mich einmal besuchen, Stella, oder können wir uns einmal treffen?«

Stella meinte, wenn sie keine genaue Zeit einhalten müsse, würde sie mich gerne einmal besuchen. Ihre Mutter bräuchte ihre volle Unterstützung, sie leide an Depressionen und sollte daher nicht allzu lange alleine sein.

Es war eine Erleichterung, wie ich mir eingestehen musste, nicht alleine das Häuschen zu bewohnen. Das Schlafzimmer, das ich bezogen hatte, lag mit der Aussicht auf den Augustusweg, den täglichen Anblick des kleinen Anwesens konnte ich so vermeiden. Tagsüber war ich mit Frau Rudolph in ihrem kleinen Esszimmer, das Wohnzimmer war ja nun zur Schlafstätte geworden.

Oft kochten die Damen aus Riga und Ludmila mit Frau Rudolph in deren Küche, die Lebensmittel wurden gemeinsam aufgebracht und das Essen gerecht verteilt. Es war eine schöne Wohngemeinschaft, wir Frauen verstanden uns sehr gut, nur Herr Enders hielt sich von allem fern, er hatte, wie seine Frau Margret meinte, zwei linke Hände und wenn es einmal brenzlig würde, hätte er mehr Angst als Vaterlandsliebe. Was sich später vollinhaltlich bestätigen sollte, als die Russen rundum die Häuser besetzten.

Auf Anraten der Mitbewohner verließ ich das Haus nur, wenn es unbedingt nötig war. Tiefflieger waren täglich unterwegs, zielten auf alles, was sich bewegte, sogar in offene Fenster wurde geschossen. Die ohnehin schon knappen Lebensmittel besorgte Frau Rudolph zusammen mit der älteren Dame aus Riga. Frau Rudolph meinte, wenn ihr etwas zustoßen würde, sei das nicht so schlimm, sie hätte ja niemanden mehr, der um sie trauerte, außerdem sei sie auch schon alt. Von ihren Angehörigen aus Ostpreußen hatte sie lange nichts mehr gehört. In den ersten Kriegsjahren hatten die ihr regelmäßig Lebensmittel zukommen lassen. Die Vorräte in ihrer Speisekammer zeugten noch davon, Glas an Glas war gefüllt mit Fleisch, Schmalz, Obst, und immer gab sie davon ab, wenn gemeinsam gekocht wurde.

Sehr schwer fiel es mir, Hedy und Max meine Rückkehr mitzuteilen. Ich schrieb ihnen, dass ich ab Leipzig einen Zug bis Radebeul erwischt hatte, als Erklärung für meine Rückkehr erwähnte ich, dass ich große Befürchtungen gehabt hatte, später überhaupt von der Insel wegzukommen. So sei ich wieder in ihrer Nähe und hoffe auf die Möglichkeit, sie bald wiederzusehen. Ich wohnte jetzt bei Frau Rudolph im Haus, das nun voll besetzt sei. In Anbetracht der sich überstürzenden Ereignisse könnten wir alle nur hoffen, uns bald und gesund in die Arme nehmen zu können.

Ein Wiedersehen sollte für viele Jahre nicht mehr möglich sein, was man leider vorab nicht erkennen konnte. Die Front rückte immer näher, Panzergräben wurden ausgehoben, das Getöse von schweren Geschützen wurde immer vernehmlicher. Tiefflieger waren an der Tagesordnung, aber das Leben ging weiter, wenn es auch von Tag zu Tag schwieriger und gefährlicher wurde. Stella kam an einem Mittwoch kurz vorbei, sie hatte Lebensmittel besorgt und wollte mich nun fragen, ob ich am kommenden Sonntag mit ihr zur Kirche ginge. Die evangelische Kirche war in der Nähe unseres Instituts, also kein sehr großes Unternehmen. Alleine wolle sie nicht gehen, sagte sie und sah mich bittend an.

»Ich komme gerne mit«, versprach ich Stella, dabei gestand ich ihr auch, dass ich, seit ich in Sachsen war, nicht einmal in einer Kirche gewesen war. Teils aus Mangel an Gelegenheit, teils aber auch, weil weder Familie Weiler noch Max und Hedy Kirchenbesucher waren.

Um neun Uhr sollte der Gottesdienst beginnen, und als

ich etwa eine halbe Stunde vor Beginn ankam, stand Stella bereits da und wartete auf mich. Sie fürchtete schon, ich hätte die Verabredung vergessen.

Gerade noch bekamen wir links in der hintersten Reihe zwei Plätze, da füllte sich auch der Rest der Kirche mit stehenden Menschen. Die Besucher standen auf, als der Pfarrer, begleitet von zwei Kirchendienern, die dicke Kerzen trugen, vor den Altar trat. Erst blieb er schweigend stehen, dann begann er:

»Liebe Gemeinde, wir haben uns hier versammelt, um unseren Herrn zu bitten, er möge uns den Frieden schenken. Möge er es verhüten, dass noch mehr Menschen sterben müssen, möge er uns die Kraft geben, was auch noch kommen mag, zu ertragen und andern, die ganz ohne Hoffnung sind, beizustehen.«

Wir sangen Lieder aus dem Liederbuch und hörten Lesungen aus der Bibel. Dann wurden wir aufgefordert, jeder für sich ein stilles Gebet zu sprechen.

Nach unserem stillen Gebet erklang auf einmal eine schöne, helle Frauenstimme mit dem Lied: ›So nimm denn meine Hände und führe mich.‹ Alle, die das Lied kannten, stimmten mit ein, ich auch. Wir fassten uns an den Händen und sangen aus vollem Herzen. Es war bestimmt für alle ein schönes Gefühl, es gab Hoffnung und neuen Mut.

Nachdem der Pfarrer uns seinen Segen gegeben und alles Gute gewünscht hatte, versammelten sich die Menschen vor der Kirche und plauderten noch eine Weile miteinander. Stella und ich standen umarmt, mit Tränen in den Augen, eine ganze Weile, ehe wir sprechen konnten. Dann nahmen auch wir voneinander Abschied, jedoch mit der Hoffnung, uns bald wiederzusehen.

Alle hofften, dass die Amerikaner ihren Vormarsch

beschleunigen und unsere Gegend besetzen würden. Täglich hörten Frau Rudolph und ihre Mitbewohner den Londoner Rundfunk. Alles deutete darauf hin, dass es nur noch Tage dauern würde, bis sie bei uns einmarschierten. Hoffnung kam auf, es konnte ja dann nur besser werden, auf keinen Fall schlechter.

Vielleicht ergab es sich sogar, dass ich irgendwann einmal nach Weilheim fahren konnte, um auf Karls Grab Blumen zu legen. Ich wollte ihm so gerne sagen, dass ich in Gedanken und mit dem Herzen immer bei ihm war, ihn niemals vergessen würde.

Unsere Hoffnungen mussten wir schnell begraben. Kurz vor Dresden angelangt, zogen die Amerikaner sich wieder bis Chemnitz zurück, somit wurde uns klar, dass wir den Russen überlassen wurden.

Frau Rudolph fing an, einiges in Kisten zu verpacken, Teppiche wurden zusammengerollt, edles Porzellan in Holzwolle verpackt. Im Wohnzimmer, wo nun ihr Bett stand, war im Fußboden unauffällig aus demselben Holz eine Klappe eingelassen, darunter befand sich ein großer, trockener Hohlraum, der nun als Versteck benutzt wurde. Hier wurde alles verstaut, was Frau Rudolph lieb bzw. den Mitbewohnern wichtig war und im Moment nicht gebraucht wurde. Meines Vaters Geige, die ich schon vor der Reise nach Bergen bei Frau Rudolph gelassen hatte, und Giselas und meine Bücher, in einer Kiste verpackt, wurden ebenfalls hier versenkt. Der große Wohnzimmerteppich überdeckte das eingelassene Türchen, das Bett stand darüber. In diesem Versteck, so meinten die Mitbewohner, sollte auch ich mich die erste Zeit aufhalten, der Raum war sehr groß, und von außen kam frische Luft durch einen kleinen Schacht herein. Darüber wollte ich eigentlich nicht nachdenken, die Angst war viel zu groß, so alleine in diesem Verlies zu leben. Noch war das für mich unvorstellbar. Wir konnten einfach nur abwarten, wie sich alles weiterentwickelte. Das Dröhnen schwerer Geschütze, das entfernte Anrollen von Panzern, die Tiefflieger, die knapp an Fenstern vorbeiflogen und hineinschossen, dies alles war erschreckend. Die Hoffnung schwand, die Berichte, mit denen wir nun täglich konfrontiert wurden, verbreiteten große Angst.

Anfang Mai 1945 wurde die Bevölkerung aufgefordert, sich in ihre Keller zu begeben, genügend frisches Wasser in Behältern aufzustellen, Schlafgelegenheiten vorzubereiten und, wenn möglich, für eine Kochgelegenheit zu sorgen.

Wir Mitbewohner schafften mit Frau Rudolph Matratzen und Decken in den Keller. Auch die beiden Matratzen aus unserem Häuschen und unser Esstisch mit den vier Stühlen fanden im Keller Verwendung. Ich passte genau auf, dass ich den Stuhl benutzte, auf dem Karl bei seinen Besuchen gesessen hatte. Frau Rudolph schien dies zu beobachten, sie sah mich an und verstand mich ohne Worte.

So bezogen wir Quartier im Keller, sieben Personen waren wir auf engem Raum. Jan van Enders war meist sehr still, es schien so, als hätte er große Angst. Das hatten wir wohl alle. Am meisten redete Ludmila, die kleine Polin, die versuchte, uns Mut zu machen, und meinte, das bekämen wir schon hin. Diesen Satz stellte sie oft in den Raum, er klang so aufbauend, dass wir irgendwann wirklich daran glaubten.

Frau Rudolph hatte noch selbst gebrannten Schnaps von ihren Angehörigen. Es waren einige Flaschen, die sie mit in den Keller nahm, sie meinte, vielleicht könnten wir die Russen damit begrüßen, damit nicht alles so schlimm wie befürchtet würde. Ludmila aber riet ihr heftig davon ab, so könne die Situation nur noch schlimmer werden. Wir sollten uns selbst einen Schnaps gönnen, meinte nun Jan van Enders, und auf Du anstoßen, da wir nun auf Gedeih und Verderben aufeinander angewiesen waren. Wir sollten uns versprechen, so gut es ging, den anderen zu helfen und beizustehen, damit wir diese schreckliche Zeit vielleicht doch noch heil überstanden. Wir stießen an und gaben uns dieses feierliche Versprechen. Jetzt galt es nur, möglichst ruhig abzuwarten.

Am sechsten Tag wurde es ganz plötzlich sehr ruhig. Wir hörten nur noch einzelne Schüsse, die von Gewehren stammen konnten. Es gab kein Donnern der Panzer mehr, auch die Geschütze schienen verstummt zu sein. Nach unserer Uhr war es zehn Uhr morgens. Diese Stille machte uns Angst, wir dachten, dass jeden Augenblick Russen in den Keller stürmen würden. Aber irgendetwas war geschehen, nur was? Alles war ruhig, was hatte das zu bedeuten? Wir sahen einander stumm an, dann machte ich den Vorschlag, nach oben in die Wohnung zu gehen, um von einem Fenster aus festzustellen, ob die Russen da waren. Wenn jemand nach oben geht, meinte Frau Rudolph, dann sie, ihr würde schon nichts passieren. Gesagt – getan, wir warteten ungeduldig und bangen Herzens auf ihre Rückkehr. Eigentlich hatte ich gedacht, dass Jan als Erster nach oben gehen würde, aber er saß blass und still auf seinem Stuhl, Schweißperlen standen auf seiner Stirn, er zitterte am ganzen Körper. Eine schier unendliche Zeit dauerte es, bis Frau Rudolph die Kellertreppe wieder herunterkam, sehr langsam, wie es mir schien, und ganz leise, mehr zu sich selbst, sagte:

»Die Russen sind da, sie räumen gerade das Eckhaus uns gegenüber. Ich gehe jetzt nach oben, wenn wir auch hier weg müssen, dann will ich wenigstens aufrecht zur Haustüre hinausgehen.«

Die beiden Damen aus Riga und Ludmila gingen mit Frau Rudolph in die Wohnung. Jan, Margret und ich blieben auf Anraten der anderen noch im Keller. Plötzlich hörten wir Stimmen und Schritte über uns, die von schweren Stiefeln sein mussten. Es wurde hin und her gelaufen, laute Stimmen waren zu hören, Türen wurden aufgerissen und zugeschlagen, alles, so erschien es uns im Keller, nahm kein Ende.

Dann kam Ludmila, ich versuchte, in ihrem Gesicht zu lesen, da sagte sie zu mir in ihrem gebrochenen Deutsch: »Du muscht dir ein wenig wegmachen, sie gefragt, wer noch hier wohnt, wir gesagt, ein Paar holländisch sind noch im Keller.« Sie riet mir, mich unter dem Bett zu verstecken. Jan fragte Ludmila, ob die Russen noch im Haus seien, ob wir es auch räumen müssten?

»Nein«, war die Antwort, »wir können hier bleiben in Haus, Russen jetzt weg, haben genug Haus rundum.« Sie machte mit dem rechten Arm das Zeichen für einen Kreis. »Jetzt kommt mit, heute kommt kein Kommando mehr«, meinte Ludmila und schubste uns zur Tür. Es war der späte Vormittag des 6. Mai 1945.

Nun machte man sich Sorgen um mich, die beiden Damen aus Riga rieten mit ernsten Mienen, dass ich mich auf alle Fälle unauffällig verhalten sollte, Ludmila aber meinte, besser wäre der Hohlraum. Dagegen wehrte ich mich heftig. Was wäre, wenn das Haus doch geräumt werden musste, und dies in kürzester Zeit, und die Russen darin wohnen würden? Ich wäre lebendig begraben.

»Nein, Ludmila«, sagte ich, »damit wollen wir dieses Thema beenden, ich bleibe hier in der Wohnung und verhalte mich still in meinem Schlafzimmer, solange es geht. Ich kann mich nicht ewig verstecken, es muss sich doch irgendwann alles normalisieren.«

Die Russen hatten links und rechts die Villen beschlagnahmt, von meinem Fenster hinter der Gardine konnte ich beobachten, wie die schönen Möbel auf dem immer sehr gepflegten Rasen vor dem Haus zum Teil für Brennholz zerhackt wurden. Beschlagnahmte Hühner und sogar Schweine wurden unter freiem Himmel geschlachtet und gegrillt. Nicht gerade aufmunternd, was da alles geschah, es herrschte jetzt ein Krieg anderer Art. Was die einen durch Angriffe verloren hatten, verloren die anderen nun durch die Besatzer, es traf jeden, es traf uns alle.

Erst zwei Tage waren vergangen, seit wir den Keller verlassen hatten. Unsere Umgebung hatte sich in einer Woche sehr verändert. Man wusste nicht, was der nächste Tag bringen würde, aber wir lebten, nur das zählte. Frau Rudolph saß vor ihrem Volksempfänger wie jeden Morgen, sie hatte mir ein Frühstück in das Zimmer gebracht.

»Etwas muss geschehen sein, ich hörte im Radio, dass von Kapitulation gesprochen wird, es war sehr schlecht zu verstehen, dauernd waren Störungen im Apparat, ich versuche es später noch einmal. Man kann ja nie wissen, wie die Russen reagieren, falls sie mich dabei erwischen.«
Die Haustüren durften tagsüber nicht verschlossen werden, es war also Vorsicht angesagt. Täglich kamen Russen aus den beiden Nachbarvillen zu uns. Scheinbar unterhielten sie sich gerne mit den beiden Damen aus Riga und mit Ludmila, meist trafen sie sich mit ihnen in Frau Rudolphs Küche.

Frau Rudolph zeigte sich auch so wenig wie möglich, Ludmila wurde gefragt, was die alte Dame mit ihrem Bein hätte, sie erklärte, dass dies von Geburt an so sei. Einer der Russen tastete darauf ihr Bein ab und hob dabei ihren Rock, scheinbar wollte er sich selbst davon überzeugen.

Trotz des schlechten Empfangs hatte Frau Rudolph doch richtig gehört. Deutschland hatte kapituliert, es war der 8. Mai 1945, die Glocken läuteten in Nah und Fern, die Menschen gingen auf die Straße, sie jubelten, sie weinten, viele beteten. Die Russen standen still auf der Straße, es schien fast, als wären sie selber in Andacht versunken. Von meinem Fenster aus konnte ich es beobachten, es war wie eine Erlösung. Auch ich weinte und dachte an alle, die ich liebte, die mir beigestanden hatten, vor allem auch an meine Angehörigen. Wie mochten sie den heutigen Tag erleben? Ob sie alle gesund und am Leben waren?

Um das herauszufinden, habe ich etwas später große Strapazen, die drei Monate dauerten, auf mich genommen. Während dieser Monate schwand oftmals die Hoffnung, dieses Ziel je zu erreichen.

Bisher war mein Versteck scheinbar sicher gewesen. Eines Morgens jedoch ging ich in die Küche, um nachzusehen, ob es ein Stück Brot, vielleicht sogar mit Marmelade, und einen Kornkaffee für mich gab. Ludmila war gerade dabei, Kaffee zu kochen und lächelte:

»Na, hast du gerochen? Komm, wir haben etwas Kaffee.«

Wir unterhielten uns nur kurz, als plötzlich ein Russe hereinkam, stehenblieb und Ludmila fragte: »Wer ist dieses Mädchen?«

Selbst erschrocken, antwortete sie, dass ich hier zur Schule ginge, aber keine Angehörigen hier hätte, die Eltern seien am anderen Ende von Deutschland zu Hause. Der Russe wollte mein Alter wissen und wie lange ich schon hier wohnen würde? Ludmila gab ihm Auskunft, sie sagte, ich sei 16 Jahre alt.

Der Russe schimpfte, so kam es mir jedenfalls vor, und eilte davon, ließ aber Ludmila wissen, dass er gleich wiederkäme. Was wollte er noch wissen? Nun hatte er Kenntnis von meiner Existenz, ich brauchte mich nicht mehr zu verstecken. Wir warteten gemeinsam auf den Russen, ich ein stilles Gebet zum Himmel sendend. Die Ängste dieser wenigen Minuten waren unbeschreiblich. Die Minuten schienen eine Ewigkeit zu dauern. In der kurzen Zeit sah ich viele Stationen meines kurzen Lebens an meinem inneren Auge vorüberziehen. Ich dachte daran, wie es danach sein würde. Wie würde ich alles verkraften können? Die Haustüre wurde aufgestoßen aber nicht wie gewohnt zugeschlagen, der Russe stürmte herein, wir wagten kaum zu atmen, da befahl er Ludmila, sie solle den Küchentisch frei machen. Ich bemerkte, dass er ein großes weißes Tuch auf der Schulter hatte, darauf lag – oh Gott, was war das – die Hälfte eines frisch geschlachteten Schweins, das er ächzend auf den Tisch warf. Der Russe kam auf mich zu:

»Du«, er zeigte mit einem Finger auf seinen Mund und radebrechte, »essen, du so!« Er zog mit dem Zeigefinger und Daumen seiner rechten Hand seine Wangen herunter, um verständlich zu machen, wie schmal und mager ich sei.

Ich konnte einfach nur noch stammeln: »Danke, danke!« So bekamen auch die Mitbewohner und Frau Rudolph einiges an Reserven, dank meines von Mangel an Ernährung gezeichneten Gesichtes. Trotzdem hielt ich mich, so gut es ging, verborgen. Die Besatzer gingen hier im Haus ein und aus, holten sich an Gegenständen, was sie gebrauchen konnten, brachten dafür oft etwas anderes mit, womit keiner etwas anzufangen wusste.

Ein einziges Mal erlebte ich, dass Gewalt angewendet wurde. Es war ein Russe aus der Nachbarschaft, es schien, als suche er etwas Bestimmtes. Ludmila und die beiden Damen aus Riga, deren Namen sehr schwer auszusprechen waren und die ich mir nicht merken konnte, waren im ersten Stockwerk in ihrer Wohnung. Frau Rudolph und ich saßen in ihrem kleinen Esszimmer, als die Haustüre geöffnet wurde. Wir hörten an dem Klappern der Stiefel, dass es ein Russe sein musste. Frau Rudolph ging dem Geräusch nach und sah, wie der Russe aus dem Wohnzimmer einen Gegenstand an sich nahm.

Ich hörte sie laut rufen: »Nein, nein, das nicht!« Sie wollte es dem Russen aus der Hand nehmen, dieser jedoch schüttelte sie ab und gab ihr so einen heftigen Stoß, dass sie auf dem Fußboden landete. Frau Rudolphs Jammern ließ mich jede Vorsicht vergessen, ich rannte auf den Russen los und trommelte mit meinen Fäusten auf seine breite Brust, doch dieser lachte nur.

»Komm, komm boxen!« Er hob seine freie Hand, die zu einer Faust geballt war, und wollte ausholen. Ludmila hörte den Krach und kam schnell herunter, sie sprach den Russen ganz ruhig an und ging zu Frau Rudolph, um ihr beim Aufstehen zu helfen, aber alleine schaffte sie es nicht. Offensichtlich bat sie den Russen um Hilfe, dieser aber lachte, tippte sich verächtlich an die Stirn und ging.

Als wir unsere Hausfrau wieder auf den Beinen hatten, redete Ludmila, so gut sie konnte, auf Frau Rudolph ein, sie solle nie mehr dazwischentreten, wenn die Russen etwas mitnahmen, die verstanden da keinen Spaß. Ludmila gab auch zu bedenken, dass wir bisher sehr viel Glück gehabt hatten und im Haus bleiben durften. Sie habe schon von ganz anderen Fällen gehört. Da sie und die Damen aus Riga

Russisch sprachen, konnten sie wahrscheinlich bisher das Schlimmste verhindern. Dies sollte man aber wegen Kleinigkeiten nicht aufs Spiel setzen.

»Du hast recht«, stammelte Frau Rudolph unter Tränen, »ich glaube, es war nicht einmal der Gegenstand, um den ich kämpfte, vielmehr war es die Reaktion, als ich den Russen im Wohnzimmer sah, da verließ mich einfach jede Vorsicht.«

Die Versorgung mit Lebensmitteln war weiterhin katastrophal, vor dem Bäckerladen standen die Frauen stundenlang Schlange, teils mit Kindern, die vor Hunger und Angst weinten. Es wurde erzählt, dass die Russen mit Lastern unterwegs waren, unter den wartenden Frauen auswählten und die dann einfach mitnahmen.

Der eine Krieg war zu Ende, aber der andere Krieg war immer noch allgegenwärtig, er hatte nur sein Gesicht gewechselt.

Die Bevölkerung wurde durch Aushänge in Glaskästen vor den Schulen, der Verwaltung oder, wenn vorhanden, an Litfaßsäulen darüber in Kenntnis gesetzt, wie man sich der Besatzung gegenüber zu verhalten habe, welche Anordnungen befolgt werden müssten, wer sich bei der Behörde zu melden habe und vieles mehr. So wurde unter anderem auch bekannt gegeben, dass alle Ausländer, die hier lebten und in ihre Heimat zurückwollten, im Rathaus bei der Russischen Kommandantur vorstellig werden sollten. Jan und Margret van Enders erzählten von dem Aushang, sie wollten sich melden, um so bald wie möglich nach Holland zurückzukehren. Ich bat die beiden, mich doch zum Rathaus mitzunehmen, damit ich mich nach der Möglichkeit erkundigen konnte, ob und wie ich mit einem Passierschein zu meinen Angehörigen gelangen konnte.

Es herrschte großer Andrang in dem Gebäude, die Amtszimmer waren gekennzeichnet, für Franzosen, für Holländer und andere Nationalitäten, die alle für ihre Rückkehr Passierscheine beantragen wollten.

»Gibt es eine Auskunft für Deutsche?«, so fragte ich einen Türsteher, der erfreulicherweise Deutsch sprach.

»Beim russischen Kommandanten.«

Mit Jan und Margret verabredete ich mich für später wieder in diesem Flur, damit ich den Rückweg nicht alleine gehen musste.

Für mich gab es keine Wartezeit beim russischen Kommandanten, scheinbar galt diese Aufforderung einzig für Ausländer. Ein Türsteher ging Meldung machen, dass eine Frau ihn sprechen wolle. Ich hörte eine Stimme antworten, kurz darauf ließ man mich eintreten, ein junger Kommandant trat hinter seinem Schreibtisch hervor und zeigte sich in seiner ganzen imposanten Größe. Der Offizier sprach gut Deutsch, er fragte nach meinen Wünschen und ich erklärte kurz, dass ich hier zur Schule gegangen war, nun aber gerne zu meinen Angehörigen zurückwolle. Es handelte sich um die von den Franzosen besetzte Zone, wofür ich doch sicher einen Passierschein benötigte?

»Nein«, sagte mir der Kommandant mit einem Lächeln, »Sie können gehen, wohin Sie wollen.« Es war mir aber ganz klar, dass dies nicht so einfach sein würde. Die van Enders traf ich wieder bei den Wartenden, so verbrachte ich die Zeit mit ihnen, bis sie gegen Mittag ihre Formulare zum Ausfüllen hatten.

»Was für ein Dschungel, durch den wir uns durchschlagen müssen«, klagte Margret, »hierfür brauchen wir Hilfe, wenn wir unsere Passierscheine bald haben wollen.«

Die nötigen Dokumente für die Ausreise bekamen die

van Enders schon Mitte Mai 1945. Frau Rudolph meinte, als sie hörte, wie sehr sich die van Enders auf ihre Heimat freuten, ob sie mich nicht mitnehmen könnten, quasi als ihre Tochter? Wenigstens heraus aus dieser Zone, oder gar bis Holland? Sicher gäbe es von dort auch eine Möglichkeit, wieder nach Deutschland zu kommen, doch eher als von hier in eine andere Zone. Das Problem allerdings war, dass ich außer meinem Schulausweis keinerlei Papiere hatte und es somit fast unmöglich war, ohne Passierschein die Zone zu wechseln. »Das ist doch nicht schlimm, die van Enders haben doch in Dresden fast alles verloren, so auch einen Teil ihrer Papiere«, lächelte Frau Rudolph mit einem Augenzwinkern.

»Natürlich, so ist es«, sagte Jan, was ich ihm eigentlich gar nicht zugetraut hatte, so rasch auf diesen Vorschlag einzugehen.

Margret dagegen zögerte, doch die eindringlichen Argumente von Frau Rudolph überzeugten sie schließlich, und so meinte sie: »Na ja, versuchen können wir es ja.«

Nun bereiteten wir unsere Abreise vor, die van Enders bekamen Tag und Stunde der Abreise mitgeteilt, Treffpunkt war das Rathaus in Radebeul. Für mich war es nicht leicht, nun auch von dem Rest der Menschen Abschied zu nehmen, die mir lieb und wichtig waren. Die Erinnerungen an das Häuschen wurden wieder in den kleinen Rucksack gepackt, damit ich sie immer bei mir hatte. Briefe zu schreiben an Sterns, an Max und Hedy, vor allem auch an Gisela und ihre Eltern, war zwecklos. Die Post wurde kaum befördert, wenn doch, dann wurde der Inhalt genau überprüft.

In dem kleinen Koffer hatte nur das Nötigste Platz. Auf alle Fälle aber der Mantel von meinem Vater mit den schönen Pelzmanschetten von meiner Großmutter. Frau Rudolph versorgte uns noch mit Proviant und gab uns die besten Wünsche mit auf den Weg, vor allem, dass mir die Heimkehr nach Deutschland gelingen möge.

Noch einmal ging ich den Gartenweg entlang, stand vor unserem kleinen Häuschen und verabschiedete mich. Mein Herz blutete, meine Augen liefen über, ich betete um Kraft, um diesen Schmerz zu ertragen, ich betete um göttliche Hilfe, um den Weg zu meinen Angehörigen zu meistern. Dann nahmen wir von den anderen Mitbewohnern Abschied, wir wünschten uns gegenseitig alles Gute, mein Dank galt vor allem Frau Rudolph, und ein Dank Ludmila, die mich wahrscheinlich vor Schlimmem bewahrt hatte. Frau Rudolph versprach mir, sobald sich die Möglichkeit bot, Max und Hedy zu benachrichtigen, ich versprach ebenso, mich zu melden, wenn alles überstanden war.

So machten wir uns auf den Weg zur Sammelstelle, drei offene Lastwagen standen bereit, zwei Reihen Sitzbänke auf der Ladefläche, in der Mitte wurde das Gepäck verstaut. Es wurden die Namen aufgerufen, dann die Personen auf den Lastwagen gehievt. Als die Namen der van Enders aufgerufen wurden, gab es doch Herzklopfen. Als Jan sich meldete, sahen sie auf die Liste, dann kam prompt die gefürchtete Frage.

»Wieso denn drei Personen?«

»Das ist unsere Tochter«, erklärte Jan.

»Gut, aufsteigen bitte!«

Der erste Schritt einer langen Reise war getan.

Dicht nebeneinander saßen wir auf den Lastern, nach einer Weile hielt die Kolonne, die Fahrer stiegen aus und besprachen sich über einer Landkarte. Scheinbar hatte die ganze Fahrkolonne das gleiche Ziel. Am Nachmittag fuhren wir auf einen Kasernenhof, wir wurden aufgefordert abzusteigen und das Gepäck mitzunehmen.

Erst standen wir ratlos herum, dann wurden wir energisch in das Gebäude gewiesen und landeten schließlich in einer Halle. Auf dem Fußboden an den Wänden entlang lag Stroh, in der Mitte des Raumes war Platz, um sich zu bewegen und das Gepäck ablegen zu können. Man zeigte uns die Toiletten, als Waschgelegenheit gab es einen Raum mit einigen viereckigen Waschbecken, die vor Schmutz den Grund kaum erkennen ließen. Für alle ein Schock, keiner wusste, wo wir gelandet waren. Wenn wir schon am frühen Nachmittag einquartiert wurden, wie sollte das nur weitergehen? Am Abend brachte man uns eine Suppe mit einem Stück Brot, das Gefäß mussten wir danach säubern und für die nächsten Tage bei uns behalten, wie man uns verständlich machte. Hatten wir es auch wirklich richtig verstanden, ›für die nächsten Tage‹?

Jan und Margret machten noch am selben Tag Landsleute in dem Quartier ausfindig, die ebenfalls in ihre Richtung wollten.

Am anderen Morgen gingen wir gemeinsam auf den Kasernenhof, um die frische Luft zu genießen. Einige wagten es, die Wachen zu befragen, wie lange dieser Zwischenstopp dauern könnte, wir bekamen keine Antwort.

So verbrachten wir sechs Tage der Ungewissheit mit einer Mahlzeit am Tage, das war immer Suppe und Brot, und Brot und Suppe. Zum Glück hatten wir die Reserven von Frau Rudolph, diese teilten wir uns sorgfältig ein, um auch die nächsten Tage weniger hungrig zu überstehen. Endlich hieß es dann am sechsten Tag, dass es am anderen Morgen schon früh bis Chemnitz weiterginge. Am Morgen bekamen wir eine schreckliche Brühe, sie nannten es Kaffee, und ein

Stück trockenes Brot als Frühstück. Aber die Gewissheit, dass es weiterging, ließ uns das Gebräu herunterschlucken. Die van Enders und ich hatten uns die verbliebenen Vorräte von Frau Rudolph redlich aufgeteilt, so wusste jeder von uns, was noch zur Verfügung stand.

Die Trennung kam sehr schnell, die vergangenen zwei Tage merkte ich, dass die van Enders viel mit den anderen Holländern diskutierten. Sie waren auffallend zurückhaltend und gingen mir tagsüber aus dem Weg. Auf der Fahrt nach Chemnitz saß ich neben Jan, er sprach kaum ein Wort mit mir, nur einmal erwähnte er ganz nebenbei, dass in Chemnitz die Amerikaner übernahmen, dann würde man sehen, wie es weiterging.

Es wurde mir schon bange, die van Enders und alle anderen hatten Passierscheine, mit denen sie in ihre Heimat befördert wurden, aber ich hatte nichts. Gegen Mittag kamen wir in Chemnitz auf einem großen Sammelplatz an. Eine große Wiese war der Treffpunkt für die Heimkehrer oder wie auch immer man diese Menschen nennen sollte. Vom Lastwagen herunter wurden wir befragt, welche Staatsangehörigkeit wir hätten.

Militärs, Zivilisten, auch Frauen waren darunter, wiesen uns die jeweilige Richtung der Sammelstelle, wo die Lastwagen für den Weitertransport bereitstanden.

Jan und Margret folgten den Holländern, die sie im Lager kennengelernt hatten. Mich hatten sie scheinbar vergessen, so jedenfalls stand ich eine ganze Weile unschlüssig herum und überlegte, ob ich mich einfach den Holländern anschließen sollte. Da kam Jan schon auf mich zu und erklärte mir, dass sie ab hier nichts mehr für mich tun konnten, nun müsste ich selbst zusehen, wie es für mich weiterging.

Im Weggehen drehte Jan sich noch einmal um und sagte so leise, dass ich Mühe hatte, ihn zu verstehen:

»Sei auf der Hut, es sind Spitzel auf die Deutschen angesetzt, wer erwischt wird, kommt auf einen besonderen Lastwagen und wird den Russen übergeben.«

Eine rothaarige Frau lief, während Jan noch bei mir stand, an uns vorbei, sie wandte sich nochmals kurz um und ging dann weiter. »Sie ist eine von denen, eine Polin.« Damit drehte er sich um und verschwand in die andere Richtung.

Es war an diesem frühen Morgen schon sehr warm, aber ich fing plötzlich an zu frieren, das war kein Abschied, wie ich ihn mir gewünscht hatte, keine guten Wünsche von Jan, und Margret bekam ich überhaupt nicht mehr zu Gesicht.

Ich hatte das Gefühl, dass ich am ganzen Körper steif wurde, in Gedanken malte ich mir aus, was passieren würde, wenn alle zur Abfahrt bereit waren und ich womöglich alleine hier zurückblieb. Ich hütete mich, diesen Gedanken zu Ende zu denken …

Etwas weiter links von mir saßen noch wartende Menschen, ein junger Mann fiel mir auf, er trug beige Shorts und in derselben Farbe ein Hemd mit kurzen Ärmeln. Was sah ich denn da? Ich traute meinen Augen nicht, auf der rechten Brusttasche war auf rotem Grund ein weißes Kreuz sichtbar. Das ist doch die Fahne der Schweiz, dachte ich ganz aufgeregt.

Mechanisch nahm ich meinen kleinen Koffer und lief in seine Richtung.

»Entschuldigen Sie bitte«, sprach ich ihn auf Schwyzerdütsch an, »sind Sie Schweizer? Darf ich mich Ihnen anschließen, ich möchte in Richtung Basel.« Er stutzte, sah mich an, gab aber keine Antwort. Vielleicht hatte ich das Schweizerdeutsch doch verlernt, also ging ich jetzt aufs Ganze und versuchte es auf Hochdeutsch. Leise, fast flüsternd, sprudelte ich hervor:

»Ich bin Deutsche, bis hierher war ich mit einem holländischen Ehepaar unterwegs, wir kommen aus Dresden. Aber nun haben sie mich meinem Schicksal überlassen, ich weiß einfach nicht mehr weiter.«

»Ich bin auch Deutscher«, antwortete der junge Mann ruhig, »wir müssen aber sehr aufpassen, alles, was ihnen verdächtig scheint, nehmen sie in die Mangel.«

Er nahm mir meinen Koffer ab und erklärte mir, dass wir hier auf den Transporter warten mussten, weil wir mit den Franzosen zusammen transportiert wurden.

Der Lastwagen wurde bereitgestellt, die ersten Franzosen kletterten auf die Ladefläche, da wurde ich plötzlich von hinten an der Schulter gepackt und herumgerissen. Die rothaarige Polin sah mich mit hasserfüllten Augen an und schrie:

»Du bist Deutsche!«

Da griff der angebliche Schweizer ein. »Lassen Sie sofort meine Frau los, Sie sehen doch, dass wir Schweizer sind und wir jetzt mit den Franzosen weiterfahren.« Er schob mich auf den Transporter zu, reichte mir meinen Koffer, danach seine große Tasche, um besser heraufklettern zu können. Die Polin stand unschlüssig da, stemmte ihre Fäuste in die Hüften und gab schließlich auf. Wieder einmal war mir das Glück hold gewesen.

Es gab mehrere Sitzreihen auf dem Laster, wir hatten außen Platz bekommen, so konnten wir ungestörter die weitere Vorgehensweise besprechen. Als Erstes sagte er mir ganz leise, dass wir uns als angebliches Ehepaar duzen müssten, sein Name sei Anton Strobel, also hieße ich ab nun Edith Strobel, geborene Roth, wohnhaft in Rheinfelden, Schweiz. Dankbar war ich, dass ich im Badischen Rheinfelden zuhause war und auch die Schweizer Seite wie meine Westentasche kannte, so hatten wir eine glaubhafte Adresse. Eine gute Idee, fand auch Anton, falls wir davon Gebrauch machen müssten. Aber ganz so weit ging seine Reise nicht, er stammte aus Stuttgart. Wir tauschten noch einige Daten, damit bei eventuellen Rückfragen keine Zweifel aufkamen.

So erfuhr ich auch, dass Anton von der Front kam, sich in Radebeul bei Bekannten für ein paar Tage versteckt hatte, und als am 8. Mai 1945 der Krieg zu Ende war, in dieser Verkleidung auf den Heimweg gemacht hatte. Rechtzeitig fiel mir ein, dass ich als einziges Dokument nur meinen Schulausweis besaß, das gab ich Anton zu bedenken, falls wir noch einmal als Ehepaar auftreten mussten. Was sollten wir dann sagen? Oder wie sollten wir uns verhalten?

»Ach«, meinte Anton, »wir haben einfach nichts mehr, schließlich kannst du beim Angriff einen Teil deiner Habe verloren haben. Ich habe auch keine Entlassungspapiere, versuchen können wir es, diese Lüge ist in unserer Situation gerechtfertigt, wir können nur hoffen, dass es klappt.« Wichtig war im Moment nur eines – wir saßen in einem Transporter und es ging weiter.

Von der Umgebung bekamen wir nicht sehr viel mit, wir sahen Fahrzeuge der Besatzer, Menschen waren zu Fuß mit Karren unterwegs, von den Deutschen, so schien es, war ein großer Teil auf den Beinen, auf der Suche nach einer Bleibe, auf der Suche nach den Angehörigen, auf der Suche nach Essbarem.

Es war die reinste Völkerwanderung, ein Elend ohnegleichen. Wohin wir unterwegs waren, war nicht auszumachen, die Orte, die wir durchfuhren, nahmen wir im Grunde nicht wahr, die Franzosen auf dem Laster unterhielten sich sehr angeregt, leider konnten wir sie nicht verstehen. Als wir von unserem Nebenmann angesprochen wurden, antwortete ich in Schweizerdeutsch, aber das Einzige, was er scheinbar verstand, war ›Schweiz‹. Jetzt hatten wir wenigstens die Gewissheit, dass keine weiteren Fragen auf dem Laster an uns gestellt wurden.

Gegen Abend landeten wir wieder auf einem Kasernenhof, es waren mehrere Gebäude mit einem großen Innenhof, auf dem schon einige Transporter parkten. Scheinbar waren die Transportierten schon in den Gebäuden untergebracht. Wie dieser Ort hieß, habe ich überhaupt nicht mitbekommen, was ich mir allerdings überlegte, wenn die hier Ankommenden alle Franzosen waren, dann musste es doch die von den Franzosen besetzte Zone sein? Wir hatten keine Ahnung, wie das deutsche Gebiet unter den Alliierten aufgeteilt worden war. Wo fingen die einzelnen Zonen an? Unser Schicksal lag ab nun in den Händen der Befreier.

»Alles absteigen!«, so wurden wir aufgefordert, man führte uns in einen Raum und befahl uns, hier zu warten. Eine Türe ging auf, paarweise oder einzeln wurden wir hintereinander in den Raum geschoben. So bekamen wir mit, dass wir von einem französischen Kommissar überprüft wurden. Der Türsteher schob uns gemeinsam in den Raum, nachdem Anton ihm zu verstehen gegeben hatte, dass wir zusammengehörten. An einem Schreibtisch saß der französische Offizier, links und rechts standen zwei Wachen, breitbeinig, die Hände auf dem Rücken, die Augen auf uns gerichtet.

»Namen, bitte etwas lauter«, nörgelte der Offizier, »Ihr Wohnort?«

»Wir wohnen in Rheinfelden in der Schweiz«, mischte ich mich ein.

»Wie, sagten Sie, heißt der Ort?« Ich wiederholte langsam und erklärte, dass der Ort etwa sieben Kilometer von Basel entfernt liege.

»Wann geboren?«

Ich legte meinen Schulausweis auf den Schreibtisch. »Mehr habe ich nicht mehr«, erklärte ich.

»Wie kamen Sie überhaupt mit nur diesen Papieren bis hierher?«

»Mit denselben Angaben, die wir Ihnen hier auch nur machen können. Wir wurden in Dresden ausgebombt.«

»So? Das kann man hinterher ja immer behaupten«, meinte der Offizier in sehr strengem Ton, der mich doch unsicher werden ließ.

»Nein, nach dem Angriff sind wir in Radebeul untergekommen. Wir wollten auf der russischen Kommandantur Passierscheine beantragen, da bekamen wir vom Kommandanten die Auskunft, wir könnten ohne dieses Dokument unsere Reise antreten.«

»Haben Sie in der Schweiz Angehörige, bei denen wir über Sie Auskunft einholen können?«, war die nächste Frage,

»Ja, das können Sie, ich weiß nur nicht, wie meine Mutter zu erreichen ist, seit November 1944 habe ich nichts mehr von ihr gehört. Aber eine Schwester meines Vaters lebt mit ihrer Familie in Basel (ich meinte damit die Schwester von Kurt, meinem Stiefvater).« Mit klopfendem Herzen gab ich die Adresse an, obwohl mir klar war, dass die Tante mit meinem angenommenen Namen nichts anfangen konnte. Es musste ganz einfach riskiert werden.

»Wieso tragen Sie keine Ringe, wenn Sie verheiratet

sind?« So lautete die nächste Frage, dieses Mal war Anton schneller.

»Wir haben erst im Januar geheiratet, Ringe aufzutreiben, war uns nicht möglich. Aber das werden wir alles nachholen mit unseren Familien.«

»Gut«, entschied der Offizier, »wir nehmen Sie in einem Transport mit nach Frankreich, dort werden wir Ihre Identität überprüfen, aber ich mache Sie hier darauf aufmerksam, sollte diese nicht stimmen, kommen Sie in Frankreich -wie sagte man hier so schön?- in ein Konzentrationslager.«

Während des ganzen Aufenthaltes in diesem Lager begleiteten mich diese Drohungen. Es machte nicht gerade Mut, was wir hier verkündet bekamen. Zunächst aber wurden Anton und ich getrennt, alle Ankömmlinge mussten unter die Dusche und wurden auf Läuse untersucht, mit einem stinkenden Mittel wurden wir eingesprüht, dann durften wir uns wieder anziehen. Wir Frauen kamen getrennt von den Männern in verschiedene Gebäude. Auf Stroh lag ich neben einer jungen Frau mit zwei Kindern von vier und sechs Jahren. Die Kleinen waren so verängstigt, bei jedem Geräusch klammerten sie sich an ihre Mutter. Als die Mädchen schliefen, erzählte mir die junge Frau, dass sie seit Längerem nichts von ihrem Mann gehört habe. Nachdem sie in Köln ausgebombt wurde, kam sie mit den Kindern nach Sachsen. Nun aber wollte sie zurück nach Köln zu ihren Schwiegereltern und dort auf den Vater ihrer Kinder warten. Das ältere der Mädchen sei jetzt schulpflichtig, aber das müsse zurückgestellt werden, bis sie wieder eine feste Bleibe hätten.

Von mir erzählte ich lediglich, dass wir in die Schweiz wollten, mein Mann und ich, es sei nun schon das zweite Lager, in das wir verfrachtet wurden. Genaues wollte ich nicht erzählen, sie saß noch zu fest in meinem Kopf, diese Parole: ›Achtung, Feind hört mit!‹.

Fünf Tage waren inzwischen vergangen, wir zählten nur die Tage, aber was für ein Wochentag es war, registrierten wir nicht mehr. Die beiden Mädchen hatten sich an mich gewöhnt, ich erzählte ihnen Geschichten aus meiner Kindheit, von meinen Katzen und den wunderschönen Kaninchen meiner Großmutter. Die ältere der beiden kuschelte sich sogar seit zwei Nächten an mich.

In der vergangenen Nacht kam mir plötzlich ein Gedanke, nachdem mir die junge Frau geklagt hatte, dass ihr langsam das Geld ausginge, wenn es nicht bald eine Lösung für sie und die Kinder gab. Sie hätte keine Erklärung dafür, warum sie immer noch hier festgehalten wurde.

Am Morgen nahm ich meinen Rucksack, der immer unter meinem Kopfkissen lag, hervor, zog aus der Papierrolle von Max ein paar Scheine heraus und drückte sie der verzweifelten Mutter in die Hand.

»Nein, nein«, meinte sie, »so war das doch nicht gemeint.«

»Nehmen Sie es, wenn ich Ihnen ein wenig damit helfen kann, so ist das für mich ein Weg, etwas gutzumachen, die Hilfe zurückzugeben, die ich bis hierher bekommen habe.« Stürmisch umarmte mich die junge Mutter mit Tränen in den Augen.

Als hätte ich es geahnt, dass es der richtige Moment war, der jungen Mutter etwas Geld zu geben, kam plötzlich Anton zur Tür herein. Seinen Rucksack geschultert, die Tasche in der Hand, suchte er nach mir. Ich hatte meinen Platz in der Nähe der Türe und entdeckte ihn dadurch sofort.

Auf meinen kurzen Ruf kam er eilig auf mich zu.

»Komm, wir müssen sofort zum Kommandanten, nimm alles mit und beeile dich, stelle jetzt keine Fragen, wir kommen jedenfalls nicht mehr zurück.« Schnell verabschiedete ich mich von den drei mir lieb gewordenen Menschen, aber mit einen unguten Gefühl in der Magengegend. Was stand uns nun bevor? Es blieb keine Zeit, sich Gedanken zu machen, Anton nahm mir den Koffer ab und drängte weiter.

Vor der Kaserne standen in den Wachhäuschen zwei Wachsoldaten mit aufgepflanzten Gewehren.

»Geh einfach ganz ruhig weiter«, sagte Anton leise zu mir, grüßte den Wachposten im Vorbeigehen und schon waren wir auf der Straße. »Nun aber Beeilung, wir müssen von der Straße runter und um die Ecke, da habe ich ein Quartier gefunden bei einer jungen Kriegerwitwe, für ein paar Tage können wir dort bleiben, bis sich alles beruhigt hat«, informierte er mich im Laufen. Was er mit Beruhigen meinte, wie er das alles organisiert hatte, habe ich nie erfahren. Langsam löste sich meine Starre und ich begriff, dass wir dem Lager entkommen waren.

Die Gastgeberin stellte sich mir vor. »Ich heiße Cornelia Schmitt, deinen Namen weiß ich bereits, ich schlage vor, dass wir uns duzen, es soll ja so aussehen, als gehörten wir zusammen.«

Zunächst brachte ich kein Wort heraus.

»Danke vielmals«, stammelte ich dann. Cornelia überließ mir das Bett ihres Mannes, Anton schlief im Wohnzimmer auf dem Sofa, es war einfach unfassbar. Gleich wurde Cornelia aktiv, sie schlug vor, auf das Meldeamt zu gehen, um Lebensmittelkarten für mich zu holen. Dies war noch überall möglich gegen Vorlage eines Ausweises, für den Monat Juni waren sie bereits fällig. Für Anton gab es keine

Marken, d.h. er wäre aufgefallen dadurch, dass er keine Entlassungspapiere hatte. So mussten wir uns eben einschränken, trotzdem gab es an diesem ersten Tag endlich einmal ein Essen, das so richtig gut schmeckte. Cornelia hatte auch ihre Ration Lebensmittel eingekauft und zauberte ein Mittagessen aus Gehacktem in einer guten Soße, dazu gab es Kartoffeln und Salat. Es war mal wieder eine warme Mahlzeit, es schmeckte sehr gut, es war etwas lang Vermisstes, der ganze Körper fühlte sich danach an, als hätte er neue Impulse bekommen. Ich wurde danach so müde, zum Umfallen.

»Leg' dich doch hin«, meinte Cornelia, »es stört dich niemand, schlaf' einfach, das ist im Moment sicher das Beste für dich.« So sank ich in einen tiefen, erholsamen Schlaf, der die Schatten des Todes, die ich zu spüren gemeint hatte, einfach in luftige Wolken auflöste.

Stimmen hörte ich weit weg, warum ließ man mich nicht einfach noch ein wenig schlafen? Warum rief man, ›Augen auf‹ und ›trinken‹, dann das kalte Gefühl an den Beinen, der Kopf glühte, es war die reinste Hölle, immer wieder das Anfassen, schlucken müssen, was ich doch überhaupt nicht mochte, dann schlug man mir einfach ins Gesicht.

»Mund auf und schlucken«, brüllte er immer und immer wieder. Schließlich gab ich nach, es gelang mir, die Augen vorsichtig zu öffnen, ich sah einen älteren Herrn, der sich zu mir hinabbeugte.

»Wie geht es dir?«

Wozu diese Frage? Ich bin doch einfach nur todmüde, dachte ich und schloss die Augen wieder. Die Stimmen rund um mich vernahm ich nun deutlich, ich hörte den älteren Herrn sagen: »Das Fieber ist gefallen, aber die restlichen Tabletten muss sie unbedingt noch einnehmen, das ist noch einmal gut gegangen, es ist eine typische Hungerkrankheit. Morgen sehe ich noch einmal nach ihr, das Schlimmste, so erscheint es mir, ist aber überstanden.«

Ich verstand nichts. Wieso Krankheit? Ich wollte wirklich nur mal so richtig ausschlafen.

Dann kam allmählich das Erwachen, Anton saß neben dem Bett.

»Du bist ja wach?« Er befühlte meine Stirn und rief aufgeregt: »Cornelia, komm!« Diese kam herein.

Als sie sah, dass ich die Augen auf sie gerichtet hatte, flüsterte sie erleichtert: »Gott sei Dank, du hast uns aber einen schönen Schrecken eingejagt, wie geht es dir? Hast du Hunger?« Ich verneinte und meinte schwach, etwas zu trinken wäre schön. Aus einer Thermoskanne füllte sie einen Becher mit Tee, ich leerte diesen ganz gierig, sie füllte ihn ein zweites Mal und ermahnte mich, recht viel zu trinken.

So erfuhr ich nach einigen Tagen, dass Cornelia mein Fieber bemerkt und meine geistige Abwesenheit beobachtet hatte und sicherheitshalber den Arzt gerufen hatte. Es war der Arzt ihrer Familie, die von ihm seit Jahren betreut wurde und der ein guter Freund geworden war. Er erfuhr dadurch von unserer Flucht, den vielen Hindernissen, und nahm sich meiner sofort an. Im Ort war eine Station für verwundete Soldaten eingerichtet, die der Arzt betreute. So hatte er Zugang zu Antibiotika, damals hieß das Chinin. Er brachte Cornelia das begehrte Medikament für mich, gab ihr Anweisungen, wie sie es dosieren musste, und bald stellte sich der Erfolg ein. Ohne diese Behandlung hätte ich wahrscheinlich nicht überlebt. Am ganzen Körper hatte ich dunkle Flecken, die nach Meinung des Arztes von der Unterernährung kamen.

Cornelia und Anton wechselten sich Tag und Nacht an

meinem Bett ab, machten Wadenwickel, kühlten meine Stirn, und ich sollte in den vergangenen Tagen von alldem nichts bemerkt haben?

»Wie kann ich euch nur danken«, stammelte ich, Anton, der am Bett saß, umarmte ich einfach, danach hatte ich das große Bedürfnis, auch Cornelia zu umarmen und zu danken.

»Du brauchst schon noch ein Weilchen Ruhe«, versicherte man mir, »danach«, so meinte Anton, »machen wir uns gemeinsam zu Fuß auf den weiteren Weg.« Gesagt, getan. Es wurde sehr heiß, wir marschierten immer die Landstraße entlang, allzu viel konnten wir täglich nicht schaffen, oft kamen noch andere Wanderer dazu, die ebenso auf der Flucht waren. Außerdem mussten wir bis 20.00 Uhr eine Schlafstelle gefunden haben, denn um diese Zeit begann die Sperrstunde, wer dann noch unterwegs war, wurde vom Militär aufgegriffen und in ein Sammellager gebracht. Wir nächtigten oft an einem Waldrand oder versuchten, eine einsame Scheune ausfindig zu machen. Damit hatten wir allerdings selten Glück. Auf den Höfen brauchten wir erst gar nicht nachzufragen, ob wir im Heu schlafen durften. Wir wurden als Gesindel beschimpft und davongejagt.

Einmal hatten wir Glück, so glaubten wir jedenfalls: wir waren acht Personen, vier Frauen, vier Männer und versuchten es auf einem Bauernhof mit der Bitte, man möge uns doch in der Scheune nächtigen lassen.

»Was«, meinte der Bauer, »um diese Zeit wollt ihr schon schlafen? Zeigt mal erst, was ihr könnt, dann reden wir weiter.« Wir Frauen durften uns schon einmal an der Tränke frisch machen, die vor dem Haus stand. Das kühle Wasser half uns, wieder ein wenig auf die Beine zu kommen. Anton machte dem Hausherrn verständlich, dass ich sehr krank sei und daher nicht eingesetzt werden könne.

Auf unserem Marsch hatten wir einen Bäckerladen entdeckt und dachten, dass dies eine Möglichkeit sei, unsere Brotmarken einzutauschen. Die Schlange der Wartenden war beachtlich, abwechselnd stellten wir uns zu viert an, immer mal versuchend, etwas nach vorne zu kommen, doch ehe der Erste von uns an die Reihe kam, wurden wir mit Gewalt zurückgedrängt. »Zurücktreten!«, schrie man. »Zurücktreten, für heute ist das Brot ausverkauft, kommt morgen wieder!«

Nun hofften wir, dass durch fleißige Mitarbeit der Wandergruppe doch etwas zu essen für uns abfiel. Aber da wurden wir schwer enttäuscht, trinken, das durften wir an der Tränke, das war aber auch schon alles. In der Nacht wurde es im Heu unruhig, die Männer tuschelten, zu dritt standen sie auf, ich dachte, sie suchen eine Toilette, aber da war doch der Misthaufen vor der Scheune für diesen Zweck? Anton verschwand mit den anderen Männern aus der Scheune, nach einer Weile kamen sie lautlos zurückgeschlichen. Sie begannen zu tuscheln und mit etwas zu rascheln und plötzlich hielt Anton mir ein Stück von einer geräucherten Wurst unter die Nase, nahm ein Klappmesser, wie es die Pfadfinder verwenden, und schnitt mir ein Stück davon ab.

»Iss langsam«, meinte er leise, »wir haben kein Brot dazu, nur diese Wurst und wir sind so fette Kost nicht mehr gewöhnt.«

Wie recht er damit hatte! Zu hastig verschlang ich die Wurst und die Reaktion meines Körpers war entsprechend unangenehm.

Als es hell wurde, gab es Leben auf dem Hof, wir hörten den Bauern schimpfen wie einen Pferdekutscher.

»Oh Gott«, stöhnte Anton, »ich glaube, es ist aufgefallen, dass zwei Würste fehlen.«

Die Männer hatten bei ihrer Arbeit am Hof zufällig die Räucherkammer entdeckt und beschlossen, sich als Entlohnung für die Hilfeleistung selbst zu bedienen, dabei war es nicht mal übertrieben viel, was sie sich aneigneten.

Nun aber schnell die Sachen zusammengerafft, denn die Scheunentüre wurde aufgerissen, der Bauer stand, mit einer Mistgabel bewaffnet, unter dem Tor.

»Ihr Diebe, ihr Gesindel, das hat man davon, wenn man es mit einem solchen Pack gut meint!« Schon wollte er auf einen der Männer losgehen, da packte Anton ihn von hinten und entriss ihm die Mistgabel, während die anderen Männer ihn festhielten, bis wir Frauen mit dem Gepäck den Hof verlassen hatten. Auf der Straße warteten wir auf die Männer. Mein Koffer war inzwischen so leicht, dass ich es schaffte, ihn eine Weile selbst zu tragen. Meinen guten Wintermantel hatte ich bei Cornelia gelassen. Er gefiel ihr sehr gut, sie betrachtete ihn lange, sehr schön fand sie die Pelzmanschetten, ich erzählte ihr von deren Herkunft und von meiner Großmutter. Als wir uns von ihr verabschiedeten, bat ich Cornelia, als ein Dankeschön für ihre Aufnahme und die sehr anstrengende Pflege den Mantel von mir anzunehmen. Erst weigerte sie sich und meinte, das sei doch eine Selbstverständlichkeit gewesen. Da war ich aber ganz anderer Meinung, denn selbstverständlich war ihre aufopfernde Hilfe ganz und gar nicht. Ich wünschte ihr von ganzem Herzen, dass auch sie, wenn sie einmal Hilfe brauchte, ebenso viel Zuwendung erführe, wie sie uns hatte zuteilwerden lassen.

Unser Fußmarsch ging weiter, der Tag wurde wieder sehr heiß, wo würden wir für die kommende Nacht eine Ecke zum Schlafen finden? Wo würden wir etwas Essbares auftreiben? In diesem zerstörten Land waren Millionen

Flüchtlinge unterwegs, vor allem solche, die durch den Verlust des Ostens gezwungen wurden, ihre Heimat zu verlassen. Alle waren auf der Suche nach einer Bleibe, es war ein täglicher Kampf ums Überleben, Hunger und Krankheiten waren ihre täglichen Begleiter.

Für uns kam die Lösung am dritten Tag der Wanderschaft. Bei großer Hitze liefen wir die Landstraße entlang, zu unserem Trupp gehörten inzwischen ca. 30 Personen. Wir alle waren nicht in bester Verfassung, wir wünschten uns nur, etwas Essbares und vor allem etwas zu trinken zu finden. Und wieder einmal so richtig ausschlafen zu können, ohne Angst, und dazu ein sauberes, frisches Bett!

Während wir von diesem Luxus träumten, wurde hinter uns laut gehupt, mit einer Handbewegung gab man uns zu verstehen, am Straßenrand stehen zu bleiben. Zwei Lastwagen der Amerikaner hielten an, die Klappen wurden heruntergelassen und wir zum Aufsteigen aufgefordert. Anton und ich standen vor dem ersten Lastwagen, er nahm meinen Koffer und stieg auf die Ladefläche. Als ich ihm folgen wollte, bemerkte ich neben mir einen dunkelhäutigen Soldaten, der das Aufsteigen kontrollierte. Anton wollte mich gerade hochziehen, als der Mann mich aufforderte, mitzukommen. Anton nickte mir zu, also folgte ich ihm. Er hielt mir die Beifahrertüre auf.

»Steig ein.« Der Fahrer saß, mit beiden Armen auf dem Lenkrad abgestützt, als ich hochkletterte, er grüßte »hallo.« Also antwortete ich auch mit »hallo«. Der dunkelhäutige Soldat setzte sich neben mich und gab dem Fahrer das Zeichen zur Abfahrt. Es war der erste Mensch mit dunkler Haut, den ich zu sehen bekam, er drehte den Kopf zu mir und zeigte mit seinem Lächeln eine Reihe blendend weißer Zähne, ich glaube fast, dass ich darüber erschrocken bin.

Seine Frage, ob ich Angst habe, ließ mich vermuten, dass er es bemerkt hatte.

»Nein«, sagte ich, »nein, ich habe keine Angst.«

»Wo kommst du her?«, wollten nun beide wissen, ich sagte es, was blieb mir anderes übrig? Ich merkte nur, dass sie erstaunte Blicke wechselten und mich dann von der Seite betrachteten. »Wie alt bist du?«, war die nächste Frage und »Wo willst du überhaupt hin?«

»Zu meinen Eltern nach Süddeutschland.«

»Wo ist das genau?«, wollte der eine wissen.

»An der Schweizer Grenze«, gab ich Auskunft. War das klug? War das falsch? Ich wusste gar nichts mehr, manchmal kam es mir so vor, als würde ich mein Ziel nie erreichen.

»Hast du Hunger?«, fragten sie mich, ich nickte nur und versuchte, meine Tränen zu unterdrücken.

Der dunkelhäutige Amerikaner bot mir Kekse und Schokolade an, das Cola riss ich fast gierig an mich. Ganz vorsichtig nahm ich ein wenig von diesen Köstlichkeiten, bis mich die beiden Soldaten ermunterten, doch alles aufzuessen. Nach einer Weile zog der Beifahrer seine Brieftasche aus der Uniformjacke und brachte Fotos zum Vorschein, er zeigte mir ein Foto seiner Frau und voll Stolz eines seiner drei Kinder. Als ich ihm dies zurückgab, betrachtete er es ganz vertieft.

»Du bist vielleicht bald zu Hause bei deinen Angehörigen, wir aber müssen noch eine Weile warten«, versprach er. Seine Worte gaben mir wieder neue Hoffnung, gestärkt durch das gute Gefühl, endlich einmal wieder satt zu sein.

Gespannt waren wir wohl alle auf diesem Transporter, wie es mit uns weitergehen würde. Fragen zu stellen, hatte ich einfach keinen Mut, mein Schulenglisch reichte gerade, um das Notwendigste zu verstehen und einige Fragen zu beantworten. Nach einem kurzen Stopp, bei dem sich die Soldaten berieten, ging es noch etwa eine Stunde am späten Nachmittag weiter. Dann wurde direkt an einer Straße auf einen zurückgelegenen Hof zugefahren. Ein lang gezogenes, einstöckiges Gebäude wurde sichtbar, es sah nach einer Dorfschule aus. Die Klappen gingen runter, man forderte uns auf, bitte abzusteigen. Wir betraten den Hofplatz, wir Frauen wurden in das Gebäude geführt, die Männer aber mussten wieder auf einen der Transporter steigen. Anton kam eilig herbei und brachte mir meinen Koffer.

»Mach es gut, meine kleine Frau, ich komme hierher zurück, warte bitte hier auf mich«, konnte er mir noch rasch zuflüstern, bevor auch er den Lastwagen bestieg.

Wie soll das denn weitergehen, dachte ich, wer weiß schon, wohin die Männer gebracht werden und wie lange wir hier wieder aufgehalten werden? In zwei großen Räumen mit Stroh auf dem Fußboden wurden wir Frauen untergebracht. Aber es gab wenigstens einen Waschraum mit mehreren Waschbecken, so konnten wir uns endlich mit fließendem Wasser waschen, das war Luxus pur.

II

Am Abend wurden wir Frauen noch zum Commander gerufen. Einzeln traten wir zur Befragung in sein Büro. Ich war als Letzte an der Reihe, der Commander fragte mich, ob ich Englisch spräche.

»Ein wenig«, sagte ich.

»Okay«, antwortete der Commander, »versuchen wir es.« Als Erstes kontrollierte er meine Papiere, fragte, wohin ich wolle und warum. Danach erlaubte ich mir die Frage, wie lange wir etwa hier bleiben mussten und was ich tun konnte, um weiterzukommen. Auf alle Fälle brauchte ich einen Passierschein, dieser galt nur für die jeweilige Zone. Inzwischen wusste ich, dass mein Heimatort von den Franzosen besetzt wurde, zum Glück hatte ich dies noch nicht erwähnt. »Wo bekomme ich einen Passierschein?«, war daher meine nächste Frage. Ich erfuhr, dass diese Papiere von der Kommandantur in Mellrichstadt ausgestellt wurden.

»Ist das sehr weit?«

»Es sind ca. acht Kilometer von hier, wir werden sehen. Wenn von uns alles überprüft ist, die Angaben jedes Einzelnen identisch sind und diese auch in der amerikanischen Zone beheimatet sind, werden wir die Papiere besorgen, aber alles braucht seine Zeit.« Damit war ich entlassen und kehrte zu den anderen Frauen zurück.

Aber die Zeit war kostbar und knapp. Da kam mir ein Gedanke, scheinbar genau im richtigen Moment, jedenfalls stellte es sich ein paar Tage später so heraus.

Wir Frauen machten auf dem Hof täglich unsere Runden, plauderten und genossen die frische Luft. Die zwei US-Soldaten, die uns beaufsichtigten, wurden von uns oft ins Gespräch gezogen. So ergab sich für mich eine gute Gelegenheit, den einen zu fragen, in welcher Richtung Mellrichstadt lag. Er zeigte mir die Richtung und fragte, warum ich das wissen wolle.

»Ach«, behauptete ich mit Unschuldsmiene, »wenn ich nach Hause komme, möchte ich doch alles genau erzählen können, aber wer kennt schon Mellrichstadt, obwohl das doch sicher ein größerer Ort ist, oder?«

»Ich denke, nein«, sagte der Wachsoldat arglos, »man findet sich da leicht zurecht.« Mehr konnte ich ihn nicht ausfragen ohne aufzufallen. Nachdem ich auch noch feststellte, dass die Patrouille es nicht so genau nahm, wollte ich mein Vorhaben nicht mehr auf die lange Bank schieben und mich auf den Weg nach Mellrichstadt machen.

Am frühen Morgen gegen sechs Uhr hatte ich das Glück, unbemerkt auf die Straße zu gelangen. Im Gepäck hatte ich ein Stück Brot, das ich mir am Abend zuvor vom Munde abgespart hatte. Mein Brustbeutel unter der Kleidung, darin der Schulausweis, Bargeld und die Sparbücher, fiel durch eine Wolljacke nicht auf.

Mir war schon klar, dass mein Plan vielleicht nicht unbedingt gelingen würde, aber versuchen musste ich es einfach. Der erste Schreck war, als ich nach einem etwas längeren Marsch an ein Wachhäuschen kam, vor dem ein Wachsoldat mit geschultertem Gewehr stand und mich anhielt.

»Wo wollen Sie hin?«, fragte er, und ich gab mir die allergrößte Mühe, ihm verständlich zu machen, dass ich in dem Auffanglager von dem Commander den Auftrag erhalten hatte, mir in Mellrichstadt auf der Kommandantur einen neuen Passierschein zu besorgen. Als sei es selbstverständlich, stellte ich die Frage, ob es denn noch sehr weit sei. Bis zum Abend müsste ich wieder im Lager zurück sein.

»Na«, meinte der Wachsoldat, »dann mal guten Marsch, es sind noch etwa vier Kilometer bis dahin.«

Es ist schon erstaunlich, was man alles auf sich nehmen kann. Im Weitergehen war ich selbst über mich erstaunt, wie selbstverständlich und glaubwürdig ich alles dargelegt hatte. Ich war meinem Ziel wieder ein Stück näher gekommen.

Im Städtchen angekommen, schaute ich mich erst einmal um. Eine große Anzahl an Wartenden stand bereits vor dem Gebäude und ich schloss mich mit Hoffen und Bangen ihnen an. Ein Gebet schickte ich zum Himmel, mit der Bitte, es möge mein Unternehmen Erfolg haben. Die Parole hieß: Warten, warten, nochmals warten. Die Mittagszeit musste längst überschritten sein, der lange Marsch zurück in das Lager stand mir auch noch bevor, aber jetzt aufgeben? Der Gedanke wuchs, ließ mich nicht mehr los. Einfach aufgeben!, hämmerte es immer wieder in meinem Kopf. Der Durst quälte mich, es war sehr heiß, die Beine wurden von dem langen Stehen schwer. Wenn ich jetzt aufgab, konnte ich mich einfach in einen Straßengraben legen und schlafen. Die Augen vor der Welt verschließen, vielleicht waren dann, wenn ich wach wurde, keine Probleme mehr da. Aber wahrscheinlich kämen auf diese Art zu den alten noch ein paar neue hinzu.

Die beiden US- Soldaten, die vor dem Eingang postiert waren, nahmen von einem Dritten einen Befehl entgegen, den sie an die Wartenden weitergaben: »Für heute ist die Sprechstunde beim Commander beendet. Morgen ab acht Uhr ist der wieder anwesend.«

Ein Stöhnen erhob sich in der Warteschlange. Fragen

hagelten auf die Türwächter nieder, diese konnten oder wollten aber keine weitere Auskunft geben. Zwei US-Soldaten wurden gerufen, um die aufgebrachten Menschen zu beruhigen. Was sollte ich nun tun? Zurück ohne Passierschein? Einfach undenkbar.

Schnell löste ich mich aus der Schlange, ging einfach auf die Wachposten zu und erklärte ihnen mit meinem gebrochenen Englisch, dass ich vom Kommandeur des Auffanglagers hierhergeschickt worden war, um mir einen Passierschein ausstellen zu lassen, ich müsste unbedingt am Abend im Lager zurück sein und hätte noch einen weiten Weg vor mir. Die Posten berieten sich, einer von ihnen ging in das Gebäude, nach ca. zehn Minuten kam er wieder zurück.

»Mitkommen!«, herrschte er mich an und schob mich rücksichtslos in einen größeren Raum. Vor mir sah ich einen großen Schreibtisch, an dem ein Offizier gerade seine Aktentasche schloss und auf den Fußboden stellte. Er drehte sich nach mir um und fragte mich erstaunt, ob ich das Mädchen sei, das einen Passierschein abholen wolle. »Ja, Sir«, sagte ich, »im Lager wurde mir gesagt, dass ich ohne einen solchen nicht weiterreisen kann. Und der Commander meinte, dass Sie, Sir, bestimmt so freundlich wären, mir diesen Schein auszustellen.«

»Wohin sollte der Passierschein ausgestellt werden?«, fragte er leise, dabei sah er mich misstrauisch von der Seite an.

»Ich bin in Rheinfelden in Baden zu Hause«, gab ich Auskunft, wobei ich das Baden sehr betonte.

»Haben Sie einen Ausweis mit?«

»Ja«, antwortete ich hastig und zog ihn umständlich aus meinem Beutel heraus.

»Das ist ein Schulausweis?«

»Ja, ich besuchte zuletzt in Radebeul bei Dresden diese Schule. Wir hofften doch alle sehr, dass wir amerikanische Zone werden, leider war dies nicht der Fall. Wohin hätte ich auch in dem Durcheinander fliehen sollen? Es blieb mir doch nichts anderes übrig, als abzuwarten, und nun versuche ich alles, um zu meiner Familie zurückzukehren«, erklärte ich ihm meine Lage.

»Wo liegt denn dieses Rheinfelden?« Der Offizier nahm einen langen Stock und zeigte damit auf eine große Landkarte, die an der Wand hing. Ich war mir ja gar nicht sicher, ob Mannheim zur amerikanischen Zone gehörte, es kam einfach auf den Versuch an. In meinem Kopf herrschte ein totales Durcheinander. Was sollte ich nur antworten?

»Ach, wissen Sie, Sir, Rheinfelden hat nur etwas über 100 Einwohner, es liegt in der Nähe von Mannheim, also in Baden, Sie werden diesen Ort kaum auf dieser großen Landkarte finden«, redete ich mich raus und hoffte, dass sich der Offizier damit zufriedengeben würde.

Er legte den Stock beiseite, setzte sich langsam an seinen Schreibtisch und schien zu überlegen. Oder musste er das Gehörte erst einmal verarbeiten? Dann zog er aus einer Schublade ein Formular in Postkartengröße heraus, seinen Füllfederhalter, den er bereits in der Brusttasche verstaut hatte, legte er daneben, eingehend studierte er nochmals meinen Ausweis. Er begann mit dem Schreiben meines Namens auf das Formular, geb. am …, Wohnort Rheinfelden in Baden. Er betrachtete das Foto genau, ließ mich meinen Namen schreiben, verglich alles noch einmal, endlich legte er den Füller beiseite, seine Hände ineinander, den Kopf zur Seite und schwieg. Es kam mir sehr lange vor, vielleicht, weil die Spannung einfach zu groß war. Dann drehte er sich langsam zu mir um und sah mich an.

Ich hielt seinem Blick stand, möglicherweise konnte er darin meine dringende Bitte und meine Hilflosigkeit erkennen, die mich so plötzlich überfielen. Die Vorstellung, unverrichteter Dinge nach dem langen Rückweg im Lager anzukommen und dem Commander alles erklären zu müssen, ließ mich schier verzweifeln. Kein Essen, nichts zu trinken, wer weiß, was mir dann noch alles bevorstand? Sollte ich überhaupt noch dahin zurückmarschieren? Da hörte ich, wie eine Schublade aufgeschlossen wurde, und sah, wie der Offizier einen Stempel zum Vorschein brachte. Er nahm die Rückseite meines Ausweises, betrachtete diese und studierte auf der linken Hälfte die Daten der Lebensmittelausgabe. Dann setzte er mit einem hörbaren Knall einen runden Stempel auf die rechte Seite, auf dem zu lesen war ›im Kreis Mellrichstadt‹. In die Mitte schrieb er schwungvoll seine Unterschrift, die ich aber nicht entziffern konnte. Über den Stempel schrieb er das Datum 2-7-45. Er legte den Passierschein bedächtig in den Ausweis, klappte diesen zu, übergab mir alles.

»Ich wünsche Ihnen alles Gute.« Es fiel mir sehr schwer, etwas zu antworten, er bot mir die Hand, die ich einfach fest drückte und dabei kräftig schluckte. Schließlich verschloss er alles wieder, während mich ein Wachsoldat hinausführte. An der Türe blieb ich stehen, schaute noch einmal zurück, während er, halb über den Schreibtisch gebückt, seinen Kopf hob und mir kurz zuwinkte.

»Danke, Sir!«

Trotz Passierschein und mit der Hoffnung, dass nun alles gut würde, fiel mir der Rückmarsch schwer. Es kostete mich sehr viel Kraft, dazu kam ein leerer Magen, Durst, nicht einmal die Uhrzeit konnte ich ausmachen. Die Landstraße lag vor mir, ebenso die Kilometer, die noch zu bewältigen waren. Ich dachte an den Wachposten an der Landstraße, was würde er für Augen machen, wenn ich nun mit einem Passierschein zurückkam? Da fiel mir ein, dass er sicher längst abgelöst war. Jedenfalls konnte man mich nicht mehr so ohne Weiteres festhalten.

Durch die Bäume am Straßenrand war es doch ein wenig schattig. Meine Gedanken wanderten zu meinen Angehörigen, ich sah meine Großeltern vor mir, den Großvater mit seinem Lächeln in den Augen, und Großmutter, die bestimmt etwas Essbares für mich aufgehoben hatte, meine Mutter, die sich sicher auch Sorgen um mich machte. Ob sie wohl alle gesund waren?

All diese Gedanken halfen, den langen Weg erträglicher zu machen. Da tauchte doch plötzlich an der Straße das Wachhäuschen auf, demnach hatte ich gut die Hälfte geschafft. Vor dem Wachhäuschen stand ein Jeep mit zwei US-Soldaten, plötzlich fiel mir mit Schrecken ein, es könnte bereits Sperrstunde sein, dabei hatte ich noch ein gutes Stück des Weges vor mir. Meine Vermutung war richtig, der Beifahrer stieg aus, forderte mich auf, stehen zu bleiben, stellte sich breitbeinig vor mich hin und zeigte mit dem rechten Zeigefinger auf seine Uhr. Ich griff in meinen Beutel und zog den Ausweis mit dem Passierschein heraus, ohne ein Wort zu sagen. Da stellte sich heraus, dass der Soldat sehr gut Deutsch sprach. Das war eine große Erleichterung, und die Befragung begann. Rheinfelden in Baden, er musterte mich von unten bis oben, betrachtete die Papiere.

»Da kommst du aber nicht heute und auch nicht morgen an.«

»Nein, das will ich nicht, ich muss noch dringend in das Lager, etwa vier Kilometer von hier, dort bin ich seit Tagen, ich habe mir heute nur diesen Passierschein in Mellrichstadt besorgt, nun hoffe ich, bald mit einem Transport weiterzukommen«, versuchte ich, ihn zu beruhigen.

Doch es half nichts. Sie befahlen mir, in den Jeep zu steigen, die Fahrt ging los. Hoffentlich bringen sie mich nicht an einen anderen Ort, war meine größte Sorge, aber bald erkannte ich das Gebäude und den Hof, auf den sie nun fuhren. Der Wachsoldat auf dem Hof sah uns kommen und staunte nicht schlecht, als er mich aus dem Wagen steigen sah. Als er nach dem Commander gefragt wurde, hörte ich, dass er noch anwesend war. Links ein Soldat, rechts ein Soldat, so wurde ich in das Büro geführt. Die beiden Soldaten salutierten, danach herrschte eisige Stille.

Erst jetzt bemerkte ich, dass ich meinen Ausweis mit dem Passierschein nicht zurückbekommen hatte, der Beifahrer übergab nun dem Commander das begehrte Dokument und, soweit ich verstand, erzählte er diesem, wo sie mich angetroffen und dann mitgenommen hatten.

Der Commander sah mich an, schüttelte den Kopf, sah einmal weg, fasste sich an das Kinn, sah mich wieder kopfschüttelnd an und blieb wortlos, die Hände in den Hosentaschen vergraben, vor mir stehen. Auf seinem Schreibtisch standen ein Teller mit Sandwiches und eine Flasche Orangensaft. Ich konnte meinen Blick nicht von diesen Köstlichkeiten lösen, man konnte mich zu sonst etwas verdonnern, wenn ich nur vorher von diesem Teller etwas essen und vor allem trinken durfte. Ich konnte an nichts anderes mehr denken. Plötzlich bewegte sich dieser Teller, ich sah eine Hand, die ihn an den Rand des Tisches schob, und hörte eine Stimme, die befahl:

»Setz dich hin und iss.« Gesagt, getan. Ich hob den Kopf, sah den Offizier an und dankte ihm mit den Augen. Die

Stimme versagte mir, nur ganz langsam konnte ich alles begreifen. Während ich mich bemühte, langsam zu essen, unterhielten sich die drei Besatzer noch eine Weile, dann verabschiedeten sie sich und fuhren wieder zurück. In diesem Augenblick, als ich mit dem Commander alleine war, entschuldigte ich mich bei ihm für mein Verhalten. Ich gab ihm zu verstehen, dass ich auf keinen Fall Schwierigkeiten machen wolle. Statt mich zu bestrafen, durfte ich den ganzen Teller leeressen und den Saft austrinken.

»Die Papiere behalte ich hier«, beschied er mir abschließend, »bei mir sind sie gut verwahrt, und sobald ein Transport in deine Richtung fährt, gebe ich sie dir wieder. Nun geh dich ausruhen, dein Weg ist noch lang, es werden bestimmt nicht die letzten Strapazen sein, bis du am Ziel angekommen bist.«

Am folgenden Tag hatte ich Zeit, mich ein wenig zu erholen und den Lagerinsassen haarklein zu erzählen, was ich erlebt hatte. Erst jetzt wurde mir so richtig bewusst, was ich riskiert hatte. Nun wünschte ich mir nur noch, dass es weiterging. Wenn aber nach jeder Etappe tagelange Aufenthalte in einem Lager damit verbunden waren, hatte ich sicher noch einiges vor mir.

Zwei Tage später, am frühen Vormittag, fuhr ein Transporter auf den Hof, beladen mit Frauen und Männern, wir dachten erst an Neuankömmlinge. Der Fahrer und sein Beifahrer stiegen aus und liefen, nachdem sie den Wachposten befragt hatten, in das Büro des Kommandeurs. Im ersten Moment dachte ich schon, Halluzinationen zu haben, ich schüttelte mich und sah wieder in Richtung Transporter, doch nein, ich hatte richtig gesehen, es war Anton, der gerade von der Ladefläche heruntersprang, auf mich zu kam und mich umarmte.

»Ist dein Koffer gepackt? Es geht gleich weiter.« Das klang sehr sicher,

»Da gibt es nichts zu packen, der Koffer ist immer marschbereit«, meinte ich, erfreut über die Nachricht, glücklich darüber, Anton zu sehen. »In der Zwischenzeit habe ich mir einen Passierschein besorgt, nach Rheinfelden Baden.«

»Ich habe meine Entlassungspapiere auch«, unterrichtete mich Anton, »jetzt müsste eigentlich alles klappen.«

»Ich kann doch nicht so einfach mitkommen«, äußerte ich besorgt zu Anton. »Das wird gerade mit dem Commander besprochen«, versuchte er, mich zu beruhigen.

»Mein Ausweis mit dem Passierschein ist bei ihm in Verwahrung«, hielt ich dagegen, voll Sorge, es könnte mit der Weiterfahrt doch nicht klappen. »Bleibe einfach ruhig, es wird sicher alles in deinem Sinne geklärt.«

Ich fragte nicht, wie er es angestellt hatte, mich hier abzuholen. Ob er angegeben hatte, dass seine Frau hier im Lager war und ich deshalb direkt abgeholt wurde? Ich habe es nie erfahren.

Es dauerte eine ganze Weile, bis die beiden US-Soldaten auf den Hof zurückkamen. Sollte ich schon mal meinen Koffer holen? Meinen Rucksack durfte ich auch nicht vergessen, darin waren die Briefe von Karl, die Fotos von ihm, Gisela und Frau Rudolph, aufgenommen vor dem Haus, dahinter unser Refugium, ein paar Fotos von Dresden und natürlich welche von Max und Hedy. Meine Sparbücher und das Geld hatte ich immer im Brustbeutel bei mir.

»Deine Papiere haben wir«, ließ einer der beiden Soldaten verlauten, »wenn du jetzt noch deine Sachen holst, können wir losfahren.« Anton lief mir nach, ich gab ihm meinen Rucksack und den Koffer mit, während ich mich schnell von den übrigen Insassen verabschiedete.

Ich klopfte an die Tür des Kommandeurs, hatte er das Klopfen nicht gehört? Ganz sachte öffnete ich die Tür, er stand über seinen Schreibtisch gebeugt, den Füller in der Hand, scheinbar schrieb er gerade etwas. Er hob seinen Kopf und lächelte, doch dieses Lächeln galt nicht wirklich mir. Er schien durch mich hindurchzuschauen, also wartete ich einen Moment lang. Als er aber immer noch nichts sagte, machte ich mich vorsichtig bemerkbar.

»Sir, darf ich mich von Ihnen verabschieden? Vor allem möchte ich Ihnen danken für Ihr Verständnis. Und auch für die Sandwichs, sie haben mich gestärkt nach dem langen Marsch.« Jetzt endlich sah er mich an, lächelte wieder, reichte mir seine Hand und so verabschiedeten wir uns ohne ein weiteres Wort.

Es war ein Samstag, an dem Anton und ich uns auf den kleinen Laster zwischen die anderen quetschten, um unsere Fahrt fortzusetzen. Anton wusste, dass diese Reise in Stuttgart endete. Die Frage, ob es für mich einfacher war, von Stuttgart aus weiterzukommen oder es besser gewesen wäre abzuwarten, bis ein Transport in Richtung Mannheim zusammengestellt wurde, wird nie beantwortet werden können. Jedenfalls sollte noch einiges auf mich zukommen.

Wir fuhren durch kleine Orte, alle zwei Stunden gab es eine kurze Pause, und endlich vorbei an Schweinfurt. Die Fahrt durch all die Dörfer ließ mir oft das Wasser im Munde zusammenlaufen. Frauen liefen in Kittelschürzen, große Kuchenbleche mit frisch gebackenem Kuchen tragend, scheinbar von einem Backhaus nach Hause. Was für ein Anblick, er ließ hoffen, dass es doch wieder mehr zu essen gab. Anton hatte Proviant bekommen und, wie er mir gestand, außerdem auf Umwegen etwas besorgt. Mir war gar nicht nach Essen, die Hauptsache war, es ging wieder weiter. Die Sonne brannte erbarmungslos auf uns herab, ein Glück nur, dass wir genügend Wasser mithatten.

Vorsorglich nahm ich meinen breitrandigen schwarzen Hut aus dem Koffer und setzte ihn mir auf. Anton lachte, als er ihn sah.

»Na, konntest du ihn retten? Als du in Chemnitz zu mir kamst, hattest du auch diesen Hut auf und blitzschnell wurden wir ein Ehepaar. Erst dachte ich, ein kleines Zigeunermädchen geheiratet zu haben.«

»Hör mal«, sagte ich scherzend, »so hübsch bin ich ganz sicher nicht, aber vielleicht trägt der Hut etwas dazu bei?«

»Ach, du gefällst mir, mit oder ohne Hut, so wie du bist.« Das Kompliment tat mir gut, wenn ich bedenke, wie ungepflegt man war, mit ungewaschenem Haar, die Fingernägel abgebrochen. Die Unterwäsche wurde mal von links, mal von rechts angezogen, um das Gefühl zu haben, sie sei gewechselt. Im letzten Lager waren die Frauen unter sich, mit Waschseife hatten wir unsere Wäsche gewaschen, das war danach ein herrliches Gefühl auf der Haut.

Während der langen Fahrt klärte mich Anton darüber auf, dass er mich vorübergehend bei seiner Cousine unterbringen werde. Ihr Mann war zu Beginn des Krieges gefallen und seither lebte sie mit ihrem sechs Jahre alten Sohn in Stuttgart-Neuhausen. Seine Mutter hätte wahrscheinlich für meinen Aufenthalt kein Verständnis, so wolle er es gar nicht erst bei ihr versuchen. Anton versprach mir, sich auch weiterhin um mich zu kümmern und mir bei der weiteren Reiseplanung zu helfen.

Mir war gar nicht wohl dabei, die Hilfe einer jungen Frau in Anspruch zu nehmen, die ich nicht kannte. Anton stellte seine Cousine einfach vor vollendete Tatsachen, in der Hoffnung, sie würde mit der Situation schon irgendwie fertig werden.

Mein Schweigen machte Anton doch unsicher.

»Du musst dir darum keine Gedanken machen, meine Cousine und ich haben ein gutes verwandtschaftliches Verhältnis. Sie hat ihren Mann früh verloren und auch sonst einiges durchgemacht«, beruhigte mich Anton, »sie hilft uns bestimmt gerne.«

»Bitte, versteh mich, Anton, meine Situation ist heikel genug, es ist kein Spaziergang, den ich noch vor mir habe, und im Moment fühle ich mich schrecklich hilflos. Ich möchte nicht schon wieder anderen zur Last fallen, besonders nicht Menschen, die selbst schon genug Sorgen haben. Manchmal komme ich mir vor wie ein streunender Hund, der um Futter bettelt.«

»So darfst du es nicht sehen«, versuchte Anton, mich zu trösten, »selbst wenn du vom Lager aus vielleicht bis Mannheim gekommen wärst, bestimmt hätte man bis dahin bemerkt, dass dein Zuhause in der französischen Zone liegt. Das hast du im Übrigen noch vor dir, eine Übergabe der Amerikaner an die Franzosen, ob das reibungslos abläuft, bleibt abzuwarten.«

»Du hast ja recht, Anton, ich entschuldige mich, versuche bitte, Verständnis zu haben, es ist einfach mal genug, ich kann nicht mehr«, war meine Reaktion.

»Nimm erst mal ein paar Tage diese Hilfe an, erhole dich ein wenig, wenn ich in Erfahrung gebracht habe, wie es für dich weitergeht, musst du gestärkt sein für den Rest der Reise. Du wirst sehen, Adelheid ist sehr hilfsbereit, ich werde mich für ihre Hilfe ganz sicher revanchieren.«

»Wie heißt denn deine Cousine mit dem Familiennamen?«

»Dohm, und sie ist eine geborene Strobel«, informierte mich Anton.

Als wir in Neuhausen ankamen, war bereits Sperrstunde, vor der Wohnung seiner Cousine wurden wir abgesetzt. Ungläubig stand Adelheid unter der Wohnungstüre nach dem heftigen Klingeln von Anton. Sie sah erst zu mir, dann zu Anton, dem sie zögernd die Frage stellte: »Wo kommst du denn auf einmal her?«

»Dürfen wir hereinkommen?« Adelheid trat zurück, dann umarmte sie Anton und sah dabei mich an. »Adelheid, können wir heute Nacht hierbleiben? Es ist schon Sperrstunde – meine kleine Frau, kannst du sie ein paar Tage bei dir aufnehmen, bis wir wissen, wie es für sie weitergeht?«

»Wie, Anton, du bist verheiratet? Davon wusste ich ja gar nichts!«

»Ob du es glaubst oder nicht, Adelheid, das weiß ich selbst noch nicht sehr lange, aber das erzählen wir dir später in aller Ruhe«, erklärte Anton seiner Cousine.

Adelheid kochte Tee, Anton hatte noch Proviant, so aßen wir gemeinsam mit dem sechsjährigen Gabriel Abendbrot. Danach fing Anton an, unsere Geschichte zu erzählen, schilderte, was wir so alles erlebt hatten, dass ich noch nach Südbaden wolle, wo auch all meine Angehörigen lebten. Begonnen hatte unsere Flucht in Radebeul, getroffen hatten wir uns in Chemnitz an der Zonengrenze, ab da meisterten wir die abenteuerliche Flucht gemeinsam.

»Na, da habt ihr ja einiges erlebt und überstanden«, meinte Adelheid erstaunt. Tags darauf gab sie mir zu verstehen, dass ich gerne bei ihr bleiben könnte. Sicher würde Anton wieder bei Bosch arbeiten können, eine Wohnmöglichkeit würde sich mit der Zeit sicher auch finden.

»Nein, Adelheid, so ist das nicht gedacht. Die Notlüge von Anton an der Zonengrenze hat mir zweifellos das Leben gerettet. Wahrscheinlich wäre ich sonst in irgendeinem Lager der Russen gelandet, niemand hätte davon erfahren. Aber mein Ziel war von Anfang an, zu meiner Familie zurückzukehren. Meine große Sorge ist, ob ich sie wieder alle gesund antreffen werde. Seit November 1944 habe ich keine Post mehr erhalten, es bleibt mir nur abzuwarten, wen und wie ich alles zu Hause vorfinde. Was ich danach beginne, steht noch in den Sternen.«

Am fünften Tag unseres Aufenthalts kam Anton mit der Nachricht, dass in Stuttgart ein Transport mit der Bahn in Richtung Mannheim zusammengestellt wurde. Die meisten der Reisenden waren aus dem Ruhrgebiet, waren aber nach der Bombardierung in diese Gegend evakuiert worden. Wer wollte, konnte nun diese Gelegenheit zur Rückkehr nutzen.

Anton brachte mich an diesem angegebenen Wochenende zu jenem Transport, der mir ein Leben lang in Erinnerung bleiben sollte, die mich jedes Mal frieren ließ, wenn ich daran dachte. Adelheid war guten Mutes, als ich mich von ihr verabschiedete, sie meinte, dass ich nun bestimmt die längste Zeit unterwegs gewesen sei und, wenn sich alles gut entwickelte, wir uns bestimmt wiedersehen würden. Sie könnte es sich gut vorstellen, dass Anton und ich ein Paar würden, unsere Probezeit hätten wir doch glänzend bestanden. Obwohl man nie weiß, wohin einen das Schicksal noch bringt, ich jedenfalls hatte nicht die Absicht, nach Stuttgart zurückzukehren.

Für den Proviant war ich sehr dankbar, den Adelheid und Anton mir in den Rucksack packten. Es waren geräucherter Speck, hart gekochte Eier, Brot und Apfelsaft, den Adelheid selbst presste. Anton brachte eine Dose Cornedbeef und Kekse, sogar eine Schachtel Zigaretten hatte er für mich organisiert.

»Die sollst du aber nicht selbst rauchen, die sind dafür gedacht, mal etwas einzutauschen.«

Es schmerzte mich schon, als ich mich von ihm verabschieden musste, ohne zu wissen, wie ich jemals auch nur einen Bruchteil von dem gutmachen konnte, was er für mich getan hatte.

Um ihm zu danken, stammelte ich Worte, die überhaupt keinen Sinn machten, klopfte mit den Fäusten auf seine Brust und verlor einfach die Kontrolle, bis ich endlich stotternd herausbrachte:

»Danke, Anton, danke für alles.«

»Lass gut sein, meine kleine Frau«, sagte Anton leise, auch er hatte Tränen in den Augen, als er mich an sich gedrückt hielt, bis ich mich beruhigt hatte.

»Du schreibst mir doch, wie du angekommen bist? Am besten an die Adresse von Adelheid, da erreicht mich die Post auf alle Fälle, und sie freut sich auch, wenn sie von dir etwas hört. Es wäre schön, dich wiederzusehen.«

»Ich schreibe ganz bestimmt«, versprach ich, »aber erst einmal muss ich dort sein, erkunden, ob die Post funktioniert, deshalb habe ein wenig Geduld. Was ein Wiedersehen betrifft, ich denke, wenn es uns bestimmt ist, dann werden wir uns irgendwann treffen. Eines ist aber ganz sicher, mein Leben lang werde ich nie vergessen, was du für mich getan hast. Danke, Anton, danke.«

Das Transportmittel war ein Güterzug, ausnahmslos Viehwaggons. Im ersten Moment befürchtete ich, nicht mehr zusteigen zu können, alles war schon dicht besetzt. Die

Heimkehrenden hatten zum Teil kleine Leiterwagen bei sich, bepackt mit ihrer Habe, und es gab nur Stehplätze.

Meinen Rucksack auf dem Rücken, den Koffer zwischen den Beinen, Mensch an Mensch – umfallen konnte niemand. So begann diese Fahrt.

Nach Stunden hielt der Zug auf freier Strecke, es war die Gelegenheit, um unsere Notdurft zu verrichten. Wenn wir alle glaubten, noch an diesem Tag bis Mannheim zu kommen, wurden wir bitter enttäuscht. Immer wieder wurde angehalten, die Luft in dem Waggon war zum Ersticken, draußen war es brütend heiß. Etwas später schoben zwei kräftige Männer die schwere Schiebetüre etwas mehr auseinander. Die einströmende Luft tat uns gut, aber das Stehen wurde fast unerträglich. Da vermeldeten die neben der Tür Stehenden, dass der Zug, der plötzlich sehr langsam fuhr, einen Bahnhof erreicht hatte. Der Zug hielt an, es wurde sehr lebhaft auf dem Bahnsteig diskutiert. Nach etwa einer Stunde fuhr unser Transport etwas zurück, hielt an, wieder vorwärts, noch einmal ein Stück zurück, um nach all dem Rangieren neben einem Lazarettzug auf einem Abstellgleis zum Stillstand zu kommen. Hier war vorerst Endstation.

Die Männer schoben die schwere Türe von innen zurück und beäugten den Standort. Wir alle versuchten, uns zu orientieren, während die Männer sich berieten, ob sie aussteigen sollten, um die Wachposten zu befragen, die vor dem Waggon auf und ab gingen. Eine Auskunft wurde zwar erteilt, aber diese war nicht dazu angetan, uns Mut zu machen. Eine Weiterfahrt, so hieß es, würde sich um Tage verschieben.

Wir beschlossen, unser Gepäck übereinanderzustapeln, um wenigstens ein bisschen Platz zu haben, im Sitzen zu schlafen. Die Männer verstauten also das Gepäck so, dass die Wände zum Anlehnen frei blieben. Zum Sitzen jedoch war trotzdem nicht genügend Platz für alle, so wurde entschieden, dass regelmäßig abgewechselt wurde. In erster Linie sollten die Älteren und die wenigen Kinder einen Platz bekommen. Alles wurde von den Männern gut organisiert und jeder fügte sich, ohne zu murren.

Hinter mir stand ein Leiterwagen, voll bepackt, er gehörte einer älteren Dame, ihrer Tochter und ihrer etwa zehnjährigen Enkelin. Ich bat die Damen, meinen Koffer oben auf das Wägelchen legen zu dürfen. Wenn von den drei Frauen niemand auf dem Gepäck schlafen wollte, dann eben ich, so würde es für die Nacht einen Sitzplatz mehr geben. Dieser Vorschlag wurde angenommen, ich gewann einen Schlafplatz für die Nacht, nicht gerade bequem, aber besser, als im Stehen schlafen zu müssen.

Spät noch am Abend kamen Rot-Kreuz-Helferinnen und verteilten Trinkwasser, halfen in dem danebenstehenden Lazarettzug beim Versorgen der Verwundeten und erklärten uns, dass sie uns am nächsten Morgen mit frischem Trinkwasser und zu Mittag mit einer Suppe versorgen würden. So vermuteten wir ganz richtig, dass dieser Aufenthalt hier nicht nur einen Tag dauern würde. Es war eine Katastrophe, diese vielen Menschen in den Waggons, diese Hitze, hinzu kam die Unsicherheit, wie es weitergehen sollte.

Ganz zufällig stellte sich heraus, dass die Mutter der zehn Jahre alten Carla Krankenschwester war. Bei der Verteilung von Trinkwasser fragten zwei der Rot-Kreuz-Schwestern, ob Krankenschwestern oder Helferinnen anwesend waren. Carlas Mutter meldete sich sofort, ebenso noch eine etwas jüngere Frau, es wurde ihnen erklärt, dass man im Lazarettzug dringend Hilfe brauchte. Es gab einige Schwerverletzte in diesem Zug, die nicht mehr in eines der umliegenden Krankenhäuser transportiert werden konnten. Mittelschwere bis leichter Verwundete wurden direkt in dem Lazarettzug behandelt und gepflegt, die Genesenden mit Entlassungspapieren nach Hause geschickt. Mit Medikamenten wurde das Lazarett auf Rädern von den Amerikanern versorgt und überwacht.

Ich meldete mich, obwohl ich keine Krankenschwester war und auch kein Blut sehen konnte, aber vielleicht konnte ich mich trotzdem irgendwie nützlich machen?

»Ganz bestimmt«, meinte eine der Schwestern, »es gibt Schnabeltassen zu reinigen, Tee muss für Fieberende gekocht werden und einiges mehr. Reicht das für den Anfang?« Zu dritt gingen wir mit und stellten uns den Aufgaben.

Es gab eine Bordküche im Lazarettzug, nicht sehr groß, aber es ließ sich darin gut hantieren, ein Stapel Geschirr stand bereit, Wasser gab es aus Kanistern – aber warmes Wasser? Das schien Luxus zu sein. Kurz hatte man mir alles erklärt. Ein Gaskocher war vorhanden, aber wie er funktionierte, das wollte ich lieber nicht ausprobieren. In einem Emailletopf auf einer kleinen Anrichte lag ein Tauchsieder, das war die Lösung, das machte das Abwaschen angenehmer. Mit dem Wasser sollte gespart werden, der Nachschub war sehr aufwendig, so benutzte ich das Spülwasser zum Schluss und wischte mit einem Tuch überall die Flächen ab. Sehr froh darüber, mich nützlich machen zu können und nicht nur in dem Viehwaggon dahinzuvegetieren, hörte ich ein Klappern und der nächste Abwasch kam. Eine etwas ältere Schwester brachte den Nachschub.

»Hallo, wer bist du denn?«

Ich stellte mich vor und meinte leichthin, ich käme aus der Nachbarschaft und wies mit dem Kopf in die Richtung des Güterzuges.

»Ach Gott, ja, ich bin Schwester Emma«, sie bot mir die Hand und meinte, »nicht gerade ein bequemes Reisen? Kommst du heute Abend denn wieder?«

»Gerne«, antwortete ich, »wann immer Sie mich brauchen.«

»Ich gehe jetzt schlafen«, meinte Schwester Emma, »ich habe heute Nachtwache.«

»Haben Sie einen weiten Weg nach Hause? Wie machen Sie es in den Sperrstunden?«, löcherte ich sie mit Fragen.

»Alles kein Problem«, meinte Schwester Emma, »ich bewohne mit noch zwei Schwestern hier ein Abteil, ein wenig eng zwar, aber es klappt alles.«

»Schwester Emma, könnte ich hier einmal zur Toilette?«, fragte ich schüchtern.

»Komm«, bot sie mir an, »wenn du möchtest, kannst du dich da ein wenig frisch machen.«

»Danke, das ist ein nettes Angebot.«

Als ich in die Bordküche zurückkam, war Schwester Emma gerade dabei, etwas aufzubrühen. Ein dunkelhaariger Mann in einem weißen Kittel stand daneben und nahm von ihr einen gefüllten Becher in Empfang. Ich blieb erst einmal vor der Küchentüre stehen, bis Schwester Emma sie aufschob und mich aufforderte hereinzukommen. Unschlüssig, ihrer Aufforderung zu folgen, wartete ich, bis der Mann in Weiß mich fragte:

»Möchten Sie einen Becher Kaffee? Ich bin übrigens Dr. Brühne.« Ich blieb eine Antwort schuldig, mechanisch nahm ich von Schwester Emma den Becher entgegen und dankte ihr. Das tat gut, ein Becher gefüllt mit heißem Kaffee.

Bei Dr. Brühne entschuldigte ich mich, weil ich mich noch nicht vorgestellt hatte.

»Kein Problem«, meinte er gelassen, »für Etikette ist

wenig Platz, wichtig für uns in dieser Zeit ist nur, hilfst du mir, ich helfe dir ganz bestimmt.« Er zauberte ein Lächeln in sein übermüdetes Gesicht.

»Na, dann wollen wir mal weitermachen. Bis später.«

Zwischendurch ging ich in unser Abteil, es war kurz vor Mittag. Einige der Mitreisenden wollten im näheren Umkreis erkunden, ob sie vielleicht etwas auf die Lebensmittelkarten auftreiben konnten. Allen voran die Männer, die meinten, dass sie sich besser behaupten könnten als die Frauen.

Carlas Mutter war noch im Lazarettzug, erzählte mir ihre Großmutter, die organisierenden Männer hätten von ihr Brotmarken mitgenommen, vielleicht hätten sie Glück und ich bekäme auch etwas Brot, meinte die Großmutter etwas zögerlich.

»Hast du Hunger, Carla?«, fragte ich die Kleine, »im Rucksack habe ich noch etwas Brot oder möchtest du lieber Kekse?«

»Oh ja, Kekse, das wäre toll.« Aus meinem Rucksack kramte ich die Kekse von Anton und gab sie zur Hälfte Carla. Ihre Augen strahlten.

»Wenn ich heute Abend wieder zum Abwaschen in den anderen Zug gehe, Carla, bist du dann so lieb und passt auf mein Gepäck auf? Machst du das für mich? Das wäre ganz lieb von dir.«

»Klar mach ich das«, versicherte mir Carla, »mach dir keine Gedanken, Großmutter und ich, wir passen beide ganz bestimmt darauf auf.«

»Was soll nur werden, wenn wir noch länger hier stehen bleiben«, meinte Carlas Großmutter niedergeschlagen. »Waschen ist nicht möglich, wie soll man in der Nacht im Dunkeln austreten können, ohne Angst davor, irgendwo hinzufallen?« Die ältere Dame war verzweifelt. Fast beiläufig erzählte sie mir, dass einige der Mitreisenden heute beschlossen hatten, auf eigene Faust weiterzuziehen, wenn der Aufenthalt noch länger dauern sollte.

So geschah es bereits am nächsten Vormittag. Die Kundschafter wollten in Erfahrung gebracht haben, dass bis zur Weiterfahrt noch eine Woche vergehen könne. So machte sich ein großer Teil auf und davon. Für die Zurückgebliebenen war es von Vorteil, so konnten wir uns in der Nacht besser ausstrecken.

Als Carlas Mutter in den Waggon zurückkam, bemerkte sie die Lücken in den Reihen.

»Was ist geschehen?«, fragte sie uns ganz aufgeregt, und als ihre Mutter sie darüber aufklärte, meinte sie nachdenklich, »ob das vernünftig ist, das sei dahingestellt. Zu Fuß erreichen sie ihr Ziel nicht, wenn sie auf der Landstraße aufgegriffen werden, kommen sie erneut in ein Lager, bis in die gewünschte Richtung ein Transport zusammengestellt wird. Wer nicht gut zu Fuß ist, schafft es bei dieser Hitze nicht. Wir jedenfalls, Mutter, wir warten hier, es muss ja mal weitergehen.« So tröstete Carlas Mutter gleichzeitig auch mich.

Nachdem wir am Mittag eine Suppe bekommen hatten, wuchs auch ein bisschen die Hoffnung auf eine positive Entwicklung der Lage.

Carlas Mutter hieß Frieda, wir beide gingen am späten Nachmittag wieder unserer Aufgabe nach. Was Frieda allerdings nicht bemerkt hatte, war, dass ihre Kollegin am Vormittag von ihrem Mann zurückgerufen wurde und inzwischen mit all den anderen zu Fuß unterwegs war. »Hast du das alles mitbekommen?«, fragte mich Frieda.

»Nein, wie denn auch, ich war doch den ganzen Vormittag im Lazarettzug«, sagte ich, »erst als ich eine Pause machte, erfuhr ich es von deiner Mutter. Du wirst sie trösten müssen, Frieda, deine Mutter ist sehr bedrückt.«

»Wärst du denn mitgegangen, wenn du anwesend gewesen wärst?«, fragte Frieda.

»Nein, nein und nochmals nein!«, antwortete ich, »seit Anfang Juni bin ich auf der Flucht, zuvor bin ich mit meiner Freundin zu ihren Eltern von Dresden nach Bergen auf der Insel Rügen geflüchtet, um nicht in Dresden alleine zu sein. Von Bergen schlug ich mich zurück wieder nach Dresden-Radebeul durch, da war zuletzt mein Zuhause. Nach der Besetzung durch die Russen habe ich mich entschlossen, auf jeden Fall zu meinen Angehörigen an der Schweizer Grenze zu gelangen. Mein Ziel habe ich noch längst nicht erreicht, aber gegen das, was ich bisher durchgemacht habe, scheint mich dieses hier, auch wenn die Unterbringung mehr als menschenunwürdig ist, dem Endpunkt meiner Reise näher zu bringen. Experimentieren möchte ich nicht mehr.«

»Dieser Meinung bin ich auch«, gab Frieda mir recht. »Na, dann wollen wir wieder Gutes tun, mit dem Gefühl im Bauch, dass wir die richtige Entscheidung getroffen haben. Zwischendurch schaue ich mal nach Carla und Mutter, wenn sie wissen, ich bin zu erreichen und in ihrer Nähe, dann sind sie beruhigt.«

Schwester Emma kam zum Dienst, ich hatte bereits alles abgewaschen und die Küche aufgeräumt. Dr. Brühne blieb an der Schiebetüre stehen.

»Immer noch oder schon wieder?«

»Schon wieder«, meinte ich, sein Anblick gab mir einen Stich, das dunkle Haar und die grauen Augen erinnerten mich so sehr an Karl.

»Bekomme ich nachher einen Kaffee?«, war seine nächste Frage.

»Sie müssen mir erklären, wie stark Sie Ihren Kaffee haben wollen, vor allen Dingen, wo finde ich den Kaffee?«

»Fragen Sie unser aller Engel, da kommt er gerade«, meinte Dr. Brühne und ging weiter.

»Schön, dass du da bist, Kleines, sieh mal, hier steht der Kaffee, den Tauchsieder kennst du ja, nimm auf einen Becher drei Kaffeelöffel Pulver, dann ist er nicht so stark.« Schwester Emma erklärte alles so ruhig und freundlich, bestimmt war sie zu den Patienten auch sehr lieb und geduldig.

»Sie sind aber früh zurück«, bemerkte ich zu ihr.

»Nun«, meinte die Schwester, »wir haben viele Verbände zu wechseln, frisch zu betten und zum Teil muss das Essen verabreicht werden.«

Dr. Brühne wechselte sich mit Dr. Hermann ab, es war sehr viel Verantwortung für nur zwei Ärzte, da mussten wir alle noch ein wenig mehr mithelfen. Ich freute mich, dass ich einen kleinen Beitrag leisten konnte, jedenfalls, solange wir hier festsaßen.

»Hoffentlich fährt mir der Zug nicht einmal vor der Nase weg«, scherzte ich und hatte auf einmal Bange, dies könnte tatsächlich der Fall sein.

»Nein, da brauchst du dir keine Sorgen zu machen«, meinte Schwester Emma, »das erfahren wir auch, da werden die Helferinnen zeitgerecht davon in Kenntnis gesetzt, dass sie euch nicht mehr mit Suppe versorgen müssen. Außerdem, ohne Lokomotive geht es nicht. Wenn sie diese andocken, das hören wir bestimmt.«

Am dritten Tag gingen Frieda und ich zusammen in den Lazarettzug, und auf dem kurzen Weg, den wir nun in die Länge zogen, erzählte sie mir, dass sie in Düsseldorf ausgebombt wurden. Ihr Mann hätte keine Ahnung, wo er sie finden konnte, so hoffte sie sehnlichst, dass es bald heimwärts ginge und ihre Familie wieder komplett wäre.

»Sicher sind es Millionen von Menschen, die diesen Wunsch haben, nur«, so schloss Frieda, »hoffen kann jeder, aber leiden muss jeder für sich alleine.«

Ob diese Wunden je heilen würden?

Am fünften Tag, einem Sonntag, erfuhren wir, dass wir am anderen Tag weitertransportiert würden. Carla hüpfte vor Freude, Friedas Mutter weinte still vor sich hin.

»Es geht weiter, es geht weiter!«, sprach die alte Dame für sich und wiederholte diesen Satz immer wieder, ich hatte den Eindruck, dass sie sehr unter all diesem Stress litt.

So verrichtete ich an unserem letzten Tag vor der Weiterfahrt noch meine Arbeit im Lazarettzug. Schwester Emma war den ganzen Tag in Aktion, am Nachmittag gab sie mir eine gut riechende Seife.

»Schließ dich in der Toilette ein und nimm dir warmes Wasser mit.« Das hörte sich gut an. Gegen 21.00 Uhr wollte ich in den Waggon zurück, meine Arbeit war früh erledigt, ich zog alles ein bisschen in die Länge, weil mir das Durcheinander im Waggon missfiel. Dadurch traf ich nochmals Dr. Brühne, er kam in die kleine Küche und wollte sich selbst einen Tee aufbrühen, in der linken Hand hielt er einen Teller mit belegten Broten. »Soll ich das Teeaufbrühen übernehmen?«, fragte ich zögernd.

»Gerne, aber dann für Sie auch einen Becher«, ließ er mich wissen. Unter der Anrichte standen zwei runde Hocker für gelegentliche Pausen. Wir zogen beide Hocker hervor, es war zu spüren, wie erschöpft der Arzt war, als er sich niederließ. Eine ganze Weile saß er stumm da, bevor er mich aufforderte:

»Wir wollen den Tee doch noch warm genießen.« Er bot mir von seinem Teller Brot an, als ich verneinte, sagte er ungerührt: »Nun zieren Sie sich nicht so, ich kann mir vorstellen, dass Sie schon länger nichts Vernünftiges in den Magen bekamen.«

Wie recht er hatte mit seiner Vermutung, die verteilten Suppen, ich konnte sie nicht definieren, aber was half es? Meinen Speck und das Brot ließ ich unberührt, vor all den Menschen konnte ich doch nichts auspacken, wie hätte das ausgesehen? Die gekochten Eier gab ich Friedas Mutter zu essen, damit sie nicht schlecht wurden. Zaghaft nahm ich von dem Teller ein Brot.

»Wo soll es denn hingehen, wenn morgen die Räder rollen?« Dr. Brühne lächelte.

»Soviel ich weiß, in Richtung Mannheim oder Heidelberg, aber das ist für mich noch nicht das Ende meiner Reise«, erklärte ich dem Arzt.

»Wo ist das Ende?«

»An der Schweizer Grenze, im badischen Rheinfelden, nähe Säckingen, Ecke Lörrach.«

»Soll mal einer sagen, die Welt sei kein Dorf«, schmunzelte Dr. Brühne und sah mich an. »Wer weiß, vielleicht sehen wir uns mal wieder, denn wie heißt es so schön? Man trifft sich immer zweimal im Leben, und ich komme aus Säckingen. Aber nun ran an den Teller, sonst bekomme ich noch die Portion gekürzt, wenn nicht alles aufgegessen wird«, meinte er mit einem Augenzwinkern und biss herzhaft in sein Brot. Plötzlich stand er, auf seine Oberschenkel klatschend, von seinem Hocker auf.

»Dann wollen wir uns mal verabschieden, grüßen Sie meine Heimat, ich hoffe, dass ich in einigen Wochen nach Hause kann.«

»Das wünsche ich Ihnen von ganzem Herzen«, sagte ich, ihm meine Hand reichend, die er fest drückte.

Schwester Emma kam in die Küche, übergab mir, sogar schön verpackt, ein Stück Seife, das ich später in meinem Rucksack gut verstaute.

»Komm gut nach Hause, Mädchen«, gerührt nahm sie mich in die Arme.

»Ich war sehr froh darüber, dass ich hier sein konnte, aber immer wieder muss ich von lieben Menschen Abschied nehmen, das hat mich bisher sehr viel Kraft gekostet«, gab ich unter Tränen zurück. Das Schlimme daran war die Ungewissheit, ob man sich jemals wiedersehen würde. Hier war ich durch viel Arbeit abgelenkt worden, dabei wurde mir das Gefühl vermittelt, dass ich ein bisschen nützlich sein konnte.

»Danke, Schwester Emma, ich war sehr gerne hier.«

Der Vormittag war bereits fortgeschritten, als die Waggons einen Stoß bekamen. Wir waren zwar darauf gefasst, glauben wollten wir aber erst daran, als der Zug ins Rollen kam.

Die Vorbereitungen dauerten etwa zwei Stunden, die Waggons wurden kontrolliert, die Schiebetüren wurden in Augenschein genommen, ob eventuell Kranke an Bord waren usw. Endlich war ein Pfeifen zu hören und der Transport setzte sich in Bewegung.

Den Schieber ließen wir halb offen, um dem Lazarettzug zum Abschied noch einmal zuzuwinken. Schwester Emma stand an einem der Fenster und winkte uns mit einem Taschentuch, am Fenster daneben stand Dr. Brühne, ich sah zu ihm hin und spürte dabei einen tiefen Schmerz in mir. Ehe er aus unserem Blickfeld verschwand, hob er seine rechte Hand und winkte leicht zum Abschied.

Dann holte ich meinen Koffer aus dem Leiterwagen, stellte ihn an die Wand und setzte mich so darauf, dass ich mich anlehnen konnte. Carla setzte sich neben mich, ich gab ihr die restlichen Kekse, dann schwiegen wir gemeinsam eine ganze Weile. Etwas später meinte Carla, ob ich mit ihnen nach Düsseldorf kommen wolle, wir könnten uns dann vielleicht öfters sehen?

»Nein, Carla«, sagte ich, »meine Richtung ist ganz entgegengesetzt. Meine Reise wird sicher noch etwas länger dauern, wollen wir aber hoffen, dass wir den Rest auch noch schaffen und unsere Angehörigen gesund wiedersehen.«

Das Umsteigen und Umverteilen ging sehr schnell voran. Auf einem Abstellgleis standen zwei Güterzüge, zum Teil waren Wartende schon in den Waggons. Eifrig wurde alles organisiert, in Richtung Düsseldorf der eine Transport, der andere in Richtung Karlsruhe, Offenburg. Kontrolle gab es keine, alles sollte schnell vonstattengehen, um das für heute gesteckte Ziel zu erreichen. Kontrolliert wurde lediglich, ob alle Mitfahrenden aus dem eben angekommenen Transport auch ausgestiegen waren.

Über die Geleise konnte niemand entkommen, überall standen Militärs, die sich die Papiere zeigen ließen und alles kontrollierten. Ganz schnell nur konnte ich mich von den drei Düsseldorfern verabschieden und ihnen alles Gute wünschen, um dann in den Waggon Richtung Offenburg zu klettern.

Hier gab es Stroh zum Sitzen und Platz genug, um sich auch bewegen zu können. Gerade hatte ich es mir in Nähe der Schiebetüre etwas gemütlich gemacht, den Koffer hinter mir verstaut, den Rucksack dicht neben mir, als ich eine Stimme vernahm.

»Hallo, Röthli!« Ich hob den Kopf und glaubte, ein

Riese stehe vor mir. Mein Gedächtnis ließ mich bei diesem Anblick völlig im Stich, ich sah in ein unrasiertes Gesicht und überlegte immer noch, doch ohne Ergebnis. »Ich sehe schon, du erkennst mich nicht«, sagte die Stimme wieder, »es ist auch schon eine Weile her, dass wir zusammen in Rheinfelden die Schulbank gedrückt haben. Offenbar haben wir beide einiges hinter uns.« Der Mann sprach mich in Schweizerdeutsch an, das klang in diesem Moment so fremd, so unwirklich für mich.

»Mensch, Martin, wo kommst du jetzt her?«

»Dasselbe wollte ich dich fragen«, lachte Martin und schätzte ab, ob der Platz neben mir ausreichte, um sich zu mir zu setzen. »Bist du damit einverstanden, dass ich meinen Rucksack hole und mich neben dich platziere? Dann meistern wir den Rest der Luxusreise gemeinsam.«

»Ja, ja«, antwortete ich hastig, immer noch ungläubig darüber, was sich hier abspielte. Mit seinem Rucksack kam Martin zurück und setzte sich neben mich.

»Dass du dich noch an ›Röthli‹ erinnerst«, begann ich die Unterhaltung, »ich weiß noch genau, dass ihr Jungs mich so genannt habt, darüber habe ich mich damals sehr geärgert.«

»Wir wussten das doch, deshalb haben wir dir ja auch diesen Namen verpasst. Du trägst uns das doch nicht mehr nach?«

»Nein, bestimmt nicht, aber nenne mich ab jetzt und wann immer wir uns wieder einmal begegnen, einfach Edith, bitte.«

»Verständlich«, brummte Martin nur, dann begann er zu erzählen, dass er nach der Kapitulation gleich in ein Entlassungslager gekommen war, mit Entlassungspapieren und Passierschein ausgestattet wurde und nun nach Hause zu seinen Eltern wolle.

Ich schilderte nur kurz, dass meine Flucht in Radebeul begann und ich seit Ende Mai 1945 unterwegs war, mal hier in einem Lager, mal dort, bis es immer mal wieder ein Stück weiterging. Irgendwie war ich nicht in Stimmung, Martin mehr als gerade nötig zu erzählen. So bemerkten wir beide nicht, dass unsere Weiterfahrt begonnen hatte.

Nach Stunden kamen wir in der Nähe von Freiburg an einem Güterbahnhof an. Wir mussten auf zwei Lastwagen umsteigen und wurden damit zu einer Turnhalle transportiert, um dort zu nächtigen. Beim Zuweisen unseres hoffentlich letzten Nachtquartiers wurden wir darauf hingewiesen, dass es am nächsten Morgen gegen acht Uhr in Richtung Waldshut weiterging.

Das Nennen dieser bekannten Orte klang für mich so gar nicht heimatlich in meinen Ohren und der Gedanke, wie ich meine Angehörigen wohl antreffen würde, machte mich unsicher. Gleichzeitig wurde mir klar, dass mein zukünftiges Leben nicht mehr in Dresden stattfinden konnte, was mir große Schmerzen bereitete. Zu sehr hatte ich daran festgehalten, dass dort mein wirkliches Zuhause war.

Aber das Leben schreibt seine eigene Geschichte, wir sind nur die Statisten, ob wir wollen oder nicht.

Zum Abschluss packte ich den geräucherten Speck aus, Martin gab mir sein Pfadfindermesser, damit konnten wir den harten Speck schneiden. Mein Brot war steinhart, aber Martin hatte Kommissbrot, das er mit mir teilte. Mit Tee wurden wir aus großen Kannen und Pappbechern versorgt, so konnten Martin und ich an diesem Abend den Hunger besiegen und die letzte Nacht einer langen Reise wurde mit einem tiefen Schlaf gesegnet.

Wie angekündigt, standen gegen acht Uhr zwei Transporter mit den Sitzbänken links und rechts für eine Weiterfahrt bereit. Meinen Rucksack hatte ich, wie gewohnt, auf den Rücken geschnallt, den Koffer verstaute ich unter der Sitzbank zwischen den Beinen. Während der Fahrt fiel mir ein, dass ich vor der Weiterfahrt die lange Tuchhose dem Koffer entnommen und dabei vergessen hatte, ihn wieder zu verschließen. Das ist sicher gar nicht so wichtig, dachte ich, was soll da schon passieren. Kurz vor der Landesgrenze zur Schweiz, bei Lörrach, wurde eine Pause gemacht, um eine Toilette aufzusuchen. Alle liefen eilig in die angegebene Richtung, ich kehrte als Letzte zum Transporter zurück. Die wartende Aufsicht schob mich einfach auf den ersten Transporter, aber mein Koffer und auch Martin befanden sich auf dem zweiten. Gerade noch konnte ich Martin zurufen, er möge doch auf meinen Koffer aufpassen. Mit einem Megaphon wurde verlautbart, dass, wer verschlossene Briefe zur Weiterbeförderung bei sich habe, er diese noch vor dem Grenzübergang öffnen und der Kontrolle vorlegen solle. Was sollte ich nun machen? Bei der Durchsage fiel mir ein, dass ich auf unserem langen Fußmarsch von ehemaligen deutschen Soldaten drei Briefe an ihre Frauen, die in Rheinfelden leben, angenommen hatte. Viele ehemalige Soldaten, die auf dem Weg in ein Lager waren, baten Zivilisten, die Briefe, wenn möglich, an ihre Angehörigen als Lebenszeichen weiterzuleiten. Selbstverständlich versuchte man, diesen Wunsch zu erfüllen.

Franzosen in Uniform kletterten nun auf den anderen Transporter, durchsuchten das Gepäck und öffneten auch meinen Koffer. Dabei fielen ihnen die drei verschlossenen Briefe, adressiert an die Frauen der Soldaten, in die Hände. Martin erklärte den Franzosen, dass ich nach der Rast auf den anderen Laster aufgestiegen war. Einer der Franzosen kam an unseren Wagen, machte die Klappe herunter, rief meinen Namen und befahl mir energisch abzusteigen. Schnell noch rief ich Martin zu, er möge doch den Koffer an sich nehmen.

»Mach ich!«, gab er mir durch Handzeichen zu verstehen. Die Fahrt ging nun ohne mich, aber mit meinem Koffer, weiter. Zum Glück hatte ich wenigstens meinen Rucksack bei mir, darin waren alle Erinnerungen an Dresden, die kostbaren Andenken an Karl, meine Geldreserven.

Ein französischer Grenzsoldat brachte mich in ein großes Gebäude, das wohl die Besatzer beschlagnahmt hatten. In einem langen Flur klopfte er an eine Tür, neben der zwei Wachposten Aufstellung genommen hatten. Ein französischer Soldat mit geschultertem Gewehr öffnete. Erklärungen wurden abgegeben und ich in das Zimmer hineingeschoben. So stand ich vor einem Schreibtisch, hinter dem ein französischer Offizier saß, und wartete. Der Wachmann stellte sich mir gegenüber, so hatte er mich voll im Visier. Das Warten dauerte, man würdigte mich keines Blickes, schließlich war der Mann am Schreibtisch mit scheinbar wichtigeren Dingen beschäftigt. Ich war müde, besser gesagt, sehr müde, Mut und Kraft hatten mich endgültig verlassen. Ganz egal, was man nun mit mir vorhatte, ich würde es hinnehmen.

Aus dieser Lethargie wurde ich gerissen, als ich meinen Namen hörte.

»Sind Sie das?« Der Offizier zeigte auf ein Blatt Papier, das ihm auf den Schreibtisch gelegt worden war. »Haben Sie einen Ausweis, einen Passierschein?« Beides brachte ich zum Vorschein und legte es auf den Schreibtisch. Ein Umdrehen, ein Begutachten, dann die Frage: »Radebeul, wo ist das?« Ich erklärte es ihm.

»Das ist doch russische Zone?«

»Ja«, sagte ich, »das ist so.«

»Und warum sind Sie dort weggegangen? Wegen der Russen?«, fragte er; es kam mir so vor, als sei er Elsässer, sein Deutsch klang so.

»Bitte, lesen Sie«, gab ich zur Antwort, »in meinem Schulausweis steht der Geburtsort, in Radebeul bin ich zur Schule gegangen, alles, was ich möchte, ist, zu meinen Angehörigen nach Rheinfelden zurückzukommen. Das ist doch sicher verständlich.« Die drei Briefe der Soldaten lagen auf seinem Schreibtisch und waren bereits gelesen worden.

»Wie kommen Sie an diese Briefe?«, hörte ich seine nächste Frage. Ich erklärte ihm, dass ehemalige Soldaten auf dem Marsch uns gebeten hatten, ihren Frauen die Nachrichten zu überbringen und ihnen mitzuteilen, dass ihre Männer noch am Leben waren.

»Wieso haben Sie die Briefe nicht geöffnet, als Sie dazu aufgefordert wurden?«

»Ich wurde dazu erzogen, fremde Briefe nicht zu öffnen oder zu lesen«, sagte ich emotionslos.

Er musterte mich von oben bis unten, dann kam ein kurz angebundenes »Setzen Sie sich!«

»Danke.«

Der Rucksack wurde mir abgenommen, der Inhalt auf dem Schreibtisch ausgebreitet, dabei war auch das inzwischen sehr hart gewordene Brot, das mir Anton eingepackt hatte.

In einem DIN-A5-Umschlag hatte ich die Briefe von Karl, den Geburtstagsbrief, die Briefe an Karl, die von dem Lazarett an mich zurückgekommen waren, den Brief mit der Todesnachricht auf der Rückseite des Umschlages. Alles wurde gelesen, wieder und wieder studiert, um und um gewendet, mir war, als würde man mit einem spitzen Dolch mein Herz berühren, meine Seele blutete, ich hatte plötzlich Angst, die Fassung zu verlieren und laut zu schreien. Wie kann man nur so rücksichtslos in derart persönlichen Dingen herumwühlen, waren meine verzweifelten Gedanken. Penibel begann der Offizier, alles wieder in dem Umschlag zu verstauen, dann sah er mich fragend an, legte dabei seine Hände auf den Umschlag.

»Geht es hierbei um Ihren Freund?«

»Ja«, war meine knappe Antwort. »Bitte, geben Sie mir diese Briefe zurück, das ist alles, was mir von ihm geblieben ist, diese Briefe, die drei kleinen Bücher.«

»Ich hatte nicht die Absicht, Ihnen etwas wegzunehmen, ich bedaure, dass ich mir einen Einblick verschaffen musste. Es tut mir aufrichtig leid.« Er gab mir den Umschlag zurück und meinte, ich solle ihn wieder sorgfältig in meinen Rucksack packen, was ich dann aufatmend tat.

»Haben Sie Hunger oder möchten Sie einen Kaffee?«, fragte mich der Franzose spontan.

»Einen Kaffee würde ich gerne annehmen.« Während der Offizier schrieb, trank ich den köstlichen Kaffee, dabei beobachtete ich, wie er das Geschriebene in meinen Ausweis legte. Dabei erklärte er mir, dass auf dem Weg nach Rheinfelden Wachposten kontrollierten. »Dieses Schreiben gibt Auskunft, dass hier auf der Kommandantur alles geprüft wurde und Sie ohne Hindernisse den Heimweg fortsetzen können.« Damit war ich entlassen.

So trat ich den Fußmarsch, die letzten 17 Kilometer von Lörrach nach Rheinfelden, an. Mir war das alles noch gar nicht so richtig bewusst, ich setzte mich öfter mal an einen Wiesenrand, zog die Beine an und versuchte, mich an das eine oder andere Ereignis aus meiner Kindheit zu erinnern.

Gerne dachte ich an unsere Schulausflüge, die wir zu Fuß, mit Proviant im Rucksack, machten. Die Wissensvermittlung kam dabei nicht zu kurz, während der Rast auf einer Wiese beispielsweise wurden Blumen und Gräser analysiert. Wenn sich ein paar Bienen in unserer Nähe über Blüten hermachten, wurden sie genau beobachtet und man erklärte uns, dass Bienen sich mit einer tanzähnlichen Zeichensprache über Nahrungsquellen verständigten. Diese Pausen, die ich auf meinem Marsch immer wieder einlegte, warum machte ich die eigentlich? Wollte ich damit meine Rückkehr verzögern? Ich hatte auf einmal Angst, aber wovor denn? Ich wusste keine Antwort darauf, hier war nichts ausgebombt, es sah so aus, als hätte der Krieg hier nicht stattgefunden. Einzig die Kontrollstellen, von denen ich bereits zwei passiert hatte, wonach ich nach Überprüfung der Papiere aber ohne weitere Fragen weitergehen konnte, waren anders als früher. Von Nollingen aus, einem Dorf, das zu Rheinfelden gehört, wusste ich, dass es einen Feldweg gab, der direkt in den hinteren Teil der Siedlung führte, wo meine Großeltern wohnten.

Es gab ihn noch, so konnte ich unser Städtchen umgehen und schlug als Erstes den Weg in die Kaminfeger Straße ein. Auf halber Höhe überholte mich ein Fahrrad. Ich spürte, wie ich von der Seite betrachtet wurde.

»Mensch, Edith, bist du es? Wo kommst du denn her?«

»Na, das kann nur von Dresden sein«, meinte ich zu unserer Nachbarin. »Aber an deiner Stelle hätte ich mir das vorher gut überlegt, wo wir hier kaum zu essen haben«, klagte sie.

»Ach, Frau Köhler, bestimmt ist es hier nicht schlechter als anderswo«, versicherte ich und sagte, ein wenig enttäuscht über ihre abweisende Haltung. »Schön, Sie zu sehen.«

Sie fuhr weiter, wahrscheinlich wusste meine Mutter in ein paar Minuten, dass ich im Anmarsch war. Etwa 200 Meter weiter, kurz vor unserem Haus, kam mir die jüngere Schwester eines Klassenkameraden mit einem Kinderwagen entgegen, sie wohnte ebenfalls in unserer Straße. Das Mädchen hieß Lieseli. Als sie mich kommen sah, blieb sie stehen und begrüßte mich sehr herzlich. Ich sah in dem Kinderwagen ein vier oder fünf Monate altes Kind schlummernd liegen. Es hatte wunderschönes braunes Haar, das sich vom Haaransatz bis zum Hinterkopf zu einer Rolle kräuselte. »Was ist das für ein hübsches Kind«, sagte ich staunend.

Lieseli sah mich unsicher an. »Aber weißt du das nicht? Das ist deine Schwester!«

Ich verstand nichts. Mit dieser Information war ich völlig überfordert und lief schweigend neben dem Kinderwagen her, bis wir zu Hause ankamen. Im Vorgarten des Hauses standen Mutter und Kurt und scheinbar warteten sie schon auf mich. Also hatte der Nachrichtendienst doch geklappt. Alles war so verändert, statt der Blumen im Vorgarten wuchsen Gemüse und Kartoffeln, sogar ein paar Zuckerrüben gab es. Mutter kam auf mich zu und umarmte mich, es wurde kein Wort gesprochen. Kurt kam, stellte sich hinter mich, so wurde ich in der Mitte umarmt und begrüßt.

»Ich habe Tee aufgebrüht, Frau Köhler hat zwei Eier für dich gebracht, für Spiegeleier, du musst doch bestimmt hungrig sein«, meinte meine Mutter.

»Müde, Mariechen, sehr müde bin ich«, seufzte ich nur.

»Ich wusste, dass du hierher unterwegs bist, stell dir vor,

ich war mit Anni, einer Freundin meiner Mutter, bei einer Kartenlegerin, sie sagte mir, dass du den halben Weg hinter dir hast.«

»So«, war meine Antwort. »Das muss demnach vor sechs Wochen gewesen sein.« Mutter sah mich an und schwieg. »Ist bei den Großeltern auch alles in Ordnung?«, fragte ich plötzlich ängstlich.

»Ja, es ist alles gut«, beruhigten mich die beiden, »aber jetzt ruhst du dich erst einmal aus. Hast du sonst kein Gepäck?«, wunderte sich Kurt.

»Doch«, erklärte ich, »ein ehemaliger Klassenkamerad hat meinen Koffer an sich genommen, morgen werde ich mich darum kümmern. Meine kleine Schwester habe ich ja schon begrüßt, dann habe ich das Wichtigste für heute erledigt. Nun freue ich mich auf mein Bett.«

In meinem Zimmer war einiges verändert, ein Wickeltisch befand sich darin, ein kleines Kinderbett stand dem meinen gegenüber an der Wand. In diesem kleinen Bett waren bereits meine Mutter und ihre Schwestern gelegen, danach wurde es für mich neu hergerichtet und zuletzt für zwei Cousinen von mir.

Eigentlich wäre ich die erste Nacht gerne allein gewesen, um meine Gedanken zu ordnen, mich an die Umgebung meiner Kindheit zu gewöhnen. So einfach ist das aber nicht, sich in ein Bett zu legen, das einem vertraut ist, in dem man Träume hatte, etwa, wie schön es sein würde, wenn man erst einmal erwachsen war.

Diese neuen Träume, die mich nun so oft quälten, waren schrecklich. Ewig auf der Flucht, ohne Ziel, Häuser brennen, Menschen schreien um Hilfe. Einmal wurde ich im Traum sogar von einem Panzer überrollt. Kurt kam dann immer an mein Bett, wenn ich in der Nacht laut schrie und tobte.

Es gelang ihm immer, mich zu beruhigen, und er redete leise auf mich ein. »Alles ist jetzt gut, du bist zu Hause, wir sind bei dir.« Meine kleine Schwester wurde umgesiedelt in das elterliche Schlafzimmer, so wurde sie wenigstens nicht gestört, wenn mich meine Albträume peinigten.

Meine Großeltern waren, wie ich fand, die Alten geblieben. Sie waren überglücklich, als ich einen Tag später bei ihnen anklopfte. Großvater sprach nicht viel, umso mehr leuchteten seine großen Augen, sein kurz gestutztes Haar war noch immer ohne ein Grau. Großmutter dagegen war weißhaarig, genau wie Kurt, ich war erschrocken, als ich ihn sah. Sein einst so blond gelocktes Haar, es war zwar noch füllig, aber schneeweiß. Hier hatte der Krieg seine deutlich sichtbaren Spuren hinterlassen.

Als die Franzosen meine Heimat besetzten, kam Kurt mit vielen anderen aus unserer Gegend in ein Lager. Sie wurden verhört, mussten Aufräumarbeiten verrichten usw. Es war kein leichtes Leben. Nachdem die Besatzer registriert hatten, dass sein Geburtsort Freiburg und seine Muttersprache Französisch war, setzten sie ihn als Dolmetscher ein. So war Kurt beim Ausstellen von Entlassungspapieren behilflich und auch, wenn es darum ging, herauszufinden, woher die Landser kamen, wohin sie wollten, wo ihre Angehörigen lebten.

Die ehemaligen Soldaten schliefen im Freien, bei Wind und Wetter. Kurt bekam von den Franzosen den Mantel eines deutschen Offiziers, um sich nachts zuzudecken. Die Uniformen der deutschen Offiziere waren in einem schönen Blaugrau, aus gutem Tuch, so auch dieser Mantel. Aus ihm nähte Onkel Roland mir später einen wunderschönen Wintermantel, den ich noch einige Jahre danach getragen habe.

Ich musste ja wieder ganz von vorne anfangen, nichts war mir geblieben. Am Tag nach meiner Rückkehr besuchte ich Martin, um meinen Koffer abzuholen, da gestand er mir, dass er ihn in Nollingen auf einem Bauernhof abgestellt habe, weil er das letzte Stück von Nollingen nach Rheinfelden zu Fuß gehen musste. Martin gab mir Name und Adresse und erklärte mir in etwa, wo dieser Hof zu finden sei. Es enttäuschte mich sehr, dass Martin meine Habseligkeiten bei ganz fremden Menschen abgestellt hatte. Ohne Passierschein konnte man die Stadtgrenze nicht überschreiten, überall waren Schlagbäume und Kontrollen. Zum Glück aber hatte ich noch den Passierschein, Kurt meinte, wenn er den Franzosen alles erklärte, würden sie uns passieren lassen. So machten wir uns auf den Weg und marschierten die fünf Kilometer nach Nollingen. Am Ortseingang standen zwei Wachen, Kurt erklärte ihnen die Sachlage und zeigte den Passierschein mit dem Schreiben des Kommandanten aus Lörrach. Nach schier endlosem Hin und Her durften wir endlich passieren. Bei einem Dorfbewohner, der uns entgegenkam, erkundigten wir uns nach dem Hof und nannten den Namen. Die Angaben von Martin waren korrekt, ein Landwirt stand auf dem beschriebenen Hof, mit einer Schubkarre und einer Mistgabel beschäftigt. Kurt sprach ihn an, wir hatten vorher ausgemacht, dass er für mich sprechen wolle. Ganz freundlich erklärte Kurt die Zusammenhänge, mit meinem Ausweis in der Hand, falls es nötig wurde, ihn zu zeigen. Prompt, ohne ihn ausreden zu lassen, fiel der Landwirt Kurt ins Wort und beteuerte wortreich, dass bei ihnen kein Koffer abgegeben wurde.

Nun meldete ich mich zu Wort. »Das kann aber nicht sein, hier auf dem Zettel steht Ihr Name, Ihre Adresse, der Transporter hat am gestrigen Nachmittag hier angehalten, um dann in Richtung Waldshut weiterzufahren. Ein ehemaliger Schulkamerad ist hier abgestiegen, um dann den Rest des Weges zu Fuß zu gehen.«

»Wie kommt er dazu, so etwas zu behaupten?«, steigerte der Landwirt sich in seinen Zorn hinein. Kurt versuchte, ihn zu beruhigen, und fragte, ob vielleicht jemand aus der Familie den Koffer angenommen haben könnte und der Bauer solle doch, bitte, einmal nachfragen.

Die Sache eskalierte, als eine ältere Frau, scheinbar durch den lautstarken Wortwechsel aufmerksam geworden, auf den Hof trat. Immer noch stark erregt, erzählte ihr der Bauer, um was es ging.

»Wie kann man nur so niederträchtig sein und so etwas behaupten?«, schrie die Frau uns an. »Machen Sie nur, dass Sie von unserem Hof kommen, sonst, sonst ...«

»Was – sonst«, schleuderte Kurt ihr entgegen, »glauben Sie etwa, wir wollen Ihnen etwas unterstellen? Wir sind den Angaben nachgegangen, die uns gemacht wurden, doch scheinbar sind wir an eine ganz falsche Adresse geraten.«

Wir traten also unverrichteter Dinge den Heimweg an. Kurt unterhielt sich auf dem Rückweg mit den Wachposten und schilderte das Geschehen. Ich verstand zwar kein Wort, sah aber, wie sie ihre Köpfe schüttelten und ihr Missfallen zum Ausdruck brachten.

Und wieder einmal stand ich so ohne alles da, zu kaufen gab es nichts, was sollte ich nun machen?

Zunächst ging ich zu Tante Nina, die etwa 200 Meter von uns entfernt wohnte, der Weg führte über den Dürrenbach hinweg, von da hatte man das Haus schon im Blick. Ihr Mann, Onkel Stephan, wurde vermisst, meine kleine Cousine, inzwischen acht Jahre alt, konnte sich an ihren Vater kaum erinnern. Tante Hilda wohnte bei Nina, die beiden

Schwestern meiner Mutter hatten sich in den Kriegsjahren gegenseitig geholfen. Schon während meiner Kindheit hatten sie mich immer lieb umsorgt, und noch jetzt fühlte ich mich in ihrer Gegenwart geborgen und zu Hause. Die beiden Tanten hörten sich meine Sorgen an und versprachen mir, alles zu tun, um mich zu unterstützen. So wurde als Erstes mein Kleiderproblem gelöst. Bald hatte ich Umgeändertes, Gekürztes, Gewendetes, nur für Schuhe gab es keine zufriedenstellende Lösung.

Die Frage, was ich nun unternehmen wollte, wurde langsam brisant, schließlich wurde ich im November 1945 19 Jahre alt.

Bei so vielen Vorschlägen ging mir auch durch den Kopf, dass Onkel Herrmann mir damals, ehe ich nach Niederau ging, das Angebot gemacht hatte, er könnte mich in seinem Labor als Lehrling unterbringen, danach, wenn ich noch Lust darauf hätte, könnte ich bei ihm als Laborantin arbeiten. Bei einem Besuch bei Tante Wilhelmine und Onkel Herrmann bat ich ihn, ob er sich meiner annehmen könne, zwar hätte ich nicht sehr lange die Chemie–Bakteriologie–Schule besucht, aber dabei doch festgestellt, dass es mir Freude machte.

Onkel Herrmann sah mich an und kniff die Augen zusammen.

»Ja, damals hätte ich dir geholfen und dich untergebracht, aber jetzt tu ich das nicht mehr.«

Nicht die Absage selbst traf mich so, die Art war es, wie er mir das sagte und mich dabei ansah. Niedergeschlagen musste ich mir eingestehen, dass ich für die Menschen hier nur mehr eine Fremde war. Gewiss, man tat für mich, was möglich war, sogar für Onkel Roland, der nun endgültig im Haus meiner Großeltern mit Tante Miriam lebte, schien ich nicht mehr der kleine Bastard zu sein, wie er mich als Kind so gerne nannte. Er war freundlich, fast zu freundlich. Aber nichts war mehr so wie früher.

Auch die kommenden Ereignisse trugen nicht gerade dazu bei, meine Stimmung zu heben. Und es wurde mir immer klarer, dass ich so schnell wie möglich eine Arbeit finden musste.

Doch das war schwierig, denn in erster Linie bekamen Heimkehrer, wenn auch nicht ihren alten Arbeitsplatz, so doch einen angemessenen Ersatz. Für die freien Stellen fehlten mir Ausbildung und Erfahrung. Die Grenze zur Schweiz war noch dicht, diese Möglichkeit entfiel damit ganz.

Mein Bargeld schrumpfte, Lebensmittel auf dem Schwarzen Markt zu organisieren, war verboten und überdies sehr riskant. Außerdem waren die Preise schwindelerregend hoch. Also beschloss ich, zur Dresdner Bank zu gehen und von einem Sparbuch Geld abzuheben. An der Kasse sah mich der Kassierer an, als sei ich von einem anderen Stern. Er nahm das Sparbuch und bat mich, einen Moment zu warten, dann kam er mit seinem Vorgesetzten zurück. Ich hatte mir vorgestellt, von dem Guthaben des einen Sparbuchs ein Konto einzurichten, um hin und wieder etwas abheben zu können. Das zweite Buch wollte ich nicht angreifen, zumindest vorerst nicht. Der Sparkassenleiter sah mich an und grüßte knapp.

»Das Buch wurde in Dresden angelegt?«

»Ja«, antwortete ich, »das andere hier habe ich aus Hamburg, beide wurden bei der Dresdner Bank eröffnet.«

»Was sollen wir damit anfangen?«, kam die spitze Frage.

»Ich möchte gerne etwas abheben und mit dem Rest ein Konto anlegen.«

»Und Sie dachten, das geht so einfach?«

»Ich dachte, es sei möglich, ich bin kürzlich von Dresden zurückgekommen«, erklärte ich, inzwischen wegen seiner Reaktion sehr verunsichert.

»Was Sie so dachten, ist leider nicht machbar, mit den Sparbüchern können wir hier nichts anfangen«, lautete seine lapidare Auskunft.

»Was kann ich da machen?«, fragte ich völlig entgeistert.

»Was Sie damit machen, ist Ihre Sache, stecken Sie sich die Bücher an den Hut oder sonst wohin!«, fauchte er mich an und wandte sich, leise vor sich hin schimpfend, ab.

Mir verschlug es einfach die Sprache, wie konnte man einen Menschen nur so abfertigen? Wie hatte ich auf diese Bücher aufgepasst, sie hatten mir ein wenig Sicherheit gegeben und das Gefühl, nicht von der Familie abhängig zu sein. Wie sollte ich neu beginnen mit leeren Händen? Mutter hatte Sorgen, für die kleine Schwester genügend Milch oder Obst aufzutreiben, Gries und Maizena waren nötig, um Kinderbrei kochen zu können. Ich hatte gehofft, mit meinem Geld Positives zum Unterhalt der Familie beisteuern zu können.

Ein früherer Kollege von Kurt kam auf einen Plausch zu uns. Er arbeitete nun bei einer Behörde im Rathaus und war mit den Anträgen vertraut, die Vertriebene aus den Ostgebieten stellen konnten. Sie bekamen einen so genannten Lastenausgleich. Dieser konnte die wirtschaftlichen Schäden nicht ausgleichen, sondern war eher symbolisch, als seelische Unterstützung, gedacht. Er ließ sich meine Geschichte erzählen, unter anderem auch, was mir kürzlich auf der Bank passiert war. Darauf meinte er, ich solle doch einmal auf das Rathaus kommen und mich beraten lassen, vielleicht konnte ich ein Überbrückungsgeld bekommen, das ich eventuell, wenn ich Arbeit gefunden hatte, zum Teil zurückerstatten musste. Nach der Niederlage in der Bank war ich völlig mutlos, vor allem wollte ich nicht noch mehr Enttäuschungen kassieren, es waren schon genug.

»Versuch es doch einfach«, war die allgemeine Ansicht, also versuchte ich es eben.

Die Anträge wurden in alphabetischer Reihenfolge abgearbeitet, dafür standen vier Zimmer zur Verfügung, und als ich nach längerem Warten an der Reihe war, wurde ich sofort gefragt, woher ich kam und weshalb der Antrag gestellt wurde. Mein Schulausweis lag vor dem Beamten auf dem Schreibtisch. »Wenn Sie Lebensmittelkarten abholen wollen, müssen Sie im ersten Stock nachfragen«, versuchte er sofort, mich abzuwimmeln. »Nein«, klärte ich ihn auf, »ich möchte einen Antrag stellen.«

»Wofür einen Antrag, sind Sie Flüchtling?«

»Gewissermaßen schon«, sagte ich, »zwar bin ich hier geboren, aber von Dresden hierher geflüchtet.«

»Das müssen Sie mir näher erklären«, schnauzte mich der Beamte gereizt an, »Sie glauben, Flüchtling zu sein, nur weil Sie von Dresden wieder zurückgekommen sind?«

Ich schilderte ihm, dass ich alles verloren hatte und nun auf die Hilfe meiner Angehörigen angewiesen sei.

»Dafür gibt es keine Unterstützung«, ereiferte sich der Beamte und meinte, mich geringschätzend ansehend, »Sie hätten doch sicher da bleiben können, wo Sie hergekommen sind!« Dieser Pfeil saß sehr tief. Es hätte nicht noch deutlicher ausfallen können, wenn er mir gesagt hätte, Sie hätten bleiben sollen, wo der Pfeffer wächst.

Ohne mich zu verabschieden, verließ ich den Raum, mit dem großen Wunsch in meinem Innern, nie mehr bei einer Behörde oder einer Bank um etwas bitten zu müssen.

Kurt sagte mir einmal, und das hat mich mein Leben lang begleitet: Verlass dich nie auf etwas, du bist sonst verlassen!

12

Mein Bemühen, eine Arbeit zu finden, blieb lange ohne Erfolg. Dementsprechend bedrückt war auch meine Stimmung, Großmutter und Großvater versuchten immer wieder, mich zu trösten.

»Es wird schon werden, Hansli, es muss sich halt alles erst einmal einspielen, noch sind ja wir da, du bist nicht allein.« Aber ich fühlte mich völlig verlassen, meine Freunde hatte ich verloren, schmerzlich vermisste ich das kleine Häuschen und vor allem Karl.

Oft weinte ich mich in den Schlaf und ich wünschte mir, ich könnte einfach mit Karl neu anfangen. Aber es half nichts, diesen Gedanken nachzuhängen, das Leben ging weiter, nur jetzt in eine ganz andere Richtung. Anders, als ich es mir gewünscht hatte.

Es war mir einfach noch nicht möglich, mich der Realität zu stellen. Ein merkwürdiges Gefühl beherrschte mich, als existiere ich auf einer ganz anderen Ebene als der Rest dieser Welt. Doch es kam Hoffnung auf, als von Tante Ines ein kurzer Brief kam, in dem sie mich einlud, auf den Feldberg zu kommen. Vielleicht, so meinte sie, würden mir ein bisschen Ferien jenseits von allem gut tun.

Es war Mitte September 1945, wir legten für meine Anreise den Tag fest, an dem ein Bus von Todtnau bis Bärental fuhr. Die Haltestelle Feldberg-Hebelhof war für mich Endstation, danach begann ein Fußmarsch von ca. 45 Minuten in Richtung Herzogenhorn. Fast alles, was ich inzwischen wieder besaß, packte ich in den Rucksack und eine große Tasche, so auch den neu angefertigten Mantel, geschneidert aus dem

Offiziersmantel, meine lange Tuchhose, die ich meist auf der Flucht getragen hatte, und einen warmen Pullover von Kurt. Großmutter gab mir für Tante Ines zwei Gläser selbst gemachte Marmelade und sogar frische Bohnen, die es noch im Garten gab, mit. Allzu lange wollte ich aber nicht auf dem Berg bleiben, der Winter begann oft sehr früh. Wenn erst einmal Schnee lag, würde es für mich sehr schwierig werden, vom Herzogenhorn ins Tal zu kommen. Skilaufen war absolut nicht meine Stärke, meist ging es nicht ohne Sturz ab, und wenn ich absolut nicht mehr weiterwusste, fuhr ich einfach los, meist mit gespreizten Beinen, um in einer Tanne zu landen, die mir im Wege stand.

Aber vorerst hieß mein Ziel ›Feldberg‹. Tante Ines bereitete ein herrliches Fettgebäck zu, auf das ich mich sehr freute und an das ich mich bis heute erinnern kann. An diesem Vormittag schwammen mehr Teilchen im Fett als sonst, so kam es mir jedenfalls vor, sicher hatte sie für mich eine größere Menge einkalkuliert. Aber nein, diese Menge war nicht mir zugedacht, ich beobachtete, wie Tante Ines einen Teller belegte und sorgfältig mit Pergamentpapier umwickelte. Mein erstaunter Blick ließ sie schmunzeln.

»Hast du Lust, einen sehr interessanten Mann kennenzulernen? Dann besuchen wir ihn heute am Nachmittag, er wohnt in der Nähe des Feldberger Hofes. Nach dem Essen machen wir uns auf den Weg, er hat immer aufregende Dinge zu erzählen. Ehe es dann anfängt zu dunkeln, können wir wieder auf dem Horn sein.« So oft ich auch schon zu Besuch auf dem Feldberg war, das große Haus, an einem Hang gelegen, war mir bisher nie aufgefallen. Von der Landstraße aus ging eine groß angelegte Auffahrt direkt bis zu der breiten Treppe, die zur imposanten Eingangstüre führte, seitlich davon war eine unscheinbare Tür für Lieferanten und Personal, wie es in den Vorkriegszeiten üblich war. Tante Ines wusste Bescheid, sie klopfte an die kleinere Eingangstüre mit dem Holzhammer, der daran befestigt war, ziemlich heftig an. Es dauerte eine Weile, bis uns die Türe von einem älteren Herrn, mittelgroß, mit Lippenbart und schütterem grauem Haar, geöffnet wurde. Seine Augen wirkten sehr lebhaft und strahlten förmlich, als er Tante Ines erblickte.

»Guten Tag, gnädige Frau, darf ich Sie zu dieser Türe hereinbitten? Schön, dass Sie mich besuchen. Wen haben wir denn da?«, sprudelte es erfreut aus ihm heraus. Ohne die Antwort abzuwarten, gab er uns die Hand und zog uns ins Haus.

»Das ist meine Nichte Edith, sie ist bei uns zu Besuch und kürzlich erst von Dresden zurückgekommen, sie soll sich bei uns nun etwas erholen«, stellte meine Tante mich vor.

Wir wurden von der Halle in ein sehr geräumiges Zimmer geführt. Ein großer Kamin brannte, davor stand ein großer runder Tisch mit bequemen Sesseln. Ich wagte kaum, mich in diesem Raum umzusehen. Ich spürte die Atmosphäre, die dieser Raum ausstrahlte, und die Bücherwand hinter mir bemerkte ich gleich beim Eintreten. Drei Fenster nach der Straßenseite erhellten den imposanten Raum. Vor dem mittleren Fenster stand ein schwarzer Flügel, ob der alte Herr wohl spielte? Die Bücher zogen mich magisch an, was konnte man hier alles lesen, dazu reichte ein Menschenleben bestimmt nicht! Meine Gedanken beschäftigten mich so sehr, dass ich nicht gleich reagierte, als Dr. Wilhelm Auler einige Fragen an mich stellte. Er wollte von mir wissen, ob ich in Dresden aufgewachsen sei und was ich nun vorhabe in diesem chaotischen Durcheinander.

»Das ist eine gute Frage«, gab ich zur Antwort, »wichtig wäre, etwas Geld zu verdienen, um mich dann später, wenn sich wieder Möglichkeiten bieten, weiter ausbilden zu lassen.«

»Kann denn die junge Dame auch etwas kochen?«

Auf diese Frage war ich nicht gefasst. Da der Hausherr offenbar eine ehrliche Antwort erwartete, gestand ich leise, »wenn man das Kochen nennen will, mit dem wenigen, was zur Verfügung steht, das habe ich gelernt.«

»Wie wäre es«, schlug Dr. Auler vor, »wenn Sie sich ein wenig um diesen Haushalt kümmern würden und mit den spärlichen Lebensmitteln, die mal mehr, mal weniger zur Verfügung stehen, uns beide versorgen? Was auch immer Sie später unternehmen wollen, vielleicht kann ich dann etwas für Sie tun.«

Ich schwieg, fast zu lange, wie es schien, denn Dr. Auler meinte plötzlich, das sei wohl nicht das Richtige für mich?

»Nein, nein, ganz und gar nicht«, entgegnete ich hastig, in Wirklichkeit musste ich den Vorschlag erst einmal auf mich wirken lassen. Um alles in der Welt hätte ich mir doch nicht träumen lassen, dass ich ohne mein Zutun ein solches Angebot bekam. Ich sah Tante Ines an, dankbar, dass sie mich hierher mitgenommen hatte. »Herr Dr. Auler, ich nehme Ihr Angebot an, wann soll ich anfangen?«

Sofort, meinte er strahlend, seine Hausdame habe es vorgezogen, nach Freiburg zurückzugehen, weil sie diese Einsamkeit hier nicht mehr ertrug. Denn das musste auch mir klar sein, es war einsam hier, die Winter waren lang und meist sehr kalt, für einen jungen Menschen gab es kaum eine Abwechslung, Sport ja, aber sonst? Es kamen zwar oft Besucher hierher, auch ehemalige Schüler von Dr. Auler, Besatzungsoffiziere, die hier in den Hotels stationiert waren, auch das sorgte bei interessanten Gesprächen für ein wenig Abwechslung.

»Darf ich mir ab und zu ein Buch ausleihen?«, fragte ich schüchtern. »Wann immer Sie wollen.« Damit war es für mich eine beschlossene Sache.

Tante Ines legte das Gebäck auf einen Teller, dann verabschiedeten wir uns, und leichten Schrittes folgte ich ihr in Richtung Herzogenhorn. Ich bat Tante Ines, mir mehr über Dr. Auler zu erzählen.

»Das ist Deutschlands Flugzeugführer Nr. 1, er machte als Erster 1910 in Deutschland den Pilotenschein, gründete in Frankfurt-Niederrad die erste deutsche Flugzeugfabrik und bildete Piloten aus. Das sind seine Schüler, die er erwähnte, auch Prinz Heinrich von Preußen, der Bruder des Kaisers, damals 48 Jahre alt, lernte bei Auler das Fliegen«, klärte sie mich auf. Ich war tief beeindruckt, und schweigend legten wir den Rest des Weges zurück.

Ich schwieg auch den ganzen Abend, bis Tante Ines mich aufrüttelte und meinte, ob ich ganz sicher sei, morgen in das Auler-Haus umsiedeln zu wollen.

»Wie denn, umsiedeln in das Auler-Haus«, vernahm ich die sonore Stimme von Tante Ines' Schwiegervater Karlo, »was heißt das?«

»Das heißt für mich, dass ich ab morgen bei Dr. Auler arbeiten werde«, stellte ich klar.

»Bist du dir da ganz sicher?« Seine heftige Reaktion überraschte mich. »Lern du mal erst das Leben kennen, bevor du dich in diese Einsamkeit vergräbst, wer das Leben noch nicht kennt, soll sich dem nicht entziehen«, belehrte mich Karlo. Ich gab ihm ruhig zu verstehen, dass ich mir ganz sicher war, dass, sollte sich mit der Zeit etwas anderes ergeben, ich ja umdisponieren könnte, aber zunächst hatte ich erst einmal eine Anstellung.

Tante Ines begleitete mich am Morgen bis zum Hebelhof, den Rest des Weges meisterte ich mit meinem Gepäck alleine. Am Abend zuvor schrieb ich an Mutter und meine Großeltern, in meinen Briefen teilte ich ihnen meine Entscheidung mit und bat Mutter gleichzeitig, mir ankommende Post an die neue Adresse umzuleiten. Vom Hebelhof aus wurde die Post in das Tal befördert, wahrscheinlich dauerte es dann noch Tage, bis meine Angehörigen meine neue Adresse erfuhren.

Es war Mitte Oktober, als ich in das Auler-Haus einzog. Den ersten Tag hatte ich zu tun, mich mit allem ein wenig vertraut zu machen, um festzustellen, wo all die Dinge standen, die für den täglichen Bedarf notwendig waren.

Keine 100 Meter vom Auler-Haus entfernt stand ein Einfamilienhaus, bewohnt von einer Familie Keller. Herr Keller war Briefträger und Vater von zwei Söhnen. Frau Keller kam regelmäßig in das Auler-Haus, besorgte mit mir die Putzarbeiten und half mir bei der großen Wäsche, die damals noch mit einem Waschbrett geschrubbt wurde. Wenn überraschend Gäste kamen, half sie mir öfters bei den Vorbereitungen für die Mahlzeiten. Es machte mir große Freude, den Tisch mit dem Dresdner Porzellan, der schönen Tischwäsche und dem edlen Besteck zu decken. Doch den Gästen etwas anzubieten, war meist nur möglich, wenn sie selbst etwas mitbrachten. Dann war es an mir, aus allem etwas zu machen, das auch gut schmeckte. Zu meiner Freude gelang mir das auch meistens.

Alles, was ich in den Jahren meines Aufenthaltes im Haus Auler erlebt habe, ist so umfassend, dass ich es nicht mit wenigen dürren Worten wiedergeben kann. Ein Jahr wollte ich bleiben, daraus wurden vier Jahre, eine Zeit voller Staunen, Erlebnisse, aber auch Sorgen, Entbehrungen und Krankheit. Es war bewundernswert, wie der alte Herr sich den Problemen des Alltags stellte. Die Versorgung mit Lebensmitteln war knapp, das Heizen des großen Hauses war auch nicht mehr möglich. So wurde in der ersten Etage eine kleine Küche eingerichtet, sein komfortables Schlafzimmer musste er gegen ein viel kleineres Zimmer eintauschen, in dem ein Holz-Kohleofen aufgestellt wurde, um auch gleichzeitig das anliegende Bad mitzuheizen. Dieser Raum war nun gleichzeitig auch Dr. Aulers Arbeitszimmer, er war groß genug für einen kleinen Schreibtisch am Fenster, einen runden Tisch in der Mitte und drei Sessel als Sitzgelegenheit. All die andern schönen Räume mit ihren Kostbarkeiten blieben nun unbewohnt. Zweimal in diesen Jahren kamen einige seiner früheren Schüler zu einem Treffen in den Fliegerhorst, ohne ihre Frauen, so war es die Tradition. Sie erzählten sich all die Neuigkeiten und erfuhren, wie es anderen ehemaligen Kameraden inzwischen erging. Unterkunft fanden sie dann immer im Hebelhof. Da ihre Frauen bei dem Treffen nicht dabei sein sollten, ich aber mittendrin, so tauften mich die Herren einfach ›Eduard‹. So war die Tradition gewährleistet. Diesen Namen behielt ich über all die Jahre bei Dr. Aulers Freunden und Bekannten. Für diese Treffen brachten die Herren die Getränke mit, auch einiges an Lebensmitteln, davon profitierten wir zu meiner Freude noch Tage danach. All seine Gäste schätzten meinen Einsatz und die Fürsorge, die ich dem alten Herrn entgegenbrachte. Nachdem ich Dr. Auler während einer Lungenentzündung Tag und Nacht gepflegt hatte, bot er mir das Du an und nannte mich liebevoll ›Mutter‹. Nicht oft genug konnte er den Besuchern erzählen, wie gut ich für ihn sorgte.

Abends philosophierten wir gerne, ich fand daran Gefallen, las Schopenhauer, Friedrich Nietzsche, Kants Ausprüche, das alles fand ich in den Bücherregalen. Eines Tages begann Wilhelm Auler zu schreiben, er meinte, es sei nun doch an der Zeit für seine Memoiren. Zwar war es mühsam für ihn, seine Gedanken schriftlich festzuhalten, aber der Anfang war gemacht. Das Maschineschreiben war nun von Nutzen, das ich in Dresden gelernt hatte. Seine Schrift war groß und gut leserlich, so tippte ich getreu seine Aufzeichnungen ab.

Unsere Woche wurde regelmäßig am Dienstag gegen elf Uhr im Rhythmus unterbrochen. Eine Bäuerin aus der Gegend kam mit ihrem Einspänner und in ihrem besten Kleid vorgefahren. In einem großen Korb brachte sie meistens Butter, Milch, Gemüse und Fleisch mit. Bohnenkaffee besorgte sie auch. Woher? Bitte nicht fragen! Ab und zu konnte sie auch Zigarren auftreiben. Sicher ließ sich dies der alte Herr einiges kosten, schließlich war es halt teuer, zusätzlich etwas zu ergattern.

Maria hieß dieser Engel, so nannte sie Dr. Auler. Sie tat mir oft sehr leid, bei Wind und Wetter kam sie, je nach Temperatur bedeckte sie ihr Pferdchen mit einer Decke und gab ihm leise Erklärungen. Das Tier kannte genau den Ablauf und wartete stets darauf, ein Stück hart gewordenes Brot von mir zu bekommen. Jedes Mal wurde Maria für ihre Strapaze belohnt, Auler griff zu seiner Gitarre und sang ihr Liebeslieder vor, nicht immer klang es richtig, aber Maria schien es nicht zu stören. Oft machte der alte Herr ihr Komplimente, ich wusste, wie er es meinte, aber Maria, die Glückliche, verstand alles so, wie es gesagt wurde oder wie sie es einfach verstehen wollte. Drei Stunden war sie in der Regel da, ich bereitete in meiner kleinen Küche ein Mittagessen und gönnte Maria den Kunstgenuss. Beim Abschied wurde die Bäuerin immer von dem Hausherrn zu ihrem

Gefährt begleitet und mit einem Handkuss verabschiedet. Sichtlich zufrieden und mit einem Lächeln trat sie dann ihren Heimweg an.

Von seiner Familie sprach der alte Herr sehr wenig, er hatte zwei Söhne und zwei Töchter. Ernst, der ältere, war bei Fichtel und Sachs und lebte mit seiner Familie bei Schweinfurt. Sehr oft kam er nicht zu Besuch, doch jedes Mal klagte er über die vielen negativen Veränderungen. Die älteste Tochter, Marika von Westerloh, war mit einem Grafen verheiratet, sie mussten aus Ostpreußen fliehen und lebten mit den drei Kindern aus des Grafen erster Ehe bei Hannover. Marika schrieb oft an ihren Vater, zu Besuch kam auch sie selten.

Klara, die jüngste Tochter, war mit einem Anwalt verheiratet und wohnte in der Nähe von Konstanz. Der jüngste Sohn, August Wilhelm Auler jun., geriet während des Russlandfeldzuges in russische Gefangenschaft. Die Nachricht erhielt Dr. Auler durch das Rote Kreuz, sein Sohn sei nicht verwundet, es ginge ihm den Umständen entsprechend gut.

Von seiner Frau lebte Dr. Auler getrennt; sie bewohnte das Haus in Frankfurt am Main. Nach ihrem Tod übergab Dr. Auler das Haus der Stadt Frankfurt, wo meines Wissens noch heute ein Wissenschaftliches Institut untergebracht ist. Seit vielen Jahren lebte er nun schon auf dem Feldberg, mit seinem Horch fuhr er oft nach Frankfurt, dort stieg er immer im Frankfurter Hof ab. Paris war auch bei ihm beliebt, er sprach fließend Französisch, nicht ganz so gut war sein Englisch. Im provisorisch eingerichteten Schlafzimmer hing ein größeres Porträt von Sarah Bernard, darunter stand in Handschrift: ›Als Erster, der im deutschen Reiche fliegt, hast Du der Erden Schwere leicht besiegt.‹

Das sind die letzten zwei Zeilen. Trotz aller Anstrengung bekomme ich nicht mehr vom Text zusammen, das Datum ist mir auch entfallen.

Als wir einmal über Paris sprachen, stellte ich dem alten Herrn die Frage, auf das Porträt zeigend.

»War sie auch ein Grund für deine Reisen nach Paris?«

»Auch!«

Zweimal im Jahr fuhr ich nach Hause und Großvater fragte: »Hansli, bist du zufrieden, so, wie es jetzt ist?«

»Ach, Opa, ich denke, jeder hat doch ein Ziel vor Augen, du weißt ja, das meine habe ich noch nicht erreicht, aber im Moment ist es gut so.«

»Hauptsache, du bist damit zufrieden«, meinte Opa, »alles braucht seine Zeit.« Während meines Aufenthaltes zu Hause hatte ich eigentlich vor, viel Zeit mit meiner kleinen Schwester Andrea zu verbringen. Doch meistens kommt es anders, als man denkt. Etwas länger schon hatte ich Leibschmerzen, meine Leistendrüsen waren angeschwollen. Meine Angehörigen drängten darauf, mich in Säckingen im Kreiskrankenhaus untersuchen zu lassen. Tante Miriam kannte einen Arzt aus der Zeit, als sie noch beim Roten Kreuz war. Sie nannte mir seinen Namen und meinte, ich solle mich auf sie berufen.

Es klappte auch, nach Abtasten und Blutabnahme wurde vereinbart, dass ich am anderen Morgen um acht Uhr nüchtern erscheinen solle, mein Blinddarm müsste entfernt werden. Das lange Warten im Wartezimmer hatte dazu geführt, dass ich erst um 22.00 Uhr den letzten Zug nach Hause bekam.

Verbindungen mit der Bahn ließen immer noch sehr zu wünschen übrig, oft war es schwer, einen Termin wahrzunehmen oder man war deshalb einen ganzen Tag unterwegs.

Am kommenden Morgen musste ich um sechs Uhr aufbrechen, um pünktlich zur OP anzutreten. Kurt brachte mich mit seinem Fahrrad zum Bahnhof, auf dem Gepäckträger meinen Koffer mit dem Nötigsten. Ich weiß es noch genau, eine Schwester kam in das Wartezimmer, nahm mir den Koffer ab, sagte zu einer anderen Schwester, sie solle diesen in das Zimmer Nr. so und so bringen, und nahm mich mit. Mein Kostüm und alles andere legte ich in einem kleinen Raum ab, dann half man mir, mit einem OP- Hemd bekleidet, auf einen fahrbaren Wagen und fuhr mich in den Operationssaal.

Auf dem OP- Tisch liegend, richtete sich mein Blick auf die große Lampe, die direkt über mir hing. Als ich die weißen Fliesen an den Wänden und auf dem Fußboden sah, musste ich an einen Schlachthof denken.

Kurt hatte auf dem Weg zum Bahnhof gemeint, dass ich von der Operation nichts mitbekommen werde, sicher werde die Narkose gleich ihre Wirkung zeigen, ich hoffte, er möge Recht behalten.

Eine Schwester setzte mir eine Maske auf die Nase und ließ tropfenweise eine Flüssigkeit darauftröpfeln, während ich zählen musste. Mein Gott, wie lange noch? Bis 23, 24, 25 zählte ich noch, dann fiel es mir schon schwer, 26 und 27 zu lispeln.

Sehr groß war beim Aufwachen dann die Anstrengung, die fremde Umgebung wahrzunehmen.

Der Versuch, mich aufzusetzen, wurde durch ein »Liegen bleiben!« der Rot-Kreuz-Schwester an meinem Bett unterbunden. Sie betrachtete mich aufmerksam, »schön liegen bleiben«, mahnte sie abermals, »Sie sind am Blinddarm operiert. Sie müssen ja Schlimmes erlebt haben, man musste Sie ordentlich festschnallen.« Ich überlegte, was sie wohl damit gemeint haben könnte, da fiel mir ein, dass ich, ehe ich einschlief, die Bomber im Anflug hörte, wie sie Dresden bombardierten und rundherum alles brannte. Schnell schloss ich wieder die Augen und bildete mir für einen Moment ein, ich sei nach einem Angriff verletzt hier eingeliefert worden.

Am Nachmittag kam mich meine Mutter besuchen und ich war froh, mit jemandem über meine schlimmen Träume reden zu können. In meinem Zimmer waren noch elf Frauen untergebracht, am Fenster, etwas abseits, lag ein junges Mädchen, etwa 19 Jahre alt. Sie bekam von einem französischen Soldaten Besuch, der energisch von einer Schwester verlangte, sofort den Arzt zu holen.

»Es ist gleich Visite«, meinte ungerührt die Schwester, die gerade dabei war, einer älteren Frau das Gesicht zu waschen. Ich lag gleich im ersten Bett an der Türe, dadurch bekam ich jeden Luftzug ab. Wenn die Türe geöffnet wurde und das Fenster auch offen stand, kam dann vom Flur her ein heftiger Zug an mein Bett.

Das sollte meinen Krankenhausaufenthalt wesentlich verlängern. Aber erst einmal freute ich mich über die Post, die Mutter mir brachte, zwei Briefe gleichzeitig, eilig öffnete ich den Umschlag von Friedel aus Dresden. Zum Vorschein kamen zwei Fotos, auf dem einen mein Freund Poldi, der liebe kleine Hund, auf dem zweiten Foto sie selbst mit dem Papagei Cora. Sie schrieb mir überglücklich, dass sie dabei war, das Haus zu verkaufen. Wenn sie alles abgewickelt habe, wolle sie zu ihrem Mann nach Amerika übersiedeln. Franzl sei schon eine Weile bei seinem Vater, er habe bereits sein Chemie-Studium aufgenommen. Meine Freude über diese Nachricht war sehr groß, so hat diese Familie wieder zusammengefunden. Der zweite Brief war von Anton aus Stuttgart. Meinen Brief, in dem ich ihm meine Ankunft bei meinen Angehörigen mitteilte, habe er erhalten, er selbst sei sehr, sehr lange unterwegs gewesen. Nun wolle er es nicht versäumen, mir mitzuteilen, dass er in zwei Monaten heiraten werde. Er habe ein sehr nettes Mädchen kennengelernt, ihr Vater betreibe einen mechanischen Betrieb, und er habe nun die Absicht, nach der Hochzeit bei seinem Schwiegervater zu arbeiten. Gute Neuigkeiten waren dies, ich freute mich riesig darüber. Weniger gute Nachricht bekam ich ein paar Monate später von Hedy aus Niederau. Sie schrieb mir verzweifelt, dass Max an Unterernährung gestorben sei. Für Hedy nichts tun zu können, bedrückte mich lange.

Die Visite begann am Bett der jungen Frau am Fenster. Die Frauen unter sich tuschelten, dass der Franzose darauf bestand, für diese Patientin ein Einzelzimmer zu bekommen. Der Arzt jedoch erklärte, dass dies im Augenblick nicht möglich sei. Die meisten Zimmer seien überbelegt, die Einzelzimmer würden von der Besatzungsbehörde für Angehörige in Anspruch genommen. Im Übrigen, so meinte der Arzt, könne die Patientin bereits am nächsten Tag im Laufe des Vormittags entlassen werden. Die Stimme des Arztes kam mir irgendwie bekannt vor. Eine ähnliche hatte ich wohl schon mal gehört. Aber warum fiel mir gerade diese Stimme so auf? Noch ehe der Tross der Ärzte und Schwestern an mein Bett kam, bat ich Mutter, bei Auler anzurufen, um zu berichten, wie lange ich im Krankenhaus bleiben musste, wie lange ich überhaupt als Arbeitskraft ausfiele, sei im Moment noch nicht abzusehen. Ein Telefonat zu führen, in diesem Fall ein Ferngespräch, dauerte oft sehr lange. Da waren das Fernamt und die Vermittlung, die in erster Linie die Telefonate der Besatzer berücksichtigen mussten. Mutter versprach mir aber fest dranzubleiben, bis es klappte. Während der Visite durfte Mutter an meinem Bett stehen bleiben, so bekam sie mit, wie der Arzt mich ungläubig ansah.

»Wir kennen uns doch?«

»Bei der Verabschiedung im Lazarettzug sagten Sie zu mir, dass man sich immer zweimal im Leben trifft und heute, Herr Dr. Brühne, ist es das zweite Mal.«

»Sie haben es tatsächlich geschafft, alle Widerstände zu überwinden«, lächelte Dr. Brühne und sah auf meine Karteikarte. »Jetzt weiß ich auch Ihren Namen wieder.« Er sah zu meiner Mutter, gab ihr die Hand.

»Sie sind sicher die ältere Schwester?«

»Nein«, gab ich lachend zur Antwort, »das ist meine Mutter, meine Schwester ist erst ein Jahr alt und ich habe sie bei meiner Heimkehr zum ersten Mal gesehen.«

»Na, da gab es wohl einige Überraschungen, wie?«

»Wir waren alle sehr überrascht, als unsere große Tochter nach Hause kam, wir hörten lange Zeit nichts von ihr. Die Erlebnisse und die Strapazen hat sie noch nicht überwunden«, sagte Mutter besorgt.

»Ob sie das alles überhaupt jemals vergessen kann«, meinte Dr. Brühne nachdenklich. Als Mutter sich von mir verabschiedete, äußerte sie beruhigt, sie wisse mich hier in guten Händen. Übermorgen wolle sie wieder nach mir sehen und hoffe, mir vom Feldberg eine Nachricht bringen zu können.

In der Nacht wurde es sehr laut in dem Krankenzimmer und man sah sich gezwungen, eine schwerkranke Patientin für die Nacht in das Badezimmer zu fahren, damit sie dort versorgt werden konnte. Es sollte in dem ohnehin schon überfüllten Raum nicht noch unruhiger werden.

Als Mutter zwei Tage später wiederkam, hustete ich bereits stark, während der Nacht wurde es immer schlimmer und ich bekam Fieber. Sie brachte mir aber wie versprochen eine Nachricht vom Feldberg mit. Dr. Auler versprach meiner Mutter, nachdem er die Adresse des Krankenhauses und den Namen des behandelnden Arztes von ihr erfahren hatte, sich darum zu kümmern, dass ich gut versorgt würde, außerdem wies er meine Mutter an, mich als Privatpatientin anzumelden, somit sei auch gewährleistet, dass man mich in ein Zweibettzimmer verlegte. Meine Genesung erforderte einen Aufenthalt von zwölf Wochen in diesem Krankenhaus. Den Blinddarm zu entfernen, war vorgesehen gewesen, aber dann gab es plötzlich Komplikationen. Eine Lungenentzündung wurde festgestellt, Dr. Brühne kam täglich und überzeugte sich, dass seine Anordnungen befolgt wurden. Nach etwa zwei Wochen wurde ich in ein Einzelzimmer verlegt. Ich war sehr erschöpft und deshalb sehr dankbar für diese Bevorzugung. Zwar konnte ich erahnen, wer der Organisator war, aber ich fragte nicht nach, um nicht unnötig Staub aufzuwirbeln. Eine große Überraschung erlebte ich eines Morgens, als ich in den Röntgenraum gefahren wurde. Eine junge, blonde Frau war dabei, in dem langen Flur den Fußboden zu wischen. Sie sah einmal kurz auf, arbeitete weiter, doch plötzlich hielt sie inne und rief: »Sag mal, Edith, bist du es wirklich?«

»Mein Gott, Gertrud!«, mehr zu sagen, war ich nicht imstande.

»Was machst du denn hier?«

»Das ist aber eine Frage«, fuhr ihr die Schwester heftig in die Parade, »wie Sie sehen, ist sie eine Patientin.« Ich hielt Gertrud die Hand hin, während die Schwester mich weiter schob.

»Besuch mich, Gertrud, im ersten Stock, Zimmer Nr. 112, ich freue mich schon auf dich!«

»Mach ich doch ganz bestimmt.«

Gertrud hielt Wort, schon am anderen Tag kam sie in ihrer Mittagspause. Da ich nun ein Einzelzimmer hatte, war die Besuchszeit sehr ausgedehnt und wir konnten ungestört plaudern. Doch die Stationsschwester passte scheinbar auf, denn schon nach einer halben Stunde bat sie Gertrud zu gehen, es wäre sonst für mich zu anstrengend, meinte sie.

In dem Krankenzimmer stand dem Bett gegenüber eine Couch, wahrscheinlich dafür gedacht, wenn Angehörige bei dem Patienten Nachtwache hielten. Täglich besuchte mich Gertrud, setzte sich auf die Couch und wir tratschten wie zwei Waschfrauen, lachten, bis ich einen starken Hustenanfall bekam und Gertrud schnell durch die Türe verschwand, ehe die Schwester sie aus dem Zimmer verweisen konnte. Auf diese Abwechslung freute ich mich täglich. Manchmal brachte Gertrud mir etwas zu essen mit, obwohl ich mit Diätkost versorgt wurde, damit mein Magen nicht rebellierte. Dr. Brühne kam eines Morgens zu einer ungewohnten Zeit. Er kam gleich auf Dr. Auler zu sprechen und meinte, er sei von ihm eingeladen worden. Wenn ich wieder über den Berg sei, sollte er uns auf alle Fälle besuchen.

»Werden Sie die Einladung annehmen, Herr Dr. Brühne?«, fragte ich vorsichtig.

»Wenn Sie auch damit einverstanden sind, sehr gerne.«

»Aber ja«, entgegnete ich verlegen, »Dr. Auler ist der Hausherr, er lädt die Gäste ein, ich versuche dann so gut es geht, den Gästen einen angenehmen Aufenthalt zu ermöglichen.« Ich erzählte nun Dr. Brühne, dass der Haushalt zum Teil nur ein Provisorium sei. Leider sei das schöne große Haus mit all seinem Komfort nicht in gewohnter

Weise zu bewohnen. »Ich bin nicht anspruchsvoll«, gab mir Dr. Brühne darauf zu verstehen, »vielmehr wollte ich diese Gelegenheit nutzen, um Dr. Auler kennenzulernen. Aber erst müssen Sie gesund werden und auf den Berg zurückkehren, dann können Sie ja versuchen, wie Sie sagten, auch mir einen netten Aufenthalt zu verschaffen.«

Das lange Liegen hatte mich geschwächt, der Husten war immer noch nicht besiegt. Trotzdem wurde es nie langweilig. Gertrud kam täglich, sie wusste immer etwas Neues zu erzählen, meine Angehörigen kamen abwechselnd, worüber ich sehr froh war. Aber das Heimweh nach Dresden wurde chronisch. Der Wunsch, an den Ort zurückzukehren, wo ich mit Karl und Gisela Pläne für die Zukunft geschmiedet hatte, war oft so stark, dass ich mir einmal die Bettdecke über den Kopf zog und einfach haltlos weinte. Es mangelte mir an seelischer Widerstandskraft. Durch das lange Liegen fühlte ich mich schwach, meine Gefühle hatte ich nicht mehr unter Kontrolle. So fand mich Dr. Brühne bei seiner Abendvisite. Er kam alleine, gleich trat er an mein Bett, zog mir die Decke vom Gesicht, schob schweigend seinen rechten Arm unter meinen Kopf und wiegte mich. Meine Tränen waren nicht mehr aufzuhalten. Erst nach einer ganzen Weile konnte er mich beruhigen.

»Weine, Mädchen, weine einfach nur.« Mit der linken Hand hielt er die meine und streichelte sie. Als mir die Situation bewusst wurde, stammelte ich eine Entschuldigung. Es war mir doch sehr peinlich, so erwischt zu werden.

»Da gibt es nichts zu entschuldigen«, hörte ich Dr. Brühne sagen, »das Erlebte muss verarbeitet werden und das gelingt nicht mit Schweigen. Möchten Sie reden? Ich höre Ihnen zu, ich habe ja Schweigepflicht«, versicherte er lächelnd.

Dankbar sah ich ihn an, zwar war sein Anblick schmerzlich für mich, ich wurde dabei zu sehr an Karl erinnert, dazu kam noch der weiße Kittel. Nur sehr langsam begann ich zu erzählen, noch war ich zu aufgewühlt von all den Gedanken, die kurz zuvor von mir Besitz ergriffen hatten. So erzählte ich von der Schule in Radebeul, von Karl und den Freunden, die ich schmerzlich vermisste, vom Vater, der in einem englischen Internierungslager einsaß, von den Großeltern, die mir in meiner Kindheit die Eltern ersetzt hatten, von der Mutterliebe, die mir nie richtig zuteil wurde. Ich spürte, wie der Arzt mich tröstend in den Arm nahm und seine Wange an meine legte. Plötzlich fühlte ich mich so leicht und geborgen, auf einmal war wieder das Bedürfnis da, ja, ich will doch leben.

In der Auffahrt zum Aulerhaus, auch Fliegerhorst genannt, stand ein Wegweiser. Ein auf einer Säule liegender Motor war 1910 bei einem Flugunfall unbrauchbar geworden. Unterhalb des Motors zeigte ein Pfeil in Richtung Haus, über dem Pfeil stand groß der Name Auler.

Von dieser Ansicht gab es Postkarten, die Auler gerne zum Jahreswechsel oder als Geburtstagsgruß verschickte. Eine solche Karte brachte mir meine Mutter bei ihrem letzten Besuch im Krankenhaus mit, adressiert war der Umschlag an die Adresse meiner Eltern. Auf der Rückseite der Karte stand:

Liebste Modder, de Dörr es up!

Sehr gerne sprach Auler mal Kölsch, ich versuchte es auch immer wieder, um ihm eine Freude zu machen, aber der Dialekt gelang mir nicht so richtig.

Doch den Wortlaut dieser Karte verstand ich. Während meiner Abwesenheit wurde der alte Herr von Frau Keller, unserer Nachbarin, gut betreut. Eine frühere Bekannte, inzwischen Ende 60, quartierte sich im Haus ein. Es sollte noch dauern bis ich wieder einsatzfähig war, aber ich freute mich auf den Berg, wenn ich es auch nicht zugeben wollte. Ich freute mich auf den alten Herrn, das Philosophieren mit ihm, die lustigen Erlebnisse, die ich ihm ab und zu entlocken konnte. Als ich aus dem Krankenhaus entlassen wurde, schrieb er mir einen Brief, darin schilderte er mir, dass er die Zigarrenstummel allesamt aufgehoben hatte, damit ich sie wieder ganz fein schneide, in Salzwasser lege und er dann das getrocknete Geschnipselte erneut in seiner Pfeife rauchen konnte. Was war man erfinderisch in dieser Zeit, trotzdem war man zufrieden, froh darüber, dass der Krieg vorüber war.

Mit neuer Energie übersiedelte ich wieder auf den Berg. Die nächsten Wochen sollte Frau Keller mich mehr unterstützen als bisher. Frau Schneider, die alte Bekannte, wie sie sehr betonte, glaubte nun, nachdem ich wieder anwesend war, sie sei die Hausherrin, Frau Keller und ich ihre Angestellten. Nach einigen Tagen gingen mir ihre Anweisungen doch zu weit. Bald kam eine passende Gelegenheit. Frau Schneider machte mit Lumpi, dem Zwergschnauzer, der seit zwei Jahren der Liebling des Hausherrn war, einen Spaziergang. Ein guter Moment, dachte ich, um die Situation zu klären, und vorwurfsvoll stellte ich dem alten Herrn die Frage, warum er mich nicht darüber informiert habe, dass Frau Schneider, diese gute Bekannte von ihm, sich ganz im Haus niederlassen wolle.

»Wie kommst du denn darauf?«, meinte Auler erstaunt. »Sie hat anlässlich eines Telefonats angeboten zu helfen, so lange dies nötig sei.«

»Sollte Frau Schneider hierbleiben, ist mein Aufenthalt ja nicht mehr vonnöten«, schmollte ich.

»Was denkst du dir denn? Sie hat zwar angenommen, ich sei ein Heiratskandidat, aber dieses Missverständnis wurde ausgeräumt. Außerdem wollte sie unter anderem gerne als Sekretärin fungieren und das Schreiben meiner Memoiren übernehmen.«

»Hat sie das Schreiben übernommen?«, war meine Frage.

»Nein, ich habe meinen Charme voll entfaltet und ihr erklärt, dass es schätzenswert sei, dass sie in diesen Wochen eingesprungen ist und sich bewundernswert um alles gekümmert hat. Aber nun bist du ja wieder hier und wirst alles wie bisher in bewährter Weise übernehmen.«

Scheinbar zeigten die Erklärungen des Hausherrn Wirkung. Frau Schneider entschloss sich ganz kurzfristig abzureisen. Ich brachte sie bis zum Hebelhof, wo sie mit dem Bus bis Todtnau fahren konnte, dann weiter in Richtung Villingen. Auf dem Weg zum Hebelhof erzählte sie mir, dass sie gehofft habe, bei Dr. Auler bleiben zu können. Bestimmt hätte er sie eines Tages geheiratet, dann hätte sie sich noch intensiver um ihn kümmern können. Für sie tat es mir leid, dass es nicht so gekommen war, wie sie es sich gewünscht hatte. Für mich aber wäre dann die Aufgabe erfüllt gewesen, ich hatte ja für mich auch noch andere Pläne und hoffte, dass sie sich einmal verwirklichen ließen.

Eines Abends, während unseres Philosophierens, kam Auler mit der Idee, ob ich nicht Lust hätte, Philosophie zu studieren.

»Gewiss, Lust schon«, meinte ich, »aber die Frage ist doch, reicht es einmal aus, um den Lebensunterhalt zu verdienen?«

»Muss es doch nicht, mach es einfach, weil es dir Freude macht. Du hast nur dieses eine Leben, man soll auch das tun, was Freude bereitet, wenn sich dazu Gelegenheiten bieten. Ich werde mich schlau machen und Unterlagen anfordern.« Die Antwort ließ nicht lange auf sich warten. Auler besprach telefonisch mit Prof. Ulmer die Möglichkeiten, die es für mich an der Uni Freiburg gab. Ein Vorlesungsverzeichnis half mir, die Titel der Vorlesungen und die Namen der Lehrer auf einem Hörerschein einzutragen. An zwei Tagen in der Woche je fünf Stunden belegte ich die Themen: Deutschland im 17. Jahrhundert, Grundlegung zur Metaphysik, Grundprobleme der Philosophie in der Gegenwart, Natur und Geschichte. Zum Abholen des Hörerscheines fuhr ich nach Freiburg, entrichtete einen Betrag von 122,10 Reichsmark und bekam die Berechtigung für das Sommersemester 1948 ausgehändigt.

Ich muss zugeben, es machte mich schon ein wenig stolz, aber ich freute mich auch darauf, wieder mit jungen Menschen in Kontakt zu kommen, was ich in den vergangenen Jahren entbehrt hatte. Anderseits hatte es für mich auch viel Interessantes auf dem Berg gegeben. Und durch die heilenden Kräfte der Natur konnte ich auch meine Ängste nach und nach abbauen.

Mit Tante Ines traf ich mich öfters im Hotel Hebelhof, zusammen tranken wir Tee, erzählten uns das Neueste und gingen dann wieder ganz verschiedene Wege zurück. Durch diesen Treffpunkt konnte ich eine Menge Zeit sparen, Tante Ines meinte einmal, wenn ich regelmäßig in Freiburg sei, könnte sie es einrichten, ihre Angelegenheiten auch an solch einem Tag zu erledigen, dann könnten wir auch gemeinsam mit dem Zug fahren und hin und wieder einen Stadtbummel machen. Das klang alles sehr verlockend.

Für eine Unterkunft in Freiburg sorgte meine Mutter. Sie hatte eine Cousine zweiten Grades, die in Freiburg verheiratet und kinderlos war. Den Weg zur Uni konnte ich bequem in 15 Minuten zu Fuß bewältigen, so waren nun alle Voraussetzungen geschaffen, die für mein Vorhaben nötig waren.

Im Frühjahr 1948 bekam Dr. Auler die Mitteilung, dass sein Sohn August Wilhelm aus russischer Kriegsgefangenschaft entlassen werde. Der Tag der Ankunft werde ihm zeitgerecht mitgeteilt. Wir richteten für ihn ein Zimmer ein, der alte Herr setzte alles daran, Kleidung für seinen Sohn aufzutreiben, bestimmt kam er sehr abgerissen hier an. Von Auler junior wusste ich fast nichts, nicht einmal wo er bisher gelebt hatte und weshalb er nun nach Kriegsende zu seinem Vater auf den Feldberg kam.

Auf Empfehlung kam eine junge Frau als Haushaltshilfe zu uns. Sie wohnte ca. 20 Kilometer entfernt, war geschieden und wollte nun etwas verdienen. Ihre Eltern betrieben eine Landwirtschaft, wenn sie an den Wochenenden nach Hause fuhr, brachte sie uns meist einiges an Lebensmitteln mit. Der alte Herr traf diese Entscheidung, weil er der Ansicht war, wenn sein Sohn nun mit auf dem Berg lebte, gäbe es viel mehr Arbeit, schon deshalb, weil er annahm, August werde bestimmt krank aus der Gefangenschaft zurückkommen. Die ärztliche Versorgung auf dem Berg war schwierig. Vor Kriegsbeginn wurde Dr. Auler von einer Kapazität aus Freiburg betreut, jetzt aber kam, wenn es ganz dringend war, ein Arzt aus Todtnau, das hing aber davon ab, wie und ob er gefahren werden konnte. Als Dr. Brühne uns besuchte, hatte er, nachdem er den alten Herrn und danach mich untersucht hatte, versprochen, sich regelmäßig um Dr. Auler zu kümmern. Er werde dies nicht über Gebühr ausdehnen, meinte er lächelnd, wenn er auch die Tage während seines Besuches hier sehr genossen habe. Sie würden für ihn eine schöne Erinnerung bleiben. Er sah mich dabei an und mir kam es so vor, als blicke er auf den Grund meiner Seele, dabei errötete ich, er spürte es, dass ich mich in ihn verliebt hatte. Während seines Aufenthaltes auf dem Berg machte ich wie gewohnt mit Lumpi unseren Abendspaziergang. Dr. Brühne meinte an einem dieser Abende, ein wenig frische Luft würde ihm bestimmt auch guttun, er wolle mich begleiten. Wir blieben auf dem Anwesen, in Richtung Tennisplatz war ein großer Teich angelegt, rundum mit Tannen bewaldet, alles sehr romantisch, leider aber auch nicht mehr gepflegt. Lumpi tummelte sich gerne hier, es war Vollmond, sehr hell, der Mond spiegelte sich im Teich, die Tannen warfen lange Schatten. Schweigend liefen wir nebeneinander her, ich war einfach verlegen. Plötzlich blieb Dr. Brühne stehen, fasste mich bei der Hand, drehte mich um und sah mir in die Augen, ich hielt seinem Blick stand. Langsam zog er mich an sich und küsste mich. Mit geschlossenen Augen ließ ich es geschehen und hatte für einen Moment den Wunsch, mich ganz mit ihm zu vereinen.

Dann klang seine Stimme an meinem Ohr.

»Kleines Mädchen, ich habe mich in dich verliebt, mehr darf aber nicht passieren, dies ist unser schönes Geheimnis. Wann wir uns sehen, wo auch immer, wirst du mich dann küssen? Ansonsten werde ich immer an dich denken, tust du es auch?« Das tat ich, viel dachte ich an Dr. Brühne, er hieß mit Vornamen Karl, alles an ihm erinnerte mich schmerzlich an das Verlorene. Eine Beziehung war ausgeschlossen, schließlich war Dr. Brühne verheiratet. Aber ich hatte plötzlich einen Freund, dem ich mich anvertrauen konnte, in seiner Nähe konnte ich so sein, wie ich wirklich war, unkompliziert, ohne Ansprüche. Seine Offenheit schätzte ich sehr, das machte unsere Freundschaft für mich überaus wertvoll.

Wenn ich Dr. Brühne in seiner Praxis besuchte, redete ich ihn mit ›Sie‹ an, wenn eine Schwester anwesend war. Aber unsere Augen sprachen ihre eigene Sprache. Dies wiederholte sich immer, wenn ich zu meinen Angehörigen fuhr oder er einen Kontrollbesuch auf dem Berg machte.

Endlich, endlich bekam ich einen Brief von Gisela. Mutter hatte ihn mir umadressiert auf den Berg geschickt. In Postkartengröße war ein Foto von ihr beigefügt, auf der Rückseite stand: ›Meiner lieben Petra‹. Aufgenommen war es im November 1947, sie sah darauf so erwachsen aus, ihre Augen aber erschienen mir leer, alles an ihr wirkte fremd und abweisend. Während ich ihre Zeilen las, wurde mir klar, dass sie Schreckliches durchgemacht hatte. Sie schrieb, dass sie von polnischen Besatzern verschleppt worden war und erst nach einem Jahr wieder nach Hause kam. ›Frage mich bitte nicht, in welchem Zustand ich zurückkam‹, schrieb sie mir. Wäre es damals möglich gewesen zu reisen, mich hätte nichts davon abhalten können, zu ihr zu fahren, sie in den Arm zu nehmen, so wie sie es auch getan hatte, um mich zu trösten, als die Nachricht von Karls Tod kam. Was wäre aus mir geworden, wenn ich auch auf Rügen geblieben wäre?

Den Brief beantwortete ich umgehend, ich schrieb Gisela, wo ich sei, dass ich im Sommer zur Uni als Gasthörer ginge, aber alles mehr oder weniger aus ›Spaß an der Freud‹. Gisela hatte nur kurz erwähnt, dass sie von Laurenz nichts gehört habe, aber die Post konnte in den Wirren des Krieges auch verloren gegangen sein. Daher erwähnte ich absichtlich nichts von unserer Zeit in Radebeul, sicher würde es bei ihr neue Wunden aufreißen, davon hatte sie, weiß Gott, jetzt gerade genug und musste vieles dazu verarbeiten. Wir versprachen uns, so oft wie möglich zu schreiben und, wenn es wieder möglich war, uns zu treffen, dann sollte uns auch nichts davon abhalten.

Zu einem Treffen kam es leider nie, unsere Briefverbindung riss ab, ich schrieb mehrere Briefe, aber es kam nie mehr eine Antwort. Später versuchte ich es über das Rote Kreuz. In ihrem Brief hatte Gisela erwähnt, dass ihr Bruder nach dem Zusammenbruch Bürgermeister in Saßnitz wurde, auch dort versuchte ich, etwas über die Familie zu erfahren. Alles ohne Erfolg. Wie sehr hätte ich mir gewünscht, meine Freundin wiederzusehen.

Kurz bevor ich begann, die Vorlesungen an der Uni zu besuchen, wurde Dr. Auler das Datum der Heimkehr seines Sohnes August Wilhelm mitgeteilt. Er wurde bis vor die Haustüre transportiert, und als der alte Herr den Transporter die Auffahrt passieren sah, ging er nach unten, um seinen Sohn an der Haustüre zu begrüßen.

Rosa, die Haushaltshilfe, und ich blieben oben in der kleinen Küche. Wir hatten ein Essen zubereitet, den Tisch in dem kleinen Zimmer schön für Vater und Sohn gedeckt und uns abgesprochen, dass Rosa und ich so wenig wie möglich stören sollten.

Als August die Treppe hinter seinem Vater heraufkam, hörte ich ihn sagen, »na, hier hat sich aber einiges zum Nachteil verändert.«

»Damit müssen wir leben, mein Sohn, viele Menschen haben alles verloren, sogar ihr Leben. Aber wir leben wenigstens noch«, meinte der Vater zu seinem heimgekehrten Sohn. Von Fotos kannte ich den Sohn ja schon, aber als ich ihn begrüßte, musste ich doch feststellen, dass Krieg und Gefangenschaft ihre Spuren hinterlassen hatten.

Das Gesicht war weiß und aufgedunsen, die großen blauen Augen lagen tief in den Höhlen. Der Körper war abgemagert, der Bauch dagegen dick. Zuvor hatte ich mir viele Gedanken darüber gemacht, ob es uns bei der immer noch mangelhaften Versorgung mit Lebensmitteln möglich sein würde, der Unterernährung und der eventuell krankhaften Ansammlung von Gewebsflüssigkeit Herr zu werden. Nach ein paar Tagen schlug ich dem alten Herrn vor, Dr. Brühne zu bitten, seinen Sohn zu untersuchen. Er würde die nötigen Medikamente verordnen und uns Anweisungen geben, was wir für seinen Sohn tun könnten. Dr. Brühne sagte sich für das kommende Wochenende an. Es sei sein freies Wochenende, so könne er über diese Tage verfügen. Gleichzeitig wies er darauf hin, dass eine Kontrolle auch bei mir fällig sei, es wäre angebracht, wenn ich mit ihm zurückfahren würde, um am Wochenanfang im Krankenhaus geröntgt zu werden. Hilfe war ja genug da, Rosa war anwesend und Frau Keller würde sich mehr einsetzen. Für die Ankunft von Dr. Brühne wollte ich ein schönes Essen zubereiten. Er musste ja an demselben Tag wieder zurück, ein Gästezimmer hatten wir nicht mehr, sie waren nun alle belegt.

Maria, der Engel, hatte uns vor etwa sieben Wochen fünf kleine Hähnchen zum Mästen gebracht. Wir hielten sie in der großen Garage, wo bis zur Besatzung zwei Autos und zwei Motorräder des alten Herrn gestanden waren. Nun lagerte da das Holz für die Heizöfen des großen Hauses, das vom alten Herrn und von mir nach Bedarf gespalten wurde. Die Getreidekörner für unsere kleinen Hähnchen brachte uns Maria auch mit. Ich nutzte nun die Gelegenheit und bereitete uns von diesen fünf kleinen Tierchen eine Mahlzeit zu. Herr Keller musste das Schlachten übernehmen, seine Frau rupfte sie und brachte aus ihrem Garten Salat mit, Kartoffeln hatten wir noch vorrätig. Das Festessen erklärte ich damit, dass wir nun zwei Fliegen mit einer Klappe schlugen, einerseits ein Begrüßungsessen für den heimgekehrten Sohn und andererseits ein Dank an Dr. Brühne.

Wie sehr ich mich über diesen Besuch freute, ließ ich mir allerdings nicht anmerken.

Nach dem Mittagessen, so gegen 15.00 Uhr, machten wir uns bereit zum Abmarsch. Dr. Brühnes Wunsch war es, zu Fuß den Weg nach Todtnau zurückzulegen, gegen 18.00 Uhr konnten wir in Richtung Säckingen fahren und ich hatte gleich einen Anschluss nach Rheinfelden. Es war ein tolles Gefühl, sich um nichts kümmern zu müssen, während des Fußmarsches sangen wir in den höchsten Tönen. Obwohl der Tag sehr heiß war, spürten wir die Hitze nicht, die Tannen beschatteten die Landstraße. So viel und herzhaft hatte ich schon lange nicht mehr gelacht.

»Nur zu, kleines Mädchen, es ist ein herrlicher Tag, freue dich einfach, ich tu es auch und genieße es in vollen Zügen«, sagte Dr. Brühne strahlend. Der lange Marsch hatte mich kein bisschen ermüdet, ich war so gelöst und fern von allem, dass ich mir wünschte, der Tag möge nie zu Ende gehen.

Kurz vor Todtnau wurde ich noch einmal fest in den Arm genommen, ein sanftes Streicheln über das Haar, ein »Schau mir in die Augen«, dann kam das grausame Erwachen.

»Nun müssen wir uns wieder benehmen. Es war so schön, mit dir die Straße entlangzugehen, ich wünschte, es würde sich wiederholen, es war beinahe so, als hätte der Himmel uns heute alleine gehört.«

Wie wundervoll es doch sein kann, wenn man Träume hat, von einem Leben, das vor einem liegt, von einem Menschen, den man von ganzem Herzen liebt, wenn man Augenblicke erlebt, von denen man sich wünscht, sie mögen doch nie zu Ende gehen.

Diese Gedanken beflügelten mich, sie begleiteten mich die ganzen drei Tage während meines Aufenthaltes bei meinen Angehörigen. Langsam fühlte ich, dass man dem Leben auch schöne und lichte Momente abringen kann. Augenblicke, in denen man alles Schlechte vergisst und nur an das Gute denkt. Dies ist ein unvergleichliches Gefühl, ich möchte es Glücksgefühl nennen, auch wenn es nur für einen kurzen Augenblick zu Gast ist.

Zurück auf dem Berg, waren die Aufgaben gewachsen. Mit den vorhandenen und zugeteilten Lebensmitteln versuchte ich nun, für vier Personen so zu kochen, dass es für alle ausreichend war. Der alte Herr schätzte es kräftig, sein Sohn bekam eine Diät, um die Gewebsflüssigkeit abzubauen. Bekam der Junior eine doppelte Portion, wurde woanders wieder eingespart. Mein Einsatz für Vater und Sohn verlief reibungslos. Frau Keller, Rosa und ich verteilten die Arbeit so, dass jede den Anforderungen gerecht werden konnte. Das Problem, das bisher verdrängt wurde, damit aber nicht gelöst war, war der 80. Geburtstag von Dr. Auler im November 1948. Wir mussten daran denken und uns auf einige Besucher einstellen. So beschlossen wir, für diesen Tag das große Zimmer im Parterre zu benutzen. In dieser Jahreszeit musste natürlich in dem großen Kamin ordentlich Feuer gemacht werden, ebenso in dem Kamin in der Halle, wo die Besucher empfangen werden sollten. Die Heizung war nach wie vor betriebsunfähig, deshalb hatten wir uns diese Lösung überlegt. Dafür war es allerdings nötig, rechtzeitig viel Holz zu hacken, was zum Teil Herr Keller und der Junior übernahmen. In einem der Keller hatte der alte Herr noch edlen Wein in Bocksbeuteln gelagert. Es fiel mir auf, dass er sich neuerdings öfters in den Keller begab und den gelagerten Wein kontrollierte. Einmal stellte er mir die Frage, ob ich eventuell beobachtet hätte, dass August in diesem Keller war. Nein, sagte ich, außerdem käme ich nie auf den Gedanken, den Junior zu kontrollieren.

»So meinte ich das nicht«, versicherte mir der alte Herr, »du bist doch sonst nicht auf den Kopf gefallen? Ich dachte daran, den Wein an meinem Geburtstag zu präsentieren.«

»Was hat das mit deinem Sohn zu tun?«, blieb ich hartnäckig.

»Na, dann muss ich dich wohl über etwas aufklären«, meinte der alte Herr, »aber nicht heute.«

Es war mir nicht entgangen, dass Vater und Sohn ein etwas kühles Verhältnis zueinander an den Tag legten, aber das mochte auch daran liegen, dass sie sich ja jahrelang nicht mehr gesehen hatten. Wie dem auch sei, es gab nun genügend zu planen und zu organisieren. Unverhofft kam Professor Ernst Heinkel mit seiner Frau und dem jüngsten Sohn Karl Ernst August, dem etwa zehn Jahre alten Patenkind von Dr. Auler, zu Besuch. Professor Heinkel bedauerte, dass er zum 80. Geburtstag nicht kommen könne, er wolle deshalb heute die Gelegenheit wahrnehmen, wieder einmal mit seinem alten Freund ungestört zu plaudern. Kein Wort fiel über August Auler, obwohl Ernst Heinkel sein Patenonkel war. Der Junior besuchte zu der Zeit seine Schwester Klara am Bodensee. Ein Fotograf begleitete die Familie Heinkel, beim Verabschieden vor dem Fliegerhorst machte er einige Aufnahmen, die Familie Heinkel mit Wilhelm Auler im Bild festhielten.

Jahre später fand ich in einem Antiquariat das Buch ›Ernst Heinkels stürmisches Leben‹ mit Fotos, unter anderem von dem Besuch 1948 im Auler-Haus. Beim Verabschieden der Familie nahm mich Prof. Heinkel vor dem Haus in den Arm, dankte mir für die gute Betreuung seines Freundes.

»Eduard, wenn du einen Wunsch hast, was immer es sei, ich werde dir diesen Wunsch erfüllen.«

»Danke«, entgegnete ich, »vielleicht komme ich wirklich einmal darauf zurück.« Dieses Versprechen würde ich drei Jahre später einlösen.

Zwei Tage in der Woche war ich nun unterwegs nach Freiburg. Bei Familie Spitznagel fühlte ich mich wohl. Emily, die Cousine meiner Mutter, machte mir das Bett, fand sie in meinem Wäschesack getragene Wäsche, wurde sie gewaschen, was mir allerdings nicht so recht war. Aber sie meinte es gut mir mir, abends versorgte sie mich mit einem warmen Essen. Als ich mich jedoch dagegen wehrte, meinte Emily ungerührt:

»Mach dir doch keinen Stress, mit Lebensmitteln und Obst werde ich von meinen Eltern gut versorgt, das reicht auch für dich halbe Portion.«

Dann kam die Währungsreform im Juni 1948. Über Nacht waren die Schaufenster gefüllt, es gab alles, was das Herz begehrte, die Preise allerdings machten einem Gänsehaut. Wie ich das alles hingekriegt habe, weiß ich nicht mehr. Mit den ersten 40 Deutschen Mark konnte man nicht sehr weit kommen. Natürlich konnte man nach und nach die Reichsmark umtauschen, wohl dem, der hatte: eins zu zehn.

Ich hatte nicht viel Erspartes. Zum 80. Geburtstag des alten Herrn musste ich unbedingt ein Paar neue Schuhe haben, sie kosteten ein kleines Vermögen, genau 98,- Mark. Ein Paar seidene Strümpfe fehlten mir auch, diese erstand ich für 25,- Mark. Auf dem Berg hatte ich eine sehr tüchtige Schneiderin, sie kam während des Krieges aus Düsseldorf dorthin, lernte ihren Mann, einen Skilehrer, kennen, sie heirateten und blieben für immer in ihrem kleinen Häuschen auf dem Berg.

Frau Müller schneiderte mir aus zwei verschiedenen Restposten ein sehr schönes Kleid, das ich am Geburtstag des Hausherrn tragen wollte. Für den Jubilar holte ich einen seiner Smokings aus dem Kleiderschrank, der in etwa zu passen schien. Er hatte zwar abgenommen, aber der Anzug ließ sich gut ändern. Ein sehr schönes weißes Hemd besorgte ich in Freiburg. Seine edlen Manschettenknöpfe, die über all die Jahre im Safe lagen, kamen auch zur Geltung. Etwas schwieriger war es mit seinen von Hand gefertigten Lackschuhen. Diese musste er nun stundenweise tragen, um sich wieder daran zu gewöhnen.

Von einem seiner früheren Schüler, Herrn von Bülow, erhielt Dr. Auler eine Mitteilung, dass einige seiner früheren Flugschüler ihrem Lehrer persönlich gratulieren wollten. Sie quartierten sich aus diesem Anlass in einem Hotel ein, um mit ihrem Meister den Geburtstag zu feiern. Wir sollten mit etwa 40 Personen rechnen. Die Besitzerin des Hotels Hebelhof bot Dr. Auler an, für ihn ein erstklassiges Büfett zu arrangieren und zu liefern.

So wurden meine Bedenken ausgeräumt und eigentlich konnte nichts mehr schiefgehen. Bis auf die Tatsache, dass Rosa mit einer fadenscheinigen Begründung zum 1. November kündigte. Was der wirkliche Grund war, erfuhren wir nie. Der Geburtstag in greifbarer Nähe, ich für das Wintersemester 1948 an der Uni eingetragen – es gab so vieles, das ich nicht mehr alleine bewältigen konnte.

»Mach dir nicht so viele Sorgen«, tröstete mich der alte Herr, »wir finden ganz sicher eine Lösung.« Ich war da nicht so optimistisch, wer kam schon im Winter in unsere Einöde? Mein Vorschlag, Freiburg aufzugeben, stieß auf Verständnislosigkeit, das käme gar nicht in Frage, meinte der alte Herr.

Der Geburtstag war ein sehr gelungenes Fest. Fast jugendlich wirkte Dr. Auler inmitten seiner ehemaligen Schüler und Freunde. Graf von Bülow kam mit seinem Chauffeur Rudi, dieser war im Voraus angehalten, das Servieren der Getränke zu übernehmen. Diese wurden auch reichlich von den Gratulanten als Geschenk mitgebracht. Es lief alles so gut, als sei es geübt worden. Frau Keller half uns, der Junior sprang ein, Rudi war in allem perfekt und Herr Keller sorgte für behagliche Wärme. Einige der Herren kannten mich bereits, die Namensgeber von EDUARD.

Im Jahr zuvor, in den langen Wintermonaten, hatte mich der alte Herr den English Waltz gelehrt, er hatte viele Schallplatten, nach denen wir übten. Es sei für ihn ein gutes Training, um fit zu bleiben, meinte er und brachte eine bewundernswerte Geduld auf, mich ungelenkiges Wesen zu trainieren. Aber auf den Erfolg waren wir beide stolz. An seinem 80. Geburtstag wurde unser Bemühen belohnt.

Nachdem alle Gäste um Mitternacht mit dem Jubilar angestoßen hatten, legte der alte Herr eine Platte auf, nahm mich bei der Hand, führte mich in die Mitte des Raumes und flüsterte mir lächelnd zu: »So, Eduard, nun wollen wir den Gästen zeigen, was wir können.« Wir tanzten wie zwei Profis, als hätten wir bisher nichts anderes getan. Ich war selbst erstaunt über mich. Die Gäste bildeten einen Kreis um uns und klatschten im Takt. Im Hintergrund hörten wir Begeisterungsrufe.

Der Alltag hatte uns wieder, es wurde sehr kalt und es begann zu schneien. Dr. Auler schloss die Getränke, die er anlässlich seines Geburtstages geschenkt bekommen hatte, im Keller in einen großen Vorratsschrank ein. Ich half ihm, die Flaschen in einem Korb an Ort und Stelle zu tragen, stellte ihm aber dabei die Frage, wieso denn nicht in den Weinkeller zu den anderen Flaschen? Er verschloss sorgfältig den Schrank und steckte den Schlüssel ein.

Wortlos gingen wir die Treppen hinauf, das Einzige, was gesprochen wurde, dann kam seine Frage.

»Trinken wir jetzt in dem gemütlichen kleinen Zimmer einen Tee?«

»Wenn du es möchtest, dann sehr gerne.« Die meisten Gäste hatten sich nach der Feier von uns verabschiedet, Ernst Auler, der älteste Sohn, war am Vormittag abgeholt worden und zurück nach Schweinfurt gefahren. Ich goss den Tee auf, wir hatten auch noch Kekse.

»Du hast dir jetzt eine Pause verdient«, meinte der alte Herr, »hast du Zeit? Ich möchte dir deine Fragen nun beantworten.« Natürlich nahm ich mir die Zeit, wir konnten in den vergangenen Tagen ja wenig miteinander reden.

»Nun die Frage eins«, begann Dr. Auler, »weshalb ich vor meinem Geburtstag den Wein im Keller kontrollierte. Meines Erachtens hätte er für die Gäste gereicht, nach genauer Untersuchung habe ich aber festgestellt, dass ein Teil der Flaschen mit Wasser gefüllt, die Korken passend gemacht und die Flaschen wieder verschlossen worden waren. Nun stell dir einmal diese Blamage vor, wir hätten eine dieser Flaschen in Anwesenheit der Gäste geöffnet, wie hätten wir dagestanden? Frage zwei, warum ich die restlichen Getränke in dem Vorratsschrank verschlossen habe. Damit nicht dasselbe passiert wie mit dem Wein. Sicher ist nun deine dritte Frage, wer denn so etwas macht? Stimmt es? Diese Frage beantworte ich dir sofort: August.«

Ungläubig sah ich Auler an, ich wollte dies einfach nicht glauben.

Wie zu sich selbst sprach der alte Herr, beide Hände vor dem Kinn verschlungen, weiter.

»Ich wollte erst einmal abwarten, wie August sich hier einlebt. Im Stillen hoffte ich und wünsche mir sehr, dass er durch den Krieg und die Gefangenschaft von dieser Sucht geheilt sei und sich meine Befürchtung, es könne zu einem Rückfall kommen, nicht bewahrheitet.«

Weihnachten verlief wie ganz normale Tage auch. Sohn August war von Freunden nach Hannover eingeladen, er wurde auf dem Berg abgeholt und Mitte Januar wieder zurückgebracht.

Beim Verabschieden meinte er zu seinem Vater:

»Vielleicht können mir meine Freunde helfen, eine Beschäftigung zu finden.« Es war fast ungewohnt, mit dem alten Herrn vorübergehend wieder alleine zu sein. Seine Augen machten ihm Sorgen, Dr. Brühne schlug vor, sie in Freiburg an der Uniklinik untersuchen zu lassen, was Auler aber bis Frühjahr 49 verschob, für den Fall, dass ein Klinikaufenthalt unumgänglich war. Über diesen Entschluss war ich doch sehr erleichtert, über die Schwierigkeiten, im Winter noch öfter nach Freiburg zu fahren als bisher, wollte ich erst gar nicht nachdenken. Worüber ich aber anfing nachzudenken, war die Tatsache, dass ich nun im vierten Jahr bei Dr. Auler war. Dass es nun doch an der Zeit war, mich neu zu orientieren, was ich einmal beruflich machen wollte. Mein Wintersemester wollte ich auf alle Fälle beenden, mich aber auch in dieser Zeit informieren, was es inzwischen an Möglichkeiten gab, um danach eventuell eine Entscheidung zu treffen. Aber alles kam so ganz anders, selten war bisher, dass meine Pläne realisiert wurden. Lag es nur an mir? Lag es daran, dass ich auch Geld verdienen musste? In den Jahren auf dem Berg konnte ich nicht viel sparen, dann war ja auch die Währungsreform, gerne hätte ich einmal ein hübsches Kleid, nicht nur aus Resten zusammengeschneidert, ein Paar hübsche Schuhe und eine schöne Handtasche. Dies alles waren aber vorerst nur Träume.

Der Junior hatte wohl keinen Erfolg in Hannover, er studierte die Zeitungen, schrieb Bewerbungen. Ein- bis zweimal in der Woche ging er zum Hebelhof, er hoffte, bei seinen Besuchen vielleicht jemanden zu treffen, der ihm, wie er meinte, einen Tipp geben konnte. Abends kam er immer verstohlen zurück, aber sein Vater registrierte sein Kommen und Gehen genau. Inzwischen war ich fest überzeugt davon, dass der Junior kein Trinker war. Für mich deutete nichts in seinem Verhalten oder Auftreten darauf hin.

Der alte Herr jedoch hielt sich, wenn August Vorschläge machte und erwähnte, sicher bald eine Anstellung zu finden, sehr bedeckt. Mir dagegen gefiel sein Optimismus, auch seine Umgangsformen und die ihm eigene Zurückhaltung gewannen mein Vertrauen. Wenn auch durch ihn mehr Arbeit anfiel, so nahm er mir auch gleichzeitig einiges ab. Einmal schlug er uns vor, mir den weiten Weg zum Einkaufen nach Bärental abzunehmen. Es war immer ein sehr langer Fußmarsch, den Rucksack mit den Lebensmitteln auf dem Rücken, und das bei Wind und Wetter. Aber sein Vater lehnte dies ein für alle Mal ab.

Die Befangenheit des Juniors mir gegenüber wich nun allmählich, er bot mir das Du an und das machte für mich den Umgang miteinander viel einfacher und angenehmer.

Nun war es endgültig, der alte Herr musste in die Augenklinik, ich fuhr im Taxi mit nach Freiburg, räumte ihm seine

Sachen ein und bekam noch einige Hinweise mit auf den Rückweg, worauf ich besonders achten solle.

Nach der OP lag er drei Tage im Dunkeln, die Augen waren verbunden. Täglich fuhr ich nach Freiburg, half ihm bei den Mahlzeiten, wusch ihm Gesicht und Hände, achtete darauf, dass er genügend Flüssigkeit aufnahm. Nachdem der Verband entfernt worden war, fuhr ich nur mehr dreimal wöchentlich zu ihm. Die Krankenhausversorgung war gut. Dr. Auler lag erste Klasse, so war ich nicht an fixe Besuchszeiten gebunden. Jedes Mal nahm ich frische Wäsche mit, die gebrauchte Wäsche ging zurück mit mir auf den Berg. Einmal wöchentlich besuchte der Junior seinen Vater, bei dieser Gelegenheit bewarb er sich in Freiburg und hielt nach einer Wohnmöglichkeit Umschau. Wenn der Junior oder ich zurück aus Freiburg kamen, gab es meist viel zu erzählen. Er nahm mir auch einiges an Hausarbeiten ab, so hatten wir die Abende für uns, oft kochten wir uns gemeinsam etwas und hatten großen Spaß dabei. So kamen wir uns dann näher, schließlich ganz nah.

Unerfahren in der Liebe, war ich bereit, sie zu erleben und zu leben. Die Einsamkeit hatte ich oft schmerzlich empfunden, die Sorge um den alten Herrn ließ meine innere Leere einfach nicht zu. Nun erlebte ich die Zweisamkeit, wenn wir beisammen waren, dann waren wir eins und unendlich weit von allem entfernt. Ich überschüttete August mit der ganzen aufgestauten Liebe und Sehnsucht, aber wie sollte das einmal enden? Eines Abends sprachen wir darüber, August hatte in Freiburg eine Bürotätigkeit in Aussicht gestellt bekommen. Es sei nichts Besonderes, meinte er, aber wenigstens einmal ein Anfang. Zunächst könnten wir uns an den Tagen sehen, an denen ich sowieso in Freiburg sei, dann würden wir, wenn es an der Zeit war, versuchen, eine andere Hilfe für seinen Vater zu bekommen. Der Junior hatte also feste Pläne.

Was waren meine Pläne? Das würde sich dann finden. Die Stellenangebote waren nicht gerade vielversprechend, wenn ich mich qualifizieren wollte, musste ich noch einiges lernen, dazu sollte ich nebenbei auch noch Geld verdienen. Vorgenommen hatte ich mir auf alle Fälle, noch im Laufe des Jahres 1949 vom Feldberg Abschied zu nehmen. Für das Sommersemester hatte ich keine Vorlesungen mehr belegt. Nach der Währungsreform war mir das zu kostspielig, der alte Herr war nicht immer pünktlich, wenn es darum ging, monatlich 50,- Mark für mich zu überweisen. Mir war auch klar geworden, dass es Zeit war, mein eigenes Leben zu leben.

Es ging mit den Veränderungen alles viel schneller, als ich dachte. Unverhofft kam der Hausherr nach Hause, wir hörten ihn nicht in das Haus eintreten. August und ich hatten unsere Zimmer im ersten Stock einander gegenüberliegend. Wir waren gerade dabei, unsere Betten frisch zu beziehen und alberten herum wie Kinder. Gerade nahm August mich in den Arm und liebkoste mich, als wir plötzlich in der Zimmertüre den alten Herrn gewahr wurden. Eisiges Schweigen schlug uns entgegen. Als Erstes sagte ich, nachdem ich mich von August gelöst hatte, »wir haben dich gar nicht kommen hören, entschuldige bitte.«

»Dazu seid ihr ja auch viel zu beschäftigt gewesen, wie zu sehen war.« Er bat seinen Sohn, er möge mit ihm in sein Zimmer kommen. So hatte ich mir seine Heimkehr nicht vorgestellt. Im Moment wusste ich nicht, wie ich mich verhalten sollte. Ich bezog also mein Bett fertig und ging nach einer Weile die Treppe hinab. In der kleinen Küche setzte ich Wasser für den Tee auf, in der Hoffnung, dass Dr. Auler käme, um mich endlich zu begrüßen. Stattdessen hörte ich, wie er in der gegenüberliegenden Bibliothek an den Safe ging und dort hantierte. August war in der Zwischenzeit nach oben in sein Zimmer gegangen und kam nach einer Weile wieder zurück. Vom Flur aus öffnete der alte Herr die Türe zur kleinen Küche.

»Nun verabschiede dich von ihr.« August stand mit seinem Koffer in der Hand da, sah mich an, kam zögernd auf mich zu.

»Mach's gut, Lumpchen!« Er nannte mich so, weil ich mich oft mit Lumpi auf dem Fußboden tummelte. Dabei steckte er mir einen gefalteten Zettel in den Rockbund. Er nahm mich in den Arm und murmelte: »Pass auf dich auf«, und ging aus dem Haus.

»Was war das denn?«, fragte ich den Senior.

»Das nennt man Konsequenzen ziehen«, gab er mir zur Antwort.

»Aber wieso soll nur August diese tragen?«

»Einer von euch musste gehen, ich dulde so etwas nicht in meinem Haus. August ist nicht gut für dich, er wird dir kein Glück bringen, also entschied ich, dass er gehen muss.«

»Was gut oder nicht gut für mich ist, das will ich selbst herausfinden und dann Entscheidungen treffen. Ich bin erwachsen, Dr. Auler, ich denke doch, dass das zu erkennen ist. Wenn du aber damit meinst, dass ich nicht gut genug für August bin, warum lässt du ihn darüber nicht selbst entscheiden?«

»Was du mir da unterstellst, ist ungeheuerlich«, erregte sich Auler, »er verdient dich einfach nicht.«

»Weißt du, alter Herr, ich bin es so leid, dass man mir immer noch vorschreiben will, was gut oder nicht gut für mich ist. Ich muss es doch selbst ergründen, was das Leben mit mir vorhat«, beendete ich die Diskussion. Ich brühte Tee auf, stellte alles wie immer in dem kleinen Zimmer auf den gedeckten Tisch und ging in mein Zimmer. In aller Ruhe wollte ich den Zettel lesen, den August mir bei seiner Umarmung in den Rockbund gesteckt hatte.

›Lumpchen, ich gehe jetzt zu Kellers, wenn du mit Lumpi einen Spaziergang machst, komme bitte vorbei, dann wollen wir über alles reden. Dein August.‹

Nachdem mein Arbeitgeber seine Augentropfen bekommen hatte und seine Sachen ausgepackt waren, half ich ihm beim Ausziehen, damit er sich auf sein Bett legen konnte, viel Ruhe habe er nötig, so sagte er mir. Ansonsten gab es keinen Dialog zwischen uns. Meine Aufgaben kannte ich, Krankenpflege war mir auch nichts Neues mehr. Ganz nebenbei erwähnte ich, dass ich nun mit Lumpi noch eine Runde ziehen wolle. Bei der Gelegenheit wolle ich Frau Keller bitten, morgen zu kommen. Während der drei Wochen seines Krankenhausaufenthaltes sei doch einiges liegen geblieben, alles andere hätten wir alleine gemacht.

»Ja, mach das!«, Dr. Auler kämpfte schon mit dem Schlaf, und als ich hinausging, war er schon eingeschlafen.

Die Familie Keller war schockiert, als sie von dem Geschehenen hörte. Sie boten August an, über Nacht bei ihnen zu bleiben. Kellers hatten einen Telefonanschluss, so hatte August die Möglichkeit, nach Freiburg zu telefonieren. Er hatte sich bei einer älteren Dame ein möbliertes Zimmer angesehen, wollte ihr aber erst noch Bescheid geben, ob er Interesse hatte. Zum Glück war es noch nicht vergeben.

So fuhr er am anderen Morgen nach Freiburg, wo er auch in einem Büro vorübergehend Beschäftigung fand.

Er schrieb mir fast täglich einen Brief, Herr Keller war der Postzusteller und Frau Keller brachte mir dann die Briefe ins Haus, so war alles unauffällig.

Mit dem alten Herrn vereinbarte ich, da ich zuvor nie einen bestimmten freien Tag genommen hatte, dafür aber mal für zwei bis drei Tage nach Hause fuhr, dass ich ab jetzt regelmäßig jedes zweite Wochenende, also Samstag und Sonntag, für mich beanspruchte.

Außerdem versuchte ich ihm zu erklären, dass ich hoffte, bis Ende des Sommers eine Hilfe für ihn zu finden, denn ich wollte nun gerne etwas unternehmen mit dem Ziel, mich für einen Beruf zu spezialisieren. Darauf folgte ein langes Schweigen.

»Das hat er nun auch noch erreicht«, meinte Auler. Wer was erreicht habe, fragte ich.

»Na, wer schon, August hat nun erreicht, dass er mir auf meine alten Tage meine einzige Stütze und Vertraute wegnimmt.«

»Das ist aber nicht ganz richtig«, gab ich zu bedenken, »von Anfang an war es nicht meine Absicht, für immer auf dem Berg zu bleiben. Dass es dennoch fast vier Jahre dauerte, lag daran, dass ich sehr gerne hier war, ich fühlte mich geborgen. Du hast mir in meiner schweren Zeit, als mich die Erinnerungen an die Kriegsereignisse wieder einholten, beigestanden. Gemeinsam haben wir in den Jahren Hunger, Kälte und Krankheit gemeistert. Scheinbar war diese Abgeschiedenheit für uns wie geschaffen, nachdem du nicht mehr reisen konntest und die Besucher immer seltener wurden. Nun muss ich aber zusehen, mein Leben selbst zu packen und für mich, wenn es nötig sein sollte, alleine zu sorgen.«

»Ich verstehe dich sehr gut, Mutter (er nannte mich plötzlich wieder Mutter), aber für mich wird es sehr schwer werden«, meinte der alte Herr. »Wäre ich nicht so alt und du nicht so herrlich jung, würde ich dich sofort heiraten. Aber so würde alle Welt spekulieren und Gründe genug finden, z.B. dass du sicher versorgt sein möchtest, ich aber eine Pflegerin hätte. Diese Vorstellung würde bestimmt auch deinen Beifall nicht finden, oder?« »Nein, nein, ganz gewiss nicht«, sagte ich völlig überrascht, »gibt es überhaupt noch eine Welt hinter dem Berg? Das alles muss ich erst einmal herausfinden, dann werde ich für mich einen Weg suchen und ihn vielleicht auch finden. Das Suchen ist oft wichtiger als das Finden. Das Suchen weckt Hoffnung, macht neugierig, ist spannend, das Finden kann enttäuschend und sehr schmerzlich sein. Aber danken möchte ich dir von ganzem Herzen, alter Herr, für deine Worte, für mich ist es ein sehr schönes Kompliment, wie ich finde, darauf bin ich ganz stolz, immer werde ich daran denken. DANKE.«

Das Suchen hatte begonnen. Im Rhythmus, jedes zweite Wochenende, fuhr ich nach Freiburg, traf mich mit August und war voller Hoffnung, dass das Leben auch für mich Schönes bereithielt.

Die Vermieterin gestattete, dass wir uns in Augusts Zimmer aufhielten. Sie bot sich an, an den gemeinsamen Wochenenden zu kochen, so aßen wir zu dritt. Es kam auch vor, dass wir drei ein Kino besuchten oder den Samstagabend mit Frau Rauch zusammen verbrachten. Anfang Juli 1949 verließ ich das Auler-Haus. Der Abschied von dem alten Herrn tat mir weh, doch die Gewissheit, dass er auch weiterhin wie gewohnt versorgt wurde, machte alles ein wenig leichter. Eine jüngere Kriegerwitwe hatte sich beworben, sie wurde für gut befunden, und Frau Keller würde auch ihr zur

Seite stehen. Lumpi, der kleine Zwergschnauzer, war seit Tagen sehr bedrückt, er spürte die Veränderung, nur kurz ging er aus dem Haus, dann legte er sich wieder in seinen Sessel, den Kopf auf den Vorderpfoten, und beobachtete jede Bewegung von mir. Er würde mir sehr fehlen.

Zunächst fuhr ich zu meinen Angehörigen. Meine Überlegung war, dass ich, nachdem die Grenze zur Schweiz wieder offen war, als Grenzgängerin vielleicht eine Arbeit fände. Als Arbeitskraft waren wir Schwöbeli gern gesehen. Es gab aber nur solche Arbeiten, die von den Schweizern nicht gerne selbst übernommen wurden. Tante Nina bot mir an, bei ihr zu wohnen, Onkel Stephan war zu Kriegsende in russische Gefangenschaft geraten. Das Alleinsein fiel ihr daher sehr schwer. Ich fand es eine tolle Lösung für uns beide, Tante Nina tat auch alles für mich, immer wieder betonte sie, dass ich doch wie ihre kleine Schwester sei. Um eine Arbeit zu finden, ging ich jeweils am Mittwoch und am Samstag über die Rheinbrücke und besorgte mir Zeitungen mit Stellenanzeigen. Ich hatte tatsächlich Glück, obwohl die Saison längst begonnen hatte, bekam ich in einem Kurhotel die Stelle einer Personalköchin. Arbeitsbeginn früh um sechs Uhr, von 14.00 – 16.00 Uhr waren zwei Freistunden, dann ging es aber rund, oft bis Mitternacht. Zu meinen Aufgaben kam hinzu, dass ich dem Küchenchef und dem Patissier helfen musste. Nach zwei Wochen Einarbeitung fiel der Küchenchef für fast zwei Wochen aus, er hatte sich mit einem Messer beim Fleischauslösen sehr verletzt. Jetzt aber war Not am Mann, eine Vertretung zu finden während der Saison, war völlig aussichtslos.

»Was machen wir jetzt?«, meinte der Patissier zum Hotelchef.

»Ja, was machen wir da«, meinte dieser gedehnt, »das ist

ganz einfach, da müsst ihr beide eben den Laden schmeißen.« Mit ›ihr beide‹ meinte der Hotelier den Patissier und mich. Das Hotel war ausgebucht, die eigentliche Hochsaison stand an. Das meiste Personal waren Italiener, im Service arbeiteten zwei Österreicherinnen, ein Berliner als Oberkellner. Der Patissier war aus Bern, er verstand es, alles mit Humor zu nehmen. Das Küchenmädchen Alice half mir beim Kochen, sie war aus Italien und wusste genau, was ihre Landsleute gerne aßen. Sie übernahm nun das Kochen für das Personal, so hofften wir nun, alles zu bewältigen. Und wir schafften es tatsächlich, Hand in Hand arbeiteten wir drei, als sei es nicht das erste Mal. Großes Lob kam auch von den Gästen, ich bekam für diese Vertretung genau 30,-- Schweizer Franken mehr. Aber es machte uns Spaß, nur wurde es dann selbstverständlich, dass ich an den freien Tagen des Küchenchefs für ihn einsprang.

Nun war August an der Reihe, auch hin und wieder an meinem freien Wochenende zu mir zu fahren. Er konnte dann an diesen Tagen bei Tante Nina wohnen. Mutter kochte für uns an den Sonntagen mit, Tante Nina war auch immer mit dabei. Meine kleine Schwester war inzwischen fast fünf Jahre alt und sehr selbstständig. Sie stellte Fragen über Fragen, wenn sie glaubte, die Antwort sei falsch, dann schaute sie einen von der Seite an.

»Bist du dir da ganz sicher?« So wollte sie immer mehr von August wissen, vor allem musste er ihr viel über seinen Vater erzählen.

Über Dr. Brühne erfuhr ich regelmäßig, wie es dem alten Herrn ging.

»Mach dir nicht so viele Sorgen«, meinte er eines Tages, »er ist gesund und kommt, so wie es ist, zurecht.«

Ende Oktober ging die Saison zu Ende. Das Hotel blieb

dann bis Anfang April geschlossen, das große Heimreisen begann. Der Hotelier kam eines Morgens in die Küche und meinte zu mir, er wolle etwas mit mir besprechen, wenn ich es zeitlich einrichten könne, solle ich in sein Büro kommen. »Na«, meinte Charlie, der Patissier, »will er dir das Fell über die Ohren ziehen?«

»Ich hoffe nicht«, überlegte ich besorgt, »aber über die nächste Saison wird er bestimmt noch nicht sprechen wollen.« Ich beeilte mich, um der Spannung ein Ende zu machen. Im Büro war Hochbetrieb, ich wollte wieder in die Küche zurück, als der Hoteldirektor mir nachrief: »Ädith«, so hörte sich in dem Dialekt mein Name an, »hiergeblieben!« Ich machte kehrt und sah ihn unsicher an. Es dauerte nicht sehr lange und das Büro war leer. »Setzen Sie sich, ich mache es kurz, über Einzelheiten können wir später reden. Haben Sie schon etwas Neues für den Winter?«, fragte er direkt heraus. Ich verneinte.

»Dann mache ich Ihnen ein Angebot«, hörte ich ihn sagen. »Würden Sie mir in den Wintermonaten den Haushalt führen?« Eine Tante, von der er das Hotel geerbt hatte, lebte mit einer Gesellschafterin im Haus. Somit wäre für drei Personen zu kochen, dem Hausherrn, Mitte 40 und Junggeselle, seine Umgebung in Ordnung zu halten und an dem freien Nachmittag der Betreuerin die alte Dame ein wenig zu unterhalten, ihr zwischendurch einen Tee zuzubereiten und die Tabletten zu verabreichen. Die alte Dame war an den Rollstuhl gefesselt. Ich sagte Herrn Dietschi sofort zu, er meinte dann so nebenbei, wenn ich kommende Saison doch wieder im Hotel arbeite, könnte doch alles nahtlos verlaufen. Meine Diätkenntnisse würden für die alte Dame von Nutzen sein, auch für das Kurhotel werde er in der kommenden Saison Diätspeisen anbieten.

So war mein Arbeitsplatz zunächst für das kommende Jahr sicher. Täglich passierte ich die Grenze, hin und wieder wurde auch ich, wie es bei den Grenzgängern so schön hieß, gefilzt, es kam auch vor, dass eine Frau anwesend war und wir Frauen bis auf den Grund unter die Lupe genommen wurden. Jedes Quartal war Antreten bei der Fremdenpolizei angesagt oder diese kam an den Arbeitsplatz, um nachzufragen, ob man sich nichts zuschulden kommen ließ. Obwohl die Zeiten eigentlich vorüber waren, so musste ich doch an den Krieg denken. In den Wintermonaten hatte ich Gelegenheit, einen Kurzlehrgang für Diätassistenten zu besuchen, diesen setzte ich fort, ehe im April die Saison begann. So absolvierte ich den Teil einer Ausbildung, den ich geeignet für mich hielt. Für den Herbst war ein Lehrgang in Wissensvermittlung und Beratung vorgesehen. Das machte mich noch selbstsicherer, ich hatte ein Ziel, ein Thema gewählt, das immer wieder aufgefrischt und neu aufgebaut werden musste. Medizinische Kenntnisse wurden vermittelt, ohne mit Blut in Berührung zu kommen. Eine neue Türe zur Welt schien sich für mich nun zu öffnen.

An einem Wochenende wartete ich auf August vergebens. Zweimal machte ich zu Fuß den weiten Weg zum Bahnhof – vergebens. Telefonisch ging überhaupt nichts, zu Hause hatten wir keinen Telefonanschluss, es blieb also nur abzuwarten, was der Grund seines Wegbleibens war. Im Laufe der Woche kam kurz, fast einer Notiz gleich, die Entschuldigung: ›Ich war versackt.‹

In den vergangenen Wochen beklagte August ständig, dass er, aus bester Familie und mit einer guten Ausbildung, keine anständige Arbeit angeboten bekäme. Dies sei alles so entwürdigend und mache ihn langsam mürbe. In einem

Gespräch versuchte ich ihm zu erklären, dass viele Menschen aus der Bahn geworfen wurden und nun wieder versuchten, irgendwie Fuß zu fassen. Er solle einfach noch Geduld haben, es brauchte eben seine Zeit. So aber stand er eines Tages vor unserer Haustüre, den Koffer in der Hand, und bat, bleiben zu dürfen. Meine kleine Schwester bekam ihr Bett im Schlafzimmer der Eltern aufgestellt, August schlief nun in meinem Zimmer, sprich, dem Zimmer von Andrea und mir. Ich blieb bei Tante Nina, mit ihr konnte ich immer über all meine Sorgen reden. Wie sollte es nun weitergehen? August beantragte Arbeitslosengeld. Ich bat ihn eindringlich, sich ein Zimmer zu suchen und vor allem irgendeine Arbeit, bis sich das fand, was für ihn, wie er so nebenbei erwähnte, standesgemäß war. Er fand zum Glück ein Zimmer in der Siedlung, die 1933 mit viel SA- Getöse eingeweiht worden war.

Die Saison hatte wieder begonnen, ich war von früh bis spät im Hotel, für ein tägliches Treffen fehlte mir einfach die Zeit. Mutter kochte für August mit, die Miete für sein Zimmer übernahm ich, bis er wieder selbst verdiente. Tagsüber, so sagte meine Mutter mir, sei August mit meinem Fahrrad viel unterwegs, wahrscheinlich auf Arbeitsuche, allerdings kam er auch oft erst spät am Abend zurück.

Ganz zufällig kam ich darauf, wo August sich tagsüber so gerne aufhielt, nämlich in einer kleinen Eckkneipe nahe der Schweizer Grenze. Die Bedienung dieser Bierkneipe war ausgerechnet die Tochter des gefürchteten Polizisten, Jugendschreck genannt, der es für mich in die Wege geleitet hatte, dass ich mit der Familie Weiler nach Sachsen übersiedeln konnte. Sie hatte an dem gut aussehenden Auler junior Gefallen gefunden. Sie unternahmen an Pias freiem Wochentag Radtouren, an den übrigen Wochentagen saß er bei ihr bis zum Abend in der Kneipe. Scheinbar unterstützte sie Augusts Bedürfnisse nach alkoholischen Getränken. Oft sah ich August auch nicht, wenn ich ein freies Wochenende hatte, dann war sein Denken in weite Ferne gerichtet. Er hatte plötzlich Pläne, wie man viel Geld verdienen konnte, wenn, wenn …, nur mit der Realität konnte er nichts anfangen. Wie konnte ich nur so lange nachsichtig sein, obwohl er oft betrunken ankam? Mit seiner gehauchten Entschuldigung, seinem Lächeln, wenn er so vor mir stand, gab er erneut das Versprechen, dass alles gut würde. Dann begann alles wieder von vorne mit Versöhnung, Hingabe, neuerlicher schmerzlicher Enttäuschung.

An einem freien Wochentag, den bekam ich für meine vielen Überstunden, nahm ich mir vor, den alten Herrn auf dem Berg zu besuchen. Dies entschied sich, als ein Gast des Schützenvereins mir anbot, mich mit seinem Auto hinzufahren. Er hatte hier im Ort eine Anwaltspraxis und betreute den Hotelier in Rechtsfragen. Während der Wintermonate nahm der Hotelier, Herr Dietschi, sich oft die Zeit, mit der alten Dame, ihrer Betreuerin und mir am Nachmittag Tee zu trinken. Dafür musste ich dann einen Hefestreuselkuchen backen, der mir besonders gut gelang. Es war immer eine sehr anregende Plauderstunde, dabei erzählte ich von meinem Aufenthalt bei Dr. Auler, erwähnte aber auch gleichzeitig, wie gerne ich ihn besuchen würde. Leider sei die Fahrt, obwohl keine große Entfernung, dafür aber zu umständlich, daher für mich nicht zu realisieren. Das müsste doch möglich sein, meinte Herr Dietschi.

»Wie denn, ohne Auto, wer hat bei uns schon ein Auto?«, konterte ich.

»Gibt es da keine Bahnverbindung oder so?«, bohrte Herr Dietschi weiter. »Nur eine ganz schlechte, dann müsste ich noch zu Fuß von Todtnau auf den Berg …«, es war mehr ein Selbstgespräch. Dabei sah ich den alten Herrn vor mir, wie mochte er zurechtkommen?

»Ihnen liegt sehr viel daran, Dr. Auler mal wiederzusehen?«

»Ja«, sagte ich gedehnt, aus meinen Gedanken gerissen, »wenn ich bloß wüsste, wie?« Ich wusste wirklich keine Lösung, aber Herr Dietschi sorgte für eine. Die Vorsaison hatte begonnen, nach und nach kam das Personal angereist. Alles musste saisontüchtig gemacht werden. Der Küchenchef hatte sich noch einmal für diese Saison verpflichtet und tätigte gerade die Einkäufe, als Herr Dietschi in die Küche kam. »Ädith, wie wäre es, wenn Sie übermorgen freinehmen? Sie wissen ja, während der Saison ist es an einem Wochentag sehr schlecht. Ich konnte jemanden überreden, Sie auf den Feldberg zu fahren, dieser Jemand ist Dr. Schnieder, es würde ihm aber nur übermorgen passen.« Mein Herz fing an zu rasen, erst dachte ich, mich verhört zu haben, dann musste ich mir einen Bremsklotz anlegen, um meinem Chef nicht um den Hals zu fallen. Das wäre für ihn sicher sehr peinlich gewesen, da er das eigene Geschlecht bevorzugte.

»Herr Dietschi, Sie machen keine Scherze?«

»Nanu, trauen Sie mir das wirklich zu? Ich habe mit Dr. Schnieder vereinbart, dass ich ihn noch heute zurückrufe.«

»Darf ich von hier aus Dr. Auler anrufen?«, fragte ich ganz aufgeregt. »Geben Sie mir seine Telefonnummer, ich sage im Büro Bescheid, dass sie das Gespräch in die Küche verbinden«, regelte Herr Dietschi auch dieses Problem für mich. Unendlich lange, so kam es mir vor, dauerte es, bis ein Anruf kam, Charlie rief den anderen in der Küche zu, sie sollten mit dem Geklapper aufhören, Dietz müsse telefonisch etwas Wichtiges regeln.

Sehr oft wusste ich nicht, war ich nun gemeint? Charlie nannte mich Dietz, auch Didi war an der Tagesordnung, er meinte zu mir, das sei eine Ableitung meines antiken Namens. Da war mir das Original schon lieber.

»Hallo, wer ist denn da?«, hörte ich Dr. Aulers Stimme.

»Hallo, ich bin es, Mutter!«

»Wo bist du?«, fragte er aufgeregt.

»Ich bin im Hotel, an der Arbeit, ich habe übermorgen frei. Was hältst du davon, wenn ich dich besuche? Ich wäre dann so gegen 14.00 Uhr bei dir, vielleicht so auf zwei bis drei Stunden, dann fahren wir wieder zurück. Es ist für mich eine Gelegenheit, die ich nutzen will, dich einmal wiederzusehen.«

»Kommst du denn alleine?«, war Aulers Frage.

»Ja«, sagte ich, »mein Chef hat alles für mich arrangiert.«

»Wie sehr ich mich freue, das muss ich doch nicht erwähnen, oder?«

»Ich käme trotzdem«, sagte ich gut gelaunt.

Plötzlich hörte ich ihn sagen: »Lumpi, da ist Mutter, stell dir vor, sie kommt!« »Wau, wau«, hörte ich meinen kleinen Freund.

Wie geplant, stieg ich gegen 14.00 Uhr an der Auffahrt aus. Dr. Schnieder betrachtete noch den Wegweiser, dann fuhr er in Richtung Feldberger Hof. Zuvor bat ich noch meinen Begleiter, er möge beim Abholen bis vor das Haus fahren, vom Fenster aus könne ich ihn kommen sehen. Charlie hatte uns für die Reise ein Lunchpaket mitgegeben, es hätte bestimmt für zwei Tage gereicht. Wahrscheinlich war ich viel zu aufgeregt, um während der Fahrt an das Essen zu denken.

Langsam lief ich die Auffahrt hinauf, als ein freudiges Gebell zu hören war und Lumpi sich auf mich stürzte. Was für eine Freude, der kleine Kerl überschlug sich beinahe. Beim Aufsehen sah ich Auler langsam mir entgegenkommen. Er blieb stehen, breitete die Arme aus und umarmte mich.

»Willkommen, Mutter, willkommen, schön dass du da bist!« Ich hakte mich unter, so liefen wir in Richtung Haus. Plötzlich blieb er stehen und zeigte auf die große Grasfläche auf dem Grundstück. »Weißt du es noch, wie du mir auf dieser Wiese das Leben gerettet hast?«

»Wie könnte ich dies vergessen«, sagte ich nachdenklich.

»Was für ein Glück, Mutter, dass du das Geschehen beobachtet hast, es hätte für mich schlimm ausgehen können«, bekräftigte der alte Herr und blieb eine Weile nachdenklich stehen. Beobachtet hatte ich damals fünf Kühe, die das Privatgrundstück als ihre Weide betrachteten. Dr. Auler, der mit Lumpi einen kleinen Spaziergang machte, ging kurzerhand auf die Wiese, um die Kühe zu vertreiben. Plötzlich ging eine der Kühe mit gesenktem Kopf auf Auler los, nahm ihn buchstäblich auf die Hörner und warf ihn auf die Erde. Sie setzte ein zweites Mal an, schleppte ihn ein Stück vorwärts, warf ihn zu Boden und stieß mit den Hörnern gegen ihn. Gerade, als sie ein drittes Mal ansetzen wollte, war ich mit einer Peitsche, die meist in der Halle auf einer Truhe für diesen Zweck lag, herbeigelaufen und schlug auf das Tier ein. Die Kuh lief davon, die andern hinterher, so konnte ich mich um den alten Herrn kümmern. Er stöhnte vor Schmerzen, wie ich es schaffte, ihn in den ersten Stock in sein Zimmer zu bringen, weiß ich heute gar nicht mehr. Ich legte ihn auf sein Bett, rief Dr. Brühne an, und der veranlasste, dass Dr. Auler mit einem Krankenwagen nach Todtnau zum Röntgen gebracht wurde. Dabei stellte man fest, dass eine Rippe gebrochen war, schwere Prellungen verursachten ihm große Schmerzen. Die erforderliche Pflege übernahm ich in seinem Haus.

»Jetzt wollen wir aber nicht über diese Dinge reden«, sagte ich vorsichtig, »erzähle mir lieber, wie es dir geht.«

»Im Augenblick sehr gut«, meinte Auler.

Lumpi wich nicht von meiner Seite, wenn wir uns ein Weilchen unterhielten, stupste er mich an, als wollte er sagen: He, ich bin auch noch da.

Die ganze Zeit saßen wir in dem kleinen Zimmer, der alte Herr in seinem Sessel an der Wand, die Hände wie immer beim Erzählen über der Brust gefaltet, ich gegenüber, Lumpi auf meinem Schoß. Es war fast so, als sei ich nie von hier weg gewesen.

Diese Jahre auf dem Berg waren Teil eines gemeinsamen Lebens, geprägt von der Nachkriegszeit, Hunger und Kälte hatten uns im Griff, sie waren die stärksten Gegner gewesen. Auch das Gespenst Krankheit hatte Einzug im Auler-Haus gehalten, aber wir hatten allem getrotzt. Diese Jahre gehörten zu meinem Leben, fast wie das tägliche Brot. Beim Anblick des alten Herrn, der mir gerade gegenübersaß, tat mir das Herz weh. Seine Einsamkeit war zu spüren, ein innerer Kampf begann. Mach dir kein schlechtes Gewissen, ermahnte ich mich, lass es nicht zu, bei ihm zu bleiben, um dich wieder um ihn zu kümmern. Nein, das ging nicht, jetzt musste ich mich um mein Leben kümmern. Den Anfang hatte ich gemacht, wenn auch auf die Dauer nicht das Hotel mein Ziel war. Sobald ich die Gelegenheit hatte, wollte ich mich als Diätassistentin bewerben. Wenn ich noch fachlich in Ernährungsberatung bestand, dann hatte ich für mich genug erreicht.

Über August wurde nicht gesprochen, was hätte ich auch erzählen sollen? Was es bisher zu berichten gab, hätte seinen Vater nur in seiner Meinung bestätigt: Siehst du, ich hatte doch recht.

Während der Saison, August hatte immer noch keine standesgemäße Anstellung, wie er beliebte, sich auszudrücken, schrieb ich ohne sein Wissen an Prof. Heinkel. Ich erinnerte ihn daran, dass er mir einen Wunsch erfüllen wollte. Mein Wunsch beziehungsweise meine Bitte an ihn war, ob er etwas für August tun könnte, er fände für sich keine geeignete Arbeit. Ich erwähnte in dem Brief, dass August mir erzählte, er habe einmal in den Heinkel Werken gearbeitet. Von meinem Vorstoß sei August nicht informiert, es sei aber auch mein Wunsch, August in einer Position zu wissen, wo es wieder ein geregeltes Leben für ihn geben könnte. Die Antwort ließ nicht lange auf sich warten, der Inhalt gab mir allerdings einige Bedenken. So stand in dem Antwortschreiben, dass er, Prof. Heinkel, mir gewiss jeden Wunsch erfüllt hätte, wäre er für mich persönlich gewesen. Diesen Wunsch allerdings könnte er mir leider nicht erfüllen, nachdem er nicht gerade gute Erfahrungen mit seinem Patenkind August gemacht habe. Trotzdem versuchte ich alles und immer wieder voller Hoffnung.

Dieser Gutschein war nun eingelöst, ich war zwar um eine bittere Erfahrung reicher, aber es war für mich noch nicht der richtige Zeitpunkt für eine Entscheidung. Es musste erst noch mehr passieren.

Im Herbst, als die Saison zu Ende war und ich, wie erwartet, den Winter über privat im Hotel blieb, hatte August sich entschlossen, in Gießen Fuß zu fassen. Für einige Tage war er dorthin gefahren, zu jener Familie, bei der er während seines Studiums gewohnt hatte. Nora und Maximilian Kessler wollten sich für August in Gießen einsetzen. Noras Mutter, inzwischen eine alte Dame, bot August an, sein früheres Zimmer wieder zu bewohnen. Frau König bewohnte mit Tochter Nora, deren Mann Maximilian Kessler und den beiden Kindern eine 5-Zimmer-Etagenwohnung. Die ältere Tochter, Valerie Schröder, bewohnte eines der Zimmer. Sie wurde vor dem Krieg von ihrem Mann geschieden, jetzt arbeitete sie als Sekretärin bei einer Behörde.

Um eine Wohnung zu bekommen, musste man dem Wohnungsamt die Situation darstellen, dann wurde nach Dringlichkeit entschieden, wer das Zimmer oder die Wohnung bekam. Das Zimmer, das August vor dem Krieg bewohnt hatte und nun wieder beziehen konnte, lag außerhalb der abgeschlossenen Etagenwohnung. Ein separates Reich also, sehr geräumig, so jedenfalls beschrieb es mir August.

Ganz unverhofft besuchte mich Vater an meinem Arbeitsplatz. Er war etwas enttäuscht, als er vernahm, dass ich an einem Hotelkochherd stehe, versöhnte sich aber damit, als ich ihm erklärte, was ich für die Zukunft plante. Er war aus dem Lager entlassen worden, als Zeugen bestätigten, dass er für die Fremdarbeiter im Betrieb immer für genügend Essen und Schlaf gesorgt und ihnen keinerlei Gewalt angetan hatte.

Er war sehr gealtert, ganz grau sein Haar, aber seine Augen strahlten, als er mich wiedersah. Sein Plan war, meine Mutter auch zu begrüßen, dann wollte er wieder zurück nach Hamburg. Er arbeitete wieder in seiner alten Firma als Pyrotechniker und war, wie es schien, rundum zufrieden.

Auf Augusts Wunsch fuhr ich über die Weihnachtsfeiertage zu ihm nach Gießen. Er war Mitte Dezember umgesiedelt, um Anfang Januar, wie er meinte, neu zu beginnen. Es sollte auch ein Neuanfang werden für ein gemeinsames Leben. August schlug vor, dass ich nun so nach und nach alles, was ich an Aussteuer besaß, per Bahn oder Spedition nach Gießen schicken sollte. Bei meinem Besuch an den Feiertagen wurde ich sehr freundlich aufgenommen. Auch die alte Dame, Frau König, versprach mir, alles zu tun, damit ich mich in Gießen wohlfühlte.

Das Zimmer war sehr groß und hell, darin gab es eine kleine Gas-Kochnische, ein sehr breites Bett und einen Kleiderschrank. Bei mir zu Hause hatte ich eine Anrichte für mein Porzellan und Besteck und einen runden Tisch mit zwei sehr schönen Sesseln. Dies alles würde mit einer Spedition einschließlich der großen Truhe, gefüllt mit Bettwäsche und Handtüchern, nach Gießen transportiert. Nun konnte ich mir in Gedanken schon einmal unser kleines Heim vorstellen und einrichten.

Bis April 1951 blieb ich dem Hotel treu. Für die kommende Saison musste rasch ein Ersatz gefunden werden. Nun war es endgültig, dass ich von meinen Arbeitskollegen Abschied nahm. Plötzlich hatte ich Angst, aber wovor? Ich konnte es mir nicht erklären, vielleicht davor, dass ich von meinen Großeltern wieder Abschied nehmen musste? Von Mutter und den übrigen Angehörigen? Jetzt konnte ich noch, wenn ich das Bedürfnis hatte, mal schnell überall einen Besuch machen. Dann aber redete ich mir ein, dass in Gießen bestimmt alles schön würde. Ich wollte mir eine Arbeit suchen, nette Freunde gewinnen, was sollte ich denn tagsüber nur herumsitzen. Diese Gedanken machten mir wieder Mut und hoben meine traurige Stimmung.

Am Samstag vor Pfingsten kam August, um mich als

seine Verlobte abzuholen. Eine kleine Verlobungsfeier mit meinen Angehörigen war auch gleichzeitig ein Abschied. Kurt nahm mich in den Arm, was selten geschah, und flüsterte mir ins Ohr.

»Wenn es in Gießen nicht so klappt, wie du es dir vorgestellt hast und wie du es dir wünschst, dann komm wieder nach Hause, Mutter und ich sind immer für dich da.«

Meine Sachen waren ausgepackt, das Zimmer machte einen recht gemütlichen Eindruck, ich fühlte mich zu Hause. Nora Kessler hatte sich in der großen Waschküche im Haus eine Arbeitsstelle eingerichtet. Sie wusch für einen großen Kundenkreis die Wäsche. Der große Waschkessel dampfte täglich, in der Mitte der Waschküche stand auf zwei Böcken eine Zinnwanne mit Waschbrett, an diesem schrubbte sie täglich die Wäsche. Die vollen Waschkörbe wurden einige Treppen hoch zum Trocknen auf den Dachboden geschleppt, eine sehr anstrengende, mühevolle Art, Geld zu verdienen. Täglich half ich Nora bei dieser Arbeit, dafür ging sie mit mir auf Arbeitssuche. Morgens fuhr August mit der Straßenbahn ins Büro. Er sprach nicht viel darüber, trotzdem hatte ich den Eindruck, dass er zufrieden war. Immer korrekt gekleidet verließ er das Haus.

Nach einigen Wochen kam August immer öfter später nach Hause. Oft auffallend redselig, dann mal wieder nörgelnd, sogar Kleinigkeiten kritisierte er, wenn z.B. ein Deckchen auf der Anrichte nicht exakt auf demselben Platz lag. Wenn ich nach dem Grund seiner Verspätung fragte, dann waren es die Kollegen, mit denen er noch auf ein Bier in einer Kneipe war. Es entging mir nicht, dass, wenn August später nach Hause kam, was nun immer öfter passierte, auch Valerie nicht daheim war. Es kam sogar vor, dass sie plötzlich gemeinsam auftauchten.

Eines Morgens in der Waschküche sprach ich Nora ganz vorsichtig darauf an. Ich erzählte ihr von meinen Beobachtungen, wollte aber nicht unbedingt ihre Schwester damit in Verbindung bringen. Doch das Gespräch verlief anders, als ich dachte. Nora sagte zu mir, sie sei sehr froh, dass ich diese Beobachtungen selbst gemacht hätte. Sie hätten nicht gewusst, wie sie es mir beibringen sollten. Valerie und August waren während seines Studiums ein Paar gewesen, klärte mich Nora auf. Ich war zehn Jahre jünger als mein Bräutigam, Nora war neun Jahre älter als August. Sie wusste, ihn wieder zu gewinnen, ich dagegen war die Verliererin. Es war mitten in der Woche, August kam mal wieder nicht nach Hause. Nach dem Gespräch mit Nora überlegte ich krampfhaft, wie es mit mir weitergehen sollte, so wie bisher jedenfalls nicht. Einen neuen Versuch mit August zu starten, schloss ich aus. Also musste ich konsequent allem ein Ende machen. Meine Sachen waren nun alle hier investiert, sollte ich mir ein Zimmer suchen? Ich hatte ja noch keine Arbeit, hätte ich eine Beschäftigung gefunden, wäre alles viel leichter für mich. Aber dann wäre ich wahrscheinlich auch in Augusts Nähe und alles könnte von vorn beginnen, dies waren meine großen Befürchtungen.

Wieder hörte ich meinen Großvater sagen:

»Hansli, lass alles erst einmal auf dich wirken, oft kommt eine Entscheidung wie von selbst.« So kam es auch, wie von selbst. Gegen Mitternacht wurde ich doch sehr unruhig. Ich klingelte an der Wohnungstüre von Kesslers, Nora öffnete die Tür und erschrak, als sie mich sah.

»Ist etwas passiert?«, fragte sie ängstlich.

»Noch nicht, Nora, aber ich habe solche Angst. Angst davor, wenn August nach Hause kommt, ich weiß nicht, warum.« Nora ging in Valeries Zimmer, es war leer.

»Komm«, schlug Nora vor, »du kannst auf dem Sofa schlafen.« Mir fiel ein Stein vom Herzen, egal, was nun käme, ich war nicht alleine.

Eine Stunde später hörte ich Valerie in ihr Zimmer gehen. Nora stand auf, ich vernahm, wie die beiden Schwestern laut diskutierten, als es energisch an der Wohnungstüre erst klingelte, dann mit Fäusten gegen die Glasscheibe geschlagen wurde.

»Aufmachen«, brüllte August, »macht sofort die Türe auf!« Damit nicht alle Hausbewohner aufgeweckt wurden, ließ Nora ihn eintreten. Die alte Dame und Maximilian standen bereits, notdürftig bekleidet, im Wohnzimmer.

»Wo ist sie?«, schrie August im Flur.

»Wen meinst du überhaupt?«, wollte Nora wissen.

»Meine Braut natürlich, wen denn sonst?«

»Meine Frage ist doch wohl berechtigt«, meinte Nora leise. August geriet darauf in Fahrt, ich hatte mich vom Sofa erhoben und stand, nur mit einem Nachthemd bekleidet, neben dem Esstisch. Nun versuchte August, mich am Arm zu packen, er riss am Ärmel und mir dabei das Nachthemd halb vom Körper, mit überkreuzten Armen versuchte ich, das zerrissene Hemd festzuhalten und mich zu schützen. Maximilian trat zwischen uns, warnte August und forderte ihn auf, sofort die Wohnung zu verlassen.

»Nein«, schrie August, »nicht ohne meine Braut!«

»Deine Braut bleibt hier, bis du vernünftig geworden bist«, sagte Nora ruhig. Dies löste bei August einen unglaublichen Wutanfall aus. Er packte den Esstisch mit beiden Händen und warf ihn um. Maximilian versetzte ihm einen Schlag, sodass August einen Moment erstaunt innehielt. Schnell griff Maximilian darauf zum Telefon, es dauerte alles nicht sehr lange und die Polizei fuhr mit der grünen Minna mit drei Mann Besatzung vor. Für die Familie war diese Angelegenheit sehr peinlich, sie hatten bisher wirklich alles getan, was ihnen möglich war. Nora holte für August seine Kleider, die er im Beisein der Polizei anzog, er war, nur mit kurzen Unterhosen und Unterhemd bekleidet, in die Wohnung eingedrungen. Ich war nervlich komplett am Ende. Frau König gab mir eine halbe Schlaftablette, sie meinte, wenn ich etwas geschlafen hätte, sähe die Welt am nächsten Morgen gleich anders aus. Die Tablette zeigte Wirkung.

Gegen acht Uhr weckte mich Nora und meinte, sie wolle beim Frühstück etwas mit mir besprechen. Fix machte ich mich fertig, dabei zogen aber die Ereignisse der vergangenen Nacht wieder an mir vorüber. Alles war so unfassbar, dass ich es noch gar nicht so richtig realisieren konnte. Nora fragte beim Frühstück, ob wir jetzt auf das zuständige Polizeirevier gehen und August abholen sollten? Bestimmt hätte er bereits seinen Rausch ausgeschlafen, dann könnten wir hier mit ihm reden, vielleicht helfe es uns beiden.

»Wenn du meinst, Nora, dann machen wir das, aber alleine gehe ich nirgendwohin, wenn du die Hauptrolle übernimmst, dann soll es geschehen, ich bin, das ist mir klar geworden, sowieso die Verliererin.«

Gegen zehn Uhr waren wir auf dem Revier und als Nora unser Anliegen vortrug, sah der Beamte zwischen Nora und mir hin und her.

»Sie also sind die Verlobte von Auler junior?« Ich bejahte und sah den Beamten zum Telefon greifen, er rief seinen Vorgesetzten an, das Gespräch lautete etwa so: ›Zwei Damen sind hier, die jüngere von den beiden behauptet, die Verlobte von Herrn Auler zu sein. Ja, mach ich, die Damen schicke ich zu Ihnen.‹ Der Beamte führte uns einen Flur entlang, klopfte an eine Tür, auf dem Weg erklärte er uns, dass der Dienststellenleiter uns sprechen wolle. Was hatte das wohl zu bedeuten? Was mochte der Beamte von uns wollen? Sicher war noch mehr passiert, war mein letzter Gedanke.

Der Beamte stand von seinem Schreibtisch auf, als wir eintraten, gab uns die Hand und bot uns Platz an. »Meine Damen«, begann er, »was kann ich für Sie tun?«

»Nun«, sagte Nora, selbst ein wenig überrascht, »wir wollten August Wilhelm Auler abholen. Es war vergangene Nacht alles ein wenig außer Kontrolle geraten, als wir uns an Sie wandten. Nun wollten wir, seine Verlobte und ich, ihn nach Hause holen. Er lässt sicher heute mit sich reden.«

»Sie also sind die Verlobte von Herrn Auler?«, vergewisserte sich der Beamte.

Ich bejahte, mehr kam nicht von mir, meine Kehle war ganz trocken, die Luft wurde dünn, es musste ein erbärmliches Bild gewesen sein, das ich hier bot. Aber ich hörte die Worte, die der Beamte sagte, deutlich.

»Es tut mir sehr leid, meine Damen, aber heute Morgen um acht Uhr war eine etwa 40 Jahre alte Dame hier, gab sich als Braut von Herrn Auler aus und ging mit ihm weg. Wir hatten keinerlei Grund, daran zu zweifeln, und wenn, wir hätten das Weggehen ja nicht verhindern können.« Als ich schon aufgestanden war, bemerkte der Beamte noch, dass es sehr bedauerlich sei, wie ein Mensch aus so gutem Hause dermaßen tief sinken konnte.

Nun gab es für mich nur noch zu überlegen, was ich tun sollte. August kam zwei Tage nicht nach Hause, Valerie ließ sich auch nicht blicken. Aber ich reagierte und begann, meine Sachen zu packen. Die Familie Kessler ließ mich auf ihrem Sofa schlafen, ich besprach auch alles mit ihnen und erklärte, dass es das Beste sei, wenn ich zurück zu meinen Angehörigen ginge. Auf die Schnelle nun meine Sachen zurückzuschicken, sah ich allerdings keine Möglichkeit. Die Familie versprach mir, alles zu tun, damit August dies schnell in die Wege leitete.

Aus unserem Zimmer holte ich Kleidung und alles, was gerade in zwei Koffer passte. Den Verlobungsring und einen Brief legte ich August auf das Bett, mit der Bitte, er möge sich melden, ich wollte noch etwas mit ihm besprechen. Nach zwei Tagen kam auch Valerie zurück. Die alte Dame und ihre Schwester machten ihr schwere Vorwürfe wegen ihres Verhaltens.

»Was wollt ihr eigentlich? Ich ziehe hier aus und gehe mit August fort, wir haben eine kleine Wohnung gefunden, da werden wir zusammen wohnen«, lächelte sie. Mir blieb dadurch ein unnötiges Gespräch mit August erspart. Auf meine Bitte, er möge mir meine Sachen zurückschicken, auch dabei die große Truhe mit der Bettwäsche nicht vergessen, sicherte er das lässig zu. Scheinbar war er ganz froh darüber, dass alles so verlaufen war.

»Ich habe noch eine Bitte an dich«, sagte er fast drohend und legte mir ein mit Maschine geschriebenes Schriftstück hin.

›Erklärung: Hiermit erkläre ich, dass ich keinerlei Ansprüche an meinen Verlobten August Auler stelle, nachdem ich diese Verlobung gelöst habe. Unterschrift.‹

Diese Erklärung war sichtlich schon längere Zeit vorbereitet, ich unterschrieb sie, in der Hoffnung, dass auch August sein Versprechen hielt. Dabei sah ich ihm in die Augen, ich konnte nicht zurückhalten, was nun aus mir hervorsprudelte.

»Warum das alles? Du hast mich nur benutzt, um dich

wieder zu fangen und über Wasser zu halten.« Ich konnte es einfach nicht begreifen.

Fast drei Jahre waren inzwischen vergangen, von meinen Sachen hatte ich nichts mehr gesehen.

Mutter und ich gingen öfters nach meiner Rückkehr über die Grenze, um Kleinigkeiten einzukaufen. Bei einem solchen Bummel wurde ich angesprochen und erkannte Dr. Schnieder. Gleich trat er mit Fragen an mich heran, aber viel Erfreuliches konnte ich nicht erzählen.

»Sagten Sie mir nicht einmal, Sie könnten Steno und Schreibmaschine schreiben?«, bohrte er weiter.

»Ja, konnte ich, aber nun bin ich außer Übung«, gestand ich.

»Wo arbeiten Sie jetzt? Sie wollen doch sicher nicht mehr in den Hexenkessel Hotel?«, setzte er sein Verhör fort.

»Nein, ich bin erst kürzlich aus Gießen zurückgekommen. Ich werde mich vielleicht hier, über dem Rhein, um eine Stelle bemühen.«

»Das haben wir gleich«, meinte Dr. Schnieder, »kommen Sie doch einfach am kommenden Montag in mein Büro. Sie wissen ja, wo Sie mich finden, dann können wir gleich mal feststellen, wie gut Sie noch in Büroarbeiten sind.«

»Mach ich gerne«, erwiderte ich leichthin, um ihn nur nicht merken zu lassen, wie froh ich über dieses Angebot war.

Meine Eltern mussten umziehen, Gertrud und ihr Bruder Markus hatten das Haus in der Kaminfeger Straße verkauft. Der neue Besitzer plädierte auf Eigenbedarf. Dafür bekamen meine Eltern mitten im Ort eine geräumige Dreizimmerwohnung. Dazu gehörten zwei kleine Mansardenzimmerchen, die ich beziehen konnte. Wieder einmal fing ich bei null an, trotzdem war ich zufrieden, so wie es war. Täglich ging ich über die Grenze an meine Arbeitsstelle. Sehr oft war ich alleine im Büro, nachdem ich mich bei Dr. Schnieder eingearbeitet hatte, überließ er mir einiges mehr an Arbeit. Wenn er nicht am Gericht Termine hatte, nahm er sich Zeit für die Reiterei. Zwischendurch brauchte seine Frau auch meine Hilfe, wenn es ihr so gar nicht gelang, das Essen zuzubereiten. So verliefen meine Arbeitstage voll ausgelastet. Die Sonntage verbrachte ich meist mit meinen Angehörigen oder im Sommer beim Schwimmen in Begleitung meiner kleineren Schwester. Eine feste Beziehung wollte ich nicht, zu tief war ich verletzt worden.

Wie es dem alten Herrn auf dem Berg erging, erfuhr ich durch Dr. Brühne. Aus einem Zeitungsartikel entnahm ich, dass er, es war das Jahr 1953, zu seinem 85. Geburtstag von dem Bundespräsidenten das Großkreuz des Verdienstordens der Bundesrepublik verliehen bekommen hatte. Ein Foto von ihm in Postkartengröße, eines seiner von ihm konstruierten Flugzeuge und sein Flugzeugführer-Patent N.I waren auf einer halben Seite abgebildet. Auf dem Foto erschien er so, wie ich ihn kannte, mit seiner Pfeife in der rechten Hand. Der Hemdkragen schien etwas zu weit für ihn, seine Mundwinkel wirkten streng herabgezogen. Der Text darunter allerdings erschütterte mich tief. Er lautete:

›Der bekannte Flugpionier feiert seinen 85. Geburtstag. Zurückgezogen in seinem Heim auf dem Feldberg, haust der alte Herr heute mit seinen Erinnerungen.‹ Es traf mich bis tief in meine Seele.

Eine Kopie des Flugzeugführer-Patents N.I, beschrieben auf der Rückseite: ›Meiner lieben Edith, Feldberg, den 1. Juni 1947, Wilhelm Auler‹, hatte ich immer als Talisman bei mir. Sonst aber konnte ich nichts für ihn tun, nur aus der Ferne mich nach seinem Wohlbefinden erkundigen.

Etwa drei Jahre ging das Hin und Her bei Familie Schnieder. Morgens wurde ich im Büro gebraucht, am Nachmittag nahm mich meist die Hausfrau in Anspruch. Diesen Aufgaben war ich bald nicht mehr gewachsen. Edith hier, Edith dort, es gab Streitigkeiten zwischen dem Ehepaar, weil sie sich nicht einigen konnten, für wen ich nun mehr arbeiten sollte.

Dem machte ich ein Ende, als ich das Angebot der Stadt Olten als Küchenleiterin in einer gehobenen Seniorenresidenz erhielt. Es war eine Erleichterung, all dem Zank um meine Arbeitskraft zu entgehen. Außerdem hoffte ich, dass es bei uns in Deutschland mit Stellenangeboten auch bald besser würde. Mit der Heimleiterin Fräulein Tschamber befreundete ich mich. Sie war Mitte 40 und wir verbrachten viel freie Zeit miteinander. Einige Male lud sie mich ein, an dem freien Wochenende mit ihr zu den Eltern nach Zürich zu fahren. Ganz überraschend gestand sie mir nach zwei Jahren, dass sie sich um eine Stelle in Basel beworben hatte. Dort, in einem Hafen für Schleppkähne, die beladen nach Holland, Belgien und noch weiter schipperten, sei ein Wohnheim für die Kinder der Schiffer, damit diese nicht wochenlang mit ihren Eltern und daher ohne Schule unterwegs sein mussten. Ihr sei nun die Leitung dieses Wohnheimes angeboten worden, ihr Wunsch sei es schon immer gewesen, sich mit Kindern zu beschäftigen, erzählte sie mir voller Freude.

Das war auch für mich und Berta ein Signal zum Aufbruch. Berta Holzer war in Österreich mit sechs weiteren Kindern bei einer Pflegefamilie aufgewachsen. Ihre leibliche Mutter hatte sich nie um sie gekümmert, den Vater kannte sie nicht. Die Beziehung mit einem verheirateten Mann brachte ihr Leben ganz durcheinander. Als Schwesternhelferin arbeitete sie hier auf den Stationen. Auch sie wollte nur noch fort, um anderswo neu zu beginnen. Wir bewarben uns beide in Frankfurt erst einmal bei einer Agentur, die Krankenschwestern, Köchinnen und Haushaltshilfen nach Amerika an Krankenhäuser vermittelte. Für Krankenhausbeschäftigte bestand die Möglichkeit, alle zwei Monate an einem anderen Krankenhaus zu arbeiten. Natürlich dauerten solche Anträge, bis die Antragsteller wussten, ob sie genehmigt wurden. So reichten wir außerdem unsere Unterlagen auf dem Arbeitsamt in Frankfurt ein. Ich bewarb mich als Diätassistentin, Berta als Schwesternhelferin. Nach etwa einem Monat meldete sich ein Krankenhaus in Frankfurt. Wir bekamen einen Vorstellungstermin, mit der Bitte um Nachricht, ob dieser eingehalten werden konnte.

An einem einzigen Tag konnten wir diesen Marathon nicht schaffen, Fräulein Tschamber konnte ich ja nun über das Vorhaben informieren, einen Wechsel hatte ich ihr angekündigt. Berta und ich nahmen drei Tage Urlaub, auf Anraten der Heimleiterin sollten wir den Grund unseres Kurzurlaubes den anderen Angestellten gegenüber besser verschweigen. Bei der Stadtverwaltung sollte dies auf keinen Fall durchsickern, man wusste nie, wie diese reagieren würde, meinte die Heimleiterin.

Eine neue Heimleiterin hatte inzwischen schon alles in Augenschein genommen und sich als künftige Vorgesetzte vorgestellt. Sie war tüchtig in Erklärungen, was sie alles ändern wollte. Das gesamte Personal war schockiert. Berta und ich, das stand nun fest, nahmen den Vorstellungstermin wahr und fuhren nach Frankfurt. Auf dem Rückweg wollten wir noch, soweit uns die Zeit reichte, meine Eltern besuchen, eventuell bei ihnen übernachten. Einen ganzen Tag brauchten wir in Frankfurt, der Termin war um 15.00 Uhr. Nach dem Gespräch mit dem Verwalter hieß es geduldig zu warten, bis der Chefarzt für Innere Zeit für mich hatte. Als Diätassistentin war er in erster Linie mein Vorgesetzter und entschied bei den Personalbesetzungen mit. Einen weiteren Haken hatte diese Vorstellung, die Oberschwester war an diesem Tag nicht im Haus, so gab man uns beim Abschied mit, dass wir umgehend informiert würden, wenn sie Einsicht in unsere Unterlagen genommen hatte. Das alles war nicht gerade aufmunternd. Da wir den ganzen Tag noch nichts gegessen hatten, beschlossen wir, mit der Straßenbahn zum Hauptbahnhof zu fahren, uns nach einem Zug zu erkundigen und möglichst am Bahnhof etwas zu essen. Für einen durchgehenden Zug nach Basel war es bereits zu spät. Übernachten in einem Hotel war für uns bestimmt zu teuer. Eine Pension? Wo würden wir eine finden? Berta erkundigte sich bei der Bahnhofsmission nach einer Übernachtungsmöglichkeit. Es war möglich, wir wurden in einem großen Raum mit Stockbetten untergebracht, ein Waschbecken stand für die Körperpflege zur Verfügung. An einem Kiosk besorgten wir uns belegte Brötchen und Fanta, alles war wieder gut. Am anderen Morgen bestiegen wir kurz vor acht Uhr einen Eilzug nach Basel. So ging unser Plan doch noch auf, wir konnten bei meinen Eltern übernachten. Beide Dachkämmerchen hatte ich mir inzwischen schon etwas eingerichtet. Ein Schlafsofa, das breit genug war für zwei. Wir schliefen mit unseren Problemen ein, hofften aber im Stillen, dass es für uns beide eine gute Lösung gab. Am anderen Morgen gingen wir über die Grenze und fuhren gegen zehn Uhr vom Schweizer Bahnhof in Richtung Olten.

»Denke daran, Berta, wir waren an diesen Tagen bei meinen Eltern. Außer Fräulein Tschamber weiß niemand etwas von unserem Unternehmen«, ermahnte ich Berta nochmals, die verlegen nickte. Gerade rechtzeitig zum Mittagstisch, wir aßen täglich mit der Heimleitung in einem kleinen separaten Esszimmer, meldeten wir uns zurück. Fräulein Tschamber nahm uns zur Seite und gab uns zu verstehen, dass jemand von unserem Vorhaben gewusst haben musste.

»Die Stadtverwaltung wollte wissen, wann Sie zurück sind, sie will, dass Sie sich heute um 14.00 Uhr bei der Verwaltung melden. Es sieht ganz nach Ärger aus«, vertraute uns die Heimleiterin an. Schweigend verlief die Mahlzeit. Ehe wir uns zum vorgeschriebenen Termin aufmachten, sagte ich zu Berta: »Überlege bitte noch einmal ganz genau, ehe wir vor den Herren antreten müssen, hast du bestimmt niemandem von Frankfurt erzählt?«

»Eigentlich nur den beiden italienischen Zimmermädchen, sie fragten nämlich, ob wir ihnen nicht eine Stelle in Deutschland besorgen könnten.«

»Na, wunderbar«, stöhnte ich ärgerlich, »nun wissen wir wenigstens, woran wir sind.«

»Was glaubst du nun, hat dieser Termin etwas damit zu tun?«, fragte Berta verunsichert.

»Warte es ab, Berta, wir werden es ja bald erfahren.«

Das Ganze dauerte keine zehn Minuten. Der Personalrat saß an seinem Schreibtisch, schob zwei beschriebene Blatt Papier hin und her und begann, ohne uns anzusehen oder uns einen Platz anzubieten, zu argumentieren. Der Stadtverwaltung sei zu Ohren gekommen, dass wir Mitarbeitern angeboten hätten, ihnen eine Stelle in Deutschland zu besorgen. Somit hätten wir Personal abgeworben, ihnen

Versprechungen gemacht, obwohl diese an einem Wechsel gar nicht interessiert waren. Berta wollte widersprechen, man gab ihr aber sofort zu verstehen, dass ihre Einwände bestimmt nicht glaubhaft seien und sie besser schweigen und das vorgelegte Schreiben durchlesen solle. Der Inhalt war für uns beide identisch. Aus diesen Gründen sähe sich die Verwaltung genötigt, das Arbeitsverhältnis mit sofortiger Wirkung aufzulösen. Gleichzeitig lag die Abrechnung bis auf den heutigen Tag vor uns. Ohne langes Überlegen oder gar zu widersprechen, unterschrieb ich, steckte alles schön gefaltet in meine Handtasche, drehte mich ohne Gruß auf dem Absatz um und ging hoch erhobenen Hauptes zur Tür hinaus. Berta kam weinend hinter mir her.

»Was mach ich jetzt, was wird nun?«

»Ja, liebe Berta, das hättest du uns ersparen können. Du kanntest die beiden Mädchen, wie konntest du ihnen solche Zusagen machen?«

»Hab ich doch gar nicht, sie haben so gejammert, dass sie hier weg wollen, wenn die Neue kommt, da hab ich nur gesagt, das wollen wir auch, aber dann nach Deutschland.«

»Du siehst, Berta, das war eben zu viel. Wir wollen uns beeilen, dass wir den 16.00 Uhr-Zug ab Olten bekommen, dann müssen wir zu Fuß mit dem Gepäck durch zwei Zollämter, ab Zoll fahren wir mit einem Taxi zu uns nach Hause.«

»Wie denn«, sagte Berta, »soll ich denn mit dir kommen?«

»Wo willst du denn sonst hin, Berta, nimm es also an, dann sehen wir weiter.«

Als wir die elterliche Wohnung betraten, sah Kurt auf unser Gepäck und meinte: »Wie denn, habt ihr auch eine

Nachricht bekommen? Mutter ist auf dem Weg zum Postamt, sie wollte dich anrufen, Edith, vielleicht kannst du sie noch einholen.«

»Ich probier es, aber was ist das für eine Nachricht?«, war meine aufgeregte Frage. Kurt gab mir das Telegramm, ich überflog es eilig, übergab es Berta und rannte los. Mutter war gerade dabei, das Gespräch in die Schweiz anzumelden. Da gab der Schalterbeamte zu bedenken, dass er jetzt aber bald Feierabend habe und eine Verbindung könne sehr lange dauern. Als meine Mutter mich kommen sah, verließ sie das Postamt sofort. Eilends gingen wir zurück, auf dem Heimweg erzählte ich Mutter, was geschehen war, wir hätten keinen Tag mehr dableiben dürfen.

»Ist doch alles in Ordnung, ruht euch noch ein wenig aus, packt eure Sachen um, was gewaschen werden muss, das machen wir morgen, es ist Wochenende, freitags soll man nicht neu anfangen, der Samstag und Sonntag ist auch nicht leicht für einen Neuanfang, auch wenn in dem Telegramm steht: ›Stelle bitte sofort antreten, es bleibt alles wie besprochen. Leitung des Krankenhauses‹.«

Ich bat Mutter, Berta bis zu unserer Abreise nach Frankfurt bei sich aufzunehmen, weil sie doch sonst nicht wüsste, wohin. Mutter gab freundlich ihre Einwilligung.

Es gab noch eine Nachricht für mich, sie kam von Dr. Brühne. Mutter übergab mir den Brief beim Abendessen, wir waren gerade eifrig beim Diskutieren, sodass ich ihn erst einmal neben meinen Teller legte, die linke Hand darauf. »Willst du den Brief nicht lesen?«, meinte plötzlich meine Mutter.

»Doch, doch, sicher ist es nichts Wichtiges«, verkündete ich mit der Absicht, das Öffnen in die Länge zu ziehen. Wir hatten heute viele Aufregungen verarbeiten müssen, dann kam noch diese gute Nachricht aus Frankfurt, wollten wir doch hoffen, dass dieser neue Abschnitt Glück brachte. Leicht beflügelt durch die Gedanken, es könnte in Zukunft nur besser werden, hoffte ich noch auf ein paar liebe Zeilen, aber das war nur meine Angelegenheit, mein Geheimnis. Langsam öffnete ich den Brief. Nach einer Weile unterbrachen Mutter, Kurt und Berta ihr Gespräch, als sie merkten, dass Tränen mir die Wangen herunterliefen. Im Moment konnte ich nicht sprechen, ich sah den alten Herrn vor mir, alleine in seinem kleinen Schlafzimmer, auf dem großen Bett liegend, in seiner letzten Stunde, niemand, der ihm die Hand hielt, niemand, der ihn begleitete. Frau Keller, so schrieb mir Dr. Brühne, hatte ihn am Morgen tot vorgefunden. Sein Todestag war der 01. 07. 1957.

Eine Woche war es her, dass er Abschied nahm, ich ahnte es nicht einmal. Ich rief Dr. Brühne an und bedankte mich für die traurige Mitteilung. Ich berichtete ihm kurz, dass ich in Frankfurt eine Stelle als Diätassistentin in einem Krankenhaus antreten würde.

Nun, da ich die Gewissheit hatte, den alten Herrn nicht mehr besuchen zu können, fiel mir das Abschiednehmen aus der Gegend nicht ganz so schwer. Sobald ich meine Großeltern besuchte und damit zumindest wieder in der Nähe wäre würde ich ihm noch einmal persönlich ein letztes Lebewohl sagen, vielleicht ergab sich eine Möglichkeit, auch Dr. Brühne ›Guten Tag‹ zu sagen.

Ein wenig musste ich mir selbst alles schönreden. Ich fühlte mich plötzlich so leer, eigentlich alleingelassen. Aber wieso das? Ich war damals ausgezogen in der Hoffnung, die ganze Welt stünde mir offen, aber wahrscheinlich hatte ich ganz andere Vorstellungen von dieser Welt, einer Welt voller Wunder, mit Freunden, die, wenn man sie brauchte, für einen da waren. Kam es daher, dass ich erwachsen geworden war? Das Leben ist so, sagt der eine, das Leben geht weiter, sagt die andere. Und die meisten schafften es schließlich! Für den Neuanfang nahm ich mir fest vor, nicht mehr so viel zurückzublicken. Das Leben gab mir eine neue Chance, vieles sollte endgültig Vergangenheit sein. Trotzdem fiel es mir in der Adventszeit immer noch schwer, wenn ich an Karl dachte. Aber dieser Abschnitt meines Lebens war vorbei, ein Leben mit ihm war mir einfach nicht bestimmt. Jedoch er würde immer in meinem Herzen weiterleben und mich in meinem zukünftigen Leben begleiten.

13

Es war ein guter Anfang in Frankfurt, gemeinsam mit Berta. Die Freizeit verbrachten wir zusammen, Berta hoffte zwar noch immer, es könnte mit Amerika klappen, ich aber war inzwischen von diesem Gedanken abgekommen. Langsam ging es auch in Deutschland aufwärts, es gab genügend zu essen, wer Geld verdiente, konnte sich alles kaufen. Nur die Wohnungen waren noch knapp, man konnte durch Zahlung eines Baukostenzuschusses an den Bauherrn leichter eine Wohnung bekommen. Dies aber betraf Berta und mich nicht, wir hatten im Krankenhaus unsere Wohnstätte.

Mitte Oktober ging es mir nicht besonders gut. Meine schon länger anhaltenden Magenschmerzen fingen an, krampfartig zu werden. Ich verlor in kurzer Zeit einiges an Gewicht. Als ich deshalb zu unserem Internisten ging, meinte er an einem Freitag, wir sollten bis Montag noch alles beobachten, dann würden wir eine Entscheidung treffen. An diesem Wochenende hatte ich frei, essen konnte ich nichts, ich blieb in meinem Bett, in der Hoffnung, am Montag wäre alles vergessen. Aber das Wochenende brachte mir auch keine Besserung, ich quälte mich sehr und sprach mit Schwester Anna darüber.

»Na, warten wir mal ab, was der Chef heute Mittag sagt, was er unternehmen will. Er wird schon wissen, wie er Ihnen helfen kann.«

Ich wurde abgetastet, abgehorcht, gewogen – und schon wieder zwei Kilo weniger. Nein, es ging nicht anders, ich wurde stationär aufgenommen.

»Ich lege Sie in ein Zweibettzimmer, da liegt schon eine

sehr nette junge Frau, da ist sie nicht so alleine und Sie sind es auch nicht. Ich sage jetzt auf Station I den Schwestern Bescheid.«

»Wie bitte, ich soll wegen Magenschmerzen stationär behandelt werden?«, fragte ich ungläubig.

»Anders geht es nicht«, meinte der Arzt, »wir müssen Sie röntgen, den Magen spiegeln und anschließend mit der Behandlung beginnen. Wahrscheinlich handelt es sich um ein Magengeschwür.« Das waren keine schönen Aussichten, dabei waren wir erst ein paar Monate in Frankfurt. Gleich am anderen Morgen ging es los, erst Röntgen, dann den Schlauch schlucken, anschließend gab es Schlaftabletten.

Der Arzt sagte, man wolle mich in einen künstlichen Winterschlaf versetzen, damit ich mich völlig entspannen würde. Am Morgen nüchtern eine Rollkur, dann Wasserhafer und Tee, anschließend wurde ich wieder in den Schlaf versetzt, oft schlief ich bis zum Abend, dann wieder dasselbe: Hafer, Tee, Schlaftabletten. Jeden dritten Tag war Schlauchschlucken angesagt.

So hatte ich die ersten Tage kaum Gelegenheit, mit meiner Bettnachbarin zu sprechen. Ich bekam aber mit, dass sie jeden zweiten Tag eine Bluttransfusion bekam. Am Abend, meist gegen 19 Uhr, kam ihr Mann und blieb immer eine Stunde bei ihr. Ich schlief meist, wenn er kam oder tat zumindest so, um den beiden Gelegenheit zu geben, sich ungestört zu unterhalten. Die beiden gingen so lieb miteinander um, dass ich mir im Stillen wünschte, dies möge bei mir auch einmal so sein. Nach und nach erfuhr ich, dass das Paar zwei Töchter hatte, die seit der Krankheit ihrer Mutter in der Nähe von Kassel bei den Großeltern lebten. Wir zwei Frauen, Cäcilia und ich, hatten uns schnell angefreundet. Wir lachten oft so herzlich, dass die eine oder andere Schwester fragte, ob es für sie auch etwas zu lachen gäbe? Als ich mich eines Tages erkundigte, was der Grund für die Bluttransfusionen sei, meinte Cäcilia, sie habe eine schwere Angina gehabt, das habe ihr wohl das Blut vergiftet. Dasselbe, so erzählte mir Berta, hatte sie auch gehabt und damit ganze sieben Monate im Krankenhaus gelegen. Jeden zweiten Tag habe sie eine Bluttransfusion bekommen. Das war alles sehr einleuchtend.

Zu meinem Geburtstag, Ende November, wurde ich entlassen. Ich wollte eine Woche zu meinen Angehörigen fahren. Beim Verabschieden meinte Cäcilia, wenn ich aus dem Urlaub zurückkäme, solle ich sie doch besuchen. Bis Weihnachten würde sie noch im Krankenhaus bleiben.

»Bestimmt mache ich das, fest versprochen.«

Mein Versprechen löste ich ein, gleich nach meiner Rückkehr. Ehe ich am Morgen meinen Dienst antrat, besuchte ich Cäcilia. Ein bisschen müde wirkte sie, aber ich fühlte, dass sie sich über meinen Besuch freute. Das wiederholte sich täglich. Wenn ich nicht in der Mittagspause zu ihr konnte, besuchte ich sie am Abend, ehe ihr Mann zu Besuch kam. In der Mittagszeit ging ich oft mit ihr ein wenig auf dem Flur auf und ab. Sie meinte, das täte ihr gut. Wir standen gerne eine Weile am Fenster, von dort konnte man das Treiben auf der Straße beobachten, und wir sprachen darüber. Eines Morgens, es war kurz vor Weihnachten, erzählte sie mir freudestrahlend, dass sie entlassen werde. Ihr Mann wollte die Kinder über die Feiertage holen, danach wollten sie erst einmal abwarten. Wenn sie wieder voll bei Kräften sei, sollten die beiden wieder nach Hause kommen. Ich verabschiedete mich von Cäcilia und wünschte ihr mit ihrer Familie das schönste Weihnachtsfest, das es gab. Ich gab ihr mein

Wort, sie im neuen Jahr bestimmt einmal zu besuchen, und sagte ihr, dass ich mich jetzt schon darauf freute.

Zu Weihnachten übernahm ich am ersten Feiertag den Dienst. Schwester Anna wollte den Heiligen Abend und den ersten Feiertag bei ihren Angehörigen in Bayern sein. Mir war es recht so. Den Heiligen Abend verbrachten wir dann gemeinsam mit denjenigen, die Dienst hatten. So kam man nicht ins Grübeln. Am zweiten Feiertag wollten Berta und ich in eine katholische Kirche zur Messe gehen.

So waren die Feiertage gut verplant und alles ging wieder seinen gewohnten Gang. Dachten wir. Am zweiten Feiertag jedoch kam Berta, sie hatte von elf bis zwanzig Uhr Dienst, ganz aufgeregt in unser Zimmer gelaufen.

»Cäcilia ist wieder auf der Station und bekommt eine Bluttransfusion. Es scheint ihr nicht besonders gut zu gehen. Ihr Mann ist bei ihr.« Ich beschloss für mich, ihren Gesundheitszustand nicht so negativ zu bewerten, solange es bei der einen Transfusion bleiben würde.

Vater schrieb mir aus Hamburg, er wünsche sich so sehr, meine Mutter und mich noch einmal in seinem Leben zusammen sehen zu können. ›Wenn ihr es euch auch wünscht, werdet ihr sicher einen Weg finden, der es uns ermöglicht. An mir soll es nicht liegen, ich bin zu allem bereit! Nochmals alles Liebe für dich, vergiss nie, dass ein Mensch auf der Welt ist, der dir für immer das ist, was er schon immer sein wollte – Dein Vater.‹

Wie sehr hätte ich mir dies in meiner Kindheit gewünscht, einen Vater in der Nähe, von ihm getröstet und in den Arm genommen werden, mit ihm reden, was ich mit Großvater ja nicht so konnte. Er war mein Freund, er passte auf mich auf und half mir bei den Schulaufgaben, er scherzte mit mir, aber ganz tief in meinem Innern fehlte mir der Vater.

Gleich nach den Feiertagen wurde Cäcilia wieder eingeliefert. Sie kam in dasselbe Zimmer, in dasselbe Bett wie zuvor. Täglich besuchte ich sie, meist in meiner Mittagspause. Wie bereits gewohnt, liefen wir im Flur auf und ab, ich erzählte ihr, was man so in den Nachrichten hörte, oder las ihr vor. Während einer dieser Mittagspausen traf ich auf halber Treppe die Stationsärztin.

Sie blieb stehen. »Sie sind sicher auf dem Weg zu Frau Sander? Es ist nett, wie Sie sich um sie kümmern.«

»Nun, solange sie noch hier ist, will ich das gerne tun. Später wird es nicht mehr so oft, wenn überhaupt, möglich sein. Wird sie denn bald entlassen?«

Die Ärztin schwieg, hielt sich mit der rechten Hand am Treppengeländer fest.

»Wissen Sie denn nicht, dass Frau Sander Leukämie hat?«

»Oh, nein, das ist doch nicht möglich!«, entfuhr es mir.

»Es ist leider so«, bedauerte die Ärztin. »Ihre Besuche tun ihr gut, Sie helfen ihr damit sehr.« Langsam betrat ich das Zimmer, der Schock saß tief. Sie lag erschöpft in den Kissen, griff nach meiner Hand und schlief ein. Als meine Zeit um war, ging ich in die Küche bis gegen zwanzig Uhr – eine lange Zeit mit traurigen Gedanken.

Nun besuchte ich sie zwei Mal am Tag, ich durfte jederzeit zu ihr ins Zimmer. Am Morgen, eine halbe Stunde vor Dienstbeginn, schaute ich bei ihr rein, wünschte ihr einen guten Vormittag und versprach ihr, am frühen Nachmittag wiederzukommen. Den Abend vermied ich, der gehörte den Eheleuten. Es war erschreckend zu sehen, wie sich das hübsche Gesicht immer mehr bläulich verfärbte. Einmal schob sie ihr Oberbett beiseite und zeigte mir ihren Bauch, der aussah, als hätte sie einen einzigen Bluterguss über der ganzen Bauchdecke.

»Sicher kommt das von den Transfusionen. Das wird sich, so denke ich, bestimmt bessern, wenn diese ausgesetzt werden.« Ich wusste gar nicht, wie ich reagieren sollte, ich wollte einfach nur etwas sagen wie: »Es wird bestimmt alles wieder gut.« Am Morgen des 13. Januar 1959 wollte ich Cäcilia einen guten Tag wünschen, ehe ich meinen Dienst antrat, da sah ich vom Treppenaufgang aus in ihr offenes Zimmer. Das Bett stand in der Mitte, daneben die Ärztin, der Internist, zwei Schwestern und am Fußende Cäcilias Mann. Ich drehte mich um und ging unauffällig die Treppe weiter hinunter. Was hatte das zu bedeuten? Aufgeregt erzählte ich Schwester Anna von meiner Beobachtung.

»Es wird doch nichts passiert sein?«, fragte Schwester Anna. »Vielleicht, wenn ich ein bisschen Luft habe, gehe ich kurz zu ihr, um nachzusehen, was das zu bedeuten hat.« Es fiel mir sehr schwer, mich auf die Arbeit zu konzentrieren. Das Telefon klingelte. Sicher ein Zugang, für den eine Diät angefordert wurde.

»Hier ist Berta. Ich muss dir leider sagen, dass Frau Sander verstorben ist.« Vom Küchenfenster aus beobachtete ich in diesem Moment, wie sie die junge Frau, gerade 31 Jahre alt, Mutter zweier Kinder, mit einem weißen Laken bedeckt in die Leichenhalle fuhren.

14

Durch diese Tragödie lernte ich Richard, meinen späteren Mann, kennen. Er nahm dankbar an, dass ich mich in meiner Freizeit um ihn kümmerte. Jeder von uns hatte seine Vergangenheit, sei es Trauer, sei es große Enttäuschung oder gar beides, wie es bei mir der Fall war. Wir respektierten dies und ließen dem andern seinen Freiraum.

Im Juli 1960 heirateten wir. Für die beiden Mädchen nahm ich die Stelle ihrer Mutter ein und bemühte mich, ihnen die Verstorbene so gut ich konnte zu ersetzen. Irgendwie gelang es, und zwei äußerst liebe, dankbare Kinder nahmen mich an und ich war sehr glücklich darüber. Nach neun Jahren Ehe meldete sich bei mir Nachwuchs an. Wir waren beide nicht mehr die Jüngsten, aber im Juni 1969 kam unsere Carolin zur Welt. Ihre beiden großen Schwestern waren richtig verliebt in die Kleine. So schien alles in Ordnung. Ich ging völlig in der Mutterrolle auf, und wir hatten nicht mehr oder weniger Probleme als andere Familien auch. Vielleicht wussten wir es auch nicht besser. Jedenfalls glaubten wir es. Wir waren zufrieden und so, wie alles war, war es gut.

Bereits mit 58 Jahren zeichnete sich jedoch Richards schwere Erkrankung ab. Alles nahm, wenn auch sehr langsam, seinen Lauf. Immer gab es ein Hoffen, ein Bangen, in vielen Dingen musste ich Richard behilflich sein. Jedes Mal, wenn man glaubte, es ginge ihm wieder besser, kam etwas anderes hinzu. So wurde es schließlich für mich zur Hauptaufgabe, nur für Richard da zu sein. Er kämpfte, klagte nie und lächelte sogar, auch wenn man spüren konnte, dass es ihm schwerfiel. Er spürte, dass ich noch nicht bereit war, ihn gehen zu lassen. Er blieb, und immer wieder bat ich ihn: »Lass mich, bitte, nicht alleine!«, bis ich einsehen musste, dass sein Tod für ihn ein Segen war. So qualvoll wollte er bestimmt nicht sterben. Danach fühlte ich mich wie ein Boot, das, von der Leine gelassen, nun wegtrieb. Aber wohin? Alles schien so sinnlos. Lebte meine Oma noch, sie hätte es verstanden, mich zu trösten. Sie war ja wie meine Mutter. Aber ich war auch Mutter und musste unsere Mädchen trösten, die richtigen Worte für sie finden, die sie wieder aufrichteten. Es blieb nichts anderes als stumme Umarmungen. Jeder von uns versuchte, auf seine Weise mit der Trauer fertig zu werden.

Die Erinnerungen, das Lächeln, der Blick seiner Augen werden mir bleiben, auch wenn es noch so schwer ist, die Endgültigkeit anzunehmen.

Epilog

Eine wundervolle Sache bleibt mir noch zu berichten. Viele Jahre später, zu meinem 80. Geburtstag, bekam ich von meiner Tochter Carolin eine gemeinsame Reise nach Dresden geschenkt. Ich konnte die Spannung kaum aushalten. Wie sieht es wohl heute dort aus? Wir fuhren mit dem Auto und blieben einige Tage im Hotel. Was soll ich sagen? Es war zauberhaft! Die vielen schönen Gebäude brauche ich Ihnen nicht aufzuzählen. Aber am beeindruckendsten für mich war der Blick am Abend vom Hotelzimmer aus über die Stadt – hell erleuchtet! Das hatte ich noch nie zuvor gesehen und es erfüllte mich mit der allergrößten Freude.

Danksagung

Mein besonderer Dank gilt meiner Tochter Karin, ohne die dieses Buch wahrscheinlich noch immer ein handgeschriebenes Manuskript wäre, sowie der wunderbaren Lektorin Claudia Senghaas, die sich mit viel Elan und Geduld der Materie angenommen und ihr den Feinschliff gegeben hat, den jeder Leser nur schätzen kann. Nicht zuletzt bedanke ich mich herzlich bei meiner Cousine Gaby Hauptmann, die mir den Mut gegeben hat, überhaupt anzufangen und das Vorbild war, um durchzuhalten.

*Weitere Titel finden Sie auf den
folgenden Seiten und im Internet:*

WWW.GMEINER-SPANNUNG.DE

DIE NEUEN Lieblingsplätze

GMEINER KULTUR

WWW.GMEINER-VERLAG.DE
Mensch, Kultur, Region

Zeitfracht Medien GmbH
Ferdinand-Jühlke-Straße 7,
99095 - DE, Erfurt
produktsicherheit@zeitfracht.de